Het spel van de engel

Van dezelfde auteur

De schaduw van de wind
Gaudí in Manhattan

Carlos Ruiz Zafón

Het spel van de engel

Vertaald door Nelleke Geel

SIGNATUUR

2009

Oorspronkelijke titel: El Juego del Ángel

Vertaald uit het Spaans door: Nelleke Geel

Omslagontwerp en -illustratie: Wil Immink Design
Omslagbeeld: Getty Images (man en meisje)
Fondo F. Català-Roca / Archivo Fotográfico AHCOAC (achtergrond)
Foto auteur: Nadine van den Berg
Foto's binnenwerk eerste en tweede akte: Mark Rusher
Foto binnenwerk derde akte: Colita
Typografie: Pre Press B.V., Zeist
Druk- en bindwerk: Bercker, Kevelaer

NUR 302
ISBN 978 90 5672 315 6

Dit boek is gedrukt op papier dat het keurmerk van de Forest Stewardship Council (FSC) mag dragen. Bij dit papier is het zeker dat de productie niet tot bosvernietiging heeft geleid. Een flink deel van de grondstof is afkomstig uit bossen en plantages die worden beheerd volgens de regels van FSC. Van het andere deel van de grondstof is vastgesteld dat hiervoor geen houtkap in de laatste resten waardevol bos heeft plaatsgevonden. Daarom mag dit papier het FSC Mixed Sources label dragen. Voor dit boek is het FSC-gecertificeerde Schleipen papier gebruikt. Dit papier is 100% chloor- en zwavelvrij gebleekt en wordt geleverd door Cordier Spezialpapier GmbH, Schleipen, Duitsland.

Voor MariCarmen,
'a nation of two'

Eerste akte

De stad der verdoemden

1

Een schrijver vergeet nooit de eerste keer dat hij een paar munten of een loftuiting accepteert in ruil voor een verhaal. Nooit vergeet hij de eerste keer dat hij het zoete gif van de ijdelheid in zijn bloed voelt en gelooft dat, als hij er nu maar in slaagt zijn gebrek aan talent voor iedereen verborgen te houden, de droom van de literatuur in staat zal zijn hem een dak boven het hoofd te verschaffen, een warme maaltijd aan het einde van de dag en, waar hij het meest naar hunkert: zijn naam gedrukt op een miezerig stuk papier dat ongetwijfeld langer zal leven dan hij. Een schrijver is veroordeeld tot de herinnering aan dat moment, omdat hij dan al verloren is en zijn ziel een prijs heeft.

Op een lang vervlogen dag in december 1917 overkwam mij dat voor het eerst. Ik was zeventien en werkte bij *De stem van de industrie*, een krant die in de versukkeling was geraakt en wegkwijnde in een grotachtig gebouw waar vroeger een zwavelzuurfabriek in gehuisvest was en waarvan de muren nog steeds een bijtende damp uitademden die het meubilair aanvrat, je kleding, je stemming en zelfs de zolen van je schoenen. Het hoofdkwartier van de krant verhief zich achter het bos van engelen en kruisen op het kerkhof van Pueblo Nuevo en in de verte versmolt zijn silhouet met dat van de familiegraven tegen een horizon van honderden schoorstenen en fabrieken, die een permanente schemering van scharlakenrood en zwart over Barcelona legden.

De avond waarop mijn leven van koers zou veranderen, beliefde het de chef-redacteur van de krant, don Basilio Moragas, om mij kort voor sluitingstijd bij zich te roepen in het donkere kamertje op de redactie, dat dienstdeed als kantoor en rooksalon. Don Basilio was een man met een woest uiterlijk en een weelderige snorbaard, die niet veel ophad met aanstellerij en de theorie onderschreef dat kwistig gebruik van bijwoorden en bijvoeglijke naamwoorden iets was van ontaarde types en mensen met een vitaminegebrek. Als hij in de gaten kreeg dat een redacteur neigde naar bloemrijk proza, veroordeelde hij hem drie weken lang tot het opmaken van overlijdensberichten. Als de persoon in kwestie na de zuivering in de oude fout verviel, wees don Basilio hem levenslang toe aan de 'Huis-en-Haardafdeling'. We waren allemaal bang voor hem en dat wist hij maar al te goed.

'Don Basilio, u heeft me laten roepen?' vroeg ik schuchter.

De chef-redacteur wierp een vluchtige blik op me. Ik ging het kantoor binnen, dat rook naar zweet en tabak, in die volgorde. Don Basilio negeerde mijn aanwezigheid en ging door met het redigeren van een van de artikelen op zijn bureau, een rood potlood in de aanslag. Een paar minuten lang corrigeerde, nee, amputeerde hij de tekst en schold ondertussen zachtjes voor zich uit alsof ik er niet was. Ik wist niet wat ik moest doen en omdat ik een stoel tegen de muur zag staan, maakte ik aanstalten om te gaan zitten.

'Wie heeft u gezegd plaats te nemen?' mompelde don Basilio zonder van de tekst op te kijken.

Vliegensvlug kwam ik weer overeind en ik hield mijn adem in. De chef-redacteur zuchtte, liet zijn rode potlood vallen en leunde achterover in zijn stoel. Hij nam me kritisch op alsof ik een nutteloze prul was.

'Men heeft mij gezegd dat u schrijft, Martín.'

Ik slikte en toen ik mijn mond opendeed klonk er een belachelijk dun stemmetje.

'Een beetje, enfin, ik weet niet, ik bedoel, nou ja, ja, ik schrijf ...'

'Ik hoop dat u beter schrijft dan praat. En wat schrijft u zoal, als dat niet te veel gevraagd is?'

'Misdaadverhalen. Daar bedoel ik mee ...'

'Ik begrijp wat u bedoelt.'

De blik van don Basilio sprak boekdelen. Als ik had gezegd dat ik kerststalfiguurtjes maakte van verse mest, had hij drie keer enthousiaster gekeken. Hij zuchtte nogmaals en haalde zijn schouders op.

'Vidal zegt dat u helemaal niet zo slecht bent. Dat u eruit springt. Natuurlijk is dat met de concurrentie hier ten burele ook niet zo'n kunst. Maar als Vidal het zegt ...'

Pedro Vidal was de sterjournalist van *De stem van de industrie.* Hij schreef een wekelijks commentaar voor de pagina kort nieuws, het enige lezenswaardige stuk van de hele krant, en hij was de auteur van een dozijn misdaadromans over gangsters van de Raval die het bed deelden met dames uit de hogere kringen, boeken die een bescheiden populariteit hadden bereikt. Met zijn vlekkeloze zijden pakken, glanzende Italiaanse mocassins, zijn keurig gekamde blonde haar, potloodsnorretje en de gemakkelijke, royale glimlach van iemand die zich goed voelt in zijn vel en in de wereld, had Pedro Vidal het uiterlijk en de houding van een dandy uit de film. Hij stamde uit een dynastie van mannen die met de suikerhandel in de Nieuwe Wereld hun fortuin hadden gemaakt en na terugkeer hun tanden hadden gezet in een sappig stuk elektrificatie van de stad. Zijn vader, de patriarch van de clan, was een van de grootaandeelhouders van de krant en don Pedro gebruikte de redactie als een speeltuin waarmee hij de verveling verdreef die het gevolg was van het feit dat hij in zijn hele leven nog nooit één dag had hoeven werken. Het deed er weinig toe dat de krant net zo snel geld verloor als de nieuwe automobielen, die men steeds vaker in de straten van Barcelona zag, hun olie. Met inmiddels een overvloed aan adellijke titels wijdde de Vidaldynastie zich nu aan het verzamelen van banken en percelen in de Ensanche met de afmetingen van vorstendommetjes.

Pedro Vidal was de eerste aan wie ik de opzetjes liet zien die ik schreef toen ik amper een knulletje was en zorgde voor koffie en sigaretten op de redactie. Hij had altijd tijd voor mij: hij las wat ik had geschreven en gaf me goede adviezen. Mettertijd werd ik zijn assistent en mocht ik zijn teksten uittikken. Het was Pedro die bereid was om me te helpen als ik mijn lot in de waagschaal wilde leggen van de Russische roulette die literatuur heet, hij nam me bij de hand bij mijn eerste schreden. Trouw aan zijn woord, wierp hij me nu in de klauwen van don Basilio, de cerberus van de krant.

'Vidal is een sentimenteel mens die nog gelooft in buitengewoon on-Spaanse mythen als de meritocratie of het geven van kansen aan degene die ze verdient in plaats van aan de dienstdoende protegé. Rijk als hij is, kan hij het zich permitteren om als lyricus door het leven te gaan. Als ik ook maar een honderdste deel had van zijn peseta's, dan schreef ik allang sonnetten en kwamen de vogeltjes uit mijn hand eten, betoverd door mijn goedheid en ongelooflijke charme.'

'Señor Vidal is een groot man,' protesteerde ik.

'Meer dan dat. Hij is een heilige omdat hij me, ondanks de indruk van hongerlijder die u maakt, al weken aan het hoofd zeurt over hoe getalenteerd en ijverig onze benjamin van de redactie is. Hij weet hoe weekhartig ik diep in mijn hart ben en bovendien heeft hij me een kistje Cubaanse sigaren beloofd als ik u deze kans geef. En als Vidal dat zegt, dan is dat voor mij alsof Mozes met alle aan hem geopenbaarde waarheden in steen gehouwen op zijn rug de berg afdaalt. Dus, om kort te gaan, omdat het kerst is en opdat uw vriend er eindelijk eens het zwijgen toe doet, bied ik u aan te debuteren als een held: koste wat het kost.'

'Mijn dank is zeer groot, don Basilio. Ik verzeker u dat u er geen spijt van zult hebben ...'

'Niet zo haastig, meneertje. Wat denkt u zoal van overvloedig en ongebreideld gebruik van bijwoorden en bijvoeglijke naamwoorden?'

'Dat het een schande is die omschreven zou moeten staan in het Wetboek van Strafrecht,' antwoordde ik met de overtuiging van de militante bekeerling.

Don Basilio knikte goedkeurend.

'U bent op de goede weg, Martín. U heeft uw prioriteiten helder. In dit vak overleven slechts zij die prioriteiten hebben en geen principes. Dit is wat we gaan doen. Ga zitten en prent het u goed in, want ik zeg het niet nog eens.'

Het plan was als volgt. Om redenen waarover don Basilio zich verder niet wenste uit te laten, was het artikel voor de achterpagina van de zondagseditie, gewoonlijk gereserveerd voor een literair verhaal of een reisverslag, op het laatste moment komen te vervallen. De geplande tekst was een verhaal van patriottistische snit en vurig lyrisme over de heldendaden van Catalaanse, middeleeuwse ridders die het christendom redden en alles wat fatsoenlijk was onder de hemel, te beginnen bij het Heilige Land en eindigend bij de delta van de Llobregat. Helaas was de tekst niet op tijd aangekomen of, zo vermoedde ik, had don Basilio geen zier zin om hem te publiceren. Daarmee was er, zes uur voor de sluitingstijd van de redactie, geen andere kopij voorradig dan een paginagrote advertentie voor korsetten met walvisbaleinen die droomheupen beloofden, en het ongestraft kunnen genieten van *canelones*. De leiding van de redactie had, voor dit dilemma geplaatst, de koe bij de hoorns gevat en de beschroomde literaire talenten van het huis op hun verantwoordelijkheid aangesproken, teneinde het gat te dichten en het trouwe familiepubliek te vermaken met een warm-menselijk verhaal van vier kolommen. De lijst van bewezen talenten tot wie men zijn toevlucht kon nemen bestond uit tien namen, waarvan uiteraard niet één de mijne was.

'Vriend Martín, de omstandigheden hebben samengezworen op dusdanige wijze dat geen van de paladijnen op de salarisrol persoonlijk aanwezig is of binnen een geschikt tijdsbestek te lokaliseren valt. Met deze dreigende ramp voor ogen, heb ik besloten u geschikt genoeg te bevinden.'

'U kunt op mij rekenen.'

'Ik reken op vijf vel met dubbele regelafstand binnen zes uur, don Edgar Allan Poe. En brengt u mij een verhááł, geen verhandeling. Als ik preken wil horen, ga ik wel naar de kerstnachtmis. Breng me een verhaal dat ik nog niet eerder heb gelezen, en als ik het al wel heb gelezen, breng het me dan zó geschreven en verteld dat ik het niet in de gaten heb.'

Ik wilde met gezwinde spoed vertrekken toen don Basilio opstond, om het bureau heen liep en een enorme knuist met de afmeting en het gewicht van een aambeeld op mijn schouder legde. Toen pas, van dichtbij, zag ik dat zijn ogen twinkelden.

'Als het een fatsoenlijk verhaal is, betaal ik u tien peseta's. En als het méér dan fatsoenlijk is en in de smaak valt bij onze lezers, zal ik meer van u publiceren.'

'Nog speciale aanwijzingen, don Basilio?' vroeg ik.
'Ja. Stel me niet teleur.'

De volgende zes uur bracht ik door in trance. Ik ging zitten aan de tafel in het midden van de redactie, die gereserveerd was voor Vidal op de dagen dat het hem beliefde de tijd wat te doden. De grote ruimte was verlaten en ondergedompeld in de rook van duizend sigaretten. Ik sloot een moment mijn ogen en riep een beeld op, een zwart wolkendek dat zijn regen over de stad uitstortte, een man die de schaduw opzocht, zijn handen met bloed besmeurd en een geheimzinnige blik. Ik wist niet wie hij was noch waarvoor hij vluchtte, maar gedurende de komende zes uur zou hij mijn beste vriend worden. Ik liet een vel in de schrijfmachine glijden en zonder te pauzeren wrong ik alles uit me wat ik te bieden had. Ik worstelde met elk woord, elke zin, elke wending, elke letter en elk beeld alsof het het laatste was wat ik zou schrijven. Ik schreef en herschreef elke regel alsof mijn leven ervan afhing en dan herschreef ik hem nog een keer. Mijn enige gezelschap was de echo van mijn onophoudelijke getik dat weergalmde in de in schaduwen gehulde ruimte, en de grote klok aan de muur die de tot de dageraad resterende minuten wegtikte.

Kort voor zes uur 's ochtends haalde ik het laatste vel uit de machine en zuchtte uitgeput. Mijn brein leek inmiddels een wespennest. Ik hoorde de langzame, zware stappen van don Basilio, die uit een van zijn gecontroleerde slaapjes was ontwaakt en nu doodkalm dichterbij kwam. Ik verzamelde de vellen en gaf ze hem, maar durfde hem niet aan te kijken. Don Basilio nam plaats aan de tafel naast de mijne en knipte de lamp aan. Zijn ogen gleden over de tekst zonder enige emotie te verraden. Toen legde hij zijn sigaar op de rand van de tafel en terwijl hij me aankeek las hij hardop de eerste regel voor: '"De nacht valt over de stad en in de straten hangt de lucht van buskruit als de ademtocht van een vloek."'

Don Basilio wierp me een scheve blik toe en ik verschanste me achter een grijns die al mijn tanden ontblootte. Zonder een woord te zeggen stond hij op en vertrok met mijn verhaal in de hand. Ik zag hem naar zijn kantoor lopen en de deur achter zich dichtdoen. Als versteend bleef ik staan en ik wist niet of ik moest maken dat ik wegkwam of mijn doodvonnis moest afwachten. Tien minuten later, die mij voorkwamen als tien jaar, ging de deur van het kantoor van de chef-redacteur weer open en schalde de oorverdovende stem van don Basilio over de redactie.

'Martín. Kom hier, alstublieft.'

Ik sleepte me erheen zo langzaam als ik kon, bij elke pas kromp ik enkele centimeters, totdat er niets anders op zat dan mijn gezicht te laten zien en hem aan te kijken. Don Basilio, het gevreesde rode potlood in de hand, bekeek me koeltjes. Ik wilde slikken, maar mijn mond was uitgedroogd. Hij pakte de velletjes papier en gaf ze me terug. Ik nam ze aan en draaide me zo snel als ik kon om naar de deur met de gedachte dat er in de lobby van Hotel Colón altijd wel plek zou zijn voor nog een schoenpoetser.

'Breng dit naar de zetter en laat het zetten,' klonk zijn stem achter me.

Ik keerde me om in de veronderstelling dat het om een wrede grap ging. Don Basilio trok zijn bureaulade open, telde tien peseta's uit en legde ze op tafel.

'Die zijn voor u. Ik stel voor dat u er een nieuw stel kleren van koopt – ik zie u al vier jaar in dezelfde vodden en nog steeds zijn ze u zes maten te groot. Gaat u naar de heer Pantaleoni in zijn kleermakerij aan de *calle* Escudellers en zegt u hem dat ik u gestuurd heb. Hij zal u netjes behandelen.'

'Dank u wel, don Basilio. Dat zal ik doen.'

'En begint u vast aan het volgende verhaal. Daar geef ik u een week voor. Maar niet verslappen. En met wat minder doden als het kan, de lezer van vandaag de dag houdt van een zoetsappig einde waarin de grootsheid van de menselijke geest triomfeert, en al dat soort nonsens.'

'Ja, don Basilio.'

De chef-redacteur knikte en gaf me een hand.

'Goed werk, Martín. Maandag wil ik u aan Junceda's tafel zien, die is nu van u. Ik zet u op kort nieuws.'

'Ik zal u niet teleurstellen, don Basilio.'

‘Nee, teleurstellen zult u me niet. U zult me in de steek laten, want u bent geen journalist en zult het nooit worden. Maar u bent ook nog geen schrijver van misdaadverhalen, ook al denkt u van wel. Blijft u hier nog een poosje, dan leren we u een paar dingen die altijd van pas komen.’

Even verloor ik mijn zelfbeheersing en ik werd door zo’n groot gevoel van dankbaarheid overspoeld dat ik die enorme man wel kon omhelzen. Don Basilio, het woeste masker weer op zijn plaats, hield strak een stalen blik op me gericht en wees naar de deur.

‘Geen scènes, alstublieft. Graag de deur achter u dichtdoen. En gelukkig kerstfeest.’

‘Gelukkig kerstfeest.’

Toen ik de maandag daarop op de redactie kwam om voor het eerst aan mijn eigen bureau te gaan zitten, vond ik een bruine envelop met een strik erom en mijn naam in het lettertype dat ik kende van jarenlang uittikken. Ik scheurde de envelop open. De achterpagina van de zondagseditie met mijn verhaal omlijnd en een kort bericht: *Dit is slechts het begin. Binnen tien jaar ben ik de leerling en jij de meester. Je vriend en collega, Pedro Vidal.*

2

Mijn literair debuut overleefde zijn vuurdoop en don Basilio, trouw aan zijn woord, bood me de kans nog een paar van dat soort verhalen te publiceren. Al snel besloot de directie dat mijn flitsende loopbaan een wekelijkse regelmaat zou moeten hebben, op voorwaarde dat ik voor dezelfde prijs stipt mijn taken op de redactie zou blijven vervullen. Bedwelmd door ijdelheid en uitputting bracht ik de dagen door met het herschrijven van teksten van mijn collega's en het haastig redigeren van talloze korte, gruwelijke berichten, om daarna de nacht voor mezelf te hebben. Moederziel alleen in de redactieruimte schreef ik aan een operetteachtige avonturenserie, waar ik al een tijdje op had zitten broeden en die onder de titel *De mysteries van Barcelona* een schaamteloze mengeling voorstelde van Dumas tot Stoker met Sue en Féval ertussenin. Ik sliep ongeveer drie uur per etmaal en zag eruit alsof ik die doorbracht in een doodskist. Vidal, die nooit de honger had gekend die niets te maken heeft met je maag en die je vanbinnen opvreet, was van mening dat ik mijn brein aan het opbranden was en dat ik in dit tempo mijn eigen begrafenis zou vieren voor ik twintig werd. Don Basilio, niet geschokt door mijn vlijt, had andere bedenkingen. Elke aflevering drukte hij tandenknarsend af, geërgerd over, zo vond hij, een overdaad aan ziekelijke fantasie en het onfortuinlijk onbenut laten van mijn talent ten gunste van intriges en verhaallijnen van dubieus allooi.

De mysteries van Barcelona schonken spoedig het leven aan een feuilletonsterretje, een heldin die ik me had voorgesteld zoals je je uitsluitend op je zeventiende een femme fatale kunt voorstellen. Chloé Permanyer was de duistere koningin van alle vamps. Onrustbarend intelligent en nog veel sluwer, hulde zij zich altijd in de meest provocerende, nieuwste lingeriemodelletjes. Ze was de minnares en sinistere partner van de mysterieuze Baltasar Morel, het brein van de onderwereld, die in een onderaardse villa woonde, bevolkt door marionetten en macabere relikwieën, waarvan de geheime ingang begraven lag in de tunnels onder de catacomben van de Barrio Gótico. Chloés lievelingsmethode waarmee ze een einde maakte aan het leven van haar slachtoffers, bestond erin hen te verleiden met een hypnotische sluierdans en hen vervolgens te kussen met een vergiftigde lippenstift die hun spieren verlamde en hen geluidloos deed stikken, terwijl zij hun in de ogen keek – zelf dronk ze vooraf een in Dom Pérignon Grand Cru opgelost tegengif. Chloé en Baltasar hadden zo hun eigen erecode: ze liquideerden slechts uitschot en ontdeden de wereld van moordenaars, misbaksels, kwezels, fanatici, kleinburgerlijke dogmatici en allerhande stommelingen die van deze wereld een miserabelere plek maakten dan nodig was voor de rest van de mensheid in naam van vlaggen, goden, talen, rassen of welke idioterie dan ook waarmee ze hun hebzucht en benepenheid maskeerden. Voor mij waren het, zoals alle echte helden, antihelden. Voor don Basilio, wiens literaire smaak was blijven steken in de Gouden Eeuw van de Spaanse verskunst, was dat een dwaasheid van kolossale dimensies, maar gezien de goede ontvangst van de verhalen en de genegenheid die hij zijns ondanks voor me koesterde, tolereerde hij mijn strapatsen en schreef ze toe aan een overdaad van jeugdige geilheid.

'U heeft meer ambacht dan goede smaak, Martín. De aandoening waaraan u lijdt heeft een naam en die luidt *grand guignol*, hetgeen voor het drama neerkomt op wat syfilis is voor de schaamdelen. Het bemachtigen ervan is wellicht plezierig, maar daarna gaat het bergafwaarts. U zou de klassieken moeten lezen om uw literaire aspiraties te scherpen, of ten minste don Benito Pérez Galdós.'

'Maar de lezers houden ervan,' betoogde ik.

'Dat is niet uw verdienste, maar die van de concurrentie, wier teksten zo slecht en verwaten zijn dat ze in minder dan een alinea een ezel in een staat van catatonie kunnen brengen. Laten we hopen dat u in godsnaam volwassen wordt en uit die boom van verboden vruchten valt.'

Ik knikte en fingeerde berouw, maar stiekem koesterde ik die verboden woorden, grand guignol, en zei bij mezelf dat elke zaak, hoe frivool ook, een kampioen behoefde die zijn eer verdedigde.

Ik begon me al de grootste geluksvogel van alle stervelingen te voelen toen ik ontdekte hoezeer het een aantal collega's van de krant stoorde dat de benjamin en officiële redactiemascotte zijn eerste schreden op het pad der letteren had gezet, terwijl hun eigen literaire aspiraties en ambities sinds jaren wegkwijnden in een nevelige limbus van narigheid. Het feit dat de lezers van de krant deze bescheiden verhalen gretig lazen en meer op prijs stelden dan elke andere tekst die de afgelopen twintig jaar in het dagblad was afgedrukt, verergerde de zaak. In korte tijd zag ik hoe de gekwetste trots van degenen die ik tot voor kort als mijn enige familie had beschouwd, hen transformeerde tot een vijandig tribunaal dat me geen blik of woord meer waardig keurde en boos zijn versmade talent achter mijn rug liet duelleren met spottende, minachtende blikken. Mijn onbegrijpelijke geluk werd toegeschreven aan de hulp van Pedro Vidal, aan de onwetendheid en stompzinnigheid van onze abonnees en aan de wijdverbreide, altijd welkome nationale dwaalleer die zonder voorbehoud bepaalde dat een zekere mate van succes, op welk professioneel vlak dan ook, het onweerlegbare bewijs was van onkunde en gebrek aan verdienste.

Met het oog op deze even onverwachte als onheilspellende wending die de zaken namen, trachtte Vidal me op te beuren, maar in mij daagde het vermoeden dat mijn dagen op de redactie geteld waren.

'Jaloezie is de religie van de middelmatigen. Het sterkt ze, het beantwoordt aan de onrust die vanbinnen aan ze knaagt en uiteindelijk verteert het hun ziel, terwijl het ze toestaat hun eigen kleinzieligheid en hebzucht te rechtvaardigen totdat ze denken dat het deugden zijn. Zulke mensen zijn ervan overtuigd dat de hemelpoorten zich slechts zullen openen voor ongelukkigen zoals zij, die door het leven gaan zonder een ander spoor achter te laten dan dat van hun voddige pogingen diegene te kleineren en buiten te sluiten – zo mogelijk te vernietigen – die puur door te bestaan hun eigen armzalige ziel, geest en esprit aantoont. Gezegend is hij tegen wie de idioten tieren, want zijn ziel zal hun nooit toebehoren.'

'Amen,' viel don Basilio hem bij. 'Als u niet rijk was geboren, had u priester moeten worden. Of revolutionair. Met dit soort preken zijgt zelfs een bisschop berouwvol ineen.'

'Ja, lacht u maar,' protesteerde ik. 'Maar degene die ze niet kunnen luchten of zien, ben ik.'

Bij het brede palet van vijandigheid en jaloezie dat mijn inspanningen opleverden, voegde zich nog de trieste realiteit dat mijn salaris, ofschoon ik me erop liet voorstaan een populaire auteur te zijn, maar net voldoende was om van te leven, meer boeken te kopen dan ik tijd had om te lezen, en een benauwd hok te huren in een pension dat verborgen lag in een zijsteegje van de calle de la Princesa en dat beheerd werd door een devote Galicische die luisterde naar de naam doña Carmen. Doña Carmen eiste discretie en verschoonde één keer per maand de lakens, waardoor het voor de inwoners raadzaam werd geacht niet te bezwijken voor de verleidingen van de onanie of met vuile kleren naar bed te gaan. Het was overbodig om de aanwezigheid van vrouwspersonen aan banden te leggen: geen enkele vrouw in heel Barcelona zou, nog niet onder doodsbedreiging, erin hebben toegestemd dat hol te betreden. Dáár leerde ik dat men in het leven bijna alles kan vergeten, te beginnen bij vieze geuren, maar als ik één wens had op deze wereld, dan was het om niet in zo'n oord te hoeven sterven. Op bijzonder moedeloze momenten – die bij mij eerder regel dan uitzondering waren – hield ik mezelf voor dat als íéts me daar weg kon halen vóór een uitbraak van tuberculose, dan was het wel de literatuur. En mochten iemands ziel of schaamdelen daarvan gaan jeuken, dan kon hij ze voor mijn part met een tichel krabben.

Op zondagen tijdens de mis, wanneer doña Carmen naar haar wekelijkse afspraak met de Allerhoogste vertrok, namen de kostgangers de gelegenheid te baat om bij elkaar te komen in de kamer van onze veteraan, een arme drommel, Heliodorus genaamd, die als jongeling matador had willen worden, maar die het niet verder had gebracht dan tot zelfbenoemde commentator van de stierengevechten en verantwoordelijke voor de urinoirs aan de zonzijde van de arena Monumental.

'De kunst van het stierenvechten is dood,' verkondigde hij altijd. 'Tegenwoordig is het allemaal handel van hebzuchtige veehandelaars en stierenvechters zonder ziel. Het publiek ziet geen verschil tussen het stierenvechten voor de massa en een echte *faena* die alleen connaisseurs weten te waarderen.'

'Ach, don Heliodorus, had men u maar als matador de kans gegeven, dan stonden de zaken er nu heel anders voor.'

'In dit land triomferen alleen onnozele halzen.'

'Vertelt u mij wat.'

Na de wekelijkse preek van don Heliodorus volgde het amusement. Als worsten tegen elkaar gepropt bij het piepkleine raam van de kamer konden de kostgangers via de lichtschacht de inspanningen horen en zien van een buurvrouw in het belendende pand, Marujita, bijgenaamd het Pikantje, vanwege haar gepeperde taalgebruik en haar genereuze anatomie in de vorm van een rode paprika. Marujita verdiende haar brood met het schrobben van tweederangslokalen, maar de zon- en feestdagen besteedde ze aan een vriendje van het seminarie dat incognito met de trein vanuit Manresa kwam en zich vol overgave stortte op de studie van de zonde. Mijn pensiongenoten stonden tegen het raam gedrukt ten einde een vluchtige blik op te vangen van de titanische billen van Marujita, die ze bij elke stoot als paaskransjesdeeg tegen het kelderraam liet kletsen, toen de voordeurbel van het pension klonk. Er was geen enkele vrijwilliger die open wilde doen, om niet een plek met goed zicht te verliezen, en daarom zag ik af van mijn pogingen me bij hen te voegen, en liep naar de deur. Toen ik opendeed, werd ik geconfronteerd met een ongewoon en in deze miserabele omlijsting onwaarschijnlijk beeld: don Pedro Vidal, ten voeten uit en Italiaans gekleed zoals zijn gewoonte was, stond glimlachend op de overloop.

'En er was licht,' zei hij en hij stapte naar binnen zonder mijn uitnodiging af te wachten.

Vidal stond stil om de ruimte die in het krot dienstdeed als eetzaal en ontmoetingsplek te aanschouwen en zuchtte misnoegd.

'Misschien is het beter om naar mijn kamer te gaan,' opperde ik.

Op weg ernaartoe schalde door de wanden het gejoel en gejuich van mijn medekostgangers ter ere van Marujita en haar geslachtelijke acrobatiek.

'Welk een levendige plek,' merkte Vidal minzaam op.

'Mag ik u vragen binnen te treden in de presidentiële suite, don Pedro?'

We gingen naar binnen en ik sloot de deur. Na een uiterst summiere blik op mijn kamer te hebben geworpen, ging hij zitten op de enige stoel die er stond en keek me nors aan. Het kostte me geen moeite me voor te stellen wat voor indruk mijn bescheiden onderkomen op hem gemaakt moest hebben.

'En, hoe vindt u het?'

'Heel charmant. Ik denk erover hier zelf mijn intrek te nemen.'

Pedro Vidal woonde in Villa Helius, een monumentaal groot, modernistisch huis met drie verdiepingen en een forse toren, dat zich op de hoek van de calle Abadesa Olzet en de calle Panamá tegen de heuvelflanken van Pedralbes aan vlijde. Het huis was een geschenk geweest van zijn vader tien jaar geleden, in de hoop dat Vidal zijn wilde haren zou verliezen en een gezin zou stichten, een onderneming waarmee Vidal al enkele lustra achterliep. Het leven had don Pedro Vidal gezegend met vele talenten, waaronder dat van het teleurstellen en beledigen van zijn vader bij elk gebaar en elke stap die hij zette. Zijn zoon vertrouwelijk zien omgaan met onwenselijke elementen als mijzelve, deed daar geen goed aan. Ik herinnerde me hoe ik eens, toen ik mijn mentor enkele documenten van de krant thuis moest bezorgen, de patriarch van de Vidalclan tegen het lijf liep in een van de salons van Villa Helius. Toen hij me in het oog kreeg, beval don Pedro's vader me een glas spuitwater en een schone doek te zoeken om een vlek van zijn revers te halen.

'Ik geloof dat u zich vergist, señor. Ik ben geen bediende ...'

Hij schonk me een glimlachje waarmee de orde der dingen in de wereld werd rechtgezet zonder dat hiervoor woorden nodig waren.

'Degene die zich vergist ben jij, jongen. Je bent een bediende, of je het nu weet of niet. Hoe heet je?'

'David Martín, señor.'

De patriarch proefde langzaam mijn naam.

'Neem één advies van mij aan, David Martín. Vertrek uit dit huis en ga terug naar de plek waar je hoort. Je zult jezelf en mij veel problemen besparen.'

Ik heb het don Pedro nooit opgebiecht, maar ik ben onmiddellijk naar de keuken geijld voor spuitwater en een doek en ben een kwartier bezig geweest met het schoonmaken van de revers van de grote man. De schaduw van de clan was lang en hoezeer don Pedro ook de charmante bohemien speelde, zijn hele leven was een extensie van het familienetwerk. Villa Helius lag een passende vijf minuten lopen van de grote, vaderlijke residentie die het bovenste stuk van de *avenida* Pearson domineerde, een kathedraalachtige wirwar van balustrades, bordessen en mansarden die vanuit de verte op heel Barcelona neerkeek zoals een kind op zijn overal in het rond slingerende speelgoed. Elke dag werden er twee bedienden en een kokkin van het grote huis, zoals de vaderlijke domicilie in de kringen van de Vidals werd genoemd, naar Villa Helius gestuurd om schoon te maken, te poetsen, te strijken, te koken en huis en haard van mijn welgestelde beschermheer te herscheppen tot een oord van behaaglijkheid en comfortabele vergetelheid van de dagelijkse hinderlijkheden. Don Pedro Vidal verplaatste zich door de stad in een flamboyante Hispano-Suiza, bestuurd door de chauffeur van de familie, Manuel Sagnier, en vermoedelijk had hij nog nooit in zijn leven in een tram gezeten. Zoals het een schepsel dat met een gouden lepel in de mond is geboren betaamt, ontging Vidal de duistere, ongepolijste charme van de goedkope pensions van het Barcelona in die tijd.

'Spreek vrijuit, don Pedro.'

'Dit lijkt wel een kerker,' riep hij uiteindelijk uit. 'Ik begrijp niet hoe je hier kunt wonen.'

'Met míjn salaris ternauwernood.'

'Als het nodig is betaal ik je wat nodig is om ergens te wonen waar het niet naar zwavel en urine ruikt.'

'Geen sprake van.'

Vidal zuchtte.

'"Hij ging ten onder aan zijn trots en is ellendig gestikt." Alsjeblieft, een gratis grafschrift.'

Vidal ijsbeerde een poosje door mijn kamer zonder zijn mond open te doen, inspecteerde mijn minuscule kast, keek met een gezicht vol walging uit het raam, betastte de groenige verf op de muren en tikte met een wijsvinger tegen de kale gloeilamp die aan het plafond hing, alsof hij wilde vaststellen dat alles rotzooi was.

'Wat voert u hierheen, don Pedro? Te veel zuivere lucht in Pedralbes?'

'Ik kom niet van huis. Ik kom van de krant.'

'Omdat?'

'Ik wilde graag weten waar je woonde en bovendien heb ik iets voor je meegenomen.'

Hij trok een perkamenten envelop uit zijn jasje en reikte me die aan.

'Deze is vandaag op de redactie aangekomen, ter attentie van jou.'

Ik pakte de envelop aan en bestudeerde hem. Hij was dichtgemaakt met een lakzegel van een gevleugelde figuur. Een engel. Afgezien daarvan stond alleen mijn naam erop, keurig netjes geschreven in een delicaat scharlakenrood handschrift.

'Wie stuurt zoiets?' vroeg ik geïntrigeerd.

Vidal haalde zijn schouders op.

'Een bewonderaar. Of bewonderaarster. Ik weet het niet. Maak open.'

Voorzichtig maakte ik de envelop open en haalde er een opgevouwen velletje uit waarop in hetzelfde handschrift het volgende te lezen stond:

Goede vriend,

Ik neem de vrijheid om u mijn bewondering over te brengen en u te feliciteren met het succes dat u deze weken heeft behaald met

De mysteries van Barcelona *op de pagina's van* De stem van de industrie. *Als lezer en liefhebber van goede literatuur doet het mij bijzonder veel genoegen een nieuwe stem te ontdekken, overlopend van talent, jeugdigheid en belofte. Staat u mij daarom toe, als blijk van mijn dankbaarheid voor de aangename uren die het lezen van uw verhalen mij bezorgd heeft, u uit te nodigen voor een kleine verrassing, waarvan ik hoop dat u die welgevallig zal zijn, deze avond om twaalf uur in De Dromerij van de Raval.*
U wordt verwacht.
Met vriendelijke groeten,
A.C.

Vidal, die over mijn schouder had staan meelezen, trok verbaasd zijn wenkbrauwen op.

'Interessant,' mompelde hij.

'Hoezo interessant?' vroeg ik. 'Wat voor soort gelegenheid is De Dromerij?'

Vidal nam een sigaret uit zijn platina koker.

'Doña Carmen verbiedt roken in het pension,' waarschuwde ik.

'Waarom? Vertroebelt de rook de rioollucht?'

Vidal stak de sigaret op en genoot dubbel, zoals men van al het verbodene geniet.

'Heb jij weleens een vrouw gekend, David?'

'Zeker wel, tientallen.'

'Ik bedoel in de Bijbelse betekenis.'

'In de mis?'

'Nee, in bed.'

'Ah.'

'En?'

De waarheid is dat ik een man als don Pedro Vidal niet veel indrukwekkends kon vertellen. Mijn jeugdavontuurtjes en amourettes kenmerkten zich tot op heden door hun bescheidenheid en opmerkelijke gebrek aan originaliteit. Niets in mijn beknopte catalogus van kneepjes, liefkozingen en gestolen kussen in portieken en donkere bioscoopzaaltjes kon dingen naar de consideratie van deze gevierde meester in de kunsten en wetenschappen van Barcelona's boudoirs.

'Wat heeft dat er nou mee te maken?'

Vidal zette een onderwijzersgezicht op en liet vervolgens een van zijn verhandelingen op me los.

'In mijn tijd als jongeling was het normaal, tenminste bij ons soort mensen van hoge komaf, dat we geïnitieerd werden op dit gebied aan de hand van een professionele dame. Toen ik jouw leeftijd had, nam mijn vader – nog steeds habitué van de beste etablissementen van de stad – me mee naar een plek genaamd De Dromerij, luttele meters verwijderd van het macabere paleis dat onze geliefde *conde* Güell met alle geweld door Gaudí bij de Ramblas wilde laten bouwen. Vertel me niet dat je er nog nooit van gehoord hebt.'

'Van de graaf of van het bordeel?'

'Heel grappig. De Dromerij placht een elegant etablissement te zijn voor een selecte clientèle met smaak. Eigenlijk dacht ik dat het al jaren geleden gesloten was, maar blijkbaar is dat niet het geval. In tegenstelling tot de literatuur is bij sommige handel altijd sprake van een stijgende lijn.'

'Ik begrijp het. Is dit een idee van u? Een soort grap?'

Vidal schudde zijn hoofd.

'Een van die idioten van de redactie dan?'

'Ik bespeur een zekere vijandigheid in uw woorden, maar ik betwijfel of iemand die zich toelegt op het nobele doch eenvoudige beroep van redacteur zich de honoraria van een plek als De Dromerij kan veroorloven, als het dezelfde plek is als ik me herinner.'

'Het maakt ook niet echt uit, ik denk er niet over te gaan,' snoof ik.

Vidal trok zijn wenkbrauwen op.

'Vertel me nou niet dat je niet net zo'n scepticus bent als ik en dat je onbezoedeld van hart en schaamstreek de huwelijkssponde wilt betreden, een pure ziel die smacht naar het magische moment waarop de waarachtige liefde je de extase van lichaam en ziel laat ontdekken, gezegend door de Heilige Geest, en jou aldus de wereld met kindertjes laat bevolken die jouw naam dragen en de ogen van hun moeder hebben, die heilige vrouw, toppunt van deugd en ingetogenheid, aan wier hand je onder de welwillende blik van het kindeke Jezus de hemel zult binnengaan.'

'Dat wilde ik niet zeggen.'

'Daar ben ik blij om, want het is mogelijk, en ik onderstreep mogelijk, dat dat moment nooit komt, dat je niet verliefd wordt, dat je je leven aan niemand wilt en kunt geven en dat je, zoals ik, op een dag vijfenveertig wordt en je realiseert dat je niet jong meer bent en dat er voor jou geen koor van cupido's met lieren noch een met witte rozen opgemaakte sponde in de richting van het altaar meer zal zijn, en dat de enige wraak die je nog rest erin bestaat het leven het genot van stevig, vurig vlees te ontstelen, een genot dat sneller in rook opgaat dan goede bedoelingen en dat in deze smerige wereld, waarin alles vergaat, van schoonheid tot herinnering, de hemel nog het best benadert.'

Ten teken van bijval liet ik een plechtig zwijgen volgen. Don Pedro Vidal was een groot liefhebber van opera en had zich in de loop van de tijd de *tempi* en declamatiestijl van de grote aria's eigen gemaakt. In de familieloge van het Gran Teatro del Liceo liet hij geen afspraak met Puccini voorbijgaan. Hij was een van de weinigen, afgezien van de opeengepakte ongelukkigen in het schellinkje, die erheen ging om naar de muziek te luisteren waar hij zo van hield, muziek die de verhandelingen waarop hij me af en toe vergastte, zoals deze dag, zo bruisend deed opborrelen.

'Wat?' vroeg Vidal uitdagend.

'Dat laatste stukje komt me bekend voor.'

Ik had hem op heterdaad betrapt. Hij zuchtte en knikte.

'Dat komt uit *Moord in Club Liceo*,' gaf Vidal toe. 'De slotscène waarin Miranda LaFleur de onrechtvaardige markies doodschiet die haar hart heeft gebroken, omdat hij haar verried door een gepassioneerde nacht in de bruidssuite van Hotel Colón door te brengen in de armen van de spionne van de tsaar, Svetlana Ivanova.'

'Ik meende al zoiets. U had het niet beter kunnen kiezen. Uw meesterwerk, don Pedro.'

Vidal glimlachte bij mijn loftuiting en leek te overwegen of hij nog een sigaret zou opsteken.

'Hetgeen onverlet laat dat er iets van waarheid in dat alles zit,' rondde hij af.

Hij ging in de vensterbank zitten, niet zonder er eerst een zakdoek op uit te vouwen zodat zijn elegante pantalon niet vies werd. Ik zag dat de Hispano-Suiza beneden geparkeerd stond, op de hoek van de calle de la Princesa. De chauffeur, Manuel, was de verchroomde delen aan het oppoetsen alsof het om een sculptuur van Rodin ging. Manuel had me altijd aan mijn vader doen denken, twee mannen van dezelfde generatie die te veel dagen van tegenspoed hadden gekend en bij wie de herinneringen in hun gezicht gekerfd stonden. Van een paar bedienden van Villa Helius had ik gehoord dat Manuel Sagnier lange tijd in de gevangenis had doorgebracht en dat hij na zijn vrijlating jaren van ontbering had gekend, omdat hij geen ander baantje kreeg aangeboden dan dat van stuwadoor voor het lossen van zakken en kratten op de pieren, werk waar hij niet meer de leeftijd noch de gezondheid voor had. Volgens de legende had Manuel ooit zijn eigen leven in de waagschaal gesteld voor don Pedro Vidal, die bijna onder de wielen van een tram was terechtgekomen. Toen hij over de moeilijke omstandigheden van de arme man hoorde, bood Vidal hem uit dankbaarheid een baan aan en de mogelijkheid om met vrouw en dochter de kleine woning boven het koetshuis van Villa Helius te betrekken. Hij verzekerde hem dat de kleine Cristina door dezelfde leraren onderwezen zou worden die dagelijks naar het vaderlijk huis aan de avenida Pearson togen om les te geven aan de kinderen van de Vidal-dynastie, en zijn echtgenote kon haar beroep als naaister voor de familie uitoefenen. Bovendien dacht hij erover om een van de eerste automobielen aan te schaffen die in Barcelona op de markt gebracht zouden worden, en als Manuel voor lief zou willen nemen zich om te scholen in de kunst van het gemotoriseerde rijden en de huifkar en sjees tot het verleden kon laten behoren, dan had Vidal een chauffeur nodig, omdat in die tijd aristocratische jongeheren niet met hun vingers aan verbrandingsmachines of artefacten met gasuitlaten zaten. Manuel accepteerde het uiteraard. Na zo'n redding uit de misère, luidde de officiële versie, voelden Manuel Sagnier en zijn familie een blinde devotie voor Vidal, eeuwige kampioen van de bezitlozen. Ik wist niet of ik dat verhaal werkelijk moest geloven of dat ik het moest toevoegen aan de lange reeks legendes rondom het door Vidal zelf gecultiveerde karakter van de goede aristocraat – het ontbrak er nog slechts aan dat hij, omhuld door een stralende aureool, aan een verweesd herderinnetje verscheen.

'Je trekt weer dat schooiersgezicht dat je hebt als je je overgeeft aan boosaardige gedachten,' zei Vidal. 'Wat voer je in je schild?'

'Niets. Ik dacht eraan wat een goed mens u toch bent, don Pedro.'

'Met jouw leeftijd en positie opent cynisme geen deuren.'

'Dat verklaart alles.'

'Vooruit, groet die aardige Manuel eens, hij vraagt altijd naar je.'

Ik leunde uit het venster en toen de chauffeur, die me altijd als een deftig heerschap behandelde en niet als de stoethaspel die ik was, me in het oog kreeg, zwaaide hij vanuit de verte naar me. Ik zwaaide terug. Op de passagiersstoel zat zijn dochter Cristina, een schepsel met een bleke huid en fijn getekende lippen, het meisje dat een paar jaar ouder was dan ik en mij sinds ik haar de eerste keer dat Vidal me uitnodigde om Villa Helius te bezoeken, had gezien, de adem benam.

'Niet zo kijken, ze breekt nog,' mompelde Vidal achter me.

Ik draaide me om en zag dat Vidal zijn machiavellitronie had opgezet die hij altijd reserveerde voor aangelegenheden die het hart en andere nobele ingewanden betroffen.

'Ik weet niet waar u het over heeft.'

'Hoe waar,' riposteerde Vidal. 'Welnu, wat ga je vanavond doen?'

Ik las de brief nog een keer en aarzelde.

'Bezoekt u vaak dat soort lokalen, don Pedro?'

'Sinds mijn vijftiende heb ik niet meer voor een vrouw betaald en technisch gesproken betaalde mijn vader,' antwoordde Vidal zonder enige grootspraak. 'Maar een gegeven paard ...'

'Ik weet het niet, don Pedro ...'

'Natuurlijk weet je het wel.'

Op weg naar de deur gaf Vidal me een klopje op mijn rug.

'Je hebt nog zeven uur tot middernacht,' zei hij. 'Ik zeg het voor het geval je een dutje wilt doen om krachten te verzamelen.'

Ik keek uit het raam en zag hem naar de auto lopen. Manuel opende het portier en Vidal zeeg traag op de achterbank neer. Ik hoorde de motor van de Hispano-Suiza zijn symfonie van zuigers en plunjers ontvouwen. Op dat moment keek de dochter van de chauffeur, Cristina, op naar mijn raam. Ik glimlachte naar haar, maar besefte dat zij zich niet meer herinnerde wie ik was. Een moment later keek ze weg en spoedde Vidals grote karos zich terug naar zijn eigen wereld.

3

In die dagen vormde de calle Nou de la Rambla in de duistere wijk de Raval een gang van straatlantaarns en lichtreclames. Nachtclubs, danszalen en louche lokalen werden afgewisseld door zaakjes die zich hadden toegelegd op rubberartikelen, klysma's en de behandeling van geslachtsziekten en die tot de dageraad openbleven, terwijl mensen van diverse pluimage, van elegante jonge dandy's tot en met bemanningsleden van de aangemeerde schepen in de haven, zich mengden met allerhande extravagante personages, levend in afwachting van de schemering. Aan beide kanten van de straat herbergden smalle, mistige stegen een sliert bordelen van steeds verder afnemend cachet.

De Dromerij was gesitueerd op de bovenste verdieping van een gebouw. Op de begane grond was een variététheather. Met grote affiches werd het optreden van een danseres aangekondigd, gehuld in een transparante, sobere toga die geen geheim maakte van haar vrouwelijke charmes, terwijl ze in haar armen een zwarte slang wiegde waarvan de gespleten tong haar lippen leek te kussen.

EVA MONTENEGRO EN DE TANGO DES DOODS luidde het affiche in grote letters. *De koningin van de nacht in zes exclusieve avondvoorstellingen – niet verlengbaar. Met een sterrenoptreden van Mesmero, de gedachtelezer die uw intiemste geheimen zal onthullen.*

Achter een smalle deur naast de ingang van het lokaal voerde een lange trap tussen roodgeverfde muren omhoog. Ik liep de trap op en bleef staan voor een bewerkte, eikenhouten deur met een bronzen deurklopper in de vorm van een nimf, de venusheuvel door een bescheiden klaverblad verhuld. Ik liet de nimf tweemaal tegen de deur vallen en vermeed tijdens het wachten in de grote getinte spiegel te kijken die een fors deel van de muur besloeg. Ik stond net te overwegen of ik er weer vandoor zou gaan, toen de deur openging en een vrouw van middelbare leeftijd, haar haar helemaal wit en keurig in een wrong, sereen naar me glimlachte.

'U moet de heer David Martín zijn.'

Niemand had mij ooit in mijn hele leven 'heer' genoemd en de formaliteit verraste me.

'In hoogsteigen persoon.'

'Als u zo vriendelijk wilt zijn om binnen te komen en me te volgen.'

Ik volgde haar door een korte gang die leidde naar een ruime, ronde, in gedempt licht gedrenkte salon waarvan de muren bedekt waren met rood fluweel. Het plafond was een koepel van geglazuurd gekleurd glas waaraan een glazen kroonluchter hing. Eronder stond een mahoniehouten tafel met een enorme grammofoon erop die een aria fluisterde.

'Kan ik u iets te drinken aanbieden, mijnheer?'

'Voor een glas water ben ik u zeer dankbaar.'

De dame met het witte haar glimlachte zonder met haar ogen te knipperen, vriendelijk, ontspannen en onverstoorbaar.

'Wellicht geeft u de voorkeur aan een glas champagne, of een likeur? Of misschien een droge sherry?'

Mijn smaakpapillen waren tot op heden niet verder gekomen dan een onderscheid in de subtiliteiten van de verschillende soorten leidingwater, dus ik haalde mijn schouders op.

'Kiest u maar.'

De dame knikte en bleef glimlachen, en wees naar een van de weelderige fauteuils die de ruimte bespikkelden.

'Als mijnheer wil gaan zitten, Chloé is zo bij u.'

Ik dacht dat ik in mijn woorden bleef steken.

'Chloé?!'

De dame met het witte haar negeerde mijn verbazing en verdween door een deur die zich aftekende achter een zwart kralengordijn. Ze liet mij alleen met mijn zenuwen en onuitsprekelijke verlangens en ik liep doelloos rond om de rillingen de baas te worden die zich van mij meester hadden gemaakt. Met uitzondering van de zachte muziek en de hartslag die bonsde in mijn slapen, was het hier stil als in een graftombe. Zes gangen, omzoomd door blauwe overgordijnen, voerden vanuit de salon naar zes gesloten, dubbele witte deuren. Ik liet me in een van de fauteuils vallen, zo'n meubelstuk dat bedacht was om de achtersten te wiegen van prinsen en *generalísimos* met een zwak voor staatsgrepen. Kort daarop kwam de witte dame terug met een glas champagne op een zilveren dienblad. Ik nam het aan en zag haar door dezelfde deur weer verdwijnen. In één teug dronk ik het glas leeg en deed de boord van mijn overhemd wat losser. Allengs begon ik te vermoeden dat dit alles slechts een door Vidal bekokstoofde grap was, ten koste van mij. Op dat moment ontwaarde ik een gestalte die vanuit een van de gangen mijn kant op kwam. Het was een klein meisje en ze liep met gebogen hoofd, zodat haar ogen verborgen bleven. Ik stond op.

Het meisje maakte een eerbiedige reverence en gebaarde me haar te volgen. Pas toen realiseerde ik me dat een van haar handen een kunsthand was, als van een etalagepop. Ze leidde me naar het einde van de gang, opende de deur met een sleutel die om haar nek hing, en liet me binnen. In de kamer was het bijna helemaal donker. Ik deed een paar passen naar voren, terwijl ik probeerde iets te onderscheiden. De deur viel achter me dicht en toen ik me omdraaide, was het meisje verdwenen. Ik hoorde hoe de sleutel in het slot werd omgedraaid en realiseerde me dat ik opgesloten zat. Bijna een minuut bleef ik onbeweeglijk staan. Langzaam wenden mijn ogen aan het duister en kregen de omtrekken om me heen gestalte. De wanden van de kamer waren van onder tot boven met zwarte stof bespannen. Aan één kant zag ik een rij vreemde voorwerpen zoals ik nog nooit had gezien en ik wist niet of ik ze onheilspellend of verleidelijk vond. Boven het hoofdeinde van een ruim, rond bed hing een soort reusachtig spinnenweb met twee kaarsenhouders waarin zwarte altaarkaarsen flakkerden die de wasgeur verspreidden van kapellen en dodenwakes. Eén kant van de sponde was omgeven door een traliehek met slangenpatroon. Er voer een huivering door me heen. Alles was precies zoals in de slaapkamer die ik in *De mysteries van Barcelona* had gecreëerd voor de avonturen van mijn onbeschrijflijke femme fatale Chloé. Er zat een luchtje aan deze zaak. Net wilde ik proberen de deur te forceren toen ik me realiseerde dat ik niet alleen was. Ik versteende. Achter het traliewerk tekende zich een silhouet af. Twee glinsterende ogen observeerden me en ik ontwaarde blanke, slanke vingers met lange, zwartgelakte nagels tussen de tralies. Ik slikte moeizaam.

'Chloé?' fluisterde ik.

Zij was het. *Mijn Chloé.* De opera-achtige, onovertroffen femme fatale uit mijn verhalen, in vlees en bloed en lingerie. Ze had de bleekste huid die ik ooit had gezien en zwart glanzend haar dat in rechte hoeken haar gezicht omlijstte. Haar lippen leken met vers bloed gestift en rond haar groene ogen lagen schaduwen. Ze bewoog zich soepel, alsof haar lichaam, gehuld in een korset dat glinsterde als schubben, uit water bestond en de zwaartekracht kon tarten. Haar slanke, eindeloos lange nek werd omgord door een rood fluwelen lint waaraan een omgekeerd crucifix hing. Niet in staat om te ademen, zag ik hoe ze langzaam dichterbij kwam, mijn ogen gefixeerd op die onwaarschijnlijk mooie benen, gehuld in zijden kousen die vermoedelijk meer kostten dan wat ik in een jaar verdiende, en gestoken in messcherpe puntschoenen die met zijden linten om haar enkels vastzaten. In heel mijn leven had ik nog nooit zoiets moois gezien, noch iets waar ik zó bang van werd.

Ik liet me door dit wezen naar de sponde leiden waar ik letterlijk achteroverviel. Het kaarslicht liefkoosde de omtrekken van haar lichaam. Mijn gezicht en lippen waren ter hoogte van haar naakte buik en zonder precies te weten wat ik deed, kuste ik het stukje huid onder haar navel en wreef er zachtjes met mijn wang over. Ik was toen al vergeten wie ik was en waar ik was. Ze knielde voor me neer en nam mijn rechterhand. Loom als een kat likte ze een voor een de vingers van mijn hand, keek me toen strak aan en begon me uit te kleden. Toen ik haar wilde helpen, glimlachte ze en schoof mijn handen weg.

'Shhhh.'

Toen ze klaar was, boog ze zich over me heen en gleed met haar tong over mijn lippen.

'Nu jij. Kleed me uit. Langzaam. Heel langzaam.'

Toen besefte ik dat ik mijn ziekelijke, ellendige kindertijd slechts had overleefd om deze momenten te kunnen beleven. Ik kleedde haar langzaam uit, stroopte alles van haar af tot ze op haar lichaam nog slechts het fluwelen lint om haar hals had en die zwarte kousen – op de herinnering aan dat beeld alleen al kon een ongelukkige drommel als ik honderd jaar teren.

'Streel me,' fluisterde ze in mijn oor. 'Speel met me.'

Ik liefkoosde en kuste elke centimeter van haar huid alsof ik me haar voor de rest van mijn leven in mijn geheugen wilde prenten. Chloé had geen haast en beantwoordde de aanrakingen van mijn handen en lippen met zachte kreuntjes die me leidden. Toen beduidde ze me languit op het bed te gaan liggen en vlijde haar lichaam over het mijne tot ik al mijn poriën voelde gloeien. Ik legde mijn handen op haar rug en liet ze langs die heerlijke lijn van haar ruggengraat glijden. Haar ondoorgrondelijke ogen waren centimeters van mijn gezicht verwijderd en keken me aan. Ik had het gevoel dat ik iets moest zeggen.

'Ik heet ...'

'Shhhh.'

Voordat ik nog iets doms kon stamelen, drukte Chloé haar lippen op de mijne en liet me gedurende een uur van de wereld verdwijnen. Ze moet mijn onhandigheid wel hebben gemerkt, maar deed me geloven dat ze dat niet doorhad, anticipeerde op elke van mijn bewegingen en leidde mijn handen zonder haast of schroom over haar lichaam. In haar ogen zag ik geen tegenzin of afwezigheid. Ze liet me aanraken en genieten met oneindig geduld en een tederheid die me deed vergeten hoe ik daar was terechtgekomen. Die nacht, in de korte tijdspanne van een uur, leerde ik elke lijn van haar huid uit mijn hoofd kennen, zoals anderen gebeden of verwensingen leren. Later, toen ik bijna geen adem meer overhad, liet Chloé me mijn hoofd op haar borst vlijen en streelde lange tijd mijn haar, tot ik in slaap viel in haar armen met mijn hand tussen haar dijen.

Toen ik wakker werd was de kamer nog steeds in duisternis gehuld en Chloé was verdwenen, haar huid niet meer in mijn handen. In plaats daarvan lag er een gedrukt visitekaartje in hetzelfde lichte perkament als de envelop waarin ik de uitnodiging had ontvangen en waarop onder het embleem van de engel het volgende te lezen stond:

Andreas Corelli
Éditeur
Éditions de la Lumière
Boulevard St.-Germain, 69, Paris

Op de achterkant stond handgeschreven:

Beste David, het leven bestaat uit grote verwachtingen. Wanneer u klaar bent om de uwe werkelijkheid te laten worden, neemt u dan contact met mij op. Ik zal op u wachten. Uw vriend en lezer,
A.C.

Ik raapte mijn kleren van de grond en kleedde me aan. De kamerdeur was niet langer op slot. Ik liep door de gang naar de salon, waar de grammofoon was verstomd. Geen spoor van het meisje noch van de vrouw met het witte haar die me had ontvangen. Het was volkomen stil. Hoe dichter ik de uitgang naderde, des te meer kreeg ik de indruk dat de lichten achter me uitdoofden en dat gangen en kamers zich langzaam in duisternis hulden. Ik stapte de overloop op en daalde onwillig de trappen af, terug de wereld in. Op straat zette ik koers naar de Ramblas, het nachtelijk kabaal achter me latend. In de lichte, warme nevel die opsteeg vanuit de haven en die door de flonkering van de grote ramen van Hotel Oriente vuil en stoffig geel kleurde, verdwenen de voetgangers als rookpluimpjes. Ik begon te lopen, de herinnering aan Chloés parfum verbleekte langzaam, en ik vroeg me af of de lippen van Cristina Sagnier, de dochter van Vidals chauffeur, dezelfde smaak zouden hebben.

4

Men weet niet wat dorst is tot men voor het eerst drinkt. Na mijn bezoek aan De Dromerij maakte de herinnering aan Chloés huid me het denken gedurende drie dagen onmogelijk. Zonder iemand iets te zeggen – Vidal al helemaal niet – besloot ik de weinige spaarcenten die ik had bij elkaar te schrapen en er dezelfde avond weer heen te gaan, in de hoop dat het voldoende was om er ten minste een ogenblik in haar armen mee te kopen. Het was al middernacht geweest toen ik bij de trap met de rode muren aankwam die naar De Dromerij leidde. In het trappenhuis brandde geen licht en ik liep langzaam omhoog, weg van het rumoer van de nachtclubs, bars, musichalls en lokalen van dubieus allooi waarmee de jaren van de Eerste Wereldoorlog de calle Nou de la Rambla bezaaid hadden. In het flakkerende licht dat vanaf beneden doorsijpelde tekenden de treden zich af. Op de overloop aangekomen, tastte ik naar de klopper op de deur. Mijn vingers beroerden het zware stuk metaal en toen ik hem optilde gaf de deur een paar centimeter mee – hij was open. Ik duwde hem langzaam verder open. Een dodelijke stilte liefkoosde mijn gezicht. Voor mij doemde een blauwachtige duisternis op. Ontredderd deed ik een paar passen naar binnen. Een zwak schijnsel van de straatlantaarns knipperde in de ruimte en onthulde vluchtige beelden van kale muren en gesprongen parket. Ik kwam bij de salon, in mijn herinnering gedecoreerd met fluweel en weelderig meubilair. Leeg. De laag stof op de vloer glinsterde als zand in de opflakkerende lichtreclame buiten, mijn voetstappen tekenden zich achter me af. Geen spoor van een grammofoon, fauteuils of schilderijen. Het plafond vertoonde barsten en zwartgeblakerde balken werden zichtbaar. De verf hing als een slangenhuid in flarden aan de muren. Ik liep naar de gang die naar Chloés kamer leidde en stak de duistere tunnel door tot ik bij de de dubbele deuren kwam, die niet meer wit waren. Er was geen deurklink, slechts een gat in het hout, alsof de klink er met een ruk uit was getrokken. Ik deed de deur open en ging naar binnen.

De slaapkamer van Chloé was een zwarte cel. De muren waren verkoold en het grootste gedeelte van het dak was ingestort. Langs de hemel zag ik wolken voorbijtrekken en de maan legde een zilveren schijnsel rondom het metalen skelet van wat het bed was geweest. Op dat moment hoorde ik de vloer achter me kraken en ik draaide me bliksemsnel om – ik was niet alleen. Voor de ingang naar de corridor tekende het donkere silhouet van een man zich scherp af. Zijn gezicht kon ik niet onderscheiden, maar ik wist zeker dat hij me gadesloeg. Enkele ogenblikken stond hij daar zo, onbeweeglijk als een spin, de tijd die het mij kostte om te reageren en een stap naar hem toe te doen. Ogenblikkelijk trok het silhouet zich terug in het donker en toen ik bij de salon kwam, was er niemand meer. Een zweem van licht van een lichtreclame aan de andere kant van de straat stroomde heel even de salon binnen en onthulde een bergje tegen de muur opgetast puin. Ik liep ernaartoe en knielde neer bij de door het vuur verkoolde resten. Er stak iets uit de stapel. Vingers. Ik veegde de as eromheen weg en de omtrek van een hand werd zichtbaar. Toen ik hem eruit trok, zag ik dat hij ter hoogte van de pols was afgesneden. Ik herkende hem onmiddellijk, hoewel deze kleine meisjeshand niet van hout was, zoals in mijn herinnering, maar van porselein. Ik liet hem weer op het puin vallen en verdween.

Ik vroeg me af of de onbekende slechts een hersenspinsel was geweest, aangezien ik in het stof geen spoor van zijn voetstappen zag. Ik ging terug de straat op en bleef op het trottoir voor het gebouw staan, turend naar de ramen van de eerste verdieping, in grote verwarring. De mensen liepen me lachend voorbij, zich niet bewust van mijn aanwezigheid. Ik probeerde de gestalte van de onbekende in de menigte te ontwaren. Ik wist dat hij daar was, misschien op een paar meter afstand, en dat hij naar me keek. Na een poosje stak ik de straat over en ging een cafeetje binnen dat uitpuilde van de mensen. Het lukte me me een weg naar de toog te ellebogen en ik gaf de ober een teken.

'Wat mag het zijn?'

Ik had een droge, zanderige mond.

'Een bier,' improviseerde ik.

Terwijl de ober een bier voor me tapte, boog ik me naar voren.

'Weet u of het lokaal hiertegenover, De Dromerij, gesloten is?'

De ober zette het glas op de bar en keek me aan alsof ik niet helemaal bij mijn verstand was.

'Zo'n vijftien jaar geleden is het gesloten,' zei hij.

'Weet u het zeker?'

'Natuurlijk. Na de brand is het niet heropend. Verder nog iets?'

Ik schudde mijn hoofd.

'Dat is dan vier *céntimos*.'

Ik betaalde voor mijn versnapering en vertrok zonder het bier te hebben aangeraakt.

De volgende dag was ik wat vroeger op de redactie en ging ik linea recta naar de archieven in het souterrain. Met de hulp van Matías, het hoofd van de afdeling, en afgaand op wat de ober me had verteld, begon ik de koppen van *De stem van de industrie* van vijftien jaar terug door te nemen. Na veertig minuten vond ik het verhaal, een kort bericht. De brand had vroeg in de ochtend plaatsgevonden, op Sacramentsdag in 1903. Zes personen waren aan de vlammen ten prooi gevallen: een cliënt, vier van de vrouwen en een klein meisje dat daar ook werkte. Een slechte petroleumlamp was volgens de politie en de brandweer de oorzaak van de tragedie, maar het patronaat van een nabijgelegen parochie was van mening dat goddelijke vergelding en tussenkomst van de Heilige Geest doorslaggevende factoren waren geweest.

Terug in het pension legde ik me in mijn kamer op bed te ruste en probeerde tevergeefs de slaap te vatten. Ik haalde het kaartje van de vreemde weldoener, dat ik in mijn handen had gevonden toen ik wakker werd in Chloés bed, uit mijn zak en herlas in de duisternis de woorden die op de achterkant geschreven stonden: *Grote verwachtingen*.

5

In mijn wereld werden verwachtingen, of ze nu groot waren of klein, zelden vervuld. Het was nog maar een paar maanden geleden dat ik bij het slapengaan twee wensen had: op een goede dag wilde ik voldoende moed hebben verzameld om het woord te richten tot de dochter van de chauffeur van mijn mentor, Cristina; en daarnaast hoopte ik dat de uren die me scheidden van de dageraad snel voorbijgingen, zodat ik weer naar de redactie van *De stem van de industrie* zou kunnen gaan. Nu begon ik ook dat toevluchtsoord te verliezen. Misschien kon ik de genegenheid van mijn collega's terugwinnen als ik met een van mijn verhalen grandioos faalde, hield ik mezelf voor. Misschien zouden mijn jeugdzonden me worden vergeven als ik iets zo middelmatigs en abjects schreef dat niet één lezer in staat zou zijn verder te komen dan de eerste alinea. Misschien was dat niet een heel grote prijs om me weer thuis te kunnen voelen. Misschien.

Ik was jaren geleden bij *De stem van de industrie* gekomen aan de hand van mijn vader, een gekwelde, onfortuinlijke man die bij terugkomst uit de Filippijnse oorlog een stad had teruggevonden waarin niemand hem meer wilde en een echtgenote die hem al was vergeten. Twee jaar later verliet ze hem helemaal en ze liet hem achter met een gebroken hart en een zoon die hij nooit had gewild. Mijn vader, die met moeite zijn eigen naam kon lezen en schrijven, had werk noch inkomsten. Het enige wat hij in de oorlog had geleerd was andere mannen doden voor zij hem doodden, en altijd in naam van grandioze, loze zaken die absurder en laaghartiger bleken naarmate men dichter bij de strijd kwam.

Na zijn terugkeer uit de oorlog zocht mijn vader, die twintig jaar ouder leek te zijn geworden, emplooi bij de vele bedrijven in de wijken Pueblo Nuevo en Sant Martí. Het was meestal weer snel gedaan met zijn baantjes en vroeg of laat zag ik hem thuiskomen met een verbitterd gezicht. In de loop van de tijd en bij gebrek aan een alternatief accepteerde hij een post als nachtwaker bij *De stem van de industrie*. Het loon was weliswaar bescheiden, maar de maanden gingen voorbij en voor het eerst sinds zijn terugkeer leek het erop dat hij zich niet in de nesten werkte. De vrede was echter van korte duur. Spoedig begonnen een paar van zijn oude wapenbroeders – levende lijken die verwond aan lichaam en ziel waren teruggekeerd om slechts vast te stellen dat degenen die hen in naam van God en vaderland de dood in hadden gestuurd, hen nu in het gezicht spuwden – hem te betrekken bij duistere zaakjes die een maatje te groot voor hem waren en die hij nooit helemaal doorgrondde.

Vaak verdween mijn vader voor een paar dagen en als hij terugkwam, roken zijn handen en kleren naar kruit en puilde het geld uit zijn broekzakken. Dan verschanste hij zich op zijn kamer en injecteerde hij zichzelf met alles waar hij maar de hand op had kunnen leggen. Hij dacht dat ik het niet doorhad en sloot aanvankelijk niet eens de deur, maar op een dag betrapte hij me toen ik hem bespioneerde en hij gaf me een klap in het gezicht die mijn lippen spleet. Daarna omarmde hij me tot hij geen kracht meer had en op de grond zakte, de naald nog in de huid gestoken. Ik haalde hem eruit en dekte mijn vader toe met een deken. Na dat incident begon hij de deur op slot te doen.

We bewoonden een kleine zolderverdieping boven de bouwplaats van de nieuwe concertzaal van het Palau de la Música de l'Orfeó Català. Het was een gure, krap bemeten plek waar wind en vocht de spot leken te drijven met de muren. Ik ging altijd op het balkonnetje zitten, met bungelende benen, om de mensen gade te slaan en verbaasd te staan over het rif bestaande uit onmogelijke sculpturen en zuilen dat aan de andere kant van de straat groeide en dat ik soms bijna met mijn vingertoppen leek aan te kunnen raken. Op andere momenten, en die waren in de meerderheid, leek het zo ver weg als de maan. Ik was een zwak, ziekelijk kind, vatbaar voor koorts en infecties die me naar de rand van het graf sleurden, maar daar altijd op het laatste moment spijt van kregen en afdropen, op zoek naar een prooi met meer statuur. Wanneer ik ziek werd, verloor mijn vader algauw zijn geduld en na een tweede doorwaakte nacht liet hij me doorgaans onder de hoede van een buurvrouw achter om zelf een paar dagen te verdwijnen. Mettertijd begon ik te vermoeden dat hij erop hoopte me bij zijn terugkeer dood aan te treffen en zich zo bevrijd te weten van die blaag met de wankele gezondheid die hem tot geen enkel nut was.

Meer dan eens wenste ik dat het zo zou gaan, maar altijd was ik bij zijn terugkeer nog in leven, monter en weer een stukje gegroeid. Moeder Natuur schroomde weliswaar niet om me te laten genieten van haar uitgebreide catalogus van ziektekiemen en plagen, maar nooit vond ze de manier om de wet van de zwaartekracht voorgoed op me toe te passen. Tegen alle voorspellingen in overleefde ik de eerste jaren op het slappe koord van een kindertijd van vóór de penicilline. Destijds leefde de dood nog niet in de anonimiteit en overal was te zien en te ruiken hoe hij zieltjes meesleurde die nog niet eens de gelegenheid hadden gehad om te zondigen.

Ook in die jaren al waren mijn enige vrienden gemaakt van papier en inkt. Op school had ik veel eerder leren lezen en schrijven dan de andere kinderen uit de buurt. Waar mijn klasgenoten figuurtjes van inkt zagen op onbegrijpelijke pagina's, zag ik licht, straten en mensen. Woorden en het mysterie van hun verborgen kennis fascineerden me en vormden de sleutel tot een oneindige wereld waarmee ik bescherming vond tegen dit huis, tegen deze straten en tegen deze woelige dagen waarin mij, zelfs ik voelde dat intuïtief aan, weinig geluk te wachten stond.

Mijn vader hield er niet van boeken in huis te zien. Er was iets aan ze wat hem beledigde, afgezien nog van de letters die hij niet kon ontcijferen. Hij zei altijd dat hij me, zodra ik tien werd, aan het werk zou zetten en dat ik me maar liever geen illusies moest maken omdat ik anders zou eindigen als een mislukkeling en een hongerlijder. Ik verborg de boeken onder mijn matras en wachtte met lezen tot hij was vertrokken of in slaap gevallen. Een keer betrapte hij me erop dat ik 's nachts lag te lezen en hij werd woest. Hij rukte het boek uit mijn handen en smeet het uit het raam.

'Als ik je er nog een keer op betrap dat je bij het lezen van die flauwekul stroom verspilt, dan zul je nog wat beleven.'

Mijn vader was geen zuinige man en ondanks de ontberingen die we leden, stopte hij me een paar munten toe wanneer hij maar kon, om snoepgoed te kopen zoals alle andere kinderen uit de buurt. Hij was ervan overtuigd dat ik ze uitgaf aan zoethout, zonnebloempitten of toffees, maar ik bewaarde ze in een koffieblik onder het bed en wanneer ik vier of vijf munten bij elkaar had, haastte ik me om een boek te kopen zonder dat hij het wist.

De beste plek van de hele stad was voor mij de boekwinkel van Sempere & Zoons in de calle Santa Ana. De boekhandel met zijn geur van oud papier en stof was mijn sanctuarium en schuilplaats. De boekhandelaar liet me vrij om in een hoekje op een stoel in alle rust de boeken te lezen die ik maar wilde. Hij vertelde me altijd dat elk boek een ziel heeft, de ziel van degene die het heeft geschreven en van degene die het heeft gelezen en ervan heeft gedroomd. Zelden liet señor Sempere me betalen voor de boeken die hij me in de handen drukte, maar als hij niet oplette liet ik op de toonbank de bij elkaar geschraapte munten achter. Het was niet meer dan kleingeld en als ik een boek had moeten kopen van dat schijntje, dan had ik me vast en zeker alleen een boekje met vloeipapier kunnen permitteren. Werd het tijd om te gaan, dan vertrok ik tegen heug en meug, want als het aan mij lag, was ik daar blijven wonen.

Een keer voor kerst kreeg ik van señor Sempere het beste cadeau dat ik ooit in mijn leven heb gehad. Het was een oud, grondig gelezen en doorleefd boek.

'*Grote verwachtingen* van Charles Dickens ...' las ik op het omslag.

Ik wist dat señor Sempere een paar schrijvers kende die zijn etablissement vaak bezochten en gezien de zorg waarmee hij dat boek behandelde, dacht ik dat deze meneer Charles wellicht een van hen was.

'Een vriend van u?'

'Al mijn hele leven. En vanaf vandaag ook van jou.'

Die avond nam ik mijn nieuwe vriend mee naar huis, verborgen onder mijn kleren zodat mijn vader hem niet zou zien. Tijdens een winter van regens en loodgrijze dagen las ik *Grote verwachtingen* negen keer achter elkaar, gedeeltelijk omdat ik geen ander boek bij de hand had en gedeeltelijk omdat ik dacht dat er geen beter boek kon bestaan. In de loop van de tijd begon ik te geloven dat 'don Carlos' het uitsluitend voor mij had geschreven. Spoedig kwam ik tot de rotsvaste overtuiging in het leven niets anders te willen dan te leren wat meneer Dickens deed.

Op een ochtend werd ik plotsklaps wakker toen mijn vader, eerder teruggekomen van zijn werk dan anders, me door elkaar schudde. Hij had bloeddoorlopen ogen en zijn adem rook naar eau de vie. Ik keek hem doodsbang aan en hij betastte de kale gloeilamp die aan een snoer hing.

'Die is warm.'

Hij boorde zijn blik in mijn ogen en smeet het peertje woedend tegen de muur. Het sprong in duizend stukjes glas uit elkaar die in mijn gezicht regenden, maar ik waagde het niet ze weg te vegen.

'Waar is het?' vroeg mijn vader, zijn stem koud en vast.

Ik schudde bevend mijn hoofd.

'Waar is dat vermaledijde boek?'

Weer schudde ik mijn hoofd. In het schemerlicht zag ik de klap niet aankomen. Het werd me zwart voor mijn ogen en ik besefte vaag dat ik uit bed viel met bloed in mijn mond en een intense pijn die brandde als vuur. Toen ik mijn hoofd opzijdraaide zag ik op de grond iets wat eruitzag als de afgebroken stukjes van een paar tanden. De hand van mijn vader greep me in mijn nekvel en hees me omhoog.

'Waar is het?'

'Vader, alstublieft ...'

Met alle kracht die hij in zich had smeet hij me tegen de muur en de klap tegen mijn hoofd deed me mijn evenwicht verliezen.

Als een zak botten zakte ik in elkaar. Ik sleepte me naar een hoek en bleef daar in elkaar gedoken zitten, toekijkend hoe mijn vader de kast opentrok en de paar kledingstukken die ik bezat eruit trok en op de grond gooide. Tevergeefs woelde hij in laden en koffers, tot hij zich uitgeput weer tot mij wendde. Ik sloot mijn ogen en drukte me verder tegen de muur in elkaar, wachtend op een volgende klap, die nooit kwam. Toen ik mijn ogen opendeed zag ik mijn vader op de bedrand zitten, huilend van schaamte en bijna niet in staat om adem te halen. Hij merkte dat ik keek en rende de trap af. Ik hoorde de echo van zijn voetstappen in de stilte van de dageraad wegsterven en pas toen ik zeker wist dat hij ver weg was, sleepte ik me naar het bed en haalde het boek uit zijn schuilplaats onder het matras tevoorschijn. Vervolgens kleedde ik me aan en met de roman onder mijn arm ging ik de straat op.

Een dichte nevel hing over de calle Santa Ana toen ik bij de deur van de boekhandel aankwam. De boekhandelaar en zijn zoon woonden op de eerste verdieping van hetzelfde pand. Ik wist dat zes uur in de ochtend geen tijd was om bij iemand aan te bellen, maar mijn enige gedachte op dat moment was om het boek te redden, want het was duidelijk dat als mijn vader het vond als hij thuiskwam, hij het met alle woede die hij in zich had zou vernietigen. Ik belde aan en wachtte. Na nog twee of drie keer hoorde ik de balkondeur opengaan en zag ik hoe señor Sempere, met kamerjas en pantoffels, naar buiten stapte en stomverbaasd naar beneden blikte. Een halve minuut later deed hij open en zodra hij mijn gezicht zag, verdween elk spoor van ergernis. Hij knielde voor me neer en pakte mijn armen beet.

'Godallemachtig! Is alles goed met je? Wie heeft dit gedaan?'

'Niemand. Ik ben gevallen.'

Ik reikte hem het boek aan.

'Ik ben gekomen om het u terug te geven, ik wil niet dat er iets mee gebeurt ...'

Señor Sempere keek me zonder iets te zeggen aan, tilde me in zijn armen en droeg me naar boven, naar de woning. Zijn zoon, een jongen van twaalf jaar die zo verlegen was dat ik me niet kon herinneren ooit zijn stem te hebben gehoord, was wakker geworden toen hij zijn vader naar beneden hoorde gaan, en wachtte boven op de overloop. Bij de aanblik van het bloed op mijn gezicht keek hij verschrikt naar zijn vader.

'Bel dokter Campos.'

De jongen knikte en holde naar de telefoon. Toen ik hem hoorde praten, kon ik eindelijk vaststellen dat hij niet stom was. Met zijn tweeën vlijden ze me in een leunstoel in de eetkamer en reinigden mijn wonden van het bloed in afwachting van de komst van de dokter.

'Ga je me niet vertellen wie dit heeft gedaan?'

Ik hield mijn lippen stijf op elkaar. Señor Sempere wist niet waar ik woonde en ik ging hem niet op ideeën brengen.

'Was het je vader?'

Ik keek weg.

'Nee. Ik ben gevallen.'

Dokter Campos, die vier of vijf portieken verderop woonde, was er in vijf minuten. Hij onderzocht me van top tot teen, betastte de blauwe plekken en behandelde de snijwonden zo voorzichtig mogelijk. Zijn ogen brandden overduidelijk van verontwaardiging, maar hij zei niets.

'Er zijn geen breuken, maar wel wat kneuzingen die een tijdje zullen duren en die pijnlijk zijn. Die twee tanden moeten getrokken worden. Ze zijn toch al verloren en er bestaat kans op infectie.'

Toen de dokter weg was, maakte señor Sempere een glas warme chocolademelk voor me klaar en zag erop toe dat ik dat opdronk.

'En dat allemaal om *Grote verwachtingen* te redden, nietwaar?'

Ik haalde mijn schouders op. Vader en zoon keken elkaar samenzweerderig aan.

'De volgende keer dat je een boek wilt redden, echt wilt redden, moet je niet je leven op het spel zetten. Je komt naar me toe en dan neem ik je mee naar een geheime plek waar boeken nooit sterven en waar niemand ze kan vernietigen.'

Nieuwsgierig keek ik de twee aan.

'Wat is dat voor plek?'

Señor Sempere knipoogde naar me met een geheimzinnige glimlach die rechtstreeks gestolen leek uit een feuilleton van

Alexandre Dumas. Een familietrekje van de Semperes, naar men zei.

'Alles op zijn tijd, mijn vriend. Alles op zijn tijd.'

Mijn vader keek die hele week niet op van de grond, verteerd door berouw. Hij kocht een nieuwe gloeilamp en zei me zelfs dat ik hem aan kon doen, maar niet te lang, want elektriciteit was erg duur. Ik speelde liever niet met vuur. Die zaterdag wilde mijn vader een boek voor me kopen en hij ging naar een boekhandel in de calle de la Palla, tegenover de oude Romeinse muur en de eerste en laatste boekhandel waar hij een voet over de drempel zette, maar omdat hij de titels op de ruggen van de honderden boeken die daar stonden niet kon lezen, keerde hij onverrichter zake terug. Daarna gaf hij me geld, meer dan gewoonlijk, en zei dat ik kon kopen wat ik wilde. Het leek mij een ideaal moment om een onderwerp te berde te brengen waar ik al tijden niet het juiste moment voor had kunnen vinden.

'Doña Mariana, de juf, heeft me gevraagd of ik u wil zeggen een keer langs school te gaan om met haar te praten,' liet ik terloops vallen.

'Praten, waarover? Wat heb je gedaan?'

'Niets, vader. Doña Mariana wil met u praten over mijn toekomstige scholing. Ze zegt dat ik talent heb en ze denkt dat ze me aan een beurs zou kunnen helpen voor het piaristencollege ...'

'Wie denkt die vrouw dat ze is om je hoofd zo met zaagsel te vullen en te zeggen dat ze je op een school voor verwende kereltjes kan stoppen? Weet je wel wat voor gespuis daar zit? Weet je wel hoe ze naar je zullen kijken, hoe ze je zullen behandelen als ze weten waar je vandaan komt?'

Ik sloeg mijn ogen neer.

'Doña Mariana wil alleen maar helpen, vader. Verder niets. Wordt u niet boos. Ik zal zeggen dat het niet kan en daarmee uit.'

Mijn vader keek me woedend aan, maar hield zich in en haalde een paar keer met gesloten ogen diep adem voor hij iets zei.

'We komen er wel, snap je dat? Jij en ik. Zonder de aalmoezen van al die smeerlappen. En met opgeheven hoofd.'

'Ja, vader.'

Hij legde een hand op mijn schouder alsof hij gedurende een kort moment dat nooit meer terugkwam, trots op me was, ook al waren we nog zo verschillend, ook al hield ik van boeken die hij niet kon lezen, ja, ook al had zij ons verlaten en uit elkaar gedreven. Op dat moment hield ik mijn vader voor de vriendelijkste man ter wereld en ik geloofde dat iedereen dat zou beseffen als het leven zich voor één keer verwaardigde hem goede kaarten toe te spelen.

'Al het slechte wat je doet in je leven, keert bij je terug, David. Ik heb veel slechts gedaan, heel veel. Maar ik heb daarvoor geboet. Het leven zal een keer nemen. Dat zul je zien. Dat zul je zien ...'

Ondanks de aanhoudendheid van doña Mariana, die haar ogen niet in haar achterzak had zitten en die vermoedde uit welke hoek de wind waaide, kwam ik bij mijn vader niet meer terug op het onderwerp scholing. Toen mijn juf begreep dat er geen hoop was, zei ze dat ze vanaf nu elke dag, als de klassen uitgingen, een uur extra voor mij uit zou trekken, om me te vertellen over boeken, geschiedenis en al die dingen die mijn vader met zo veel angst en beven vervulden.

'Dat zal ons geheim zijn,' zei de juf.

In de loop van de tijd was ik gaan beseffen dat mijn vader zich ervoor schaamde dat de mensen hem voor een sufferd hielden, een overblijfsel van een oorlog die, zoals bijna alle oorlogen, uitgevochten werd in naam van God en vaderland, om mannen die al machtig waren, nog machtiger te maken. In die tijd vergezelde ik mijn vader af en toe naar zijn nachtdienst. We namen dan een tram in de calle Trafalgar die ons tot de poorten van het kerkhof bracht. Ik bleef in zijn portiershuisje, las oude kranten en probeerde af en toe met hem te praten – een inspannende taak. Mijn vader praatte nauwelijks meer, niet over de oorlog in de koloniën, noch over de vrouw die hem had verlaten. Op een keer vroeg ik hem waarom mijn moeder niet meer bij ons was. Ik had het vermoeden dat het mijn schuld was, dat ik iets ergs had gedaan, al was het maar geboren worden.

'Je moeder had me al verlaten voor ik naar het front werd gestuurd. Ík was de domkop die niets in de gaten had tot ik terugkwam. Zo is het leven, David. Vroeg of laat laat alles en iedereen je in de steek.'

'Ik zal u nooit in de steek laten, vader.'

Ik had de indruk dat hij in huilen zou uitbarsten en ik omhelsde hem om niet zijn gezicht te hoeven zien.

Zonder vooraankondiging nam mijn vader me de volgende dag mee naar het stoffenhuis El Indio aan de calle del Carmen. Naar binnen gingen we niet, maar door de grote vensters van de hal wees hij me op een jonge, goedlachse vrouw die de klanten hielp en hun doeken en dure stoffen liet zien.

'Dat is je moeder,' zei hij. 'Op een dag ga ik hierheen en vermoord haar.'

'Dat mag u niet zeggen, vader.'

Hij keek me met rode ogen aan en toen wist ik dat hij nog steeds van haar hield en dat ik haar daarom nooit zou vergeven. Ik herinner me hoe ik haar ongemerkt gadesloeg en dat ik haar slechts herkende op grond van de foto die vader in een la thuis bewaarde, naast zijn legerrevolver. Elke avond, als hij dacht dat ik sliep, haalde hij de revolver uit de la en keek ernaar alsof die hem alle antwoorden kon geven, of in elk geval voldoende.

Nog jarenlang ging ik telkens terug naar de deuren van die bazaar om haar stiekem te bespieden. Nooit had ik de moed om naar binnen te gaan of haar aan te spreken als ik haar naar buiten zag komen en haar de Ramblas af zag lopen, naar een gezin, zo stelde ik me voor, dat haar gelukkig maakte. Een zoon die haar genegenheid en beroering van haar huid meer waard was. Mijn vader heeft nooit geweten dat ik soms wegglipte om haar te zien, om haar te observeren, of haar op sommige dagen van dichtbij te volgen, altijd op het punt om haar hand te pakken en naast haar te gaan lopen, om dan toch op het laatste moment te vluchten. De grote verwachtingen bestonden in mijn wereld uitsluitend op de bladzijden van een boek.

Het geluk waarnaar mijn vader zo hunkerde kwam nooit. Het enige aardige gebaar dat het leven naar hem maakte, was dat het hem niet te lang aan het lijntje hield. Op een nacht, toen we bij de deuren van het krantengebouw kwamen om de dienst te beginnen, stapten er drie *pistoleros* uit de schaduw en doorzeefden hem voor mijn ogen met kogels. Ik herinner me nog de zwavelgeur en de walmende rook die opsteeg uit de kogelgaten in zijn jas. Toen een van de pistoleros zich opmaakte om het karwei definitief te klaren met een schot in het hoofd, wierp ik me op mijn vader terwijl een van de andere moordenaars hem tegenhield. Onze blikken troffen elkaar kort, en een moment leek hij te aarzelen of hij mij ook moest doden. Maar toen verdwenen ze met gezwinde spoed in de nauwe stegen tussen de fabrieken van Pueblo Nuevo.

Die nacht lieten de moordenaars vader in mijn armen doodbloeden en bleef ik alleen op de wereld achter. Bijna twee weken lang verschool ik me in de zetterij van de krant tussen de regelzetmachines, die mij voorkwamen als ijzeren reuzenspinnen, en probeerde het gekmakende gefluit tot zwijgen te brengen dat mijn trommelvliezen bij het vallen van de nacht doorboorde. Toen ze me vonden, zaten mijn kleren en handen nog steeds onder het opgedroogde bloed. Aanvankelijk wist niemand wie ik was, omdat ik een week lang geen woord zei en toen ik het ten slotte wel deed, was het om de naam van mijn vader uit te schreeuwen tot ik geen stem meer overhad. Op de vraag waar mijn moeder was, zei ik dat ze was gestorven en dat ik niemand meer had op de wereld. Mijn verhaal kwam don Pedro Vidal ter ore, de ster van de krant en boezemvriend van de uitgever, die op zijn verzoek verordonneerde dat ik een baantje als duvelstoejager van het huis kreeg plus toestemming om tot nader order in het bescheiden onderkomen van de portier in het souterrain te wonen.

In die jaren waren bloed en geweld in de straten van Barcelona dagelijkse kost geworden. Het was de tijd van de pamfletten en bommen die in de stegen van de Raval stuiptrekkende, rokende lichaamsdelen achterlieten, de tijd van in het zwart geklede bendes die de nacht doorbrachten met bloedvergieten, de tijd van processies en optochten van heiligen en generaals die naar dood en bedrog roken, van opruiende toespraken waarin iedereen loog en iedereen gelijk had. De woede en haat die er jaren later toe zouden leiden dat men elkaar vermoordde in naam van meeslepende leuzen en gekleurde vodden, begonnen zich al in de vergiftigde atmosfeer af te tekenen. De eeuwige mist van de fabrieken hing zwaar over de stad en verhulde haar geplaveide, met tram- en koetsensporen doorsneden avenidas. De nacht behoorde toe aan het gaslicht en de duistere stegen, slechts onderbroken door de schittering van schoten en het blauwe spoor van kruitdamp. Het waren jaren waarin men snel volwassen werd en vele jongens en meisjes, de kindertijd nauwelijks ontgroeid, hadden al de blik van een grijsaard.

Omdat ik buiten het sinistere Barcelona geen verdere familie meer bezat, werd de krant mijn toevluchtsoord en wereld tot ik oud genoeg was om die kamer in het pension van doña Carmen te huren. Ik woonde er pas een week toen de huisbazin op een dag naar mijn kamer kwam en me meedeelde dat er aan de deur een heer naar mij vroeg. Op de overloop zag ik een in het grijs geklede man met een grijze blik, die mij met grijze stem vroeg of ik David Martín heette, mij na mijn bevestiging een in bruin pakpapier gewikkeld pakket aanreikte, weer naar beneden verdween en ten slotte met het spoor van zijn grijze afwezigheid mijn armoedige omgeving besmette. Ik nam het pakket mee naar mijn kamer en sloot de deur. Niemand, met uitzondering van twee of drie personen bij de krant, wist dat ik hier woonde. Nieuwsgierig scheurde ik de verpakking open – ik had in mijn hele leven nog nooit een pakket ontvangen. Er kwam een houten foedraal tevoorschijn dat me vaag bekend voorkwam. Ik legde het op mijn brits en maakte het open. Het bevatte de oude revolver van mijn vader, het wapen dat het leger hem had gegeven en waarmee hij was teruggekeerd van de Filippijnen om een vroege, miserabele dood te bewerkstelligen. Naast het wapen lag een kartonnen doosje met kogels. Ik nam de revolver eruit en woog het in de hand. Het rook naar kruit en olie. Ik vroeg me af hoeveel mannen mijn vader gedood zou hebben met dit wapen waarmee hij al die tijd ongetwijfeld had gedacht zijn eigen leven te zullen beëindigen, totdat anderen hem vóór waren. Ik legde het wapen terug in het foedraal en klapte het dicht. Mijn eerste impuls was om het weg te gooien, maar ik besefte tegelijkertijd dat die revolver het enige was wat ik van hem bezat. De dienstdoende woekeraar had na mijn vaders dood de weinige bezittingen op dat oude verdiepinkje tegenover het Palau de la Música in beslag genomen, ter compensatie van zijn schulden, en hij had nu vermoedelijk besloten om me die macabere herinnering te sturen als saluut bij mijn intrede in het tijdperk der volwassenheid. Ik verstopte het foedraal boven op mijn kast, helemaal tegen de muur, waar het vuil zich ophoopte en waar doña Carmen nog niet met stelten bij kon, en raakte het in geen jaren aan.

Nog dezelfde avond ging ik naar de boekhandel van Sempere & Zoons en omdat ik mij nu een niet-onbemiddelde man van de wereld voelde, vertelde ik de boekhandelaar over mijn voornemen om het oude exemplaar van *Grote verwachtingen* aan te schaffen, dat ik hem jaren geleden terug had moeten geven.

'Noemt u de prijs die u wilt,' zei ik. 'Noemt u de prijs voor alle boeken die ik u de afgelopen tien jaar niet heb betaald.'

Tot op de dag van vandaag herinner ik me Semperes treurige glimlach en de hand die hij op mijn schouder legde.

'Ik heb het vanochtend verkocht,' bekende hij verslagen.

6

Driehonderdvijfenzestig dagen na mijn eerste verhaal te hebben geschreven voor *De stem van de industrie*, kwam ik zoals gewoonlijk op de redactie van de krant en trof die bijna verlaten aan. Het handjevol redacteuren dat er was en maanden geleden nog sympathieke bijnamen voor me had bedacht en me steun had betuigd, negeerde nu mijn groet en vormde een monkelend kringetje. In minder dan een minuut hadden ze hun jassen gepakt en waren ze verdwenen, alsof ze een besmetting vreesden. Ik bleef alleen achter in die grotachtige ruimte en staarde naar de vreemde aanblik van de tientallen lege tafels. Langzame, zware voetstappen achter mij kondigden de komst van don Basilio aan.

'Goedenavond, don Basilio. Wat is er vandaag aan de hand dat iedereen weg is?'

Don Basilio keek me treurig aan en nam plaats aan de tafel naast de mijne.

'Er is een kerstdiner van de hele redactie. In restaurant Set Portes,' zei hij zacht. 'Ik vermoed dat ze het u niet verteld hebben.'

Ik fingeerde een onbezorgde glimlach en schudde mijn hoofd.

'En u, gaat u niet?' vroeg ik.

'De lust is me vergaan.'

We keken elkaar zwijgend aan.

'En als ik u uitnodig?' bood ik aan. 'Waar u maar wilt. Can Solé, als u dat wat lijkt. U en ik, om het succes van *De mysteries van Barcelona* te vieren.'

Don Basilio glimlachte en knikte bedachtzaam.

'Martín,' zei hij ten slotte. 'Ik weet niet hoe ik dit moet vertellen.'

'Me wát vertellen?'

Don Basilio schraapte zijn keel.

'Ik kan geen afleveringen van *De mysteries van Barcelona* meer publiceren.'

Niet-begrijpend keek ik hem aan. Don Basilio ontweek mijn blik.

'Wilt u dat ik iets anders schrijf? Meer in de lijn van Galdós?'

'Martín, u weet toch hoe de mensen zijn. We hebben klachten gekregen. Ik heb geprobeerd alles te sussen, maar de uitgever is een zwak man en hij houdt niet van onnodige conflicten.'

'Ik begrijp u niet, don Basilio.'

'Martín, ze hebben mij gevraagd het u te vertellen.'

Eindelijk keek hij me aan en hij haalde zijn schouders op.

'Ik ben ontslagen,' mompelde ik.

Don Basilio knikte.

Ik voelde hoe mijn ogen zich tegen mijn wil vulden met tranen.

'Het komt u nu voor als het einde van de wereld, maar gelooft u mij als ik zeg dat het in feite het beste is wat u kan overkomen. Dit is geen plek voor u.'

'En wat is dan wel de plek voor mij?' vroeg ik.

'Het spijt me, Martín. Gelooft u mij, het spijt me.'

Don Basilio stond op en legde vol genegenheid zijn hand op mijn schouder.

'Gelukkig kerstfeest, Martín.'

Diezelfde avond nog haalde ik mijn bureau leeg en verliet voor altijd dit oord dat mijn thuis was geweest, om onder te duiken in de donkere, eenzame straten van de stad. Op weg naar het pension liep ik langs restaurant Set Portes onder de arcadebogen van huize Xifré. Voor het restaurant bleef ik lang staan kijken naar het lachen en toosten van mijn collega's binnen. Ik hoopte dat mijn afwezigheid hen gelukkig maakte of hen in elk geval deed vergeten dat ze het niet waren en nooit zouden zijn.

De rest van die week bracht ik volkomen op drift door. Elke dag zocht ik mijn heil in de bibliotheek van het Ateneo en geloofde bij mijn terugkeer in het pension een mededeling van de uitgever te vinden met het verzoek om weer tot de redactie toe te treden. Verstopt in een van de leeszalen haalde ik telkens het visitekaartje tevoorschijn dat ik bij het ontwaken in De Dromerij in mijn hand had gevonden en begon de anonieme weldoener, Andreas Corelli, een brief te schrijven die ik steeds weer verscheurde om de volgende dag opnieuw te beginnen. Op de zevende dag, mijn zelfmedelijden beu, besloot ik de onvermijdelijke pelgrimstocht naar het huis van mijn schepper te maken.

Ik nam de trein naar Sarrià in de calle Pelayo. In die dagen reed hij nog boven de grond en ik ging voor in de wagon zitten om de stad en de straten te bekijken, die breder en voornamer werden naarmate we ons van het centrum verwijderden. Bij halte Sarrià stapte ik uit en ik nam daar een tram die me tot het klooster van Pedralbes bracht. Het was een ongebruikelijk warme dag voor de tijd van het jaar en een briesje bracht de geur mee van de met dennenbomen en brem besprenkelde heuvelflanken. Ik sloeg de avenida Pearson in, die meer en meer bebouwd raakte, en spoedig ontwaarde ik de onmiskenbare omtrekken van Villa Helius. Toen ik hoger en dus dichterbij kwam, kon ik Vidal ontwaren die in hemdsmouwen in de vensterbank van zijn torenraam zat te genieten van een sigaret. Er zweefde muziek in de lucht en ik herinnerde me dat Vidal een van de weinige geprivilegieerden was met een radio-ontvanger. Wat moest het leven er vanaf daar goed uitzien en hoe klein moest ik niet lijken!

Ik stak mijn hand op en hij groette terug. Toen ik bij de villa aankwam, trof ik de chauffeur, Manuel, die op weg was naar het koetshuis met een vuistvol lappen en een emmer dampend water.

'Wat goed u hier te zien, David,' zei hij. 'Hoe staat het leven? Nog steeds zo succesvol?'

'We doen wat we kunnen,' antwoordde ik.

'Niet zo bescheiden, zelfs mijn dochter leest de avonturen die u in de krant publiceert.'

Ik slikte, verrast dat de dochter van de chauffeur niet alleen wist van mijn bestaan, maar zelfs een paar van mijn nonsensverhalen had gelezen.

'Cristina?'

'Ik heb geen andere,' antwoordde don Manuel. 'Meneer is boven in zijn werkkamer, mocht u hem zoeken.'

Ik knikte als teken van dank en glipte het enorme huis binnen, waar ik naar de toren op de derde verdieping liep, die zich verhief te midden van een gegolfd dak van bontgekleurde dakpannen. Daar zat Vidal in zijn werkkamer, van waaruit men in de verte de stad en de zee kon zien. Hij deed de radio uit, een onding met de afmeting van een kleine meteoriet dat hij maanden geleden had gekocht, toen de eerste uitzendingen van Radio Barcelona waren aangekondigd vanuit de verborgen studio's onder de koepel van Hotel Colón.

'Bijna tweehonderd peseta's heeft het ding me gekost en nou blijkt er alleen maar flauwekul uit te komen.'

We gingen tegenover elkaar zitten met alle ramen open om de bries op te vangen die voor mij, bewoner van de duistere, oude binnenstad, naar een andere wereld rook. De stilte was weldadig, als een wonder. Je kon de insecten horen zwermen in de tuin en de blaadjes aan de bomen wiegen in de wind.

'Het lijkt wel hoogzomer,' opperde ik.

'Geen afleidingsmanoeuvres met het weer, alsjeblieft. Ze hebben me verteld wat er is gebeurd,' zei Vidal.

Ik haalde mijn schouders op en wierp een blik op zijn bureau. Ik wist heel goed dat mijn mentor sinds maanden, zo niet jaren, iets probeerde te schrijven wat hij een 'serieuze' roman noemde, iets wat de eenvoudige plots van zijn misdaadverhalen ver oversteeg, om zo zijn naam in de meest eerbiedwaardige afdelingen van de bibliotheek te kunnen bijschrijven. Er lagen niet bijster veel velletjes.

'Hoe vaart u met uw meesterwerk?'

Vidal gooide de peuk uit het raam en staarde in de verte.

'Ik heb niets meer te zeggen, David.'

'Nonsens.'

'Alles in dit leven is nonsens. Het is slechts een kwestie van perspectief.'

'Een mooie titel voor uw boek. *De nihilist op de heuvel.* Succes gegarandeerd.'

'Wie hier spoedig succes nodig heeft ben jij, want ik kan me vergissen, maar volgens mij zit je al aardig krap in je fondsen.'

'Ik kan altijd nog uw liefdadigheid accepteren. Er is een eerste keer voor alles.'

'Het lijkt je nu het einde van de wereld, maar ...'

'... spoedig zal ik beseffen dat dit het beste is wat me had kunnen gebeuren,' maakte ik zijn zin af. 'U gaat me toch niet vertellen dat het nu don Basilio is die uw uiteenzettingen schrijft.'

Vidal lachte.

'Wat denk je te gaan doen?' vroeg hij.

'Heeft u geen secretaris nodig?'

'Ik heb al de beste secretaresse die ik zou kunnen hebben. Ze is intelligenter dan ik, een oneindig veel hardere werker en als ze glimlacht denk zelfs ík dat deze luizige wereld zoiets als een toekomst heeft.'

'En wie is dat wonder?'

'Manuels dochter.'

'Cristina.'

'Eindelijk hoor ik je haar naam uitspreken.'

'U heeft een slechte week uitgekozen om me uit te lachen, don Pedro.'

'Kijk me niet zo aan met de blik van een lam dat naar de slachtbank wordt geleid. Denk je nou echt dat Pedro Vidal zou toestaan dat dat clubje krenterige, jaloerse grijze muizen jou zomaar op straat schopt?'

'Een woord van u aan de uitgever zou de zaken zeker hebben veranderd.'

'Ik weet het. Daarom was ik het die hem voorstelde om je te ontslaan,' zei Vidal.

Ik voelde me alsof hij me net een dreun had verkocht.

'Veel dank voor deze laatste duw,' improviseerde ik.

'Ik heb hem verteld je te ontslaan omdat ik iets veel beters voor je heb.'

'De bedelarij?'

'Man van weinig geloof. Om precies te zijn: gisteren had ik het over je met een paar partners die net een nieuwe uitgeverij hebben geopend en vers bloed zoeken om uit te persen en uit te buiten.'

'Klinkt hemels.'

'Ze kennen natuurlijk *De mysteries van Barcelona* en ze zijn bereid om je een bod te doen waarmee je je naam zult vestigen.'

'Meent u dat serieus?'

'Natuurlijk meen ik dat serieus. Ze willen dat je een feuilleton voor ze schrijft in de meest barokke, bloederige, fantastische traditie van de grand guignol, dat geen spaan heel laat van *De mysteries van Barcelona*. Ik geloof dat het de kans is waar je op hebt zitten wachten. Ik heb gezegd dat je met ze zou gaan praten en dat je klaarstond om onmiddellijk aan het werk te gaan.'

Ik zuchtte diep. Vidal knipoogde naar me en omhelsde me.

7

En zo kwam het dat ik luttele maanden na mijn achttiende verjaardag een bod ontving en accepteerde om onder het pseudoniem Ignatius B. Samson stuiverromans te schrijven. Mijn contract verplichtte me om tweehonderd schrijfmachinepagina's per maand in te leveren, vol intriges, moorden in de high society, ontelbare verschrikkingen in de onderwereld, buitenechtelijke relaties tussen wrede grootgrondbezitters met een ferme kaak en jongedames met schandelijke verlangens, en allerhande duistere familiesagen tegen troebeler achtergronden dan de havenwateren. De serie, die ik besloot *De stad der verdoemden* te dopen, zou maandelijks verschijnen in een harde band met een veelkleurig geïllustreerd omslag. In ruil daarvoor zou ik meer geld ontvangen dan ik ooit had gedacht dat ik kon verdienen met iets wat me respect inboezemde, en de enige censuur bestond in de mate van interesse van de lezers die ik voor me wist te winnen. De voorwaarden van het aanbod verplichtten me tot de anonimiteit van een buitenissig pseudoniem, maar dat leek me op dat moment een heel lage prijs om in mijn levensonderhoud te kunnen voorzien met het beroep waarvan ik altijd had gedroomd. Het ijdele geluk mijn eigen naam op mijn werk gedrukt te zien staan, moest ik opofferen, maar niet mijzelf, noch wat ik was.

Mijn uitgevers waren een stel kleurrijke burgers, Barrido en Escobillas geheten. Barrido, kort van stuk, plomp en altijd getooid met een vettig, sibillijns glimlachje, was het brein van de operatie. Hij kwam uit de worstenindustrie en hoewel hij in zijn hele leven niet meer dan drie boeken had gelezen, waaronder de catechismus en het telefoonboek, vervalste hij de boekhoudkundige geschriften van zijn geldgevers met een vermetelheid en een dichterlijke omhaal die de auteurs van het huis – die precies zoals Vidal had voorspeld werden belazerd, uitgebuit en op straat gezet zodra hun ster begon te verschieten, en dat was vroeg of laat het geval – maar al te graag geëvenaard hadden.

Escobillas had een aanvullende rol. Lang, dor en met een lichtelijk bedreigende manier van doen, had hij zich ontwikkeld in het teraardebestellingswezen, en door de bedwelmende lucht van eau de cologne heen, waarmee hij zijn edele delen overgoot, leek altijd een zweem van formaline te filteren die je haren te berge deed rijzen. Zijn taak was in essentie die van sinistere voorman, die met de zweep in de hand klaarstond om het vuile werk te doen waarin Barridos, vanwege zijn meer goedlachse natuur en zijn niet zo atletische gesteldheid, minder bekwaam was. De ménage à trois werd gecompleteerd door hun secretaresse, Herminia, die hen overal als een trouwe hond volgde en die door iedereen het Venijn werd genoemd omdat ze, ondanks haar kwezelige uiterlijk, net zo betrouwbaar was als een bronstige ratelslang.

Beleefdheden daargelaten probeerde ik hen zo min mogelijk te zien. We onderhielden een strikt zakelijke relatie en geen van de partijen voelde de dringende wens dit protocol te verstoren. Ik had me voorgenomen deze kans te benutten en hard te werken om Vidal te bewijzen – en mijzelf – dat ik zijn hulp en vertrouwen waard was. Zodra ik het eerste geld in handen had, besloot ik het pension van doña Carmen te verlaten en op zoek te gaan naar comfortabeler horizonten. Lang geleden al had ik mijn oog laten vallen op een kast van een huis met een monumentaal voorkomen op nummer 30 van de calle Flassaders, op een steenworp afstand van de *paseo* del Born, waar ik jarenlang op weg naar de krant en weer terug naar het pension langs was gekomen. Het pand, bekroond met een grote toren die uit de met reliëfs en waterspuwers versierde façade ontsproot, stond al jaren leeg, de deur verzegeld met roestige kettingen en sloten. Ondanks zijn lugubere en buitensporige uiterlijk, of misschien juist daarom, wekte het idee daar te wonen in mij dezelfde soort wellust op als verboden gedachten. Onder andere omstandigheden zou ik geaccepteerd hebben dat een dergelijke behuizing mijn magere budget ruimschoots overschreed, maar de lange jaren van verwaarlozing en vergetelheid waartoe het huis veroordeeld leek, voedden in mij de hoop dat als niemand anders het wilde, de eigenaren mijn bod misschien zouden accepteren.

Door hier en daar in de buurt navraag te doen, kwam ik erachter dat het huis inderdaad al vele jaren onbewoond was en dat het in handen was van een onroerendgoedbeheerder die Vicenç Clavé heette en die kantoor hield in de calle Comercio, tegenover de markt. Clavé was een heer van de oude stempel. Hij hield ervan zich te kleden als de standbeelden van burgemeesters en vaderlandse helden voor het Parque de la Ciudadela, en bij de geringste onachtzaamheid zocht hij zijn heil in hoogdravende retoriek, waarbij God noch de wereld gespaard werd.

'Dus u bent schrijver. Meneer, ik zou u verhalen kunnen vertellen die u tot stof zouden kunnen dienen voor een paar goede boeken.'

'Daar twijfel ik niet aan. Waarom begint u niet met een verhaal over het huis aan Flassaders nummer 30?'

Clavés gezicht veranderde in een Grieks masker.

'Het huis met de toren?'

'Dát huis.'

'Gelooft u mij, jongeman, daar wilt u niet wonen.'

'Waarom niet?'

Clavé liet zijn stem dalen en zei op sombere toon, alsof hij bang was dat de muren oren hadden: 'Dat huis brengt ongeluk. Ik heb het bezocht toen we het met de notaris moesten gaan verzegelen en ik kan u verzekeren dat het oude stuk van het kerkhof op de Montjuïc nog vrolijker is. Sindsdien staat het leeg. Dat huis zit vol met slechte herinneringen. Niemand wil het hebben.'

'Die herinneringen kunnen niet slechter zijn dan de mijne en ze zullen zeker helpen om de prijs te drukken die ervoor gevraagd wordt.'

'Sommige prijzen zijn niet met geld te betalen.'

'Kan ik het bezichtigen?'

Ik bezocht het huis met de toren op een ochtend in maart, in gezelschap van de beheerder, zijn secretaris en een accountant van de bank die het eigendomsbewijs bezat. Naar het scheen was het pand jarenlang niet vrijgegeven vanwege een stroperig labyrint van wettelijke twisten, tot het uiteindelijk terugviel aan de kredietbank die garant had gestaan voor de laatste eigenaar. Als Clavé de waarheid vertelde, was dat huis minstens twintig jaar lang door niemand meer betreden.

8

Jaren later, toen ik het verslag las van een paar Britse ontdekkingsreizigers die in de duisternis van een duizend jaar oud, Egyptisch graf – inclusief labyrinten en vloeken – waren doorgedrongen, moest ik me dat eerste bezoek aan het huis met de toren aan de calle Flassaders wel voor de geest halen. De secretaris was met een olielamp uitgerust, omdat men er in het huis nog niet toe was gekomen elektriciteit te installeren. De accountant bracht een sleutelbos met vijftien sleutels mee om de kettingen van hun ontelbare sloten te bevrijden. Bij het openen van de deur stroomde ons een vochtig rotte grafllucht tegemoet. De accountant kreeg een hoestaanval en de beheerder, die met zijn beste uitdrukking van scepsis en afkeuring was gekomen, hield een zakdoek voor zijn mond.

'Na u,' nodigde hij uit.

De entree was een soort patio zoals gebruikelijk bij de oude paleizen van deze buurt, met een plaveisel van grote stenen platen en een brede stenen trap naar de hoofdingang van de woning. Een glazen, volledig door duiven- en meeuwenpoep aangekoekt bovenlicht knipperde in de hoogte.

'Er zijn in elk geval geen ratten,' verkondigde ik na het betreden van het gebouw.

'Iemand moet hier goede smaak en gezond verstand hebben gehad,' zei de beheerder achter me.

We liepen de trap op naar de overloop van de woonetage, waar de accountant tien minuten nodig had om de juiste sleutel te vinden. Het mechanisme gaf mee met een geknars dat geenszins als een hartelijk welkom klonk en de zware deur ging open en bood zicht op een eindeloze gang vol spinnenwebben, wiegend in de duisternis.

'Heilige Moeder Gods,' murmelde de beheerder.

Niemand durfde de eerste stap te zetten, en opnieuw leidde ik de expeditie. De secretaris hield de lamp hoog en aanschouwde alles met een bedrukt gezicht. De beheerder en de accountant keken elkaar ondoorgrondelijk aan. Toen ze zagen dat ik naar hen keek, glimlachte de accountant me opgewekt toe.

'Wat stof afnemen en wat reparaties en u heeft een paleis,' zei hij.

'Blauwbaards burcht,' vond de beheerder.

'Laten we het positief zien,' corrigeerde de accountant. 'Het huis staat al een behoorlijke tijd leeg en dat heeft altijd enige schade tot gevolg.'

Ik sloeg nauwelijks acht op hen. Ik had zo vaak van dat huis gedroomd als ik erlangs liep dat ik de duistere, sinistere atmosfeer haast niet waarnam. Ik liep verder door de hoofdgang en onderzocht kamers en kamertjes waarin oude meubels onder een dikke laag stof waren achtergelaten. Over een tafel lag nog een versleten kleed, met een tafelservies erop en een dienblad met versteende vruchten en bloemen. Glazen en bestek wekten de indruk dat de bewoners halverwege het avondmaal vertrokken waren.

De kasten puilden uit van gerafeld linnengoed, verkleurde kledingstukken en schoenen. Er waren complete lades vol met foto's, brillen, vulpennen en horloges. Onder stof gehulde portretten bekeken ons vanaf de secretaires. De bedden waren opgemaakt en lagen onder een witte sluier die glansde in het schemerdonker. Een reusachtige grammofoon rustte op een mahoniehouten tafel. De naald op de grammofoonplaat was naar het midden gegleden. Ik blies het stof weg om het etiket te lezen: W.A. Mozarts *Lacrimosa*.

'Een symfonieorkest in huis,' zei de boekhouder. 'Wat wil een mens nog meer? U zult hier wonen als een pasja.'

De beheerder wierp hem een moordlustige blik toe, binnensmonds tegensputterend. We struinden de verdieping af tot aan de inpandige galerij, een loggia, aan de achterkant, waar op een tafel een koffieservies stond. Een opengeslagen boek op een leunstoel wachtte erop omgeslagen te worden.

'Het lijkt alsof ze plotseling vertrokken zijn, en geen tijd hebben gehad om iets mee te nemen,' zei ik.

De boekhouder schraapte zijn keel.

'Misschien wil meneer de studeerkamer zien?'

De studeerkamer bevond zich boven in een hoge toren, een enigszins merkwaardige constructie waarvan een wenteltrap het middelpunt van de hoofdgang vormde, en waar op de muren sporen te lezen waren van evenzovele generaties als de stad zich herinnerde. De toren troonde als een uitkijkpunt boven de dakterrassen van de wijk Ribera en mondde uit in een koepeltje van metaal en gekleurd glas dat dienstdeed als lantaarn en waaruit een windroos stak in de vorm van een draak.

We liepen de trap op en gingen de kamer binnen, waar de boekhouder zich haastte om de grote ramen te openen en lucht en licht binnen te laten. Het was een rechthoekige ruimte met een hoog plafond en een donkere, houten vloer. Vanuit de vier grote boogramen kon men de kerk van de Santa María del Mar in het zuiden zien, de grote markt van El Born in het noorden, het oude station Francia in het oosten en naar het westen toe het oneindige labyrint van straten en avenidas die elkaar verdrongen in de richting van de Tibidabo.

'Wat zegt u me daarvan? Een wonder,' betoogde de man van de bank vol enthousiasme.

De beheerder inspecteerde alles terughoudend en misnoegd. Zijn secretaris hield nog steeds de lamp in de hoogte, hoewel dat absoluut niet meer nodig was. Ik liep naar een van de grote ramen en leunde verrukt naar buiten.

Heel Barcelona strekte zich aan mijn voeten uit en ik wilde geloven dat als ik mijn vensters opende – mijn nieuwe vensters –, haar straten mij bij het invallen van de duisternis verhalen en geheimen in het oor zouden fluisteren, om ze op papier te vangen en ze door te vertellen aan wie ze maar wilde horen. Vidal had zijn overdadige, voorname ivoren toren in het elegantste deel van Pedralbes, te midden van heuvels, bomen en wolken. Ik zou mijn sinistere vestingtoren hebben die zich verhief boven de oudste, obscuurste straten van de stad en die werd omgeven door de stinkende walmen en de duisternis van de dodenstad die dichters en moordenaars ooit de 'Roos van Vuur' hadden gedoopt.

De doorslag gaf uiteindelijk het bureau dat het centrum van de studeerkamer domineerde. Erop, als een grote sculptuur van metaal en licht, rustte een indrukwekkende Underwood-schrijfmachine, waarvoor ik alleen al de huurprijs zou hebben betaald. Ik ging in de majesteitelijke stoel voor het bureau zitten en streek glimlachend over de toetsen.

'Ik neem het,' zei ik.

De boekhouder zuchtte van opluchting en de beheerder rolde met zijn ogen en sloeg een kruis. Nog dezelfde middag tekende ik een huurcontract voor tien jaar.

Terwijl de werklui van het elektriciteitsbedrijf overal bedrading aanlegden, begon ik, geassisteerd door een troepje van drie bedienden dat Vidal me ongevraagd had gestuurd, aan het schoonmaken, ordenen en opknappen van de woning.

Al snel ontdekte ik dat de modus operandi van de elektriciens bestond uit het lukraak boren in muren, om daarna pas vragen te stellen. Drie dagen na hun komst brandde in het huis nog niet één lamp, maar iedere willekeurige voorbijganger zou gezworen hebben dat het door een gips- en mineraalvretende plaag boorkevers was bestormd.

'Is er geen betere manier om dit op te lossen?' vroeg ik aan de bataljonschef, die alles regelde met mokerslagen.

Otilio, want zo heette het genie, liet me de plattegronden van het huis zien die ik van de beheerder had gekregen, samen met de sleutels, en betoogde dat het huis de schuld was van alles, het was verkeerd geconstrueerd.

'Kijkt u eens,' zei hij. 'Als de boel slecht gemaakt is, dan is de boel slecht gemaakt. Hier bijvoorbeeld. Hier staat dat u een cisterne heeft op het platte dak. Niet dus. U heeft een cisterne in de patio achter.'

'En wat hindert dat? Dat waterreservoir valt niet onder uw verantwoordelijkheid, Otilio. Concentreert u zich op de kwestie elektriciteit. Stroom. Niet de kranen, niet de leidingen. Licht. Ik heb licht nodig.'

'Maar het staat allemaal met elkaar in verbinding. Wat zegt u me van de loggia?'

'Dat er geen licht is.'

'Volgens de plattegronden zou dit een dragende muur moeten zijn. Maar mijn collega Remigio heeft er hier een klapje van niets op gegeven en de halve muur is naar beneden gekomen. En over de kamers wil ik het niet eens hebben. Volgens dit verhaal meet de kamer aan het einde van de gang bijna veertig vierkante meter. Maar als hij de twintig haalt, spring ik een gat in de lucht. Er staat daar een muur die er niet zou moeten staan. En over de afvoerbuizen kunnen we het maar beter helemaal niet hebben. Er loopt er niet één waar ie zou moeten lopen.'

'Weet u zeker dat u de plattegronden correct interpreteert?'

'Hoort u eens, ik ben een vakman. Gelooft u mij nou, dit huis is een puzzel. Hier heeft werkelijk iedere idioot aan lopen knutselen.'

'U zult het moeten doen met wat er is. Zorgt u voor een wonder of wat dan ook, maar vrijdag wil ik de muren dichtgestopt en geschilderd hebben, en licht dat het doet.'

'Zet u me nou niet onder druk, dit is een precisiewerkje. We moeten strategisch handelen.'

'En wat denkt u te gaan doen?'

'Om te beginnen gaan we ontbijten.'

'Maar u bent hier pas een halfuur.'

'Meneer Martín, met zo'n houding komen we nergens.'

De lijdensweg van bouwwerkzaamheden en beunhazerij duurde een week langer dan voorzien, maar zelfs met de aanwezigheid van Otilio en zijn wonderknaapjes die gaten maakten waar het niet moest en genoten van tweeënhalf uur durende ontbijtsessies, had ik er van pure vreugde om eindelijk in dit droomhuis te kunnen wonen in geval van nood jaren met kaarsen en olielampen gewoond. Ik had het geluk dat de Ribera niet alleen een geestelijk reservoir was, maar ook beschikte over ambachtslieden van diverse pluimage, en ik vond op een steenworp afstand van mijn nieuwe woning iemand die nieuwe sloten installeerde die niet gestolen leken uit de Bastille, en wandlampen en armaturen volgens twintigste-eeuws gebruik. Een telefoonlijn had ik naar mijn overtuiging niet nodig en na wat ik op Vidals radio had gehoord, behoorde ik ook niet tot het publiek dat behoefte had aan 'nieuwe communicatiemiddelen', zoals de pers het vaak noemde. Het mijne zou een bestaan zijn van boeken en stilte. Uit het pension nam ik niet meer mee dan een stel kleren en het foedraal met de revolver van mijn vader, mijn enige aandenken aan hem. De rest van mijn kleren en bezittingen verdeelde ik onder de andere pensiongasten. Als ik mijn geheugen had kunnen achterlaten, ja, zelfs mijn huid, had ik het gedaan.

Op de dag dat het eerste deel van *De stad der verdoemden* werd gepubliceerd, bracht ik ook mijn eerste officiële nacht door in het geëlektrificeerde huis met de toren. De roman was een geheel verzonnen intrige rondom de brand van De Dromerij in 1903 en een geestachtig wezen dat sindsdien door de straten van de Raval spookte. Voordat de inkt van die eerste editie droog was, was ik al begonnen aan de tweede roman van de serie. Volgens mijn berekeningen en uitgaand van dertig dagen ononderbroken werk per maand, moest Ignatius B. Samson een gemiddelde van 6,66 bladzijden bruikbare tekst per dag produceren om aan de contractuele verplichtingen te voldoen, hetgeen gekkenwerk was, maar het voordeel had dat het me geen tijd liet om me er het hoofd over te breken.

Ik was me er nauwelijks van bewust dat ik, terwijl de dagen verstreken, allengs meer koffie en sigaretten consumeerde dan zuurstof. Hoe meer ik mijn brein aan het vergiftigen was, hoe vaker ik de indruk had dat het langzaam veranderde in een stoommachine die nooit meer afkoelde. Ignatius B. Samson was jong en had uithoudingsvermogen. Hij werkte de hele nacht door en viel bij het krieken van de dag afgepeigerd in slaap, overgeleverd aan merkwaardige dromen waarin de letters op het vel in de schrijfmachine loskwamen van het papier en als inktspinnen over zijn handen en gezicht kropen, door de huid drongen en zich in zijn aderen nestelden totdat zijn hart zwart was en zijn blik door donkere inktplassen werd vertroebeld. Wekenlang verliet ik het grote huis amper en ik vergat welke dag het was en welke maand. Ik besteedde geen aandacht aan de hoofdpijn die me telkens weer onverhoeds overviel, alsof een metalen priem mijn hersenpan doorboorde en mijn zicht verzengde met een flits van blikkerend wit licht. Ik was eraan gewend geraakt om te leven met een constante fluittoon in mijn oren die alleen het ruisen van de wind of de regen kon overstemmen. Soms, als koud zweet mijn gezicht bedekte en mijn handen trilden op de toetsen van de Underwood, nam ik me voor de volgende dag een arts te bezoeken. Maar die dag was er altijd weer een andere scène en een ander verhaal te vertellen.

Om het eerste jaar Ignatius B. Samson te vieren, besloot ik een dag vrij te nemen en me weer vertrouwd te maken met de zon, de wind en de straten van de stad, die ik al enige tijd niet meer betreden had en die nu nog slechts in mijn verbeelding bestond. Ik scheerde me, knapte me op en hulde me in mijn meest presentabele kledij. Ik opende de ramen van de studeerkamer en de loggia om de woning door te luchten en de dichte damp die helemaal tot haar geur was geworden, naar de vier winden te laten uitwaaien. Toen ik de trap af liep om naar buiten te gaan, vond ik een grote envelop onder in de brievenbus. Die bevatte onder meer een vel perkament, verzegeld met het engelenmotief en beschreven met het bekende, delicate handschrift.

> *Beste David,*
> *Ik hoop de eerste te zijn die u op deze wijze feliciteert met de nieuwe etappe in uw loopbaan. Ik heb zeer genoten van de eerste delen van* De stad der verdoemden *en vertrouw erop dat dit kleine geschenk u welgevallig zal zijn.*
> *Ik betuig u nogmaals mijn bewondering en het is mijn wens dat op een goede dag onze wegen elkaar kruisen. Met de zekerheid dat dat zo zal zijn, groet ik u zeer hartelijk.*
> *Uw vriend en lezer,*
> *Andreas Corelli*

Het geschenk was hetzelfde exemplaar van *Grote verwachtingen* dat señor Sempere mij als kind cadeau had gedaan en dat ik hem had teruggegeven voordat mijn vader het kon vinden, en dat jaren later, toen ik het tegen elke prijs terug wilde kopen, een paar uur eerder was verdwenen in de handen van een vreemdeling. Ik keek lang naar het blok papier dat voor mij in een niet zo ver verleden alle magie en licht van de wereld had omvat. Op het omslag waren nog de sporen van mijn bloedbevlekte vingerafdrukken te zien.

'Dank u,' mompelde ik.

9

De heer Sempere zette zijn leesbril op om het boek nauwkeurig te onderzoeken. Hij legde het op een doek op zijn bureau in de achterkamer en trok de bureaulamp naar beneden zodat de lichtcirkel er recht op viel. Zijn vakkundige analyse besloeg meerdere minuten, waarin ik een religieuze stilte betrachtte. Ik zag hoe hij de bladzijden omsloeg, eraan rook, met zijn vingers over het papier en de rug streek, het boek in de ene hand woog, toen in de andere, uiteindelijk de band dichtsloeg en met een loep de bloedsporen onderzocht die mijn vingers daar twaalf of dertien jaar geleden hadden achtergelaten.

'Ongelooflijk,' prevelde hij, terwijl hij zijn bril afnam. 'Het is hetzelfde boek. Hoe zegt u dat u het teruggekregen heeft?'

'Ik weet het zelf niet eens. Señor Sempere, kent u een Franse uitgever genaamd Andreas Corelli?'

'Om te beginnen klinkt zijn naam meer Italiaans dan Frans, hoewel de naam Andreas Grieks zou kunnen zijn ...'

'De uitgeverij is gevestigd in Parijs. Éditions de la Lumière.'

Sempere bleef een paar momenten in gepeins verzonken zitten, twijfelend.

'Ik ben bang dat het me niet bekend voorkomt. Ik zal het aan Barceló vragen, die weet alles. Eens kijken of er bij hem een belletje gaat rinkelen.'

Gustavo Barceló was een van de dekens van het gilde van antiquarische boekhandelaars in Barcelona, en zijn encyclopedische kennis was net zo legendarisch als zijn ietwat korzelige, pedante natuur. Vaklui adviseerden elkaar om bij twijfelgevallen

Barceló te raadplegen. Op dat moment stak de zoon van Sempere, die weliswaar twee of drie jaar ouder was dan ik, maar zo verlegen dat hij zich soms bijna onzichtbaar maakte, zijn hoofd om de deur en gebaarde naar zijn vader.

'Vader, ze zijn hier om een bestelling op te halen die u heeft opgenomen, geloof ik.'

De boekhandelaar knikte en reikte me een dik, grondig afgebeuld boek aan.

'Hier heeft u de meest recente catalogus van Europese uitgevers. Kijkt u ondertussen of u iets kunt vinden, als u wilt.'

Ik bleef alleen in de achterkamer, vergeefs zoekend naar Éditions de la Lumière, terwijl Sempere terugkeerde naar zijn toonbank. Tijdens het doorbladeren van de catalogus hoorde ik een vrouwelijke stem die me bekend voorkwam. Toen de naam Pedro Vidal viel, keek ik nieuwsgierig de winkel in.

Cristina Sagnier, dochter van de chauffeur en secretaresse van mijn mentor, nam een stapel boeken door die Sempere noteerde in het verkoopboek. Toen ze me zag glimlachte ze beleefd, maar ik wist heel zeker dat ze me niet herkende. Sempere keek op en bij het registreren van mijn glazige blik maakte hij pijlsnel een inschatting van de situatie.

'U kent elkaar, nietwaar?' vroeg hij.

Cristina trok verrast haar wenkbrauwen op en bekeek me opnieuw, niet in staat me te plaatsen.

'David Martín. Vriend van don Pedro,' hielp ik haar.

'Ah, natuurlijk. Goedendag.'

'Hoe is het met uw vader?' improviseerde ik.

'Goed, goed. Hij wacht op me in de auto.'

Sempere, aan wie niets ontging, greep in: 'Mejuffrouw Sagnier is gekomen om wat boeken op te halen die meneer Vidal had besteld. Omdat ze tamelijk zwaar zijn, wilt u wellicht zo goed zijn om haar te helpen ze naar de auto te brengen ...'

'Doet u geen moei...' protesteerde Cristina.

'Maar natuurlijk,' sprong ik op, klaar om de stapel boeken op te tillen, die ongeveer net zo veel bleek te wegen als de luxe-editie van de *Encyclopaedia Brittanica*, mét supplementen.

Ik voelde hoe er in mijn rug iets knapte en Cristina keek me geschrokken aan.

'Gaat het goed met u?'

'Weest u niet bang, señorita. Onze vriend Martín, ook al is hij een man van de letteren, is zo sterk als een beer,' zei Sempere. 'Nietwaar, Martín?'

Cristina blikte weinig overtuigd mijn kant op. Ik toverde mijn glimlach van 'sterke man' op mijn gezicht.

'Een en al spier,' zei ik. 'Dit is een eenvoudig opwarmertje.'

Semperes zoon bood aan om de helft van de boeken te dragen, maar in een flits van haarscherpe diplomatie hield zijn vader hem tegen. Cristina hield de deur voor me open en ik begon aan de vijftien of twintig meter die me scheidden van de Hispano-Suiza, die op de hoek stond met de avenida Puerta del Ángel. Slechts met de grootste moeite redde ik het, mijn armen in vuur en vlam. Manuel groette me uitbundig en hielp me bij het inladen.

'Wat een toeval u hier te zien, meneer Martín.'

'De wereld is klein.'

Cristina schonk me een dankbaar glimlachje en stapte in.

'Het spijt me van al die boeken.'

'Het was niets. Wat oefening is goed voor het moreel,' voerde ik aan, terwijl ik de spierknopen in mijn rug probeerde te negeren. 'Doet u don Pedro de groeten.'

Ik zag ze in de richting van plaza Cataluña vertrekken en toen ik me omdraaide, kreeg ik Sempere in de deuropening van de boekhandel in het oog, die naar me keek met een katachtige grijns en gebaarde het speeksel van m'n kin te vegen. Ik liep naar hem toe en moest onwillekeurig om mezelf lachen.

'Nu ken ik uw geheim, Martín. Ik had u op dit gebied voor flinker gehouden.'

'Ik ben het enigszins verleerd.'

'Vertelt u mij wat. Kan ik het boek een paar dagen houden?'

Ik knikte.

'Past u er alstublieft goed op.'

10

Maanden later zag ik haar weer, in gezelschap van don Pedro Vidal, aan de tafel die in het Maison Dorée altijd voor hem gereserveerd was. Vidal nodigde me uit bij hen te komen zitten, maar één blik van haar was voldoende om te beseffen dat ik het aanbod moest afslaan.

'Hoe gaat het met de roman, don Pedro?'

'Van een leien dakje.'

'Dat doet me deugd. Eet smakelijk.'

Onze ontmoetingen waren toevallig. Soms liepen we elkaar tegen het lijf in de boekhandel van Sempere & Zoons, waar ze dikwijls voor don Pedro boeken afhaalde. Als het zo uitkwam, liet Sempere me met haar alleen, maar al snel rook Cristina lont en stuurde ze een van de bedienden van Villa Helius om de bestellingen op te halen.

'Ik weet dat het mijn zaken niet zijn,' zei Sempere. 'Maar misschien moet u haar uit uw hoofd zetten.'

'Ik weet niet waar u het over heeft, señor Sempere.'

'Martín, we kennen elkaar nu al een hele tijd ...'

De maanden leken voorbij te gaan als in een mist. Ik leefde 's nachts, schreef van de schemering tot de dageraad en sliep overdag. Barrido en Escobillas feliciteerden elkaar onafgebroken met het succes van *De stad der verdoemden* en wanneer ze me op de rand van instorting zagen, verzekerden ze me dat er na nog een paar romans een sabbatsjaar voor me zou volgen om uit te rusten of om een roman te schrijven die ze dan met veel bombarie zouden publiceren met mijn eigen naam in grote letters op het omslag. Altijd 'na nog een paar romans'. De steken, hoofdpijn en aanvallen van duizeligheid werden frequenter en intenser, maar ik schreef ze toe aan de vermoeidheid en onderdrukte ze met nieuwe injecties van cafeïne, sigaretten, en codeïnepillen met god weet wat nog meer erin, die een apotheker in de calle Argenteria me onder de toonbank toeschoof en die naar buskruit smaakten. Don Basilio, met wie ik elke tweede donderdag van de maand op een terras in de Barceloneta at, drong er bij mij op aan naar een dokter te gaan. Ik zei altijd dat ik diezelfde week nog een afspraak had.

Afgezien van mijn toenmalige chef en de Semperes, zag ik wegens tijdgebrek weinig andere mensen dan Vidal en als ik hem zag, was dat meer omdat hij mij opzocht dan ik hem. Hij hield niet van het huis met de toren en stond er altijd op een wandeling te maken, om steevast te eindigen in bar Almirall in de calle Joaquim Costa, waar hij een rekening had. Op vrijdagavond hield hij daar literaire discussieavonden zonder mij daarvoor uit te nodigen. Hij wist dat alle aanwezigen – gefrustreerde rijmelaars en kontlikkers die om zijn grapjes lachten in afwachting van een aalmoes, een aanbeveling voor een uitgever of een loftuiting waarmee de wonden van de ijdelheid behandeld konden worden – mij verafschuwden met een hardnekkigheid, kracht en ijver die aan hun eigen artistieke producten ontbrak, maar waar een onwetend, achterbaks publiek domweg de ogen voor sloot. Daar, in de bar, vertelde hij mij in absint- en sigarennevelen over zijn roman, die nooit afkwam, zijn plannen om zich te laten pensioneren van het nietsdoen, en zijn affaires en veroveringen, die jonger en huwbaarder werden naarmate hij ouder werd.

'Je vraagt me helemaal niet naar Cristina,' zei hij soms boosaardig.

'Wat wilt u dat ik vraag?'

'Of zij mij naar jou vraagt.'

'Vraagt ze naar mij, don Pedro?'

'Nee.'

'Juist.'

'Feit is dat ze je laatst noemde.'

Ik keek hem aan om te zien of hij me voor de gek hield.

'En wat zei ze?'

'Dat zul je niet fijn vinden.'

'Laat horen.'

'Ze zei het niet met zoveel woorden, maar ik meende te begrijpen dat ze niet snapt dat je jezelf zo prostitueert met het schrijven van kitschromannetjes voor dat stel boeven, en zo je talent en jeugd overboord gooit.'

Het was alsof Vidal me met een ijzige priem in mijn maag had gestoken.

'Is dat wat ze denkt?'

Vidal haalde zijn schouders op.

'Dan kan ze wat mij betreft naar de hel lopen.'

Ik werkte elke dag behalve op zondag. Dan slenterde ik door de straten, om onveranderlijk te eindigen in een of andere bodega aan de Paralelo waar een mens in de armen van een andere eenzame, verwachtingsvolle ziel wat gezelschap en kortstondige affectie kon vinden. Tot de ochtend erna, als ik naast een van hen wakker werd en een vreemde ontdekte, had ik meestal niet in de gaten dat ze allemaal op elkaar leken: de haarkleur, de manier van lopen, een gebaar of een blik. Vroeg of laat, om de snijdende stilte van het afscheid te smoren, informeerden deze damesvoor-een-nacht naar wat ik deed voor de kost en als ik door ijdelheid werd gedreven en hun vertelde dat ik schrijver was, noemden ze me een leugenaar – niemand had ooit van David Martín gehoord, terwijl sommigen wel wisten wie Ignatius B. Samson was en *De stad der verdoemden* van horen zeggen kenden. Mettertijd begon ik te vertellen dat ik in het gebouw van de havendouane aan de Atarazanas werkte, of dat ik leerling was op het advocatenkantoor van Sayrach, Muntaner en Cruells.

Ik herinner me een avond in Café de la Ópera in het gezelschap van een muziekdocente met de naam Alicia, die ik vermoedelijk hielp om iemand te vergeten die zich niet liet vergeten. Juist toen ik deze Alicia wilde kussen, werd ik het gezicht van Cristina achter het glas gewaar, maar voor ik buiten was, was ze al in de menigte van de Ramblas verdwenen. Twee weken later wilde Vidal me met alle geweld uitnodigen voor de première van *Madame Butterfly* in het Liceo. De familie Vidal bezat een loge op de eerste rang en Vidal hield ervan om tijdens het hele seizoen met wekelijkse regelmaat op te komen dagen. Toen ik hem trof in de foyer zag ik dat hij Cristina had meegenomen. Zij groette me met een ijzig glimlachje en negeerde me totdat don Pedro halverwege de tweede akte besloot even naar Club Liceo af te dalen om een neef te groeten en ons alleen liet in de loge. Alleen wij tweeën, met slechts Puccini en honderden in het halfdonker van het theater ondergedompelde gezichten als schild. Ik hield het ongeveer tien minuten vol voor ik me omdraaide en haar in de ogen keek.

'Heb ik iets gedaan waardoor ik u heb beledigd?' vroeg ik.

'Nee.'

'Kunnen we dan proberen te doen alsof we vrienden zijn, ten minste bij gelegenheden als deze?'

'Ik wil uw vriendin niet zijn, David.'

'Waarom niet?'

'Omdat u ook niet mijn vriend wilt zijn.'

Ze had gelijk, haar vriend wilde ik niet zijn.

'Is het waar dat u denkt dat ik me prostitueer?'

'Wat ik denk doet niet ter zake. Wat telt is wat u denkt.'

Ik bleef nog vijf minuten zitten, stond toen op en vertrok zonder een woord te zeggen. Nog voor ik bij de grote trap van het Liceo was, had ik mezelf al beloofd nooit meer een gedachte, blik of vriendelijk woord aan haar te wijden.

De volgende dag zag ik haar voor de kathedraal en toen ik haar wilde ontwijken, wuifde ze glimlachend naar me. Als aan de grond genageld bleef ik staan en zag haar op me toe lopen.

'Nodigt U me niet uit om de *merienda* te gebruiken?'

'Ik ben aan het tippelen en ben pas over een paar uur vrij.'

'Staat u míj dan toe ú uit te nodigen. Wat is uw tarief om een dame een uur gezelschap te houden?'

Knarsetandend volgde ik haar naar een chocolaterie in de calle Petritxol. We bestelden warme chocolade en gingen tegenover elkaar zitten om te zien wie het eerst zijn mond zou opendoen. Voor één keer won ik.

'Ik wilde u gisteren niet beledigen, David. Ik weet niet wat don Pedro u verteld heeft, maar ik heb dat nooit gezegd.'

'Misschien denkt u het alleen maar – voldoende reden voor don Pedro om het me te zeggen.'

‘U weet niet wat ik denk,’ antwoordde ze hard. ‘En don Pedro evenmin.’

Ik haalde mijn schouders op.

‘Goed dan.’

‘Wat ik zei was iets heel anders. Ik zei dat ik slecht kon geloven dat u doet wat u vanbinnen voelt.’

Ik knikte glimlachend. Het enige wat ik op dat moment voelde was het verlangen om haar te kussen. Uitdagend weerstond Cristina mijn blik. Ze draaide haar gezicht niet weg toen ik mijn hand uitstak, haar lippen streelde en mijn vingers langs haar kin en hals liet glijden.

‘Niet zo,’ zei ze ten slotte.

Nog voor de ober ons twee dampende koppen bracht, was ze verdwenen. Er gingen maanden voorbij zonder dat ik ook maar haar naam hoorde.

Op een dag, eind september, toen ik net een nieuwe aflevering van *De stad der verdoemden* af had, besloot ik een nacht vrij te nemen. Ik voelde dat er weer zo’n storm van duizeligheid en vurige dolksteken in mijn hoofd aankwam. Ik schrokte een handvol codeïnepillen naar binnen en ging in het donker op bed liggen wachten tot het koude zweet wegtrok en mijn trillende handen bedaarden. Juist toen ik in slaap begon te vallen, hoorde ik dat er op de deur werd geklopt. Ik sleepte me naar de hal en deed open. Don Pedro Vidal, gehuld in een van zijn smetteloze Italiaanse pakken, stak een sigaret op onder een lichtbundel die Vermeer zelf voor hem geschilderd leek te hebben.

‘Leef je of praat ik met een verschijning?’ vroeg hij.

‘Vertelt u me nu niet dat u helemaal van Villa Helius hierheen bent gekomen om dit te vragen.’

‘Nee. Ik ben gekomen omdat ik al maanden niets van je hoor en ik me zorgen maak. Waarom laat je geen telefoonlijn installeren in dit mausoleum, zoals normale mensen?’

‘Ik houd niet van telefoons. Ik houd ervan het gezicht van de mensen te zien met wie ik spreek en ik houd ervan dat ze het mijne zien.’

‘In jouw geval weet ik niet of dat zo’n goed idee is. Heb je de laatste tijd nog weleens in de spiegel gekeken?’

'Dat is úw specialiteit, don Pedro.'

'In het lijkenhuis van de kliniek liggen mensen met meer kleur op hun gezicht. Kom, kleed je aan.'

'Waarom?'

'Omdat ik het zeg. We gaan een wandeling maken.'

Vidal duldde geen protest. Hij trok me mee naar de auto, die wachtte op de paseo del Born, en gebaarde Manuel te vertrekken.

'Waar gaan we heen?' vroeg ik.

'Verrassing.'

We doorkruisten heel Barcelona tot aan de avenida Pedralbes en van daar reden we de heuvel op. Een paar minuten later verscheen Villa Helius, alle vensters waren hel verlicht, en in de schemering leek het huis gehuld te zijn in gloeiend goud. Vidal zei geen woord en keek geheimzinnig. Binnen voerde hij me naar de grote salon. Daar wachtte een groep mensen, die applaudisseerden toen ze me zagen. Ik herkende don Basilio, Cristina, Sempere en zoon, mijn oude juf doña Mariana, enkele auteurs van Barrido en Escobillas met wie ik vriendschap had gesloten, Manuel, die zich bij de groep had gevoegd, en een paar van Vidals veroveringen. Lachend reikte don Pedro me een glas champagne aan.

'Gefeliciteerd met je achtentwintigste verjaardag, David.'

Ik was het volledig vergeten.

Na afloop van het diner excuseerde ik mij een ogenblik om in de tuin een luchtje te scheppen. De sterrenhemel spande een zilveren sluier over de bomen. Ik stond daar nauwelijks een minuut toen ik voetstappen dichterbij hoorde komen. Ik draaide me om en zag Cristina Sagnier staan, de laatste die ik op dat moment verwachtte. Ze glimlachte naar me, bijna alsof ze zich voor haar opdringerigheid verontschuldigde.

'Pedro weet niet dat ik naar buiten ben gegaan om met u te praten,' zei ze.

Het ontging me niet dat ze hem niet meer 'don Pedro' noemde, maar ik deed alsof ik het niet had gehoord.

'Ik zou graag met u willen praten, David,' zei ze. 'Maar niet nu en niet hier.'

Zelfs de duisternis van de tuin kreeg het niet voor elkaar mijn verwarring te verbergen.

‘Kunnen we elkaar morgen ergens ontmoeten?’ vroeg ze. ‘Ik beloof u dat ik niet veel van uw tijd zal opeisen.’

‘Op één voorwaarde,’ zei ik. ‘Dat u me niet meer met “u” aanspreekt. Verjaardagen maken een mens al oud genoeg.’

Cristina glimlachte.

‘Afgesproken. Ik tutoyeer u als u mij tutoyeert.’

‘Tutoyeren is een van mijn specialiteiten. Waar zullen we elkaar ontmoeten?’

‘Kan het bij jou thuis? Ik wil niet dat iemand ons ziet of dat Pedro weet dat ik met je gepraat heb.’

‘Zoals je wilt ...’

Cristina knikte opgelucht.

‘Dank je. Morgen dan? In de middag?’

‘Wanneer je maar wilt. Weet je waar ik woon?’

‘Mijn vader weet het wel.’

Ze boog licht naar me toe en kuste me op de wang.

‘Gefeliciteerd met je verjaardag, David.’

Voor ik iets kon zeggen, was ze in de tuin verdwenen. Toen ik terugkeerde naar de salon, had ze het huis al verlaten. Vidal wierp me vanaf de andere kant van de salon een kille blik toe en glimlachte pas toen hij besefte dat ik naar hem keek.

Een uur later stond Manuel erop, met instemming van Vidal, om me in de Hispano-Suiza naar huis te vergezellen. Ik ging naast hem zitten, zoals ik placht te doen bij de gelegenheden dat ik met hem alleen reed en die de chauffeur te baat nam om me rijtrucjes uit te leggen en me zelfs een stukje te laten rijden. Die nacht was de man zwijgzamer dan anders en hield hij zijn kaken stijf op elkaar tot we in het oude centrum waren aangekomen. Hij was magerder dan de laatste keer dat ik hem had gezien en ik had de indruk dat de leeftijd zijn tol begon te eisen.

‘Is er iets, don Manuel?’ vroeg ik.

De chauffeur haalde zijn schouders op.

‘Niets belangrijks, meneer Martín.’

‘Als iets u zorgen baart ...’

‘Ach, de gezondheid. Op mijn leeftijd zijn er allemaal kleine zorgen, u weet wel wat ik bedoel. Maar ik doe er niet meer toe. Mijn dochter, die doet ertoe.’

Ik wist niet goed wat ik hierop moest antwoorden en knikte slechts.

'Ik weet dat u genegenheid voor haar heeft opgevat, meneer Martín. Voor mijn Cristina. Een vader ziet zulke dingen.'

Ik knikte nogmaals en zei niets. We wisselden geen woord meer tot Manuel de automobiel stopte aan het begin van de calle Flassaders, mij de hand schudde en me nogmaals feliciteerde met mijn verjaardag.

'Als mij iets zou overkomen,' zei hij toen, 'dan zou u haar toch helpen, nietwaar, meneer Martín? Zou u dat voor mij doen?'

'Natuurlijk, Manuel. Maar wat kan u overkomen?'

De chauffeur glimlachte en stak ten afscheid zijn hand op. Ik zag hem weer in de auto stappen en langzaam wegrijden. Ik durfde het niet met zekerheid te zeggen, maar ik zou gezworen hebben dat hij, na een zo goed als woordloos ritje, nu in gesprek was met zichzelf.

11

De hele morgen drentelde ik door het huis om op te ruimen en orde te scheppen, om te luchten en dingen en hoeken te poetsen waarvan ik niet wist dat ze bestonden. Ik haastte me naar een bloemenkraam op de markt en toen ik beladen met bossen bloemen terugkwam, realiseerde ik me dat ik niet wist waar ik de vazen had verstopt. Ik kleedde me alsof ik op zoek ging naar een baan. Ik studeerde woorden en begroetingen in die me belachelijk in de oren klonken. Ik bekeek mezelf in de spiegel en stelde vast dat Vidal gelijk had, ik zag eruit als een lijk. Ten slotte ging ik zitten in een leunstoel in de loggia en wachtte met een boek in de hand. Het duurde twee uur voor ik de eerste bladzijde had gelezen. Eindelijk, klokslag vier uur, hoorde ik Cristina's voetstappen op de trap en sprong op. Tegen de tijd dat ze aanbelde, stond ik al een eeuwigheid bij de deur.

'Hallo, David. Kom ik ongelegen?'

'Nee, nee. Integendeel. Kom binnen.'

Cristina glimlachte beleefd en stapte de gang in. Ik leidde haar naar de loggia en verzocht haar plaats te nemen. Haar blik onderzocht alles aandachtig.

'Een heel speciale plek,' zei ze. 'Pedro had me al verteld dat je in een elegant herenhuis woonde.'

'Hij geeft de voorkeur aan de term "luguber", maar ik veronderstel dat alles een kwestie van perceptie is.'

'Mag ik vragen waarom je hier bent gaan wonen? Het huis is een tikje aan de grote kant voor iemand die alleen woont.'

Iemand die alleen woont, dacht ik. Een mens wordt uiteindelijk tot wat hij ziet weerspiegeld in de ogen van degenen van wie hij houdt.

'Wil je het weten?' vroeg ik. 'Ik kwam hier wonen omdat ik dit huis jarenlang bijna elke dag zag als ik naar de krant ging of ervandaan kwam. Het was altijd dicht en ik begon te denken dat het op mij wachtte. Uiteindelijk droomde ik, letterlijk, dat ik er op een goeie dag zou wonen. En zo geschiedde.'

'Worden al jouw dromen werkelijkheid, David?'

Die ironische toon deed me te veel aan Vidal denken.

'Nee,' antwoordde ik. 'Dit is de enige. Maar jij wilde met me praten over iets en ik houd je op met verhalen die je vast en zeker niet interesseren.'

Mijn stem klonk defensiever dan ik had gewild. Met mijn verlangen verging het me net als met de bloemen: had ik het eenmaal in handen, dan wist ik niet waar ik het moest laten.

'Ik wilde met je over Pedro praten,' begon Cristina.

'Aha.'

'Jij bent zijn beste vriend. Je kent hem. Hij praat over je als over een zoon. Hij houdt meer van je dan van wie ook. Dat weet je.'

'Don Pedro heeft me als een zoon behandeld,' zei ik. 'Zonder hem en señor Sempere weet ik niet wat er van me geworden was.'

'De reden dat ik met je wilde praten is dat ik me grote zorgen om hem maak.'

'Grote zorgen, waarom?'

'Je weet dat ik jaren geleden begonnen ben als secretaresse voor hem te werken. De waarheid is dat Pedro een genereuze man is en dat we in de loop van de tijd goede vrienden zijn geworden. Hij heeft mijn vader en mij zeer goed behandeld. Daarom doet het me pijn hem zo te zien.'

'Wat bedoel je met "zo"?'

'Het is dat vermaledijde boek, de roman die hij wil schrijven.'

'Hij is er al jaren mee bezig.'

'Hij is hem al jaren aan het vernietigen. Ik corrigeer alle pagina's en tik ze uit. In de jaren dat ik zijn secretaresse ben, heeft hij er al zeker tweeduizend vernietigd. Hij zegt dat hij geen talent heeft. Dat hij een bedrieger is. Hij drinkt constant. Soms vind ik hem dronken boven in zijn studio, huilend als een kind ...'

Ik slikte.

'Hij zegt dat hij jaloers op je is, dat hij zo zou willen zijn als jij, dat de mensen liegen en hem slechts prijzen omdat ze iets van hem willen, geld, hulp, maar dat hij weet dat zijn werk geen enkele waarde heeft. Tegenover de anderen houdt hij een façade op, mooie pakken enzovoorts, maar ik zie hem elke dag en hij kwijnt weg. Soms ben ik bang dat hij een domheid begaat. Al een hele tijd. Ik heb niets gezegd omdat ik niet wist met wie ik erover moest praten. Ik weet dat hij woedend wordt als hij erachter komt dat ik naar jou ben gegaan. Hij zegt altijd: David moet je niet lastigvallen met mijn aangelegenheden. Hij heeft zijn leven nog voor zich en ik ben niets meer. Voortdurend zegt hij dat soort dingen. Vergeef me dat ik je dit allemaal vertel, maar ik wist niet naar wie ik toe moest ...'

We vervielen in een lang stilzwijgen. De ijzig koude wetenschap overspoelde me dat de man aan wie ik mijn leven te danken had was bezweken onder de wanhoop en dat ik daar niet het geringste van had gemerkt, zozeer was ik opgesloten geweest in mijn eigen wereld.

'Misschien had ik niet moeten komen.'

'Toch wel,' zei ik. 'Daar heb je goed aan gedaan.'

Cristina keek me aan met een mat glimlachje en voor het eerst had ik de indruk dat ik niet langer een vreemde voor haar was.

'Wat kunnen we doen?' vroeg ze.

'We gaan hem helpen,' zei ik.

'En als hij niet wil?'

'Dan doen we het zo dat hij het niet in de gaten heeft.'

12

Nooit zal ik weten of ik het deed om Vidal te helpen, zoals ik mezelf voorhield, of simpelweg om onder dit voorwendsel met Cristina samen te kunnen zijn. We troffen elkaar bijna elke middag in het huis met de toren. Cristina bracht de velletjes papier mee die Vidal de dag ervoor met de hand had geschreven, altijd vol doorhalingen, compleet doorgestreepte alinea's, overal op- en aanmerkingen en duizend-en-één pogingen om te redden wat niet te redden viel. We liepen dan naar boven naar de studeerkamer en gingen op de grond zitten. Cristina las ze hardop een eerste keer voor en daarna discussieerden we er uitvoerig over. Mijn mentor probeerde zoiets als een epische sage te schrijven die drie generaties van een Barcelonese dynastie omvatte, gelijkend op de Vidals. Het verhaal begon enkele jaren voor de industriële revolutie met de komst van twee ouderloze broers naar de stad, en ontwikkelde zich geleidelijk tot een soort Bijbelse parabel in de trant van Kaïn en Abel. In de loop der jaren werd een van de broers de rijkste en machtigste magnaat van zijn tijd, terwijl de ander zich met hart en ziel wijdde aan de kerk en de armenhulp, om zijn dagen te eindigen tijdens een tragische episode, die duidelijk aan de tegenspoed van priester en dichter Jacint Verdaguer deed denken. In de loop van hun leven zagen de broers zich telkens weer lijnrecht tegenover elkaar geplaatst, en een eindeloze galerij van personages kwam voorbij in heftige melodrama's, schandalen, moorden, buitenechtelijke relaties, tragedies en andere rekwisieten van het genre, en dat alles tegen de achtergrond van de opkomende moderne metropool en de industriële en financiële wereld. Het verhaal werd door een kleinzoon van een van de twee broers verteld, die het gebeurde reconstrueerde terwijl hij tijdens de dagen van de Tragische Week in 1909 de stad zag branden vanaf een paleisachtige villa in Pedralbes.

Het eerste wat mij verraste was dat ik datzelfde verhaal Vidal een paar jaar eerder had geschetst bij wijze van suggestie, zodat hij zijn vermeende zwaarwichtige roman vlot kon trekken, de roman die hij op een goede dag zou schrijven, zoals hij altijd beweerde. Het tweede was dat hij me nooit iets had gezegd over zijn besluit om die suggestie inderdaad te gebruiken, noch dat hij er al jaren tijd in had gestoken, en niet wegens gebrek aan gelegenheden om het me mee te delen. Het derde, ten slotte, was dat de roman in zijn huidige vorm een totaal en monumentaal fiasco was: niets eraan functioneerde, de personages en de structuur niet, noch de atmosfeer en dramatisering, noch zijn taalgebruik en stijl, die deden denken aan de inspanningen van een dilettant met veel te veel vrije tijd en pretenties.

'Wat vind je?' vroeg Cristina. 'Denk je dat er iets van te maken is?'

Ik vertelde haar liever niet dat Vidal het idee van mij had geleend en om haar niet nog bezorgder te maken dan ze was, knikte ik vol vertrouwen.

'Er moet wat aan gesleuteld worden. Dat is alles.'

Toen het donker werd, ging Cristina aan de schrijfmachine zitten en gezamenlijk begonnen we het boek van Vidal letter voor letter, regel voor regel, scène voor scène, te herschrijven.

De door Vidal geconstrueerde plot was zo vaag en oninspirerend dat ik ervoor opteerde mijn eigen, destijds geschetste fabel te gebruiken. Stukje bij beetje lieten we nieuw leven in de personages vloeien door ze van binnenuit op te blazen en ze van top tot teen te herscheppen. Geen enkele scène, moment, regel of woord overleefde het proces en toch had ik de indruk dat we, naarmate we vorderden, de roman die Vidal in zijn hart droeg en die hij per se wilde schrijven zonder te weten hóé, recht deden.

Cristina vertelde me dat Vidal een scène soms weken na het vermeende schrijven herlas in de definitieve, uitgetikte versie en zich verbaasde over het raffinement van zijn vakmanschap en de kracht van een talent waarin hij niet langer had geloofd. Ze was bang dat hij zou ontdekken wat we aan het doen waren en vond dat we trouwer moesten blijven aan het origineel.

'Onderschat nooit de ijdelheid van een schrijver, vooral niet van een middelmatige,' antwoordde ik.

'Ik hoor je niet graag zo over Pedro praten.'

'Het spijt me. Ik ook niet.'

'Misschien moet je je tempo wat matigen. Je ziet er niet goed uit. Over Pedro ben ik niet langer ongerust, nu ben ik het over jou.'

'Er moest íéts goeds uit dit alles voortkomen.'

Mettertijd wende ik eraan dat ik slechts leefde om te genieten van onze gezamenlijke uren. Het duurde niet lang voor mijn eigen werk eronder begon te lijden. Ik vond de tijd om te werken aan *De stad der verdoemden* waar hij er eigenlijk niet was, sliep slechts drie uur per dag en werkte onder hoogspanning om de inlevertermijnen van mijn contract te halen. Barrido en Escobillas lazen uit principe nooit boeken, niet die van het huis noch die van de concurrentie, maar het Venijn las ze wél en al snel begon ze te vermoeden dat er iets niet in orde was met me.

'Dit ben jij niet,' zei ze soms.

'Natuurlijk ben ik dat niet, beste Herminia. Dat is Ignatius B. Samson.'

Ik was me bewust van het gevaar waaraan ik me had blootgesteld, maar het deerde me niet. Het deerde me niet dagelijks badend in het zweet wakker te worden en met een hart dat raasde alsof het mijn ribben zou breken. Ik zou een nog veel hogere prijs hebben betaald om de tijdrovende, heimelijke bewerking, die ons ongewild tot bondgenoten maakte, niet te hoeven opgeven. Ik wist heel goed dat Cristina het in mijn ogen kon lezen, elke dag dat ze naar mijn huis kwam, en ik wist ook heel goed dat ze nooit op mijn avances zou ingaan. Er was geen toekomst, noch waren er grote verwachtingen, in deze wedren naar nergens, en dat wisten we allebei.

Soms, moe van de pogingen een schip vlot te trekken dat overal water maakte, lieten we Vidals manuscript voor wat het was en waagden het om over iets anders te praten, ver van de intimiteit die allengs op ons geweten begon te drukken, zo goed hielden we haar achter slot en grendel. Soms raapte ik al mijn moed bijeen en pakte haar hand. Ze liet het toe, maar ik wist dat ze zich er ongemakkelijk onder voelde, dat ze het niet goed vond wat we deden, dat de dankbaarheid die we Vidal schuldig waren ons verenigde en scheidde tegelijk. Op een avond, vlak voor ze naar huis ging, nam ik haar gezicht tussen mijn handen en probeerde haar te kussen. Ze versteende en toen ik mezelf in haar blik zag weerspiegeld, durfde ik niets te zeggen. Ze stond op en vertrok zonder een woord. Twee weken lang zag ik haar niet en toen ze terugkwam liet ze me beloven dat zoiets nooit weer zou gebeuren.

'David, je moet begrijpen dat we elkaar niet meer kunnen zien zoals nu als het werk aan Pedro's boek klaar is.'

'Waarom niet?'

'Je weet heel goed waarom.'

Mijn avances waren niet het enige wat Cristina met afkeuring bekeek. Ik begon te vermoeden dat Vidal gelijk had gehad toen hij zei dat de boeken die ik voor Barrido en Escobillas schreef haar niet bevielen, ook al zweeg ze erover in alle talen. Ik kon me moeiteloos voorstellen dat ze mijn werk voor zielloos huurlingengedoe hield en dat ze vond dat ik mezelf voor een aalmoes verkocht om die twee ratten rijk te maken, omdat ik de moed ontbeerde vanuit mijn eigen hart, mijn eigen naam en mijn eigen gevoelens te schrijven. Wat me nog het meest pijn deed was dat ze in feite gelijk had. Ik speelde met het idee om afstand te doen van mijn contract, een boek te schrijven uitsluitend voor haar, om haar respect te winnen. Als het enige wat ik kon niet goed genoeg was voor haar, dan was het wellicht beter terug te keren naar de grijze, miserabele dagen van de krant. Ik kon altijd nog van Vidals liefdadigheid en gunsten leven.

Na een lange werknacht was ik de deur uit gegaan om een wandeling te maken, niet in staat om de slaap te vatten. Mijn voetstappen voerden me naar de bouwplaats van de Sagrada Familia. Toen ik nog klein was had mijn vader me er af en toe mee naartoe genomen om het Babel van sculpturen en zuilen te bekijken dat zich maar niet wilde verheffen, als ware het verdoemd. Het was fascinerend er af en toe weer heen te gaan en vast te stellen dat er weinig veranderd was, dat de stad eromheen onverbiddelijk verder groeide, maar dat de Sagrada Familia vanaf de eerste dag een puinhoop bleef.

Toen ik daar aankwam brak een blauwe, met rood licht doorschoten dageraad aan waartegen de torens van de Natividadfaçade zich aftekenden. Een oostenwind bracht het stof van de ongeplaveide straten en de zure lucht van de fabrieken mee die de grens markeerden van Sant Martí. Ik stak juist de calle Mallorca over toen ik in de ochtendnevel de lichten van een tram dichterbij zag komen. Ik hoorde het geratel van de metalen wielen over de rails en de bel die de bestuurder luidde om te waarschuwen voor zijn doorgang in de nacht. Ik wilde rennen, maar kon het niet. Als aan de grond genageld bleef ik tussen de rails staan en keek toe hoe de lichten van de tram op me af stormden. Ik hoorde het geroep van de conducteur en zag de geblokkeerde wielen een vonkenspoor voortbrengen. En zelfs met de dood op slechts een paar meter afstand van me verwijderd, kon ik geen spier bewegen. Ik nam de geur van elektriciteit waar en het witte schijnsel dat in mijn ogen brandde, en toen ging het licht uit. Als een lappenpop zakte ik in elkaar en was nog enkele seconden bij zinnen, precies lang genoeg om te zien dat het rokende wiel van de tram zo'n twintig centimeter voor mijn gezicht tot stilstand kwam. Daarna was alles donker.

13

Ik opende mijn ogen. Stenen zuilen dik als bomen reikten in het halfdonker omhoog naar een naakt gewelf. Naalden stoffig licht vielen schuin naar beneden en toonden eindeloze rijen britsen. Kleine waterdruppels lieten als zwarte tranen los uit de hoogte en spatten met een galm op de bodem uit elkaar. Het rook naar schimmel en vocht.

'Welkom in het vagevuur.'

Ik ging rechtop zitten, keek om me heen en ontdekte een in lompen gehulde man die met een grijns waaraan de helft van de tanden ontbrak bij het licht van een lantaarn de krant las. De voorpagina van de krant kondigde aan dat generaal Primo de Rivera de staatsmacht op zich nam en een geweldloze dictatuur invoerde om het land te redden van een aanstaande catastrofe. De krant was minstens zes jaar oud.

'Waar ben ik?'

Nieuwsgierig keek de man me van boven zijn krant aan.

'In het Ritz. Ruikt u dat niet?'

'Hoe ben ik hier gekomen?'

'Als een vod. Ze hebben u vanochtend op een draagbaar hier gebracht en sinds dat moment slaapt u uw roes uit.'

Ik betastte mijn jasje en stelde vast dat al het geld dat ik bij me had gehad, was verdwenen.

'Wat een wereld,' riep de man uit bij het lezen van de berichten. 'In de meest geavanceerde fase van zwakzinnigheid wordt het gebrek aan ideeën gecompenseerd met een overvloed aan ideologieën.'

‘Hoe kom ik hier weer uit?’

‘Als u zo veel haast heeft ... Er zijn twee manieren, de permanente en de tijdelijke. De permanente is via het dak: een fikse sprong en u bevrijdt zich voor altijd van al deze ellende. De tijdelijke uitgang is daarlangs, achterin, waar die zottekop staat met zijn vuist in de hoogte en een afgezakte broek, die de revolutionaire groet uitbrengt naar iedereen die passeert. Maar als u op die wijze naar buiten gaat, komt u vroeg of laat hier weer terug.’

Met de lucikditeit die bij gekken af en toe opflitst, keek de man met de krant me geamuseerd aan.

‘Bent u degene die me bestolen heeft?’

‘De verdachtmaking alleen al beschouw ik als een belediging. Toen ze u hier brachten, was u al brandschoon als een hostieschotel, en daarbij accepteer ik alleen beursgenoteerde waardepapieren.’

Ik liet de fantast op zijn brits met zijn oude krant en zijn vooruitstrevende verhandelingen voor wat hij was. Mijn hoofd tolde nog steeds en slechts met grote moeite kon ik een paar stappen rechtuit lopen, maar ik redde het tot een deur aan een kant van het hoge gewelf die toegang gaf tot een trappenhuis. Boven aan de trap leek zwak licht door te dringen. Ik klom vier of vijf verdiepingen naar boven tot ik een hap frisse lucht opving die door een grote deuropening aan het einde van de trap binnenstroomde. Ik stapte naar buiten en begreep eindelijk waar ik terecht was gekomen.

Hoog boven het geboomte van het Parque de la Ciudadela strekte zich een kunstmatig meer voor me uit. De zon daalde neer over de stad en het met algen bedekte water rimpelde in de wind. Het waterreservoir leek op een primitieve burcht of een gevangenis. Het was gebouwd om de paviljoens van de Wereldtentoonstelling van 1888 van water te voorzien, maar inmiddels diende de buik, die eruitzag als een kathedraal, bij nacht en ontij als toevluchtsoord voor bedelaars en stervenden. Het grote bassin op het dak was nu een drassig, troebel meer dat door de kieren in het gebouw langzaam doodbloedde.

Opeens merkte ik de gestalte op die tegen een van de hoeken van het dak geleund stond. Alsof louter de aanraking van mijn blik haar gewaarschuwd had, draaide ze zich bruusk om en keek me aan. Nog steeds voelde ik me licht verward en zag ik alles onscherp, maar ik meende de gestalte dichterbij te zien komen. Ze deed dat te haastig, alsof haar voeten bij het lopen de grond niet raakten en ze zich schoksgewijs voortbewoog, te snel om met het blote oog waar te nemen. In het tegenlicht kon ik nauwelijks het gelaat onderscheiden, maar uiteindelijk kon ik wel zien dat het om een heer ging met zwart glinsterende, voor zijn gezicht eigenlijk te grote ogen. Hoe dichterbij hij kwam, des te langer en groter leek zijn gestalte te worden. Ik voelde een huivering bij zijn opmars en week een paar stappen terug zonder te beseffen dat ik daardoor al bij de rand van het bassin was gekomen. Ik voelde hoe ik de grond onder mijn voeten verloor en ik begon al ruggelings in het donkere water van het spaarbekken te vallen toen de vreemdeling me bij de arm beetpakte. Voorzichtig trok hij me terug naar vaste bodem. Ik ging zitten op een van de banken die om de vijver stonden, zuchtte diep, keek toen op en zag hem voor de eerste keer in alle helderheid. Zijn ogen waren van normale grootte, zijn postuur was als het mijne, zijn voetstappen en gebaren die van een volkomen normale heer. Zijn gezicht zag er vriendelijk en geruststellend uit.

'Dank u,' zei ik.

'Voelt u zich wel goed?'

'Ja. Ik ben alleen wat duizelig.'

De vreemdeling nam naast mij plaats. Hij was gekleed in een donker, voortreffelijk gesneden driedelig pak, met een kleine verzilverde broche op zijn revers, een engel met uitgevouwen vleugels die mij vreemd bekend voorkwam. Het schoot door me heen dat de aanwezigheid van een onberispelijk geklede heer op dit dak een tikje ongewoon was. Alsof hij mijn gedachten kon lezen, glimlachte de vreemdeling naar me.

'Ik hoop dat ik u niet aan het schrikken heb gemaakt. Vermoedelijk verwachtte u hierboven niemand aan te treffen.'

Onthutst keek ik hem aan. Ik zag mijn gezicht weerspiegeld in zijn pupillen, die zich verwijdden als een inktvlek op papier.

'Mag ik u vragen wat u hier brengt?'

'Hetzelfde als u: grote verwachtingen.'

‘Andreas Corelli,’ mompelde ik.
Zijn gelaat lichtte op.
‘Welk een genoegen u eindelijk in persoon te kunnen begroeten, goede vriend.’
Hij sprak met een licht accent dat ik niet kon thuisbrengen. Mijn instinct zei me op te staan en zo snel mogelijk daar weg te gaan, voordat die vreemdeling ook nog maar één woord had gezegd, maar iets in zijn stem en in zijn blik straalde sereniteit en vertrouwen uit. Ik vroeg me liever niet af hoe hij kon hebben geweten dat hij me op deze plek zou vinden als ik zelf niet eens wist hoe ik er terechtgekomen was. De klank van zijn woorden en het licht in zijn ogen gaven me nieuwe moed. Hij gaf me een hand. Zijn glimlach beloofde een verloren paradijs.
‘Ik zou u moeten bedanken voor uw attenties van de afgelopen jaren, meneer Corelli. Ik vrees dat ik bij u in het krijt sta.’
‘Geenszins. Ik ben het die bij u in het krijt staat, mijn vriend, en die zich moet verontschuldigen u zo te hebben overvallen, op zo’n ongepaste plek en tijd, maar ik moet bekennen dat ik al heel lang met u wilde praten en er telkens geen gelegenheid voor vond.’
‘Wat kan ik dan voor u betekenen?’ vroeg ik.
‘Ik wil dat u voor mij gaat werken.’
‘Pardon?’
‘Ik wil dat u voor mij schrijft.’
‘Natuurlijk. Ik was vergeten dat u uitgever bent.’
De vreemdeling lachte. Hij had een zachte lach als van een kind dat zich nooit misdragen heeft.
‘De beste van allemaal. De uitgever op wie u uw hele leven heeft gewacht. De uitgever die u onsterfelijk zal maken.’
Hij reikte me een visitekaartje aan, identiek aan het kaartje dat ik bij het ontwaken uit de Chloé-droom in mijn handen had gehouden en dat ik had bewaard.

Andreas Corelli
Éditeur
Éditions de la Lumière
Boulevard St.-Germain, 69, Paris

'Ik voel me gevleid, meneer Corelli, maar ik ben bang dat het niet mogelijk is uw uitnodiging aan te nemen. Ik heb een contract met ...'

'Barrido en Escobillas, ik weet het. Tuig van de richel met wie u, niet omdat ik u wil beledigen, geen relaties zou moeten onderhouden.'

'Het is een mening die door andere personen gedeeld wordt.'

'Mejuffrouw Sagnier wellicht?'

'Kent u haar?'

'Van horen zeggen. Zij lijkt het type vrouw voor wie men alles zou geven om haar respect en bewondering te verdienen, is het niet? Moedigt zij u niet aan om dat stel parasieten te verlaten en trouw te zijn aan uzelf?'

'Zo eenvoudig is het niet. Ik heb een contract dat mij voor nog zes jaar exclusief aan hen bindt.'

'Ik weet het, maar daar zou u zich geen zorgen over moeten maken. Mijn advocaten bestuderen de zaak momenteel en ik kan u verzekeren dat er diverse regels zijn waarmee u welke legale verbintenis dan ook definitief kunt verbreken, als u zich bereid verklaart mijn voorstel te accepteren.'

'En uw voorstel is?'

Corelli stiet een speels en tegelijkertijd boosaardig lachje uit, als een schooljongen die er ten volle van geniet een geheim te onthullen.

'Dat u een jaar uitsluitend voor mij werkt aan een opdracht. Een boek waarvan u en ik de thematiek bespreken bij het tekenen van het contract en waarvoor ik u vooruit de som van honderdduizend francs betaal.'

Verbluft keek ik hem aan.

'Als die som u niet passend lijkt, ben ik bereid te bestuderen wat u opportuun acht. Ik zal eerlijk tegen u zijn, meneer Martín, ik ga met u geen ruzie maken over geld. En in alle vertrouwen, ik geloof dat u dat ook niet wilt, omdat ik weet dat geld een bijzaak is wanneer ik u uit de doeken doe wat voor soort boek ik van u verlang.'

Ik zuchtte en lachte inwendig.

'Ik zie dat u mij niet gelooft.'

'Meneer Corelli, ik ben een auteur van avonturenromans die

niet eens mijn naam dragen. Mijn uitgevers, die u blijkbaar al kent, zijn een stel tweederangsoplichters die hun gewicht in mest niet waard zijn, en mijn lezers weten niet van mijn bestaan. Ik verdien al jaren mijn brood met dit beroep en nog steeds heb ik niet één pagina geschreven waarover ik werkelijk tevreden ben. De vrouw van wie ik houd denkt dat ik mijn leven vergooi en ze heeft gelijk. Ze denkt ook dat ik het recht niet heb haar te begeren, dat we een paar onbeduidende zielen zijn van wie de enige rechtvaardiging voor het bestaan de dankbaarheid is die we een man die ons allebei uit de misère heeft gehaald, schuldig zijn, en mogelijk heeft ze ook daarin gelijk. Het doet er weinig toe. Het duurt niet lang meer voordat ik dertig word en dan zal ik beseffen dat ik elke dag minder lijk op de persoon die ik wilde worden toen ik vijftien was. Áls ik de dertig haal, want mijn gezondheid is de laatste tijd bijna net zo inconsistent als mijn werk. Tegenwoordig moet ik mij tevredenstellen met een paar leesbare zinnen per uur. Zo'n auteur en man ben ik. Niet zo een die bezoek ontvangt van een uitgever uit Parijs met blanco cheques om het boek te schrijven dat zijn leven verandert en al zijn verwachtingen werkelijkheid laat worden.'

Mijn woorden wegend, keek Corelli me ernstig aan.

'Ik geloof dat u een rechter bent die te streng over zichzelf oordeelt, hetgeen een kwaliteit is die waardevolle mensen onderscheidt. Gelooft u mij als ik u vertel dat ik gedurende mijn loopbaan met eindeloos veel mensen te maken heb gehad op wie u niet eens gespuugd had en die buitengewoon hoog van zichzelf opgaven. Maar ik wil dat u weet dat, ook al gelooft u mij niet, ik exact weet wat voor soort auteur en man u bent. Al jaren volg ik uw werk, dat weet u. Ik heb alles van u gelezen, van het eerste verhaal dat u schreef voor *De stem van de industrie* tot en met de serie *De mysteries van Barcelona*, en nu elke aflevering van Ignatius B. Samson. Ik zou durven beweren dat ik u beter ken dan u zichzelf kent. Daarom weet ik dat u uiteindelijk mijn aanbod zult accepteren.'

'Wat weet u nog meer?'

'Ik weet dat we iets – of veel – gemeenschappelijk hebben. Ik weet dat u uw vader heeft verloren. Ik ook. Ik weet wat het is om een vader te verliezen als je hem nog nodig hebt. De uwe werd van u weggerukt onder tragische omstandigheden, de mijne heeft me, om redenen die hier niet ter zake doen, verstoten en uit zijn huis verdreven. Ik zou bijna willen zeggen dat dat nog pijnlijker is. Ik weet dat u zich alleen voelt, en gelooft u mij, ook dat gevoel ken ik heel goed. Ik weet dat u in uw hart grote verwachtingen draagt, maar dat niet een ervan is uitgekomen en ik weet dat dit u elke dag een stukje dichter bij de dood brengt, zonder dat u zich daarvan bewust bent.'

Zijn woorden veroorzaakten een lange stilte.

'U weet veel, meneer Corelli.'

'Voldoende om te denken dat ik u graag beter zou willen kennen en uw vriend zou willen zijn. En ik geloof dat u niet veel vrienden heeft. Ik ook niet. Ik vertrouw mensen die denken veel vrienden te hebben niet. Het is een teken dat ze de ander niet kennen.'

'Maar u zoekt geen vriend, U zoekt een medewerker.'

'Ik zoek een tijdelijke partner. Ik zoek u.'

'U bent zeer zeker van uzelf,' bracht ik voorzichtig te berde.

'Een geboortedefect,' kaatste Corelli terug, terwijl hij opstond. 'Een ander is mijn vooruitziende blik. Daarom begrijp ik dat het voor u misschien nog te vroeg is en dat het niet volstaat om de waarheid uit mijn mond te horen. U moet haar met eigen ogen zien, haar in uw vlees voelen. En gelooft u mij, u zúlt haar voelen.'

Hij stak zijn hand uit en wachtte tot ik hem eindelijk pakte.

'Mag ik op zijn minst de hoop koesteren dat u zult nadenken over wat ik heb gezegd en dat we elkaar opnieuw zullen spreken?' vroeg hij.

'Ik weet niet wat ik moet zeggen, meneer Corelli.'

'Zegt u nu niets. Ik beloof u, de volgende keer dat we elkaar ontmoeten, zult u alles veel helderder zien.'

Met deze woorden glimlachte hij hartelijk en hij liep naar de trappen.

'Is er een volgende keer?' vroeg ik.

Corelli stopte en draaide zich om.

'Die is er altijd.'

'Waar?'

Het laatste daglicht viel over de stad en zijn ogen glinsterden als gloeiende kooltjes.

Hij verdween door de deur naar beneden. Pas toen realiseerde ik me dat ik hem gedurende de hele conversatie niet één keer met zijn ogen had zien knipperen.

14

De artsenpraktijk was gesitueerd op een bovenverdieping van waaraf men de zee in de verte kon zien schitteren en de trams in de calle Muntaner tussen grote appartementengebouwen en stadsvilla's naar de Ensanche zag glijden. De praktijk rook fris en schoon. De ruimtes waren uiterst smaakvol gedecoreerd, rustgevende schilderijen toonden hoopvolle, vredige landschappen en de boekenkasten stonden vol imponerende boeken die autoriteit uitstraalden. De verpleegsters zweefden met een glimlachje als danseressen voorbij. Dit was een vagevuur voor mensen met een gevulde portemonnee.

'De dokter kan u nu ontvangen, meneer Martín.'

Dokter Trías had een aristocratisch en onberispelijk voorkomen, elk gebaar ademde sereniteit en vertrouwen. Grijze ogen keken waakzaam door montuurloze brillenglazen en een beleefde, hartelijke glimlach, nooit lichtzinnig, speelde om zijn lippen. Dokter Trías was een man die gewend was om de dood het hoofd te bieden en hoe meer hij glimlachte, hoe banger je van hem werd. Hoewel hij me enkele dagen geleden, toen ik me aan de onderzoeken onderwierp, over de recente medische vooruitgang had verteld die toestond hoop te koesteren in de strijd tegen de door mij beschreven symptomen, had ik de indruk, toen hij me vroeg binnen te komen, dat er van zijn kant geen twijfel bestond.

'Hoe voelt u zich?' vroeg hij, besluiteloos van mij naar het dossier op zijn tafel kijkend.

'Vertelt ú het maar.'

Hij glimlachte lichtjes, als een sportieve speler.

'De verpleegster vertelde me dat u schrijver bent, hoewel ik hier zie dat u bij het invullen van de vragenlijst voor de opname "huursoldaat" heeft ingevuld.'

'In mijn geval is er geen enkel verschil.'

'Ik geloof dat sommigen van mijn patiënten lezers van u zijn.'

'Hopelijk is de daardoor ontstane neurologische schade niet permanent geweest.'

De dokter glimlachte alsof mijn commentaar hem amuseerde en nam een meer directe houding aan die te verstaan gaf dat de vriendelijke, kabbelende inleiding ten einde was.

'Meneer Martín, ik zie dat u alleen bent gekomen. Heeft u geen directe familie? Een echtgenote? Broers of zussen? Ouders die nog leven?'

'Dat klinkt een tikje somber,' waagde ik.

'Meneer Martín, ik zal niet tegen u liegen. De eerste onderzoeksresultaten zijn niet zo rooskleurig als we hoopten.'

Ik keek hem zwijgend aan. Ik voelde angst noch onrust. Ik voelde niets.

'Alles wijst erop dat u een gezwel heeft in uw linkerhersenkwab. De uitslagen bevestigen wat de door u beschreven symptomen deden vrezen, en alles lijkt erop te duiden dat het zou kunnen gaan om een carcinoom.'

Enkele ogenblikken lang was ik niet in staat een woord uit te brengen. Ik kon niet eens verrassing voorwenden.

'Hoe lang heb ik dat al?'

'Dat is onmogelijk met zekerheid te zeggen, hoewel ik zou durven beweren dat de tumor al geruime tijd aan het groeien is, wat de genoemde symptomen en de problemen zou verklaren die u de laatste tijd bij uw werk heeft ondervonden.'

Ik haalde diep adem en knikte. De dokter observeerde me geduldig en welwillend en gaf me de tijd. Ik deed meerdere malen een aanzet tot een zin, die ik dan toch niet uitgesproken kreeg. Ten slotte troffen onze blikken elkaar.

'Ik veronderstel dat mijn lot in uw handen ligt, dokter. Vertelt u mij wat de behandeling is die ik moet volgen.'

Ik zag zijn vertwijfelde blik toen hij besefte dat ik blijkbaar niet had willen begrijpen wat hij me vertelde. Ik knikte nogmaals en vocht tegen de golf misselijkheid die in mijn keel omhoogkwam. De arts schonk me uit een karaf een glas water in, dat ik in één teug leegdronk.

'Er ís geen behandeling,' zei ik.

'Zeker wel. We kunnen veel doen om de pijn te verlichten en om u zo veel mogelijk comfort en rust te garanderen ...'

'Maar ik ga dood.'

'Ja.'

'Binnenkort.'

'Mogelijk.'

Onwillekeurig moest ik glimlachen. Zelfs de ergste berichten zijn een opluchting als ze niets anders bevestigen dan wat je ongewild al wist.

'Ik ben achtentwintig,' zei ik, zonder goed te weten waarom.

'Het spijt me, meneer Martín. Ik had u graag andere berichten gegeven.'

Ik voelde me alsof ik eindelijk een leugen of een onbetekenende zonde had opgebiecht en alsof de zware last van berouw met één veeg was weggewist.

'Hoeveel tijd heb ik nog?'

'Dat is moeilijk exact vast te stellen. Ik zou zeggen een jaar, anderhalf jaar hooguit.'

Zijn toon gaf duidelijk te kennen dat dit een meer dan optimistische prognose was.

'En van dat jaar, of wat het ook mag worden, hoe lang zal ik nog kunnen werken en me alleen kunnen redden, denkt u?'

'U bent schrijver en werkt met uw brein. Helaas is dat precies waar het probleem zit en waar we de beperkingen het eerst zullen merken.'

'"Beperkingen" is geen medische term, dokter.'

'Normaal gesproken worden de symptomen waaraan u lijdt intensiever en frequenter naarmate de ziekte voortschrijdt, en op enig moment zult u voor verpleging naar een ziekenhuis moeten.'

'Ik zal niet meer kunnen schrijven.'

'U zult niet eens aan schrijven kunnen denken.'

'Hoe lang nog?'

'Ik weet het niet. Negen of tien maanden. Misschien meer,

misschien minder. Het spijt me bijzonder, meneer Martín.'

Ik knikte en stond op. Mijn handen trilden en ik kreeg geen lucht.

'Meneer Martín, ik begrijp dat u tijd nodig heeft om na te denken over alles wat ik u gezegd heb, maar het is belangrijk dat we zo snel mogelijk maatregelen nemen ...'

'Ik kan nog niet sterven, dokter. Nog niet. Ik moet nog zo veel doen. Daarna heb ik mijn hele leven om te sterven.'

15

Diezelfde nacht ging ik naar boven, naar de studeerkamer in de toren, en ging aan mijn bureau zitten, hoewel ik me totaal leeg voelde. De ramen stonden wijd open, maar Barcelona wilde me niets meer vertellen en ik was niet in staat één enkele pagina te vullen. Alles wat ik wist op te roepen, leek me banaal en hol. Ik hoefde mijn woorden maar te herlezen om te zien dat ze amper de inkt waarmee ze waren getikt waard waren. Ik hoorde de muziek van een goed stuk proza niet meer. Stukje bij beetje druppelden Andreas Corelli's woorden als een langzaam, aangenaam gif mijn gedachten binnen.

Er ontbraken nog minstens honderd pagina's aan deze zoveelste aflevering vol rocamboleske avonturen die de zakken van Barrido en Escobillas zou doen uitpuilen, maar op dat moment werd me duidelijk dat ik haar niet zou afmaken. Ignatius B. Samson was uitgeput op de rails voor de tram blijven liggen, met een ziel die was leeggebloed op te veel pagina's die nooit het licht hadden mogen zien. Maar alvorens te gaan had hij me zijn laatste wil gedicteerd: ik moest hem zonder ceremonieel begraven en voor één keer in mijn leven de moed hebben om mijn eigen stem te laten spreken. Hij liet zijn aanzienlijke arsenaal aan rook en spiegels aan mij na. En hij verzocht me hem te laten gaan, omdat hij geboren was om in de vergetelheid te raken.

Ik pakte de reeds beschreven bladzijden van zijn laatste roman bijeen en stak ze in brand, waarbij er een loden last van me af viel met elke pagina die ik aan de vlammen voerde. Een vochtig warme bries waaide die nacht over de daken, kwam door mijn venster naar binnen en droeg Ignatius B. Samsons as met zich mee naar buiten om haar over de stegen van de oude stad uit te strooien, opdat hij daar tot in lengte van dagen woonde, ook al verstomden zijn woorden voor eeuwig en gleed zijn naam weg uit de herinnering van zelfs zijn trouwste lezers.

De volgende dag vertoonde ik mij voor een persoonlijk onderhoud ten burele van Barrido en Escobillas. De receptioniste was nieuw, een kind nog maar, en ze herkende me niet.

'Uw naam?'

'Hugo, Victor.'

De receptioniste glimlachte en schakelde de huiscentrale in om Herminia te verwittigen.

'Doña Herminia, don Victor Hugo is hier om de heer Barrido te spreken.'

Ik zag haar knikken en de verbinding weer uitzetten.

'Ze komt er zo aan, zegt ze.'

'Werk je hier al lang?' vroeg ik.

'Een week,' antwoordde het meisje ijverig.

Als ik mij niet vergiste, was zij dat jaar de achtste receptioniste van Barrido en Escobillas. De medewerkers van het huis die rechtstreeks onder de doortrapte Herminia vielen, hielden het altijd maar kort uit, want als het Venijn ontdekte dat ze in tegenstelling tot haarzelf wél tot vier konden tellen, vreesde ze door hen in de schaduw gesteld te worden, wat in negen van de tien gevallen ook gebeurde, en beschuldigde hen van diefstal, verduistering of een ander onzinnig vergrijp. Dan bewoog ze hemel en aarde tot Escobillas hen op straat zette en dreigde een huurmoordenaar op hen af te sturen als ze te veel zouden kletsen.

'Wat een genoegen je te zien, David,' zei het Venijn. 'Je ziet er goed uit, veel beter.'

'Ik ben door een tram overreden, vandaar. Is Barrido er?'

'Wat ben je toch een malle jongen. Voor jou is hij er altijd. Het zal hem beslist deugd doen als ik hem vertel dat je ons komt opzoeken.'

'Je moest eens weten.'

Het Venijn leidde me naar het kantoor van Barrido, dat eruitzag als de coulissen van een derderangstheater, met een overvloed aan kleden, keizerbustes, stillevens en in leer gebonden boeken die hij en gros had aangeschaft en die, zo kon ik mij levendig voorstellen, vanbinnen blanco waren. Barrido schonk me zijn glibberigste glimlachje en schudde me de hand.

'We zijn allemaal alweer reuze nieuwsgierig naar de nieuwste aflevering. U moet weten dat we de laatste twee delen aan het herdrukken zijn en dat ze ons uit de handen worden gerukt. Vijfduizend exemplaren extra, wat zegt u me daarvan?'

Het leek mij dat het er minstens vijftigduizend moesten zijn, maar ik beperkte me tot een ongeïnteresseerd knikje. Barrido en Escobillas waren uitblinkers in wat binnen het Barcelonese uitgeefvak bekendstond als de dubbele oplage. Van elke titel werd een officiële oplage gemaakt van enkele duizenden exemplaren, waarvan een belachelijke marge werd betaald aan de auteur. Dan, als het boek goed liep, verschenen er in werkelijkheid een of meerdere geheime oplages van tienduizenden exemplaren die nooit werden opgegeven en waarvan de auteur geen peseta terugzag. Die laatste groep kon men uitstekend onderscheiden van de eerste omdat Barrido ze stiekem in een oude worstenfabriek in Santa Perpètua de Mogoda liet drukken, en als je erin bladerde kwam er onmiskenbaar de geur van goede, droge chorizo vanaf.

'Ik ben bang dat ik slecht nieuws heb.'

Barrido en het Venijn wisselden een blik zonder een moment hun grijns te laten verslappen. Op dat moment verscheen als bij toverslag de gestalte van Escobillas in de deuropening en keek me met een neutrale, afstandelijke blik aan, als nam hij me op het oog de maat voor een grafkist.

'Kijk eens wie ons is komen opzoeken. Wat een plezierige verrassing, nietwaar?' vroeg Barrido aan zijn compagnon, die slechts knikte en toen vroeg: 'Wat zijn dat voor slechte berichten?'

'Heeft u wat vertraging opgelopen, vriend Martín?' voegde Barrido er vriendschappelijk aan toe. 'Ik weet zeker dat we u tegemoet ...'

'Nee. Er is geen vertraging. Er komt simpelweg geen boek.'

Escobillas deed een stap naar voren en trok zijn wenkbrauwen op. Barrido liet een giecheltje ontsnappen.

'Hoezo "er komt geen boek"?' vroeg Escobillas.

'Omdat ik het gisteren heb verbrand en er geen enkele bladzijde van het manuscript meer over is.'

Een loden stilte daalde neer. Barrido maakte een verzoenend gebaar en wees naar de zogeheten bezoekersfauteuil, een zwartige, diepe troon waar auteurs en leveranciers in werden gedreven om op ooghoogte te komen met Barrido.

'Martín, gaat u zitten en vertelt u mij eens: iets baart u zorgen, dat merk ik. U kunt bij ons uw hart luchten, u behoort immers tot de familie.'

Het Venijn en Escobillas knikten vol overtuiging en toonden hun immense waardering met een blik van verrukte devotie. Ik bleef liever staan. De anderen deden hetzelfde en ze bekeken me alsof ik een zoutpilaar was die elk moment kon gaan praten. Barrido's gezicht leek pijn te doen van het vele glimlachen.

'En?'

'Ignatius B. Samson heeft zelfmoord gepleegd. Hij heeft een ongeredigeerd verhaal van twintig pagina's achtergelaten waarin hij samen met Chloé Permanyer verstrengeld in een innige omhelzing sterft na vergif te hebben ingenomen.'

'De auteur gaat dood in een van zijn eigen romans?' vroeg Herminia verward.

'Het is zijn avant-garde-afscheid van de wereld van het feuilleton. Een detail waarvan ik wist dat u het beslist prachtig zou vinden.'

'En zou er niet een tegengif kunnen zijn of ...?' vroeg het Venijn.

'Martín, ik hoef u er natuurlijk niet aan te herinneren dat u het bent, en niet de zogenaamd overleden Ignatius, die een getekend contract ...' zei Escobillas.

Met een handbeweging bracht Barrido zijn collega tot zwijgen.

'Ik denk dat ik weet wat er met u aan de hand is, Martín. U bent uitgeput. Al jaren beult u onafgebroken uw brein af, iets wat deze uitgeverij weet te waarderen en waar we u dankbaar voor zijn. U heeft een adempauze nodig. Dat begrijp ik. Wij allen begrijpen dat, nietwaar?'

Barrido keek Escobillas en het Venijn aan, die hun gezicht in de juiste plooi trokken en knikten.

‘U bent een artiest en wilt kunst maken, hoge literatuur, iets wat uit uw hart stroomt en waarmee uw naam in gouden letters op de trappen van de wereldgeschiedenis gedrukt staat.’

‘Zoals u het uitlegt klinkt het belachelijk,’ zei ik.

‘Omdat het dat ook is,’ bracht Escobillas naar voren.

‘Nee, dat is het niet,’ viel Barrido hem in de rede. ‘Het is menselijk. En wij zijn menselijk. Ik, mijn partner, en Herminia, die als vrouw en schepsel van delicate teergevoeligheid de menselijkste is van ons allen. Nietwaar, Herminia?’

‘Meer dan menselijk,’ was het Venijn het met hem eens.

‘En omdat we menselijk zijn, begrijpen we u en willen we u helpen. Omdat we trots op u zijn en ervan overtuigd zijn dat uw successen ook onze successen zullen zijn, en omdat in deze uitgeverij uiteindelijk de mensen tellen en niet de cijfers.’

Op dit punt van zijn toespraak aangekomen, ensceneerde Barrido een pauze. Misschien verwachtte hij bijval van mij, maar toen hij zag dat ik stil bleef, zette hij onverwijld zijn uiteenzetting voort.

‘Daarom wil ik u het volgende voorstellen: neemt u zes maanden de tijd, negen als het nodig is, want een bevalling is tenslotte een bevalling, en trekt u zich terug in uw studeerkamer om de grote roman van uw leven te schrijven. Heeft u die af, dan brengt u hem ons en zullen wij hem onder uw naam publiceren en daarvoor alles uit de kast halen en op u inzetten. Omdat wij aan uw kant staan.’

Ik keek Barrido aan en toen Escobillas. Het Venijn stond op het punt in tranen uit te barsten van alle emotie.

‘Natuurlijk zonder voorschot,’ preciseerde Escobillas.

Euforisch stak Barrido zijn vuist in de lucht.

‘Wat zegt u me daarvan?’

Nog diezelfde dag ging ik aan het werk. Mijn plan was even eenvoudig als krankzinnig. Overdag zou ik het boek van Vidal herschrijven en ’s nachts zou ik aan het mijne werken. Ik zou alle listen en kneepjes die Ignatius B. Samson me had geleerd, oppoetsen en ten dienste stellen van het restje waardigheid en fatsoen dat ik nog in mijn hart had, áls dat er nog was. Ik zou schrijven uit dankbaarheid, vertwijfeling en ijdelheid. Ik zou vooral voor Cristina schrijven, om haar te laten zien dat ik in staat was mijn schuld aan Vidal in te lossen en dat David Martín, ook al stond hij op het punt om dood neer te vallen, zich het recht had verworven om haar in de ogen te kijken zonder zich voor zijn belachelijke verwachtingen te hoeven schamen.

Terug naar de praktijk van dokter Trías ging ik niet meer. Ik zag er de noodzaak niet van in. De dag dat ik geen woord meer zou kunnen schrijven noch bedenken, zou ík het als eerste merken. Mijn betrouwbare en weinig scrupuleuze apotheker voorzag me zonder vragen te stellen van zo veel codeïnesnoepjes als ik wilde, en stopte me af en toe ook andere kostelijkheden toe die het vuur door mijn aderen joegen en alles tot ontploffen brachten, van pijn tot bewustzijn. Ik sprak met niemand over mijn bezoek aan de arts noch over de onderzoeksresultaten.

Mijn basisbehoeften werden gedekt door de wekelijkse bestelling bij Can Gispert, een formidabele levensmiddelenzaak in de calle Mirallers achter de Santa María del Mar. De bestelling was altijd dezelfde en werd door de dochter van de eigenaren bezorgd, een meisje dat me altijd als een verschrikt hertje aan bleef kijken als ik haar binnenliet en in de hal wachtte tot ik geld had gehaald.

'Dit is voor je vader, en dit is voor jou.'

Ik gaf haar altijd tien céntimos fooi, die ze stilletjes aannam. Elke week opnieuw belde het meisje aan voor de bestelling en elke week gaf ik haar fooi. Negen maanden en één dag, de tijd die ik nodig had om het enige boek te schrijven dat mijn naam droeg, zag ik geen mens vaker dan dat meisje, wier naam ik niet kende en wier gezicht ik elke week weer vergat, tot ze opnieuw op de drempel van mijn voordeur stond.

Zonder waarschuwing vooraf bleef Cristina bij onze middagbijeenkomsten weg. Ik begon al te vrezen dat Vidal onze krijgslist had doorzien toen ik op een namiddag dat ik op haar wachtte, na bijna een week afwezigheid, de deur opende in de veronderstelling dat zíj het was, en Pep zag staan, een van de bedienden van Villa Helius. Hij bracht een zorgvuldig verzegeld pakket van Cristina voor me mee met het complete manuscript van Vidal. Pep legde me uit dat Cristina's vader een aneurysma had gehad dat hem praktisch tot een invalide had gemaakt en dat zij hem naar een sanatorium had gebracht in de Pyreneeën, in Puigcerdà, waar blijkbaar een jonge specialist werkte aan de behandeling van dergelijke aandoeningen.

'Meneer Vidal heeft alles op zich genomen,' legde Pep uit, 'zonder op de kosten te letten.'

Vidal vergat zijn personeel nooit, dacht ik, niet zonder een zekere bitterheid.

'Ze vroeg me u dit persoonlijk te overhandigen. En ik mag niemand er iets over vertellen.'

De knul overhandigde me het mysterieuze pakket, opgelucht het kwijt te zijn.

'Heeft ze je aanwijzingen gegeven waar ik haar in geval van nood kan vinden?'

'Nee, meneer Martín. Alles wat ik weet is dat de vader van mejuffrouw Cristina in een sanatorium is opgenomen dat Villa San Antonio heet.'

Dagen later bracht Vidal me een van zijn impromptubezoekjes en bleef de hele middag hangen, dronk mijn anijslikeur, rookte mijn sigaretten en sprak over het onheil dat zijn chauffeur was overkomen.

'Ongelooflijk. Een beresterke man, en ineens valt hij neer en weet niet meer wie hij is.'

'Hoe is het met Cristina?'

'Dat kun je je wel voorstellen. Haar moeder is jaren geleden al gestorven en Manuel is haar enige familie. Ze heeft een fotoalbum met familiefoto's meegenomen en laat dat elke dag aan de arme man zien, in de hoop dat hij zich iets herinnert.'

Terwijl Vidal praatte lag de stapel vellen van zijn roman – of moest ik zeggen *míjn* roman? – met de tekst naar beneden op de tafel in de loggia, een halve meter van zijn handen verwijderd. Hij vertelde dat hij er vanwege de afwezigheid van Manuel bij Pep, een goede ruiter naar het zich liet aanzien, op had aangedrongen om zich te verdiepen in de kunst van het autorijden, maar dat de jongeman momenteel nog een hopeloos geval was.

'Gun hem tijd. Een auto is geen paard. Het geheim zit hem in de oefening.'

'Nu je dat zegt, heeft Manuel jou niet leren rijden?'

'Een beetje,' gaf ik toe. 'En het is niet zo gemakkelijk als het lijkt.'

'Als die roman waar je mee bezig bent niet verkoopt, kun je altijd nog mijn chauffeur worden.'

'Laten we de arme Manuel niet nu al begraven, don Pedro.'

'Een smakeloze opmerking,' gaf Vidal toe. 'Mijn excuses.'

'En uw roman, don Pedro?'

'Op de goede weg. Cristina heeft het definitieve manuscript meegenomen naar Puigcerdà om het te corrigeren en het in het net over te tikken, terwijl ze bij haar vader is.'

'Het doet me deugd u zo tevreden te zien.'

Vidal glimlachte triomfantelijk.

'Ik geloof dat het iets groots zal zijn,' zei hij. 'Na zo veel verloren gewaande maanden heb ik de eerste vijftig pagina's herlezen die Cristina al in het net had getikt, en ik was verbaasd over mezelf. Ik denk dat het jou ook zal verbazen. Je zult zien dat ik je nog een paar dingen kan bijbrengen.'

'Daar heb ik geen moment aan getwijfeld, don Pedro.'

Die middag dronk Vidal meer dan gewoonlijk. Met de jaren had ik het complete spectrum van zijn angsten en terughoudendheid leren herkennen en ik veronderstelde dat dit niet slechts een beleefdheidsbezoekje was. Toen hij mijn voorraad anijslikeur schoon had opgedronken, schonk ik hem een royaal glas cognac in en wachtte.

'David, er zijn zaken waar jij en ik nooit over gepraat hebben ...'

'Voetbal, bijvoorbeeld.'

'Ik bedoel het serieus.'

'Ik luister, don Pedro.'

Hij keek me lange tijd aan en aarzelde.

'Ik heb altijd geprobeerd een goede vriend voor je te zijn, David. Dat weet je toch?'

'U bent veel meer geweest dan dat, don Pedro. Ík weet dat en ú weet dat.'

'Soms vraag ik me af of ik niet eerlijker tegen je had moeten zijn.'

'In welk opzicht?'

Vidal smoorde zijn blik in zijn glas cognac.

'Er zijn dingen die ik je nooit heb verteld, David. Dingen waar ik misschien jaren geleden al met je over had moeten praten ...'

Ik liet een moment voorbijgaan dat een eeuwigheid leek te duren. Wat Vidal me ook wilde vertellen, het was duidelijk dat alle cognac van de wereld het nog niet uit hem zou trekken.

'Maakt u zich geen zorgen, don Pedro. Als het jaren heeft gewacht, dan kan het ook nog tot morgen wachten.'

'Morgen heb ik misschien de moed niet meer om het je te vertellen.'

Ik was me ervan bewust dat ik hem nog nooit zo bevreesd had gezien. Iéts kwelde hem hevig en stilaan trof het me onaangenaam hem in deze toestand te zien.

'Laten we het zo doen, don Pedro. Als uw boek gepubliceerd wordt en het mijne ook, dan gaan we het vieren. U nodigt me uit in zo'n piekfijn restaurant waar ze mij niet binnenlaten als u er niet bij bent, en dan vertelt u me alles wat u op uw hart heeft. Lijkt u dat een goed idee?'

Tegen het vallen van de avond vergezelde ik hem naar de paseo del Born, waar Pep voor de Hispano-Suiza wachtte, gehuld in het uniform van Manuel, dat hem vijf maten te groot was, net als de auto. De carrosserie was versierd met verse krassen en deuken die pijn deden aan je ogen.

'In een rustig drafje, hè, Pep?' raadde ik hem aan. 'Geen galop. Langzaam maar gestaag, alsof het een trekpaard is.'

'Ja, meneer Martín. Langzaam maar gestaag.'

Bij het afscheid omhelsde Vidal me krachtig en toen hij instapte had ik het gevoel dat hij het gewicht van de hele wereld op zijn schouders torste.

16

Enkele dagen nadat ik een punt had gezet achter de roman van Vidal en die van mijzelf, stond Pep onaangekondigd bij me op de stoep. Hij droeg het uniform dat hem het uiterlijk gaf van een als veldmaarschalk verkleed kind. Aanvankelijk dacht ik dat hij een boodschap van Vidal kwam overbrengen, of wellicht van Cristina, maar zijn trieste gezicht verried een bezorgdheid die me die mogelijkheid direct terzijde deed schuiven.

'Slecht nieuws, meneer Martín.'

'Wat is er gebeurd?'

'Het gaat om meneer Manuel.'

Terwijl hij me het gebeurde uitlegde, begaf zijn stem het, en toen ik hem een glas water aanbood, begon hij bijna te huilen. Manuel Sagnier was drie dagen geleden na een lange doodsstrijd overleden, in het sanatorium van Puigcerdà. Op bevel van zijn dochter hadden ze hem de vorige dag op een klein kerkhof aan de voet van de Pyreneeën begraven.

'Mijn god,' mompelde ik.

In plaats van water schonk ik Pep een fiks glas cognac in en parkeerde hem in een fauteuil in de loggia. Toen hij wat gekalmeerd was, vertelde Pep me dat Vidal hem erop uit had gestuurd om Cristina op te halen, die deze namiddag terug zou komen met de trein van vijf uur.

'Stelt u zich voor hoe juffrouw Cristina eraan toe zal zijn ...' fluisterde hij, benauwd dat uitgerekend hij degene was die haar moest ontvangen en troosten tijdens de rit naar de kleine woning boven het koetshuis van Villa Helius, waar ze met haar vader van kinds af aan had gewoond.

'Pep, ik geloof niet dat het een goed idee is dat jij juffrouw Sagnier gaat ophalen.'

'Opdracht van don Pedro ...'

'Zeg tegen don Pedro dat ik de verantwoordelijkheid op me neem.'

Met drank en retorica wist ik hem ervan te overtuigen terug te gaan en het aan mij over te laten. Ik zou Cristina ophalen en per taxi naar Villa Helius brengen.

'Ik ben u zeer erkentelijk, meneer Martín. U, die van de letteren bent, weet vast en zeker beter wat u tegen de arme juffrouw Cristina moet zeggen.'

Om kwart voor vijf ging ik op weg naar het recentelijk in gebruik genomen station Francia. De Wereldtentoonstelling had de stad bezaaid met wonderen, maar het kathedraalachtige gewelf van staal en glas was mijn favoriet, al was het maar omdat het vlakbij was en ik het vanuit de studeerkamer in de toren kon zien. Die middag trokken zwarte wolken vanuit zee langs de hemel en regen zich boven de stad aaneen. De weerschijn van bliksemflitsen aan de horizon en een warme wind die naar stof en elektriciteit rook, voorspelden de nadering van een stevige zomerstorm. Eenmaal bij het station aangekomen begonnen de eerste druppels te vallen, glinsterend en zwaar als uit de hemel stortende munten. Tegen de tijd dat ik naar het perron was gelopen om de aankomst van de trein af te wachten, sloeg de regen met kracht op het dak en leek de nacht overhaast aan te breken, slechts af en toe onderbroken door boven de stad exploderende lichtflitsen, gevolgd door donder en razernij.

De trein, een onder de storm voortkruipende stoomslang, kwam met bijna een uur vertraging aan. Ik wachtte bij de locomotief om Cristina tussen de reizigers die uit de wagons stapten te kunnen ontwaren. Tien minuten later waren alle passagiers uitgestapt en was er nog steeds geen spoor van haar te bekennen. In de veronderstelling dat ze toch deze trein niet had genomen, stond ik op het punt naar huis terug te keren, toen ik besloot nog één keer te kijken door naar het einde van het perron te lopen en goed door de coupéraampjes te turen. Ik vond haar in de een-na-laatste wagon, haar hoofd tegen het raam geleund, de blik verloren. Ik stapte in en bleef op de drempel van de coupé staan. Ze draaide zich om bij het horen van mijn voetstappen en keek me zonder verbazing en met een zwak glimlachje aan. Ze stond op en omhelsde me zwijgend.

'Welkom,' zei ik.

Cristina had niet meer bagage bij zich dan een kleine koffer. Ik bood haar mijn hand en we stapten het inmiddels verlaten perron op. We spraken geen woord tot we bij de uitgang waren. Daar zagen we dat het stortregende en de rij taxi's die er nog had gestaan toen ik arriveerde, was in rook opgegaan.

'Ik wil vannacht niet terug naar Villa Helius, David. Nog niet.'

'Je kunt in mijn huis blijven als je wilt, of we kunnen een hotelkamer voor je zoeken.'

'Ik wil niet alleen zijn.'

'Dan gaan we naar mijn huis. Als er íéts is waarvan ik er meer dan genoeg bezit, dan zijn het wel kamers.'

Ik kreeg een van de kruiers in het oog, die bij de deur was verschenen om onder een enorme paraplu de storm gade te slaan. Ik ging naar hem toe en bood hem voor de paraplu het vijfvoudige van zijn verkoopprijs aan. Met een gedienstig lachje overhandigde hij hem aan mij.

Onder de beschutting van de paraplu waagden we ons in de zondvloed, op weg naar het huis met de toren, waar we dankzij de windvlagen en de plassen tien minuten later tot op het bot doorweekt aankwamen. Door de storm was de verlichting uitgevallen en de straten waren in een natte duisternis ondergedompeld waarin hier en daar achter balkondeuren en in portieken olielampen of kaarsen oplichtten. Ik twijfelde er geen moment aan dat de formidabele elektrische installatie van mijn huis als een van de eerste bezweken zou zijn. We moesten op de tast de trap op en toen ik de voordeur opendeed, bood de weerschijn van de lichtflitsen een buitengewoon ongastvrije en begrafenisachtige aanblik van de woning.

'Als je van idee veranderd bent en liever een hotelkamer wilt zoeken ...'

'Nee, het is prima, maak je geen zorgen.'

Ik liet de koffer van Cristina in de hal staan en ging naar de keuken om een doos met kaarsen te halen die ik in de voorraadkast bewaarde. Een voor een stak ik ze aan en ik zette ze vast op borden en in glazen. Cristina sloeg me vanaf de deur gade.

'Eén minuutje,' verzekerde ik haar. 'Ik ben er inmiddels bedreven in.'

Ik verdeelde de kaarsen over de kamers, in de gang en in alle hoeken, tot de hele woning baadde in een zachtgouden schaduw.

'Het lijkt wel een kathedraal,' zei Cristina.

Ik begeleidde haar naar een van de slaapkamers die ik nooit gebruikte, maar die ik schoon en netjes hield sinds de keer dat Vidal, te dronken om naar zijn paleis terug te keren, er de nacht had doorgebracht.

'Ik breng je dadelijk schone handdoeken. Als je geen droge kleren bij je hebt, kan ik je de complete, sinistere belle-époquegarderobe aanbieden die de voormalige eigenaren in de kasten hebben laten hangen.'

Mijn onhandige pogingen tot humor ontlokten ternauwernood een glimlachje en ze knikte slechts. Ik liet haar achter, zittend op het bed, terwijl ik ijlings handdoeken ging halen. Toen ik terugkwam, zat ze er nog precies zo, onbeweeglijk. Ik legde de handdoeken naast haar op het bed en zette een paar kaarsen die ik bij de ingang had geplaatst, dichter bij haar in de buurt zodat ze ten minste wat licht had.

'Dank je,' fluisterde ze.

'Terwijl jij je omkleedt, maak ik een kop hete bouillon klaar.'

'Ik heb geen trek.'

'Maar het zal je goeddoen. Als je iets nodig hebt, laat het me weten.'

Ik liet haar alleen en ging naar mijn eigen kamer om me van mijn doorweekte schoenen te ontdoen. Vervolgens zette ik water op en ging in de loggia zitten wachten. De regen beukte nog steeds woedend tegen de vensterramen en bruiste zo door de afvoeren van de toren en het platte dak dat het klonk als voetstappen boven me. Buiten was de Ribera in een zo goed als volkomen duisternis gehuld.

Na een poosje hoorde ik de deur van Cristina's kamer opengaan en haar voetstappen dichterbij komen. Ze had zich in een witte kamerjas gewikkeld en een wollen omslagdoek om haar schouders gelegd die haar niet stond.

'Ik heb hem uit een van je kasten gepakt,' zei ze. 'Ik hoop dat je het niet erg vindt.'

'Je kunt hem houden als je wilt.'

Ze ging in een stoel zitten en liet haar blik door de loggia dwalen, tot hij bij de stapel op tafel bleef hangen. Ze keek me aan en ik knikte.

'Ik heb het een paar dagen geleden afgerond,' zei ik.

'En dat van jou?'

De waarheid is dat beide voelden als mijn eigen manuscripten, maar ik knikte slechts.

'Mag ik?' vroeg ze, terwijl ze een blad pakte en bij het licht hield.

'Natuurlijk.'

Ik zag haar in stilte lezen, een matte glimlach om haar lippen.

'Pedro gelooft nooit dat hij dit geschreven heeft,' zei ze.

'Vertrouw me.'

Cristina legde het vel terug op de stapel en keek me lange tijd aan.

'Ik heb je gemist,' zei ze. 'Ik wilde het niet, maar het was wel zo.'

'Ik jou ook.'

'Er waren dagen dat ik naar het station liep voor ik naar het sanatorium ging, en op het perron ging zitten wachten op de trein uit Barcelona, omdat ik dacht dat je misschien zou komen.'

Ik slikte.

'Ik dacht dat je me niet wilde zien,' zei ik.

'Dat dacht ik ook. Mijn vader vroeg vaak naar je. Hij heeft me ook gevraagd me om je te bekommeren.'

'Je vader was een goede man,' zei ik. 'Een goede vriend.'

Cristina knikte glimlachend, maar ik zag hoe haar ogen zich vulden met tranen.

'Op het laatst herinnerde hij zich niets meer. Er waren dagen dat hij dacht dat ik mijn moeder was en dat hij me vergiffenis vroeg voor de jaren die hij in de gevangenis had doorgebracht.

Dan verstreken er weer hele weken waarin hij zich amper realiseerde dat ik er was. Mettertijd zet de eenzaamheid zich in je vast en verlaat je niet meer.'

'Het spijt me dat te horen, Cristina.'

'Tijdens de laatste dagen dacht ik dat het beter met hem ging. Hij begon zich weer dingen te herinneren. Ik had van huis een fotoalbum meegenomen en liet hem nog eens zien wie wie was. Er zat een foto bij van jaren geleden, bij Villa Helius, waar jij en hij op staan, in de auto. Jij zit aan het stuur en mijn vader laat zien hoe je moet rijden. Jullie lachen alle twee. Wil je hem zien?'

Ik aarzelde, maar waagde het niet om dat moment te breken.

'Zeker ...'

Cristina ging naar de slaapkamer om in haar koffer het album te zoeken en kwam terug met een klein, in leer gebonden boek. Ze ging naast me zitten en begon de bladzijden vol oude portretten, knipsels en ansichten door te bladeren. Manuel had, net als mijn vader, nauwelijks leren lezen en schrijven, en zijn herinneringen bestonden uit beelden.

'Kijk, dit zijn jullie.'

Ik bekeek de foto nauwkeurig en herinnerde me exact de zomerdag waarop Manuel me had laten instappen in Vidals eerste auto en me de beginselen van het rijden had bijgebracht. Daarna waren we tot de calle Panamá gereden en hadden we onze weg vervolgd met een snelheid van ongeveer vijf kilometer per uur, wat mij duizelingwekkend snel toescheen, tot aan de avenida Pearson, en op de terugweg mocht ik achter het stuur.

'U bent een kei achter het stuur,' had Manuel geoordeeld. 'Als die verhalen op een dag niet meer lukken, moet u een toekomst in het racen overwegen.'

Ik glimlachte toen ik me dit verloren gewaande moment herinnerde. Cristina reikte me het album aan.

'Hou het maar. Mijn vader zou het fijn gevonden hebben dat jij het hebt.'

'Het is van jou, Cristina. Dat kan ik niet aannemen.'

'Ik heb liever dat het bij jou is.'

'Dan bewaar ik het tot je het wilt komen ophalen.'

Ik begon het door te bladeren en bekeek gezichten die ik me

herinnerde, en andere die ik nog nooit had gezien. Er was een huwelijksfoto bij van Manuel Sagnier en zijn vrouw Marta, op wie Cristina zo veel leek; studioportretten van haar ooms, tantes en grootouders; een straat in de Raval waar een processie doorheen trok; de Baden van San Sebastián, aan het strand van de Barceloneta. Manuel had ansichten van Barcelona verzameld en krantenknipsels met afbeeldingen van een zeer jonge Vidal die poseerde voor de deuren van Hotel Florida op de top van de Tibidabo, en eentje waarop hij gearmd met een oogverblindende schoonheid door de zalen van het casino van Rabasada liep.

'Je vader aanbad don Pedro.'

'Hij zei altijd dat we alles aan hem te danken hadden,' antwoordde Cristina.

Ik reisde verder door de herinneringen van de arme Manuel, tot ik op een pagina stuitte met een foto die niet bij de rest leek te horen. Op de foto was een meisje te zien van een jaar of acht, negen, dat over een kleine houten steiger wandelde die een zilverglinsterend zeeoppervlak in liep. Ze liep aan de hand van een man in een wit pak die door de omlijsting niet helemaal op het beeld stond. Aan het einde van de steiger waren een kleine zeilboot en een oneindige horizon te zien, waaraan de zon onderging. Het meisje, op de rug gezien, was Cristina.

'Dat is mijn lievelingsfoto,' fluisterde ze.

'Waar is hij genomen?'

'Ik weet het niet. Ik kan me die plek of de dag niet herinneren. Ik weet niet eens zeker of die man mijn vader is. Het is alsof dat moment nooit heeft bestaan. Jaren geleden vond ik hem in het album van mijn vader en ik heb nooit geweten wat de foto betekent. Maar het is alsof hij me iets wil zeggen.'

Ik bladerde verder. Cristina legde me uit wie wie was.

'Kijk, dat ben ik met veertien jaar.'

'Dat weet ik.'

Cristina keek me triest aan.

'Ik had het niet in de gaten, hè?' vroeg ze.

Ik haalde mijn schouders op.

'Je zult het me vast en zeker nooit kunnen vergeven.'

Ik bladerde liever door dan haar in de ogen te kijken.

‘Ik hoef je niets te vergeven.’

‘Kijk me eens aan, David.’

Ik sloot het album en deed wat ze me vroeg.

‘Dat was gelogen,’ zei ze. ‘Ik had het wel degelijk in de gaten. Elke dag had ik het in de gaten, maar ik meende er geen recht op te hebben.’

‘Waarom niet?’

‘Omdat onze levens ons niet toebehoren. Het mijne, noch dat van mijn vader, noch het jouwe ...’

‘Alles behoort Vidal toe,’ zei ik bitter.

Langzaam nam ze mijn hand en bracht hem naar haar lippen.

‘Vandaag niet,’ prevelde ze.

Ik wist dat ik haar zou verliezen zodra de nacht voorbij was en dat haar pijn en eenzaamheid, die haar vanbinnen opvraten, stilaan tot zwijgen gebracht zouden worden. Ik wist dat ze gelijk had, niet omdat het waar was wat ze had gezegd, maar omdat we het allebei ten diepste geloofden en dat zou altijd zo blijven. Als twee dieven in de nacht verstopten we ons in een van de kamers zonder het te wagen een kaars aan te steken, zonder zelfs maar te durven spreken. Langzaam kleedde ik haar uit, beroerde met mijn lippen elke centimeter van haar huid in het bewustzijn dat ik dat nooit weer zou doen. Cristina gaf zich met hart en ziel over en toen de vermoeidheid ons overmande, viel ze in mijn armen in slaap zonder de noodzaak te voelen nog iets te zeggen. Ik weerstond de slaap, genoot van de warmte van haar lichaam en dacht dat als de dood me de volgende dag kwam halen, ik hem in vrede zou verwelkomen. Ik liefkoosde Cristina in het schemerduister, luisterde hoe achter de muren de storm wegtrok, en ik wist dat ik haar zou verliezen, maar dat we deze schaarse momenten slechts elkaar en niemand anders hadden toebehoord.

Toen de eerste ademtocht van de dageraad langs de ramen streek, opende ik mijn ogen en ontdekte dat de plek naast me leeg was. Ik liep de gang op naar de loggia. Cristina had het album achtergelaten en Vidals roman met zich meegenomen. Ik doofde een voor een de kaarsen die ik de avond tevoren had aangestoken in het hele huis, dat nu al rook naar haar afwezigheid.

17

Negen weken later stond ik voor nummer 17 van plaza Cataluña, waar boekhandel Catalonia twee jaar geleden zijn deuren had geopend, en staarde verbluft naar een enorme etalage vol boeken met de titel *Het huis van as*, van Pedro Vidal. Ik glimlachte inwendig. Mijn mentor had zelfs de titel gekozen die ik hem een tijd geleden had gesuggereerd, tegelijk met het idee voor het verhaal. Ik besloot naar binnen te gaan en om een exemplaar te vragen. Op een willekeurig opengeslagen bladzijde begon ik enkele passages te lezen, die ik uit mijn hoofd kende, aangezien ik er amper een paar maanden geleden nog aan had geschaafd. In het hele boek vond ik niet één woord dat niet van mij afkomstig was, met uitzondering van de opdracht: 'Voor Cristina Sagnier, zonder wie ...'

Toen ik de verkoper het boek teruggaf, adviseerde hij me geen twee keer te denken over de aanschaf.

'We kregen het eergisteren binnen en ik heb het al gelezen,' voegde hij eraan toe. 'Een grootse roman. Gelooft u mij en koopt u hem maar. Ik weet dat ze hem in alle kranten ontzettend ophemelen, wat bijna altijd een slecht teken is, maar in dit geval bevestigt de uitzondering de regel. Als u het niets vindt, brengt u hem terug en geef ik u uw geld terug.'

'Dank u,' antwoordde ik, vanwege de aanbeveling en vooral vanwege al het andere. 'Maar ik heb hem ook al gelezen.'

'Kan ik u dan iets anders aanbevelen?'

'Heeft u misschien een roman getiteld *De voetstappen van de hemel*?'

De boekhandelaar dacht een moment na.

'Dat is die van David Martín, toch? Het gerucht gaat dat hij ook *De stad ...*?'

Ik knikte.

'Ik had hem besteld, maar de uitgever heeft niets geleverd. Laat me het nog eens goed voor u nakijken.'

Ik volgde hem naar een toonbank waar hij een van zijn collega's raadpleegde, die zijn hoofd schudde.

'Het boek had gisteren moeten arriveren, maar de uitgever zegt dat hij geen exemplaren meer heeft. Het spijt me. Als u wilt, reserveer ik er een voor u, in het geval ze toch geleverd worden ...'

'Doet u geen moeite. Ik kom later nog wel eens langs. Mijn hartelijke dank.'

'Het spijt me, mijnheer. Ik weet niet wat er gebeurd kan zijn, want zoals ik u zei, ik had het boek moeten hebben ...'

Ik liep door naar een kiosk op de kop van de Ramblas en kocht bijna alle dagbladen, van *La Vanguardia* tot en met *De stem van de industrie*. Ik ging in café Canaletas zitten en begon erin te neuzen. Vidals roman werd overal paginagroot besproken, met grote koppen en een portret van don Pedro waar hij peinzend en mysterieus op stond, uitgedost in een nieuw pak en met bestudeerde nonchalance genietend van een pijp. Ik las telkens de titel en dan de eerste en laatste alinea van de recensie.

De eerste opende zo: '*Het huis van as* is een volwassen, rijke roman van hoog niveau die ons verzoent met het beste wat de hedendaagse literatuur te bieden heeft.' Een ander dagblad informeerde de lezer dat 'niemand in Spanje beter schrijft dan Pedro Vidal, onze meest gerespecteerde en erkende romancier', en een derde oordeelde dat de roman 'een voortreffelijke roman is, meesterlijk geschreven en van uitmuntende kwaliteit'. Een vierde dagblad becommentarieerde het grote, internationale succes van Vidal en zijn werk: 'Europa geeft zich over aan de meester' (hoewel de roman pas twee dagen geleden in Spanje was gepubliceerd en hij in het geval van een vertaling in geen enkel ander land binnen een jaar zou verschijnen). Het artikel weidde uit over de grote erkenning en het enorme respect dat de naam Vidal opriep onder 'de gerenommeerde internationale critici', hoewel, voor zover ik wist, niet een van zijn boeken ooit was vertaald, op één roman na, waarvan de vertaling naar het Frans door don Pedro zelf was gefinancierd en waarvan 126 stuks waren verkocht. Los van mirakels was de consensus van de pers dat 'er een klassieker was geboren' en dat de roman 'de terugkeer markeerde van een van de grootsten, de beste schrijver van onze tijd: Vidal, de onbetwiste meester'.

Op de tegenoverliggende pagina vond ik in een paar kranten ook een bescheiden een- of tweekolomsbespreking van David Martíns roman. De meest genadige begon zo: '*De voetstappen van de hemel*, debuut van beginnend schrijver David Martín, openbaart vanaf de eerste pagina in een vlakke stijl dat het de auteur aan middelen en talent ontbreekt.' Een tweede was van mening dat 'beginneling Martín' probeerde 'de meester Vidal te imiteren, wat hem echter niet lukt'. De laatste die ik nog kon verdragen, was die in *De stem van de industrie*, en ze opende met een korte samenvatting in vetgedrukte letter: 'David Martín, een volkomen onbekende redacteur van miniadvertenties, verrast ons met misschien wel het slechtste literaire debuut van dit jaar.'

Ik liet de kranten op tafel achter, evenals de koffie, die ik niet had aangeroerd, en liep de Ramblas af, op weg naar de uitgeverij van Barrido en Escobillas. Onderweg kwam ik langs vier of vijf boekhandels, allemaal met talloze exemplaren van Vidals roman in de etalage. In niet één vond ik ook maar een enkel exemplaar van de mijne en in alle boekhandels herhaalde zich de scène van Catalonia.

'Ziet u, ik kan u ook niet zeggen wat er gebeurd is, het had eergisteren geleverd moeten worden, maar de uitgever zegt dat de voorraad op is en dat hij niet weet wanneer hij gaat herdrukken. Als u uw naam en een telefoonnummer wilt achterlaten, dan kan ik u waarschuwen zodra het binnenkomt ... Heeft u al navraag gedaan bij Catalonia? Als zij het niet hebben ...'

De twee compagnons ontvingen me met een sombere, onvriendelijke manier van doen. Barrido achter zijn bureau, friemelend aan een vulpen, en Escobillas staand achter hem, terwijl hij me met zijn blik doorboorde. Het Venijn zat in een stoel naast me en genoot van wat er komen ging.

'U weet niet hoezeer het me spijt, vriend Martín,' legde Barrido uit. 'Het probleem is als volgt: de boekhandels sturen hun bestellingen naar ons op basis van de kritieken in de kranten, vraagt u mij niet waarom. Als u naar het magazijn hiernaast gaat, dan zult u daar minstens drieduizend exemplaren vinden van uw roman, zo dood als een pier.'

'Met de kosten en verliezen die dat met zich meebrengt,' vulde Escobillas op duidelijk vijandige toon aan.

'Voor ik hiernaartoe kwam, ben ik langs het magazijn geweest en ik heb kunnen vaststellen dat daar driehonderd exemplaren liggen. De chef heeft me verteld dat er niet meer gedrukt zijn.'

'Dat is een leugen,' riep Escobillas uit.

Barrido onderbrak hem verzoenend.

'Excuseert u mijn compagnon, Martín. U moet begrijpen dat we net zo verontwaardigd zijn als u, zo niet nog verontwaardigder, met de beschamende behandeling waaraan de lokale pers een boek heeft onderworpen dat in dit uitgeefhuis al onze harten heeft gestolen. Evenwel moet u begrijpen dat we, ondanks ons enthousiaste geloof in uw talent, in dit geval met handen en voeten gebonden zijn vanwege de verwarring die is gecreëerd door die kwaadaardige kritieken. Maar laat u zich niet ontmoedigen, Rome is ook niet in één dag gebouwd. We vechten er uit alle macht voor om uw roman de draagwijdte te geven die zijn hoge literaire niveau verdient ...'

'Met een editie van driehonderd exemplaren.'

Barrido zuchtte, gepijnigd door mijn gebrek aan vertrouwen.

'De oplage is vijfhonderd,' zette Escobillas de puntjes op de i. 'De andere tweehonderd exemplaren kwamen de heren Barceló en Sempere gisteren hoogstpersoonlijk ophalen. De rest gaat eruit met de volgende levering – met deze was dat niet mogelijk omdat de ophoping van nieuwe titels voor problemen zorgde. Als u de moeite zou nemen u in te leven in onze problemen en niet zo egocentrisch zou zijn, dan zou u dat begrijpen.'

Ongelovig keek ik hen alle drie aan.

'Vertelt u mij nu niet dat u niets meer gaat ondernemen.'

Barrido keek me diepbedroefd aan.

'En wat wilt u dat we doen, mijn beste? We zetten alles op alles voor u. Helpt u ons op uw beurt ook.'

'Als u nu tenminste nog een boek had geschreven als dat van

uw vriend Vidal,' zei Escobillas.

'Dát is pas een roman,' bevestigde Barrido. 'Dat vindt zelfs *De stem van de industrie*.'

'Ik wist wel dat dit zou gebeuren,' vervolgde Escobillas. 'U bent een ondankbaar mens.'

Naast mij keek het Venijn me bedrukt aan. Ik had het gevoel dat ze dadelijk mijn hand zou pakken om me te troosten en trok die daarom snel weg. Barrido lachte een glibberig lachje.

'Misschien is het wel het beste zo, Martín. Misschien is het een teken van Onze-Lieve-Heer die u in Zijn oneindige wijsheid de weg van de terugkeer naar het werk wil laten zien dat de lezers van *De stad der verdoemden* zo veel geluk heeft gebracht.'

Ik barstte in lachen uit. Barrido viel in en op zijn teken deden Escobillas en het Venijn mee. Ik aanschouwde het hyenakoortje en bedacht dat dit moment me onder andere omstandigheden er een van sublieme ironie zou hebben geleken.

'Zo zie ik het graag, dat u het positief opneemt,' riep Barrido uit. 'Wat zegt u me ervan? Wanneer ontvangen we de volgende aflevering van Ignatius B. Samson?'

De drie keken me voorkomend en verwachtingsvol aan. Ik schraapte mijn keel om duidelijk te kunnen articuleren en schonk ze een glimlachje.

'Valt u alstublieft dood.'

18

Na mijn bezoek aan de uitgevers zwierf ik urenlang doelloos door de straten van Barcelona. Ik had moeite met ademhalen en ik voelde een druk op de borst. Koud zweet bedekte mijn voorhoofd en handen. Bij het invallen van de duisternis ging ik op weg naar huis, omdat ik niet meer wist waar ik me moest verstoppen. Toen ik de boekhandel van Sempere & Zoons voorbijliep, zag ik dat de boekhandelaar de etalage met exemplaren van mijn roman had gevuld. Het was al laat en de winkel was gesloten, maar binnen brandde nog licht. Ik wilde snel doorlopen, maar zag dat Sempere mij al had opgemerkt en hij glimlachte met een droefheid naar me die ik in al die jaren dat we elkaar kenden nog niet bij hem had gezien. Hij kwam naar de deur en deed open.

'Komt u even binnen, Martín.'

'Een andere keer, señor Sempere.'

'Doet u het voor mij.'

Hij pakte me bij de arm en trok me naar binnen. Ik volgde hem naar de achterkamer, waar hij me een stoel aanbood, twee glazen inschonk met iets wat stroperiger leek dan teer en me gebaarde om het net als hij in één teug op te drinken.

'Ik heb het boek van Vidal doorgebladerd,' zei hij.

'Het succes van het seizoen,' merkte ik op.

'Weet hij dat u het heeft geschreven?'

Ik haalde mijn schouders op.

'Wat doet dat ertoe?'

Sempere keek me aan met dezelfde blik waarmee hij op een dag, lang geleden, dat knulletje van acht jaar had ontvangen dat met blauwe plekken en afgebroken tanden bij hem had aangebeld.

'Gaat het goed met u, Martín?'

'Uitstekend.'

Sempere schudde bijna onmerkbaar zijn hoofd en stond op om een boek van een plank te pakken. Ik zag dat het om een exemplaar van mijn roman ging. Hij reikte het me glimlachend aan, met een vulpen erbij.

'Als u zo vriendelijk zou willen zijn om er een opdracht in te schrijven.'

Nadat ik zijn wens had vervuld, nam Sempere het boek en legde het in de erevitrine achter de toonbank, waar hij eerste drukken bewaarde die niet te koop waren. Dat was het privésanctuarium van Sempere.

'Dat hoeft u werkelijk niet te doen, señor Sempere,' zei ik zachtjes.

'Ik doe het omdat ik het wil en omdat het het waard is. Dit boek is een deel van uw hart, Martín. En wat mij betreft, ook van mijn hart. Ik zet het tussen *Le Père Goriot* en *L'éducation sentimentale*.'

'Dat is heiligschennis.'

'Onzin. Dit is een van de beste boeken die ik in de laatste tien jaar heb verkocht, en ik heb er veel verkocht,' zei de oude Sempere.

Zijn vriendelijke woorden schraapten maar nauwelijks aan de ijskoude, ondoordringbare kalmte die me begon te bekruipen. Met een omweg keerde ik zonder haast naar het huis met de toren terug. Daar schonk ik mezelf een glas water in en terwijl ik het in de donkere keuken opdronk, barstte ik in lachen uit.

De volgende ochtend ontving ik tweemaal bezoek. De eerste keer was het Pep, Vidals nieuwe chauffeur. Hij bracht me een uitnodiging van de heer des huizes voor een vroege lunch in het Maison Dorée, ongetwijfeld het feestmaal dat hij me een tijd terug had beloofd. Pep kwam verkrampt over en scheen zo snel mogelijk weer te willen vertrekken. De vroeger zo vertrouwde atmosfeer tussen ons was in rook opgegaan. Hij wilde niet binnenkomen en wachtte liever in het trappenhuis. De envelop met

Vidals boodschap overhandigde hij me zonder me aan te kijken en zodra ik had bevestigd dat ik de uitnodiging aannam, verdween hij als de wiedeweerga, zonder te groeten.

De tweede keer, een halfuur later, stonden mijn twee uitgevers voor de deur, in gezelschap van een heer met een streng uiterlijk en een priemende blik, die zich voorstelde als hun advocaat. Het formidabele trio drukte iets uit wat tussen in rouw gedompeld en op oorlogspad zijn in zat, en liet geen twijfel bestaan over de aard van de ontmoeting. Ik nodigde ze uit in de loggia, waar ze gingen zitten op volgorde van links naar rechts in afnemende lengte.

'Kan ik u iets aanbieden? Een glaasje cyanide?'

Ik verwachtte geen glimlachje en dat kwam ook niet. Na een korte inleiding van Barrido met betrekking tot de verschrikkelijke verliezen die het debacle van *De voetstappen van de hemel* voor de uitgeverij zou veroorzaken, gaf de advocaat een beknopt exposé waarin hij mij in niet mis te verstane bewoordingen duidelijk maakte dat, als ik niet opnieuw aan het werk ging in mijn hoedanigheid van Ignatius B. Samson en binnen anderhalve maand een aflevering van *De stad der verdoemden* inleverde, ze mij zouden dagen voor contractbreuk, gederfde inkomsten, smaad en nog vijf of zes zaken die me ontgingen omdat ik al niet meer luisterde. Het waren niet uitsluitend slechte berichten. Ondanks de pijn en narigheid die door mijn gedrag veroorzaakt waren, hadden Barrido en Escobillas in hun hart een parel van groothartigheid gevonden om onze verschillen mee glad te strijken en een nieuw verbond van vriendschap en wederzijds nut mee op te bouwen.

'Als u wilt, kunt u tegen een zeer gunstige prijs van zeventig procent van de verkoopprijs alle exemplaren van *De voetstappen van de hemel* verkrijgen die niet zijn geleverd, aangezien we geconstateerd hebben dat er geen vraag is naar deze titel en we ze onmogelijk in de volgende levering kunnen includeren,' legde Escobillas uit.

'Waarom geeft u mij de rechten niet terug? Per slot van rekening heeft u er geen cent voor betaald en denkt u er niet over u nog in te zetten voor de verkoop van ook maar één exemplaar.'

'Dat kunnen we niet doen, mijn vriend,' verklaarde Barrido.

'Ofschoon er geen enkel voorschot aan uw persoon is betaald, is de uitgave een zeer belangrijke investering geweest voor de uitgeverij, en het door u getekende contract heeft een looptijd van twintig jaar, automatisch te verlengen onder dezelfde voorwaarden in geval de uitgeverij besluit haar wettig recht uit te oefenen. U moet begrijpen dat ook wij een aandeel moeten krijgen. Niet alles kan voor de auteur zijn.'

Aan het einde van zijn tirade nodigde ik de drie heren uit zich vooral in de richting van de uitgang te begeven, naar keuze op eigen kracht of met een schop onder hun achterste. Voordat ik de deur achter hen dichtsloeg, wierp Escobillas me nog een van zijn boze blikken toe.

'We eisen binnen een week een antwoord, of het is afgelopen met u,' gromde hij.

'Binnen een week zijn u en die idioot van een compagnon van u dood,' antwoordde ik heel rustig, zonder goed te weten waarom ik die woorden uitsprak.

De rest van de morgen deed ik niets anders dan naar de muren staren, tot de klokken van de Santa María me eraan herinnerden dat het tijdstip van mijn afspraak met don Pedro Vidal naderde.

Hij wachtte op me aan de beste tafel van het restaurant, friemelend aan een glas witte wijn, terwijl hij luisterde naar de pianist, die met fluwelen vingers een stuk van Enrique Granados liefkoosde. Toen hij me in het oog kreeg, stond hij op en gaf me een hand.

'Hartelijk gelukgewenst,' zei ik.

Vidal glimlachte onverstoorbaar en wachtte tot ik zat alvorens zelf weer plaats te nemen. We lieten een minuut stilte voorbijgaan, ingekapseld door de klanken van de muziek en de blikken van mensen van rijke komaf, die Vidal uit de verte groetten of naar onze tafel kwamen om hem te feliciteren met zijn succes, dat het onderwerp van gesprek was in de hele stad.

'David, je weet niet hoezeer het me spijt wat er is gebeurd.'

'Het moet u niet spijten, u moet ervan genieten.'

'Denk je dat dat iets voor me betekent? De vleierij van anderhalve man en een paardenkop? Mijn grootste droom was jou te zien triomferen.'

'Het spijt me dat ik u opnieuw teleurgesteld heb, don Pedro.'

Vidal zuchtte.

'David, ik heb er geen schuld aan dat ze het op jou gemunt hebben. De schuld ligt bij jezelf. Je vroeg er luidkeels om. Je bent inmiddels oud en wijs genoeg om te weten hoe die dingen gaan.'

'Vertelt ú het me.'

Vidal klakte met zijn tong, alsof mijn naïviteit hem beledigde.

'Wat verwachtte je? Je bent niet een van hen. Dat zul je nooit zijn. Je hebt het niet willen zijn en je denkt dat ze je dat zullen vergeven. Je sluit je op in je enorme huis en je denkt te kunnen overleven zonder je bij het koor van acolieten aan te sluiten en hun gewaad aan te trekken. Daar vergis je je in, David. Je hebt je altijd vergist. Het spel werkt niet zo. Als je in je eentje wilt spelen, pak dan je koffers en ga naar een plek waar je heer en meester kunt zijn over je lot, als die plek tenminste bestaat. Maar als je hier blijft, kun je je maar beter bij een parochie aansluiten, welke dan ook. Zo eenvoudig is het.'

'Doet ú dat, don Pedro? Zich bij een parochie aansluiten?'

'Ik heb dat niet nodig, David. Ik geef ze te eten. Ook dat heb je nooit begrepen.'

'Het zou u verbazen hoe snel ik aan het bijleren ben. Maar maakt u zich geen zorgen, die kritieken hebben niets te betekenen. Goed of slecht, morgen herinnert niemand ze zich meer, de mijne noch de uwe.'

'Wat is het probleem dan?'

'Zand erover.'

'Zijn het die twee smeerlappen? Barrido en die lijkenpikker?'

'Vergeet het, don Pedro. Zoals u zegt, het is mijn eigen schuld. Van niemand anders.'

De maître kwam met een vragende blik naar onze tafel. Ik had het menu niet bekeken en dacht er niet over om dat te doen.

'Het gebruikelijke, voor twee,' gaf don Pedro aan.

De maître verwijderde zich met een buiging. Vidal observeerde me alsof ik een gevaarlijk beest was in een traliekooi.

'Cristina kon niet komen,' zei hij. 'Ik heb dit voor je meegenomen, zodat je er een opdracht voor haar in kunt zetten.'

Hij legde een exemplaar van *De voetstappen van de hemel* op tafel, gewikkeld in purperkleurig papier met het zegel van Sempere & Zoons, en schoof het naar me toe. Ik maakte geen aanstalten om het te pakken. Vidal was bleek geworden, zijn toon was minder heftig en minder defensief. Nu komt de doodsteek, dacht ik.

'Vertelt u mij nu eindelijk wat u me te zeggen heeft, don Pedro. Ik zal u niet bijten.'

Vidal dronk in één teug zijn glas leeg.

'Er zijn twee dingen die ik je wil zeggen. Je zult er niet blij mee zijn.'

'Ik begin eraan te wennen.'

'Het ene heeft te maken met je vader.'

Mijn bittere glimlach bestierf me op de lippen.

'Jarenlang heb ik het je willen zeggen, maar ik was van mening dat het je geen enkel goed zou doen. Je zult geloven dat ik het uit lafheid heb verzwegen, maar ik zweer je, ik zweer je bij alles wat me heilig is ...'

'Wat?' onderbrak ik hem.

Vidal zuchtte.

'De nacht dat je vader stierf ...'

'... dat ze hem vermoordden,' corrigeerde ik op ijzige toon.

'Het was een vergissing. De dood van je vader was een vergissing.'

Niet-begrijpend keek ik hem aan.

'Die mannen hadden het niet op hem voorzien. Ze vergisten zich.'

Ik herinnerde me de blikken van de drie revolverhelden in de mist, de kruitdamp en het bloed van mijn vader dat zwart tussen mijn vingers opborrelde.

'Ze wilden *mij* vermoorden,' zei Vidal met een dunne stem. 'Een voormalige zakenpartner van mijn vader had ontdekt dat zijn vrouw en ik ...'

Ik sloot mijn ogen en hoorde een donkere lach in mezelf opstijgen. Mijn vader was gestorven, doorzeefd met kogels, vanwege een affaire van de grote Pedro Vidal.

'Zeg iets, alsjeblieft,' smeekte Vidal.

Ik opende mijn ogen.

'Wat is het tweede dat u me te zeggen heeft?'

Nog nooit had ik Vidal bevreesd gezien. Het stond hem goed.

'Ik heb Cristina ten huwelijk gevraagd.'

Een lange stilte zeeg neer.

'Ze heeft ja gezegd.'

Vidal keek omlaag. Een van de kelners kwam de entrees brengen en zette ze met een '*Bon appétit*' op tafel. Vidal durfde me niet meer aan te kijken. De entrees werden koud op het bord. Kort daarna pakte ik het exemplaar van *De voetstappen van de hemel* en vertrok.

Die middag, nadat ik Maison Dorée had verlaten, betrapte ik mezelf erop dat ik met mijn boek onder de arm de Ramblas af liep. Hoe dichter ik bij de hoek kwam met de calle del Carmen, des te erger trilden mijn handen. Voor de etalage van juwelier Bagués bleef ik staan, als wilde ik de met robijnen versierde gouden medaillons in de vorm van feeën en bloemen aandachtig bekijken. De barokke, uitbundige gevel van warenhuis El Indio was een paar meter verderop en een willekeurige voorbijganger zou bijna denken dat het om een bazaar vol wonderbaarlijke voorwerpen en mysteries ging in plaats van om een stoffenzaak. Langzaam liep ik ernaartoe en ging er binnen. Ik wist dat ze me niet zou kunnen herkennen, dat ik háár misschien niet eens meer zou herkennen, maar toch bleef ik daar minstens vijf minuten staan alvorens naar binnen te durven. Toen ik dat eindelijk deed, bonkte mijn hart en stond het zweet me in de handen.

De muren waren bedekt met planken vol grote rollen stof en aan de tafels toonden de verkopers, gewapend met meetlinten en speciale scharen bungelend aan hun riem, aan dames van stand, die vergezeld gingen van hun dienstmeisjes en naaisters, de prachtige stoffen als betrof het kostbare edelstenen.

'Kan ik u van dienst zijn, mijnheer?' lispelde een corpulente man met een piepstem, gepropt in een flanellen pak waar hij elk moment uit kon knappen en die zo de winkel dreigde te bezaaien met dwarrelende stofflarden. Hij bekeek me met dedain en een geforceerde, vijandige grijns.

'Nee,' fluisterde ik.

Toen zag ik haar. Mijn moeder. Ze daalde met een handvol coupons een trap af. Ze droeg een witte blouse en ik herkende haar ogenblikkelijk. Haar figuur was iets uitgedijd en van haar gelaatstrekken, minder geprononceerd nu, las ik een lichte verslagenheid als gevolg van routine en ontgoocheling. Geërgerd praatte de verkoper nog steeds tegen me aan, maar ik nam zijn stem nauwelijks waar. Ik zag slechts haar, hoe ze dichterbij kwam en vlak langs me liep. Een seconde lang keek ze me aan en toen ze zag dat ik haar gadesloeg, glimlachte ze gedienstig naar me, zoals je naar een cliënt glimlacht of een chef, waarna ze haar werk weer voortzette. Ik kreeg zo'n brok in mijn keel dat ik nauwelijks mijn lippen van elkaar kreeg om de verkoper het zwijgen op te leggen, en met tranen in mijn ogen maakte ik dat ik bij de uitgang kwam. Ik ging een café binnen aan de overkant van de straat, nam plaats aan een raamtafeltje om de ingang van El Indio in de gaten te houden, en wachtte.

Er was bijna anderhalf uur voorbijgegaan toen ik de verkoper die me te woord had gestaan, naar buiten zag komen en het rolluik alvast een stuk naar beneden zag trekken. Kort daarop gingen de lichten uit en druppelden er enkele verkopers naar buiten. Ik liep de straat op. Een snotneus van een jaar of tien staarde naar me vanuit het belendende portiek. Ik wenkte hem en liet hem een munt zien. Hij grijnsde van oor tot oor en ik stelde vast dat er meerdere tanden ontbraken.

'Zie je dit pakketje? Ik wil dat je het aan een mevrouw geeft die daar dadelijk naar buiten komt. Je zegt tegen haar dat een heer het jou gegeven heeft en dat het voor haar bedoeld is, maar je zegt niet dat ik het was. Heb je dat begrepen?'

Het ventje knikte. Ik gaf hem de munt en het boek.

'Nu wachten we af.'

Lang duurde het niet. Drie minuten later zag ik haar naar buiten komen en in de richting van de Ramblas wandelen.

'Die mevrouw is het. Zie je haar?'

Mijn moeder stond een ogenblik stil bij het voorportaal van de Bethlehemkerk en ik gaf de knul een seintje, waarop hij naar haar toe liep. Ik was op afstand getuige van de scène en kon niet horen wat hij zei. Hij reikte haar het pakketje aan en ze keek er wat bevreemd naar, aarzelend of ze het wel of niet moest aanpakken. De jongen drong aan en eindelijk nam ze het pakket van hem over en keek ze de wegrennende jongen na. Zoekend en verward tuurde ze om zich heen, woog het op de hand en onderzocht het paarse papier dat eromheen zat. Tot slot won de nieuwsgierigheid en maakte ze het open.

Ik zag hoe ze het boek eruit haalde. Ze hield het met beide handen vast, las de titel en draaide het om om de achterkant te bestuderen. Ik voelde hoe mijn adem stokte en wilde naar haar toe lopen, iets tegen haar zeggen, maar ik kon het niet. Zo bleef ik staan, op slechts enkele meters afstand van mijn moeder, ik bespiedde haar zonder dat ze mijn aanwezigheid opmerkte, tot ze met het boek in de hand haar weg vervolgde, in de richting van het standbeeld van Columbus. Toen ze het Palau de la Virreina passeerde, wierp ze het in een afvalbak. Ik keek haar na en zag haar de Ramblas af lopen tot ze opging in de menigte, alsof ze er nooit was geweest.

19

Sempere senior was alleen in de boekhandel en lijmde de rug van een exemplaar van Galdos' *Fortunata en Jacinta* dat uit elkaar viel. Toen hij opkeek, zag hij mij voor de deur staan. Een paar seconden waren genoeg om zich te vergewissen van de staat waarin ik me bevond. Hij wenkte me naar binnen en bood me een stoel.

'U ziet er slecht uit, Martín. U zou eens naar de dokter moeten gaan. Als u het eng vindt, ga ik met u mee. Ik heb ook een hekel aan dokters, allemaal met van die witte jassen en puntige dingen in hun handen, maar soms moet een mens door de zure appel heen bijten.'

'Het is slechts hoofdpijn, señor Sempere. Het gaat zo weer over.'

Sempere gaf me een glas Vichy-water.

'Hier. Dit geneest alles, behalve domheid, hetgeen een ware pandemie aan het worden is.'

Lusteloos glimlachte ik om zijn grapje en dronk met een zucht het glas leeg. Ik was misselijk en achter mijn linkeroog voelde ik een intens pulserende druk. Een moment was ik bang dat ik in elkaar zou zakken en ik sloot mijn ogen. Ik ademde diep in en deed een schietgebedje dat ik alstublieft niet dáár mijn laatste adem uit zou blazen. Het lot kon toch niet zo'n pervers gevoel voor humor hebben dat het me naar de boekhandel van señor Sempere leidde om hem vervolgens als dank voor alles wat hij voor me had gedaan, als fooi met een lijk op te zadelen. Ik voelde een hand zacht tegen mijn voorhoofd. Sempere. Ik opende mijn ogen en zag dat de boekhandelaar en zijn zoon, die zijn hoofd om de deur had gestoken, me aankeken met treurhoofden alsof ze bij een dodenwake waren.

'Zal ik de dokter waarschuwen?' vroeg Sempere junior.

'Het gaat al beter, dank je. Veel beter.'

'Nou, u heeft een manier om zich beter te voelen waar een mens kippenvel van krijgt. U ziet grijs.'

'Heeft u nog wat water?'

Sempere junior haastte zich om mijn glas bij te vullen.

'Mijn excuses voor dit spektakel,' zei ik. 'Ik verzeker u dat ik dit niet heb ingestudeerd.'

'Praat u geen nonsens.'

'Misschien zou iets zoets u goeddoen. Het kan een daling van de suikerspiegel zijn geweest ...' suggereerde de zoon.

'Loop even naar de warme bakker op de hoek en haal iets zoets voor David,' stemde de boekhandelaar met hem in.

Toen we alleen waren, keek Sempere me doordringend aan.

'Ik zweer u dat ik een arts zal bezoeken,' zei ik verzoenend.

Een paar minuten later kwam de zoon terug met een papieren zak vol kostelijkheden van de luxebakker. Hij reikte me de zak aan en ik koos een brioche die me onder andere omstandigheden zeker zo verleidelijk zou hebben geleken als het achterste van een revuemeisje.

'Eet,' beval meneer Sempere.

Gehoorzaam at ik de brioche en langzaamaan begon ik me beter te voelen.

'Het lijkt erop dat hij terugkeert in het land der levenden,' constateerde de zoon.

'Wat de zoete broodjes van op de hoek niet allemaal genezen ...'

Op dat moment hoorden we het belletje van de winkeldeur. Op een knikje van zijn vader ging Sempere junior naar voren om de klant te bedienen. De boekhandelaar bleef naast me staan en drukte zijn wijsvinger op mijn pols om mijn hartslag te meten.

'Señor Sempere, herinnert u zich nog dat u me lang geleden verteld heeft dat als ik op een dag een boek in veiligheid moest brengen, echt in veiligheid, dat ik dan naar u toe moest komen?'

Meneer Sempere wierp een blik op het boek dat ik had gered

uit de afvalbak waar mijn moeder het in had gegooid en dat ik nog in mijn handen had.

'Geef me vijf minuten.'

Het werd al donker toen we in de menigte die de straat op was gegaan voor een wandelingetje op deze vochtig warme avond, de Ramblas af liepen. Er waaide een zacht briesje, balkondeuren en -vensters stonden wijd open en mensen leunden naar buiten om onder de gevlamde amberkleurige hemel de silhouetten te zien flaneren. Meneer Sempere liep met lichte tred en minderde pas vaart toen we de schaduwrijke monding in het oog kregen van de calle Arc del Teatre. Voor we afsloegen, keek hij me plechtig aan en zei: 'Martín, wat u nu zult zien mag u aan niemand vertellen, zelfs niet aan don Pedro. Aan niemand.'

Ik knikte, nieuwsgierig geworden door de serieuze, geheimzinnige manier van doen van de boekhandelaar. Ik volgde hem door de nauwe straat, niet meer dan een spleet tussen sombere, vervallen gebouwen die als stenen wilgen naar elkaar toe leken te buigen om op dakhoogte de opening naar de hemel te sluiten. Korte tijd later stonden we voor een grote houten poort die een oude, sinds honderd jaar op de bodem van een stuwmeer staande kerk leek te verzegelen. Sempere besteeg de twee treden tot aan de poort, liet de bronzen klopper in de vorm van een grijnzend duiveltje driemaal vallen en daalde weer af om zich bij mij te voegen en te wachten.

'Wat u nu zult zien, mag u aan niemand vertellen ...'

'... aan niemand. Zelfs niet aan don Pedro. Aan niemand.'

Sempere knikte streng. We wachtten een paar minuten, tot het geluid klonk als van honderd in elkaar grijpende sloten die tegelijkertijd opengingen. Met een zware kreun zwaaide de poort een stukje open en een man van middelbare leeftijd met dik grijs haar, een roofvogelgezicht en doordringende ogen stak zijn hoofd om de deur.

'En weer is het Sempere, voor de verandering,' gooide hij ons voor de voeten. 'Wat brengt u me vandaag? Nog zo'n gewonde letterkunstenaar die geen vriendinnetje neemt omdat hij liever bij zijn moeder woont?'

Meneer Sempere bekommerde zich niet om de sarcastische ontvangst.

'Martín, dit is Isaac Monfort, bewaker van deze plek en bezitter van een sympathie zonder weerga. Gehoorzaam hem op de letter in alles wat hij zegt. Isaac, dit is David Martín, een goede vriend, schrijver en een vertrouweling van mij.'

Isaac bekeek me weinig enthousiast van top tot teen en wisselde daarna een blik met Sempere.

'Een schrijver kan nooit een vertrouweling zijn. Eens even zien, heeft Sempere u de regels uitgelegd?'

'Alleen dat ik met niemand mag praten over wat ik hier zie.'

'Dat is de eerste en belangrijkste. Als u die niet nakomt, kom ik u hoogstpersoonlijk de nek omdraaien. Krijgt u al een indruk van de algemene esprit hier?'

'Voor de volle honderd procent.'

'Daar gaan we dan,' zei Isaac en hij wenkte me naar binnen.

'Ik neem hier afscheid, Martín, en ik laat u beiden alleen. Hier is het veilig.'

Ik begreep dat Sempere aan het boek refereerde, niet aan mij. Hij omhelsde me hartelijk en verdween in de nacht. Ik stapte over de drempel en Isaac trok aan een hendel aan de binnenkant op de zware deur. Duizend, met een wirwar van stangen en rollen verbonden mechanieken sloten hem af. Isaac pakte een olielamp van de vloer en hief hem op ter hoogte van mijn gezicht.

'U ziet er niet goed uit,' oordeelde hij.

'Indigestie.'

'Waarvan?'

'Het leven.'

'Sluit u dan maar achteraan in de rij.'

We liepen door een lange gang en in het halfdonker kon ik vaag aan weerszijden fresco's en marmeren trappen onderscheiden. Nadat we steeds dieper in het paleisachtige gebouw waren doorgedrongen, werd vóór ons ineens de ingang zichtbaar naar een grote zaal.

'Wat heeft u bij zich?' vroeg Isaac.

'*De voetstappen van de hemel*. Een roman.'

'Wat een ordinaire titel. U bent toch niet toevallig de auteur?'

'Ik ben bang van wel.'

Isaac schudde zuchtend zijn hoofd.

'En wat heeft u nog meer geschreven?'

'*De stad der verdoemden*, delen één tot 120, onder andere.'

Met een vergenoegde grijns draaide Isaac zich om.

'Ignatius B. Samson?'

'Dat hij in vrede moge rusten en om u te dienen.'

Nu bleef de mysterieuze bewaker staan en zette de lantaarn op een soort balustrade voor een reusachtige ruimte. Ik keek op en was met stomheid geslagen. Voor me verhief zich een kolossaal labyrint van bruggen, passages en kasten met honderdduizenden boeken, die een gigantische bibliotheek vormden van schijnbaar onmogelijke perspectieven. Tunnels zigzagden door het enorme bouwsel dat spiraalvormig omhoog leek te wervelen naar een groten glazen koepel, waar sluiers van licht en donker doorheen filterden. Ik kon hier en daar een enkele gestalte onderscheiden die over bruggetjes en trappen liep of nauwkeurig de kastenrijen in deze woorden- en boekenkathedraal onderzocht. Ik vertrouwde mijn eigen ogen niet en keek Isaac Monfort verbluft aan. Hij glimlachte als een oude vos die van zijn favoriete spelletje geniet.

'Ignatius B. Samson, welkom in het Kerkhof der Vergeten Boeken.'

20

Ik volgde de bewaker naar beneden, naar de vloer van het kerkschip dat het labyrint herbergde. De grond waarop we liepen vormde een lappendeken van gedenkplaten en dekstenen, met grafschriften, kruisen en vervaagde stenen gezichten. Isaac bleef staan en liet de olielamp voor mijn plezier over een paar delen van de macabere puzzel glijden.

'Resten van een oude necropolis,' legde hij uit. 'Maar laat het u niet op het idee brengen om hier dood neer te vallen.'

We liepen verder naar een blijkbaar als ingang dienend domein. Isaac dreunde ondertussen zonder haperen de rechten en plichten op en wierp me af en toe een stekende blik toe, die ik dan weer suste met een dociel knikje.

'Artikel één: de eerste keer dat iemand hier komt heeft hij het recht een boek te kiezen uit alle boeken die hier zijn, ongeacht welk. Artikel twee: wie een boek adopteert, gaat de verplichting aan om het te beschermen en alles in het werk te stellen om het nooit verloren te laten gaan. Voor het leven. Twijfels zover?'

Ik keek omhoog, de labyrintische verten van de bibliotheek in.

'Hoe kiest een mens een enkel boek uit zovele?'

Isaac haalde zijn schouders op.

'Er zijn er die geloven dat het boek hén kiest ... het lot, zogezegd. Wat u hier ziet is de som van eeuwen verloren gegane en vergeten boeken, boeken die ertoe veroordeeld waren vernietigd te worden en voor altijd het zwijgen kregen opgelegd, boeken die de herinnering en de ziel van tijden en wonderen bewaren die in de vergetelheid zijn geraakt. Niemand van ons, zelfs de oudsten niet, weet precies wanneer dit alles hier is gebouwd, noch door wie. Waarschijnlijk is het zo oud als de stad zelf en is het met haar meegegroeid, in haar schaduw. We weten dat het gebouw is opgetrokken uit de overblijfselen van paleizen, kerken, gevangenissen en ziekenhuizen die mogelijk ooit op deze plek hebben gestaan. De fundamenten van het hoofdgebouw dateren van het begin van de achttiende eeuw. Voordien lag het Kerkhof der Vergeten Boeken verborgen onder de middeleeuwse stad. Het verhaal gaat dat wetenschappers en vrijdenkers ten tijde van de Inquisitie verboden boeken in sarcofagen verstopten en ze ter bescherming begroeven op de kerkhoven overal in de stad, in het vertrouwen dat toekomstige generaties ze weer zouden opgraven. Halverwege de vorige eeuw ontdekte men een lange tunnel die vanaf het binnenste van het Kerkhof der Vergeten Boeken naar de keldergewelven van een oude bibliotheek voerde, die vandaag de dag verzegeld is en verborgen ligt te midden van de ruïnes van een voormalige synagoge in de wijk Call. Toen de laatste muren van de stad vielen, ontstond er een aardverschuiving en werd de tunnel overstroomd door een ondergrondse rivier die al sinds eeuwen onder de huidige Ramblas door vloeit. Tegenwoordig is de tunnel onbruikbaar, maar we vermoeden dat hij lange tijd een van de voornaamste toegangswegen naar deze plek is geweest. Het grootste gedeelte van de structuur die u voor u ziet kwam tot stand in de negentiende eeuw. Niet meer dan honderd mensen in de hele stad kennen dit oord en ik hoop dat Sempere geen vergissing heeft begaan om u onder hen te rekenen ...'

Hoewel ik ijverig mijn hoofd schudde, keek Isaac me sceptisch aan.

'Artikel drie: u kunt uw boek begraven waar u wilt.'

'En als ik verdwaal?'

'Een additionele clausule, uit eigen doos: probeert u vooral niet te verdwalen.'

'Is er weleens iemand verdwaald?'

Isaac snoof.

'Toen ik hier begon, jaren terug, ging het verhaal over Darío

Alberti de Cymerman rond. Vermoedelijk heeft Sempere u daar niets over verteld ...'

'Cymerman? De historicus?'

'Nee, de zeehondendompteur. Hoeveel Daríos Alberti de Cymermans kent u? Het geval wil dat in de winter van 1889 Cymerman het labyrint in ging en er gedurende een week in verdween. Ze vonden hem verstopt in een van de tunnels, half-dood van angst. Hij had zich achter meerdere rijen heilige teksten verschanst om maar niet gezien te worden.'

'Gezien door wie?'

Isaac keek me lang aan.

'Door de man in het zwart. Heeft Sempere u daar werkelijk niets over verteld?'

'Werkelijk niet.'

Isaac liet zijn stem dalen en zei op vertrouwelijke toon: 'Sommige leden hebben in de loop der jaren in de tunnels van het labyrint af en toe een man in het zwart gezien. Allen beschrijven ze hem op een andere manier. Een enkeling beweert zelfs met hem gepraat te hebben. Een tijdlang ging het gerucht dat de man in het zwart de geest was van een vervloekte auteur die door een van de leden was verraden, omdat deze een van zijn boeken had meegenomen en zich niet aan zijn belofte tot bescherming van het boek had gehouden. Het boek raakte voor altijd zoek en wijlen de auteur dwaalt nu voor eeuwig door de gangen en zint op wraak, u weet wel, het soort Henry Jamesachtige verhalen waar de mensen zo van houden.'

'U gaat me toch niet wijsmaken dat u dat gelooft.'

'Natuurlijk niet. Ik heb een andere theorie. Die van Cymerman.'

'En die is ...?'

'Dat de man in het zwart de schutspatroon is van dit oord, de vader van alle geheime en verboden kennis, van het weten en de herinnering, lichtdrager van verhalenvertellers en schrijvers sinds mensenheugenis ... Hij is onze beschermengel, de engel van de leugens en de nacht.'

'U houdt me voor de gek.'

'Elk labyrint heeft zijn minotaurus ...' zei de bewaker. Hij glimlachte geheimzinnig en wees naar de ingang van het labyrint: ‘Ga uw gang.’

Ik zette voet op een loopbrug en liep toen langzaam een lange, licht stijgende corridor van boeken binnen. Aan het einde van de curve vormde de tunnel een kleine cirkel van waaruit vier gangen zich afsplitsten en een wenteltrap naar boven liep, om ergens in de hoogte te verdwijnen. Ik beklom de trap tot ik op een overloop kwam met nog drie tunnelingangen. Ik koos de tunnel waarvan ik meende dat die naar het hart van het gebouw voerde en waagde het erop. Op mijn weg streek ik met mijn vingers over honderden boekruggen. Ik liet me bedwelmen door de geur, en door het licht dat door kieren drong en uit glazen lantaarns filterde die in de lambrisering waren aangebracht, zwevend tussen spiegels en schaduwen. Bijna een halfuur liep ik doelloos door, tot ik bij een gesloten kleine ruimte kwam met een tafel en een stoel. De wanden bestonden uit boeken en leken massief te zijn, met uitzondering van een klein gat dat eruitzag alsof daar een boek was weggenomen. Dat koos ik als het nieuwe thuis van *De voetstappen van de hemel*. Een laatste keer bezag ik het titelblad en las de eerste alinea. Ik stelde me het moment voor dat iemand, als het lot het wilde, vele jaren na mijn dood dezelfde weg zou afleggen en in deze ruimte een onbekend boek zou ontdekken, waarin ik alles had gegeven wat ik te bieden had. Ik plaatste het tussen de andere boeken met het gevoel dat ik het was die op de plank achterbleef. Op dat moment bespeurde ik iets achter mijn rug en toen ik me omdraaide, zag ik de man in het zwart. Hij staarde me aan.

21

Aanvankelijk herkende ik mijn eigen blik niet in de spiegel, een van de vele die langs de gangen van het labyrint een keten van zwak licht vormden. Het was mijn gezicht dat ik gereflecteerd zag, maar de ogen waren die van een vreemde. Troebel, donker en boordevol slechtheid. Ik wendde mijn blik af en voelde hoe de misselijkheid me opnieuw belaagde. Ik ging op de stoel bij de tafel zitten en haalde diep adem. Ik vermoedde dat zelfs dokter Trías het een vermakelijk idee zou vinden dat de onderhuurder van mijn hersens, het tumorachtig uitgroeisel zoals hij het graag noemde, op de gedachte was gekomen om me ter plekke de genadeslag toe te brengen en me tot de eerste permanente bewoner van het Kerkhof der Vergeten Boeken te maken. Begraven in het gezelschap van zijn laatste, jammerlijke werk, dat hij met zich mee had genomen het graf in. Over tien maanden of tien jaar zou iemand me hier vinden, of misschien nooit. Een grote finale, *De stad der verdoemden* waardig.

Ik geloof dat ik gered werd door mijn eigen bittere lach, die mijn hoofd schoonveegde en me weer enige notie gaf van waar ik me bevond en wat ik hier kwam doen. Net wilde ik uit de stoel opstaan toen ik hem in het oog kreeg. Het was een primitieve, donkere band, zonder zichtbare titel op de rug, boven op een stapeltje van nog vier boeken aan de andere kant van de tafel. Ik pakte het op. De boekband voelde aan als leer of een andersoortig gelooide huid, eerder donker geworden door aanraking dan door kleurstof. De titelwoorden, op de band gedrukt met een soort brandmerk, waren vervaagd, maar op de vierde pagina stond de titel duidelijk te lezen:

Lux Aeterna
D.M.

De met de mijne overeenstemmende initialen waren vermoedelijk die van de auteur, maar er was geen enkele andere aanwijzing in het boek die dat bevestigde. Ik bladerde vluchtig een paar pagina's door en herkende minstens vijf verschillende talen die elkaar in de tekst afwisselden – Spaans, Duits, Latijn, Frans en Hebreeuws. Ik las een willekeurige alinea, die me aan een gebed deed denken, echter niet uit de traditionele liturgie, en ik vroeg me af of het hier een soort misboek betrof of een verzameling smeekbeden. De tekst was bezaaid met getallen en opgedeeld in alinea's, waarvan de onderstreepte eerste woorden op episodes of thematische verdelingen leken te duiden. Hoe preciezer ik het onderzocht, des te meer deed het me denken aan de Evangeliën en de catechismussen uit mijn schooltijd.

Ik had de ruimte kunnen verlaten, had een willekeurig boek kunnen kiezen uit de honderdduizenden en weg kunnen gaan om er nooit meer terug te keren. Bijna geloofde ik ook dat ik dat had gedaan, tot ik op de terugweg door de tunnels en gangen van het labyrint merkte dat het boek nog steeds in mijn hand zat, als een parasiet die aan mijn huid was blijven kleven. Een ogenblik schoot de gedachte door mijn hoofd dat dit boek nog liever dan ikzelf hier wenste weg te komen en op de een of andere manier mijn voetstappen leidde. Na met wat omwegen enkele keren het vierde deel van Le Fanu's verzamelde werken te zijn gepasseerd, bevond ik mij plotseling, zonder te weten hóé, bij de wenteltrap naar beneden en vanaf daar slaagde ik erin de weg te vinden naar de uitgang van het labyrint. Eigenlijk had ik Isaac op de drempel verwacht, maar er was geen teken van zijn aanwezigheid, hoewel ik zeker wist dat iemand me vanuit de duisternis observeerde. Het complete gewelf van het Kerkhof der Vergeten Boeken was in een diepe stilte gehuld.

'Isaac?' riep ik.

De echo van mijn stem ging in de donkere hoeken verloren. Ik wachtte tevergeefs een paar seconden en ging toen op weg naar de uitgang. De blauwe nevel die door de koepel werd gefilterd, verdween stukje bij beetje tot ik door een bijna absolute duisternis werd omgeven. Na een paar passen zag ik aan het einde van de galerij licht flakkeren en stelde vast dat de bewaker de lantaarn naast de poort had achtergelaten. Ik draaide me een laatste keer om en tuurde in de duisternis van de galerij. Toen trok ik aan de hendel die het mechanisme van katrollen en stangen in werking zette. De sloten openden zich een voor een en de deur gaf een paar centimeter mee. Ik duwde hem net voldoende open om erdoor te kunnen en glipte naar buiten. Een paar seconden later begon de deur weer dicht te gaan en viel met een zware echo in de sloten.

22

Hoe verder ik me van dat oord verwijderde, des te meer ging zijn magie verloren. Ik voelde opnieuw de misselijkheid en de pijn. Een paar keer ging ik onderuit, de eerste keer op de Ramblas en de tweede keer toen ik probeerde de *vía* Layetana over te steken, waar een jongen me overeind hielp en voorkwam dat ik onder een tram kwam. Met veel moeite redde ik het tot mijn voordeur. De woning was de hele dag dicht geweest en de vochtige, venijnige hitte die de stad elke dag wat meer verstikte hing als nevelig licht in het huis. Ik liep naar de studeerkamer in de toren en rukte de ramen wijd open. Er was nauwelijks een zuchtje wind en de hemel was gekneusd door zwarte wolken die in trage cirkels over Barcelona bewogen. Ik legde het boek op mijn schrijftafel en hield mezelf voor dat er nog voldoende tijd zou zijn om het tot in detail te bestuderen. Of misschien ook niet. Misschien was mijn tijd al wel op. Het leek er weinig meer toe te doen.

Ondertussen kon ik nauwelijks op de been blijven en moest dringend gaan liggen in het donker. Ik viste een van de stopflesjes met codeïnepillen uit een lade en werkte er drie of vier tegelijk naar binnen, stak het flesje in mijn broekzak en wankelde naar de trap, er niet helemaal zeker van of ik de slaapkamer zou bereiken. In de gang aangekomen meende ik in de lichtkier onder de voordeur een flikkering te zien, alsof er aan de andere kant van de deur iemand stond. Steun zoekend bij de muren liep ik langzaam naar de voordeur.

'Wie is daar?' vroeg ik.

Er kwam geen antwoord noch enig ander geluid. Ik aarzelde,

deed toen open en stapte de overloop op. Ik boog voorover om langs de trap naar beneden te kunnen kijken. De traptreden daalden in een halve cirkel af en verdwenen in de duisternis. Er was niemand. Ik draaide me weer om naar de deur en zag dat de kleine lantaarn in het trappenhuis flakkerde. De binnendeur sloot ik af met de sleutel, iets wat ik vaak vergat. Toen zag ik een crèmekleurige envelop met gekartelde rand. Iemand had hem onder de deur door geschoven. Ik bukte om hem te pakken. Het was zwaar, poreus papier. De envelop was verzegeld en voorzien van mijn naam. Het lakzegel toonde het silhouet van een engel met uitgevouwen vleugels.

Ik opende hem.

Geachte heer Martín,
Binnenkort zal ik enige tijd in deze stad verblijven en het zou mij bijzonder veel genoegen doen u te kunnen ontmoeten en wellicht het thema van mijn aanbod opnieuw te bespreken. Ik zou u zeer erkentelijk zijn als u, indien u geen andere verplichtingen heeft, aanstaande vrijdag, de dertiende van deze maand, rond tien uur in de avond met mij het avondeten zou willen gebruiken in de kleine villa die ik heb gehuurd voor mijn verblijf in Barcelona. Het huis bevindt zich in de calle Olot, op de hoek van de calle San José de la Montaña, naast de ingang naar het Park Güell. Ik vertrouw en hoop erop dat u in de gelegenheid bent te komen.
Uw vriend,
Andreas Corelli

Ik liet het briefje op de grond vallen en sleepte me naar de loggia, waar ik op de sofa ging liggen in de beschermende duisternis. Nog een week te gaan tot die afspraak. Ik moest glimlachen. Ik geloofde niet dat ik over zeven dagen nog zou leven. Ik sloot mijn ogen en probeerde de slaap te vatten. Het constante gefluit in mijn oren kwam me scheller voor dan ooit. Bij elke hartenklop vlamde in mijn hoofd een stekend wit licht op.

U zult zelfs niet aan schrijven kunnen denken.

Ik deed mijn ogen weer open en tuurde in de blauwe duisternis van de loggia. Naast mij op tafel lag nog steeds het oude fotoalbum dat Cristina had achtergelaten. Ik had niet de moed gevonden om het weg te gooien, of het zelfs maar aan te raken. Ik bladerde erdoorheen tot ik bij het gezochte beeld kwam, dat ik eruit trok en aandachtig bekeek. Cristina, die als klein meisje aan de hand van een vreemdeling over een steiger de zee in liep. Ik drukte de foto tegen mijn borst en gaf me over aan de moeheid. Langzaam doofden de bitterheid en de woede van die dag de jaren uit en een warme donkerte vol verwachtingsvolle stemmen en handen omhulde me. Ik wilde me in haar verliezen zoals ik in mijn leven nog nooit iets had gewild, maar iets trok aan mij en een dolksteek van licht en pijn sleurde me uit de behaaglijke slaap die beloofd had zonder einde te zijn.

Nog niet, fluisterde de stem, *nog niet*.

Dat de dagen vergingen wist ik doordat ik soms wakker werd en dan zonlicht meende te zien schijnen door de lamellen van de luiken. Meerdere malen had ik de indruk gebonk op de deur te horen en stemmen die mijn naam riepen, die na een poosje weer verstomden. Uren of dagen later stond ik op en toen ik met mijn handen mijn gezicht betastte, ontdekte ik bloed op mijn lippen. Ik weet niet of ik werkelijk de straat op ging of het slechts droomde, maar zonder te weten hoe ik daar terecht was gekomen, bevond ik me op de paseo del Born, op weg naar de kerk Santa María del Mar. De straten waren verlaten onder een kwikzilveren maan. Ik keek omhoog en meende dat de geestverschijning van een grote, zwarte storm haar vleugels over de stad uitvouwde. Een fijn wit licht scheurde de hemel open en dichte regendruppels stroomden naar beneden als glazen dolken. Kort voordat de eerste druppels de grond raakten, stond de tijd stil en honderdduizenden lichttranen zweefden in de lucht. Ik wist dat er iets of iemand achter me stond en ik kon zijn adem in mijn nek voelen, koud en stinkend naar rottend vlees en vuur. Ik voelde hoe lange, smalle vingers mijn huid naderden en op dat ogenblik verscheen in de zwevende regen het meisje dat slechts in het portret leefde dat ik tegen mijn borst gedrukt hield. Ze nam me bij de hand, trok me mee en leidde me opnieuw naar het huis met de toren, weg van deze ijzige aanwezigheid die me achternakroop. Toen ik weer bij bewustzijn kwam, waren er zeven dagen voorbij.

Het was vrijdag 13 juli.

23

Pedro Vidal en Cristina Sagnier trouwden diezelfde middag. De ceremonie vond plaats om vijf uur in de kapel van het klooster van Pedralbes en slechts een klein gedeelte van de Vidalclan kwam opdagen – de crème de la crème van de familie, inclusief de vader van de bruidegom, schitterde in omineuze afwezigheid. Waren er boze tongen geweest, dan hadden ze gesuggereerd dat het merkwaardige idee van de benjamin om in het huwelijk te treden met de chauffeursdochter, in het gezicht van het merendeel van de dynastie als een plens koud water was geweest. Maar er waren geen boze tongen. Op grond van een discreet stiltepact hadden de roddeljournalisten die middag bezigheden elders en geen enkel bericht had melding gemaakt van de ceremonie. Er was niemand om te vertellen dat zich bij de kerkingang een handvol voormalige geliefden van don Pedro had verzameld, die stilletjes huilden als verwelkte weduwen wier laatste hoop hun was ontnomen. Er was niemand om te vertellen dat Cristina een boeket witte rozen in haar hand had en een ivoorkleurige jurk droeg die met haar huid versmolt en de indruk wekte dat de bruid naakt voor het altaar verscheen, met als enige versiering de witte sluier die haar gezicht bedekte en een hemel die zich boven de wijzers van de torenklok leek samen te pakken in een werveling van amberkleurige wolken. Er was niemand om zich te herinneren hoe ze uit de auto stapte en even bleef staan om op het plein voor de kerk om zich heen te kijken, tot haar ogen de doodzieke man hadden gevonden wiens handen trilden en die onverstaanbare woorden voor zich uit mompelde, die hij met zich mee zou nemen het graf in.

'Vervloekt! Vervloekt zijn jullie beiden.'

Twee uur later opende ik gezeten in de stoel van mijn studeerkamer het foedraal dat ik jaren geleden in handen had gekregen en dat het enige bevatte wat er van mijn vader restte. Ik haalde de in een doek gewikkelde revolver eruit en opende de trommel. Ik deed er zes kogels in en klikte het wapen weer dicht. Ik drukte de loop tegen mijn slaap, spande de haan en sloot mijn ogen. Op hetzelfde moment geselde een windvlaag de toren en liet de grote open ramen van de studeerkamer met kracht tegen de muur slaan. Een ijzige bries streek over mijn huid en bracht de verloren ademtocht van grote verwachtingen met zich mee.

24

De taxi reed langzaam langs de rand van de wijk Gracia naar boven, op weg naar het eenzame, duistere terrein van het Park Güell. Hier en daar lagen grote huizen die betere tijden hadden gekend en boven het geboomte uit staken, dat in de wind golfde als zwart water. Hoog op de flank ontwaarde ik de grote poort naar het park. Drie jaar eerder, na de dood van Gaudí, hadden de erfgenamen van conde Güell de verlaten villakolonie, die nooit een andere bewoner had gekend dan zijn architect, voor één peseta aan de gemeente verkocht. Vergeten en verwaarloosd deed het park met zijn zuilen en torens denken aan een vervloekt paradijs. Ik gebaarde de chauffeur te stoppen bij het traliehek van de ingang en betaalde hem de rit.

'Weet u zeker dat u er hier uit wilt, meneer?' vroeg de chauffeur, die er niet gerust op was. 'Als u wilt, kan ik ook een paar minuten op u wachten ...'

'Dat is niet nodig.'

Het gebrom van de taxi verdween beneden de heuvel en ik bleef alleen achter met het geruis van de wind in de bomen. Verdorde blaadjes waaiden naar de ingang van het park en wervelden om mijn voeten. Ik naderde het traliehek, afgesloten met roestige kettingen, en tuurde erdoorheen. Het maanlicht streek zacht om de contouren van de draak, die aan de voet van de brede parktrap presideerde. Heel langzaam gleed een donkere vorm de treden af, me observerend met ogen die glinsterden als parels in water. Een zwarte hond. Onder aan de trap bleef het beest stilstaan en pas toen zag ik dat hij niet alleen was. Nog twee honden bekeken me geluidloos. Een was in de schaduw van het portiershuisje behoedzaam naderbij gekomen. De andere, de grootste van de drie, was op de muur gesprongen en sloeg me gade vanaf de deklijst op amper twee meter afstand. Tussen de ontblote hoektanden was de mist van zijn adem zichtbaar. Ik trok me heel langzaam terug, zonder mijn blik van hem af te wenden. Stap voor stap naderde ik het tegenoverliggende trottoir. Een van de andere honden was ook op de muur geklauterd en volgde me met zijn ogen. Ik zocht met een voet de grond af naar een stok of een steen om te gebruiken ter verdediging als ze besloten te springen en achter me aan kwamen, maar het enige wat ik vond was verdord blad. Ik wist dat als ik mijn blik afwendde en het op een lopen zette, de beesten achter me aan zouden jagen en ik nog geen twintig meter ver zou komen voor ze zich op me zouden storten en me aan stukken zouden scheuren. De grootste van de dieren kwam een stukje dichterbij op de muur en ik was ervan overtuigd dat hij ging springen. De derde, de enige die ik aanvankelijk had gezien en die vermoedelijk als lokkertje had gediend, klauterde op het lage gedeelte van de muur om zich bij de andere twee te voegen. Ik ben verloren, dacht ik.

Op dat ogenblik viel er een schijnsel op de wolfskoppen van de drie, en ze bleven abrupt staan. Ik keek naar links en zag op een vijftigtal meters een kleine heuvel. De lichten van het huis, de enige daar, gingen aan. Een van de beesten stiet een dof gejank uit en trok zich terug in het park. De andere twee volgden hem op zijn schreden.

Zonder me te bedenken liep ik op het huis af. Precies zoals Corelli in zijn uitnodiging had aangegeven, stond het grote huis op de hoek van de calle Olot met San José de la Montaña. Het was een rank, kantig, torenvormig gebouw met drie verdiepingen, met mansarden bekroond, dat als een schildwacht de stad en het spookachtige park in de gaten hield.

Een steile, stenen trap leidde naar de voordeur en uit de vensters straalde goudkleurig licht. Hoe hoger ik kwam, hoe duidelijker ik op een balustrade van de tweede verdieping een silhouet meende waar te nemen, onbeweeglijk als een spin in zijn web. Op de bovenste trede bleef ik even staan om op adem te komen. De voordeur stond op een kier en een reep licht reikte tot aan mijn voeten. Langzaam liep ik ernaartoe en bleef op de drempel opnieuw stilstaan. Een lucht van verwelkte bloemen drong naar buiten. Ik klopte op de deur, die een stukje terugweek. Voor mij zag ik een vestibule en een lange gang het huis in. Ik hoorde een hard, monotoon getik, alsof ergens een luik door de wind tegen het raam klapperde. Het klonk als een kloppend hart. Ik deed een paar stappen naar binnen en zag aan de linkerkant een trap naar boven, naar de toren. Ik meende lichte voetstappen te horen, kindervoetstappen die naar de bovenste verdieping ijlden.

'Goedenavond?' riep ik.

Voordat de echo van mijn stem in de gang verloren ging, verstomde het slaande geluid. Een absolute stilte daalde op me neer en een ijzige windvlaag streek over mijn gezicht.

'Meneer Corelli? Ik ben het, Martín. David Martín ...'

Aangezien ik geen antwoord kreeg, waagde ik me door de gang verder het huis in. De muren hingen vol met ingelijste portretten van diverse afmetingen. Aan de poses en kleding was te zien dat het leeuwendeel minstens twintig of dertig jaar oud moest zijn. Onder elke lijst was een plaatje bevestigd met de naam van de geportretteerde en het jaar waarin de foto was genomen. Ik keek aandachtig naar de gezichten die me observeerden vanuit een andere tijd. Kinderen en ouderen, dames en heren. Wat hen met elkaar verbond was een schaduw van treurigheid in hun blik, een geluidloze smeekbede. Allemaal keken ze met een verlangen de camera in dat een mens het bloed in de aderen deed bevriezen.

'Bent u geïnteresseerd in fotografie, vriend Martín?' vroeg de stem naast me.

Geschrokken draaide ik me om. Naast me stond Andreas Corelli de foto's te bekijken met een melancholische glimlach. Ik had hem niet dichterbij zien of horen komen en zijn lachje deed me huiveren.

'Ik dacht al dat u niet zou komen.'

'Ik ook.'

'Staat u mij dan toe dat ik u een glas wijn inschenk om een toost op onze vergissingen uit te brengen.'

Ik volgde hem naar een ruime salon met brede ramen die uitkeken over de stad. Corelli bood me een stoel aan en schonk uit een glazen karaf die op de tafel tussen ons in stond, twee glazen in. Hij reikte me een glas aan en ging tegenover me zitten.

Ik proefde de wijn. Uitmuntend. Ik dronk het glas bijna in één teug leeg en voelde meteen hoe de warmte die door mijn keel gleed, mijn zenuwen tot bedaren bracht. Corelli rook aan de wijn en bekeek me met een kalme, vriendelijke glimlach.

'U had gelijk,' zei ik.

'Dat heb ik doorgaans,' antwoordde hij. 'Het is een eigenschap die me echter zelden enige voldoening geeft. Soms denk ik dat niets me aangenamer zou zijn dan de zekerheid me vergist te hebben.'

'Dat is eenvoudig te regelen. Vraagt u maar aan mij. Ik vergis me voortdurend.'

'Nee, u vergist zich niet. Ik geloof dat u de dingen bijna net zo helder ziet als ik en ook u levert het geen enkele voldoening op.'

Terwijl ik zo naar hem luisterde, schoot het door mijn hoofd dat op dit moment maar één ding me enige voldoening zou kunnen verschaffen: de hele wereld in brand steken en zelf meebranden. Corelli, alsof hij mijn gedachten had gelezen, grijnsde breed en knikte.

'Ik kan u helpen, goede vriend.'

Ik betrapte me erop dat ik zijn blik ontweek en me concentreerde op de kleine speld met de zilveren engel op zijn revers.

'Mooie speld,' zei ik en ik wees ernaar.

'Een erfstuk,' antwoordde Corelli.

Voor deze avond hadden we nu inmiddels voldoende beleefdheden uitgewisseld, vond ik.

'Meneer Corelli, wat doe ik hier?'

Zijn ogen glinsterden in dezelfde kleur als de wijn, die traag in zijn glas wiegde.

'Heel eenvoudig. U bent hier omdat u eindelijk heeft begrepen dat u hier op de juiste plek bent. U bent hier omdat ik u een jaar geleden een aanbod deed. Een aanbod dat u op dat moment niet bereid was te accepteren, maar dat u niet bent vergeten. En ik ben hier omdat ik nog steeds denk dat u de man bent die ik zoek en daarom heb ik er de voorkeur aan gegeven om twaalf maanden te wachten in plaats van ervan af te zien.'

'Een bod dat u nooit in detail heeft uitgelegd,' bracht ik hem in herinnering.

'In feite heb ik u alleen de details gegeven.'

'Honderdduizend francs om een heel jaar voor u te werken en een boek te schrijven.'

'Precies. Velen zouden denken dat dat de essentie was. Maar u niet.'

'U zei dat ik het zelfs zonder betaling zou schrijven, zodra ik zou weten om wat voor soort boek het ging.'

Corelli knikte.

'U heeft een goed geheugen.'

'Ik heb een uitstekend geheugen, meneer Corelli, zo goed, dat ik me niet herinner iets gezien, gelezen of gehoord te hebben over ook maar één boek dat door u is uitgegeven.'

'Twijfelt u aan mijn geloofwaardigheid?'

Ik schudde mijn hoofd en probeerde het verlangen en de hebzucht die me vanbinnen opvraten, te verbergen. Hoe meer desinteresse ik toonde, des te meer brachten de beloftes van de uitgever me in verleiding.

'Mij interesseren simpelweg uw motieven,' bracht ik naar voren.

'Dat moeten ze ook.'

'In elk geval herinner ik u eraan dat ik voor de periode van nog eens vijf jaar een exclusief contract heb met Barrido en Escobillas. Laatst ontving ik een buitengewoon illustratief bezoekje van beide heren, in gezelschap van een advocaat met een doortastend voorkomen. Maar vermoedelijk maakt dat niet uit, vijf jaar is een lange tijd en als er íéts duidelijk voor me is, dan is het wel dat ik geen tijd heb.'

'Maakt u zich geen zorgen over advocaten. De mijne hebben nog een veel doortastender voorkomen dan die van dat stel etterpuisten, en ze verliezen nooit een zaak. Laat u de wettelijke details en de procesvoering aan mij over.'

Zijn lachje bij deze woorden maakte me duidelijk dat ik maar liever nooit een onderhoud met de juridische adviseurs van

Éditions de la Lumière moest hebben.

'Ik geloof u. Dan rest de vraag wat de andere details van uw aanbod zijn, de wezenlijke.'

'Een eenvoudig antwoord daarop is er niet, dus ik zal er niet verder omheen draaien.'

'Alstublieft.'

Corelli boog voorover en keek me strak aan.

'Martín, ik wil dat u een religie voor me creëert.'

Lange tijd staarde ik hem stom aan.

'U houdt me voor de gek.'

Hij schudde zijn hoofd en nipte genietend van zijn wijn.

'Ik wil dat u een jaar lang met hart en ziel en met al uw talent aan het grootste verhaal werkt dat u ooit zult scheppen: een religie.'

Ik kon niet anders dan in lachen uitbarsten.

'U bent volkomen gestoord. Dát is uw aanbod? Dát is het boek dat ik voor u moet schrijven?'

Corelli knikte kalm.

'U heeft zich in de schrijver vergist. Ik weet niets van religie.'

'Breekt u zich daar het hoofd niet over. Daar zorg ik voor. Ik zoek geen theoloog. Ik zoek een verteller. Weet u wat een religie is, vriend Martín?'

'Ik herinner me met moeite het Onzevader.'

'Een wonderbaarlijk, kunstig gebed. Afgezien van poëzie, komt een religie neer op een morele code die zich uitdrukt in legendes, mythen of andere literaire vormen, teneinde een net van waarden en normen te spannen waarmee een cultuur of een gemeenschap bij elkaar wordt gehouden en gereguleerd.'

'Amen,' antwoordde ik.

'Zoals in de literatuur of in elke andere vorm van communicatie is het de vorm die voor het effect zorgt en niet de inhoud,' vervolgde Corelli.

'U wilt mij dus zeggen dat een doctrine uiteindelijk een verhaal is.'

'Alles is een verhaal, Martín. Wat we geloven, wat we weten, wat we ons herinneren en zelfs wat we dromen. Alles is een vertelling, een geschiedenis, een opeenvolging van gebeurtenissen en personen, die het hart wil raken. Een daad van geloof is een daad van aanvaarding – wij aanvaarden een verhaal dat ons wordt verteld. En we aanvaarden slechts als waar wat verteld kan worden. Zegt u niet dat het geen aanlokkelijk idee is.'

'Nee.'

'Prikkelt het u niet om een geschiedenis te creëren waarvoor mensen in staat zijn te leven en te sterven, waarvoor ze in staat zijn te doden en zich te laten doden, waarvoor ze zich opofferen en tot de hel gedoemd zijn en hun ziel willen uitleveren? Bestaat er voor een schrijver een grotere uitdaging dan het scheppen van zo'n machtige geschiedenis die de fictie overstijgt en verandert in een geopenbaarde waarheid?'

We keken elkaar enkele seconden zwijgend aan.

'Ik denk dat u al weet wat mijn antwoord is,' zei ik ten slotte.

Corelli glimlachte.

'Ik wel. Degene die het geloof ik nog niet weet, bent u.'

'Dank voor uw gezelschap, meneer Corelli. En voor de wijn en de uiteenzetting. Heel provocerend. Weest u voorzichtig met wanneer en voor wie u deze houdt. Ik hoop dat u uw man vindt en dat zijn pamflet een succes wordt.'

Ik stond op en maakte me gereed om te vertrekken.

'Wordt u ergens verwacht, vriend Martín?'

Ik antwoordde niet, maar bleef staan.

'Maakt het een mens niet woedend als hij weet dat er zo veel dingen zijn die het waard zijn om voor te leven, als hij gezond is en vermogend, en geen belemmeringen ervaart?' zei Corelli achter me. 'Maakt het een mens niet woedend als ze hem uit handen worden gerukt?'

Langzaam draaide ik me om.

'Wat is een jaar werk in het licht van de mogelijkheid dat alles wat een mens wenst, bewaarheid wordt? Wat is een jaar werk in het licht van de belofte van een lang, vervuld bestaan?'

Niets, dacht ik ongewild. Niets.

'Is dat uw belofte?'

'Noem uw prijs. Wilt u de wereld in brand steken en meebranden? Laten we dat dan samen doen. U bepaalt de prijs. Ik ben bereid om u te geven wat u het liefst wilt hebben.'

'Ik weet niet wat ik het liefst wil.'

'Ik denk dat u dat heel goed weet.'

De uitgever glimlachte en knipoogde naar me. Hij stond op en liep naar een secretaire waar een gaslamp op stond. Hij trok de bovenste lade open, haalde er een perkamenten envelop uit en reikte me die aan, maar ik pakte hem niet. Hij legde hem op de tafel en ging weer zitten, zonder een woord te zeggen. De envelop was open en ik meende meerdere bundels bankbiljetten van honderd francs te kunnen onderscheiden. Een fortuin.

'U bewaart al dat geld in een lade en laat de deur openstaan?' vroeg ik.

'U kunt het natellen. Als het u onvoldoende lijkt, noemt u dan een bedrag. Ik heb u al gezegd dat ik met u niet over geld ga twisten.'

Een hele tijd keek ik naar het geweldige vermogen en schudde uiteindelijk mijn hoofd. In elk geval had ik het gezien. Het was echt. Het aanbod, evenals de ijdelheid die zich tijdens dit moment van ellende en wanhoop van me meester maakte, was echt.

'Ik kan het niet accepteren,' zei ik.

'Denkt u dat het bezoedeld geld is?'

'Alle geld is bezoedeld. Als het schoon was, zou niemand het willen. Dat is het probleem niet.'

'Maar?'

'Ik kan het niet accepteren omdat ik uw aanbod niet kan accepteren. Ik zou het niet kunnen, al zou ik het willen.'

Corelli woog mijn woorden.

'Mag ik u vragen waarom?'

'Omdat ik zeer spoedig zal sterven, meneer Corelli. Omdat me nog slechts weken resten, misschien dagen. Omdat ik niets te bieden heb.'

Corelli keek naar beneden en hulde zich in een lang stilzwijgen. Ik hoorde de wind aan de ramen krabbelen en over het huis vegen.

'Vertelt u me niet dat u het niet wist,' voegde ik eraan toe.

'Ik vermoedde het.'

Hij bleef zitten, zonder me aan te kijken.

'Er zijn vele andere auteurs die dat boek voor u kunnen schrijven, meneer Corelli. Ik dank u voor uw aanbod. Meer dan u zich kunt voorstellen. Goedenavond.'

Ik zette een paar stappen in de richting van de uitgang.

'Laten we zeggen dat ik u zou kunnen helpen om uw ziekte te overwinnen,' zei hij.

Ik bleef halverwege de gang staan en draaide me om. Corelli stond nauwelijks twee handbreedtes van me af en keek me strak aan. Hij kwam me veel groter voor dan eerder op de avond, en ook zijn ogen leken groter en donkerder. In zijn pupillen kon ik mijn spiegelbeeld kleiner zien worden naarmate ze zich verwijdden.

'Verontrust mijn uiterlijk u, vriend Martín?'

Ik slikte.

'Ja,' bekende ik.

'Komt u alstublieft terug naar de salon en gaat u zitten. Geeft u mij de mogelijkheid om nog wat meer zaken uit te leggen. Wat heeft u te verliezen?'

'Niets, veronderstel ik.'

Zacht legde hij een hand op mijn arm. Hij had lange, bleke vingers.

'U heeft niets van mij te vrezen, Martín. Ik ben uw vriend.'

Zijn aanraking was troostrijk. Ik liet me weer naar de salon leiden en ging gedwee zitten, als een kleine jongen die de woorden van een volwassene afwacht. Corelli knielde naast mijn stoel en liet zijn blik op me rusten. Hij nam mijn hand en drukte hem krachtig.

'Wilt u leven?'

Ik wilde antwoorden, maar vond de woorden niet. Ik had een brok in mijn keel en mijn ogen vulden zich met tranen. Tot dat moment was me niet duidelijk geweest hoezeer ik wilde blijven ademhalen, elke ochtend mijn ogen wilde opendoen, de straat op wilde gaan en op de keien staan en de hemel zien, en vooral, hoezeer ik wilde blijven herinneren.

Ik knikte.

'Ik ga u helpen, mijn beste Martín. Ik vraag u slechts vertrouwen in me te hebben. Neemt u mijn aanbod aan. Laat me u helpen. Laat me u geven wat u het liefst wenst. Dát is mijn belofte.'

Weer knikte ik.

'Ik aanvaard het.'

Corelli glimlachte en boog zich voorover om mijn wang te kussen. Zijn lippen waren koud als ijs.

'U en ik, mijn vriend, wij gaan grootse dingen doen samen. Dat zult u zien,' fluisterde hij.

Hij gaf me een zakdoek om mijn tranen mee te drogen. Ik deed dat zonder de stille schaamte te voelen waarmee men voor een vreemde huilt, iets wat ik sinds de dood van mijn vader niet meer had gedaan.

'U bent uitgeput, Martín. Blijft u deze nacht toch hier. Er zijn meer dan genoeg kamers in dit huis. Ik verzeker u dat u zich morgen beter zult voelen en de dingen duidelijker zult zien.'

Ik haalde mijn schouders op, hoewel ik besefte dat Corelli gelijk had. Ik viel bijna om van moeheid en had slechts één wens: slapen. Ik was niet eens meer in staat uit deze stoel op te staan, de meest comfortabele, meest knusse stoel van de wereld.

'Als u het niet erg vindt, blijf ik liever hier.'

'Natuurlijk. Ik laat u slapen. U zult zich snel beter voelen. Ik geef u mijn woord.'

Corelli liep naar de secretaire toe en draaide de gaslamp uit. De salon werd ondergedompeld in een blauw schemerduister. Mijn oogleden vielen dicht en een gevoel van dronkenschap spoelde door mijn hoofd, maar ik slaagde er nog net in te zien hoe Corelli door de salon liep en in de schaduw verdween. Ik sloot mijn ogen en luisterde naar de fluistering van de wind achter de ruiten.

25

Ik droomde dat het huis langzaam zonk. Aanvankelijk welden uit de voegen, uit de scheuren in de wanden, het stuc van de plafonds, en de sleutelgaten, slechts kleine, donkere watertranen op. De koude vloeistof kroop traag en zwaar als kwikzilver omhoog en vormde zo langzaamaan een laag die eerst de vloer en mijn voeten bedekte en toen snel steeg. Ik bleef in de stoel zitten en zag hoe het water mijn keel bereikte en in luttele seconden langs de muren tot aan het plafond kwam. Ik voelde dat ik dreef en zag bleke lichten achter de ruiten wiegen. Het waren menselijke gestalten die eveneens in de waterduisternis zweefden. Ze waren door de stroming gevangen en strekten hun handen naar me uit, maar ik kon ze niet helpen en het water sleurde ze onverbiddelijk mee. Corelli's honderdduizend francs dreven om me heen als papieren vissen. Ik liep door de salon en naderde een gesloten deur aan de andere kant. Een straaltje licht drong door het sleutelgat. Ik opende de deur en zag daarachter een trap naar het diepste punt van het huis afdalen. Ik liet me naar beneden zinken.

Het einde van de trap kwam uit op een ovaalvormige zaal met in het midden een kring van in het wit geklede figuren. Toen ze mijn aanwezigheid opmerkten, draaiden ze zich naar me om en ik zag dat ze maskers en handschoenen droegen. Felle witte lampen schenen op iets wat eruitzag als een operatietafel. Een man zonder gelaatstrekken en ogen sorteerde op een blad chirurgische instrumenten. Een van de figuren strekte een hand naar me uit en nodigde me zo dichterbij. Ik deed wat hij vroeg en voelde hoe ik bij mijn hoofd en lijf werd opgetild en op de tafel werd neergevlijd. De lichten verblindden me, maar ik kon nog wel zien dat alle gestalten identiek waren en dokter Trías' gelaat hadden. Ik lachte inwendig. Een van de artsen had een naald in zijn hand en injecteerde me in de nek. Het was pijnloos, ik voelde slechts een aangenaam warm gevoel van verdoofdheid zich over mijn lichaam uitbreiden. Twee artsen bevestigden mijn hoofd in een soort klem en draaiden de krans van schroeven aan die vastzat aan een gepolsterde plaat. Ik voelde hoe mijn armen en benen werden vastgesnoerd met riemen en bood geen weerstand. Toen mijn lijf van hoofd tot voeten geïmmobiliseerd was, reikte een arts een scalpel aan een van zijn dubbelgangers aan en die boog zich over mij heen. Iemand nam mijn hand en hield die vast. Het was een kind dat me vol tederheid aankeek en hetzelfde gezicht had als ik op de dag van de moord op mijn vader.

Ik zag de snijkant van het scalpel neerdalen in de vloeibare duisternis en voelde hoe het mes in mijn voorhoofd sneed zonder dat ik ook maar enige pijn ondervond. Er vloeide iets uit de snede en ik zag hoe een zwarte bloedwolk zich langzaam uitbreidde in het water. Het bloed steeg als rookkringels naar boven in telkens veranderende vormen. Ik keek de jongen aan, die naar me glimlachte en mijn hand stevig vasthield. Daar was het. In mij bewoog zich iets. Iets wat een ogenblik geleden mijn geest vast had omklemd. Ik voelde dat iets zich terugtrok, als een angel die diep in het vlees zit en er met een pincet uit wordt getrokken. Ik werd door paniek overvallen en wilde overeind komen, maar ik kon me niet bewegen. De jongen keek me strak aan en knikte. Ik dacht dat ik het bewustzijn zou verliezen of juist volledig zou ontwaken, en toen zag ik haar. Ik zag haar gereflecteerd in de lampen boven de operatietafel. Een paar zwarte draden staken uit de wond en bewogen zich over mijn huid. Een vuistgrote zwarte spin. Ze krabbelde over mijn gezicht en voor ze van de tafel af kon glippen, reeg een van de artsen haar aan het operatiemes. Hij hield het mes tegen het licht zodat ik haar kon zien. De spin trappelde met haar poten en bloedde tegen de lampen. Een witte vlek als een silhouet met uitgespreide vleugels, bedekte haar rug. Een engel. Na een poosje verslapten haar poten en haar lijf gaf zich over. Ze dreef weg en toen de jongen haar wilde aanraken, loste ze op. De artsen bevrijdden mijn schedel uit de klem met de schroefdraden en maakten de riemen los. Met hun hulp kwam ik op de operatietafel overeind en bracht mijn hand naar mijn voorhoofd. De wond begon zich al te sluiten. Toen ik weer om me heen keek, zag ik dat ik alleen was.

De lampen doofden uit en de operatiezaal werd in schemerduister gehuld. Ik bewoog me naar de trap en zweefde terug naar boven, naar de salon. Het eerste daglicht glinsterde in het water en ving duizenden drijvende deeltjes. Ik was moe, zo moe als ik nog nooit in mijn leven was geweest. Ik sleepte me naar de leunstoel en liet me erin wegzinken. Traag zakte mijn lichaam in elkaar en toen het eindelijk tot rust kwam, zag ik bij het plafond minuscule blaasjes rondzwermen. Er vormde zich een kleine luchtkamer bovenin en ik realiseerde me dat de waterspiegel begon te zakken. Het water, dicht en glanzend als gelatine, ontsnapte bruisend door de kieren van de ramen, alsof het huis een uit de diepte opduikende onderzeeër was. Ik rolde me op in de stoel en gaf me over aan een gevoel van gewichtloosheid en vrede dat ik nooit meer wilde loslaten. Ik sloot mijn ogen en hoorde het gegorgel van het water om mij heen. Toen ik ze weer opendeed, zag ik een gordijn van druppels heel langzaam uit de hoogte komen vallen, als tranen die halverwege hun val konden stoppen. Ik was moe, heel moe, en ik wilde slechts heel diep slapen.

Bij de intense helderheid van een warme middag opende ik mijn ogen. Het licht viel als stof door de grote ramen. Het eerst zag ik dat de honderdduizend francs nog steeds op tafel lagen. Ik stond op, liep naar het raam en schoof de gordijnen opzij, zodat een reep verblindend zonlicht de salon overspoelde. Barcelona lag er nog, trillend als een fata morgana. Ineens besefte ik dat het gegons in mijn oren dat normaal gesproken alleen door straatlawaai werd overstemd, volkomen verdwenen was. Ik hoorde een intense stilte, puur als kristalhelder water, zoals ik nog nooit had waargenomen. Ik hoorde mezelf lachen. Ik pakte mijn hoofd tussen mijn handen, betastte mijn huid en voelde niet de geringste druk. Mijn zicht was helder, het voelde eigenlijk alsof mijn vijf zintuigen nu pas ontwaakt waren. Ik kon het oude hout van de lambrisering aan plafond en pilaren ruiken. Ik zocht naar een spiegel, maar in de hele salon was er niet één, dus ging ik op zoek naar een badkamer of een andere kamer waar ik een spiegel kon vinden, om me er aan de hand van mijn spiegelbeeld van te verzekeren dat ik niet wakker was geworden in het lichaam van een vreemde, dat de huid en de botten die ik voelde, mij toebehoorden. Alle deuren in het huis waren vergrendeld. Terug in de salon stelde ik vast dat waar ik een deur naar de kelder had gedroomd, slechts een schilderij hing met de beeltenis van een in elkaar gedoken engel op een rots, midden in een oneindig meer. Ik begaf me naar de trap die naar de bovengelegen verdiepingen leidde, maar stopte zodra ik de eerste trap was op gelopen. Voorbij het licht leek een zware, ondoordringbare duisternis te huizen.

'Meneer Corelli?' riep ik.

Mijn stem ging verloren alsof hij was opgeslokt, zonder enige echo of galm. Ik keerde terug naar de salon en staarde naar het geld op de tafel. Honderdduizend francs. Ik pakte de envelop en woog hem in mijn hand. Het papier was fluweelzacht. Ik stopte de envelop in mijn zak en liep opnieuw de gang door, ditmaal naar de voordeur. De tientallen gezichten van de portretten sloegen me nog steeds gade met de intensiteit van een belofte. Ik wilde me liever niet aan die blikken blootstellen en snelde naar de deur, maar vlak voor ik naar buiten stapte, zag ik dat een van de lijsten leeg was. Ik rook een zoete, perkamentachtige geur en realiseerde me dat die van mijn vingers kwam. De geur van geld. Ik deed de voordeur open en stapte het daglicht in. Zwaar viel hij achter me in het slot. Ik draaide me om en aanschouwde het donkere, stille huis, zo ver verwijderd van het stralende licht van deze wolkeloze dag. Mijn horloge vertelde me dat het al één uur 's middags was geweest. Ik had meer dan twaalf uur achter elkaar geslapen in een oude leunstoel en toch had ik me nog nooit in mijn leven zo goed gevoeld. Met een glimlach op mijn gezicht liep ik heuvelafwaarts, terug naar de stad, in de zekerheid dat de wereld me voor het eerst sinds lange tijd, misschien wel voor het eerst in mijn leven, toelachte.

Tweede akte
Lux Aeterna

1

Mijn terugkeer in het land der levenden vierde ik door mijn eerbied jegens een van de meest invloedrijke tempels van de hele stad te tonen: het hoofdkantoor van de Banco Hispano Colonial in de calle Fontanella. Bij het zien van de honderdduizend francs raakten de directeur, de accountants en een heel leger aan kassamedewerkers en boekhouders in extase en ze hesen me zonder omhaal op het altaar voor het soort cliënten dat bijna als heiligen vereerd wordt. Nadat de bankaangelegenheden waren geregeld, besloot ik me op de volgende apocalyptische ruiter te richten en ik ging naar een krantenkiosk op het plaza Urquinaona. Ik sloeg een exemplaar van *De stem van de industrie* halverwege open en zocht de pagina's kort nieuws, waarvoor ik destijds verantwoordelijk was geweest. Nog steeds was in de koppen de kundige hand van don Basilio herkenbaar en ik vond zo goed als de voltallige redactie terug in de afkortingen van de namen, alsof er nauwelijks tijd was verstreken. De zes jaren lauwe dictatuur van generaal Primo de Rivera hadden over de stad een giftige, troebele kalmte gelegd die zich niet goed verhield tot de pagina's spanning en sensatie: er stonden amper verhalen over bommen of vuurgevechten in de krant. Barcelona, de gevreesde 'Roos van Vuur', begon langzamerhand op een hogedrukpan te lijken. Ik wilde net de krant dichtslaan en het wisselgeld aanpakken toen ik het bericht zag. Het was slechts een korte mededeling in een kolom waarin vier incidenten werden uitgelicht, op de laatste pagina.

ÉÉN DODE EN TWEE ZWAARGEWONDEN BIJ BRAND IN RAVAL
Door Joan Marc Huguet, Barcelona

> Vrijdag jl., kort na middernacht, brak een grote brand uit op nummer 6 van het plaza Àngels, kantoor van uitgeverij Barrido en Escobillas, waarbij de bedrijfsleider van het bedrijf, Sr. D. José Barrido, om het leven kwam. Zijn compagnon, Sr. D. José Luis López Escobillas, en een werknemer, Sr. Ramón Gúzman, raakten zwaargewond toen laatstgenoemde door de vlammen werd verzwolgen bij zijn poging de twee directeuren te hulp te schieten. De brandweer houdt er rekening mee dat de brand door een chemische stof werd veroorzaakt die bij de renovatie van het kantoor was gebruikt. Men sluit andere oorzaken evenwel niet uit, aangezien ooggetuigen bevestigen dat ze kort voor het uitbreken van de brand een man het kantoor hebben zien verlaten. De slachtoffers zijn naar het ziekenhuis gebracht, waar één reeds was overleden. De overlevingskansen van de twee anderen zijn gering.

Zo snel als ik kon ging ik erheen. De brandlucht was vanaf de Ramblas al te ruiken. Op het plein voor het gebouw had zich een groep buurtbewoners en nieuwsgierigen verzameld. Witte rookpluimen kringelden omhoog uit een hoop puin die voor de ingang bij elkaar was geveegd. Ik herkende enkele personeelsleden van de uitgeverij die probeerden het weinige wat was overgebleven uit de puinhopen te redden. Dozen met geblakerde boeken en door de vlammen aangevreten meubels stapelden zich op op straat. De gevel was roetzwart, de grote ramen waren door het vuur gesprongen. Ik brak door de cirkel kijklustigen heen en ging naar binnen. Een bijtende stank sloeg meteen op mijn keel. Een paar medewerkers die hun best deden hun bezittingen te redden, herkenden me en groetten terneergeslagen.

'Meneer Martín ... wat een ongeluk,' mompelden ze.

Ik liep dwars door wat de voormalige receptie was geweest naar Barrido's kantoor. De vlammen hadden de tapijten verslonden en de meubels gereduceerd tot gloeiende skeletten. De lambrisering was in een hoek naar beneden gekomen en liet een lichtstraal van de patio door. As hing in de lucht. Als door een wonder had één stoel het vuur overleefd. Daarop zat midden in de ruimte het Venijn en huilde, haar ogen neergeslagen. Ik knielde voor haar neer. Ze herkende me en glimlachte door haar tranen heen.

'Hij had me naar huis gestuurd. Hij zei dat het al laat was en dat ik moest uitrusten omdat we een lange dag voor de boeg hadden. We waren de boekhouding van de hele maand aan het afronden ... als ik één minuut langer was gebleven ...'

'Wat is er precies gebeurd, Herminia?'

'We waren nog tot laat aan het werk. Het was bijna middernacht toen meneer Barrido tegen me zei dat ik naar huis moest gaan. De uitgevers wachtten nog op een heer die hen wilde bezoeken.'

'Om middernacht? Wat voor heer?'

'Een buitenlander, geloof ik. Het had iets te maken met een offerte, ik weet het niet. Ik was graag gebleven, maar het was al erg laat en meneer Barrido zei ...'

'Herminia, deze heer, herinner je je zijn naam?'

Het Venijn keek me bevreemd aan.

'Alles wat ik me herinner, heb ik al aan de inspecteur verteld die hier vanochtend is geweest. Hij heeft ook naar jou gevraagd.'

'Een inspecteur? Naar mij?'

'Ze ondervragen op dit moment iedereen.'

'Ja, natuurlijk.'

Het Venijn staarde me wantrouwig aan, alsof ze probeerde mijn gedachten te lezen.

'Ze weten niet of hij het overleeft,' fluisterde ze, refererend aan Escobillas. 'Alles is verwoest, de archieven, de contracten ... alles. Het is afgelopen met de uitgeverij.'

'Het spijt me, Herminia.'

Een scheef, vilein grijnsje speelde om haar lippen.

'Het spijt je? Is dit niet wat je wilde?'

'Hoe kun je zoiets denken?'

Het Venijn keek me vol argwaan aan.

'Nu ben je immers vrij.'

Ik wilde een hand op haar arm leggen, maar Herminia stond op en deed een stap naar achteren, alsof mijn aanwezigheid haar angst aanjoeg.

'Herminia ...'

'Ga weg,' zei ze.

Ik liet Herminia achter tussen de rokende puinhopen. Toen ik weer op straat stond, stuitte ik op een groepje blagen dat in de heuvels puin zat te wroeten. Een van hen had een boek uit de as opgegraven en bekeek het met een mengeling van nieuwsgierigheid en minachting. Het omslag was geblakerd door de vlammen en de bladzijden waren aan de randen zwart geworden, maar verder was het boek intact. Door de afbeelding op de rug herkende ik een van de delen van *De stad der verdoemden*.

'Meneer Martín?'

Ik draaide me om en stond tegenover drie mannen, gehuld in goedkope pakken die niet pasten bij de vochtig plakkerige hitte die in de lucht trilde. Een van hen, kennelijk de baas, deed een stap naar voren en glimlachte naar me als een geroutineerde verkoper. De twee anderen, met de gesteldheid en het temperament van een hydraulische pers, beperkten zich tot een openlijk vijandig staren.

'Meneer Martín, ik ben inspecteur Víctor Grandes en dit zijn mijn collega's, agenten Marcos en Castelo van de onderzoeks- en veiligheidsdienst. Zou u zo vriendelijk willen zijn ons een paar minuten van uw tijd te gunnen?'

'Maar natuurlijk,' antwoordde ik.

De naam Víctor Grandes kwam me bekend voor uit mijn tijd als journalist. Vidal had weleens een artikel aan hem gewijd en ik herinnerde me er een in het bijzonder waarin hij hem had gekwalificeerd als een opkomende man binnen het korps, een man aan wie men niet voorbij kon gaan en die een nieuwe generatie elitebeambten bij het korps vertegenwoordigde, beter opgeleid dan hun voorgangers, onomkoopbaar en staalhard. De bijvoeglijke naamwoorden en de hyperbool waren Vidals vondst, niet de mijne. Vermoedelijk was de ster van inspecteur Grandes sindsdien onvermijdelijk gerezen op de hiërarchische ladder op het hoofdbureau, en zijn aanwezigheid hier maakte duidelijk dat men de brand bij Barrido en Escobillas zeer serieus nam.

'Als u er geen bezwaar tegen heeft, gaan we naar een café om ongestoord te kunnen praten,' zei Grandes zonder zijn professionele glimlach ook maar een seconde te laten verzwakken.

'Zoals u wilt.'

Grandes leidde me naar een kleine bar in de calle Doctor Dou, op de hoek van de calle Pintor Fortuny. Marcos en Castelo liepen achter ons om mij in de gaten te kunnen houden. Grandes bood me een sigaret aan, die ik weigerde. Hij stak het pakje weer weg en deed zijn mond niet open tot we bij het café aangekomen waren en ik naar een tafel achterin werd geëscorteerd, waar de drie zich om me heen positioneerden. De atmosfeer in een donkere, vochtige cel had me vriendschappelijker geleken.

'Meneer Martín, ik geloof dat u inmiddels op de hoogte bent van het gebeurde deze ochtend.'

'Alleen van wat ik in de krant heb gelezen. En wat het Venijn me verteld heeft ...'

'Het Veníjn?'

'Pardon. Mejuffrouw Herminia Duaso, secretaresse van de directie.'

Marcos en Castelo wisselden een veelzeggende blik. Grandes glimlachte onverdroten voort.

'Interessante bijnaam. Vertelt u mij, meneer Martín, waar was u gisteravond?'

Gezegende argeloosheid – de vraag overviel me.

'Het is een routinevraag,' verklaarde Grandes. 'We proberen van alle personen die de afgelopen dagen contact gehad kunnen hebben met de slachtoffers vast te stellen waar ze die avond waren. Medewerkers, leveranciers, familieleden, bekenden ...'

'Ik was bij een vriend.'

Zodra ik mijn mond opendeed, had ik spijt van mijn woordkeuze. Grandes merkte het.

'Een vriend?'

'Niet zozeer een vriend als wel een persoon die gelieerd is aan mijn werk. Een uitgever. Gisteravond had ik een afspraak met hem voor een gesprek.'

'Zou u kunnen zeggen tot hoe laat u bij deze persoon was?'

'Tot laat in de avond. In feite heb ik daarom de nacht in zijn huis doorgebracht.'

'Ik begrijp het. En hoe heet de persoon die u definieert zijnde gelieerd aan uw werk?'

'Corelli. Andreas Corelli. Een Franse uitgever.'

Grandes noteerde de naam in een schriftje.

'Ik zou zeggen dat de achternaam Italiaans is,' was zijn commentaar.

'Eigenlijk weet ik niet precies wat zijn nationaliteit is.'

'Begrijpelijk. En deze meneer Corelli, wat zijn nationaliteit ook moge zijn, zou kunnen bevestigen dat hij zich gisteravond in uw gezelschap bevond?'

Ik haalde mijn schouders op.

'Vermoedelijk wel.'

'Vermoedelijk?'

'Ik weet zeker van wel. Waarom zou hij dat niet doen?'

'Ik weet het niet, meneer Martín. Is er een reden op basis waarvan u denkt dat hij het niet zou doen?'

'Nee.'

'Kortom, probleem opgelost.'

Marcos en Castelo keken me aan alsof ze sinds we waren gaan zitten slechts leugens hadden gehoord.

'Om af te ronden, zou u iets kunnen toelichten over de aard van de ontmoeting die u gisteravond had met deze uitgever van onbestemde nationaliteit?'

'De heer Corelli had mij gevraagd te komen omdat hij me een aanbod wilde doen.'

'Een aanbod van welke aard?'

'Zakelijke.'

'Ik begrijp het. Om een boek te schrijven misschien?'

'Precies.'

'Vertelt u mij eens, is het gebruikelijk dat u na een zakelijke bijeenkomst de nacht doorbrengt in het huis van, laten we zeggen, de contracterende partij?'

'Nee.'

'Maar u zegt dat u de nacht heeft doorgebracht in het huis van deze uitgever.'

'Ik bleef omdat ik mij niet goed voelde en er niet op vertrouwde op eigen kracht naar huis te kunnen.'

'Viel de maaltijd misschien slecht?'

'Ik heb wat gezondheidsproblemen gehad de laatste tijd.'

Grandes knikte bezorgd.

'Duizelingen, hoofdpijn ...' vulde ik aan.

'Maar kan ik redelijkerwijs aannemen dat u zich nu beter voelt?'

'Ja. Veel beter.'

'Dat verheugt mij. Het is een feit dat u er zelfs benijdenswaardig goed uitziet, nietwaar?'

Castelo en Marcos knikten bedachtzaam.

'Een willekeurige voorbijganger zou denken dat er net een grote last van u is afgevallen,' preciseerde de inspecteur.

'Ik begrijp u niet.'

'Ik refereer aan de duizelingen en andere ongemakken.'

Het was om wanhopig van te worden, zo goed als Grandes bij deze farçe het tempo aangaf.

'Vergeeft u mij mijn onwetendheid met betrekking tot de details van uw professionele leven, meneer Martín, maar is het niet zo dat u een contract heeft ondertekend met de twee uitgevers en dat dat contract pas over zes jaar zou aflopen?'

'Vijf.'

'En bond dat contract u niet exclusief, om het zo te zeggen, aan de uitgeverij van Barrido en Escobillas?'

'Dat waren de voorwaarden.'

'Wat was dan uw motief om een aanbod te bespreken met een concurrent als uw contract u verbood het te accepteren?'

'Het was slechts een conversatie. Meer niet.'

'Die desalniettemin plaatsvond tijdens een avondje bij deze heer thuis.'

'Mijn contract verbiedt me niet om met derden te praten, noch de nacht buitenshuis door te brengen. Ik ben vrij om te slapen waar ik wil en te praten met wie ik wil over wat ik maar wil.'

'Natuurlijk. Ik pretendeerde niet het tegendeel te beweren, maar mijn dank voor het ophelderen van dit punt.'

'Kan ik verder nog iets voor u ophelderen?'

'Slechts een kleinigheid. Ervan uitgaand dat de heer Barrido overleden is en dat, God verhoede het, de heer Escobillas niet herstelt van zijn verwondingen en eveneens komt te overlijden, dan zou de uitgeverij ontbonden worden en geldt hetzelfde voor uw contract. Of vergis ik mij?'

'Dat weet ik niet zeker. Ik ben niet bekend met de gang van zaken binnen het bedrijf.'

'Maar het is tamelijk waarschijnlijk?'

'Het is mogelijk. Dat zou u aan de advocaat van de heren uitgevers moeten vragen.'

'Dat heb ik al gedaan. En hij heeft bevestigd dat dat zo is – mocht gebeuren wat we allemaal niet wensen, dat de heer Escobillas het tijdelijke voor het eeuwige wisselt.'

'Dan heeft u toch uw antwoord?'

'En u de volledige vrijheid om het aanbod te accepteren van de heer ...'

'... Corelli.

'Vertelt u mij, heeft u het al geaccepteerd?'

'Mag ik u vragen wat dat te maken heeft met de oorzaken van de brand?' kaatste ik terug.

'Helemaal niets. Het is pure nieuwsgierigheid.'

'Was dat alles?' vroeg ik.

Grandes keek naar zijn collega's en toen naar mij.

'Wat mij betreft wel.'

Ik maakte aanstalten om op te staan. De drie politiemannen bleven als aan hun stoelen gekleefd zitten.

'Meneer Martín, voordat ik het vergeet,' zei Grandes, 'kunt u mij bevestigen of u zich herinnert dat de heren Barrido en Escobillas u een week geleden thuis bezocht hebben op nummer 30 van de calle Flassaders in gezelschap van eerdergenoemde advocaat?'

'Dat klopt inderdaad.'

'Was dit bezoek vriendschappelijk van aard of was het een beleefdheidsbezoek?'

'De uitgevers kwamen om hun wens te uiten dat ik het werk aan de boekenserie weer zou oppakken. Ik had dat werk namelijk opgeschort om enkele maanden aan een ander project te werken.'

'Zou u de conversatie als beleefd en ontspannen omschrijven?'

'Ik kan me niet herinneren dat iemand zijn stem verhief.'

'En kunt u zich nog herinneren dat u ze antwoordde, en ik citeer letterlijk, "binnen een week zijn jullie dood"? Zonder uw stem te verheffen uiteraard.'

Ik zuchtte.

'Ja,' gaf ik toe.

'Waar refereerde u aan?'

'Ik was geërgerd en zei het eerste wat in me opkwam, inspecteur. Dat betekent niet dat ik het serieus meende. Soms zegt een mens dingen die hij niet meent.'

'Mijn dank voor uw oprechtheid, meneer Martín. U heeft ons enorm geholpen. Goedendag.'

Toen ik vertrok voelde ik hun blikken als dolkstoten in mijn rug. Ik wist zeker dat ik me niet schuldiger had gevoeld als ik elke vraag van de inspecteur met een leugen had beantwoord.

2

De vieze nasmaak van mijn ontmoeting met Víctor Grandes en zijn twee basilisken overleefde daarna nog geen honderd meter van de wandeling in de zonneschijn, in een lichaam dat ik nauwelijks herkende: sterk, zonder pijn of misselijkheid, zonder gefluit in mijn oren of gekmakende pijnscheuten in mijn hersenpan, zonder vermoeidheid of koudzweetaanvallen; zonder enige herinnering aan de overtuiging van een wisse dood die me amper vierentwintig uur geleden nog dreigde te verstikken. Iéts zei me dat de tragedie van die vroege ochtend, Barrido's dood en de zo goed als zekere dood van Escobillas, me met droefenis en smart had moeten vervullen, maar mijn geweten en ik waren beide niet in staat om iets diepers dan een plezierige onverschilligheid te voelen. Op die julimorgen was de Ramblas een feest, en ik was de koning.

Ik kuierde naar de calle Santa Ana om bij de heer Sempere een verrassingsbezoekje af te leggen. Toen ik de boekhandel betrad, stond Sempere senior achter de toonbank de boekhouding bij te werken, terwijl zijn zoon op een trap de boekenplanken aan het herordenen was. De boekhandelaar schonk me een beleefde glimlach en ik realiseerde me dat hij mij in eerste instantie niet herkende. Een seconde later verdween de glimlach van zijn gezicht en met opengevallen mond kwam hij achter de toonbank vandaan om me te omhelzen.

'Martín? Bent u het? Heilige Moeder Gods ... U bent onherkenbaar! Ik was ontzettend bezorgd om u, we zijn meerdere malen bij uw huis geweest, maar u deed niet open. Toen heb ik bij ziekenhuizen en politiebureaus navraag gedaan.'

Zijn zoon bleef me vanaf de hoogste traptrede ongelovig aanstaren. Het schoot door me heen dat ze me een week geleden hadden gezien in een staat waarmee ik goed in het lijkenhuis van het vijfde district had gepast.

'Het spijt mij dat u zich zorgen heeft gemaakt. Ik was vanwege iets wat werk betrof een paar dagen weg.'

'Maar, hoe bedoelt u? U heeft naar me geluisterd en heeft een dokter bezocht?'

Ik knikte.

'Het bleek een kleinigheid te zijn. Iets met de bloeddruk. Ik moest een paar dagen een tonicum drinken en nu ben ik weer als nieuw.'

'De naam van dat tonicum wil ik dan graag hebben, daar wil ik wel in baden ... Wat een deugd u zo te zien en wat een opluchting!'

De euforie vervloog snel toen het nieuws van de dag uit hem losbarstte.

'Heeft u het gehoord van Barrido en Escobillas?' vroeg de boekhandelaar.

'Ik kom er net vandaan. Niet te geloven.'

'Wie had dat gedacht. Niet dat ze ook maar een greintje sympathie bij me opwekten, maar tussen dat en wat er nu gebeurd is ... En, vertelt u mij, wat is het effect hiervan voor u vanuit juridisch oogpunt? Mijn excuses voor de weinig fijnzinnige vraag.'

'Eigenlijk weet ik het niet. Ik geloof dat de twee compagnons de eigendomstitel van de maatschappij voerden. Er zullen erfgenamen zijn, veronderstel ik, maar het is mogelijk dat als beiden komen te overlijden, de maatschappij in die vorm wordt opgeheven. En mijn binding met hen ook. Dat neem ik tenminste aan.'

'Dus als Escobillas ook het loodje legt, moge God me vergeven, dan bent u een vrij man?'

Ik knikte.

'Wat een dilemma ...' mompelde de boekhandelaar.

'Het komt zoals het komen moet.'

Sempere knikte, maar ik zag dat er iets was in het hele verhaal wat hem verontrustte en dat hij liever op een ander onderwerp overstapte.

'Enfin. Het geval wil dat het mij bijzonder goed uitkomt dat u hier bent, want ik wilde u om een gunst vragen.'

'Wat u maar wilt.'

'Ik waarschuw u, u zult dit niet aangenaam vinden.'

'Als het mij aangenaam was, zou het geen gunst zijn, maar een genoegen. En als het dat voor u is, dan is het een genoegen voor mij.'

'Eigenlijk is het niet voor mij. Ik vertel het u en dan beslist u. Zonder verplichting, akkoord?'

Sempere leunde op de toonbank en zette het vertellersgezicht op dat zo veel herinneringen uit mijn kindertijd opriep.

'Het gaat om een meisje, Isabella. Ze moet nu ongeveer zeventien jaar zijn. Slim als de duivel. Ze komt hier vaak en ik leen haar boeken. Ze zegt dat ze schrijver wil worden.'

'Dat verhaal komt me bekend voor,' zei ik.

'Hoe het ook zij, een week geleden gaf ze me een van haar verhalen, niets omvangrijks, twintig of dertig pagina's, en vroeg me om haar mening.'

'En?'

Sempere liet zijn stem dalen, alsof de aangelegenheid even vertrouwelijk was als een ontboezeming uit een gerechtelijk onderzoek.

'Meesterlijk. Beter dan negenennegentig procent van alles wat de laatste twintig jaar is gepubliceerd.'

'Ik hoop dat u mij bij die ene overgebleven procent rekent, anders beschouw ik mijn ijdelheid als met voeten getreden en daarna geniepig om zeep gebracht.'

'Dat is wat ik bedoel. Isabella adoreert u.'

'Adoreert me? Mij?'

'Ja, alsof u de Zwarte Madonna van Montserrat bent en het Kindeke Jezus ineen. Ze heeft uw serie *De stad der verdoemden* tien keer van begin tot eind gelezen en toen ik haar *De voetstappen van de hemel* had uitgeleend zei ze dat ze in vrede zou kunnen sterven als zij zo'n boek kon schrijven.'

'Dat riekt naar een val.'

'Ik wist wel dat u zich zou drukken.'

'Ik druk me niet. U heeft me nog niet verteld waar de gunst in bestaat.'

'Wat denkt u?'

Ik zuchtte. Sempere klakte met zijn tong.

'Ik zei toch dat u het niet aangenaam zou vinden.'

'Vraagt u mij iets anders.'

'U moet alleen maar met haar praten. Haar moed inspreken, advies geven ... naar haar luisteren, een paar bladzijden lezen en haar richting wijzen. Dat is toch niet te veel moeite? Dat meisje heeft een pienter koppie. Ze zal bij u in de smaak vallen. U zult vrienden worden. En zij kan als assistente voor u werken.'

'Ik heb geen assistente nodig. En al helemaal niet een die ik niet ken.'

'Onzin. Bovendien, wat betreft kennen, u kent haar al. Dat zegt ze tenminste. Ze zegt dat ze u al jaren kent, maar dat u zich haar vast en zeker niet zult herinneren. Naar het zich laat aanzien is het stel simpele zielen dat ze als ouders heeft, ervan overtuigd dat haar literaire ambities haar tot de hel zullen veroordelen of tot een oudevrijstersbestaan, en ze twijfelen nog of ze haar in een klooster moeten stoppen of haar met een of andere hork moeten laten trouwen zodat ze acht kinderen baart en voor altijd tussen potten en pannen begraven is. Geen hand uitsteken om haar te redden staat gelijk aan moord.'

'Maakt u er nou geen drama van, señor Sempere.'

'Kijk, ik zou u er niet om vragen – ik weet immers dat altruïsme u net zo vreemd is als de sardane dansen – maar telkens wanneer ik haar zie binnenkomen en mij zo aan zie kijken met die oogjes die bijna uit hun kassen springen van intelligentie en ondernemingslust, en dan aan de toekomst denk die haar te wachten staat, dan breekt mijn hart. Wat ik haar kan bijbrengen, heb ik haar al geleerd. Het meiske leert snel, Martín. Als ze me aan iemand doet denken, dan is het aan u als jongeman.'

Ik zuchtte weer.

'Isabella hóé?'

'Gispert. Isabella Gispert.'

'Ik ken haar niet. Ik heb die naam nog nooit van mijn leven

gehoord. Ze heeft u een leugen op de mouw gespeld.'

De boekhandelaar schudde zijn hoofd.

'Isabella wist dat u precies dát zou zeggen.'

'Getalenteerd en waarzegster. Wat zei ze verder nog?'

'Dat ze vermoedt dat u beter bent als schrijver dan als mens.'

'Een engel, onze kleine Isabella.'

'Kan ik haar zeggen dat ze u een bezoekje mag brengen? Zonder verplichting?'

Ik gaf me gewonnen en knikte. Sempere glimlachte triomfantelijk en wilde het pact met een omhelzing bezegelen, maar ik sloeg op de vlucht voordat de boekhandelaar mij het gevoel kon geven een goed mens te zijn.

'U zult er geen spijt van krijgen, Martín,' hoorde ik hem roepen toen ik de deur al uit was.

3

Bij thuiskomst trof ik inspecteur Víctor Grandes aan, zittend op de traptrede naar de ingang, kalmpjes genietend van een sigaret. Toen hij me zag, lachte hij zijn charmante glimlach, als was hij een oude vriend die me verraste met een bezoekje. Ik ging naast hem zitten en hij hield het geopende pakje voor mijn neus. Gitanes, stelde ik vast. Ik nam er een.

'En Hans en Grietje?'

'Marcos en Castelo konden niet komen. Ze zijn na een anonieme tip vertrokken naar een oude bekende in Pueblo Seco, wiens geheugen vermoedelijk wat opgefrist moet worden.'

'Arme drommel.'

'Als ik ze had verteld dat ik u ging opzoeken, dan waren ze zeker meegekomen. Ze vinden u buitengewoon sympathiek.'

'Liefde op het eerste gezicht, ik heb het gemerkt. Wat kan ik voor u doen, inspecteur? Kan ik u voor een kop koffie uitnodigen?'

'Ik zou het niet wagen in uw privésfeer binnen te dringen, meneer Martín. Eigenlijk wilde ik u alleen maar persoonlijk het nieuws komen vertellen, voordat u er via andere wegen lucht van krijgt.'

'Welk nieuws?'

'Escobillas is in de vroege middag in het ziekenhuis overleden.'

'Mijn god. Dat wist ik niet,' zei ik.

Grandes haalde zijn schouders op en rookte zwijgend verder. Toen zei hij: 'We zagen het aankomen. Wat kun je eraan doen?'

'Heeft u iets kunnen achterhalen over de oorzaak van de brand?' vroeg ik.

De inspecteur keek me lange tijd aan en knikte toen.

'Alles lijkt erop te wijzen dat iemand benzine over de heer Barrido heeft gegooid en hem heeft aangestoken. De vlammen hebben zich verspreid toen hij, door paniek bevangen, zijn kantoor probeerde uit te vluchten. Zijn compagnon en de andere medewerker die te hulp schoten, werden door het vuur omsloten.'

Ik beet op mijn lip. Grandes glimlachte geruststellend.

'De advocaat van de uitgevers vertelde me vanmiddag dat, gegeven de persoonlijke band die omschreven werd in het contract dat u met hen getekend had, het contract bij overlijden van de uitgevers wordt ontbonden, hoewel de erfgenamen de rechten over reeds gepubliceerd werk behouden. Vermoedelijk zal hij u dat in een brief mededelen, maar ik bedacht dat u het misschien graag eerder zou weten, in het geval u een beslissing moet nemen vanwege het aanbod van de uitgever die u noemde.'

'Dank u.'

'Niets te danken.'

Grandes nam een laatste trek en gooide de peuk op de grond. Hij glimlachte vriendelijk en stond op. Toen gaf hij me een schouderklopje en zette koers naar de calle de la Princesa.

'Inspecteur?' riep ik.

Grandes stond stil en draaide zich om.

'U denkt toch niet ...'

De inspecteur grijnsde vermoeid.

'Zorgt u goed voor uzelf, Martín.'

Ik ging vroeg slapen en schrok wakker in de veronderstelling dat het al ochtend was, om meteen daarna vast te stellen dat het kort na middernacht was.

In een droom had ik Barrido en Escobillas gezien, gevangen in hun kantoor. De vlammen kropen langs hun kleren omhoog totdat elke centimeter was bedekt. Onder hun kleding viel de huid in flarden van ze af en hun van paniek vervulde ogen braken in het vuur. Hun lijven schokten van angst en doodskrampen, tot ze op de puinhopen in elkaar zakten. Het vlees liet van hun botten los als gesmolten was en vormde een dampende plas aan mijn voeten waarin ik mijn eigen grijnzende gezicht weerspiegeld zag, terwijl ik de lucifer tussen mijn vingers uitblies.

Ik stond op om een glas water te pakken en in de veronderstelling dat ik ontkomen was aan de klauwen van mijn droom, ging ik naar boven naar mijn studeerkamer en pakte het boek dat ik had gered uit het Kerkhof der Vergeten Boeken. Ik knipte de bureaulamp aan en boog de arm zo dat het licht op de bladzijden viel. Ik sloeg het boek open en begon te lezen.

Lux Aeterna
D.M.

Op het eerste gezicht bestond het boek uit een onsamenhangend ogende verzameling teksten en gebeden. Het was een origineel manuscript, een vuistvol pagina's in schrijfmachineschrift, schijnbaar achteloos in leer bij elkaar gebonden. Na een poosje gelezen te hebben, kon ik in de volgorde van gebeurtenissen, gezangen en overdenkingen waaruit de tekst bestond, een zekere logica ontdekken. Het taalgebruik had een eigen ritme en wat aanvankelijk elke vorm en stijl leek te ontberen, ontpopte zich langzamerhand als een hypnotisch gezang dat de lezer langzaam steeds meer in bezit nam tot het hem in een staat tussen loomte en vergetelheid dompelde. Hetzelfde gebeurde met de inhoud, waarvan pas ver in het eerste gedeelte duidelijk werd waar het om draaide, of beter gezegd, in welke zang, want het boek leek naar de vorm van oude dichtkunst in zangen opgedeeld te zijn, waarin men naar eigen goeddunken met tijd en ruimte omging. *Lux Aeterna* leek, bij gebrek aan een ander begrip, een soort dodenboek te zijn.

Na de eerste dertig of veertig pagina's vol opsmuk en raadsels volgde een nauwkeurig, extravagant en in toenemende mate verontrustend wisselspel van gebeden en voorbeden, waarin de dood hier en daar in verzen met een onduidelijk metrum als een witte engel met reptielenogen werd uitgebeeld en in andere als een stralend kind, als unieke, alomtegenwoordige godheid, die zich manifesteerde in de natuur, in het verlangen en in de broosheid van het bestaan.

Wie deze mysterieuze D.M. ook mocht zijn, in zijn verzen

ontvouwde de dood zich als een vraatzuchtige, eeuwige kracht. Een geraffineerde mengeling van verwijzingen naar diverse paradijs- en helmythen bracht hij samen op één enkel vlak. Volgens D.M. was er slechts één begin en één einde, slechts één schepper en één vernietigende kracht die zich onder verschillende noemers openbaarde om de mensen in verwarring te brengen en hun zwakte te beproeven, één enkele God wiens werkelijke wezen in twee helften was verdeeld, een zachtmoedig-barmhartige en een wreed-demonische.

Tot zover kon ik het volgen, maar hierna leek de auteur van de koers van zijn vertelling te zijn afgedwaald, zodat het nauwelijks mogelijk was de verbanden en beelden te ontraadselen die de tekst als duistere visioenen in bezit namen. Stormen, waarbij het bloed en vuur regende over steden en dorpen; legerscharen van geüniformeerde lijken die over oneindige vlaktes trokken, waarbij al het leven werd vernietigd; kinderen, met flarden van vlaggen opgeknoopt aan vestingtorens; zwarte zeeën waarin duizenden gekwelde zielen tot in alle eeuwigheid in giftig ijswater dreven; aswolken en oceanen van knoken en rottend vlees, krioelend van insecten en slangen. De opeenvolging van helse, misselijkmakende beelden ging tot vervelens toe door.

Hoe verder ik in de tekst kwam, des te meer bekroop me het gevoel dat ik de landkaart van een zieke, gebroken geest doorliep. Met elke regel had de schrijver, zonder het te weten, zijn afdaling in een afgrond van wanen gedocumenteerd. Het laatste en derde deel van het boek, ten slotte, leek te getuigen van een poging tot ommekeer, een vertwijfelde schreeuw vanuit de cel van zijn redeloosheid om te ontsnappen aan het donkere labyrint dat zich in zijn geest had geopend. Halverwege een smekende zin doofde de tekst, zonder enige toelichting.

Bij dit punt aangekomen vielen mijn ogen bijna dicht. Door het raam drong een lichte zeebries binnen die de nevel van de daken veegde. Ik wilde het boek net dichtklappen toen ik merkte dat er in het filter van mijn geest iets was blijven hangen, iets wat te maken had met het schrijfmachineschrift van die pagina's. Ik bladerde terug naar het begin en begon de tekst na te lopen. Het eerste bewijs vond ik op de vijfde regel. Vanaf daar dook hetzelfde teken elke twee of drie regels op. Een van de letters, de hoofdletter S, helde telkens licht naar rechts. Ik haalde een blanco pagina uit de la, stopte die in de Underwood op het bureau en schreef een willekeurige zin:

Slagvaardig sloegen de klokken van de Santa María del Mar.

Ik haalde het vel eruit en bestudeerde het bij het licht van de bureaulamp.

Slagvaardig ... Santa María ...

Ik zuchtte diep. *Lux Aeterna* was op diezelfde schrijfmachine geschreven en vermoedelijk aan datzelfde bureau.

4

De volgende ochtend ging ik ontbijten in een café tegenover de Santa María del Mar. In de wijk Born wemelde het van de huifkarren en mensen op weg naar de markt, en van winkeliers en grossiers die hun winkels openden. Ik ging aan een tafeltje buiten zitten en bestelde een koffie met veel melk. Op de tafel naast me was een verweesd exemplaar van *La Vanguardia* blijven liggen, dat ik adopteerde. Terwijl mijn ogen over koppen en openingszinnen gleden, nam ik vanuit mijn ooghoeken iemand waar die de brede trap naar de kerk op liep en op de hoogste trede ging zitten om me verstolen te observeren. Het meisje moest zo'n zestien of zeventien zijn en deed alsof ze notities maakte in een schrift, terwijl ze me steelse blikken toewierp. Ik genoot in alle rust van mijn koffie. Na een poosje wenkte ik de kelner.

'Ziet u dat dametje zitten bij de kerkdeuren? Zegt u haar dat ze moet bestellen waar ze zin in heeft, ik trakteer.'

De kelner knikte en ging naar haar toe. Toen ze hem zag naderen, verborg ze zich met een uitdrukking van opperste concentratie, die mij een glimlachje ontlokte, achter haar schrift. De kelner bleef voor haar staan en schraapte zijn keel. Ze hief haar hoofd op en keek hem aan. De kelner legde zijn missie uit en wees toen op mij. Het meisje wierp me een gealarmeerde blik toe. Ik stak mijn hand op. Haar wangen begonnen te gloeien. Ze stond op en kwam met korte pasjes en strak naar haar voeten turend naar mijn tafel.

'Isabella?' vroeg ik.

Ze keek op en zuchtte, geërgerd over zichzelf.

'Hoe wist u dat?' vroeg ze.
'Helderziende krachten,' antwoordde ik.
Ze stak haar hand uit, die ik zonder veel enthousiasme schudde.
'Mag ik plaatsnemen?' vroeg ze.
Zonder mijn antwoord af te wachten, ging ze zitten. De volgende dertig seconden veranderde ze ongeveer zes keer van positie, tot ze weer in de oorspronkelijke houding zat. Ik sloeg haar in alle rust en met berekende desinteresse gade.
'U herinnert zich mij niet veronderstel ik, meneer Martín?'
'Zou ik dat moeten?'
'Jarenlang heb ik de mand met uw wekelijkse bestelling bij Can Gispert naar boven gebracht.'
Het beeld van het meisje dat gedurende zo lange tijd de levensmiddelen van de kruidenierszaak bij mij geleverd had, verscheen voor mijn geestesoog en versmolt met het meer volwassen en iets hoekiger gezicht van deze Isabella, een vrouw met zachte vormen en een stalen blik.
'Het meisje van de fooien,' zei ik, hoewel ze weinig tot niets meer had van het meisje van toen.
Isabella knikte.
'Ik heb me altijd afgevraagd wat je met al die munten hebt gedaan.'
'Boeken gekocht bij Sempere & Zoons.'
'Had ik dat geweten ...'
'Als ik u stoor, dan ga ik.'
'Je stoort me niet. Wil je iets drinken?'
Ze schudde haar hoofd.
'Señor Sempere zegt dat je talent hebt.'
Isabella haalde haar schouders op en glimlachte sceptisch naar me.
'Over het algemeen is het zo dat hoe meer talent men heeft, des te meer men eraan twijfelt,' zei ik. 'En omgekeerd.'
'Dan moet ik wel een wonder zijn,' riposteerde Isabella.
'Welkom bij de club. Vertel, wat kan ik voor je doen?'
Isabella haalde diep adem.
'Señor Sempere zei dat u misschien iets van mij zou kunnen lezen en me mogelijk uw mening en een paar adviezen kunt geven.'

Ik keek haar een paar seconden in de ogen zonder te antwoorden. Ze weerstond mijn blik zonder te knipperen.

'Is dat alles?'

'Nee.'

'Dat dacht ik al. Wat is hoofdstuk twee?'

Isabella aarzelde amper een moment.

'Als het u wat lijkt en als u denkt dat ik talent heb, dan zou ik u permissie willen vragen om uw assistente te zijn.'

'Wat doet jou veronderstellen dat ik een assistente nodig heb?'

'Ik kan uw papieren ordenen, ze uittikken, vergissingen en fouten corrigeren ...'

'Vergissingen en fouten?'

'Ik wilde daarmee niet zeggen dat u vergissingen maakt ...'

'Wat wilde je dan zeggen?'

'Niets. Maar vier ogen zien altijd meer dan twee. En bovendien kan ik de correspondentie voor u doen, dingen bezorgen, u bij onderzoek behulpzaam zijn. En ik kan koken en ...'

'Vraag je me nu om een aanstelling als assistente of als kokkin?'

'Ik vraag u om een kans.'

Isabella blikte omlaag. Ik kon een glimlach niet onderdrukken. Dit merkwaardige schepsel was me zonder het te willen nu al sympathiek.

'Laten we het zo doen. Breng me de beste twintig pagina's die je hebt geschreven, waarvan jij denkt dat ze het best weergeven wat je kunt. En breng me er niet één meer, want ik ben niet van plan die te lezen. Ik bekijk de twintig pagina's in alle rust en afhankelijk van mijn oordeel praten we verder.'

Haar gezicht lichtte op en een moment lang verdween die sluier van spanning en hardheid die over haar gelaatstrekken lag.

'U zult er geen spijt van krijgen,' zei ze.

Ze stond op en keek me nerveus aan.

'Is het goed dat ik ze bij u langsbreng?'

'Stop ze maar in de brievenbus. Is dat alles?'

Ze knikte herhaaldelijk en trok zich met dezelfde korte, nerveuze pasjes terug. Toen ze op het punt stond zich om te draaien en het op een lopen te zetten, riep ik haar.

'Isabella?'

Ze keek me behulpzaam aan, in haar blik een plotselinge ongerustheid.

'Waarom ik?' vroeg ik. 'En vertel me nou niet dat ik je favoriete auteur ben en al dat gefleem waarmee je me op Semperes advies moet impalmen, want als je dat doet, was dit ons eerste en laatste gesprek.'

Isabella aarzelde een moment. Toen keek ze recht in mijn ogen en zei zonder verdere omhaal: 'Omdat u de enige schrijver bent die ik ken.'

Ze glimlachte geschrokken naar me en ging ervandoor met haar schrift, haar onzekere pas en haar oprechtheid. Ik keek haar na, hoe ze de hoek van de calle Mirallers om sloeg en achter de kerk uit het zicht verdween.

5

Toen ik een klein uur later thuiskwam zat ze voor de deur op me te wachten, het vermoedelijke verhaal op haar schoot. Bij mijn aanblik stond ze op en forceerde een grijnsje.

'Ik heb je gezegd dat je het in de brievenbus moest stoppen,' zei ik.

Isabella knikte en haalde haar schouders op.

'Als teken van dankbaarheid heb ik wat koffie voor u meegenomen uit de winkel van mijn ouders. Colombiaanse. Heerlijk. De koffie paste niet door de brievenbus en toen bedacht ik dat ik beter op u kon wachten.'

Dat excuus kon slechts van een romanschrijfster in de dop zijn. Met een zucht deed ik de benedendeur open.

'Naar binnen.'

Ik liep de trap op en Isabella volgde een paar treden na mij als een schoothondje.

'Neemt u altijd zo veel tijd voor het ontbijt? Niet dat het mij aangaat natuurlijk, maar ik heb hier bijna drie kwartier zitten wachten en ik begon me al zorgen te maken, ik dacht, het zal toch niet zo zijn dat hij zich ergens in verslikt heeft, die ene keer in mijn leven dat ik een echte schrijver van vlees en bloed ontmoet, en dan met mijn spreekwoordelijke geluk, ik had er niet van opgekeken als u het loodje had gelegd vanwege een olijf in uw luchtpijp of zoiets, wat dan meteen het einde van mijn literaire loopbaan was geweest,' kwetterde ze.

Ik bleef midden op de trap staan, keek om en wierp haar de meest vijandige blik toe uit mijn repertoire.

'Isabella, om de zaken tussen ons te laten functioneren, zullen we enkele regels moeten opstellen. De eerste is dat ík de vragen stel en jij je beperkt tot de antwoorden. Als er van mijn kant geen vragen zijn, zijn antwoorden noch spontane verhandelingen van jouw kant opportuun. De tweede regel is dat ik voor het ontbijt, de lunch of mijn dagdromerijen zo veel tijd neem als mij goeddunkt en dat is vervolgens geen onderwerp van discussie.'

'Ik wilde u niet beledigen. Ik begrijp ook wel dat een langzame spijsvertering bevorderlijk is voor de inspiratie.'

'De derde regel is dat ik vóór het middaguur van jou geen sarcasme tolereer. Hebben wij elkaar begrepen?'

'Ja, meneer Martín.'

'De vierde is dat je me niet meneer Martín moet noemen, zelfs niet op de dag van mijn begrafenis. Misschien dat ik in jouw ogen een fossiel toeschijn, maar ik hang aan de illusie nog jong te zijn. Sterker nog, ik bén het, punt!'

'Hoe moet ik u dan noemen?'

'Bij mijn voornaam: David.'

Ze knikte. Ik liep door, opende de voordeur en beduidde haar binnen te komen. Isabella aarzelde kort en glipte toen naar binnen.

'Ik vind dat u er nog behoorlijk jeugdig uitziet voor uw leeftijd, David.'

Verbluft keek ik haar aan.

'Hoe oud denk je dat ik ben?'

Ze bekeek me schattend van top tot teen.

'Rond de dertig? Maar dat is u niet aan te zien, hoor.'

'Doe mij een plezier en houd je mond en ga koffiezetten met dat mengsel dat je hebt meegebracht.'

'Waar is de keuken?'

'Zoek maar.'

Gezamenlijk dronken we in de loggia de kostelijke Colombiaanse koffie. Isabella hield de grote kop met beide handen vast en wierp me steelse blikken toe terwijl ik de twintig pagina's las die ze had meegenomen. Telkens als ik een pagina opzijlegde en opkeek, trof ik haar verwachtingsvolle blik.

'Als je me zo als een kerkuil blijft zitten aanstaren, gaat dit heel lang duren.'

‘Wat moet ik anders doen?’

‘Wilde je niet mijn assistente zijn? Nou, assisteer maar. Zoek iets wat geordend moet worden en orden het, ik noem maar een voorbeeld.’

Isabella keek om zich heen.

‘Alles is hier ongeordend.’

‘Dan is dit je kans.’

Isabella knikte en met militaire vastberadenheid ging ze het gevecht aan met de in mijn woning heersende chaos. Ik hoorde haar voetstappen in de gang wegsterven en ging door met lezen. Haar verhaal bezat nauwelijks een rode draad. Het vertelde met veel gevoel en goedgekozen woorden over de gevoelens en verlangens van een jong meisje dat verbannen is naar een koude zolderkamer in de Ribera, van waaraf ze de stad en het komen en gaan van mensen in de nauwe, donkere stegen gadeslaat. De beelden en de treurige muziek van haar proza verrieden een aan vertwijfeling grenzende eenzaamheid. Het meisje van het verhaal was gevangen in haar eigen wereld en ging soms voor de spiegel staan, waar ze zich met een glasscherf in armen en benen sneed. Dat liet littekens achter, dezelfde als die onder Isabella’s mouwen te zien waren. Vlak voor ik klaar was met lezen, zag ik hoe ze me vanaf de loggiadeur stond te observeren.

‘Wat?’

‘Neemt u mij de onderbreking niet kwalijk, maar wat is er in de kamer aan het einde van de gang?’

‘Niets.’

‘Het ruikt er vreemd.’

‘Vocht.’

‘Als u wilt, kan ik hem schoonmaken en ...’

‘Nee. Die kamer wordt niet gebruikt. En bovendien, je bent niet mijn bediende en je hoeft dus ook niet schoon te maken.’

‘Ik wil alleen maar helpen.’

‘Help me maar door me nog een kop koffie te brengen.’

‘Waarom? Wordt u slaperig van het verhaal?’

‘Hoe laat is het, Isabella?’

‘Het moet ongeveer elf uur zijn.’

‘En dat betekent?’

‘... geen sarcasme tot de middag,’ antwoordde Isabella.

Ik glimlachte triomfantelijk en reikte haar de lege kop aan. Ze pakte hem aan en vertrok naar de keuken.

Toen ze met de dampende koffie terugkwam, had ik de laatste bladzijde net gelezen. Isabella nam plaats tegenover me. Ik glimlachte naar haar en dronk genietend de uitstekende koffie. Ze wrong haar handen, klemde haar kaken op elkaar en wierp zijdelingse blikken op de velletjes papier die ik met de tekst naar beneden op tafel had gelegd. Twee minuten hield ze het vol zonder haar mond open te doen.

'En?' vroeg ze uiteindelijk.

'Fantastisch.'

Haar gezicht lichtte op.

'Mijn verhaal?'

'De koffie.'

Gekwetst keek ze me aan en stond op om de blaadjes te pakken.

'Laat liggen,' beval ik.

'Waarvoor? Het is duidelijk dat u het niet goed vindt en dat u denkt dat ik een arme idioot ben.'

'Dat heb ik niet gezegd.'

'U heeft helemaal niets gezegd, dat is erger.'

'Isabella, als je je werkelijk wilt wijden aan het schrijven, of in elk geval zo wilt schrijven dat mensen het lezen, dan zul je eraan moeten wennen dat ze je soms negeren, beledigen, minachten en dat je in de meeste gevallen met onverschilligheid tegemoet wordt getreden. Dat is een van de voordelen van dit vak.'

Isabella sloeg haar ogen neer en haalde diep adem.

'Ik weet niet of ik talent heb. Ik weet alleen dat ik van schrijven houd. Of, beter gezegd, dat ik móét schrijven.'

'Leugenaar.'

Ze keek me scherp aan.

'Goed dan. Ik heb talent. En het interesseert me geen bal of u denkt dat dat niet zo is.'

Ik glimlachte.

'Dat is al beter. Ik kon het niet méér met je eens zijn.'

Verward staarde ze me aan.

'Met dat ik talent heb of dat u gelooft dat ik dat níét heb?'

'Wat denk jíj?'

‘Dus u denkt dat er mogelijkheden zijn?’

‘Ik denk dat je talent hebt en zin om daar iets mee te doen, Isabella. Meer dan je denkt en minder dan je verwacht. Maar er zijn veel mensen met talent en zin, en velen van hen brengen het nooit tot iets. Het is slechts het uitgangspunt om wat dan ook in het leven te bereiken. Talent is als de kracht van een atleet. Een mens kan met meer of met minder capaciteiten geboren worden, maar niemand wordt atleet alleen maar omdat hij van nature groot of sterk of snel is. Wat de atleet, of de artiest, maakt, is het werk, het handwerk, de techniek. De intelligentie waarmee je geboren wordt, is slechts munitie. Om er wat mee te kunnen doen, moet je de geest tot een precisiewapen maken.’

‘Waarom nou zo’n oorlogszuchtige vergelijking?’

‘Elk kunstwerk is agressief, Isabella. En elk artiestenleven is een kleine of een grote oorlog, te beginnen bij de persoon zelf en zijn beperkingen. Om te bereiken wat je je hebt voorgenomen, is vooral ambitie nodig, dán talent en kennis, en uiteindelijk de kans.’

Isabella overwoog mijn woorden.

‘Laat u deze voordracht op iedereen los of verzint u zoiets ter plekke?’

‘De voordracht is niet van mij. Iemand aan wie ik dezelfde vragen stelde als jij nu aan mij stelt, “liet hem op me los”, in jouw woorden. Dat is al vele jaren geleden, maar er gaat geen dag voorbij dat ik me níét realiseer hoezeer hij gelijk had.’

‘Dus ik mag uw assistente zijn?’

‘Ik zal erover nadenken.’

Isabella knikte tevreden. Ze was gaan zitten op de hoek van de tafel waarop Cristina’s fotoalbum lag. Ze sloeg het achteraan open en keek naar het portret van de nieuwe mevrouw Vidal, twee of drie jaar geleden genomen voor de deuren van Villa Helius. Ik moest slikken. Isabella klapte het album weer dicht en liet haar blik door de loggia dwalen en toen weer naar mij. Ik observeerde haar ongeduldig. Ze glimlachte bedremmeld, alsof ik haar betrapt had bij het neuzen in zaken die haar niet aangingen.

‘U heeft een heel knappe vriendin,’ zei ze.

De blik die ik haar toewierp, veegde acuut de lach van haar gezicht.

'Ze is niet mijn vriendin.'

'O.'

Ze liet een lange stilte vallen.

'Ik neem aan dat de vijfde regel is dat ik mij niet moet bemoeien met andermans privézaken, hè?'

Ik gaf geen antwoord. Isabella knikte en stond op.

'Dan laat ik u nu maar beter met rust en stoor u niet meer vandaag. Als het u schikt, kom ik morgen terug en beginnen we.'

Ze pakte de blaadjes met haar verhaal en glimlachte verlegen naar me. Ik beantwoordde haar gebaar met een knikje.

Discreet trok Isabella zich terug en verdween in de gang. Ik hoorde haar voetstappen wegsterven en daarna het geluid van de deur die in het slot viel. Toen ze weg was, merkte ik voor het eerst de stilte op die dit huis behekste.

6

Misschien was het de overdaad aan cafeïne in mijn aderen, of mijn geweten dat langzaam terugkeerde als het licht na een stroomstoring – hoe het ook zij, ik bracht de rest van de morgen door met het piekeren over een allerminst geruststellende gedachte. Dat de brand waarvan Barrido en Escobillas slachtoffer waren geworden, Corelli's aanbod, van wie ik niets meer had gehoord – hetgeen mij verdacht voorkwam – en het vreemde manuscript uit het Kerkhof der Vergeten Boeken, dat vermoedelijk tussen deze vier muren geschreven was, niét met elkaar in verband stonden, was moeilijk voorstelbaar.

Het leek mij weinig raadzaam zonder voorafgaande uitnodiging terug te keren naar het huis van Andreas Corelli om hem te bevragen over de chronologische toevalligheid van ons gesprek en de brand. Mijn instinct zei me dat als hij me weer wilde zien, hij dat motu proprio zou doen en wat deze onvermijdelijke ontmoeting betrof, bespeurde ik niet de geringste haast. Het onderzoek naar de brand was al in handen van inspecteur Víctor Grandes en zijn twee bullenbijters, Marcos en Castelo, op wier favorietenlijst ik reeds een ereplaats bekleedde. Hoe verder ik me van hen hield, des te beter het was. Zo restte mij uitsluitend te onderzoeken wat de relatie was tussen het boek en het huis met de toren. Na jaren mezelf te hebben voorgehouden dat het geen toeval was dat ik hier woonde, kreeg dit idee nu een geheel andere betekenis.

Ik besloot te beginnen met de kamer waarnaar ik een groot deel van de bezittingen, die de voormalige bewoners van het huis met de toren hadden achtergelaten, had verbannen. De sleutel van de achterste kamer op de gang haalde ik uit de keukenlade. Daar had hij jarenlang onaangeroerd gelegen. Sinds de elektriciens er kabels voor het huis hadden aangelegd, was ik die kamer niet meer binnen geweest. Toen ik de sleutel in het slot stak, voelde ik een koude tochtvlaag uit het sleutelgat over mijn vingers strijken en ik stelde vast dat Isabella gelijk had gehad: uit die kamer kwam een vreemde lucht van verwelkte bloemen en omgewoelde aarde.

Ik deed de deur open en sloeg onmiddellijk mijn hand voor mijn gezicht. De stank was immens. Ik tastte bij de muur naar de lichtschakelaar, maar het kale peertje aan het plafond deed het niet. Het licht dat vanaf de gang naar binnen scheen, was voldoende om de omtrekken te kunnen onderscheiden van de stapel kisten, boeken en koffers die ik daar had opgeborgen. Ik bekeek het geheel met afkeer. Een eikenhouten kast besloeg de gehele achterste muur. Ik knielde voor een doos met oude foto's, brillen, horloges en andere persoonlijke bezittingen en begon erin te wroeten zonder goed te weten wat ik zocht. Na een poosje gaf ik de onderneming met een zucht weer op. Als ik verwachtte iets te weten te komen, had ik een plan nodig. Ik wilde de kamer verlaten toen ik hoorde hoe de deur van de kast achter me langzaam openging. Een koude windvlaag streek over mijn nek. Traag draaide ik me om. De kastdeur stond op een kier, zodat de oude jurken en pakken aan hun hangertjes te zien waren, aangevreten door de tijd en wiegend als algen in het water. De stroom koude lucht en de stank kwamen daarvandaan. Vastberaden liep ik naar de kast, deed de deuren wijd open en schoof de kleding aan de hangers uit elkaar. Het hout van de achterwand was verrot en had hier en daar losgelaten. Erachter was een gipswand te zien waarin een gat van ongeveer twee centimeter breed zat. Ik boog me voorover om te zien wat er aan de andere kant was, maar de duisternis was bijna volledig. Het zwakke licht uit de gang werd enigszins door het gat gefilterd en wierp een flauw streepje licht op de andere kant. Veel meer dan bedorven lucht nam ik niet waar. Ik hield één oog dichter bij het gat om iets beter te kunnen zien, maar op dat moment krabbelde er een zwarte spin uit. Geschrokken schoot ik weer overeind en de spin vloog langs de binnenkant van de kast omhoog en verdween in de schaduw. Ik deed de kastdeuren weer dicht, verliet de kamer en sloot hem af. De sleutel legde ik in de bovenste lade van het kabinet in de gang. Als een gif had de stank die in de kamer gevangen had gezeten, zich door de gang verspreid. Ik vervloekte het tijdstip dat het in mijn hoofd was opgekomen die deur te openen en verliet het huis in de hoop de in het hart van het huis kloppende duisternis te vergeten, al was het maar voor een paar uur.

Een slecht idee komt zelden alleen. Om te vieren dat ik een soort verborgen camera obscura had gevonden, ging ik naar de boekwinkel van Sempere & Zoons om de boekhandelaar uit te nodigen voor een lunch in Maison Dorée. Sempere senior was juist aan het lezen in een kostbare uitgave van Potocki's *Manuscript gevonden te Zaragoza* en had er geen oren naar.

'Ik heb geen behoefte om te betalen voor gewichtigdoenerige meneren en doetjes die elkaar wederzijds op de schouders kloppen, Martín.'

'Gedraagt u zich nu niet als een mopperpot, ik trakteer immers.'

Sempere weigerde. Zijn zoon, die het gesprek vanaf de drempel naar de achterkamer had gevolgd, keek me weifelend aan.

'En als ik uw zoon meeneem, wat gebeurt er dan? Praat u dan niet meer met mij?'

'U moet zelf weten waar u uw tijd en geld aan verkwist. Ik blijf hier lezen, want het leven is kort.'

Sempere junior was het spreekwoordelijke voorbeeld van schuchterheid en zwijgzaamheid. Alhoewel we elkaar al sinds onze kinderjaren kenden, kon ik me niet herinneren met hem meer dan drie of vier korte gesprekken te hebben gevoerd. Mij was van hem geen ondeugd of zonde bekend. Maar uit betrouwbare bron wist ik dat hij door de jongedames uit de buurt vurig werd begeerd en als gouden vrijgezel werd beschouwd. Meer dan één kwam langs bij de boekhandel met een willekeurig excuus en bleef dan zuchtend voor de etalage staan, maar de zoon van Sempere, als het al tot hem doordrong, deed nooit een stap om deze beloftes van devotie en halfgeopende lippen te verzilveren. Voor ieder ander met maar een tiende van dit kapitaal zou een fantastische loopbaan als losbol zijn weggelegd. Voor ieder ander behalve Sempere junior, van wie je je soms afvroeg of hij zalig verklaard moest worden.

'Als dit zo doorgaat, krijgt hij nog een aureool,' jammerde meneer Sempere bij gelegenheid.

'Heeft u weleens geprobeerd een pepertje in zijn soep te gooien om de bloedsomloop op wat sleutelpunten te stimuleren?' vroeg ik hem dan.

'Lacht u maar, schooier, ik ga al richting de zeventig en zit nog steeds zonder zelfs maar één mispuntje van een kleinkind.'

Dezelfde maître die ik me herinnerde van mijn laatste bezoek ontving ons, maar zonder de gedienstige glimlach of de welkomstgestes. Toen ik hem uitlegde dat ik niet had gereserveerd, knikte hij minachtend en knipte met zijn vingers naar een hulpkelnertje dat ons zonder ceremonieel naar vermoedelijk de slechtste tafel in de zaak voerde, naast de keukendeur, in een donkere, rumoerige hoek. Gedurende de volgende vijfentwintig minuten kwam er niemand naar onze tafel, niet eens om de kaart te overhandigen of een glas water te brengen. Het personeel liet ons links liggen, sloeg met de deuren, en negeerde onze aanwezigheid en signalen om aandacht volkomen.

'Zouden we niet beter gaan?' vroeg Sempere junior uiteindelijk. 'Met een broodje waar dan ook ben ik prima tevreden ...'

Hij had deze woorden nog niet uitgesproken of ik zag ze. Onder begeleiding van de maître en nog twee kelners die zich uitputten in felicitaties, liepen Vidal en eega naar hun tafel. Ze namen plaats en binnen enkele minuten begon de processie van de gasten, die beurtelings naar Vidals tafel toe liepen om hem te feliciteren. Hij ontving ze met goddelijke genade en zond eenieder van hen telkens snel weer weg. De jonge Sempere, die de situatie doorhad, sloeg me gade.

'Martín, gaat het wel goed met u? Waarom vertrekken we niet?'

Ik knikte langzaam. We stonden op en liepen zo ver mogelijk van Vidals tafel vandaan, langs de muur, in de richting van de uitgang. Alvorens de zaal uit te lopen, passeerden we de maître, die ons geen blik waardig keurde, en vlak voor de uitgang kon ik in de spiegel boven de deurpost zien dat Vidal zich naar Cristina boog en haar op de mond kuste. Op straat keek Sempere junior me gekweld aan.

'Het spijt me, Martín.'

'Maakt u zich geen zorgen. Een slechte keus, dat is alles. Als u het niet erg vindt, dan liever tegenover uw vader ...'

'... geen woord hierover,' verzekerde hij.

'Dank.'

'Geen dank. Wat zegt u ervan als ik ú meeneem naar een wat volkser oord? In de calle del Carmen serveren ze een middagmaal waar een mens steil van achteroverslaat.'

De eetlust was me vergaan, maar ik ging er grif op in.

'Kom op.'

Het lokaal was vlak bij de bibliotheek gesitueerd en er werd scherp geprijsde, eenvoudige burgermanspot geserveerd voor de mensen uit de buurt. Ik raakte mijn eten, dat oneindig veel beter rook dan alles wat ik in Maison Dorée had opgesnoven in al die jaren dat het open was, amper aan, maar tegen de tijd dat de desserts kwamen, had ik in mijn eentje al wel anderhalve fles rode wijn soldaat gemaakt, en mijn hoofd tolde.

'Sempere, vertelt u mij eens. Heeft u er iets op tegen om fris bloed in uw familie te brengen? Hoe verklaart men anders dat een jonge, gezonde burger, door de Allerhoogste gezegend met een bouw als de uwe, het sappigste wild uit zijn jachtterrein nog niet heeft neergelegd?'

De boekhandelaarszoon lachte.

'En wat doet u denken dat ik dat niet heb gedaan?'

Ik tikte met mijn wijsvinger mijn neus aan en knipoogde. Sempere junior knikte.

'Op het gevaar af dat u mij een kwezel vindt, houd ik ervan te denken dat ik nog steeds wacht.'

'Waarop? Op het moment dat het instrumentarium niet meer op gang komt?'

'U praat als mijn vader.'

'Wijze mannen denken en spreken eender.'

'Ik denk dat er nog iets anders is, niet?' vroeg hij.

'Iets anders?'
Hij knikte.
'Hoe zou ik dat moeten weten?' zei ik.
'Ik denk dat u het wel degelijk weet.'
'En je ziet hoeveel goed het me doet.'
Ik wilde mijn glas nog eens volschenken, maar Sempere hield me tegen.
'Voorzichtig,' mompelde hij.
'Ziet u nu hoe schijnheilig u bent?'
'Eenieder is wie hij is.'
'Daar is wel een remedie voor. Wat vindt u ervan als u en ik nu meteen de bloemetjes buiten gaan zetten?'
Sempere keek me medelijdend aan.
'Martín, ik geloof dat het beter is als u naar huis gaat en uitrust. Morgen is er weer een dag.'
'U vertelt toch niet aan uw vader dat ik me een stuk in mijn kraag heb gedronken, hoop ik?'

Op weg naar huis stopte ik in niet minder dan zeven cafés om van hun voorraden van hoog promillage te proeven, tot men me met de een of andere smoes weer op straat zette en ik honderd meter moest afleggen op zoek naar een nieuwe haven om aan te leggen. Ik was nooit zo'n doordrinker geweest en tegen de avond was ik zo starnakelzat dat ik zelfs niet meer wist waar ik woonde. Ik herinner me dat een stel kelners van Hostal Ambos Mundos aan het plaza Real me ieder bij een arm pakten en me op een bank bij de fontein plantten, waar ik in een diepe, donkere slaap viel.

Ik droomde dat ik naar de begrafenis van don Pedro moest. Een bloedrode hemel hing over het labyrint van kruisen en engelen rondom het grote mausoleum van de Vidals op de begraafplaats op de Montjuïc. Een zwartgesluierde, zwijgende schare omzoomde de cirkel van donker geworden zuilen voor het mausoleum. Ieder van de aanwezigen hield een lange, witte altaarkaars vast. Het licht van honderd vlammetjes belichtte de omtrekken van een grote, marmeren engel met een van pijn vertrokken gezicht op een sokkel. Aan de voet daarvan lag de open graftombe van mijn mentor met een glazen kist. Vidals lichaam, geheel in wit gekleed, rustte met open ogen onder het glas. Zwarte tranen rolden over zijn wangen. Uit de stoet trad de gestalte van de weduwe, Cristina, naar voren, en viel in tranen voor de kist op de knieën. Een voor een liepen de rouwenden langs de overledene en legden zwarte rozen op de glazen kist totdat hij zo bedekt was dat slechts het gelaat van de overledene zichtbaar was. Twee doodgravers zonder gezicht lieten de kist in het graf zakken, waarvan de bodem met een stroperige, donkere vloeistof was bedekt. De kist bleef op het tapijt van bloed drijven, dat langzaam door de kieren van de glazen sluitingen sijpelde. Geleidelijk werd de kist gevuld en bedekte het bloed Vidals lichaam. Voor zijn gezicht helemaal onderging, bewoog mijn mentor zijn ogen en keek me aan. Een zwerm zwarte vogels vloog op en ik rende weg en verdwaalde op de paden van die oneindige dodenstad. Slechts door een ver geween slaagde ik erin de uitgang terug te vinden en zo te ontkomen aan het geweeklaag en de smeekbedes van de donkere schaduwfiguren die me tegemoetkwamen en smeekten ze mee te nemen om ze van hun eeuwige duisternis te redden.

Twee agenten wekten me met lichte tikjes van de wapenstok tegen mijn been. Het was al donker geworden en ik had een paar seconden nodig om vast te stellen of het ging om de reguliere geüniformeerde politie of om agenten met een speciale missie.

'Vooruit, mijnheer! Uw roes gaat u fijn thuis uitslapen, begrepen?'

'Tot uw orders, kolonel.'

'Kom op dan maar, in de benen, of ik sluit u op in de cel, en dan zullen we zien hoe grappig u dát vindt.'

Hij hoefde het geen drie keer te zeggen. Ik stond zo goed en zo kwaad als het ging op en vertrok naar mijn huis in de hoop daar te arriveren voordat mijn voetstappen me opnieuw naar een of andere armzalige tent zouden leiden. De tocht, die me onder normale omstandigheden tien tot vijftien minuten gekost zou hebben, duurde nu bijna drie keer zo lang. Eindelijk kwam ik, dankzij een toevalstreffer op het einde, bij de deur van mijn huis aan, waar ik, alsof ik vervloekt was, opnieuw Isabella vond, die deze keer in het trappenhuis op me wachtte.

'U bent dronken,' zei Isabella.

'Dat moet ik wel zijn, want midden in mijn delirium tremens leek het alsof ik jou rond middernacht bij mijn voordeur zag slapen.'

'Ik kon nergens anders heen. Mijn vader en ik hebben woorden gehad en hij heeft me het huis uit gezet.'

Ik sloot mijn ogen en zuchtte. Mijn door alcohol en bitterheid afgestompte brein was niet in staat de verwensingen te formuleren die op het puntje van mijn tong lagen.

'Hier kun je niet blijven, Isabella.'

'Alstublieft, alleen voor deze ene nacht. Morgen zoek ik een pension. Ik smeek u, meneer Martín.'

'Kijk me niet zo aan als een offerlam,' zei ik dreigend.

'Bovendien is het uw schuld dat ik op straat sta,' voegde ze eraan toe.

'Mijn schuld. Dát is fraai, zeg. Of je talent hebt om te schrijven weet ik niet, maar aan koortsachtige fantasie ontbreekt het je niet. Om welke rampzalige reden is het mijn schuld, als je zo goed wilt zijn om me dat te vertellen, dat jouw heer vader je eruit gegooid heeft?'

'Wat praat u raar als u dronken bent.'

'Ik ben niet dronken. Ik ben in mijn leven nog niet dronken geweest. Geef antwoord op mijn vraag.'

'Ik zei tegen mijn vader dat u me als assistente had aangenomen en dat ik mij vanaf nu aan de literatuur ging wijden en niet meer in de winkel kon werken.'

'Wát?'

'Kunnen we naar binnen? Ik heb het koud en mijn achterste is versteend van het slapen op deze treden.'

Mijn hoofd tolde en ik voelde de misselijkheid op de loer liggen. Ik keek omhoog naar het flauwe schijnsel dat door het daklicht naar binnen kwam.

'Is dit de straf die de hemel me zendt, opdat ik berouw toon over mijn losbandige leven?'

Nieuwsgierig volgde Isabella mijn blik.

'Met wie praat u?'

'Ik praat met niemand, ik houd een monoloog. Het voorrecht van de dronkenlap. Maar morgen ga ik allereerst in dialoog met je vader om een einde te maken aan deze absurde situatie.'

'Ik weet niet of dat een goed idee is. Hij heeft gezworen u te vermoorden als hij u ziet en hij heeft onder de toonbank een dubbelloopsgeweer verborgen. Zo is hij. Ooit heeft hij er een ezel mee gedood. Het was in de zomer, in de buurt van Argentona ...'

'Zwijg. Niet één woord meer. Stilte.'

Isabella knikte en bleef me verwachtingsvol aankijken. Ik ging opnieuw op zoek naar de sleutel. Dit was niet het moment om de penarie van die praatgrage bakvis het hoofd te bieden. Dit was het moment om op mijn bed te vallen en het bewustzijn te verliezen, bij voorkeur in die volgorde. Ik zocht nog een paar minuten door, zonder zichtbaar resultaat. Uiteindelijk greep Isabella in. Zonder een woord te zeggen viste ze de sleutel uit de jaszak waarin mijn hand al honderd keer had gezocht. Ze hield hem onder mijn neus en ik knikte verslagen.

Isabella opende de voordeur van de woning en trok me overeind. Als een invalide leidde ze me naar de slaapkamer en hielp me op bed te gaan liggen. Ze legde een kussen onder mijn hoofd en trok me mijn schoenen uit. Verward keek ik haar aan.

'Rustig maar, die broek zal ik niet uittrekken.'

Ze maakte de bovenste hemdknoopjes los, ging naast me zitten en keek me vorsend aan. Haar glimlach was vol van een melancholie waar ze veel te jong voor was.

'Nog nooit heb ik u zo treurig gezien, meneer Martín. Het is vanwege die vrouw, hè? Die van de foto.'

Ze nam mijn hand en streelde hem kalmerend.

'Alles gaat voorbij, gelooft u mij. Alles gaat voorbij.'

Tegen mijn wil vulden mijn ogen zich met tranen en ik draaide mijn hoofd weg zodat ze mijn gezicht niet zag. Isabella knipte de lamp op het nachtkastje uit en bleef naast me zitten, in het halfdonker, luisterend naar het huilen van deze miserabele dronkenlap, en zonder me uit te horen of te veroordelen schonk ze me haar gezelschap en goedheid, tot ik insliep.

7

Ik werd gewekt door een helse kater, die als een bankschroef om mijn slapen zat, en de geur van Colombiaanse koffie. Isabella had een tafeltje bij het bed gezet met een kan versgezette koffie en een bord met brood, kaas, ham en een appel. Bij het zien van het eten kreeg ik braakneigingen, maar ik stak een hand uit naar de koffiekan. Isabella, die me vanaf de drempel had staan observeren zonder dat ik dat had gemerkt, was me voor en schonk een flinke kop in, met een grijns van oor tot oor.

'Drinkt u het zo, flink sterk, dat doet wonderen.'

Ik nam de kop aan en dronk.

'Hoe laat is het?'

'Eén uur 's middags.'

Licht gesnuif ontsnapte me.

'Hoe lang ben je al op?'

'Een uurtje of zeven.'

'Wat heb je dan al die tijd gedaan?'

'Schoonmaken, opruimen, al is hier werk voor een paar maanden.'

Ik nam nog een grote slok koffie.

'Dank je,' mompelde ik. 'Voor de koffie. En voor het opruimen en schoonmaken, maar dat hoef je niet te doen.'

'Dat doe ik niet voor u, mocht u zich daar druk over maken. Dat doe ik voor mijzelf. Als ik hier ga wonen, heb ik liever niet dat ik ergens aan blijf plakken als ik er toevallig tegenaan leun.'

'Hier wonen? Ik meen dat we hadden afgesproken dat ...'

Toen ik mijn stem verhief, sneed een pijnscheut me de adem en het denken af.

'Shhhh,' fluisterde Isabella.

Ik knikte bij wijze van wapenstilstand. Op dit moment kon noch wilde ik met Isabella in discussie. Later, als de kater de aftocht blies, zou er voldoende tijd zijn om haar naar haar familie terug te brengen. Ik dronk de kop leeg en stond langzaam op. Vijf of zes pijnsteken boorden door mijn hoofd en ik kon een kreun niet onderdrukken. Isabella steunde me bij de arm.

'Ik ben geen invalide. Ik kan heus mezelf wel redden.'

Isabella liet me voorzichtig los. Ik deed een paar passen naar de gang. Ze volgde me op de voet, alsof ze bang was dat ik elk moment in elkaar kon zakken. Bij de badkamer bleef ik staan.

'Mag ik in mijn eentje urineren?' vroeg ik.

'Goed mikken,' prevelde het meisje. 'Ik zal uw ontbijt in de loggia neerzetten.'

'Ik heb geen trek.'

'U moet iets eten.'

'Ben jij mijn leerling of mijn moeder?'

'Ik zeg het voor uw eigen bestwil.'

Ik zocht mijn heil achter de gesloten badkamerdeur. Mijn ogen hadden een paar seconden nodig om zich in te stellen op wat ze zagen. De badkamer was onherkenbaar. Schoon en blinkend. Alles op zijn plek. Een nieuw stuk zeep op de wastafel. Schone handdoeken waarvan ik niet eens wist dat ik ze had. De lucht van sop.

'Heilige Moeder Gods,' mompelde ik.

Ik hield mijn hoofd onder de kraan en liet het koude water een paar minuten stromen. Daarna strompelde ik de gang weer op, naar de loggia. Was de badkamer al onherkenbaar, de loggia leek uit een andere wereld. Isabella had de ramen gelapt, de vloer geboend en stoelen en andere meubels rechtgezet. Er viel puur, helder licht door de ruiten en de muffe lucht was verdwenen. Mijn ontbijt wachtte op me op de tafel tegenover de bank, waar Isabella een schone foulard overheen had gedrapeerd. De uitpuilende boekenkasten leken opnieuw gesorteerd te zijn en de glazen deuren waren ineens weer doorzichtig. Isabella schonk net een tweede kop koffie voor me in.

'Ik weet wat je in je schild voert en het zal niet werken,' zei ik.

'Een kop koffie inschenken?'

Isabella had de boeken die overal in stapels op tafels en in hoeken rondslingerden gesorteerd. Lectuurbakken die al meer dan een decennium overstroomden, waren geleegd. In krap zeven uur had ze met haar ijver en aanwezigheid jaren van schemer en duisternis weggevaagd, en nog steeds kon er een glimlach vanaf.

'Ik vond het prettiger zoals het was,' zei ik.

'Vast en zeker. U en de honderdduizend kakkerlakken die u in onderhuur had en die ik met frisse wind en ammoniak vriendelijk uitgeleide heb gedaan.'

'Dus dát is de smerige lucht die ik ruik?'

'Die smerige lucht is de geur van schoon,' protesteerde Isabella. 'U zou wat meer dankbaarheid kunnen tonen.

'Dat doe ik ook.'

'Ik merk er anders weinig van. Morgen ga ik naar boven, naar de studeerkamer en ...'

'Geen sprake van.'

Isabella haalde haar schouders op, maar haar blik bleef vastberaden en ik wist dat vierentwintig uur later de studeerkamer in de toren een onherstelbare metamorfose zou ondergaan.

'Trouwens, vanmorgen vond ik in de hal een envelop. Iemand moet hem vannacht onder de deur door hebben geschoven.'

Ik keek haar over de rand van mijn koffiekopje aan.

'De benedendeur zit op slot,' zei ik.

'Dat dacht ik ook. Eigenlijk leek het me nogal raar en hoewel uw naam erop stond ...'

'... heb je hem opengemaakt.'

'Ik ben bang van wel. Het was niet met opzet.'

'Isabella, de correspondentie van anderen openen is geen blijk van goede manieren. In sommige oorden is het zelfs een delict waar celstraf op staat.'

'Dat zeg ik ook altijd tegen mijn moeder, die kan het niet laten mijn brieven te openen. En ze is nog steeds op vrije voeten.'

'Waar is die brief?'

Isabella haalde een envelop uit de zak van het schort waarin ze zich had gehuld en reikte hem met een ontwijkende blik aan.

Hij was van dik, poreus papier, marmerkleurig, met gekartelde randen, met het zegel van de engel in rode lak – verbroken – en mijn naam in karmozijnrode, geparfumeerde inkt. Ik opende hem en haalde er een opgevouwen vel uit.

Geachte David,
Ik hoop dat u in goede gezondheid verkeert en de overeengekomen som gelds zonder problemen op een rekening heeft kunnen inleggen. Lijkt het u een goed idee elkaar deze avond bij mij thuis te treffen om de bespreking van de bijzonderheden van ons plan aan te vangen? Tegen tien uur wordt een lichte maaltijd geserveerd. Ik verwacht u.
Uw vriend,
Andreas Corelli

Ik vouwde het velletje op en stak het terug in de envelop. Isabella keek me geïntrigeerd aan.
'Is het goed nieuws?'
'Niets wat jou aangaat.'
'Wie is die meneer Corelli? Hij heeft een mooi handschrift, net als u.'
Ik keek haar streng aan.
'Als ik uw assistente word, moet ik toch weten met wie u omgaat? Voor het geval ik iemand de deur moet wijzen, bedoel ik maar te zeggen.'
Ik sputterde.
'Hij is een uitgever.'
'Hij moet wel goed zijn, kijkt u eens naar dat briefpapier en de enveloppen die hij gebruikt. Gaat dat plan over een boek?'
'Nogmaals, dat zijn jouw zaken niet.'
'Hoe kan ik u helpen als u me niet vertelt waar u mee bezig bent? Nee, antwoord maar liever niet. Ik houd mijn mond al.'
Tien gezegende seconden lang zweeg Isabella. Toen vroeg ze: 'Wat is dat voor man, die Corelli?'
Ik keek haar koel aan.
'Een wat eigenaardige Fransman.'
'Soort zoekt ... ik zeg al niets meer.'
Toen ik dit meisje met het edelmoedige hart zo eens bekeek,

voelde ik me zo mogelijk nog ellendiger en het werd me duidelijk dat ik haar moest wegsturen, hoe eerder hoe beter. Dat was voor ons allebei het beste.

'Waarom kijkt u zo naar me?'

'Vanavond moet ik weg, Isabella.'

'Zal ik iets te eten voorbereiden? Komt u erg laat terug?'

'Ik eet buiten de deur en ik weet niet wanneer ik terug ben, maar op welk uur dat ook mag zijn, ik wil dat jíj dan vertrokken bent. Ik wil dat je je spullen pakt en verdwijnt. Waarheen, dat maakt me niet uit. Hier is geen plaats voor jou. Begrepen?'

Ze werd bleek en haar ogen stroomden vol. Ze beet op haar lippen en glimlachte naar me met tranen op haar wangen.

'Ik ben te veel. Ik begrijp het.'

'En stop alsjeblieft met schoonmaken.'

Ik stond op, liet haar achter in de loggia en verschanste me in de studeerkamer in de toren. Ik opende de ramen. Van beneden drong het gehuil door van Isabella. Ik keek hoe de stad erbij lag in de middagzon en richtte mijn blik naar de andere kant, waar ik bijna de glinsterende dakpannen van Villa Helius meende te kunnen zien, en stelde me voor hoe Cristina, mevrouw Vidal, boven vanuit de torenvensters naar de Ribera keek. Iets duisters, troebels, vulde mijn hart. Ik vergat Isabella's tranen en wenste slechts dat het moment aanbrak om Corelli te ontmoeten en met hem over dat vervloekte boek te praten.

Ik bleef in de studeerkamer in de toren zitten tot de schemering zich over de stad uitbreidde als bloed in water. Het was warm, warmer dan het de hele zomer was geweest, en de daken van de Ribera trilden als een luchtspiegeling. Ik daalde af naar mijn woning en kleedde me om. Alles was stil, de jaloezieën van de loggia waren halfgesloten en de ramen in barnsteenkleurig licht gedoopt dat tot in de gang viel.

'Isabella?' riep ik.

Geen antwoord. Ik liep naar de loggia en stelde vast dat ze was vertrokken. Maar niet voordat ze de complete werken van Ignatius B. Samson had geordend en afgestoft. Jarenlang hadden ze stof en vergetelheid verzameld in een glazen vitrine die nu smetteloos blonk. Een van de boeken had ze in het midden opengeslagen en op een lessenaar gelegd. Ik las een willekeurige regel en had het gevoel dat ik naar een tijd terugreisde waarin alles even eenvoudig als onvermijdelijk leek.

'"Poëzie schrijf je met tranen, een roman met bloed en de geschiedenis met onzichtbare inkt", zei de kardinaal terwijl hij bij het licht van de kandelaber het scherp van de snede insmeerde met gif.'

De geforceerde naïviteit van die regels ontlokte me een glimlach en wekte in mij opnieuw het vermoeden dat me nooit helemaal had verlaten: misschien was het beter geweest voor iedereen, maar vooral voor mij, als Ignatius B. Samson nooit zelfmoord had gepleegd en David Martín nooit zijn plaats had ingenomen.

8

Het werd al donker toen ik het huis verliet. Warmte en vochtigheid hadden vele buurtbewoners de straat op gedreven, met stoelen en al, op zoek naar een briesje dat niet kwam. Ik omzeilde de groepjes bij portieken en op straathoeken en zette koers naar station Francia, waar altijd twee of drie taxi's te vinden waren in afwachting van een ritje. Ik nam de eerste in de rij. We hadden ongeveer twintig minuten nodig om de stad te doorkruisen en de klim te voltooien van de heuvelflank waar het spookachtige bos van de architect Gaudí tegenaan lag. De lichten van Corelli's huis waren van verre te zien.

'Ik wist niet dat hier iemand woonde,' merkte de chauffeur op.

Zodra ik hem de rit inclusief fooi betaald had, maakte hij zich in allerijl uit de voeten. Ik bleef even staan om van de stilte van deze plek te genieten. Er ritselde nauwelijks een blad in het bos op de heuvel achter me. In alle richtingen strekte zich een sterrenhemel uit met gepenseelde wolken. Ik hoorde mijn eigen ademhaling, het lichte geritsel van mijn kleding bij het lopen, mijn voetstappen die de deur naderden. Ik belde aan en wachtte.

Kort daarna ging de deur open. Een man met neergeslagen blik en hangende schouders knikte bij de aanblik van mijn persoon en beduidde me verder te komen. Zijn kledij suggereerde dat het om een soort butler of bediende moest gaan. Hij gaf geen kik. Ik volgde hem in de door portretten geflankeerde gang, en aan het einde daarvan liet hij me passeren naar de grote salon, die uitzicht bood over de gehele stad. Met een lichte buiging liet hij me alleen en trok zich evenzo traag terug als hij me had begeleid. Ik ging bij de hoge ramen staan en keek door de glasgordijnen naar buiten, in afwachting van Corelli. Na een paar minuten merkte ik dat een gestalte me vanuit een hoek van de salon observeerde. De man zat volstrekt onbeweeglijk in een leunstoel, half in het duister, het licht van een olielamp onthulde slechts zijn benen en zijn handen op de armleuningen. Ik herkende hem aan de glinsterende ogen die nooit knipperden en aan de speld met de engel, die hij altijd op zijn revers droeg. Zodra ik hem in het oog kreeg, stond hij op en kwam met snelle stappen, te snel, op me toe, een wolvengrijns om zijn lippen die het bloed in mijn aderen deed stollen.

'Goedenavond, Martín.'

Ik knikte en poogde terug te lachen.

'Ik heb u weer aan het schrikken gemaakt,' zei hij. 'Dat spijt me. Kan ik u iets te drinken aanbieden of gaan we zonder verdere plichtplegingen aan tafel?'

'Eerlijk gezegd heb ik geen trek.'

'Het is ongetwijfeld de hitte. Laten we dan de tuin in gaan om daar verder te praten.'

De stille butler maakte zijn opwachting om de tuindeuren te openen, waar een pad van brandende kaarsen op schoteltjes naar een witmetalen tafel met twee stoelen leidde. De kaarsen brandden met rechte vlammen, zonder te flakkeren. De maan zorgde voor een zwak, blauwachtig schijnsel. Ik nam plaats en Corelli deed hetzelfde, terwijl de butler ons uit een kruik twee glazen volschonk van iets wat eruitzag als een soort likeur – ik was niet van plan te proeven. In het licht van het laatste kwartier leek Corelli jonger, zijn gelaatstrekken waren scherper. Hij bekeek me met een aan gulzigheid grenzende intensiteit.

'Iets verontrust u, vriend Martín.'

'Ik neem aan dat u gehoord heeft van de brand.'

'Een betreurenswaardig einde, edoch van een poëtische gerechtigheid.'

'U vindt het terecht dat twee mensen op die manier sterven?'

'Had u een minder bloedig einde acceptabeler gevonden? Rechtvaardigheid is een gekunsteld perspectief, geen universele waarde. Ik ga geen consternatie fingeren die ik niet voel, en die u vermoedelijk evenmin voelt, hoezeer u dat ook pretendeert. Maar als u wilt nemen we een minuut stilte in acht.'

'Dat is niet nodig.'

'Natuurlijk niet. Stilte is alleen maar nodig als men niets waardevols te zeggen heeft. In het zwijgen lijken zelfs narren wijzen. Is er nog meer wat u bedrukt, Martín?'

'De politie verdenkt mij ervan iets met het voorval van doen te hebben. Ze vroegen naar u.'

Corelli knikte onbekommerd.

'De politie moet haar werk doen en wij het onze. Zullen we dit onderwerp als afgehandeld beschouwen?'

Ik knikte langzaam. Corelli glimlachte.

'Daarnet, terwijl ik op u wachtte, besefte ik dat u en ik nog een kort onderhoud tegoed hebben, puur retorisch. Hoe eerder we dat achter de rug hebben, des te sneller komen we tot de kern,' zei hij. 'Ik zou u allereerst de vraag willen stellen wat het geloof voor u betekent.'

Ik aarzelde kort.

'Ik ben nooit een vroom mens geweest. Meer dan gelovig of niet gelovig ben ik een twijfelaar. De twijfel is mijn geloof.'

'Heel verstandig en heel burgerlijk. Maar door ballen uit het veld te gooien, wint men geen wedstrijd. Waarom, naar uw mening, duiken in de loop van de geschiedenis telkens weer geloofsovertuigingen op, om dan weer te verdwijnen?'

'Ik weet het niet. Waarschijnlijk vanwege sociale, economische of politieke factoren. U praat met iemand die als tienjarige van school is gegaan. Geschiedenis is niet mijn sterkste punt.'

'De geschiedenis is de stortplaats van de biologie, Martín.'

'De dag dat die les werd gegeven heb ik blijkbaar gespijbeld.'

'Die les wordt op school niet gegeven. Die les leren we door gezond verstand en door waarneming van de werkelijkheid. Die les is er een die niemand wil leren en daarom de les die we het nauwkeurigst moeten analyseren om ons werk goed te kunnen doen. Een gat in de markt is het gevolg van andermans onkunde om een eenvoudig en onvermijdelijk probleem op te lossen.'

'Hebben we het nu over religie of over economie?'

'U mag het etiket kiezen.'

'Als ik u goed begrijp, suggereert u dat het geloof, dus de daad van geloven in mythen of ideologieën of bovennatuurlijke zaken, voortkomt uit de biologie.'

'Niets meer, niets minder.'

'Een wat cynische visie, voor een uitgever van religieuze teksten.'

'Een professionele, van emotie gespeende visie,' nuanceerde Corelli. 'Het menselijk wezen gelooft zoals het ademhaalt – om te overleven.'

'Is dat uw theorie?'

'Dat is geen theorie, dat is statistiek.'

'Ik denk dat minstens driekwart van de bevolking het met deze bewering niet eens zou zijn.'

'Natuurlijk. Als ze het ermee eens zouden zijn, zouden ze geen potentiële gelovigen zijn. Niemand kan werkelijk ergens van overtuigd raken als dat biologisch gezien niet noodzakelijk is.'

'U wilt dus zeggen dat het in onze natuur ligt om onszelf een rad voor ogen te draaien?'

'Het ligt in onze natuur om te overleven. Het geloof is een instinctief antwoord op aspecten van het bestaan die we anderszins niet kunnen verklaren, of het nu gaat om het morele vacuüm dat we waarnemen in het universum, de zekerheid van de dood, het raadsel van het ontstaan der dingen, de zin van het leven – of het ontbreken ervan. Dat zijn heel eenvoudige, elementaire vragen, maar onze eigen beperkingen verhinderen ons om er op een ondubbelzinnige manier antwoord op te geven en daarom zetten we ter verdediging een emotioneel antwoord in. Dat is eenvoudige, pure biologie.'

'Dan zou elk geloof, elk ideaal volgens u niet meer zijn dan een verzinsel.'

'Elke interpretatie of observatie van de werkelijkheid is dat noodzakelijkerwijs. In dit geval wortelt het probleem in het feit dat de mens een moreel dier is, uitgezet in een amoreel universum, veroordeeld tot een eindig bestaan zonder andere betekenis dan de natuurlijke cyclus van de soort in stand te houden. Het is onmogelijk voor langere tijd in de realiteit te overleven, tenminste, voor een menselijk wezen. Een goed deel van ons leven brengen we dromend door, vooral als we wakker zijn. Zoals ik zei, eenvoudige biologie.'

Ik zuchtte.

'En ik moet een fabel verzinnen die de lichtgelovigen op de knieën dwingt en hen ervan overtuigt dat ze het licht hebben gezien, dat er iets is waarvoor men leven en sterven en zelfs doden kan?'

'Precies. Ik vraag u niet om iets te bedenken wat niet al in de een of andere vorm verzonnen is. Ik vraag u simpelweg mij behulpzaam te zijn bij het laven van de dorstige.'

'Een lovenswaardig en vroom streven,' sprak ik ironisch.

'Nee, een puur commercieel voorstel. De natuur is een grote, vrije markt. De wet van vraag en aanbod is een moleculair feit.'

'Misschien zou u een intellectueel moeten zoeken voor dit project. Wat de moleculaire en mercantiele feiten aangaat, kan ik u verzekeren dat de meesten in hun hele leven geen honderdduizend francs bij elkaar hebben gezien en ik wed graag dat ze bereid zouden zijn voor een fractie van die som hun ziel te verkopen – of uit te vinden.'

De metalige glans in zijn ogen deed me vermoeden dat Corelli een van zijn bijtende, korte preken voor me in petto had. Ik stelde me het saldo op mijn rekening bij de Banco Hispano Colonial voor en hield mezelf voor dat honderdduizend francs wel een mis of een verzameling verhalen-met-moraal waard was.

'Een intellectueel is in de regel iemand die zich nu niet bepaald onderscheidt vanwege zijn intellect,' oordeelde Corelli. 'Hij dicht zichzelf die kwalificatie toe om de natuurlijke impotentie van zijn capaciteiten te compenseren. Het is het oude en o zo bekende liedje van zeg-me-waarover-je-snoeft-en-ik-zeg-je-wat-eraan-ontbreekt. Dat is gesneden koek. De incompetente treedt op als vakman, de wreedaard als barmhartige, de zondaar als kwezel, de geldwolf als weldoener, de kleingeestige als patriot, de arrogante als dienaar, de plebejer als edele heer en de onnozele hals als intellectueel. Nogmaals, schepselen der natuur hebben niets gemeen met de door de dichters bezongen nimfen, maar lijken eerder op een wrede, gulzige moeder die zich voedt met haar eigen kinderen, die zij maar baart en baart om in leven te blijven.'

Ik werd misselijk van Corelli en zijn poëtica van de meedogenloze biologie. De ingehouden heftigheid en woede van zijn woorden troffen me op onaangename wijze en ik vroeg me af of er iets was in het universum wat hem níét weerzinwekkend en verachtelijk leek, inclusief mijzelf.

'U zou dergelijke inspirerende lezingen moeten geven op scholen en voor parochies. Daar zou u een eclatant succes mee hebben,' stelde ik voor.

Corelli lachte kil.

'Verandert u niet van onderwerp. Degene die ik zoek is de tegenpool van de intellectueel, dat wil zeggen, een intelligente persoon. En die heb ik al gevonden.'

'U vleit me.'

'Beter nog, ik betaal u. En wel heel goed, dat is de enige ware vleierij in deze veile wereld. Neemt u nooit een onderscheiding aan die niet op de achterkant van een cheque is gedrukt, want deze komt slechts ten goede aan degene die haar toekent. En aangezien ik u betaal, verwacht ik dat u naar mij luistert en mijn instructies volgt. Gelooft u mij als ik u vertel dat ik er niet het geringste belang bij heb om uw tijd te verspillen. Zolang u bij mij in loondienst bent, is uw tijd ook mijn tijd.'

Zijn toon was aimabel, maar de bikkelharde glinstering in zijn ogen liet geen ruimte voor twijfel.

'Het is niet nodig om me daar elke vijf minuten aan te herinneren.'

'Vergeeft u mij mijn aanhoudendheid, goede vriend. Als al deze details en woorden u doen duizelen, dan is dat slechts om ze zo snel mogelijk uit de weg te ruimen. Wat ik van u wil is de vorm, niet de inhoud. De inhoud is sinds mensenheugenis dezelfde geweest en staat in het hart gegrift als een serienummer. Wat ik van u wil is dat u een intelligente, verleidelijke manier bedenkt om de vragen te beantwoorden die wij ons allemaal stellen en dat u dat doet vanuit uw eigen lezing van de menselijke ziel, waarbij u uw talent en vaardigheid in praktijk brengt. Ik wil dat u mij een vertelling brengt die de ziel tot leven wekt.'

'Niets meer ...'

'Niets minder.'

'U praat over het manipuleren van gevoelens en emoties. Zou

het niet veel gemakkelijker zijn om de mensen met een eenvoudige, heldere, rationele uiteenzetting te overtuigen?'

'Nee. Een rationele dialoog voeren met iemand over geloofsovertuigingen en ideeën die hij zich niet via de rede heeft eigen gemaakt, is onmogelijk. Of we nu praten over God, ras of vaderlandse trots. Daarom heb ik iets krachtigers nodig dan een eenvoudige retorische verhandeling. Ik heb de kracht van de kunst nodig, van de enscenering. Bij een lied is het de tekst die we menen te begrijpen, maar wat ons daaraan doet geloven of niet, is de muziek.'

Ik trachtte al dit koeterwaals in me op te nemen zonder erin te stikken.

'Geen zorgen, voor vandaag staan er geen verhandelingen meer op het programma,' maakte Corelli een einde aan ons gesprek. 'Nu het praktische gedeelte: u en ik zullen ongeveer elke twee weken bij elkaar komen. U informeert mij over uw voortgang en laat me het gedane werk zien. Als ik veranderingen of correcties heb, laat ik u dat weten. Het gehele traject zal twaalf maanden duren – voor het geval u zo lang nodig heeft om het af te maken. Aan het einde van deze termijn geeft u al het geschrevene inclusief alle documentatie, zoals dat te doen gebruikelijk is, aan de rechtmatige eigenaar en borg van de rechten, kortom aan mij. Uw naam zal niet aan het auteurschap van het document verbonden zijn en u verplicht zich die niet te reclameren na inlevering noch over het gerealiseerde werk of de voorwaarden van deze overeenkomst privé of publiekelijk te discussiëren, met wie dan ook. In ruil daarvoor krijgt u een voorschot van honderdduizend francs, dat u reeds heeft ontvangen, en na ontvangst van het werk naar mijn tevredenheid, een additionele bonus van vijftigduizend francs.'

Ik slikte. Een mens is zich van de hebzucht in zijn hart niet werkelijk bewust tot men het lieflijke getinkel van de zilverstukken hoort.

'Wilt u het contract niet schriftelijk formaliseren?'

'Dit is een herenakkoord, gebaseerd op eer: de uwe en de mijne. Het is al bezegeld. Een akkoord als dit kan niet worden verbroken omdat dat de persoon breekt die heeft toegestemd,' zei Corelli op een toon die me deed denken dat het beter was geweest een papier te ondertekenen, zelfs al was het met bloed. 'Twijfels?'

'Ja. Waarom?'

'Ik begrijp u niet, Martín.'

'Waarvoor wilt u dat materiaal, of hoe u het ook wilt noemen? Wat denkt u ermee te gaan doen?'

'Gewetensbezwaren, Martín ... in dit stadium?'

'Misschien houdt u me voor een mens zonder principes, maar als ik participeer in zoiets als wat u mij voorstelt, wil ik weten welk doel het dient. Ik denk dat ik daar recht op heb.'

Corelli glimlachte en legde zijn hand op de mijne. Bij het contact met zijn ijzige, gladde huid voer er een huivering door me heen.

'Omdat u wilt leven.'

'Dat klinkt als een lichte bedreiging.'

'Slechts een eenvoudige, vriendschappelijke herinnering aan wat u al weet. U helpt mij omdat u wilt leven en omdat de prijs noch de consequenties u interesseren. Omdat u kortgeleden aan de poorten van de dood stond en u nu een eeuwigheid voor u heeft liggen en de kans om te leven. U helpt mij omdat u een mens bent. En omdat u, ook al wilt u dat niet accepteren, gelooft.'

Ik trok mijn hand terug en keek toe hoe hij opstond uit zijn stoel en naar het einde van de tuin liep.

'Maakt u zich geen zorgen, Martín. Het zal allemaal goed komen. Gelooft u mij,' zei hij op een zoetgevooisde, sussende toon, bijna vaderlijk.

'Kan ik nu gaan?'

'Natuurlijk. Ik wil u niet langer ophouden dan nodig is. Ik heb van ons gesprek genoten. Nu kunt u gaan, om na te denken over alle zaken die we besproken hebben. U zult zien, als de indigestie voorbij is, zullen de ware antwoorden tot u komen. Er is niets op onze levensweg wat we niet al weten voor we eraan beginnen. Een mens leert niets belangrijks in het leven, hij herinnert zich slechts.'

Hij gaf de zwijgzame butler, die aan de rand van de tuin wachtte, een teken.

'Een auto brengt u naar huis. Wij zien elkaar over twee weken.'

'Hier?'

'Dat weet God alleen.' Hij likte zich de lippen alsof het hem een kostelijke grap had toegeschenen.

De butler trad op ons toe en gebaarde me hem te volgen. Corelli knikte en nam weer plaats, zijn blik opnieuw verloren over de verre stad.

9

De auto, om het vehikel zo maar eens te noemen, wachtte voor de villa. Het was niet zomaar een auto, maar een verzamelobject, dat me deed denken aan een betoverde koets, een kathedraal op wielen met technisch volmaakte chroomlagen en lijnen, en bekroond met een zilveren engel als boegbeeld op de motor. Kortom, een Rolls-Royce. De butler opende het portier met een buiging. De binnenkant deed eerder denken aan een hotelkamer dan aan een motorvoertuig. Zodra ik tegen de kussens leunde, startte de auto en gleed de heuvel af.

'Weet u het adres?' vroeg ik.

De chauffeur, een donkere figuur aan de andere kant van een glazen scheiding, knikte kort. In de bedwelmende stilte van dit metalen karos, dat amper de grond leek te beroeren, reden we dwars door Barcelona. Door de ramen zag ik straten en gebouwen voorbijkomen als bergwanden onder water. Het was al na middernacht toen de zwarte Rolls-Royce op de calle Comercio afsloeg en de paseo del Born in reed. De auto stopte voor de calle Flassaders, die te smal voor hem was, en de chauffeur stapte uit en opende het portier met een buiging. Ik stapte uit, hij sloot het portier en stapte zonder een woord weer in. Ik zag het donkere silhouet wegrollen en zich oplossen in een sluier van schaduwen. Ik vroeg me af wat ik gedaan had, hoewel ik het antwoord helemaal niet wilde weten, en ging naar huis met het gevoel dat de hele wereld een gevangenis was zonder ontsnappingsmogelijkheid.

In de woning liep ik meteen door naar de studeerkamer, waar ik naar alle kanten de ramen openzette om de vochtig hete bries binnen te laten. Op sommige dakterrassen van de buurt waren gestalten op matrassen en lakens te zien, die probeerden aan de verstikkende hitte te ontsnappen en de slaap te vatten. In de verte verhieven zich rokend als brandstapels de drie grote schoorstenen van de Paralelo en breidden een deken van witte as uit over Barcelona, als glasstof; dichterbij deed het standbeeld van la Mercè, dat vanaf de kerkkoepel zijn vleugels uitsloeg, me denken aan de engel van de Rolls-Royce en Corelli's revers. Ik voelde dat de stad na vele maanden zwijgen weer tegen me praatte en me haar geheimen vertelde.

Op dat moment zag ik, ineengedoken op de treden voor een woning in de calle de las Moscas, een ellendige, nauwe tunnel tussen vervallen huizen, Isabella zitten. Ik vroeg me af hoe lang ze daar al zat en hield mezelf voor dat dat niet mijn zaak was. Net toen ik het raam wilde dichtdoen en me wilde terugtrekken achter mijn bureau, zag ik dat ze niet langer alleen was. Vanaf het eind van de straat naderden langzaam twee gestalten, misschien al te langzaam. Met een zucht wenste ik dat die twee haar voorbij zouden lopen. Dat deden ze niet. De een nam een positie in om de uitgang van de steeg te blokkeren. De ander knielde voor het meisje neer en strekte zijn arm naar haar uit. Ze bewoog zich. Een paar seconden later drongen de twee figuren om Isabella heen en hoorde ik haar gillen.

Ik had krap een minuut nodig. Toen ik er was, had een van de mannen Isabella bij de armen vastgegrepen, de ander had haar rok opgestroopt. Een uitdrukking van doodsangst verwrong haar gezicht. De man die zich grijnzend tussen haar dijen een weg baande, hield haar een mes tegen de keel. Drie lijntjes bloed sijpelden uit de snede. Ik keek om me heen. Een paar kisten met puin en een stapel kinderkopjes en bouwmateriaal stonden verlaten tegen de muur. Ik greep iets vast wat een massief ijzeren stang leek. De eerste die mijn aanwezigheid opmerkte, was de knul met het mes. Zwaaiend met de stang deed ik een stap naar voren. Zijn blik sprong van de stang naar mijn ogen en de grijns bevroor op zijn lippen. De ander draaide zich om en zag me met opgeheven stang op hem af lopen. Eén beweging met mijn hoofd was voor hem voldoende om Isabella los te laten en zich haastig achter zijn kompaan te verschansen.

‘Kom, we gaan,’ siste hij.

De ander reageerde niet. Hij keek me strak aan met vurige ogen en het mes in de hand.

‘Waar bemoei jij je mee, schoft?’

Ik nam Isabella bij de arm en trok haar omhoog zonder mijn blik af te wenden van de man met het wapen. Ik tastte naar de sleutels in mijn zak en gaf ze aan haar.

‘Ga naar huis,’ beval ik. ‘Doe wat ik je zeg.’

Isabella aarzelde kort, maar toen hoorde ik haar in de richting van de calle Flassaders rennen. Het type met het mes zag haar vertrekken en grijnsde woedend.

‘Jij hufter, ik snijd je aan barrels.’

Ik twijfelde niet aan zijn vermogen en zin om die bedreiging waar te maken, maar iets in zijn blik zei me dat mijn tegenstander allesbehalve een idioot was en het alleen maar nog niet had gedaan omdat hij zich afvroeg hoeveel dat stuk ijzer in mijn handen zou wegen en vooral of ik de kracht, moed en tijd zou hebben om zijn hersens in te slaan voordat hij zijn mes in mij kon planten.

‘Probeer maar,’ daagde ik hem uit.

De kerel weerstond mijn blik ettelijke seconden en lachte toen, waarop de jongen die hem vergezelde, opgelucht ademhaalde. Hij klapte het mes in, spuugde voor mijn voeten en draaide zich om naar de schaduwen waaruit hij was opgedoken, met zijn kompaan als een schoothondje achter hem aan.

Ik vond Isabella ineengedoken op de trap in het huis met de toren. Ze rilde en hield de sleutels met beide handen vast. Toen ze me zag binnenkomen, schoot ze omhoog.

‘Wil je dat ik een dokter bel?’

Ze schudde haar hoofd.

‘Weet je het zeker?’

‘Ze hadden me nog niets gedaan,’ prevelde ze, haar tranen wegslikkend.

‘Zo zag het er anders niet uit.’

‘Ze hebben me niets gedaan, afgesproken?’

‘Afgesproken.’

Ik wilde haar bij de arm pakken terwijl we de trap op liepen, maar ze ontweek elk contact.

Binnen begeleidde ik haar naar de badkamer en deed het licht aan.

'Heb je schone kleren bij je?'

Isabella liet me de tas zien die ze bij zich had en knikte.

'Kom, knap je op, dan maak ik ondertussen iets te eten.'

'Hoe kunt u nu trek hebben?'

'Nou, toch heb ik dat.'

Isabella beet op haar onderlip.

'Ik eigenlijk ook ...'

'Discussie gesloten dan,' zei ik.

Ik deed de badkamerdeur achter me dicht en wachtte tot ik het water hoorde lopen voor ik doorliep naar de keuken en water opzette. Er was nog wat rijst, spek en groenten die Isabella de dag ervoor had meegenomen en ik improviseerde een stoofgerecht van alle restjes. In het kleine halfuur dat ik wachtte tot Isabella de badkamer uit kwam, dronk ik een halve fles wijn. Door de muur hoorde ik haar woedend huilen. Toen ze met rode ogen op de drempel van de keuken verscheen, zag ze er meer dan ooit uit als een jong meisje.

'Ik weet niet of ik nog steeds trek heb,' fluisterde ze.

'Ga zitten en eet.'

We gingen aan de kleine tafel midden in de keuken zitten. Isabella inspecteerde met enige argwaan het bord rijst met stukjes dat ik haar had geserveerd.

'Eet,' beval ik.

Ze schepte een probeerlepeltje op en bracht dat naar haar mond.

'Smaakt goed,' zei ze.

Ik schonk haar een half glas wijn in en lengde het aan met water.

'Van mijn vader mag ik geen wijn drinken.'

'Ik ben je vader niet.'

We aten in stilte en keken elkaar af en toe aan. Isabella at haar bord tot op de laatste kruimel leeg en verslond ook het stuk brood dat ik voor haar had afgesneden. Ze glimlachte schuchter en besefte niet dat de schrik haar nog niet bij de lurven had gepakt. Na het eten bracht ik haar naar haar slaapkamer en knipte het licht aan.

‘Probeer wat te slapen,’ zei ik. ‘Als je iets nodig hebt, klop je op de muur. Ik ben in de kamer hiernaast.’

Isabella knikte.

‘Ik hoorde u de vorige keer snurken.’

‘Ik snurk niet.’

‘Dan moeten het de leidingen zijn geweest. Of misschien een buurman met een beer.’

‘Nog één woord en je gaat weer terug de straat op.’

Isabella glimlachte en knikte.

‘Dank u,’ fluisterde ze. ‘Doet u de deur alstublieft niet helemaal dicht, maar op een kiertje.’

‘Goedenacht,’ zei ik. Ik deed het licht uit en liet Isabella in het halfdonker achter.

Later, terwijl ik me in mijn slaapkamer uitkleedde, zag ik in de spiegel dat ik een donker spoor had op mijn wang, als een zwarte traan. Ik veegde het met mijn vingers weg – gedroogd bloed. Pas toen merkte ik hoe uitgeput ik was en dat mijn hele lijf pijn deed.

10

Nog voordat Isabella de volgende ochtend wakker werd, begaf ik mij op weg naar de kruideniers-winkel van haar ouders in de calle Mirallers. Het werd net licht en het rolluik van de winkel was nog half-dicht. Ik glipte naar binnen en stond tegenover twee jonge jongens die theedozen en andere koopwaar op de toonbank opstapelden.

'We zijn gesloten,' zei een van hen.

'Daar lijkt het anders niet op. Ik wil de baas graag spreken.'

Tijdens het wachten doodde ik de tijd met het onderzoeken van het luilekkerland van de ondankbare erfgename Isabella, die in haar oneindige onschuld de melk en honing van de handel had afgezworen om zich voor de voeten te werpen van de misère van de literatuur. De winkel was een kleine bazaar, bevoorraad met wonderen uit alle hoeken van de wereld. Marmelades en zoetigheden, thee- en koffiesoorten, specerijen en conserven, fruit en gedroogd vlees, chocolade en gerookte worsten. Een smulparadijs voor mensen met stevig gevoerde zakken. Na korte tijd verscheen don Odón, de vader en winkeleigenaar. Hij droeg een blauwe stofjas, had een maarschalksnor en een uitdrukking van consternatie op zijn gezicht, als stond hij op het punt een infarct te krijgen. Ik besloot de beleefdheden over te slaan.

'Uw dochter zegt dat u een dubbelloopsgeweer heeft waarmee u gezworen heeft mij te doden,' zei ik en ik spreidde mijn armen. 'Hier ben ik.'

'Wie bent u, schaamteloze vlerk?'

'Ik ben de schaamteloze vlerk die een meisje in zijn huis heeft moeten onderbrengen omdat de pantoffelheld van een vader niet in staat is gebleken haar in het gareel te houden.'

De woede gleed van zijn gezicht en werd vervangen door een vreesachtig lachje.

'Meneer Martín? Ik had u niet herkend ... Hoe is het met mijn kind?'

Ik zuchtte.

'Het kind is veilig en wel in mijn huis en zaagt een bos omver met haar gesnurk, maar met onbezoedelde eer en deugd.'

De winkelier sloeg opgelucht tweemaal achtereen een kruis.

'Moge God u belonen.'

'En ik wens u toe dat u dat mag meemaken, maar doet u mij alstublieft ondertussen het plezier haar zonder mankeren in de loop van de dag bij mij te komen ophalen, of ik verbouw uw gezicht, geweer of geen geweer.'

'Geweer?' prevelde de winkelier verward.

Zijn echtgenote, een schriele vrouw met een nerveuze blik, bespiedde ons van achter een gordijn dat de achterkamer afscheidde. Iéts zei me dat er geen schoten gelost zouden worden. Don Odón pufte en leek elk moment in elkaar te kunnen zakken.

'Ik zou niets liever willen, meneer Martín. Maar ze wil niet hier zijn,' zei hij desolaat.

Toen duidelijk werd dat de winkelier niet de bruut was die Isabella had beschreven, kreeg ik spijt van de toon van mijn woorden.

'Heeft u haar dan niet het huis uit gegooid?'

Beledigd zette don Odón ogen op als schoteltjes. Zijn vrouw trad naar voren en pakte zijn hand.

'We hadden woorden,' legde hij uit. 'Er zijn dingen gezegd die niet gezegd hadden moeten worden, aan beide kanten. Maar ze heeft een karakter waar je u tegen zegt ... Ze dreigde weg te lopen en zei dat wij haar nooit meer zouden zien. Haar arme moeder blééf er bijna in. Ik verhief mijn stem en zei dat ik haar naar een klooster zou sturen.'

'Een onfeilbaar argument om een jonge vrouw van zeventien te overtuigen,' voerde ik aan.

'Het was het eerste wat in me opkwam ...' verdedigde de winkelier zich. 'Alsof ik haar ooit in een klooster zou stoppen!'

'Na wat ik heb gezien, kan dat slechts met hulp van een regiment van de Guardia Civil.'

'Ik weet niet wat ze u heeft verteld, meneer Martín, maar gelooft u haar niet. We zijn geen verfijnde geesten, maar we zijn zeker geen monsters. Ik weet niet meer hoe ik haar moet aanpakken. Ik ben er de man niet naar om de riem uit mijn broek te halen en te zeggen: wie niet horen wil, moet voelen. En moeder de vrouw hier durft haar stem nog niet tegen de kat te verheffen. Ik weet werkelijk niet waar Isabella dat karakter vandaan heeft. Het komt zeker van al dat lezen. En u moet weten dat de nonnen ons gewaarschuwd hebben. Wijlen mijn vader, God hebbe zijn ziel, zei het al: de dag dat men vrouwen leert lezen en schrijven, wordt de wereld onbestuurbaar.'

'Een groot denker, uw heer vader, maar dat lost noch uw probleem op noch het mijne.'

'Wat kunnen we doen? Isabella wil niet bij ons blijven, meneer Martin. Ze zegt dat we simpel zijn, dat we haar niet begrijpen, dat we haar in deze winkel willen begraven... Maar wat zou ik anders willen dan haar begrijpen? Ik werk in deze winkel sinds mijn zevende, van 's ochtends vroeg tot 's avonds laat, en het enige wat ik begrijp is dat de wereld een kwalijke plek is zonder genade voor een jong ding dat met haar hoofd in de wolken loopt,' legde de kruidenier uit, tegen een vat geleund. 'Mijn grootste angst is dat ze ons, als ik haar verplicht om terug te komen, werkelijk ontsnapt en in handen valt van een of andere ... Ik wil er niet eens aan dénken.'

'Het is waar,' voegde zijn echtgenote er met een licht Italiaans accent aan toe. 'Gelooft u ons, ze heeft ons hart gebroken, maar het is niet de eerste keer dat ze is verdwenen ... Ze lijkt op mijn moeder en dat was een echte Napolitaanse ...'

'Ay, *la mamma*,' zei don Odón, al bevend bij de gedáchte aan zijn schoonmoeder.

'Toen ze ons vertelde dat ze een paar dagen bij u ging logeren om u te helpen met uw werk, waren we gerustgesteld,' vervolgde Isabella's moeder, 'omdat we weten dat u een goed mens bent en ze uiteindelijk hier in de buurt is, twee straten verderop. We weten dat u haar ertoe zult kunnen brengen terug te komen.'

Ik vroeg me af wat Isabella hun over mij verteld had dat ze geloofden dat ondergetekende over water kon lopen.

'Gisteravond nog, op een steenworp afstand van hier, hebben ze een paar dagloners op weg naar huis helemaal in elkaar geslagen. U ziet het. Het schijnt dat ze met een ijzeren stang bewerkt zijn. Van één weten ze niet of hij het overleeft, en de ander is voor de rest van zijn leven kreupel,' zei de moeder. 'In wat voor wereld leven we eigenlijk?'

Don Odón keek me bezorgd aan.

'Als ik haar ophaal, zal ze weer vertrekken. En dan weet ik niet of ze nog eens tegen iemand als u aan zal lopen. We beseffen wel dat het niet goed is dat een jong meisje logeert in het huis van een alleenstaande heer, maar van u weten we tenminste dat u een rechtschapen mens bent die zich om haar zal bekommeren.'

De winkelier leek op het punt te staan om in huilen uit te barsten. Ik had liever gehad dat hij op een holletje zijn geweer had gehaald. Al was er altijd nog de mogelijkheid dat zich een Napolitaanse oom bij mij presenteerde om met de donderbus in de hand de eer van het meisje te redden. *Porca miseria.*

'Heb ik uw woord dat u voor haar zorgt tot ze weer verstandig wordt en naar huis komt?'

Ik snoof.

'U heeft mijn woord.'

Beladen met spijzen en delicatessen, die don Odón en zijn echtgenote me hadden opgedrongen, keerde ik huiswaarts. Ik had hun beloofd dat ik enkele dagen voor Isabella zou zorgen tot ze weer bij haar verstand was en zou inzien dat haar plek bij haar familie was. Het winkeliersechtpaar wilde zo ver gaan me te betalen voor haar onderhoud, maar dat had ik geweigerd. Mijn plan bestond erin dat ze in minder dan een week weer in haar eigen huis zou slapen, ook al moest ik daarvoor het verhaaltje meespelen dat ze overdag mijn assistente was. Hogere torens waren gevallen.

Toen ik het huis binnen kwam, zat ze aan de keukentafel. Ze had de borden van de vorige avond afgewassen, koffie gemaakt en zich gekleed en gekamd als een heilige uit een prentenboek. Isabella, die niet op haar achterhoofd was gevallen, wist uitstekend waar ik vandaan kwam, wapende zich met haar beste zieligehondjesblik en glimlachte onderdanig naar me. Ik zette de tassen met don Odóns delicatessen bij het aanrecht en keek haar aan.

'Heeft u mijn vaders kogels kunnen ontwijken?'

'Zijn munitie was op en dus besloot hij deze potten marmelade en stukken manchego naar me te gooien.'

Isabella perste haar lippen op elkaar en trok een bijpassend gezicht.

'Dus de naam Isabella komt van je grootmoeder?'

'La mamma,' bevestigde ze. 'In de wijk waar ze woonde noemden ze haar de Vesuvius.'

'Dat geloof ik graag.'

'Ze zeggen dat ik enigszins op haar lijk. Wat koppigheid betreft.'

Daarover hoefde een rechter geen akte op te maken, dacht ik bij mezelf, dat was volledig duidelijk.

'Je ouders zijn goede mensen, Isabella. Ze begrijpen jou net zomin als jij hen.'

Ze zei niets, maar schonk me een kop koffie in en wachtte op het oordeel. Ik had twee opties: haar de deur wijzen en het stel winkeliers erin laten blijven, of door de zure appel heen bijten en twee of drie dagen geduld betrachten. Waarschijnlijk zouden achtenveertig uur van mijn meest cynische, snijdende manier van doen voldoende zijn om de ijzeren vastberadenheid van het dametje aan het wankelen te brengen en haar op haar knieën terug te sturen naar haar moeders rokken, smekend om vergeving, kost en inwoning.

'Voor het moment kun je hier blijven ...'

'Dank u!'

'Ho ho, rustig aan. Je kunt blijven op de voorwaarde dat je, ten eerste, elke dag langs de winkel gaat om je ouders gedag te zeggen en ze te vertellen dat het goed met je gaat, en, ten tweede, dat je me gehoorzaamt en de huisregels volgt.'

Weliswaar klonk dat ouderwets, maar ook veel te bedeesd. Ik hield mijn gezicht streng in de plooi en besloot de toon aan te scherpen.

'Wat zijn de huisregels dan?' informeerde Isabella.

'In principe dat waar mijn hoofd naar staat.'

'Dat klinkt billijk.'

'Afgesproken.'

Isabella liep om de tafel heen en omhelsde me dankbaar. Ik voelde haar warmte en de stevige vormen van haar jongemeisjeslichaam tegen het mijne. Zachtjes duwde ik haar minstens een meter van me af.

'De eerste regel luidt dat dit niet *Little Women* is en dat we elkaar hier niet omhelzen of bij het minste of geringste in huilen uitbarsten.'

'Wat u maar wilt.'

'Dát is het motto waarop wij ons samenwonen baseren: wat ík maar wil.'

Isabella lachte en stoof de gang in.

'Waar denk je naartoe te gaan?'

'Uw studeerkamer opruimen en schoonmaken. U was toch niet van plan hem zo te laten, wel?'

11

Ik had dringend een plek nodig waar ik kon nadenken en verschoond bleef van de huishoudelijke ijver en poetswoede van mijn nieuwe assistente. Die vond ik onder de spitsbogen in de grote bibliotheekzaal, ondergebracht in het middeleeuwse, voormalige hospice in de calle del Carmen. De rest van de dag bracht ik door te midden van boeken die roken als een pauselijke grafkelder, en las over mythologie en de geschiedenis van religies tot mijn ogen over de tafel dreigden te rollen. Na uren ononderbroken lezen berekende ik dat ik nauwelijks aan een miljoenste deel had gekrabd van wat er onder de bogen van dit boekenheiligdom te vinden was, om maar te zwijgen van wat er in zijn totaliteit over het onderwerp was geschreven. Ik besloot de volgende dag terug te komen, en de volgende, en zo minstens een week lang, om de stoomketel van mijn denken met vele duizenden pagina's over goden, wonderen en profetieën, heiligen en verschijningen, openbaringen en mysteries op te stoken. Alles, behalve denken aan Cristina en don Pedro en hun huwelijksleven.

Aangezien ik nu beschikte over een bereidwillige assistente, gaf ik haar instructies om kopieën te bemachtigen van de catechismussen en schoolboeken die in de stad werden gebruikt voor godsdienstig onderricht, en samenvattingen te maken van elk ervan. Isabella sprak de bevelen weliswaar niet tegen, maar fronste haar wenkbrauwen toen ze ze ontving.

'Ik wil tot op de millimeter nauwkeurig weten hoe de hele rataplan aan kinderen onderwezen wordt, van de ark van Noach tot het wonder van de broden en de vissen,' legde ik uit.

'Waarom?'

'Omdat ik zo ben en omdat ik een breed spectrum aan interesses heb.'

'Bent u zich aan het documenteren voor een nieuwe versie van *Het kindeke Jezus in mijn leven*?'

'Nee. Ik bedenk een nieuwe romanversie met de avonturen van luitenant-non Catalina de Erauso. En je hebt maar te doen wat ik je opdraag, zonder tegenspraak, of ik stuur je terug naar de winkel van je ouders, waar je naar lieve lust kweeperengelei kunt verkopen.'

'U bent een despoot.'

'Het doet me deugd dat we elkaar al wat beter leren kennen.'

'Heeft dit iets te maken met het boek dat u gaat schrijven voor die uitgever?'

'Wie weet.'

'Nu, ik voel anders aan mijn water dat de verkoopkansen van dat boek nul zijn.'

'En wat weet jij daarvan?'

'Meer dan u denkt. En u hoeft helemaal niet zo te doen, hoor, ik probeer alleen maar te helpen. Of heeft u soms besloten het professionele schrijven te laten voor wat het is en een elegante amateur te worden?'

'Op dit moment heb ik mijn handen vol aan de rol van kindermeisje.'

'De discussie wie hier het kindermeisje is zou ik maar niet openen, want die heb ik op voorhand gewonnen.'

'En welk onderwerp is Uwe Excellentie dan wel naar de zin?'

'Commerciële kunst versus onzin met een moraal.'

'Lieve Isabella, mijn kleine Vesuvius: wat commerciële kunst betreft, en elke kunst die het predikaat kunst verdient is vroeg of laat commercieel, zit de domheid bijna altijd in de blik van de kijker.'

'Noemt u mij dwaas?'

'Ik roep je tot de orde. Doe wat ik je zeg. Punt. Geen kik meer.'

Ik wees naar de deur en Isabella verdraaide haar ogen, mompelde iets onwelvoeglijks wat ik niet goed kon verstaan, en liep de gang in.

Terwijl Isabella scholen en bibliotheken afliep op zoek naar onderwijsboeken en catechismussen om samenvattingen van te maken, keerde ik terug naar de bibliotheek in de calle del Carmen om mijn theologische vorming te verdiepen, een taak die ik met excessieve doses koffie en stoïcisme uitvoerde. De eerste zeven dagen leverden niets anders op dan twijfels. Een van de weinige zekerheden die ik verwierf was dat de meeste auteurs die zich geroepen hadden gevoeld over God, de wereld en het heilige te schrijven, hoogst erudiete, vrome geleerden mochten zijn geweest, maar als schrijver geen cent waard waren. De verdraagzame lezer die zich gedwongen zag zich een weg te banen door die pagina's moest zich bij elke alinea geweldig inspannen om van verveling niet buiten westen te geraken.

Na duizenden pagina's over dit thema te hebben overleefd, kreeg ik allengs de indruk dat al die sinds de uitvinding van de boekdrukkunst overgeleverde geloofsleren buitengewoon op elkaar leken. Ik schreef die eerste indruk toe aan mijn onwetendheid of gebrekkige onderzoek, maar het kwam me voor alsof ik telkenmale het verhaal van dozijnen detectives had gelezen, waarin weliswaar de moordenaar steeds een ander was, maar de plot in essentie altijd dezelfde. Mythen en legendes, hetzij over goden, hetzij over het ontstaan en de geschiedenis van volkeren en rassen, begonnen voor mij in toenemende mate op puzzels te lijken: ze gaven hetzelfde totaalbeeld, maar de stukjes waren verschillend gerangschikt.

Na twee dagen had ik al vriendschap gesloten met Eulalia, de hoofdbibliothecaresse, die uit de papiervloed onder haar hoede teksten en boeken voor me selecteerde en soms een bezoekje bracht aan mijn tafel in de hoek om te vragen of ik verder nog iets nodig had. Ze was ongeveer van mijn leeftijd en bezat esprit in overvloed, die ze gewoonlijk uitte in enigszins venijnige stekeligheden.

'U bent veel heiligenlevens aan het lezen, mijnheer. Heeft u besloten om nu, op de drempel van de rijpste volwassenheid, koorknaap te worden?'

'Het is slechts onderzoek.'

'Ah, ja, dat zeggen ze allemaal.'

De humor en pit van de bibliothecaresse waren een onbetaalbare balsem, waardoor ik de gortdroge teksten kon overleven en mijn onderzoekspelgrimage kon voortzetten. Als Eulalia een moment vrij had, kwam ze naar me toe en hielp me orde te scheppen in de hele wirwar. Het wemelde op al die bladzijden van vaders en zonen, reine, heilige moeders, profetieën en profeten, door hemel of heerlijkheid gezonden, zuigelingen die het universum zouden redden, kwaadaardige en weerzinwekkende wezens met een dierlijke morfologie, etherische schepselen die gestalte kregen volgens bepaalde rassenkenmerken en het goede vertegenwoordigden, en helden die zich aan verschrikkelijke lotsbeproevingen onderworpen hadden. Altijd schemerde het beeld door van het aardse bestaan als een soort tussenstation. Daarom kon men zich maar beter schikken in zijn lot en de regels van de gemeenschap volgen, want als beloning wachtte het paradijs en daar was alles wat men in het lijfelijke leven ontbeerd had overvloedig voorhanden.

Op donderdagmiddag kwam Eulalia tijdens een van haar pauzes naar mijn tafel en vroeg of ik behalve misboeken lezen ook weleens at. Ik nodigde haar uit voor de lunch in Casa Leopoldo, dat onlangs zijn deuren had geopend. Terwijl we genoten van een uitstekende stoofschotel van ossenstaart, vertelde ze dat ze deze post sinds twee jaar bekleedde en dat ze sinds vier jaar aan een roman werkte, die maar niet wilde vlotten en waarvan de enscenering de bibliotheek in de calle del Carmen was, alwaar een reeks raadselachtige misdaden plaatsvond.

'Ik zou iets willen schrijven wat lijkt op die romans van jaren geleden, van Ignatius B. Samson,' zei ze. 'Kent u die?'

'Vaagjes,' antwoordde ik.

Eulalie vond maar niet de juiste draai voor haar boek en ik raadde haar aan het geheel een licht sinistere toon te geven en de plot op te bouwen rondom een geheim boek, bezeten door een gekwelde geest, met een subplot van licht bovennatuurlijke aard.

'Dat is wat Ignatius B. in uw plaats zou doen,' suggereerde ik.

'En wat doet u, dat u zo veel over engelen en demonen leest? Vertelt u me niet dat u een ex-seminarist bent, die door berouw gekweld wordt.'

'Ik probeer overeenkomsten in de oorsprongen van verschillende religies en mythen te ontdekken,' legde ik uit.

'En wat heeft u er tot nu toe van opgestoken?'

'Bijna niets. Ik wil u niet met die klaagzang vervelen.'

'U verveelt me niet. Vertel alstublieft.'

'Vooruit dan. Wat voor mij tot nu toe het meest interessant is gebleken, is dat de meerderheid van deze geloofsleren begint vanuit een gebeurtenis of een personage met een zekere historische waarschijnlijkheid. Al snel ontwikkelen ze zich tot een sociale beweging die afhangt van de politieke, economische en sociale omstandigheden van de groep die ze aanneemt, en door hen verder gevormd wordt. Bent u nog wakker?'

Eulalia knikte.

'De mythologie, die zich goeddeels vanuit deze doctrines ontwikkelt, van hun liturgie tot hun wetten en regels, gaat voor een groot deel op de hieruit voortkomende bureaucratie terug en niet op de vermeende bovennatuurlijke gebeurtenis die aan de basis zou hebben gestaan. De meeste eenvoudige, stichtelijke anekdotes, een mengeling van gezond verstand en folklore, en de hele oorlogszuchtige lading die ze eventueel ontwikkelen, komen voort uit de latere interpretatie door hun leiders van dat begin – voor zover ze zichzelf al niet weerleggen. Aspecten als leiding en rangorde lijken binnen mythologieën een centrale rol te vervullen. De waarheid wordt in principe aan alle mensen geopenbaard, maar al snel treden er individuen naar voren die zich het gezag en de plicht toe-eigenen om de waarheid in naam van het algemeen welzijn te behoeden, uit te leggen en in voorkomende gevallen te veranderen. Met dit doel vestigen ze een machtige en potentieel repressieve organisatie. Dit fenomeen, dat typerend is voor elk in groepsverband levend dier, zoals de biologie ons leert, maakt van de leer spoedig een werktuig van controle en politieke strijd. Schisma's en oorlogen zijn onvermijdelijk het gevolg. Vroeg of laat wordt het woord vlees, en het vlees bloedt.'

Ik had de indruk dat ik al helemaal als Corelli begon te klinken en ik zuchtte. Eulalia glimlachte zwakjes en keek me ietwat gereserveerd aan.

'Is dat wat u zoekt? Bloed?'

'Het is het pak slaag dat tot lering leidt, niet andersom.'

'Daar zou ik niet zo zeker van zijn.'

'Ik vermoed dat u op een nonnenschool heeft gezeten.'

'De Zwarte Dames. Acht jaar.'

'Is het waar wat er gesmiespeld wordt, dat leerlingen van nonnenscholen de meest duistere, schandelijke verlangens koesteren?'

'Ik wed dat u dat heel graag zou willen ontdekken.'

'Zet u al uw fiches maar in op "ja".'

'Wat heeft u nog meer geleerd in uw stoomcursus theologie voor heethoofden?'

'Niet veel. Mijn eerste conclusies aangaande theologie waren ergerlijk: banaal en inconsequent. Het leek me allemaal al tamelijk evident zonder de noodzaak complete encyclopedieën en traktaten te moeten verzwelgen over de lichtgeraaktheid van de engelen – misschien omdat ik niet kan vatten wat mijn vooroordelen te boven gaat, of omdat er niet méér te begrijpen valt en het quid van de kwestie eenvoudigweg zetelt in wel of niet geloven, zonder stil te staan bij het waarom. Wat vindt u van mijn retoriek? Bent u nog steeds onder de indruk?'

'Ik krijg er kippenvel van. Jammer dat ik u niet heb leren kennen in mijn schoolmeisjesjaren van duistere hunkeringen.'

'U bent wreed, Eulalia.'

De bibliothecaresse lachte hartelijk en keek me lang in de ogen.

'Vertelt u mij, Ignatius B., wie heeft u zo bruut het hart gebroken?'

'Ik zie dat u meer kunt lezen dan boeken.'

We bleven nog een paar minuten aan tafel zitten en keken naar het gedraaf van de kelners door de eetzaal van Casa Leopoldo.

'Weet u wat het beste is aan een gebroken hart?' vroeg de bibliothecaresse.

Ik schudde mijn hoofd.

'Dat het werkelijk maar één keer echt kan breken. De andere keren zijn het schrammen.'

'Zet u dat maar in uw boek.' Ik wees op haar verlovingsring. 'Ik weet niet wie de domoor is, maar hopelijk beseft hij dat hij de gelukkigste man op aarde is.'

Eulalia glimlachte een tikje treurig en knikte. We keerden terug naar de bibliotheek en liepen allebei naar onze eigen plaats, zij naar haar bureau en ik naar mijn tafel in de hoek. De volgende dag nam ik afscheid van haar, toen ik had besloten dat ik niet één regel meer kon en wilde lezen over openbaringen en eeuwige waarheden. Op weg naar de bibliotheek had ik een witte roos gekocht bij een stalletje op de Ramblas en ik legde hem op haar lege bureau. Ik vond haar in een van de gangen, bij het sorteren van boeken.

'Verlaat u me nu al?' vroeg ze toen ze me zag. 'Wie gaat me nu galante complimentjes maken?'

'Wie niet?'

Ze vergezelde me naar de uitgang en gaf me boven aan de trap, die naar het binnenhof van het oude hospice voerde, een hand. Ik begon de trap af te lopen. Halverwege bleef ik staan en draaide me om. Ze stond daar nog en keek me na.

'Veel geluk, Ignatius B. Ik hoop dat u vindt wat u zoekt.'

12

Bij het avondeten met Isabella aan de tafel in de loggia, merkte ik dat ze me verstolen blikken toewierp.

'Smaakt de soep u niet? U heeft hem niet aangeraakt ...'

Ik staarde naar het volle bord soep dat ik koud liet worden, nam een lepel en deed alsof ik een delicatesse proefde.

'Uitstekend.'

'U heeft ook nog geen woord gezegd sinds u uit de bibliotheek terug bent,' voegde Isabella eraan toe.

'Verder nog klachten?'

Enigszins gekwetst keek ze op. Ik at zonder trek de koude soep op, een excuus om niet te hoeven praten.

'Waarom bent u zo treurig? Is het vanwege die vrouw?'

Ik legde de lepel neer zonder antwoord te geven, en roerde er toen weer mee door de half opgegeten soep. Isabella bleef naar me kijken.

'Ze heet Cristina,' zei ik. 'En ik ben niet treurig. Ik ben blij voor haar omdat ze getrouwd is met mijn beste vriend en heel gelukkig is.'

'En ik ben de koningin van Sheba.'

'Een bemoeial, dat ben je.'

'Zo zie ik u liever, als u kortaangebonden bent en de waarheid zegt.'

'Goed, eens kijken wat je hiervan vindt: ga naar je kamer en laat me eindelijk eens met rust.'

Ze probeerde te glimlachen, maar toen ik mijn hand naar haar uitstrekte, hadden haar ogen zich al gevuld met tranen. Ze vluchtte met beide borden naar de keuken. Ik hoorde hoe ze in de gootsteen kletterden en hoe even later de deur van haar slaapkamer dichtsloeg. Ik zuchtte en genoot van het glas wijn dat voor me stond, een delicaat nat uit de winkel van haar ouders. Na een poosje klopte ik zachtjes op haar deur. Ze antwoordde niet, maar ik hoorde haar snikken. Toen ik de deur probeerde te openen, bleek ze hem vanbinnen op slot te hebben gedraaid.

Ik liep naar boven naar de studeerkamer, die na Isabella's behandeling naar verse bloemen geurde en eruitzag als de kajuit van een luxe stoomschip. Isabella had de boeken gesorteerd, overal stof afgenomen en alles glimmend en onherkenbaar achtergelaten. De oude Underwood leek wel een sculptuur en de letters van de toetsen waren weer zonder probleem leesbaar. Een netjes geordende stapel folio's lag op het bureau met de samenvattingen van religieuze schoolteksten en catechismussen, naast de correspondentie van die dag. Op een schoteltje lagen twee sigaren die een verrukkelijk aroma verspreidden. Macanudos, een Caribische heerlijkheid die een vertegenwoordiger bij de tabaksmaatschappij onderhands aan Isabella's vader bezorgde. Ik stak er een op. In de lauwwarme rook mengden zich alle geuren en vergiften die een man zich maar wensen kon om in vrede te sterven.

Ik ging aan mijn bureau zitten en bladerde door de post van die dag. Ik legde alles terzijde, op één brief na, van crèmekleurig perkament en met het schoonschrift dat ik overal terstond herkend zou hebben. Mijn nieuwe uitgever en mecenas monsieur Andreas Corelli ontbood me op zondag in de namiddag boven in de toren van de nieuwe kabelbaan die de haven van Barcelona doorkruiste.

De toren van San Sebastián verhief zich zo'n tachtig meter de hoogte in, een kluwen van kabels en staal die een mens duizelig maakte van alleen al het kijken ernaar. De kabelbaan was geopend vanwege de Wereldtentoonstelling, die alles op zijn kop had gezet en van Barcelona een stad der wonderen had gemaakt. De baan liep dwars over de binnenhaven tot aan een grote centrale, met halverwege de uitkijktoren die met de Eiffeltoren wedijverde, van waaruit de gondels vertrokken naar het tweede deel van het traject, naar de heuvel van de Montjuïc, alwaar zich het hart van de tentoonstelling bevond. Het wonder van de techniek beloofde uitzichten op de stad die tot dat moment slechts voorbehouden waren geweest aan zeppelins, vogels met een zekere spanwijdte en hagelstenen. Naar mijn mening waren mens en meeuw er niet voor geschapen om hetzelfde luchtruim te delen en zodra ik een voet in de torenlift zette, voelde ik mijn maag inkrimpen tot knikkeromvang. De rit omhoog kwam me eindeloos voor en het gerammel van die koperen capsule leek een oefening in pure misselijkheid.

Boven zag ik Corelli door een van de grote ramen kijken die zicht boden op de binnenhaven en de gehele stad, verdiept in de aquarellen van deinende zeilen en masten. Hij droeg een witzijden pak en liet een suikerklontje tussen zijn vingers heen en weer rollen, om het vervolgens met de gulzigheid van een wolf naar binnen te schrokken. Ik schraapte mijn keel en hij draaide zich tevreden glimlachend om.

'Een fantastisch uitzicht, vindt u niet?' vroeg Corelli.

Ik knikte, vermoedelijk bleek als een stuk perkament.

'Heeft u last van hoogtevrees?'

'Ik ben een schepsel van de vaste grond,' antwoordde ik, op prudente afstand van het raam.

'Ik ben zo vrij geweest retourkaartjes te kopen,' informeerde hij mij.

'Buitengewoon vriendelijk.'

Ik volgde hem naar het toegangsbruggetje, van waaruit de gondels op grote hoogte over een mij ongelooflijk lang toeschijnend traject schommelden.

'Hoe heeft u de week doorgebracht, Martín?'

'Lezend.'

Hij keek me kort aan.

'Gezien uw verveelde uitdrukking vermoed ik dat het niet Alexandre Dumas was.'

'Eerder een verzameling kurkdroge geleerden en hun cementen proza.'

'Ah, intellectuelen. En u wilde nog wel dat ik er een zou aannemen. Waarom drukt iemand zich toch pompeuzer en pedanter uit naarmate hij minder te vertellen heeft?' vroeg Corelli. 'Om de wereld voor de gek te houden misschien, of zichzelf?'

'Mogelijk beide.'

Hij gaf me de kaartjes en liet me voorgaan. Nadat ik ze aan de conducteur had overhandigd, die het deurtje van de gondel openhield, stapte ik zonder enig enthousiasme in en bleef in het midden staan, zo ver mogelijk van de raampjes af. Corelli straalde als een opgewonden kind.

'Misschien is een deel van uw probleem dat u de commentatoren heeft gelezen en niet hen die becommentarieerd worden. Een wijdverbreide, maar fatale fout als een mens iets nuttigs wil leren,' opperde Corelli.

De gondeldeuren sloten zich en met een bruuske ruk kwamen we los. Ik klemde me aan een metalen stang vast en haalde diep adem.

'Ik voel dat u niet zo veel opheeft met geleerden en theoretici,' zei ik.

'Ik heb met niemand zo veel op, vriend Martín, en al helemaal niet met hen die zichzelf of elkaar heilig verklaren. De theorie is de praktijk van de geestelijk armen. Mijn aanbeveling luidt dat u zich verre houdt van encyclopedisten en hun uiteenzettingen en naar de bronnen gaat. Vertelt u mij eens, heeft u de Bijbel gelezen?'

Ik aarzelde een seconde. De gondel zweefde de leegte in. Ik keek naar de vloer.

'Stukken hier en daar, vermoed ik.'

'Vermoedt u. Zoals bijna iedereen. Een ernstige vergissing. Iedereen zou de Bijbel moeten lezen. En herlezen. Gelovig of niet, dat doet er niet toe. Ik herlees hem één keer per jaar. Het is mijn favoriete boek.'

'En bent u een gelovige of een scepticus?' vroeg ik.

'Ik ben een prof. En u ook. Wat we wel of niet geloven is niet relevant voor het welslagen van ons werk. Geloven of niet geloven is een vraag voor bangeriken. Je weet, of je weet niet, punt.'

'Dan moet ik bekennen dat ik niets weet.'

'Als u dit spoor volgt, treedt u in voetstappen van de grote filosoof. En onderweg leest u de Bijbel van kaft tot kaft. Het is een van de grootste verhalen ooit verteld. Begaat u niet de vergissing het woord Gods te verwarren met de misboekindustrie die ervan leeft.'

Hoe meer tijd ik doorbracht in gezelschap van de uitgever, hoe minder ik hem begreep.

'Ik geloof dat ik de draad kwijt ben. We praten over fabels en legenden en nu zegt u me dat de Bijbel het woord Gods is?'

Een schaduw van ongeduld en irritatie gleed over zijn gezicht.

'Ik praat in figuurlijke zin. God is geen beuzelaar. Het woord is de valuta van de mens.'

Daarop glimlachte hij naar me als naar een kind dat de meest elementaire zaken nog niet begrijpt. Toen ik hem zo gadesloeg, werd ik me ervan bewust dat ik niet in staat was te herkennen wanneer hij het serieus meende en wanneer ironisch – net zomin als ik het doel van deze extravagante onderneming kon raden, waarvoor hij me het salaris van een vorst betaalde. Ondertussen schommelde de gondel in de wind als een appel aan een boom midden in een windhoos. Nooit in mijn leven moest ik zó denken aan Isaac Newton.

'U bent een bangerik, Martín. Deze installatie is volkomen veilig.'

'Dat geloof ik pas als ik weer vaste grond onder de voeten heb.'

We naderden het middenstation, de toren van San Jaime, die zich verhief op een pier nabij het grote Palacio de las Aduanas.

'Vindt u het erg als we er hier uit gaan?' vroeg ik.

Met een schouderophalen stemde Corelli onwillig in. Ik kon niet rustig ademhalen tot de torenlift beneden aankwam. Op de pier vonden we een bank met uitzicht op het water en de Montjuïc en we gingen zitten om in de hoogte de kabelbaan te zien zweven – ik vol opluchting, Corelli met weemoed.

'Vertelt u mij over uw eerste indrukken en tot welke gedachten deze dagen van studie en intensief lezen hebben geleid.'

Samenvattend vertelde ik hem wat ik meende geleerd of verleerd te hebben. Hij luisterde aandachtig, knikte af en toe en gesticuleerde daarbij. Aan het eind van mijn onderzoeksverslag over mythen en geloofsleren van de mens was Corelli vol lof.

'Ik geloof dat u alles uitstekend heeft samengevat. Weliswaar heeft u niet de spreekwoordelijke naald in de hooiberg gevonden, maar u heeft begrepen dat het enige wat werkelijk van belang is in deze hele hooiberg, een vermaledijde naald is en de rest voer voor ezels. À propos, ezels, bent u geïnteresseerd in fabels?'

'Als kind wilde ik ooit Aesopus zijn.'

'In de loop van ons leven geven we allemaal grote verwachtingen op.'

'Wat wilde u als kind worden, meneer Corelli?'

'God.'

Zijn jakhalsgrijns poetste de mijne met één veeg weg.

'Martín, fabels behoren tot de interessantste literaire procedés die bedacht zijn. Weet u wat ze ons leren?'

'Morele lessen?'

'Nee. Ze leren ons dat de mensen grote ideeën leren begrijpen aan de hand van vertellingen, verhalen, niet dankzij schoolmeesterslessen of theoretische verhandelingen. Dat leert ons ook elk van de grote geloofsteksten. Verhalen met personen die het leven het hoofd moeten bieden en obstakels moeten zien te overwinnen, figuren die een reis ondernemen en door avonturen en openbaringen innerlijk rijpen. Alle heilige boeken zijn vóór alles grote verhalen, die aan de fundamentele vragen van de menselijke natuur raken en ze in een morele context en een kader van bepaalde metafysische dogma's plaatsen. Ik wilde dat u eerst een miserabele week zou doorbrengen met het lezen van thesen, verhandelingen, meningen en commentaren, zodat u zelf zou beseffen dat u er niets van kunt leren, omdat ze doorgaans niet meer zijn dan mislukte oefeningen van goede of kwade wil, in een poging op hun beurt zelf weer iets te leren. Einde van het college. Vanaf vandaag wil ik dat u de verhalen van de gebroeders Grimm gaat lezen, de tragedies van Aeschylus, de *Ramayana* of Keltische legenden. Wat u maar wilt. U moet doordringen tot hun essentie en analyseren hoe deze teksten werken en waarom ze ons raken. U moet de grammatica, niet de moraal leren. En in twee, drie weken moet u voor mij al iets van uzelf meebrengen, het begin van een verhaal. Ik wil dat u mij laat geloven.'

'Ik dacht dat we profs waren en niet de zonde mochten begaan ergens in te geloven?'

Corelli glimlachte met ontblote tanden.

'Je kunt alleen een zondaar bekeren, nooit een heilige.'

13

De dagen gingen voorbij met lezen en aanvaringen. Aangezien ik al jaren gewend was alleen te leven in de methodische en zwaar ondergewaardeerde anarchie van de ware vrijgezel, begon de voortdurende aanwezigheid van een vrouw in huis, ook al was het een dwarse adolescente met een opvliegend karakter, mijn daagse gewoontes op subtiele maar systematische wijze te ondergraven. Ik geloofde in geordende chaos, Isabella niet. Ik geloofde dat objecten hun eigen plek wel vonden in de chaos van een woning, Isabella niet. Ik geloofde in eenzaamheid en stilte, Isabella niet. In amper een paar dagen moest ik vaststellen dat ik niets meer terugvond in mijn eigen huis. Als ik een briefopener zocht of een glas of een paar schoenen, moest ik aan Isabella vragen waar ze die dingen in een vlaag van inspiratie had verstopt.

'Ik verstop niets. Ik zet de dingen op hun plek, dat is iets anders.'

Geen dag ging voorbij zonder dat ik een half dozijn keer de aanvechting voelde om haar te wurgen. Als ik me in de vrede en stilte van de studeerkamer verschanste om na te denken, verscheen Isabella na enkele minuten met een glas thee of gebak. Dan begon ze rond te drentelen, keek uit het raam, ruimde het bureau op en vroeg ten slotte wat ik hierboven dan zoal deed, zo stil en geheimzinnig. Ik ontdekte dat meisjes van zeventien zo een machtig spreekvermogen hebben dat hun brein hen er minstens elke twintig seconden gebruik van laat maken. Op de derde dag besloot ik een vriendje voor haar te zoeken, liefst doof.

'Isabella, hoe is het mogelijk dat zo'n bevallig jong ding als jij geen vrijer heeft?'

'Wie zegt dat ik die niet heb?'

'Is er geen enkele jongen die je aardig vindt?'

'De jongens van mijn leeftijd zijn saai. Ze hebben niets te zeggen en de helft lijkt wel totaal gestoord.'

Ik wilde zeggen dat dat met de leeftijd niet beter werd, maar vond dat ik haar niet van die illusie moest beroven.

'In welke leeftijdscategorie vind je ze dan wel aantrekkelijk?'

'Als ze ouder zijn. Zoals u.'

'Lijk ik oud?'

'Nu, u bent bepaald geen groentje meer.'

Ik besloot dat maar liever als plagerij op te vatten in plaats van als belediging en redde me eruit met een paar drupjes sarcasme.

'Het goede nieuws is dat jonge meisjes van oudere mannen houden en het slechte nieuws is dat oudere mannen, vooral de kwijlende grijsaards, van jonge meisjes houden.'

'Dat weet ik wel. Ik ben niet onnozel.'

Isabella keek me aan, alsof ze op iets aan het broeden was, en glimlachte boosaardig. Nu komt het, dacht ik.

'Houdt u ook van jonge vrouwen?'

Het antwoord lag me op de lippen nog voor ze de vraag goed en wel had geformuleerd, en ik zei op een zo gelijkmoedig mogelijke toon: 'Ik hield van ze toen ik jouw leeftijd had. Doorgaans houd ik van meisjes van mijn eigen leeftijd.'

'Op uw leeftijd zijn het geen meisjes meer, maar jongedames, of, als u het mij vraagt, vrouwen.'

'Discussie gesloten. Heb je beneden niets te doen?'

'Nee.'

'Ga dan zitten en schrijf wat. Je bent hier niet om borden af te wassen en mijn dingen te verstoppen. Ik heb je in huis genomen omdat je zei dat je wilt leren schrijven en omdat ik de enige idioot ben die je daarbij kan helpen.'

'U hoeft niet meteen boos te worden. Het punt is dat ik geen inspiratie heb.'

'De inspiratie komt als je je ellebogen op tafel plant, je achterste op de stoel vastplakt en begint te zweten. Kies een onderwerp, een idee, en wring je brein uit tot het pijn doet. Dat noem je inspiratie.'

'Een onderwerp heb ik al.'

'Halleluja.'

'Ik ga over u schrijven.'

Er volgde een lange stilte van heen en weer vliegende blikken zoals bij twee opponenten die elkaar over het speelbord opnemen.

'Waarom?'

'Omdat u mij interessant lijkt. En vreemd.'

'En oud.'

'En lichtgeraakt. Bijna als een jongen van mijn leeftijd.'

Tegen mijn wil begon ik aan het gezelschap van Isabella te wennen, aan haar bijtende opmerkingen en het licht dat ze in deze woning had gebracht. Als dat zo doorging, dan zou mijn ergste vrees nog bewaarheid worden en zouden we uiteindelijk toch als vrienden eindigen.

'En u, heeft u al een onderwerp met al die dikke boekwerken die u aan het raadplegen bent?'

Hoe minder ik haar over mijn opdracht vertelde, des te beter het was, besloot ik.

'Ik zit nog steeds in de onderzoeksfase.'

'Onderzoek? En hoe werkt dat?'

'In feite komt het erop neer dat een mens duizenden pagina's leest om het noodzakelijke te leren en tot de kern van een onderwerp door te dringen, tot zijn emotionele waarheid, om dit nadien weer allemaal af te leren en weer bij nul te beginnen.'

Isabella zuchtte.

'Wat is emotionele waarheid?'

'De eerlijkheid in het literaire werk.'

'Dus je moet eerlijk zijn en een goed persoon om te kunnen schrijven?'

'Nee. Men moet zijn handwerk beheersen. Emotionele waarheid is geen morele eigenschap, het is een techniek.'

'U praat als een wetenschapper,' protesteerde Isabella.

'Literatuur, de goede althans, is een wetenschap die het bloed van de kunst in zich draagt. Zoals de architectuur of de muziek.'

‘Ik dacht dat het iets was wat zomaar aan de artiest ontsproot.’

‘Het enige wat zomaar aan hem ontspruit, zijn beharing en wratten.’

Isabella overwoog die openbaringen met weinig geestdrift.

‘Dat zegt u allemaal om mij te ontmoedigen, zodat ik naar huis ga.’

‘Dat zou te mooi zijn om waar te zijn.’

‘U bent de slechtste leermeester van de wereld.’

‘De leerling maakt de meester, niet andersom.’

‘Er valt niet met u te discussiëren omdat u alle trucs van de retorica kent. Dat is niet rechtvaardig.’

‘Niets is rechtvaardig. Het hoogste waar een mens naar kan streven is logica. Rechtvaardigheid is een zeldzame ziekte in een verder kerngezonde wereld.’

‘Amen. Is dat wat er gebeurt als een mens ouder wordt? Dat hij ophoudt in iets te geloven, zoals u?’

‘Nee. Ook als ze ouder worden, blijven de meeste mensen geloven in dwaasheden, steeds grotere, over het algemeen. Ik ben tegendraads omdat ik ervan houd anderen op stang te jagen.’

‘Zweert u daar maar niet op. Als ik ouder ben, zal ik nog steeds ergens in geloven,’ dreigde Isabella.

‘Veel geluk.’

‘En bovendien geloof ik in u.’

Ze ontweek mijn blik niet toen ik haar aankeek.

‘Omdat je me niet kent.’

‘Dat is wat ú denkt. U bent niet zo raadselachtig als u wel denkt.’

‘Ik pretendeer niet raadselachtig te zijn.’

‘Dat was een aardige omschrijving van mij voor onsympathiek. Ik ken ook een paar retorische trucs.’

‘Dat is geen retoriek. Dat is ironie, dat is niet hetzelfde.’

‘Moet u altijd het laatste woord hebben?’

‘Als het me zo gemakkelijk wordt gemaakt, ja.’

‘En die man, onze Monsieur ...’

‘Corelli?’

‘Monsieur Corelli. Maakt hij het u gemakkelijk?’

‘Nee. Corelli kent nog meer retorische trucs dan ik.’

'Dat dacht ik al. Vertrouwt u hem?'

'Waarom vraag je dat?'

'Ik weet het niet. Vertrouwt u hem?'

'Waarom zou ik hem niet vertrouwen?'

Isabella haalde haar schouders op.

'Wat heeft hij u dan concreet opgedragen? Wilt u me dat niet vertellen?'

'Dat heb ik je toch al gezegd. Ik moet voor zijn uitgeverij een boek schrijven.'

'Een roman.'

'Niet echt. Meer een fabel. Een legende.'

'Een kinderboek?'

'Zoiets.'

'En gaat u dat doen?'

'Hij betaalt heel goed.'

Isabella fronste haar wenkbrauwen.

'Is dat waarom u schrijft? Omdat u goed betaald wordt?'

'Een enkele keer.'

'En deze keer?'

'Deze keer ga ik dat boek schrijven omdat ik het moet doen.'

'Staat u bij hem in het krijt?'

'Zo zou je het kunnen zeggen, veronderstel ik.'

Isabella woog mijn woorden. Ik had de indruk dat ze een opmerking wilde maken, maar ze hield zich in en beet op haar lippen. In plaats daarvan schonk ze me een onschuldige glimlach en een van haar engelachtige blikken, waarmee ze in een handomdraai van onderwerp kon veranderen

'Ik zou het ook fijn vinden als ik betaald werd om te schrijven,' was haar openingszet.

'Dat zou iedereen die schrijft fijn vinden, maar dat betekent niet dat hij of zij dat zal bereiken.'

'En hoe krijgt een mens het dan voor elkaar?'

'Een mens gaat eerst naar beneden naar de loggia, neemt een vel papier ...'

'... plant zijn ellebogen op tafel en wringt het brein uit tot het pijn doet. Ja hoor.'

Besluiteloos keek ze me in de ogen. Ze was al anderhalve week in huis en ik had nog geen aanstalten gemaakt om haar naar huis te sturen. Waarschijnlijk vroeg ze zich af wanneer ik dat zou doen of waarom ik het nog niet had gedaan. Ik vroeg me dat ook af en vond geen antwoord.

'Ik vind het plezierig uw assistente te zijn, ook al bent u zoals u bent,' zei ze ten slotte.

Ze keek me aan alsof haar leven afhing van een vriendelijk woord. Ik bezweek voor de verleiding. Goede woorden zijn ijdele attenties die geen enkel offer kosten en ze worden meer op prijs gesteld dan echte goedheid.

'Ik vind het ook fijn dat je mijn assistente bent, Isabella, ook al ben ik wie ik ben. En ik zal het nog fijner vinden wanneer je niet meer mijn assistente hoeft te zijn, omdat je van mij niets meer te leren hebt.'

'Denkt u dat ik talent heb?'

'Zonder enige twijfel. Binnen tien jaar ben jij de meester en ik de leerling,' zei ik en ik herhaalde daarmee de woorden die mij nog steeds als verraad voorkwamen.

'Leugenaar,' zei ze en ze kuste me lichtjes op de wang, om daarna de trap af te hollen.

14

Om het hoofd te bieden aan de blanco vellen papier, liet ik Isabella 's middags achter aan het bureau, dat we voor haar in de loggia hadden gezet, en ik ging naar de boekhandel van don Gustavo Barceló in de calle Fernando, om een goede, leesbare editie van de Bijbel voor mezelf te bemachtigen. Alle edities van het Oude en Nieuwe Testament die ik thuis had, waren gedrukt op halfdoorzichtig dundrukpapier met een microscopisch kleine letter, zodat het lezen ervan niet zozeer ijver en goddelijke inspiratie tot gevolg had als wel migraine. Barceló, naast vele andere zaken een verwoed verzamelaar van heilige boeken en apocriefe christelijke teksten, beschikte in het achterste gedeelte van de boekhandel over een afgescheiden ruimte met een formidabele keuze aan evangeliën, legenden van heiligen en zaligverklaarden, evenals stichtelijke teksten van allerhande aard.

Toen een van de winkelbediendes me de boekhandel in zag komen, informeerde hij spoorslags zijn chef. Euforisch kwam Barceló me begroeten.

'Geprezen zijn mijn ogen. Sempere had me al gezegd dat u wederopgestaan bent, maar dit is werkelijk ongelooflijk. Naast u ziet Valentino eruit alsof hij net uit de moestuin komt gekropen. Waar had u zich verstopt, boef?'

'Hier en daar,' zei ik.

'Overal behalve bij het huwelijksbanket van Vidal. U werd gemist, mijn vriend.'

'Staat u mij toe dat te betwijfelen.'

De boekhandelaar knikte, ten teken dat hij mijn wens had

begrepen om niet verder op het onderwerp in te gaan.
'Kan ik u een kopje thee aanbieden?'
'Wel twee. En een bijbel. Een hanteerbare als het mogelijk is.'
'Dat is geen probleem,' zei de boekhandelaar. 'Dalmau?'
Een van de winkelbediendes kwam gedienstig aandraven.
'Dalmau, vriend Martín hier heeft een bijbeleditie nodig van een niet-decoratief, maar leesbaar karakter. Ik denk aan Torres Amat, 1825. Wat vindt u?'
Een van de eigenaardigheden van de boekhandel van Barceló was dat hier over boeken werd gesproken als over uitgelezen wijnen – inclusief bouquet, aroma, consistentie en jaargang.
'Een uitstekende keuze, meneer Barceló, hoewel ik zou neigen naar de geactualiseerde en gereviseerde editie.'
'1860?'
'1893.'
'Natuurlijk. Die doen we. Pakt u hem in voor onze vriend Martín hier en zet u hem op rekening van het huis.'
'Geen sprake van,' wierp ik tegen.
'Moge de dag dat ik aan een ongelovige als u geld verdien voor het woord Gods, de bliksem me treffen, en wel met alle recht.'
Dalmau ging als de wiedeweerga mijn bijbel halen en ik volgde Barceló naar zijn kantoor, waar hij ons allebei een kop thee serveerde en me een sigaar uit zijn humidor aanbood, met een kaars om hem aan te steken.
'Macanudo?'
'Ik zie dat u uw smaakpapillen aan het opvoeden bent. Een man moet slechte gewoontes hebben, zo mogelijk van klasse, anders heeft hij niets wat hem tijdens de ouderdom enige verlossing kan bieden. Sterker nog, ik doe met u mee, verduveld nog aan toe.'
Een verrukkelijke rookwolk omhulde ons.
'Ik was een paar maanden geleden in Parijs en had de gelegenheid om wat informatie in te winnen aangaande het onderwerp dat onze vriend Sempere een tijd geleden noemde,' legde Barceló uit.
'Éditions de la Lumière.'
'Inderdaad. Ik had graag iets meer boven tafel gekregen, maar

helaas ziet het ernaar uit dat niemand de rechten heeft overgenomen sinds de sluiting van de uitgeverij, en dus was het moeilijk om nog wat bruikbaars bij elkaar te schrapen.'

'U zegt sinds de sluiting? Wanneer?'

'In 1914, als ik het mij goed herinner.'

'Er moet sprake zijn van een vergissing.'

'Niet als we over Éditions de la Lumière praten, aan de boulevard St.-Germain.'

'Die ja.'

'Kijk, ik heb alles opgeschreven om niets te vergeten als we elkaar zouden treffen.'

Barceló rommelde in zijn bureaulade en haalde er een opschrijfboekje uit.

'Hier heb ik het: Éditions de la Lumière, uitgeverij van religieuze teksten met kantoren in Rome, Parijs, Londen en Berlijn. Oprichter en uitgever: Andreas Corelli. Openingsdatum van het eerste kantoor in Parijs: 1881.'

'Onmogelijk,' prevelde ik.

Barceló haalde zijn schouders op.

'Goed, ik kan me vergist hebben, maar ...'

'Heeft u kans gezien om het kantoor te bezoeken?'

'Ik heb het geprobeerd, want mijn hotel bevond zich tegenover het Panthéon, heel dichtbij, en de voormalige kantoren van de uitgeverij lagen aan de zuidzijde van de boulevard, tussen de rue St.-Jacques en de boulevard St.-Michel.'

'En?'

'Het gebouw stond leeg en was dichtgemetseld, en het leek alsof er een brand had gewoed. Het enige wat intact was gebleven was de deurklopper, een werkelijk prachtig kunststuk in de vorm van een engel. Brons, zou ik zeggen. Ik had het meegenomen als een gendarme me niet argwanend in de gaten had gehouden, en ik had niet de moed om een diplomatiek incident te veroorzaken – de hemel verhoede dat Frankrijk ons land nog eens besluit binnen te vallen.'

'Gezien de huidige situatie zouden ze ons daarmee wellicht een dienst bewijzen.'

'Nu u het zegt ... Maar terug naar het onderwerp: nadat ik had gezien in welke staat zich een en ander bevond, heb ik er in het café ernaast naar gevraagd en men vertelde me dat het gebouw er zo al meer dan vijftien jaar bij stond.'

'Bent u erin geslaagd iets te achterhalen over de uitgever?'

'Monsieur Corelli? Voor zover ik het heb begrepen, ging de uitgeverij dicht toen hij besloot te gaan rentenieren, hoewel hij nog geen vijftig jaar moet zijn geweest. Ik geloof dat hij is verhuisd naar een villa in Zuid-Frankrijk, in de Luberon, en kort daarop is gestorven. Een slangenbeet, zeggen ze. Een adder. En daarvoor trekt men zich terug in de Provence.'

'Bent u er zeker van dat hij gestorven is?'

'Père Coligny, een voormalig concurrent, liet me zijn overlijdensbericht zien, dat hij als een trofee had ingelijst. Hij zei dat hij er elke dag naar keek om zichzelf eraan te herinneren dat die vervloekte bastaard dood en begraven was. Woordelijk ... hoewel het in het Frans veel mooier en muzikaler klonk.'

'Heeft Coligny het over een zoon gehad?'

'Ik had de indruk dat die Corelli niet zijn favoriete onderwerp was en hij lichtte zo snel hij kon zijn hielen. Naar het schijnt was er een schandaal waarbij Corelli een van zijn auteurs had weggekaapt, een zekere Lambert.'

'Wat was er gebeurd?'

'Het meest amusante van de zaak is dat Coligny Corelli zelfs nooit gezien heeft. Ze hebben alleen gecorrespondeerd. Het heikele punt, zou ik zeggen, was dat monsieur Lambert blijkbaar een contract had getekend om voor Éditions de la Lumière een boek te schrijven, achter de rug van Coligny om, met wie hij een exclusief contract had. Lambert was een opiumverslaafde in de terminale fase, die onder voldoende schulden gebukt ging om de rue Rivoli mee te plaveien. Coligny vermoedde dat Corelli hem een astronomische geldsom had geboden en dat de arme ziel, met één been in het graf, die had aanvaard zodat zijn kinderen een inkomen zouden hebben.'

'Om wat voor soort boek ging het?'

'Iets van religieuze aard. Coligny noemde de titel, een gangbare Latijnse uitdrukking, die me nu niet te binnen wil schieten. U weet wel, alle kerkboeken klinken hetzelfde. *Pax Gloria Mundi* of iets soortgelijks.'

'En wat is er met het boek en Lambert gebeurd?'

'Daar wordt het ingewikkeld. Naar het schijnt wilde Lambert het manuscript in een aanval van gekte verbranden en daarbij heeft hij ook zichzelf in brand gestoken, in de uitgeverij. Velen namen aan dat de opium zijn hersenen had aangetast, maar Coligny verdacht Corelli ervan hem tot zelfmoord te hebben gedreven.'

'Waarom zou hij dat doen?'

'Wie zal het zeggen. Misschien wilde hij de overeengekomen som gelds niet voldoen. Misschien waren het allemaal fantasieën van Coligny, die twaalf maanden per jaar een liefhebber was van de beaujolais, om het zo maar eens te zeggen. Hij vertelde bijvoorbeeld dat Corelli geprobeerd had hem te doden, om Lambert van zijn contract te bevrijden, en hem pas met rust had gelaten nadat hij, Coligny, had besloten het contract met de schrijver te ontbinden en hem te laten gaan.'

'Zei u zojuist niet dat hij hem nog nooit had gezien?'

'Dat spreekt alleen maar méér voor wat ik zeg. Ik geloof dat Coligny delireerde. Toen ik hem thuis bezocht, zag ik meer kruisen, Madonnabeeldjes en heiligenfiguren dan op de kerstmarkt. Ik had de indruk dat hij niet helemaal goed bij zijn hoofd was. Bij het afscheid drukte hij me op het hart om me verre te houden van Corelli.'

'Maar zei u niet dat hij gestorven was?'

'*Ecco qui.*'

Ik zweeg. Barceló keek me nieuwsgierig aan.

'Ik heb de indruk dat mijn bevindingen u niet bijzonder hebben verrast.'

Ik wuifde het geval met een zorgeloze glimlach weg, alsof het van geen belang was.

'Integendeel. Ik ben u zeer erkentelijk voor de tijd die u ervoor genomen heeft.'

'Niets te danken. Een roddeltour daar in Parijs is een genot op zich, u kent me.'

Barceló scheurde het blaadje met de gegevens die hij had genoteerd uit zijn opschrijfboekje en gaf het me.

'Voor wat het waard is. Hier staat alles wat ik heb kunnen achterhalen.'

Ik stond op en gaf hem een hand. Hij vergezelde me naar de uitgang, waar Dalmau het pakketje klaar had liggen.

‘Als u een beeltenis van het Kindeke Jezus wilt hebben, zo een die de ogen open- en dichtdoet, afhankelijk van hoe je ernaar kijkt, die heb ik ook. Of een met de Heilige Maagd erop, omringd door lammetjes die veranderen in cherubijntjes met dikke wangen als je hem omdraait. Een wonder van de stereoscopische techniek.’

‘Voor het moment heb ik genoeg aan het geopenbaarde woord.’

‘Amen.’

Ik waardeerde de moeite van de boekhandelaar om me op te beuren, maar hoe verder ik me van de boekhandel verwijderde, hoe meer een kille onrust bezit van me nam en ik had de indruk dat de straten en mijn lot op drijfzand waren gestoeld.

15

Op weg naar huis bleef ik voor een etalage met schrijfwaren in de calle Argenteria staan. Op een gedrapeerde doek prijkte een etui met daarin een stel kroontjespennen met een ivoren houder en de daarbij passende witte inktpot, waarin muzen of feeën gegraveerd waren. Het geheel had een wat melodramatisch effect en zag eruit alsof het was gestolen van het bureau van een Russische romanschrijver, van het soort dat zijn hart op duizenden pagina's uitstort. Isabella had een balletachtig handschrift waar ik jaloers op was, puur en rein als haar geweten, en ik had het gevoel dat die pennenset haar naam droeg. Ik ging naar binnen en vroeg de eigenaar om hem me te laten zien. De kroontjespennen waren verguld en het grapje kostte me een klein fortuin, maar ik vond het passend om de vriendelijkheid en het geduld van mijn jonge assistente terug te betalen met een gul gebaar. Ik liet het etui verpakken in glanzend, purperkleurig papier met een lint dat om een koets had gepast.

Thuis wilde ik van de egoïstische genoegdoening genieten die je ervaart wanneer je met een geschenk in de hand verschijnt. Ik wilde Isabella roepen alsof het een trouwe mascotte was die niets anders te doen had dan op haar baas te wachten, maar wat ik zag toen ik de voordeur opendeed, deed me verstommen. De gang was donker als een tunnel. De deur van de achterste kamer was open en daaruit viel gelig, flakkerend licht op de vloer.

'Isabella?' riep ik met droge mond.

'Ik ben hier.'

De stem kwam vanuit de kamer. Ik legde het pakketje op de

haltafel en liep erheen. Op de drempel bleef ik staan en keek naar binnen. Isabella zat op de vloer, een kaars in een hoog glas naast zich, en ze was vol overgave bezig met haar tweede roeping naast de literatuur: orde en netheid aanbrengen in andermans huis.

'Hoe ben je hier binnengekomen?'

Ze glimlachte naar me en haalde haar schouders op.

'Ik was in de loggia en hoorde een geluid. Ik dacht dat u het was, dat u terug was, en toen ik de gang in liep zag ik dat de kamerdeur openstond. Ik dacht dat u had gezegd dat hij op slot zat.'

'Kom eruit. Ik houd er niet van dat je in deze kamer komt, het is er heel vochtig.'

'Wat een onzin. Met het werk dat hier ligt. Kom, kijk wat ik allemaal gevonden heb.'

Ik aarzelde.

'Kom dan binnen.'

Ik liep naar binnen en knielde naast haar neer. Isabella had de spullen en dozen per soort opgedeeld: boeken, spelletjes, foto's, kledingstukken, schoenen, brillen. Argwanend bekeek ik al die voorwerpen. Isabella was verrukt, leek het, alsof ze op koning Salomons mijnen was gestuit.

'Is dit allemaal van u?'

Ik schudde mijn hoofd.

'Van de voormalige eigenaar.'

'Heeft u hem gekend?'

'Nee. Dit lag er toen ik hier introk allemaal al jaren.'

Isabella hield een stapel brieven onder mijn neus alsof het bewijsstukken waren voor het gerecht.

'Ik denk dat ik erachter ben gekomen hoe hij heette.'

'Ga weg.'

Isabella lachte, duidelijk in haar nopjes met haar detective-achtige ijver.

'Marlasca,' verklaarde ze. 'Hij heette Diego Marlasca. Vindt u dat niet merkwaardig?'

'Wat?'

'Dat de initialen dezelfde zijn als die van u: D.M.'

'Puur toeval. Duizenden personen in deze stad hebben die initialen.'

Isabella knipoogde naar me en amuseerde zich kostelijk.
'Kijk dan wat ik gevonden heb.'
Isabella had een tinnen doos gered vol oude foto's. Het waren beelden uit een andere tijd, oude ansichtkaarten van het vergane Barcelona, van de afgebroken paleizen in het Parque de la Ciudadela na de Wereldtentoonstelling van 1888, van oude, vervallen huizen en straten met mensen, gekleed volgens de toenmalige, stijve mode, van koetsen en van herinneringen die de kleur hadden van mijn kindertijd. Met verloren blik keken gezichten van dertig jaar terug mij aan. Op sommige foto's meende ik het gezicht van een actrice te herkennen die in mijn jongensjaren populair was geweest en die al lang geleden in de vergetelheid was geraakt. Isabella sloeg me stilletjes gade.
'Herkent u haar?' vroeg ze.
'Ik geloof dat ze Irene Sabino heette. Ze was een actrice van een zekere faam in de theaters aan de Paralelo. Dat is al heel lang geleden. Toen was jij nog niet geboren.'
'Kijkt u hier eens naar.'
Isabella reikte me een foto aan waarop Irene Sabino tegen een raam leunde dat ik moeiteloos herkende als het raam van mijn studeerkamer boven in de toren.
'Interessant, nietwaar?' vroeg Isabella. 'Gelooft u dat ze hier gewoond heeft?'
Ik haalde mijn schouders op.
'Misschien was ze wel de minnares van deze Diego Marlasca ...'
'Het is hoe dan ook niet iets wat ons aangaat.'
'Wat bent u soms toch saai.'
Isabella borg de foto's weer op in de doos, waarbij er een uit haar handen gleed. Ik pakte hem op en bestudeerde hem. Irene Sabino poseerde erop in een oogverblindende, zwarte jurk met een groep feestelijk geklede mensen in een ruime zaal, ik geloofde dat het de grote zaal van het Círculo Ecuestre was. Het was een heel gewoon beeld van een feest dat verder niet mijn aandacht getrokken zou hebben, ware het niet dat er boven aan de trap het wazige beeld van een witharige man te zien was geweest. Andreas Corelli.
'U bent helemaal bleek weggetrokken,' zei Isabella.
Ze pakte de foto uit mijn handen en bestudeerde hem zonder

iets te zeggen. Ik stond op en gebaarde dat ze de kamer uit moest.

'Ik wil niet dat je hier nog eens naar binnen gaat,' zei ik mat.

'Waarom niet?'

Ik wachtte tot ze buiten was en deed de deur op slot. Isabella keek me aan alsof ik ze niet allemaal meer op een rijtje had.

'Morgen ga je de zusters van de armenzorg waarschuwen en zeg je dat ze de hele handel kunnen komen ophalen. Ze moeten alles meenemen en weggooien wat ze niet kunnen gebruiken.'

'Maar ...'

'Ik duld geen tegenspraak.'

Ik wilde haar blik niet ontmoeten en wendde me naar de wenteltrap. Isabella keek me vanaf de gang na.

'Wie is die man, meneer Martín?'

'Niemand,' prevelde ik. 'Niemand.'

16

Ik liep naar de studeerkamer. Het was pikdonker, aan de hemel waren geen maan en sterren te zien. Ik deed de ramen wijd open om de in het donker gehulde stad te aanschouwen. Nog niet een zuchtje wind stond er en het zweet prikte me op de huid. Ik ging in de vensterbank zitten en stak de laatste sigaar aan van de twee die Isabella nog niet zo lang geleden op mijn bureau had gelegd, wachtend op een briesje en een wat originelere inval dan mijn verzameling gemeenplaatsen waarmee ik de opdracht van Corelli kon aanvangen. Op dat moment hoorde ik op de benedenverdieping het geluid van de luiken van Isabella's slaapkamer die geopend werden. Op de patio viel een rechthoek van licht waarin zich haar silhouet aftekende. Zonder mijn aanwezigheid op te merken, kwam ze bij het raam staan en leek naar de duisternis te staren. Ik sloeg haar gade terwijl ze zich langzaam uitkleedde en kon vermoeden hoe ze voor de kastspiegel ging staan en haar lichaam bestudeerde, hoe ze met haar vingertoppen over haar buik en over de kleine littekens aan de binnenkant van benen en armen streek. Ze leek lang naar zichzelf te kijken. Toen ging het licht uit.

Ik ging weer aan mijn bureau zitten, voor de stapel notities en aantekeningen die ik voor het boek van Monsieur had verzameld en waar ik nu nog één keer doorheen liep. Schetsen voor verhalen over mystieke verschijningen en profeten die na verschrikkelijke beproevingen terugkeerden met de aan hen geopenbaarde waarheid; over Messiaanse troonopvolgers die voor de deuren van families, nederig en rein van hart, werden achtergelaten en vervolgd werden door wereldlijke, kwaadaardige heersers; verhalen over paradijzen die beloofd waren aan hen die hun lot en de wetten onbevreesd aanvaardden, en over luie goden in mensengestalte die niets beters te doen hadden dan het geweten van miljoenen kwetsbare primaten telepathisch te bewaken, primaten die bijtijds geleerd hadden na te denken, om te ontdekken dat ze in een verloren hoek van het universum aan hun lot waren overgelaten, en wier ijdelheid – of vertwijfeling – hen voetstoots deed aannemen dat hemel en hel zich daadwerkelijk druk maakten om hun schamele, kleine zonden.

Ik vroeg me af of Corelli dat in mij had gezien, een huurlingenziel die zonder bezwaar een bedwelmend sprookje uitdacht dat kinderen deed inslapen of een wanhopige, arme drommel ertoe verleidde zijn buurman te doden, en dat slechts voor de eeuwige dankbaarheid van de goden die de wet van het *pistolerismo* onderschreven.

Enkele dagen geleden was er weer een missive gekomen, waarin ik bij Monsieur ontboden werd om de voortgang van mijn werk te bespreken. Moe van mijn eigen scrupules hield ik mezelf voor dat me tot die afspraak amper vierentwintig uur restte en ik bij dit tempo gevaar liep met lege handen en een hoofd vol twijfels en wantrouwen te verschijnen. Daarom deed ik wat ik jarenlang in dergelijke situaties had gedaan – ik draaide een vel papier in de Underwood en met de handen op de toetsen als een pianist die wacht op de inzet, wrong ik mijn hersens uit om te zien wat eruit kwam.

17

'Interessant,' zei Monsieur na het lezen van de tiende en laatste pagina. 'Vreemd, maar interessant.'

We zaten op een bank in het goudkleurige halfdonker van het schaduwpaviljoen in het Parque de la Ciudadela. De lamellen filterden het licht tot goudstof en de planten modelleerden het licht en donker van de merkwaardige schemering om ons heen. Ik stak een sigaret op en keek de omhoogkringelende rook na.

'Uit uw mond is "vreemd" een verontrustend adjectief,' merkte ik op.

'Ik refereerde aan vreemd als het tegenovergestelde van gewoon,' preciseerde Corelli.

'Maar?'

'Er zijn geen maren, goede vriend. Ik geloof dat u een interessante weg met veel mogelijkheden heeft gevonden.'

Als iemand tegen een schrijver zegt dat sommige pagina's interessant zijn en mogelijkheden bieden, is dat een signaal dat het er niet goed voor staat. Corelli leek mijn ongerustheid aan te voelen.

'U heeft het paard achter de wagen gespannen. U bent niet begonnen met mythologische verwijzingen, maar uitgegaan van de meest prozaïsche bronnen. Mag ik u vragen waar u het idee van oorlogsmessias in plaats van vredesmessias vandaan heeft?'

'U bracht zelf de biologie in het spel.'

'Alles wat we moeten weten staat geschreven in het grote boek der natuur. Er is slechts moed, een heldere geest en een reine ziel voor nodig om erin te lezen,' was Corelli met me eens.

'In een van de boeken die ik heb geraadpleegd staat dat de man het toppunt van zijn vruchtbaarheid bereikt op de leeftijd van zeventien jaar, de vrouw veel later. Zij behoudt haar vruchtbaarheid langer en beoordeelt en kiest op raadselachtige wijze het erfgoed dat zij voor voortplanting toelaat of afwijst. De man echter biedt slechts aan en brandt veel sneller op. Het hoogtepunt van zijn voortplantingsdrift valt samen met dat van zijn strijdlustige geest – een jonge jongen is de perfecte soldaat. Hij heeft een groot potentieel aan agressiviteit, maar schaars of eigenlijk géén kritisch vermogen om daar vragen bij te stellen of het in goede banen te leiden. In de loop van de historie hebben talloze samenlevingen een manier gevonden om dat agressiekapitaal aan te wenden en hebben ze er halfvolwassenen soldaten van gemaakt, kanonnenvoer waarmee hun buren werden veroverd of zij zich tegen hun aanvallen verdedigden. Iéts zei me dat onze hoofdpersoon een hemelse gezant was, maar wel een die in zijn eerste jeugd naar de wapens heeft gegrepen en de waarheid met geweld bevochten heeft.'

'Heeft u besloten om geschiedenis en biologie te laten samensmelten, Martín?'

'Uit uw woorden meende ik op te maken dat dat een en hetzelfde is.'

Corelli glimlachte. Ik wist niet of hij het zich realiseerde, maar zo zag hij er altijd uit als een hongerige wolf. Ik negeerde die gelaatsuitdrukking waar ik kippenvel van kreeg.

'Ik ben tot de slotsom gekomen dat de meeste grote religies altijd zijn ontstaan of hun hoogtepunt hebben bereikt op momenten dat het grootste deel van de samenleving jong en verarmd was. Bijna driekwart van de mensen in deze samenlevingen was jonger dan achttien jaar en de helft van hen bestond uit mannen met een ongetemde wil en bloedige ijver. Zulke samenlevingen vormden bemeste akkers waarin geloof kon ontkiemen en bloeien.'

'Dat is een simplificatie, maar ik zie waar u heen wilt, Martín.'

'Ik weet het. Maar die algemene lijnen in het oog houdend vroeg ik me af waarom we niet direct tot de kern doordringen en een mythologie funderen op deze oorlogsmessias. Een messias vol toorn en bloeddorst, die zijn volk, zijn erfgoed, zijn vrouwen en zijn voorvaderen redt van de politieke en raciale doctrine van zijn vijanden, dat wil zeggen, van iedereen die zichzelf niet onderwerpt aan zijn leer.'

'En wat gebeurt er met de volwassenen?'

'De volwassenen bereiken we door te appelleren aan hun frustratie. Met het ouder worden en de toenemende desillusie van de dromen en verlangens van de jeugd voelt een mens zich steeds meer het slachtoffer van de wereld en zijn medemensen. Altijd vinden we iemand die schuldig is aan ons ongeluk of onze mislukking, of iemand die we willen uitsluiten. Zich bij een leer aansluiten die deze wrok of dat zelfmedelijden positief ombuigt, geeft nieuwe moed en kracht. De volwassene voelt zich zo deel van de groep en sublimeert zijn verloren verlangens en begeerten door middel van de gemeenschap.'

'Misschien,' gaf Corelli toe. 'En al die heraldiek van dood en vlaggen en schilden? Vindt u dat niet contraproductief?'

'Nee, dat lijkt me essentieel. Men kent de monnik weliswaar aan zijn pij, maar zeker ook de gelovige.'

'En de vrouwen, de andere helft? Het spijt me, maar ik kan me slechts met moeite voorstellen dat een substantieel deel van de vrouwen in een samenleving gelooft in vlaggen en schilden. Padvinderij is iets voor kinderen.'

'Grondpijlers van elke georganiseerde religie, met schaarse uitzonderingen, zijn de onderwerping, onderdrukking en onderwaardering van de vrouw in de groep. De vrouw heeft haar rol als passief, moederlijk etherisch schepsel te accepteren, en streeft ze naar autoriteit of onafhankelijkheid, dan zal ze voor de gevolgen moeten boeten. Symbolisch mag ze dan een ereplaats innemen, maar niet in de hiërarchie. Religie en oorlog zijn mannenzaken. En soms is de vrouw, hoe dan ook, de handlanger en uitvoerder van haar eigen onderwerping.'

'En de ouderen?'

'De oudere is de smeerolie van de lichtgelovigheid. Als de dood aan de deur klopt, springt de scepsis uit het raam. Een kleine hartaanval en hij gelooft zelfs in Roodkapje.'

Corelli lachte.

'Voorzichtig, Martín, ik geloof dat u mij overtreft in cynisme.'

Ik keek hem aan als een volgzame leerling, gulzig naar de

goedkeuring van een moeilijke, veeleisende meester. Monsieur klopte me op de knie en knikte tevreden.

'Het bevalt me. De flair van dit alles staat me aan. Ik wil dat u er verder over nadenkt en er een vorm voor vindt. Ik zal u meer tijd geven. En we treffen elkaar weer over twee of drie weken – ik laat het u enkele dagen van tevoren weten.'

'Moet u de stad uit?'

'Uitgeverszaken vragen mijn aandacht en ik ben bang dat ik een paar reisdagen voor de boeg heb. Maar ik reis tevreden af. U heeft goed werk geleverd. Ik wist wel dat ik de ideale kandidaat had gevonden.'

Hij stond op en stak zijn hand uit. Ik droogde mijn bezwete hand af aan mijn broekspijp en schudde hem.

'U zult gemist worden,' improviseerde ik.

'Nu niet overdrijven, Martín, u deed het juist zo goed.'

Ik zag hem in de nevel van het schaduwpaviljoen verdwijnen, terwijl de echo van zijn voetstappen wegstierf. Ik bleef daar nog een flinke poos zitten en vroeg me af of hij in het aas had gebeten en het pak verzinsels had geslikt dat ik net had opgedist. In elk geval wist ik zeker dat ik hem precies had verteld wat hij wilde horen. Ik hoopte dat hij voor het moment tevreden was met die ris nonsens en ervan overtuigd was zijn dienaar, de arme, mislukte schrijver, te hebben bekeerd. Alles waarmee ik wat tijd kon kopen om uit te vinden met wat voor duistere zaken ik me nu precies had ingelaten, leek mij de moeite waard. Toen ik opstond en het paviljoen verliet, trilden mijn handen nog steeds.

18

Wie jarenlange ervaring heeft met het schrijven van misdaadintriges hanteert een serie basisregels waarmee hij een onderzoek aanpakt. Een ervan luidt dat bijna elke ook maar enigszins solide intrige, ook die van een liefdesgeschiedenis, begint en eindigt met de geur van geld en onroerend goed. Vanaf het schaduwpaviljoen zette ik koers naar het kadaster in de calle Consejo de Ciento, en vroeg of ik de akten kon raadplegen die met koop, verkoop en eigendom van mijn huis van doen hadden. In de registers van het kadaster waren bijna net zo veel waarheden over het leven te vinden als in de complete werken van de meest gerespecteerde filosofen, misschien wel meer.

Ik begon met het raadplegen van de sectie waarin de verhuur aan mij van het huis gelegen op nummer 30 van de calle Flassaders, geregistreerd stond. Daar vond ik de noodzakelijke gegevens waarmee ik de geschiedenis van het huis kon opsporen.

In 1911 werd het eigendom van de Banco Hispano Colonial na een proces tegen de familie Marlasca. De familie zou het huis geërfd hebben nadat de toenmalige eigenaar overleden was. In verband hiermee werd een advocaat genoemd, S. Valera, die de familie had vertegenwoordigd bij de rechtszaak. Een stuk verder terug in de tijd vond ik de gegevens die refereerden aan de koop van het huis door don Diego Marlasca Pongiluppi in 1902, van een zekere Bernabé Massot y Caballé. Op een blaadje noteerde ik alle gegevens: de naam van de advocaat, de betrokkenen bij de transacties én de bijbehorende data.

Een employé kondigde met luide stem aan dat het kadaster

over vijftien minuten zou sluiten. Ik maakte me klaar om te vertrekken, maar zocht eerst nog in allerijl naar de eigendomsstatus van Andreas Corelli's villa bij het Park Güell. Na een kwartier vruchteloos zoeken keek ik op uit het register en staarde in de vale ogen van de employé, een uitgeteerd type, glimmend van de brillantine op snor en haar, met de agressief lamlendige uitstraling van hen die hun aanstelling zien als podium waarop ze anderen het leven zuur kunnen maken.

'Excuseert u mij, maar ik kan een bepaald eigendomsrecht niet vinden,' zei ik.

'Waarschijnlijk omdat het niet bestaat of u niet kunt zoeken. We gaan sluiten.'

Ik beantwoordde dit royale vertoon van vriendelijkheid en efficiëntie met een stralende lach.

'Misschien vind ik het met uw kundige hulp.'

Hij keek me vol walging aan en rukte het boek uit mijn handen.

'Komt u morgen terug.'

De volgende halte was het plechtstatige gebouw van het College van Advocaten in de calle Mallorca, slechts drie straten verderop. Onder een reeks kristallen kroonluchters besteeg ik de brede trap, die bewaakt werd door een soort standbeeld van Vrouwe Justitia, maar met de buste en houding van een variétésterretje van de Paralelo. Een kleine man met een muisachtig uiterlijk ontving me op het secretariaat met een beminnelijke glimlach en vroeg waarmee hij me van dienst kon zijn.

'Ik zoek een advocaat.'

'Dan bent u hier op de perfecte plek. We weten niet meer hoe we van ze af moeten komen. Elke dag worden het er meer. Ze vermenigvuldigen zich als konijnen.'

'Dat is de moderne wereld. De advocaat naar wie ik op zoek ben heet – of heette – Valera, S. Valera.'

Zachtjes prevelend verdween het mannetje in een labyrint van archiefkasten. Tegen de receptietoog geleund monsterde ik ondertussen de inrichting, die getuigenis leek af te leggen van het drukkende gewicht van de wet. Vijf minuten later kwam het mannetje terug met een aktemap.

'Er zijn tien Valera's. Twee met een S, Sebastián en Soponcio.'

'Soponcio?' De naam Soponcio betekende zoveel als een aanval van flauwte.

'U bent nog zeer jong, maar jaren geleden was Soponcio een naam met cachet en ideaal voor de uitoefening van het beroep van advocaat. Toen kwam de charleston en die heeft de wereld op zijn kop gezet.'

'Is don Soponcio nog in leven?'

'Volgens het archief en zijn afmelding van de ledenlijst van het College is Soponcio Valera y Menacho opgenomen in Gods heerlijkheid in het jaar 1919. Memento mori. Sebastián is de zoon.'

'Houdt hij praktijk?'

'Voortdurend en volledig. Ik vermoed dat u zijn adres wilt hebben?'

'Als het niet te veel moeite is.'

Het mannetje noteerde het op een stukje papier en reikte het me aan.

'Diagonal 442. Op een steenworp afstand van hier, hoewel het al twee uur is en advocaten van statuur op dat tijdstip rijke weduwen of textiel- of springstoffabrikanten mee uit eten nemen. Als ik u was zou ik tot vier uur wachten.'

Ik borg het adres op in mijn jaszak.

'Dat zal ik doen. Bijzonder veel dank voor uw hulp.'

'Daar zijn we voor. Ga met God.'

Om de tijd tot het bezoek aan meneer Valera te doden, nam ik de tram naar de vía Layetana en stapte uit ter hoogte van de calle Condal. De boekhandel van Sempere & Zoons was daar vlakbij en ik wist uit ervaring dat de oude boekhandelaar – tegen de onveranderlijke traditie van de buurtwinkels in – tussen de middag niet sloot. Ik vond hem zoals altijd achter de toonbank, waar hij boeken sorteerde en tussendoor talrijke klanten hielp die langs de tafels en boekenkasten jacht maakten op buit. Hij glimlachte toen hij me zag en kwam naar me toe om me te begroeten, magerder en bleker dan de laatste keer dat ik hem had gezien. Hij moest de bezorgdheid op mijn gezicht gelezen hebben, want hij haalde zijn schouders op alsof hij er niet te zwaar aan tilde.

'Sommigen winnen, anderen verliezen. U ziet er blakend van gezondheid uit en ik lijk wel een dweil, zoals u kunt zien,' zei hij.

'Voelt u zich wel goed?'

'Zo fris als een hoentje. Het is die verduivelde angina. Niets ernstigs. Wat brengt u hier, vriend Martín?'

'Ik wilde u uitnodigen voor de lunch.'

'Zeer veel dank, maar ik kan het roer niet uit handen geven. Mijn zoon is naar Sarrià gegaan om een collectie te taxeren en de zaken staan er niet zo goed voor dat we de winkel kunnen sluiten met zo veel clientèle.'

'Zegt u mij nu niet dat u geldproblemen heeft.'

'Dit is een boekhandel, Martín, geen notariskantoor. Hier brengt het woord net voldoende op, soms niet eens.'

'Als u hulp nodig heeft ...'

Sempere hief zijn hand op.

'Als u me wilt helpen, koopt u dan een boek.'

'U weet dat de schuld die ik bij u heb niet met geld kan worden terugbetaald.'

'Reden te meer er niet eens over te peinzen. Maakt u zich geen zorgen over ons, Martín, wij gaan hier niet weg, tenzij tussen vier planken. Maar als u wilt, deelt u dan met mij een heerlijk maal van brood, rozijnen en meikaas uit Burgos. Daarmee, en met *De graaf van Montechristo*, wordt een mens wel honderd.'

19

Sempere at nauwelijks iets. Hij glimlachte vermoeid en veinsde interesse in wat ik zei, maar ik kon zien dat het hem soms moeite kostte om louter te ademen.

'Vertelt u eens, Martín, waaraan werkt u op het moment?'

'Moeilijk uit te leggen, señor Sempere. Aan een opdracht.'

'Een roman?'

'Niet precies. Ik zou niet goed weten hoe ik het moet omschrijven.'

'Het belangrijkste is dat u aan het werk bent. Ik heb altijd gezegd dat ledigheid des duivels oorkussen is. Men moet de hersens bezighouden. En een mens die zijn hersens niet gebruikt, heeft in elk geval zijn handen.'

'Maar soms werkt een mens ook te veel, señor Sempere. Zou u niet eens een adempauze nemen? Hoeveel jaar staat u hier nu al op uw post, altijd maar aan het werk, zonder ooit te stoppen?'

Sempere keek om zich heen.

'Deze plek is mijn leven, Martín. Waar kan ik anders naartoe? Naar een zonnig bankje in het park om de duiven te voeren en over mijn reuma te klagen? Ik zou er binnen tien minuten doodgaan. Mijn plek is hier. En mijn zoon is nog niet zo ver dat hij de teugels kan overnemen, ook al denkt hij van wel.'

'Maar hij is een harde werker. En een goed mens.'

'Te goed, onder ons gezegd en gezwegen. Als ik soms naar hem kijk vraag ik me af wat er van hem moet worden als ik er niet meer ben. Hoe hij zich dan zal redden ...'

'Dat doen alle vaders, señor Sempere.'
'De uwe ook? Pardon, ik wilde niet ...'
'Geeft niets. Mijn vader had voldoende problemen op zijn eigen bord om ook de mijne erbij te nemen. Uw zoon weet vast en zeker meer van wanten dan u denkt.'
Sempere keek me twijfelend aan.
'Weet u wat hem naar mijn mening ontbreekt?'
'Slinksheid?'
'Een vrouw.'
'Aan vriendinnetjes zal het hem niet ontbreken met al die jonge katjes die zich voor de etalage verdringen om hem te bewonderen.'
'Ik heb het over een echte vrouw, van het soort dat een man maakt tot wie hij moet zijn.'
'Hij is nog jong. Laat hem nog een paar jaar plezier hebben.'
'Dat zou geweldig zijn – als hij tenminste plezier zou hebben. Als ik op zijn leeftijd zo'n koor aan meisjes aan mijn voeten had gehad, dan had ik gezondigd als een kardinaal.'
'God geeft brood aan wie geen tanden heeft.'
'Dat is precies wat hij nodig heeft: tanden. En de zin om toe te happen.'
Ik kreeg de indruk dat de boekhandelaar op iets zat te broeden. Hij keek me aan en glimlachte.
'Misschien kunt u hem helpen ...'
'Ik?'
'U bent een man van de wereld, Martín. En trekt u maar niet zo'n gezicht. Ik ben ervan overtuigd dat als u uw best doet, u vast en zeker een goede vrouw voor mijn zoon kunt vinden. Een knap gezicht heeft hij al. De rest brengt u hem bij.'
Ik wist niets uit te brengen.
'U wilde me toch helpen?' vroeg de boekhandelaar. 'Voilà.'
'Ik had het over geld.'
'En ik heb het over mijn zoon, de toekomst van dit huis. Mijn hele leven.'
Ik zuchtte. Sempere pakte mijn hand en drukte hem met de weinige kracht die hem restte.
'Belooft u mij dat ik deze wereld niet zal verlaten voordat ik een vrouw aan mijn zoons zijde heb gezien voor wie het de

moeite waard is te sterven. En die me een kleinzoon schenkt.'

'Als ik dit had geweten, was ik gaan lunchen in café Novedades.'

Sempere glimlachte.

'Ik denk weleens dat u mijn zoon had moeten zijn, Martín.'

Ik keek de boekhandelaar aan, breekbaarder en ouder dan ooit, amper een schaduw van de sterke, imponerende man die ik me herinnerde uit mijn kinderjaren, en het voelde alsof de wereld om me heen in elkaar stortte. Voordat ik het besefte liep ik naar hem toe en deed ik wat ik in al die jaren dat ik hem kende nog nooit had gedaan. Ik gaf hem een kus op zijn voorhoofd, dat bezaaid was met vlekken en hier en daar een schaarse grijze haar.

'Belooft u het?'

'Ik beloof het,' zei ik, op weg naar de deur.

20

Advocaat Valera's kantoor nam de bovenste verdieping van een extravagant, modernistisch gebouw op nummer 442 van de avenida Diagonal in beslag. Het pand leek, bij gebrek aan een betere beschrijving, op een kruising tussen een gigantische staande klok en een piratenschip, en was getooid met grote ramen en een dak met groene mansardes. Op elke andere plek ter wereld zou deze barokbyzantijnse bouw zijn uitgeroepen tot een wereldwonder of een diabolische monstruositeit van een krankzinnige kunstenaar, bezeten door geesten uit het hiernamaals. In de Ensanche van Barcelona echter, waar dergelijke gebouwen en masse als paddenstoelen uit de grond schoten, ontlokte het hooguit een opgetrokken wenkbrauw.

Ik liep de hal in en zag een lift die eruitzag alsof hij door een gigantische spin was achtergelaten, die kathedralen weefde in plaats van webben. De portier opende de gondel en sloot me op in deze vreemde capsule die in het hart van het trappenhuis omhoogging. Een secretaresse met een onvriendelijk gezicht deed de bewerkte eikenhouten deur open en vroeg me binnen te komen. Ik gaf haar mijn naam en zei dat ik geen afspraak had, maar dat mijn bezoek te maken had met de aan- en verkoop van een woning in de Ribera. Er veranderde iets in haar onverstoorbare blik.

'Het huis met de toren?' vroeg ze.

Ik knikte. Ze begeleidde me naar een leeg kantoor. Ik vermoedde dat dit niet de officiële wachtkamer was.

'Als u hier een moment wilt wachten, meneer Martín. Ik zal de heer Valera waarschuwen dat u er bent.'

De volgende vijfenveertig minuten bracht ik door in dat kantoor, omringd door kasten vol boeken van grafsteenformaat met inscripties op de ruggen van het soort '1888-1889, B.C.A. Eerste sectie. Tweede titel', die een mens regelrecht tot compulsief lezen verleiden. Het kantoor beschikte over een breed raam naar de avenida Diagonal van waaruit men uitstekend uitzicht had over de hele stad. De meubels roken naar antieke, edele houtsoorten, op smaak gebracht met geld. De tapijten en leren fauteuils deden denken aan de sfeer bij een Britse club. Ik probeerde een lamp op het bureau op te tillen en schatte het gewicht op minstens dertig kilo. Een groot olieverfschilderij boven een nooit gebruikte, maagdelijke open haard toonde de zelfvoldane en expansieve aanwezigheid van niemand minder dan de geweldige don Soponcio Valera y Menacho. De bakke- en snorrenbaarden van de titanische jurist leken op de manen van een oude leeuw, en met ogen van vuur en staal domineerde hij vanuit het hiernamaals elke hoek van de kamer met de ernst van een doodvonnis.

'Weliswaar spreekt hij niet, maar als je het schilderij een poosje aanschouwt, lijkt het alsof hij elk moment kan beginnen,' zei een stem achter me.

Ik had hem niet horen binnenkomen. Sebastián Valera was een man met een geruisloze manier van lopen die eruitzag alsof hij het grootste gedeelte van zijn leven had doorgebracht met te proberen onder de schaduw van zijn vader uit te kruipen en het nu, midden vijftig, definitief had opgegeven. Hij had een intelligente, doordringende blik en de voortreffelijke houding die slechts eigen is aan koninklijke prinsessen en werkelijk dure advocaten. Hij gaf me een hand.

'Het spijt mij dat ik u heb laten wachten, maar ik had niet op uw bezoek gerekend.' Hij nodigde me uit plaats te nemen.

'Integendeel. Ik dank u dat u zo vriendelijk bent om mij te ontvangen.'

Valera schonk me de glimlach van iemand die weet hoeveel hij rekent voor elke minuut.

'Mijn secretaresse vertelde me dat uw naam David Martín is. David Martín, de schrijver?'

Mijn verraste gezicht moet me hebben verraden.

'Ik kom uit een familie van grote lezers,' legde hij uit. 'Waarmee kan ik u van dienst zijn?'

'Ik wil u consulteren aangaande de aan- en verkoop van een pand gesitueerd aan ...'

'Het huis met de toren?' onderbrak de advocaat me beleefd.

'Ja.'

'Kent u het?' informeerde hij.

'Ik woon er.'

Valera keek me lang aan zonder dat de glimlach van zijn gezicht verdween. Toen ging hij nog wat rechterop in zijn stoel zitten en nam een gespannen, afwerende houding aan.

'Bent u de huidige eigenaar?'

'Eigenlijk huur ik het pand.'

'Wat zou u willen weten, meneer Martín?'

'Als het mogelijk is, zou ik graag de details willen weten omtrent de acquisitie van het pand door de Banco Hispano Colonial en informatie willen verzamelen over de toenmalige eigenaar.'

'Don Diego Marlasca,' prevelde de advocaat. 'Mag ik u vragen naar de aard van uw belangstelling?'

'Puur persoonlijk. Onlangs heb ik bij een verbouwing een aantal zaken gevonden waarvan ik denk dat ze hem toebehoorden.'

De advocaat fronste zijn wenkbrauwen.

'Zaken?'

'Een boek. Of, beter gezegd, een manuscript.'

'De heer Marlasca was een groot literatuurliefhebber. Feitelijk was hij de auteur van talrijke boeken over recht, geschiedenis en nog vele andere onderwerpen. Een zeer erudiet mens. En een groot man, al hebben bepaalde mensen aan het einde van zijn leven geprobeerd zijn naam te bezoedelen.'

De advocaat merkte mijn bevreemding op.

'Ik neem aan dat u niet bekend bent met de omstandigheden omtrent de dood van de heer Marlasca?'

'Ik ben bang van niet.'

Valera zuchtte alsof hij in dubio stond of hij verder moest spreken of niet.

'U bent niet van zins hierover te schrijven, toch, noch over Irene Sabino?'

'Nee.'

'Heb ik uw woord?'

Ik knikte.

'Ik zou u hoe dan ook niets kunnen zeggen wat niet destijds ook al werd verteld, veronderstel ik,' mompelde Valera, meer tegen zichzelf dan tegen mij.

De advocaat keek kort naar zijn vaders portret en liet toen zijn blik op mij rusten.

'Diego Marlasca was de partner en beste vriend van mijn vader. Samen hebben ze dit advocatenkantoor opgericht. De heer Marlasca was een briljant man. Helaas was hij ook een gecompliceerd mens, die telkens weer verviel in lange periodes van melancholie. Op enig moment hebben mijn vader en de heer Marlasca besloten hun band te verbreken. De heer Marlasca verliet de advocatuur om aan zijn eerste roeping gehoor te geven: schrijven. Ze zeggen dat bijna alle advocaten heimelijk de wens koesteren hun beroep op te geven en auteur te worden ...'

'... totdat ze inkomsten gaan vergelijken.'

'Hoe het ook zij, don Diego had met een destijds tamelijk populaire actrice een vriendschappelijke relatie aangeknoopt, Irene Sabino, voor wie hij een komedie wilde schrijven. Meer was er niet tussen hen. De heer Marlasca was een heer en was zijn echtgenote nooit ontrouw, maar u weet hoe de mensen zijn. Praatjes en jaloezie. Het gerucht ging dat don Diego een heimelijke romance beleefde met Irene Sabino. Zijn echtgenote heeft het hem nooit vergeven en het huwelijk werd ontbonden. De heer Marlasca, totaal verslagen, kocht het huis met de toren en verhuisde daarheen. Helaas woonde hij er nauwelijks een jaar toen hij bij een ongeval om het leven kwam.'

'Wat voor soort ongeval?'

'De heer Marlasca is verdronken. Een tragedie.'

Valera had zijn ogen neergeslagen en zuchtte diep.

'En het schandaal?'

'Laten we zeggen dat er kwade tongen waren die het gerucht verspreidden dat de heer Marlasca de hand aan zichzelf had geslagen na een ongelukkige affaire met Irene Sabino.'

'Was dat het geval?'

Valera deed zijn bril af en wreef in zijn ogen.

'Om u de waarheid te zeggen, ik weet het niet. Ik weet het niet en het interesseert me niet. Gedane zaken nemen geen keer.'

'En wat is er van Irene Sabino geworden?'

Valera zette zijn bril weer op.

'Ik dacht dat uw belangstelling zich beperkte tot de heer Marlasca en de aspecten van de aan- en verkoop.'

'Zeker, het is slechts nieuwsgierigheid, maar omdat ik tussen de persoonlijke bezittingen van de heer Marlasca talloze foto's van Irene Sabino heb gevonden, evenals brieven van haar aan de heer Marlasca ...'

'Waar wilt u met dit alles heen?' snauwde Valera. 'Wilt u soms geld, is dat het?'

'Nee.'

'Daar ben ik blij om, niemand zal u dat namelijk geven. Er is niemand die zich nog interesseert voor deze geschiedenis. Begrijpt u mij?'

'Ik begrijp u uitstekend, meneer Valera. Het was geenszins mijn bedoeling u te ontrieven noch misplaatste insinuaties te maken. Het spijt me als ik u met mijn vragen beledigd heb.'

De advocaat glimlachte en liet een vriendelijk zuchtje ontsnappen, alsof het gesprek voor hem ten einde was.

'Het geeft niet. Ik ben degene die zich moet verontschuldigen.'

Gebruikmakend van de verzoenende toon van de advocaat zette ik mijn vriendelijkste gezicht op.

'Wellicht zou doña Marlasca, de weduwe ...'

Valera kromp in zijn stoel in elkaar, zichtbaar ongemakkelijk.

'Meneer Martín, u moet mij werkelijk niet verkeerd begrijpen, maar het behoort tot mijn plicht als advocaat van de familie om hun privésfeer te beschermen. Om evidente redenen. Er is veel tijd verstreken en ik zou niet willen dat oude wonden onnodig weer werden opengereten.'

'Dat begrijp ik.'

De advocaat keek me gespannen aan.

'En u zegt dat u een boek heeft gevonden?' vroeg hij.

'Ja ... een manuscript. Waarschijnlijk is het niet van belang.'

'Waarschijnlijk niet. Waar gaat het over?'

'Theologie, zou ik zeggen.'

Valera knikte.
'Verrast u dat?' vroeg ik.
'Integendeel. Don Diego was een autoriteit op het gebied van de geschiedenis van religies. Een geleerd man. In dit huis wordt hij nog vaak vol genegenheid herdacht. Vertelt u mij eens, over welke concrete aspecten van de aan- en verkoop wilde u meer weten?'
'Ik geloof dat u me al zeer geholpen heeft, meneer Valera. Ik steel ongaarne nog meer van uw tijd.'
De advocaat knikte opgelucht.
'Het is het huis, nietwaar?' vroeg hij.
'Een vreemde plek, inderdaad,' gaf ik toe.
'Ik herinner me dat ik daar als jongeman een keer ben geweest, kort nadat don Diego het had gekocht.'
'Weet u waarom hij het heeft gekocht?'
'Hij zei dat hij er al sinds zijn jeugd door gefascineerd was en dat hij er altijd had willen wonen. Dat was Don Diego ten voeten uit. Soms was hij net een kleine jongen, in staat om alles op te geven voor een droom.'
Ik zweeg.
'Voelt u zich wel goed?'
'Uitstekend. Weet u iets van de eigenaar van wie de heer Marlasca het kocht? Een zekere Bernabé Massot?'
'Een van de mensen die rijk zijn geworden in de Nieuwe Wereld. Hij is niet langer dan een uur in het huis geweest. Hij kocht het toen hij terugkeerde uit Cuba en liet het jaren leegstaan. Hij heeft nooit gezegd waarom. Zelf woonde hij in een enorm groot huis dat hij in Arenys de Mar had laten bouwen en hij verkocht het huis met de toren voor een appel en een ei – hij wilde er niets meer van weten.'
'En vóór hem?'
'Ik meen dat er een geestelijke woonde. Een jezuïet. Maar daar ben ik niet zeker van. Mijn vader behartigde don Diego's belangen en heeft bij diens dood alle dossiers vernietigd.'
'Waarom zou hij zoiets hebben gedaan?'
'Vanwege alles wat ik u net heb verteld. Om geruchten te voorkomen en de herinnering aan zijn vriend zuiver te houden, veronderstel ik. Maar hij heeft het me nooit verteld. Mijn vader

was geen man om tekst en uitleg te geven over zijn daden. Hij zal zijn redenen hebben gehad. Goede redenen zonder enige twijfel. Don Diego was zijn beste vriend, niet alleen zijn partner, en deze kwestie was zeer pijnlijk voor hem.'

'Wat is er met de jezuïet gebeurd?'

'Als ik me niet vergis heeft hij disciplinaire problemen gehad met de orde. Hij was een vriend van Eerwaarde Cinto Verdaguer en ik geloof dat hij betrokken was geraakt bij diens problemen, als u begrijpt wat ik bedoel.'

'Exorcisme?

'Praatjes.'

'Hoe kon een jezuïet, die verdreven was uit de orde, zich zo een huis permitteren?'

Valera haalde zijn schouders op en ik vermoedde dat ik de bodem van het vat had bereikt.

'Ik zou u graag verder helpen, meneer Martín, maar ik weet niet hóé. Gelooft u mij.'

'Ik dank u voor uw tijd, meneer Valera.'

De advocaat knikte en drukte op een bel op het bureau. De secretaresse verscheen in de deuropening. Valera gaf me een hand.

'Meneer Martín vertrekt. Begeleidt u hem naar de deur, Margarita.'

De secretaresse knikte en voerde me mee. Alvorens het kantoor te verlaten, draaide ik me nog een keer om en zag de advocaat verslagen onder het schilderij van zijn vader staan. Ik volgde haar naar de voordeur en juist toen ze deze achter me dicht wilde doen, draaide ik me naar haar om en schonk haar mijn meest onschuldige glimlach: 'Mijn excuses, advocaat Valera heeft me eerder mevrouw Marlasca's adres genoemd, maar nu ben ik er niet meer zeker van of ik het huisnummer goed heb onthouden ...'

De secretaresse zuchtte, erop gebrand om van me af te zijn.

'Dertien. Avenida de Vallvidrera nummer dertien.'

'Ach, natuurlijk.'

'Goedemiddag,' zei ze.

Voor ik haar gedag kon zeggen, sloot de deur zich plechtig en onherroepelijk als een heilig graf.

21

Toen ik terugkeerde in het huis met de toren, keek ik plotseling met andere ogen naar wat al te lang mijn thuis en gevangenis was geweest. Bij de ingang had ik het gevoel alsof ik de muil binnen ging van een wezen van steen en schaduw, en ik liep de brede trap op, de ingewanden van dat wezen in. Toen ik op de eerste verdieping de voordeur opende, leek de lange gang die in het duister verdween de voorkamer van een giftige, wantrouwige geest. Aan de andere kant tekende zich in de scharlakenrode schemering die via de loggia binnenviel, het silhouet van Isabella af die op me af liep. Ik deed de deur achter me dicht en knipte het licht aan.

Isabella had zich verkleed als een chique jongedame, met het haar opgestoken en een paar handige potloodlijntjes op haar gezicht waardoor ze tien jaar ouder leek.

'Je ziet er erg mooi en elegant uit,' zei ik ijzig.

'Bijna als een jonge vrouw van uw leeftijd, nietwaar? Vindt u de jurk mooi?'

'Waar heb je die vandaan?'

'Uit een kist in de kamer aan het eind van de gang. Ik denk dat hij van Irene Sabino is geweest. Wat vindt u ervan? Zit hij me niet als gegoten?'

'Ik heb toch gezegd dat je alles moest laten ophalen?'

'Dat heb ik ook gedaan. Vanochtend ben ik naar de parochie gegaan en ze zeiden dat zij niets ophalen, maar dat we het er zelf heen kunnen brengen als we dat willen.'

Ik keek haar zonder iets te zeggen aan.

'Het is de waarheid,' voegde ze eraan toe.

‘Trek dat uit en stop het terug op de plek waar je het hebt gevonden. En was je gezicht. Je ziet eruit als ...’

‘Een lichtekooi?’ maakte Isabella de zin af.

Zuchtend schudde ik mijn hoofd.

‘Nee. Jij zou er nooit als een lichtekooi uit kunnen zien, Isabella.’

‘Natuurlijk. Daarom vindt u ook niets aan mij,’ mompelde Isabella terwijl ze zich omdraaide en naar haar kamer liep.

‘Isabella,’ riep ik.

Ze negeerde me en ging haar kamer binnen.

‘Isabella,’ herhaalde ik luider.

Ze wierp me een vijandige blik toe en knalde de deur in het slot. Ik hoorde haar daar rondstommelen, liep naar de deur en klopte. Geen antwoord. Ik klopte nogmaals. Niets. Toen ik de deur opendeed, zag ik dat ze bezig was haar weinige bezittingen in een tas te stoppen.

‘Wat ben je aan het doen?’

‘Ik ga, dat is wat ik doe. Ik ga en ik laat u met rust. Of in oorlog, bij u weet je het nooit.’

‘Mag ik vragen waarheen?’

‘Maakt het u wat uit? Is dit een retorische of een ironische vraag? Het is duidelijk dat het u allemaal helemaal niets kan schelen, maar omdat ik een idioot ben, kan ik het onderscheid niet maken.’

‘Isabella, wacht even en ...’

‘Maakt u zich geen zorgen om de jurk, ik trek hem dadelijk uit. En de kroontjespennen kunt u terugbrengen, ik heb ze niet gebruikt en ik vind ze ook niet mooi. Burgerlijke prullaria.’

Ik deed een paar stappen in haar richting en legde een hand op haar schouder. Ze reageerde alsof ze door een slang gebeten werd.

‘Raak me niet aan.’

Zwijgend ging ik weer op de drempel staan. Isabella’s handen en lippen trilden.

‘Isabella, vergeef me. Alsjeblieft. Ik wilde je niet kwetsen.’

Ze keek me aan met betraande ogen en glimlachte bitter.

‘U heeft niets anders gedaan. Vanaf het moment dat ik hier ben. U heeft niets anders gedaan dan me gekwetst en behandeld als een domme koe die nergens verstand van heeft.'

'Vergeef me,' herhaalde ik. 'Leg die spullen terug. Ga niet weg.'

'Waarom niet?'

'Omdat ik je vraag om alsjeblieft niet te gaan.'

'Als ik medelijden en barmhartigheid wil, kan ik die ook wel op een andere plek vinden.'

'Er is geen sprake van medelijden of barmhartigheid, tenzij jij die voor mij voelt. Ik vraag je te blijven omdat ík hier de idioot ben en niet alleen wil zijn. Ik kán niet alleen zijn.'

'Wat mooi. Zo veel naastenliefde. Koopt u toch een hond.'

Ze liet de tas op bed vallen en ging uitdagend voor me staan, terwijl ze haar tranen droogde en de opgekropte woede de vrije loop liet. Ik slikte.

'Nu het uur van de waarheid toch is aangebroken, laat me u vertellen dat u altijd alleen zult zijn. U zult altijd alleen blijven omdat u niet kunt liefhebben noch delen. U bent als dit huis, waar ik kippenvel van krijg. Het verbaast me niet dat uw jongedame in het wit u heeft verlaten en dat iedereen u verlaat. U heeft niet lief en laat u niet liefhebben.'

Verslagen keek ik haar aan, alsof ik net een pak slaag had gekregen en niet begreep waar de slagen vandaan waren gekomen. Ik zocht stamelend naar woorden.

'Vind je de kroontjespennen echt niet mooi?' wist ik ten slotte uit te brengen.

Uitgeput draaide Isabella haar ogen weg.

'Trek alstublieft niet zo'n gezicht alsof u een geslagen hond bent. Ik mag dan dom zijn, maar zo onnozel ben ik nou ook weer niet.'

Ik antwoordde niet, maar bleef tegen de deurpost geleund staan. Isabella sloeg me gade met een mengeling van argwaan en medelijden.

'Dat van uw vriendin van de foto's heb ik niet zo bedoeld, mijn excuses,' zei ze zachtjes.

'Je hoeft je niet te verontschuldigen, het is waar.'

Met neergeslagen ogen liep ik weg en zocht mijn heil in de studeerkamer, waar ik naar de donkere stad staarde, begraven in de mist. Na een poosje hoorde ik haar aarzelende voetstappen op de trap.

'Bent u boven?' riep ze.
'Ja.'
Isabella kwam de kamer binnen. Ze had zich omgekleed en de tranen van haar gezicht gewassen. Ze glimlachte naar me en ik glimlachte terug.
'Waarom bent u zo?' vroeg ze.
Ik haalde mijn schouders op. Isabella kwam dichterbij en ging naast me zitten in de vensterbank, waar we genoten van de stilte en de schaduwen over de daken van de oude wijk, zonder dat woorden nodig waren. Na een tijdje grijnsde ze naar me en zei: 'Als we nu eens een sigaar van mijn vader aansteken en die met z'n tweeën oproken?'
'Geen sprake van.'
Ze verstomde weer, maar af en toe wierp ze een vluchtige blik op me en glimlachte dan weer. Ik keek naar haar vanuit mijn ooghoek en besefte dat ik enkel vanwege haar aanblik nog kon geloven dat er op deze beroerde wereld en, met een beetje geluk, ook in mij, iets goeds en eerlijks te vinden was.
'Blijf je?' vroeg ik.
'Geef me één goede reden. Een eerlijke reden, dat wil zeggen een egoïstische, in uw geval. En u kunt me maar beter niets op de mouw spelden, want dan ben ik zó vertrokken.'
Ze verschanste zich achter een afwerende houding in afwachting van een van mijn vleierijen en een ogenblik lang leek ze de enige persoon ter wereld tegen wie ik niet kon en wilde liegen. Ik staarde naar de grond en zei voor één keer de waarheid, al was het maar om haar zelf een keer hardop te horen.
'Omdat je de enige vriend bent die ik nog heb.'
Haar harde gezichtsuitdrukking verdween en ik keek weg voor ik medelijden in haar ogen las.
'En señor Sempere dan en die andere, die enorm pedante Barceló?'
'Jij bent de enige die me de waarheid durft te zeggen.'
'En uw vriend, Monsieur, zegt hij u niet de waarheid?'
'Dat kun je niet met elkaar vergelijken. Een opdrachtgever is geen vriend. En ik geloof niet dat hij in zijn hele leven ooit de waarheid heeft gezegd.'
Isabella keek me vastberaden aan.

'Ziet u? Ik wist wel dat u hem niet vertrouwde. Ik heb het vanaf de eerste dag van uw gezicht afgelezen.'

Ik probeerde iets van mijn waardigheid te herwinnen, maar vond slechts sarcasme.

'Heb je gezichten lezen aan je lijst van talenten toegevoegd?'

'Om het uwe te lezen is geen enkel talent nodig,' kaatste ze terug. 'Dat is zo eenvoudig als het lezen van *Klein Duimpje*.'

'En wat lees je nog meer in mijn gezicht, mijn beste waarzegster?'

'Dat u bang bent.'

Ik probeerde te lachen, maar het lukte niet.

'Daar moet u zich niet voor schamen, om bang te zijn. Bang zijn is een teken van gezond verstand. Mensen die nergens bang voor zijn, zijn de echte gekken. Dat las ik in een boek.'

'Het handboek voor de lafaard?'

'U hoeft het niet toe te geven als dat uw gevoel van mannelijkheid in gevaar brengt. Ik weet wel dat mannen denken dat de omvang van hun koppigheid overeen zou moeten komen met die van hun schaamdelen.'

'Heb je dat ook in dat boek gelezen?'

'Nee, dat is er eentje uit eigen doos.'

Ik liet mijn handen vallen in een gebaar van overgave.

'Goed dan. Ja, ik geef toe dat ik een vage onrust voel.'

'Vaag bent u alleen. U besterft het bijna van angst. Geef dat toch eens toe.'

'Laten we de zaken nu niet uit hun verband halen. We houden het erop dat ik bepaalde twijfels heb ten aanzien van mijn relatie met mijn uitgever, hetgeen begrijpelijk is, gezien mijn ervaringen. Voor zover ik weet is monsieur Corelli een echte heer en onze professionele relatie zal voor beide partijen vruchtbaar en positief zijn.'

'Daarom rommelt het in uw buik elke keer dat zijn naam valt.'

Ik zuchtte, zo langzamerhand had ik geen fut meer voor deze discussie.

'Wat wil je dan horen, Isabella?'

'Dat u ophoudt voor hem te werken.'

'Dat kan ik niet doen.'

‘En waarom niet? Kunt u hem niet zijn geld teruggeven en hem vertellen dat hij kan ophoepelen?’

‘Zo eenvoudig is het niet.’

‘Waarom niet? Zit u in de nesten?’

‘Ik geloof het wel.’

‘Wat voor soort nesten?’

‘Daar probeer ik achter te komen. Hoe dan ook, alleen ík ben daarvoor verantwoordelijk en dus ben alleen ík degene die het ook weer moet oplossen. Het is niets waar jij je zorgen over hoeft te maken.’

Isabella keek me aan; voor het moment berustte ze erin, maar ze was niet overtuigd.

‘U bent echt een hopeloos geval, weet u dat?’

‘Ik begin langzamerhand aan het idee te wennen.’

‘Als u wilt dat ik blijf, moeten de regels hier veranderen.’

‘Ik ben een en al oor.’

‘De tijd van verlicht despotisme is voorbij. Vanaf vandaag heerst in dit huis democratie.’

‘Vrijheid, gelijkheid en broederschap.’

‘Voorzichtig met dat broederschap. Maar het is afgelopen met beveel en heers, geen mister Rochester-gedrag meer.’

‘Zoals u wilt, miss Eyre.’

‘En maakt u zich geen illusies – ik ga niet met u trouwen, ook al wordt u blind.’

Ik stak mijn hand uit om ons pact te bezegelen. Ze pakte hem aarzelend en omhelsde me toen. Ik liet mezelf omhullen door haar armen en begroef mijn gezicht in haar haar. In haar aanraking proefde ik vrede en warmte, het levenslicht van een zeventienjarig meisje, en het voelde aan als de omarming waar mijn moeder nooit de gelegenheid en tijd voor had gevonden.

‘Vrienden?’ fluisterde ik.

‘Tot de dood ons scheidt.’

22

De nieuwe regels van het isabellinische bewind waren om negen uur de volgende ochtend van kracht; mijn assistente kwam de keuken in en informeerde me zonder omhaal hoe de zaken vanaf nu zouden lopen.

'Ik heb bedacht dat u routine nodig heeft in uw leven. Anders raakt u het spoor bijster en wordt u losbandig.'

'Waar heb je dat woord vandaan?'

'Uit een van uw boeken. Los-ban-dig. Klinkt goed.'

'En het rijmt ook zo han-dig.'

'Niet van het onderwerp afdwalen.'

Overdag zouden we allebei aan onze respectievelijke manuscripten werken. Dan zouden we 's avonds gezamenlijk eten en aansluitend zou zij me de geschreven pagina's van die dag laten lezen om ze te bespreken. Ik bezwoer haar dat ik eerlijk en open zou zijn en ter zake doende aanwijzingen zou geven, geen willekeurige kletspraatjes om haar tevreden te stellen. Zondag zou onze rustdag zijn en dan zou ik haar meenemen naar de bioscoop, het theater of voor een wandeling. Zij zou me helpen documenten te vinden in bibliotheken en archieven, en het zou haar taak zijn om ervoor te zorgen dat de voorraadkast prettig gevuld bleef. Ontbijt maken kwam voor mijn rekening, het avondeten voor de hare. De lunch zou worden bereid door degene die op dat moment tijd had. De schoonmaaktaken van het huis zouden we verdelen en ik beloofde het ontegenzeglijke feit te accepteren dat het huis met enige regelmaat schoongemaakt diende te worden. Onder geen beding zou ik proberen een vriendje voor haar te vinden en zij zou mijn motieven om voor

Monsieur, zoals ze hem consequent noemde, te werken niet in twijfel trekken en dienaangaande ook geen meningen ventileren, tenzij ik haar erom vroeg. De rest zouden we al doende bedenken.

Ik hief mijn koffiekopje op en we klonken op mijn onvoorwaardelijke capitulatie.

Na een paar dagen had ik me volledig overgegeven aan de vrede en gelatenheid van de vazal. Isabella had veel tijd nodig om wakker te worden en tegen de tijd dat ze met halfgesloten ogen uit haar kamer kwam gesloft op een paar pantoffels van mij die haar veel te groot waren, had ik het ontbijt klaar, niet alleen met koffie, maar ook met elke dag een andere krant.

Routine is de huishoudster van de inspiratie. Nauwelijks achtenveertig uur na de invoering van het nieuwe regime ontdekte ik dat ik langzamerhand de discipline van mijn meest productieve jaren begon te herwinnen. De uren van opsluiting in de studeerkamer kristalliseerden snel uit in talrijke pagina's, waardoor ik niet zonder een zekere onrust begon in te zien dat het werk vorm aannam en een punt bereikte waar het ophield een idee te zijn en werkelijkheid werd.

De tekst vloeide, briljant, elektriserend. Hij las als een legende, een mythologische sage vol wonderen en ontberingen. Het verbindende element van personages en scènes werd gevormd door een hoopvolle profetie voor het volk. In de vertelling werd de komst van een oorlogszuchtige redder voorbereid die de natie van alle pijn en onrecht zou moeten bevrijden, om haar weer in haar oude trots en glorie te herstellen, die sluwe vijanden haar hadden ontnomen – vijanden die sinds mensenheugenis tegen het volk hadden samengezworen, welk volk dan ook. De werking van de plot was vlekkeloos en effectief, ongeacht op welk credo, geslacht of stam. Vlaggen, goden en verkondigingen waren jokers in een spel waarin altijd dezelfde kaarten werden uitgedeeld. Gezien de aard van het werk had ik gekozen voor het gebruik van een van de meest complexe, literaire kunstgrepen: de schijnbare afwezigheid ervan. Het taalgebruik klonk ongekunsteld en eenvoudig, de stem was eerlijk en zuiver, een bewustzijn dat niet vertelde, maar openbaarde. Soms stopte ik om te herlezen wat ik had geschreven en raakte van blinde ijdelheid in vervoering als ik merkte hoe volmaakt de machinerie die ik aan het opbouwen was, functioneerde. Ik werd me ervan bewust dat ik voor het eerst in lange tijd hele uren niet aan Cristina of Pedro Vidal dacht. Het gaat weer bergopwaarts, zei ik bij mezelf. Misschien deed ik daarom, omdat ik weer uit het slop begon te raken, wat ik altijd had gedaan als ik mijn leven weer op de rails had: ik verknalde het.

Op een ochtend na het ontbijt kleedde ik me als een respectabele burger. Toen ik de loggia in liep om Isabella gedag te zeggen, zat ze gebogen over haar bureau en herlas de bladzijden van de vorige dag.

'Schrijft u vandaag niet?' vroeg ze zonder op te kijken.

'Een dag van reflectie.'

Ik zag dat ze de kroontjespennen en de inktpot met de muzen naast haar schrift had staan.

'Ik dacht dat je het burgerlijk vond,' zei ik.

'Dat vind ik ook, maar ik ben zeventien en heb al het recht van de wereld om van prullaria te houden. Net zoals u van uw sigaren houdt.'

Ze ving de lucht op van eau de cologne en wierp me een vragende blik toe. Toen ze mijn pak en stropdas zag, fronste ze haar wenkbrauwen.

'Gaat u weer voor detective spelen?' vroeg ze.

'Zo ongeveer.'

'Heeft u geen lijfwacht nodig? Een vrouwelijke dokter Watson? Iemand met gezond verstand?'

'Leer eerst schrijven voor je met excuses komt om het níét te hoeven doen. Dat is het privilege van de beroeps en je moet het verdienen.'

'Als ik uw assistente ben, ben ik dat voor alles.'

Ik glimlachte gedwee.

'Nu je het zegt, er is inderdaad iets wat ik je wilde vragen. Nee, vrees niet. Het heeft te maken met meneer Sempere. Ik heb vernomen dat hij krap bij kas zit en dat de boekhandel gevaar loopt.'

'Dat kan niet waar zijn!'

'Helaas is het zo, maar daarom niet getreurd, want wij zullen verhoeden dat het erger wordt.'

'Maar u weet hoe trots señor Sempere is en hij zal niet toestaan dat ... u heeft het al geprobeerd, nietwaar?'

Ik knikte.

'Daarom heb ik bedacht dat we gewiekster moeten zijn en ons heil moeten zoeken in meer onorthodoxe listen en lagen.'

'Uw specialiteit.'

Ik negeerde de geringschattende toon en zette mijn uiteenzetting voort.

'Ik heb het volgende bedacht: alsof je neus bloedt ga je langs bij de boekhandel en je zegt tegen meneer Sempere dat ik een bruut ben, dat je er genoeg van hebt ...'

'Tot zover honderd procent geloofwaardig.'

'Val me niet in de rede. Je zegt dat alles tegen hem en ook dat ik jou een schandalig assistentenloontje betaal.'

'Maar u betaalt me geen cent ...'

Ik zuchtte. Dit vergde geduld.

'Wanneer hij zegt dat hem dat spijt, en dat zal hij zeggen, dan speel je de vermoorde onschuld en je biecht hem op, als het mogelijk is met een enkel traantje, dat je vader je heeft onterfd en dat hij je naar een klooster wil sturen en dat je daarom hebt bedacht dat je misschien dagelijks een paar uur bij hem zou kunnen werken, voor drie procent commissie van wat je verkoopt, om ver van het klooster aan een toekomst te bouwen als vrije vrouw, toegewijd aan de verbreiding van de letteren.'

Isabella trok een gezicht.

'Drie procent? Wilt u Sempere helpen of hem kaalplukken?'

'Trek een jurk aan zoals onlangs, dof je weer zo mooi op en ga naar de boekhandel als zijn zoon er ook is, normaal gesproken is dat in de namiddag.'

'Hebben we het over die knappe jongen?'

'Hoeveel zoons heeft meneer Sempere?'

In Isabella's hoofd draaiden de radertjes op volle toeren en toen ze begreep hoe de vork in de steel zat, wierp ze me een vernietigende blik toe.

'Als mijn vader wist wat voor perverse geest u heeft, kocht hij dat geweer alsnog.'

'Ik wil alleen maar dat meneer Semperes zoon je ziet. En zijn vader moet zien hoe zijn zoon naar jou kijkt.'

'U bent nog erger dan ik dacht. Nu doet u ook nog aan vrouwenhandel.'

'Het is niets anders dan christelijke naastenliefde. Bovendien, jij was de eerste die toegaf dat Semperes zoon aantrekkelijk is.'

'Hij is aantrekkelijk en hij is een beetje een onnozele hals.'

'Laten we niet overdrijven. Sempere junior is gewoon een tikje verlegen in de aanwezigheid van het vrouwelijk geslacht, hetgeen hem siert. Hij is een modelburger die zich oefent in zelfbeheersing en ascese, hoewel hij zich van het overtuigende effect van zijn uiterlijk en elegantie bewust is, uit achting en respect voor de onbevlekte reinheid van de Barcelonese vrouw. Je zult toch niet kunnen ontkennen dat dat hem een aura verleent van nobelheid en charme dat aan je instincten appelleert, moederlijke en anderszins.'

'Soms denk ik dat ik u haat, meneer Martín.'

'Klamp je maar vast aan dat gevoel, maar geef niet Sempere junior de schuld van mijn gebreken als menselijk wezen, want hij is een goede ziel, dat moge duidelijk zijn.'

'We hadden afgesproken dat u geen vriendje voor me zou zoeken.'

'Niemand heeft het hier over vriendjes. Als je me laat uitspreken, dan vertel ik je de rest.'

'Ga door, Raspoetin.'

'Wanneer Sempere senior ja zegt, en dat zal hij zeggen, wil ik dat je elke dag twee of drie uur achter de toonbank van de boekhandel staat.'

'Gekleed als wat? Mata Hari?'

'Zo netjes en smaakvol als altijd. Lieftallig, suggestief, maar zonder opzien te baren. Als het nodig is, leen je een van die jurken van Irene Sabino, maar een discrete.'

'Er zijn er twee of drie die me als gegoten zitten,' zei Isabella, likkebaardend bij het vooruitzicht.

'Dan neem je de jurk die het meest verhullend is.'

'U bent een reactionair. En hoe zit het met mijn literaire vorming?'

'Is er een beter klaslokaal dan de boekhandel van Sempere &

Zoons? Daar zul je omringd zijn door meesterwerken waarvan je kunt leren in overvloed.'

'En wat doe ik? Diep ademhalen om te zien of er iets blijft hangen?'

'Het is maar voor een paar uur per dag. Verder ga je net als anders door met je werk hier, en krijg je mijn onbetaalbare adviezen, die een nieuwe Jane Austen van je zullen maken.'

'En wat is er nu eigenlijk listig aan uw opzet?'

'De list is dat ik je dagelijks een paar peseta's meegeef en elke keer dat je afrekent met de klant en de kassa opendoet, stop je ze er discreet in.'

'Dus dat is het plan ...'

'Dat is het plan en er is niets pervers aan, zoals je ziet.'

Isabella keek duister.

'Het zal niet werken. Hij zal zich realiseren dat er iets raars aan de hand is. Señor Sempere is een sluwe vos.'

'Het zal wél werken. En als meneer Sempere zijn verbazing uitspreekt, dan zeg je dat de klanten hun hand wat minder op de knip houden als ze een lieftallig, sympathiek jong ding achter de toonbank zien staan.'

'Dat mag zo zijn in die laag-bij-de-grondse tenten die u bezoekt, maar niet in een boekhandel.'

'Ik ben een andere mening toegedaan. Als ik in een boekhandel kom en ik zie daar een verkoopster staan die zo betoverend is als jij, dan ben ik in staat om zelfs de nieuwste winnaar van de nationale literatuurprijs te kopen.'

'Omdat uw geest smoezeliger is dan een stok in het kippenhok.'

'Ik heb ook, of misschien moet ik zeggen "we hebben" ook een schuld uitstaan bij meneer Sempere.'

'Die is onder de gordel.'

'Laat me dan niet nog lager mikken.'

Elke overredingsmanoeuvre die enigszins deugt, moet eerst appelleren aan nieuwsgierigheid, dan aan ijdelheid en als laatste aan vriendelijkheid of berouw. Isabella sloeg haar ogen neer en knikte nadenkend.

'En wanneer dacht u dit plan van de barmhartige nimf om te zetten in daden?'

'Laten we niet uitstellen tot morgen wat we vandaag kunnen doen.'

'Vandaag?'

'Vanmiddag.'

'Zegt u mij eens eerlijk: is dit een krijgslist om het geld wit te wassen dat Monsieur u betaalt, om uw geweten te zuiveren, of wat u ook op die plek heeft zitten?'

'Je weet dat mijn motieven altijd egoïstisch zijn.'

'En wat gebeurt er als señor Sempere nee zegt?'

'Je moet je ervan verzekeren dat zijn zoon erbij is en dat je op z'n zondags gekleed bent, maar niet alsof je naar de mis gaat.'

'Het is een vernederend, beledigend plan.'

'Maar je vindt het fantastisch.'

Isabella begon bijna te spinnen als een kat.

'En als de zoon zich ineens als een haantje gaat gedragen en te ver wil gaan?'

'Ik verzeker je dat de erfgenaam het niet zal durven je ook maar met een vinger aan te raken, tenzij in aanwezigheid van een geestelijke met een certificaat van het diocees in de hand.'

'Dat klinkt wel erg extreem.'

'Doe je het?'

'Voor u?'

'Voor de literatuur.'

23

Toen ik het huis verliet werd ik verrast door een koude, vinnige wind die ongeduldig door de straten veegde, en het werd me duidelijk dat de herfst op kousenvoetjes zijn intocht hield. Op het plaza del Palacio stapte ik in een lege tram, die daar als een grote, ijzeren muizenval stond te wachten. Ik ging bij het raam zitten en kocht een kaartje bij de conducteur.

'Gaat deze tot Sarrià?' vroeg ik.

'Tot het plein.'

Ik leunde met mijn hoofd tegen het raam en kort daarna zette de tram zich met een schok in beweging. Ik sloot mijn ogen en zonk weg in zo'n dutje waarvan je alleen kunt genieten aan boord van een mechanische misgeboorte – de slaap van de moderne mens. Ik droomde dat ik in een trein van zwarte botten en grafkistvormige wagons een verlaten Barcelona doorkruiste. Overal lagen achtergelaten kleren, als waren de lichamen die ze gedragen hadden, in rook opgegaan. Een steppe van hoeden en jurken, kostuums en schoenen bedekte de door stilte behekste straten. De locomotief liet een spoor van scharlakenrode rook achter dat zich als vergoten verf over de hemel uitbreidde. Monsieur zat glimlachend naast me, geheel gehuld in wit en met handschoenen aan. Van zijn vingertoppen drupte iets donkers en gelatineachtigs.

'Wat is er met de mensen gebeurd?'

'Heb geloof, Martín. Heb geloof.'

Toen ik wakker werd, gleed de tram net langzaam het plaza de Sarrià op. Nog voor hij volledig tot stilstand was gekomen, sprong ik eruit en sloeg de omhooglopende calle Mayor de Sarrià in. Een kwartier later kwam ik aan op mijn bestemming.

De avenida de Vallvidrera had zijn oorsprong in een somber bos achter het rode bakstenen kasteel van het Colegio San Ignacio. De met afgevallen bladeren bedekte straat liep bergopwaarts en werd geflankeerd door eenzame, grote huizen. Lage wolken trokken over de bergflank en losten op in mistflarden. Ik koos het trottoir van de oneven nummers en probeerde bij het passeren van muren en hekken de getallen te ontcijferen. Erachter zag ik gevels van donker geworden steen en drooggevallen fonteinen tussen paden die door het struikgewas nauwelijks zichtbaar waren. Een deel van het trottoir lag in de schaduw van een lange rij cipressen en ik kwam erachter dat de nummering van 11 naar 15 sprong. Verward keerde ik op mijn schreden terug en zocht naar nummer 13. Ik begon al te vermoeden dat de secretaresse van advocaat Valera slimmer was dan ze eruit had gezien en me een vals adres had gegeven, toen mijn oog op een doorgang viel die vanaf het trottoir een kleine vijftig meter doorliep tot aan een donker hekwerk met een kam van speren.

Ik ging het nauwe, geplaveide steegje in en liep naar het hek, dat werd overwoekerd door een verwilderde tuin. Tussen de lansen van het hek staken takken van een eucalyptus uit als smekende armen tussen de tralies van een gevangeniscel. Ik schoof het gebladerte dat een deel van de muur bedekte opzij en vond de in steen gebeitelde letters en getallen.

HUIZE MARLASCA
13

Terwijl ik het hek om de tuin af liep, probeerde ik een blik naar binnen te werpen. Na ongeveer twintig meter stuitte ik op een metalen deur in de stenen muur. Een zware deurklopper rustte op de ijzeren plaat die vastzat met tranen van roest. De deur stond op een kier. Ik duwde hem met mijn schouder zo ver open dat ik erdoor kon glippen zonder mijn kleren te scheuren aan de scherpe stukken steen die uit de muur staken. Een intense stank van vochtige aarde bezwangerde de lucht.

Tussen de bomen voerde een pad van marmeren platte stenen naar een met witte tegels geplaveide open plek. Aan één kant stond een koetshuis met de grote deuren wijd geopend en waren de resten zichtbaar van wat ooit een Mercedes-Benz was geweest en nu een aan zijn lot overgelaten lijkwagen leek. Het huis telde drie verdiepingen en was gebouwd in modernistische stijl, met gebogen lijnen en bekroond door een zwierige rij dakkapellen onder bogen en torentjes. Smalle vensters, spits als dolken, waren aangebracht in de gevel, die bezaaid was met reliëfs en waterspuwers. In de ruiten spiegelden zich de traag voorbijtrekkende wolken. Achter een van de vensters op de eerste verdieping meende ik de omtrek van een gezicht te zien.

Zonder goed te weten waarom, hief ik mijn arm op ten groet en glimlachte vaag – ik wilde niet voor een inbreker worden aangezien. De gestalte bleef staan en observeerde me, onbeweeglijk als een spin. Ik sloeg een moment mijn ogen neer en toen ik weer opkeek, was ze verdwenen.

'Goedendag!' riep ik.

Ik wachtte een paar seconden en toen er geen antwoord kwam, liep ik langzaam verder in de richting van het huis. Een oranjerie aan de oostelijke gevel werd geflankeerd door een ovaalvormig zwembad, waaromheen stoelen stonden van gerafeld zeildoek. Een springplank geheel overwoekerd door klimop stak uit boven de donkere waterspiegel. Ik naderde de rand en stelde vast dat het bassin vol lag met dood blad en algen, wiegend aan de oppervlakte. Terwijl ik naar mijn eigen spiegelbeeld in het water staarde, voelde ik dat iets duisters mij van achteren naderde.

Ik draaide me abrupt om en keek in een smal, somber gezicht dat me onrustig en achterdochtig opnam.

'Wie bent u en wat doet u hier?'

'Mijn naam is David Martín ... ik kom van advocaat Valera,' improviseerde ik.

De weduwe Marlasca perste haar lippen op elkaar.

'Bent u mevrouw Marlasca?'

'Wat is er gebeurd met degene die normaal gesproken komt?' vroeg ze.

Kennelijk hield mevrouw Marlasca me voor een van de assistenten van Valera's kantoor en dacht ze dat ik papieren meebracht om te ondertekenen of een mededeling had namens de advocaat. Een moment lang overwoog ik de mogelijkheid die identiteit aan te nemen, maar iets in het gezicht van de vrouw zei me dat men tegenover haar voldoende leugens had opgedist voor een heel leven en dat ze er niet één meer kon accepteren.

'Ik werk niet voor het kantoor, mevrouw Marlasca. De reden dat ik u bezoek is persoonlijk van aard. Ik vroeg me af of u even tijd heeft om met mij te praten over een van de voormalige eigendommen van wijlen uw man, don Diego.'

De weduwe verbleekte en wendde haar blik af. Ze leunde op een stok en ik zag op de drempel van de serre een rolstoel staan, waarin ze vermoedelijk meer tijd doorbracht dan ze zou willen toegeven.

'Er is geen enkel eigendom van mijn echtgenoot meer, meneer ...'

'Martín.'

'De banken hebben alles in beslag genomen, meneer Martín. Alles behalve dit huis dat hij dankzij de adviezen van meneer Valera's vader op mijn naam had gezet. Al het andere is meegenomen door die aaseters ...'

'Ik bedoelde het huis met de toren, in de calle Flassaders.'

De weduwe zuchtte. Ik schatte haar tussen de zestig en vijfenzestig. Ik kon zien dat ze ooit oogverblindend mooi moest zijn geweest.

'Vergeet u dat huis. Het is vervloekt.'

'Helaas kan ik dat niet. Ik woon er.'

Mevrouw Marlasca fronste haar wenkbrauwen.

'Ik dacht dat niemand daar wilde wonen. Het heeft vele jaren leeggestaan.'

'Ik huur het alweer een behoorlijke tijd. Bij de verbouwingswerkzaamheden heb ik persoonlijke bezittingen gevonden die vermoedelijk aan uw gestorven man en u hebben toebehoord, daarom ben ik hier.'

'Niets in dat huis is van mij. Wat u ook heeft gevonden, het zal van die vrouw zijn ...'

'Irene Sabino?'

Ze glimlachte bitter.

'Wat wilt u nu eigenlijk weten, meneer Martín? Vertelt u mij de waarheid. U bent niet helemaal hierheen gekomen om mij de bezittingen van mijn overleden man terug te geven.'

We keken elkaar zwijgend aan en ik wist dat ik voor geen prijs tegen deze vrouw wilde liegen.

'Ik probeer erachter te komen wat er met uw man is gebeurd, mevrouw Marlasca.'

'Waarom?'

'Omdat ik denk dat met mij hetzelfde aan het gebeuren is.'

Huize Marlasca bezat de atmosfeer van een verlaten familiegraf dat grote, door afwezigheid en verwaarlozing getekende huizen karakteriseert. Lang vervlogen waren de dagen van rijkdom en glorie, tijden dat een leger bedienden zorgde voor zijn oorspronkelijke pracht en praal; er restte slechts een ruïne. De verf op de muren bladderde af, de plavuizen op de vloer lagen los, de meubels waren aangevreten door vocht en koude, de plafonds zakten door en de grote tapijten waren versleten en verkleurd. Ik hielp de weduwe in haar rolstoel en duwde haar op haar aanwijzingen naar een bibliotheekkamer waar nauwelijks nog boeken of schilderijen te bekennen waren.

'Ik moest het grootste deel van onze bezittingen verkopen om te overleven,' legde de weduwe uit. 'Als ik advocaat Valera niet had gehad, die mij nog steeds maandelijks van een klein pensioen voorziet op kosten van het kantoor, had ik niet geweten waar ik naartoe had gemoeten.'

'Woont u hier alleen?'

Ze knikte.

'Dit is mijn huis. De enige plek waar ik gelukkig ben geweest, ook al is dat alweer vele jaren geleden. Ik heb hier altijd gewoond en ik zal hier ook sterven. Vergeeft u mij dat ik u niets heb aangeboden. Ik krijg al heel lang geen bezoek meer en weet helemaal niet meer hoe met gasten om te gaan. Wilt u koffie of thee?'

'Ik hoef niets, dank u.'

Mevrouw Marlasca glimlachte en wees op de stoel waarin ik zat.

'Dat was de lievelingsstoel van mijn echtgenoot. Daar ging hij altijd zitten, bij het vuur, om tot in de late uurtjes te lezen. Soms ging ik erbij zitten, naast hem, en luisterde naar hem. Hij hield ervan dingen te vertellen, toen tenminste. We waren heel gelukkig in dit huis ...'

'Wat is er gebeurd?'

De weduwe haalde haar schouders op en staarde in de as van de haard.

'Weet u zeker dat u dit verhaal wilt horen?'

'Alstublieft.'

24

'Om u de waarheid te zeggen weet ik niet precies wanneer mijn echtgenoot haar leerde kennen. Ik herinner me alleen dat hij op een gegeven moment haar naam noemde, aanvankelijk heel terloops, maar al snel ging er geen dag meer voorbij dat haar naam niet viel: Irene Sabino. Hij zei dat ze aan hem was voorgesteld door een man, Damián Roures genaamd, die in een lokaal aan de calle Elisabets spiritistische seances organiseerde. Diego was een deskundige op het gebied van religies en had meerdere van die seances als observator bijgewoond. In die tijd was Irene Sabino een van de populairste actrices van de Paralelo. Ze was een schoonheid, dat zal ik niet ontkennen. Maar volgens mij kon ze nog niet tot tien tellen. Het verhaal ging dat ze ter wereld was gekomen in de hutten aan het strand van Bogatell, door haar moeder was achtergelaten in de sloppenwijk de Somorrostro en tussen bedelaars en dubieuze lieden, die daar onderdoken, was opgegroeid. Op haar veertiende begon ze met dansen in nachtclubs en cabarets in de Raval en aan de Paralelo. Dansen is een eufemisme – vermoedelijk begon ze eerder met prostitutie dan dat ze leerde lezen, als ze het al ooit geleerd heeft ... Een tijdlang was ze de grote ster van het variététheater La Criolla, dat was in elk geval het verhaal. Daarna schoof ze door naar andere lokalen met meer klasse. Ik geloof dat ze in het Apollotheater een zekere Juan Corbera leerde kennen, door iedereen Jaco genoemd. Jaco was haar impresario en waarschijnlijk ook haar minnaar. Hij was het brein achter haar naam en legende; ze zou de geheime dochter zijn van een grote vedette uit Parijs en een Europese prins. Hoe haar echte naam luidde, weet ik niet. Ik weet niet of ze er ooit een had. Jaco voerde haar in in de spiritistische seances, ik geloof op Roures' aanbeveling, en de twee deelden de opbrengsten uit de verkoop van haar zogenaamde maagdelijkheid aan vermogende, verveelde mannen die aan dat soort farçes deelnamen om de monotonie van hun bestaan te doorbreken. Haar specialiteit was stellen, zei men.

Wat Jaco en zijn partner Roures niet vermoedden, is dat Irene geobsedeerd was door die seances en in alle ernst geloofde dat ze bij die schijnvertoningen contact kon maken met de wereld van de geesten. Ze was ervan overtuigd dat haar moeder haar vanaf gene zijde boodschappen toezond en zelfs toen ze beroemd werd bleef ze naar de seances gaan om te proberen met haar in contact te treden. Daar leerde ze ook mijn man Diego kennen. Vermoedelijk zaten we toen midden in een minder goede periode in ons huwelijk, zoals bij alle echtparen voorkomt. Diego wilde al heel lang de advocatuur opgeven en zich uitsluitend op het schrijven richten. Ik geef toe dat hij in mij niet de steun vond die hij nodig had. Ik dacht dat hij zijn leven overboord zou gooien als hij de advocatuur opgaf, hoewel ik waarschijnlijk alleen maar bang was om alles kwijt te raken: het huis, het personeel ... Evengoed ben ik alles kwijtgeraakt, en hem erbij. Wat ons uiteindelijk definitief uit elkaar dreef, was het verlies van Ismael. Ismael was onze zoon. Diego was gek op hem. Nooit heb ik zo'n toegewijde vader gezien. Ismael was zijn leven, niet ik. Op een keer maakten we ruzie in de slaapkamer op de eerste verdieping. Ik verweet hem dat hij te veel tijd besteedde aan het schrijven. Daardoor had zijn partner Valera, die er genoeg van had het werk voor twee te doen, hem een ultimatum gesteld. Hij dacht erover de praktijk op te heffen en zich zelfstandig te vestigen. Diego zei dat hem dat koud liet, hij was bereid zijn aandeel in de praktijk te verkopen en zich aan zijn roeping te wijden. Die middag konden we Ismael niet vinden, niet op zijn kamer noch in de tuin. Ik dacht dat hij, geschrokken van onze ruzie, mogelijk het huis uit was gelopen. Dat zou niet de eerste keer zijn. Maanden daarvoor hadden ze hem een keer huilend op een bankje op het plaza de Sarrià gevonden. We gingen de straat op om verder te zoeken terwijl het donker werd.

Nergens ook maar een spoor van hem. Bij buren gingen we langs, ziekenhuizen ... Toen we na een nacht zoeken bij het krieken van de dag terugkwamen, vonden we zijn lijfje op de bodem van het zwembad. Hij was de avond ervoor verdronken en we hadden zijn hulpkreten niet gehoord omdat we zelf tegen elkaar aan het schreeuwen waren. Ismael was zeven. Diego vergaf het me nooit, en zichzelf ook niet. Al snel verdroegen we elkaars aanwezigheid niet langer. Telkens als we elkaar aankeken of aanraakten, zagen we het lichaam van onze zoon dood op de bodem van dat vervloekte zwembad. Op een dag werd ik wakker en wist dat Diego me verlaten had. Hij verliet ook het advocatenkantoor en ging in een groot huis wonen in de Ribera, waardoor hij al jaren geobsedeerd was. Hij zei dat hij aan het schrijven was, dat hij een zeer belangrijke opdracht had gekregen van een Parijse uitgever, dat ik me over geld geen zorgen hoefde te maken. Ik wist dat hij met Irene samen was, hoewel hij dat ontkende. Hij was een gebroken man, ervan overtuigd dat hem slechts weinig tijd restte. Hij meende dat hij een ziekte had opgelopen, een soort parasiet, die hem vanbinnen opvrat. Hij sprak uitsluitend nog over de dood en luisterde naar niemand meer. Naar mij noch naar Valera ... Slechts naar Irene en Roures, die zijn brein vergiftigden met verhalen over geesten en hem geld aftroggelden met beloftes om hem in contact te brengen met Ismael. Op een keer ging ik naar het huis met de toren en smeekte hem open te doen. Hij liet me niet binnen, zei dat hij het druk had, dat hij ergens aan werkte waarmee hij Ismael kon redden. Toen werd me duidelijk dat hij zijn verstand begon te verliezen. Hij geloofde dat als hij dat vervloekte boek voor die Parijse uitgever nou maar schreef, onze zoon uit de dood zou opstaan. Ik ben ervan overtuigd dat Irene, Roures en Jaco erin slaagden hem al het geld uit de zak te kloppen dat hem restte, dat óns restte ... Maanden later, maanden waarin hij niemand meer had gezien en zich had opgesloten in dat verschrikkelijke huis, troffen ze hem dood aan. De politie zei dat het een ongeluk was geweest, maar dat heb ik nooit geloofd. Jaco was verdwenen en van het geld was geen spoor te bekennen. Roures beweerde van niets te weten. Hij verklaarde al maanden geen contact meer te hebben gehad met Diego omdat die gek was geworden en hem angst aanjoeg. Bij de spiritistische seances had Diego de laatste keren al zijn klanten bang gemaakt met zijn verhalen over verdoemde zielen, zodat Roures hem op een gegeven moment had verboden om nog terug te komen. Diego beweerde dat er onder de stad een grote poel van bloed verborgen lag, dat zijn zoon in dromen tegen hem sprak, hij was een gevangene van een schaduw in slangenhuid die zich voordeed als een jongen en met hem speelde ... Niemand was verbaasd toen ze hem dood aantroffen. Irene zei dat het mijn schuld was dat Diego zich van het leven had beroofd. De kille, berekenende echtgenote die, omdat ze haar luxeleventje niet wilde opgeven, haar zoon de dood in had gejaagd. Zij daarentegen was de enige die werkelijk van hem had gehouden en ze had nooit een cent van Diego aangenomen. En ik geloof dat ze daarin eerlijk was. Ik geloof dat Jaco haar gebruikte om Diego te verleiden en hem alles af te troggelen. Later, tijdens het uur van de waarheid, liet Jaco haar zitten en vluchtte weg zonder een cent met haar te delen. Dat zeiden ze van de politie, of althans, sommigen van hen. Ik heb altijd de indruk gehad dat ze niet al te diep in deze zaak wilden graven en dat de zelfmoordversie ze het beste uitkwam. Maar ik geloof niet dat Diego zich van het leven heeft beroofd. Ik geloofde het toen niet en ik geloof het nu niet. Ik geloof namelijk dat Irene en Jaco hem gedood hebben. En niet alleen voor geld. Er was meer. Een van de politiemensen die aan de zaak was toegewezen, een jongeman genaamd Ricardo Salvador, dacht dat ook. Volgens hem klopte er iets niet aan de officiele versie en hij dacht dat een bepaald persoon de werkelijke oorzaak van Diego's dood verdoezelde. Salvador vocht ervoor om de feiten boven water te krijgen, maar hij werd van de zaak af gehaald en mettertijd uit het korps gezet. Zelfs toen speurde hij op eigen houtje door. Soms kwam hij me bezoeken. We werden goede vrienden ... Ik was een alleenstaande vrouw, geruïneerd en wanhopig. Valera zei dat ik moest hertrouwen. Ook hij gaf me de schuld van wat er met mijn echtgenoot was gebeurd, en hij ging zo ver om te insinueren dat er toch meer dan voldoende alleenstaande middenstanders waren die er niets op tegen zouden hebben dat hun bed tijdens hun gouden jaren verwarmd werd door een knappe weduwe met een aristocratisch air. In de loop der tijd bezocht zelfs Salvador me niet meer. Ik kan het hem niet kwalijk nemen. Bij zijn pogingen om mij te helpen had hij zijn eigen leven verwoest. Soms denk ik dat dat het enige is wat ik in mijn leven voor anderen heb gedaan – hun leven verwoesten ... Deze geschiedenis heb ik tot de dag van vandaag aan niemand verteld, meneer Martín. Als ik u een raad mag geven, vergeet u dan dat huis, mij, mijn man en deze hele geschiedenis. Verwijder u ver van hier. Deze stad is verdoemd. Verdoemd.'

25

Ik verliet Huize Marlasca met knikkende knieën en dwaalde doelloos door het labyrint van eenzame straten dat naar Pedralbes voerde. De hemel was bedekt met een weefsel van grauwe wolken die amper een zonnestraal doorlieten. Af en toe doorboorden naalden van licht de grijze uitgestrektheid en zwiepten over de bergflank. Ik volgde de heldere strepen en zag hoe ze in de verte over het geëmailleerde dak van Villa Helius streken. De vensters glinsterden me vanuit de verte toe. Tegen alle gezonde verstand in zette ik koers in die richting. Hoe dichter ik het huis naderde, hoe donkerder de hemel werd, en een snijdende wind liet dood blad in spiralen omhoogwervelen. Bij de kruising met de calle Panamá stopte ik. Villa Helius verhief zich tegenover me. Niet in staat te vluchten en de straat over te steken of naar de deur te lopen om aan te bellen, bleef ik God weet hoe lang daar staan. Toen zag ik haar, ze liep langs een van de grote vensters op de tweede verdieping. Een ijzige koude voer door me heen. Ik wilde net vertrekken toen ze zich omdraaide en bleef staan. Ze ging bij het raam staan en ik kon haar ogen op me voelen. Bij wijze van groet hief ze haar hand op, maar stijfjes. Ik had niet de moed haar blik te weerstaan, maakte rechtsomkeert en liep de straat uit, weg van daar. Mijn handen trilden en ik stopte ze in mijn broekzakken. Voordat ik de hoek omsloeg, keek ik nog een keer om. Ze stond me daar nog steeds na te staren. Ik kon haar niet haten.

Thuis aangekomen voelde ik de kou tot in mijn botten. Uit de brievenbus stak een envelop. Perkament en zegellak. Berichten van Monsieur. Ik opende hem terwijl ik me de trap op sleepte. Zijn sierlijke handschrift ontbood me voor de volgende dag. De voordeur stond halfopen en Isabella stond me glimlachend op te wachten.

'Ik was in de studeerkamer en zag u aan komen lopen,' zei ze.

Ik probeerde naar haar te glimlachen, maar het zag er waarschijnlijk niet heel overtuigend uit. Ze keek me aan en haar gezicht kreeg een bezorgde uitdrukking.

'Gaat het wel goed met u?'

'Het is niets. Ik geloof dat ik verkouden ben geworden.'

'Ik heb bouillon op het vuur staan, dat doet wonderen. Kom.'

Isabella pakte me bij de arm en leidde me naar de loggia.

'Isabella, ik ben niet invalide.'

Ze liet me los en keek naar beneden.

'Excuus.'

Ik had geen fut om wie dan ook het hoofd te bieden, en al helemaal niet mijn vasthoudende assistente, daarom liet ik me naar een stoel in de loggia leiden en plofte erin neer als een zak aardappelen. Isabella ging tegenover me zitten en keek me gealarmeerd aan.

'Wat is er gebeurd?'

Ik glimlachte geruststellend.

'Niets, Isabella. Er is niets gebeurd. Wilde je me niet een kop bouillon brengen?'

'Nu meteen!'

Als een haas rende ze naar de keuken, waar ik haar hoorde rommelen. Ik haalde diep adem en sloot mijn ogen tot haar voetstappen weer dichterbij kwamen.

Ze reikte me een dampende kop aan van buitensporige proporties.

'Het lijkt wel een nachtspiegel,' zei ik.

'Drinkt u het nu maar op en bespaart u zich de onbetamelijkheden.'

Ik snoof de geur van de bouillon op. Het rook goed, maar ik wilde niet al te toegeeflijk overkomen.

'Ruikt vreemd,' zei ik. 'Wat zit erin?'

'Het ruikt naar kip omdat er kip in zit, zout en een scheutje sherry. Drinkt u nu maar.'

Ik nam een teug en gaf haar de kop terug. Isabella schudde haar hoofd.

'Helemaal.'

Ik zuchtte en nam nog een teug. Het smaakte goed, moest ik toegeven.

'Vertel, hoe was uw dag?'

'Och, hij had zo zijn momenten. En hoe verging het jou?'

'U zit tegenover de nieuwe sterverkoopster van Sempere & Zoons.'

'Uitstekend.'

'Nog voor het vijf uur was, had ik al twee exemplaren van *Het portret van Dorian Gray* en de complete werken van Pirandello verkocht aan een zeer gedistingeerde heer uit Madrid, die me een fooi heeft gegeven. Trekt u maar niet zo'n gezicht ... de fooi heb ik ook in de kassa gestopt.'

'En Sempere junior, wat zei hij?'

'Wat heet zeggen, hij zegt niet veel. Hij stond er de hele tijd als een houten klaas bij en deed alsof hij niet naar me keek, terwijl hij me geen moment uit het oog verloor. Ik kan bijna niet zitten van al dat kijken naar mijn achterste telkens als ik de trap op klom om een boek te pakken. Tevreden?'

Ik knikte glimlachend.

'Dank je, Isabella.'

Ze keek me strak aan.

'Zegt u dat nog eens.'

'Dank je, Isabella. Uit de grond van mijn hart.'

Ze werd rood en keek weg. Een tijdje bleven we vreedzaam zitten. Ik dronk de hele kop leeg, hoewel er al geen druppel meer bij kon, en liet haar de lege kop zien. Ze knikte.

'U bent naar haar toe gegaan, nietwaar? Die vrouw, Cristina,' zei ze en ze ontweek mijn blik.

'Isabella, de gezichtenlezeres ...'

'Vertelt u me de waarheid.'

'Ik heb haar alleen maar van een afstandje gezien.'

Isabella bekeek me behoedzaam, alsof ze met zichzelf in strijd was of ze me wel of niet zou vertellen wat haar dwarszat.

'Houdt u van haar?' vroeg ze uiteindelijk.

Een moment lang heerste er stilte.

‘Ik weet niet hoe ik van iemand moet houden, dat heb je me toch zelf verteld? Ik ben een egoïst en al die dingen meer. Laten we het gesprek over een andere boeg gooien.’

Isabella knikte, haar ogen gericht op de envelop die uit de zak van mijn jasje stak.

‘Nieuws van Monsieur?’

‘De maandelijkse oproep. De excellente heer Andreas Corelli behaagt het mij morgen om zeven uur in de ochtend te ontbieden bij de poorten van het kerkhof van Pueblo Nuevo. Een betere plek had hij niet kunnen bedenken.’

‘En, gaat u?’

‘Wat kan ik anders doen?’

‘U kunt vanavond nog een trein nemen en voor altijd verdwijnen.’

‘Je bent de tweede vandaag die me dit voorstelt. Om te verdwijnen.’

‘Er zal wel een reden voor zijn.’

‘En wie zal dan je gids en mentor zijn die je door de verschrikkingen van de literatuur loodst?’

‘Ik ga met u mee.’

Ik glimlachte en pakte haar hand.

‘Met jou naar het einde van de wereld, Isabella.’

Ze trok bruusk haar hand terug en keek me beledigd aan.

‘U lacht me uit.’

‘Isabella, de dag dat ik het in mijn hoofd haal om jou uit te lachen, schiet ik een kogel door mijn kop.’

‘Zeg dat niet. Ik houd er niet van als u zo praat.’

‘Excuses.’

Mijn assistente keerde terug naar haar bureau en verviel in lang stilzwijgen. Ik keek toe hoe ze de pagina’s van de dag doornam, en met een van de kroontjespennen correcties aanbracht en hele alinea’s doorhaalde.

‘Als u me op mijn vingers kijkt, kan ik me niet concentreren.’

Ik stond op en liep om haar bureau heen.

‘Dan laat ik je verder werken en na het avondeten laat je me zien wat je hebt geschreven.’

‘Het is nog niet af. Ik moet alles corrigeren en herschrijven en ...’

'Het is nooit af, Isabella. Wen er maar vast aan. Na het eten kijken we er samen naar.'

'Morgen.'

Ik gaf me over.

'Morgen.'

Ze knikte. Ik wilde de loggiadeur al sluiten om haar alleen te laten met haar geschreven woorden, toen ze me riep.

'David?'

Ik bleef stilstaan aan de andere kant van de deur, maar zei niets.

'Het is niet waar. Het is niet waar dat u niemand kunt liefhebben.'

Ik trok me terug in mijn kamer en deed de deur dicht. Op bed draaide ik me op mijn zij, kroop in elkaar, en sloot mijn ogen.

26

Na het ochtendgloren verliet ik het huis. Donkere wolken kropen over de daken en ontnamen de straten hun kleur. Terwijl ik door het Parque de la Ciudadela liep, spetterden de eerste druppels op de bladeren van de bomen en ploften als kogeltjes op de weg, kleine stofwolkjes opwerpend. Aan de andere kant van het park tekende zich tegen de horizon een woud van fabrieken en gastorens af, en kolenstof van hun schoorstenen dat in de regen oploste viel in teerdruppels uit de hemel. Ik wandelde door de ongastvrije cipressenpromenade die naar de poorten van het kerkhof leidde, dezelfde weg die ik zo vaak had afgelegd met mijn vader. Monsieur was er al. Ik zag hem van verre, onverstoorbaar wachtend in de regen, aan de voet van een van de grote, stenen engelen die de hoofdingang naar het kerkhof bewaakten. Hij ging in zwart gekleed en het enige wat hem onderscheidde van de honderden standbeelden aan de andere kant van het traliewerk, waren zijn ogen. Hij stond daar volstrekt onbeweeglijk tot ik nauwelijks een paar meter van hem verwijderd was, en omdat ik niet wist wat ik moest doen, stak ik mijn hand op. Het was koud en de wind rook naar kalk en zwavel.

'Bezoekers denken naïef dat het altijd zonnig en warm is in deze stad,' zei hij. 'Maar ik zeg altijd dat Barcelona's oude, troebele, donkere ziel zich vroeg of laat weerspiegelt in de hemel.'

'U zou gidsen voor buitenlandse bezoekers moeten uitgeven in plaats van religieuze teksten,' opperde ik.

'Dat komt uiteindelijk op hetzelfde neer. Hoe is het u vergaan tijdens deze dagen van kalmte en vrede? Bent u opgeschoten met uw werk? Heeft u goed nieuws voor mij?'

Ik knoopte mijn jasje open en overhandigde hem een bundel velletjes. We liepen de begraafplaats op, op zoek naar een beschutte plek. Monsieur koos een oud mausoleum met een koepel op marmeren zuilen, omringd door engelen met scherpe gezichten en te lange vingers. We gingen zitten op een koude, stenen bank. Hij gaf me een van zijn hondachtige grijnsjes en knipoogde. Zijn glinsterende gele pupillen vernauwden zich tot een zwarte stip waarin ik mijn bleke, zichtbaar ongeruste gezicht gereflecteerd zag.

'Ontspant u zich, Martín. U kent de rekwisieten te veel betekenis toe.'

Kalm begon hij de pagina's te lezen die ik voor hem had meegenomen.

'Ik denk dat ik een wandelingetje ga maken terwijl u leest,' zei ik.

Corelli knikte zonder van de pagina's op te kijken.

'Ontsnap me niet,' mompelde hij.

Ik maakte me zo snel mogelijk uit de voeten en dwaalde over paden met bochten en hoeken. Ik ontweek obelisken en graftombes en raakte langzaamaan in het hart van de dodenstad. De grafsteen was er nog, gemarkeerd door een aarden pot met een skelet van vergane bloemen. Vidal had de begrafenis betaald en had zelfs een beeldhouwer van enige naam binnen het gilde de opdracht gegeven een piëta te maken die de tombe bewaakte, de blik hemelwaarts geheven. Ik knielde voor de grafsteen en schraapte het mos weg van de gegraveerde inscriptie.

JOSÉ ANTONIO MARTÍN CLARÉS
1875 – 1908
HELD VAN DE FILIPPIJNSE OORLOG
ZIJN LAND EN ZIJN VRIENDEN ZULLEN HEM NOOIT VERGETEN

'Goedemorgen, vader,' zei ik.

Ik keek toe hoe de zwarte regen over het gelaat van de piëta gleed en luisterde naar het geluid van de druppels die op de grafstenen roffelden, en ik glimlachte op de gezondheid van de vrienden die hij nooit had gehad en op het land dat hem bij leven de dood in had gestuurd om een stel caciques rijk te maken die nooit van zijn bestaan geweten hadden. Ik ging op de steen zitten en legde mijn hand op het marmer.

'Wie had dat gedacht, nietwaar?'

Mijn vader, die altijd had geleefd op de rand van de misère, rustte voor eeuwig in het graf van een burgerman. Als kind had ik nooit begrepen waarom de krant hem een echte begrafenis had gegeven, met een voorname geestelijke en klaagvrouwen, met bloemen en een graf als van een suikerimporteur. Niemand had me verteld wie die pracht en praal had betaald voor de man die in zijn plaats was gestorven, hoewel ik het altijd vermoed had en het gebaar had toegeschreven aan de oneindige goedheid en vrijgevigheid waarmee de hemel mijn mentor en idool had gezegend, de grote don Pedro Vidal.

'Ik moet u om vergiffenis vragen, vader. Jarenlang heb ik u erom gehaat dat u mij hier alleen achterliet. Ik hield mezelf voor dat u de dood had gevonden die u altijd wilde. Daarom heb ik u nooit bezocht. Vergeef me.'

Mijn vader had nooit van tranen gehouden. Een echte man huilde niet vanwege anderen, alleen vanwege zichzelf. En als hij dat wel deed, dan was hij een zwakkeling die geen mededogen verdiende. Ik wilde niet nu voor hem huilen en hem nogmaals verraden.

'Ik had het fijn gevonden als u mijn naam op een boek had zien staan, ook al had u het niet kunnen lezen. Ik had het fijn gevonden als u hier was geweest, bij mij, om te zien dat het uw zoon is gelukt om vooruit te komen. Hij heeft dingen bereikt waarvoor ze u nooit de kans hebben gegeven. Ik had graag geweten wie u bent, vader, en ik had het fijn gevonden wanneer u *míj* had gekend. Ik heb van u een vreemde gemaakt om u te kunnen vergeten en nu ben ik zelf een vreemdeling geworden.'

Ik had Monsieur niet horen naderen, maar toen ik opkeek, zag ik dat hij me vanaf een kleine afstand zwijgend gadesloeg. Ik kwam overeind en liep naar hem toe als een goed gedresseerde hond. Ik vroeg me af of hij wist dat mijn vader hier begraven lag en of hij me juist om die reden hier had ontboden. Mijn gezicht was vermoedelijk een open boek, want hij schudde zijn hoofd en legde een hand op mijn schouder.

'Ik wist het niet, Martín. Het spijt me.'

Ik was niet bereid om die deur naar vriendschap voor hem te openen. Ik wendde me af om zijn gebaar van genegenheid en compassie af te weren en kneep mijn ogen dicht om de tranen van woede tegen te houden. Toen ging ik langzaam op weg naar de uitgang, zonder op hem te wachten. Na enkele seconden volgde hij. In stilte liep hij naast me tot we bij de hoofduitgang waren. Daar stond ik stil en keek hem ongeduldig aan.

'En? Heeft u commentaar?'

Hij negeerde mijn licht vijandige toon en glimlachte geduldig.

'Het werk is uitstekend.'

'Maar ...'

'Als ik er iets over zou moeten zeggen, dan dit: u heeft naar mijn mening de spijker op zijn kop geslagen door de hele geschiedenis te vertellen vanuit het perspectief van een getuige van de gebeurtenissen, iemand die zich slachtoffer voelt en spreekt uit naam van een volk dat wacht op die oorlogszuchtige redder. Gaat u vooral zo verder.'

'Lijkt het u niet geforceerd, gekunsteld ...?'

'Integendeel. Niets brengt ons meer tot geloven dan angst en de zekerheid te worden bedreigd. Als we ons slachtoffer voelen, is alles wat we doen en geloven gerechtvaardigd, hoe aanvechtbaar dat ook mag zijn. Onze tegenstanders, of eenvoudigweg onze buren, staan niet meer op gelijke hoogte met ons en veranderen in vijanden. We houden op aanvallers te zijn, om te veranderen in verdedigers. We rechtvaardigen onze jaloezie, hebzucht of wrok die ons motiveert, omdat we onszelf voorhouden dat we handelen uit zelfverdediging. Het kwaad en de dreiging komen altijd bij de ander vandaan. De eerste stap tot gepassioneerd geloven is angst. Angst om onze identiteit, ons leven, onze rang of onze overtuigingen te verliezen. Angst is het buskruit en haat is de lont. In laatste instantie is het dogma slechts een brandende lucifer. Op dit punt vertoont uw werk naar mijn idee nog een enkele lacune.'

'Legt u mij eens uit: gaat het u om het geloof of om het dogma?'

'Het is voor ons niet voldoende dat de mensen geloven. Ze moeten geloven wat wíj willen dat ze geloven. En ze moeten het niet in twijfel trekken noch de stem horen van wie dan ook die het in twijfel trekt. Het dogma moet onderdeel worden van de identiteit. Wie dat in twijfel trekt, is onze vijand. Is het kwaad. En we hebben het recht en de plicht hem het hoofd te bieden en hem te vernietigen. Dat is de enige weg naar redding. Geloven om te overleven.'

Ik zuchtte, wendde mijn blik af en knikte onwillig.

'Ik zie dat u niet overtuigd bent, Martín. Zegt u mij wat u denkt. Denkt u dat ik me vergis?'

'Ik weet het niet. Ik geloof dat u de dingen op een gevaarlijke manier simplificeert. Uw hele verhaal lijkt een eenvoudig mechanisme om haat te zaaien.'

'Het adjectief dat u wilde gebruiken was niet "gevaarlijk", maar "weerzinwekkend", maar dat zal ik door de vingers zien.'

'Waarom moeten we het geloof reduceren tot een handeling van afwijzing en blinde gehoorzaamheid? Is het niet mogelijk te geloven in de waarden van aanvaarding, van saamhorigheid?'

Monsieur glimlachte geamuseerd.

'Het is mogelijk om in alles te geloven, Martín, in de vrije markt of in de tandenfee. Men kan zelfs geloven dat we nergens in geloven, zoals u doet, wat wel de grootste lichtgelovigheid is van allemaal. Heb ik gelijk?'

'De klant heeft altijd gelijk. Wat ontbreekt naar uw mening in het verhaal?'

'Ik mis een schurk. De meesten van ons, of we dat nu beseffen of niet, definiëren zichzelf meer door tégen iets of iemand te zijn dan dat ze zich met iets of iemand identificeren. Met andere woorden: het is veel gemakkelijker te reageren dan te ageren. Niets wakkert het geloof en de geloofsijver meer aan dan een goede antagonist. Hoe onwaarschijnlijker, hoe beter.'

'Ik had gedacht dat ik dat beter op een abstracte wijze kon uitvoeren. De antagonist is dan de ongelovige, de vreemdeling die buiten de groep staat.'

'Zeker, maar ik zou graag zien dat je dat concreet maakt. Een idee kun je moeilijk haten. Dat vereist een zekere intellectuele discipline en een geobsedeerde, ziekelijke geest, die niet al te vaak voorhanden is. Het is veel eenvoudiger om iemand met een herkenbaar gezicht te haten, aan wie men de schuld kan geven van alles wat ons niet zint. Het hoeft niet per se één persoon te zijn. Het kan een volk zijn, een ras, een groep ... wat dan ook.'

Tegen het vlekkeloze, serene cynisme van Monsieur kon zelfs ik niets uitrichten. Ik snoof verslagen.

'Speelt u nu niet de modelburger, Martín. U maakt het namelijk niets uit en we hebben een schurk nodig in deze vaudeville. Dat zou u beter moeten weten dan wie ook. Er is geen drama zonder conflict.'

'Wat voor soort slechterik zou u willen hebben? Een binnenvallende tiran? Een valse profeet? De boeman?'

'De kostumering laat ik aan u over. Ieder van de gebruikelijke verdachten vind ik goed. Onze slechterik moet het ons mogelijk maken de slachtofferrol aan te nemen en onze morele superioriteit op te eisen. We projecteren op hem alles wat we in onszelf niet willen herkennen en demoniseren hem naar believen. Dat is het abc van het farizeeërdom. Ik zei u al dat u de Bijbel moet lezen. Daarin staan alle antwoorden die u zoekt.'

'Ik ben ermee bezig.'

'Het is voldoende de kwezel ervan te overtuigen dat hij vrij is van elke zonde om hem meteen vol enthousiasme stenen te laten gooien, of bommen. Feitelijk vereist dat geen grote inspanning, want met slechts een enkele aanmoediging en een alibi overtuigt hij zichzelf. Vindt u dat ik mij duidelijk genoeg heb uitgedrukt?'

'U drukt zich uitstekend uit. Uw argumenten hebben de subtiliteit van een hoogoven in een ijzersmelterij.'

'Ik geloof niet dat ik die neerbuigend vriendelijke toon helemaal apprecieer, Martín. Of vindt u wellicht dat dit alles niet beantwoordt aan het niveau van uw morele of intellectuele puurheid?'

'Zeker wel,' mompelde ik lafhartig.

'Wat zit u dan dwars, mijn vriend?'

'Hetzelfde als altijd. Ik ben er niet zeker van of ik de nihilist ben die u zoekt.'

'Niemand is dat. Nihilisme is een pose, geen doctrine. Houd een kaarsvlam onder de testikels van een nihilist en u zult zien hoe snel hij het licht van het bestaan ziet. Wat u dwarszit, is iets anders.'

Ik keek op en trok mijn meest uitdagende toon uit de kast, waarbij ik Monsieur recht in de ogen keek.

'Misschien stoort het mij dat ik weliswaar alles begrijp wat u zegt, maar dat ik het niet vóél.'

'Betaal ik u om te voelen?'

'Soms is voelen en denken hetzelfde. Die gedachtegang is van u, niet van mij.'

Monsieur glimlachte en liet een van zijn dramatische pauzes vallen, als een schoolmeester die de verbaal dodelijke dolkstoot voorbereidt om een balorige, onwillige leerling het zwijgen op te leggen.

'En wat voelt u dan, Martín?'

De ironie en minachting in zijn stem moedigden me aan en ik opende de sluizen van het in zijn schaduw maandenlang opgekropte gevoel van vernedering. Woede en schaamte dat ik in zijn nabijheid angst voelde en zijn giftige verhandelingen duldde. Woede en schaamte dat hij mij getoond had, hoewel ik wilde geloven dat in mij niets dan vertwijfeling huisde, dat mijn ziel net zo armzalig en kleinzielig was als zijn filosofie van likmevestje. Woede en schaamte omdat ik voelde en wist dat hij in alles gelijk had, vooral wanneer het pijn deed om het te accepteren

'Ik heb u een vraag gesteld, Martín. Wat vóélt u?'

'Ik heb het gevoel dat het het beste zou zijn alles te laten zoals het is en u het geld terug te geven. Ik heb het gevoel dat wat u ook met deze absurde onderneming voorheeft, ik er liever geen deel aan heb. En vooral heb ik het gevoel dat het beter was geweest als ik u nooit had leren kennen.'

Monsieur sloot zijn ogen en hulde zich in een lang stilzwijgen. Hij draaide zich om en deed een paar passen in de richting van de poorten van de dodenstad. Ik sloeg zijn donkere silhouet gade, dat zich aftekende tegen de tuin van marmer, zijn onbeweeglijke schaduw in de regen. Ik voelde angst, een troebele vrees die in mij begon te groeien en me het kinderlijke verlangen ingaf om vergiffenis te vragen en elke willekeurige straf te accepteren, als ik dit zwijgen maar niet meer hoefde te verdragen. En ik voelde walging. Om zijn aanwezigheid en vooral om mezelf.

Monsieur draaide zich om en liep terug. Op luttele centimeters van mij stond hij stil en boog zijn gezicht heel dicht naar het mijne. Ik voelde zijn koude adem en verdronk in zijn bodemloze zwarte ogen. Deze keer was de toon van zijn stem puur ijs, ontdaan van de doelmatige, geforceerde menselijkheid waarmee hij zijn gesprekken en gebaren placht te garneren.

'Ik zal het u slechts één enkele keer zeggen. U komt uw deel na en ik het mijne. Dat is het enige wat u kunt en moet voelen.'

Pas toen hij de bundel velletjes uit zijn zak haalde, werd ik me ervan bewust dat ik herhaaldelijk knikte. Voordat ik de papieren kon aanpakken, liet hij ze vallen. De wind wervelde ze weg en ze raakten verspreid tot aan de poorten van het kerkhof. Ik haastte me om ze van de regen te redden, maar sommige waren in de plassen gevallen en bloedden leeg in het water – de woorden lieten als dunne draden los van het papier. Ik verzamelde ze allemaal in een vuistvol nat papier. Toen ik weer opkeek, was Monsieur verdwenen.

27

Als ik ooit mijn toevlucht wilde nemen tot een vertrouwd gezicht, dan was dit het moment. Ik ging naar het oude gebouw van *De stem van de industrie,* dat zich achter de muren van het kerkhof verhief, in de hoop er mijn oude meester don Basilio aan te treffen. Hij was een van de weinige zielen die immuun was voor de stompzinnigheid van de wereld, met bovendien altijd een goed advies in de aanbieding. Toen ik het gebouw betrad viel me op dat ik de meeste medewerkers die ik tegenkwam, nog kende. Sinds mijn vertrek jaren geleden leek er geen minuut verstreken te zijn. Degenen die me herkenden, wierpen me argwanende blikken toe en keken vervolgens weg om me niet te hoeven groeten. Ik glipte de redactie op en liep linea recta naar het kantoor van don Basilio achterin. Het was leeg.

'Wie zoekt u?'

Ik draaide me om en zag Rosell, een van de redacteuren die ik al oud vond in de tijd dat ik daar als knul werkte. Hij was degene die voor de krant de venijnige recensie had neergepend over *De voetstappen van de hemel*, waarin hij mij kwalificeerde als 'redacteur van miniadvertenties'.

'Meneer Rosell, ik ben het, Martín, David Martín. Herinnert u zich mij niet?'

Rosell monsterde me uitvoerig, alsof hij me slechts met de grootste moeite herkende, en knikte ten slotte.

'En don Basilio?'

'Die is twee maanden geleden vertrokken. U vindt hem op

de redactie van *La Vanguardia*. Als u hem ziet, doet u hem dan de groeten van mij.'

'Dat zal ik doen.'

'Het spijt me van uw boek,' zei Rosell met een inschikkelijke glimlach.

Onder ontwijkende blikken, scheve grijnsjes en vinnig gemurmel liep ik de ruimte door en verliet de redactie. De tijd heelt alles, dacht ik, behalve de waarheid.

Een halfuur later zette een taxi me af bij de deuren van de hoofdzetel van *La Vanguardia* in de calle Pelayo. In tegenstelling tot de sinistere, aftandse inventaris bij mijn oude krant, straalde alles hier voornaamheid en overdaad uit. Ik meldde me bij de balie van de portiersloge en een jonge jongen die eruitzag als een stagiair en me aan mezelf deed denken in mijn jaren als duvelstoejager, werd erop uitgestuurd om don Basilio van het bezoek op de hoogte te brengen. De verschijning van mijn oude meester had met het verstrijken van de jaren nog niets aan leeuwachtigheid ingeboet. In het nieuwe kostuum, passend bij de deftige omgeving, oogde don Basilio net zo imposant als gedurende zijn gloriejaren bij *De stem van de industrie*. Bij mijn aanblik lichtten zijn ogen op van vreugde en tegen zijn ijzeren protocol in ontving hij me met een omhelzing waarbij ik gerust twee of drie ribben had kunnen breken, als er geen publiek aanwezig was geweest en don Basilio niet toch enigszins schijn en reputatie hoog te houden had.

'Worden we langzaamaan burgerlijk, don Basilio?'

Mijn oude baas haalde zijn schouders op en bagatelliseerde met een handbeweging de betekenis van het nieuwe decorum.

'Laat u niet te veel imponeren.'

'Nu niet bescheiden zijn, don Basilio, dit is een heuse grot van Ali Baba. Bent u ze al mores aan het leren?'

Don Basilio haalde zijn eeuwige rode potlood tevoorschijn en hield het met een knipoog voor mijn neus.

'Vier keer per week.'

'Twee minder dan bij *De stem*.'

'Gunt u me nog wat tijd, ik heb hier nog wel een enkele eminentie die zijn interpunctie hanteert als een geweer en denkt dat de *entradilla*, de openingsalinea, een gerechtje is dat gegeten wordt in de provincie Logroño.'

Ondanks zijn scherpe woorden was het duidelijk dat don Basilio zich goed voelde in zijn nieuwe thuis en hij zag er zelfs gezonder uit dan vroeger.

'Ik wil niet van u horen dat u gekomen bent omdat u werk zoekt, want ik ben in staat om het u te geven,' dreigde hij.

'Dat waardeer ik, don Basilio, maar u weet dat ik mijn journalistenpen aan de wilgen heb gehangen en dat nieuws niet aan mij is besteed.'

'In dat geval hoor ik graag hoe deze oude brombeer u kan helpen.'

'Ik heb voor een verhaal waar ik aan werk informatie nodig over een oude zaak – de dood van een gerenommeerd advocaat genaamd Marlasca, Diego Marlasca.'

'Over welk jaar hebben we het?'

'1904.'

Don Basilio zuchtte.

'Dat gaat wel heel ver terug, er is sindsdien heel wat water door de rivier gestroomd.'

'Niet voldoende om de zaak weg te wassen.'

Don Basilio legde een hand op mijn schouder en gebaarde me hem naar de redactie te volgen.

'Geen zorgen, u bent naar de juiste plek gekomen. Deze beste mensen voeren een archief waar het Vaticaan jaloers op zou zijn. Als er iets over in de pers heeft gestaan, dan vinden we het hier. En bovendien is de chef-archivaris een goede vriend van mij. Ik waarschuw u, naast hem ben ik Sneeuwwitje. Laat u niet intimideren door zijn norse manier van doen. Eigenlijk, en dat houdt hij heel goed verborgen, is het een aardige kerel.'

Ik volgde hem door een brede, met edele houtsoorten opgesmukte vestibule. Aan de ene kant doemde een ronde zaal op met een ronde tafel en een rij portretten van ons ernstig aankijkende aristocraten.

'De zaal van de heksensabbat,' legde don Basilio uit. 'Daar verzamelen zich dagelijks om zeven uur 's avonds de afdelingshoofden, met de chef-redacteur, ondergetekende dus, en de baas, en zitten als ridders van de ronde tafel rondom de heilige graal.'

'Indrukwekkend.'

'Dat is nog niets,' zei don Basilio met een knipoog. 'Let u maar eens goed op.'

Don Basilio ging onder een van de doorluchtige portretten staan en drukte op de houten lambrisering. Het paneel gaf met een kreun mee en maakte de weg vrij naar een verborgen gang.

'Nu, wat zegt u me daarvan, Martín? En dit is slechts een van de vele geheime gangen van het huis. Zelfs de Borgia's hadden niet zo'n tent als deze.'

Ik volgde hem door de gang naar een grote leeszaal. Rondom stonden glazen vitrines – de geheime bibliotheek van *La Vanguardia*. Achter in de zaal kon men in de lichtbundel van een groenige lamp een man van middelbare leeftijd zien, die aan een tafel zat en met een vergrootglas een document bestudeerde. Toen hij ons hoorde binnenkomen, keek hij op en wierp ons een blik toe waarvan iedere minderjarige of bangerik in steen was veranderd.

'Mag ik u voorstellen ... don José María Brotons, heer van de onderwereld en catacomben van dit gewijde huis,' kondigde don Basilio aan.

Brotons keek me met verzengende ogen aan zonder het vergrootglas weg te leggen. Ik trad nader en reikte hem de hand.

'Dit is mijn voormalige pupil, David Martín.'

Brotons schudde brommend mijn hand en keek naar don Basilio.

'De schrijver?'

'In hoogsteigen persoon.'

Brotons knikte.

'Moed heeft hij wel, dat hij het huis uit komt na het pak rammel dat hij heeft gekregen. Wat zoekt hij hier?'

'Hij zoekt bij u hulp, zegen en advies in verband met een uiterst belangrijke speurklus op het gebied van documentarcheologie,' legde don Basilio plechtstatig uit.

'En waar blijft het bloedoffer?' snauwde Brotons.

Ik moest slikken.

'Bloedoffer?' vroeg ik.

Brotons keek me aan alsof ik zwakzinnig was.
'Een geit, een lammetje, een gecastreerde haan als het echt niet anders kan ...'
Ik voelde dat ik bleekjes wegtrok. Brotons staarde me een eindeloos moment aan zonder een krimp te geven. Toen, het zweet begon me al te jeuken op de rug, barstten de chef-archivaris en don Basilio in lachen uit. Ik liet ze om mij lachen tot ze er bijna in bleven en de tranen uit hun ogen moesten vegen. Don Basilio had in zijn nieuwe collega duidelijk een zielsverwant gevonden.
'Hierlangs, jongeman,' gaf Brotons aan, de woeste façade weer opgetrokken. 'Eens kijken wat we voor u kunnen vinden.'

28

De archieven van de krant bevonden zich in een souterrain van het gebouw, de verdieping waar de grote rotatiepers stond, die eruitzag als een kruising tussen een gigantische stoomlocomotief en een apparaat dat bliksemschichten opwekte.

'Mag ik u voorstellen ... de rotatiepers, beter bekend onder de naam Leviathan. Weest u voorzichtig, er wordt gezegd dat hij al meer dan één argeloze ziel heeft verzwolgen,' zei don Basilio. 'Zoals bij Jona en de walvis, maar hier komt het er wel als gehakt uit.'

'Zo erg zal het toch niet zijn?'

'Een dezer dagen zouden we die nieuwe beursstudent erin kunnen gooien, die beweert de neef van Macià te zijn en altijd zo bij de pinken is,' opperde Brotons.

'Noem dag en datum en we vieren het met een fijne stoofschotel,' sprak don Basilio af.

De twee hinnikten als schooljongens. Een fraai stel, dacht ik.

De archiefruimte bestond uit talloze gangen met drie meter hoge kasten. Twee bleke wezens met een uiterlijk alsof ze in geen vijftien jaar het souterrain uit waren gekomen, dienden als Brotons' assistenten. Toen ze hem in het vizier kregen, kwamen ze als trouwe huisdieren naar hem toe gedraafd in afwachting van zijn bevelen. Brotons wierp me een vragende blik toe.

'Wat zoeken we?'

'1904. Dood van een advocaat genaamd Diego Marlasca. Prominent lid van de Barcelonese gemeenschap, medeoprichter van het advocatenkantoor Valera, Marlasca en Sentís.'

'Maand?'

'November.'

Op een teken van Brotons trokken de twee assistenten erop uit om de corresponderende exemplaren van de maand november 1904 te halen. Destijds was de dood in het dagelijks leven zo alomtegenwoordig dat de meeste kranten openden met grote necrologieën. Het was aannemelijk dat een persoon als Marlasca in de stadspers meer dan een overlijdensbericht waard was en dat de necrologieën prominent op de voorpagina verschenen waren. De assistenten kwamen terug met meerdere banden en deponeerden die op een brede tafel. We verdeelden het werk over ons vijven en spoedig vonden we don Diego Marlasca's necrologie zoals verwacht op de voorpagina van de editie van 23 november 1904.

'*Habemus corpus*,' kondigde Brotons aan, die de vondst deed.

Er waren vier necrologieën over Marlasca – een van zijn familie, een van het advocatenkantoor, een van het Barcelonese juristencollege en de laatste van het Barcelonese Athenaeum, een culturele vereniging.

'Dat komt ervan als je rijk bent, dan sterf je vijf of zes keer,' meende don Basilio.

De necrologieën zelf waren verder niet van belang – voorbedes voor de onsterfelijke ziel van de overledene, een verwijzing dat de begrafenis in besloten kring zou plaatsvinden, prachtige lofredes op een groot burger en geleerde, en onvervangbaar lid van de Barcelonese gemeenschap, et cetera.

'Wat u interesseert moet een of twee dagen ervoor of erna verschenen zijn,' opperde Brotons.

We begonnen de edities van de week van Marlasca's dood door te spitten en stootten op een hele reeks berichten. Het eerste verkondigde dat de gedistingeerde jurist bij een ongeluk om het leven was gekomen. Don Basilio las het bericht hardop voor.

'Dit is door een orang-oetan opgesteld,' stelde hij vast. 'Drie overbodige, nietszeggende alinea's en pas aan het einde wordt uitgelegd dat het om een ongeluk gaat, maar zonder te vermelden wat voor soort ongeluk.'

'Hier hebben we iets interessanters,' zei Brotons.

In een artikel van de daaropvolgende dag stond dat de politie de omstandigheden van het ongeluk onderzocht om exact te kunnen vaststellen wat er was gebeurd. Het interessantste was de informatie dat Marlasca volgens het forensisch rapport was verdronken.

'Verdronken?' onderbrak don Basilio hem. 'Hoe? Waar?'

'Dat wordt niet vermeld. Waarschijnlijk moest het bericht worden ingekort ten behoeve van deze urgente en uitvoerige apologie over de sardane – drie kolommen met de kop "Op de toon van de *tenora*: geest en stemming",' zei Brotons.

'Wordt er gezegd wie het onderzoek leidde?' vroeg ik.

'Er wordt een zekere Salvador genoemd. Ricardo Salvador,' zei Brotons.

We namen de overige berichten over Marlasca's dood door, maar er zat verder niets van belang bij. De inhoud van de teksten herhaalde zich als een litanie, die al te zeer klonk als de door het advocatenkantoor Valera en de zijnen voorgestelde, officiële versie.

'Dit riekt alles behoorlijk naar de doofpot,' vond Brotons.

Ik zuchtte ontmoedigd. Ik had erop gehoopt iets meer te vinden dan slechts zoetsappige rouwberichten en holle nieuwtjes die geen enkel licht wierpen op het gebeurde.

'Had u geen goede contacten op het hoofdbureau?' vroeg don Basilio. 'Hoe heette die man toch?'

'Víctor Grandes,' zei Brotons.

'Misschien kan hij u in contact brengen met deze Salvador.'

Ik schraapte mijn keel en de twee mannen keken me met gefronste wenkbrauwen aan.

'Om redenen die hier niet ter zake doen, of juist omdat ze te zeer met elkaar in verband staan, zou ik er de voorkeur aan geven om inspecteur Grandes er niet bij te betrekken,' gaf ik aan.

Brotons en don Basilio wisselden een blik.

'Hm. Zijn er nog meer namen die we van de contactenlijst moeten schrappen?'

'Marcos en Castelo.'

'Ik zie dat u uw talent om vrienden te maken waar u maar gaat, niet heeft verloren,' merkte don Basilio op.

Brotons wreef zich over de kin.

'Laten we ons niet ongerust maken. Ik geloof dat ik wel een

andere ingang heb die minder argwaan zal wekken.'

'Als u Salvador voor me opspoort, zal ik voor u offeren wat u maar wilt, een varken als het moet.'

'Vanwege mijn jicht heb ik spek van het menu moeten schrappen, maar ik zeg geen nee tegen een goede sigaar,' zei Brotons.

'Het mogen er ook twee zijn,' voegde don Basilio eraan toe.

Terwijl ik naar een sigarenwinkel in de calle Tallers holde om de twee duurste en meest exquise havanna's van het etablissement te bemachtigen, pleegde Brotons een paar discrete telefoontjes naar het hoofdbureau en stelde vast dat Salvador het korps onder dwang had verlaten en dat hij nu lijfwacht was voor industriëlen en detective voor meerdere advocatenkantoren in de stad. Toen ik met de twee sigaren voor mijn weldoeners terugkeerde, overhandigde de chef-archivaris me een velletje papier met een naam en een adres erop.

Ricardo Salvador
Calle de la Lleona, 21, zolderverdieping

'Moge de graaf u beiden belonen,' verkondigde ik.

'En moge u leven om dat mee te maken.'

29

De calle de la Lleona, bij de bewoners beter bekend onder de naam dels Tres Llits, 'de Drie Bedden', vanwege het aldaar gevestigde beruchte bordeel, was een steegje dat bijna net zo duister was als zijn reputatie. Het begon bij de beschaduwde bogen van het plaza Real en groeide zonder zonlicht uit tot een vochtige barst tussen oude, op elkaar gepropte huizen, verbonden door een eeuwig net van opgehangen wasgoed. Van de vervallen gevels bladerde het oker af en over het plaveisel van steenplaten had in de gewelddadige jaren van de anarchistische opstanden veel bloed gevloeid. Meer dan eens had ik deze plek in mijn verhalen voor *De stad der verdoemden* gebruikt als schouwtoneel en zelfs nu, verlaten en vergeten, rook het voor mij nog naar intriges en kruitdampen. De trieste coulisse duidde erop dat commissaris Salvador niet onder royale voorwaarden van zijn verplichte oude dag mocht genieten.

Nummer 21 was een bescheiden pand, tussen twee andere panden ingeklemd die het als nijptangen bij elkaar hielden. De deur stond open en leidde naar een schemerige ruimte van waaruit een smalle, steile trap naar boven reikte. Tussen de voegen van de vloertegels borrelde een donkere, slijmerige vloeistof op. Bij het beklimmen van de trap waagde ik het niet de leuning los te laten, hoewel ik haar ook niet echt vertrouwde. Op elke verdieping was slechts één woning en naar de breedte van het pand te oordelen was niet één ervan groter dan veertig vierkante meter. Een klein daklicht bekroonde het trappenhuis en doopte de bovenste verdiepingen in een zwak schijnsel. De deur naar de zolderverdieping was aan het einde van een korte gang en stond tot mijn verbazing open. Ik klopte, maar kreeg geen antwoord. Er was een kleine woonkamer met een stoel, een tafel en een boekenkast met boeken en opbergdozen van blik. De aangrenzende kamer was een soort keuken met wasgelegenheid. De enige zegening van deze cel was dat men direct toegang had tot het platte dak. Ook die deur stond op een kier en een frisse bries waaide de geur van voedsel en wasgoed over de daken van de oude stad naar binnen.

'Is er iemand thuis?' riep ik.

Toen ik opnieuw geen antwoord kreeg, liep ik naar de terrasdeur en keek uit over het dak. Het oerwoud van daken, torens, watertanks, bliksemafleiders en schoorstenen woekerde alle kanten op. Ik had nog geen stap gezet op het dakterras toen ik een koud stuk metaal in mijn nek voelde en de venijnige klik hoorde van een revolverhaan die gespannen werd. Ik kon niets anders bedenken dan mijn handen in de lucht steken zonder zelfs maar met mijn wimpers te knipperen.

'Mijn naam is David Martín. Op het hoofdbureau hebben ze me uw adres gegeven. Ik wilde met u praten over een zaak die u geleid heeft toen u nog in dienst was.'

'Gaat u altijd woningen binnen zonder te kloppen, meneer Martín?'

'De deur was open. Ik heb geklopt, maar u heeft me blijkbaar niet gehoord. Mag ik mijn handen al laten zakken?'

'Ik heb niet gezegd dat u ze omhoog moest doen. Welke zaak?'

'De dood van Diego Marlasca. Ik ben de huurder van zijn laatste woning. Het huis met de toren in de calle Flassaders.'

Hij zweeg. De druk van de revolver hield nog steeds ferm aan.

'Meneer Salvador?' vroeg ik.

'Ik ben aan het bedenken of ik niet beter meteen uw hersens aan flarden kan schieten.'

'Wilt u niet eerst mijn verhaal horen?'

Salvador versoepelde de druk van de revolver. Ik hoorde hoe hij de haan ontspande en draaide me heel langzaam om.

Ricardo Salvador was een imponerende verschijning met grijs haar en blauwe, doordringende ogen. Ik schatte hem rond de vijftig, maar zelfs een man half zo oud zou het niet aandurven hem een strobreed in de weg te leggen. Salvador liet de revolver zakken en draaide me de rug toe, terwijl hij weer naar binnen liep.

'Mijn excuses voor de ontvangst,' mompelde hij.

Ik volgde hem naar de piepkleine keuken en bleef op de drempel staan. Salvaldor legde de revolver op het aanrecht en maakte een van de haardplaten aan met papier en karton. Hij haalde een glazen pot met koffie tevoorschijn en keek me vragend aan.

'Nee, dank u.'

'Ik maak u erop attent dat dit het enig goede is dat ik heb,' zei hij.

'In dat geval doe ik mee.'

Salvador deed een paar royale lepels gemalen koffie in de *cafetière*, vulde haar met water uit een karaf en zette haar op het vuur.

'Wie heeft u over mij verteld?'

'Een paar dagen geleden bezocht ik mevrouw Marlasca, de weduwe. Zij zei dat u de enige was die had geprobeerd de waarheid omtrent de dood van haar man te achterhalen, en dat u dat uw baan heeft gekost.'

'Zo zou men het kunnen zeggen,' zei hij.

Ik merkte dat het noemen van de weduwe zijn blik had vertroebeld en vroeg me af wat er in die dagen van rampspoed tussen hen tweeën kon zijn voorgevallen.

'Hoe gaat het met haar?' vroeg hij.

'Ik geloof dat ze u mist.'

Salvador knikte, zijn felle manier van doen was volledig verdwenen.

'Ik heb haar al heel lang niet meer bezocht.'

'Zij denkt dat u haar de schuld geeft van wat er met u is gebeurd. Ik denk dat ze het op prijs zou stellen u weer te zien, ook al is er zo veel tijd verstreken.'

'Misschien heeft u gelijk. Misschien zou ik haar moeten bezoeken ...'

'Kunt u mij vertellen wat er is gebeurd?'

Salvadors gezicht verstrakte weer en hij knikte.

'Wat wilt u weten?'

'Marlasca's weduwe legde me uit dat u nooit de versie heeft geaccepteerd dat haar echtgenoot zich van het leven heeft beroofd en dat u argwaan koesterde.'

'Meer dan argwaan. Heeft iemand u verteld hoe Marlasca gestorven is?'

'Men zegt dat het een ongeluk was, dat is wat ik weet.'

'Marlasca is verdronken. Zo stond het in elk geval in het eindrapport van de politie.'

'Hoe is hij verdronken?'

'Er is maar één manier om te verdrinken, maar daar kom ik later op terug. Het eigenaardige is de plek.'

'In zee?'

Salvador glimlachte. Zijn glimlach was zo bitter en zwart als de koffie die begon op te borrelen. Salvador rook eraan.

'Weet u zeker dat u dit verhaal wilt horen?'

'In heel mijn leven ben ik nog nooit ergens zo zeker van geweest.'

Hij reikte me een kopje aan en monsterde me van top tot teen.

'Ik neem aan dat u die rotzak van een Valera al heeft bezocht.'

'Als u de partner van Marlasca bedoelt, die is overleden. Ik heb gesproken met zijn zoon.'

'Net zo goed een rotzak, maar met minder lef. Ik weet niet welk verhaal hij u op de mouw heeft gespeld, maar vast en zeker niet dat zij tweetjes het voor elkaar hebben gekregen dat ik uit het korps werd gezet en in een paria veranderde, aan wie niemand zelfs maar een aalmoes gaf.'

'Ik vrees inderdaad dat hij dat in zijn versie van de gebeurtenissen niet heeft meegenomen,' gaf ik toe.

'Dat verbaast me niet.'

'U wilde me vertellen hoe Marlasca is verdronken.'

'Dat is waar het interessant wordt,' zei Salvador. 'Wist u dat de heer Marlasca, behalve advocaat, geleerde en schrijver, twee keer de kerstnachtelijke oversteek van de haven heeft gewonnen, die de zwemclub van Barcelona jaarlijks organiseert?'

'Hoe verdrinkt een zwemkampioen?' vroeg ik.

'Het komt erop aan wáár. Het lijk van de heer Marlasca werd

gevonden in het bassin op het dak van het Depósito de las Aguas, het waterreservoir, in het Parque de la Ciudadela. Kent u die plek?'

Ik knikte, mijn keel dichtgeschroefd. De plek waar ik Corelli voor het eerst had getroffen.

'Als u het kent, dan zult u ook weten dat het volle bassin amper een meter diep is, eigenlijk meer een plas. De dag dat de advocaat dood werd aangetroffen, was het reservoir halfleeg, de waterspiegel haalde de zestig centimeter maar net.'

'Een zwemkampioen verdrinkt niet zomaar in zestig centimeter water.'

'Dat zei ik ook tegen mezelf.'

'Waren er ook andere meningen?'

Salvador glimlachte bitter.

'Om te beginnen is het twijfelachtig of hij daadwerkelijk is verdronken. De forensisch arts die de autopsie uitvoerde vond een beetje water in zijn longen, maar zijn oordeel was dat de dood door een hartstilstand was ingetreden.'

'Ik begrijp u niet.'

'Toen Marlasca in het reservoir viel – of toen iemand hem erin duwde – stond hij in brand. Het lichaam had derdegraads brandwonden op borst, armen en gezicht. Volgens de forensisch arts had het lichaam mogelijk een volle minuut gebrand voor het met water in aanraking kwam. In het weefsel van Marlasca's kleding zijn resten van een oplosmiddel aangetroffen. Marlasca werd levend in brand gestoken.'

Ik had even nodig om dat allemaal te verwerken.

'Waarom zou iemand zoiets doen?'

'Een afrekening? Pure wreedheid? Zegt u het maar. Naar mijn mening wilde iemand de identificatie van Marlasca's lichaam vertragen om tijd te winnen en de politie op een dwaalspoor te brengen.'

'Wie?'

'Jaco Corbera.'

'De impresario van Irene Sabino.'

'Die op dezelfde dag van Marlasca's dood is verdwenen met de som geld van een privérekening van Marlasca bij de Banco Hispano Colonial, waar zijn echtgenote niets van wist.'

'Honderdduizend Franse francs,' zei ik.
Salvador keek me verbluft aan.
'Doet er niet toe. Wat deed Marlasca op het dak van dat waterreservoir? Het is niet bepaald een plek waar je zomaar langskomt.'
'Dat is een andere onopgehelderde kwestie. In Marlasca's werkkamer vonden we een agenda waarin hij had opgeschreven dat hij daar om vijf uur 's middags een afspraak had. Zo zag het er in elk geval uit. In de agenda waren alleen tijd, plaats en een initiaal vermeld, een C. Waarschijnlijk Corbera.'
'Wat is er dan volgens u gebeurd?'
'Ik geloof – dat is wat het bewijs doet vermoeden – dat Jaco Irene Sabino gebruikte om Marlasca te manipuleren. U zult vermoedelijk weten dat de advocaat geobsedeerd was door die hele santenkraam van bijgeloof van spiritistische seances, vooral sinds de dood van zijn zoon. Jaco had een partner, Damián Roures, die zich in dat soort kringen bewoog. Een zwendelaar van de bovenste plank. Met zijn tweeën, en met de hulp van Irene Sabino, legden ze Marlasca in de luren en beloofden hem dat hij met zijn zoon in contact kon komen. Marlasca was een vertwijfeld mens en bereid alles te geloven. Dat trio misbaksels had de zaak perfect georganiseerd, totdat Jaco te hebzuchtig werd. Sommigen beweren dat Sabino niet te kwader trouw handelde, maar dat ze daadwerkelijk verliefd was op Marlasca en dat ze die kul net zo hard geloofde als hij. Persoonlijk overtuigt die versie mij niet, maar in het licht van het gebeurde is dat irrelevant. Jaco wist van Marlasca's vermogen op de bank en besloot hem uit de weg te ruimen, met het geld te verdwijnen en niets dan rookgordijnen achter te laten. De afspraak in de agenda kan evengoed een vals spoor zijn geweest dat Sabino of Jaco heeft achtergelaten. Er is geen enkel bewijs dat Marlasca het zelf heeft opgeschreven.'
'En waar kwamen de honderdduizend francs vandaan die Marlasca bij de Banco Hispano Colonial had?'
'Marlasca had ze zelf een jaar eerder in contanten op die rekening gezet. Ik heb niet het flauwste idee waar hij zo'n som vandaan gehaald zou kunnen hebben. Wat ik wel weet is dat wat ervan over was op diezelfde ochtend van Marlasca's dood van de

rekening werd gehaald, eveneens in contanten. Later beweerden de advocaten dat het geld naar een soort geblokkeerde rekening zou zijn overgeheveld en dat het niet weg was, dat Marlasca simpelweg had besloten om zijn financiën te reorganiseren. Ik kan echter maar moeilijk geloven dat iemand op een ochtend zijn financiën reorganiseert, bijna honderdduizend francs overplaatst en 's avonds levend verbrand wordt. Ik geloof niet dat dat geld naar een of ander mysterieus fonds verdween. Ik ben er tot op de dag van vandaag van overtuigd dat het bij Jaco Corbera en Irene Sabino is beland. In het begin althans – ik betwijfel of zij er naderhand ook maar een cent van heeft gezien. Jaco is verdwenen met het geld. Voor altijd.'

'Wat is er van haar geworden?'

'Dat is nog iets waardoor ik aanneem dat Jaco zowel Roures als Irene Sabino heeft bedrogen. Kort na Marlasca's dood heeft Roures de handel met het hiernamaals opgegeven en een winkel geopend in toverartikelen in de calle de la Princesa, die daar nog steeds zit, voor zover ik weet. Irene Sabino werkte nog een paar jaar in nachtclubs en steeds sjofeler lokalen. Het laatste wat ik van haar heb gehoord is dat ze zich prostitueerde in de Raval en in armoedige omstandigheden leefde. Klaarblijkelijk heeft ze geen franc van dat geld gekregen. Roures evenmin.'

'En Jaco?'

'Hij heeft hoogstwaarschijnlijk het land onder een valse naam verlaten en leeft ergens op de wereld comfortabel van de rente.'

In plaats van langzaamaan de zaken opgehelderd te krijgen, zag ik steeds meer vraagtekens opduiken. Salvador interpreteerde mijn onbehaaglijke blik kennelijk juist, want hij schonk me een meelevend glimlachje.

'Valera en zijn vrienden bij de gemeente hebben het voor elkaar gekregen dat de verzamelde pers met het verhaal over het ongeluk naar buiten kwam. Daarbij heeft hij het hele geval opgelost met een vorstelijke begrafenis, om de reputatie van het kantoor niet te bezoedelen – de cliëntenlijst bevatte vele leden van gemeente en stadhuis – en om meneer Marlasca's eigenaardige gedrag in zijn laatste levensjaar te doen vergeten. Per slot van rekening had hij zich afgekeerd van familie en echtgenote, een bouwvallig huis verworven in een stadsdeel waar hij heel zijn leven geen deftig geschoeide voet had gezet, om zich volgens zijn voormalige echtgenote nog slechts aan het schrijven te wijden.'

'Heeft Valera gezegd wat Marlasca wilde schrijven?'

'Een poëziebundel of iets dergelijks.'

'En geloofde u hem?'

'Ik heb heel vreemde dingen in mijn leven gezien, mijn vriend, maar welgestelde advocaten die alles opgeven om in afzondering sonnetten te schrijven, behoren niet tot het repertoire.'

'En toen?'

'Toen zou het het verstandigst zijn geweest om het hele geval te vergeten en te doen wat me werd opgedragen.'

'Wat u echter niet heeft gedaan.'

'Nee. En niet omdat ik een held of een idioot ben. Ik heb zo gehandeld omdat mijn maag elke keer omdraaide als ik die arme vrouw zag, Marlasca's weduwe, en omdat ik niet meer naar mezelf in de spiegel kon kijken als ik niet deed waarvoor ik naar mijn mening werd betaald.'

Hij gebaarde naar de erbarmelijke, koude woning om ons heen en lachte.

'Gelooft u mij, als ik dit had geweten, was ik liever een lafaard geweest en had ik niet uit de pas gelopen. Ik kan niet beweren dat ze me op het bureau niet gewaarschuwd hebben. Nadat de advocaat dood en begraven was, was het eigenlijk tijd om met een schone lei te beginnen en ons geheel en al op de vervolging van hongerlijdende anarchisten en ideologisch verdachte schoolmeesters te concentreren.'

'U zegt begraven ... waar ligt de heer Marlasca begraven?'

'Ik geloof in het familiegraf van het kerkhof van San Gervasio, niet ver bij het huis van de weduwe vandaan. Mag ik u vragen waarom deze zaak u zo interesseert? En komt u niet met het verhaal dat uw nieuwsgierigheid alleen maar is gewekt omdat u in het huis met de toren woont.'

'Het is niet eenvoudig uit te leggen.'

'Als u een vriendschappelijk advies wilt, kijk naar mij en trek er lering uit. Laat het los.'

'Dat zou ik graag doen. Het probleem is dat het mij niet loslaat.'

Salvador keek me lang aan en knikte. Toen schreef hij

een nummer op een papiertje.

'Dit is het telefoonnummer van de benedenburen. Het zijn goede mensen en de enigen in het hele trappenhuis die telefoon hebben. Daar kunt u me bereiken of een boodschap achterlaten. Vraagt u naar Emilio. Als u hulp nodig heeft, aarzel niet om me te bellen. En weest u voorzichtig. Jaco is jaren geleden van het panorama verdwenen, maar er zijn nog steeds mensen die er niet van gediend zijn dat deze geschiedenis wordt opgerakeld. Honderdduizend francs is niet weinig.'

Ik stak het briefje met het nummer weg.

'Veel dank.'

'Niets te danken. Wat kunnen ze mij nu nog maken?'

'Heeft u wellicht een foto van Diego Marlasca? Ik heb er in het hele huis niet één gevonden.'

'Ik weet het niet ... Ik denk dat ik er ergens wel eentje moet hebben. Een moment.'

Salvador liep naar zijn bureau in de hoek van de kamer en haalde een doos van blik tevoorschijn vol papier.

'Ik bewaar nog steeds materiaal van die zaak ... U ziet dat ik zelfs met de jaren mijn lesje niet heb geleerd. Hier, kijk. Deze foto heeft de weduwe me gegeven.'

Hij reikte me een oude studiofoto aan waarop een lange, goed uitziende man van een jaar of vijfenveertig was te zien, die tegen een fluwelen achtergrond in de camera glimlachte. Ik probeerde de heldere ogen te lezen en vroeg me af hoe zich daarachter de duistere wereld kon verbergen waarop ik gestuit was in *Lux Aeterna*.

'Mag ik deze voorlopig bij me houden?'

Salvador aarzelde.

'Vooruit. Maar verliest u hem niet.'

'Ik beloof dat ik hem u terug zal geven.'

'Beloof mij maar liever dat u voorzichtig zult zijn, dan voel ik me een stuk geruster. Mocht u desondanks in de problemen raken, belt u me dan.'

Daar schudden we elkaar de hand op.

'Afgesproken.'

30

Ik liet Ricardo Salvador op zijn koude zolderverdieping achter en keerde terug naar het plaza Real, terwijl het stoffige licht van de ondergaande zon de passanten in een rode gloed hulde. Vastberaden zette ik er de pas in en zocht mijn heil in de enige plek van de hele stad waar ik me altijd welkom en veilig had gevoeld. Toen ik bij de calle Santa Ana aankwam, stond de boekhandel van Sempere & Zoons op punt van sluiten. De schemering kroop de stad binnen en aan de hemel had zich een blauwpurperen baan geopend. Ik stond stil voor de etalage en zag de jonge Sempere net een klant naar de deur begeleiden. Hij glimlachte toen hij me zag en groette me met zijn gebruikelijke schuchterheid.

'Ik dacht net aan u, Martín. Is alles goed?'

'Kon niet beter.'

'Dat is u aan te zien. Komt u toch verder, dan drinken we een kop koffie.'

In de boekhandel snoof ik de geur van papier en magie op waarvan onbegrijpelijkerwijs nog nooit iemand had bedacht om hem te bottelen. Sempere junior nam me mee naar de achterkamer, waar hij zich wijdde aan het koffiezetten.

'Hoe is het met uw vader? Toen ik hem onlangs zag, oogde hij broos.'

Sempere junior knikte, alsof hij dankbaar was voor de vraag. Op dat moment werd me duidelijk dat hij vermoedelijk niemand anders had met wie hij erover kon praten.

'Hij heeft betere tijden gekend, eerlijk gezegd. De dokter zegt dat hij moet oppassen met die angina pectoris, maar hij staat erop meer te werken dan ooit. Soms moet ik echt boos op hem worden, maar hij lijkt te denken dat het uit is met de handel als hij de winkel aan mij overlaat. Vanmorgen heb ik hem gesmeekt in bed te blijven in plaats van naar beneden te komen en de hele dag te werken. U zult het niet geloven, maar drie minuten later zie ik hem in de eetkamer zijn schoenen aantrekken!'

'Een man van vaste principes.'

'Koppig als een muilezel is hij,' wierp Sempere junior tegen. 'Gelukkig dat we nu wat hulp hebben, anders ...'

Ik toverde mijn rijkelijk versleten uitdrukking van verbazing en argeloosheid tevoorschijn.

'Het meisje,' legde hij uit. 'Isabella, uw assistente. Daarom moest ik aan u denken zo-even. Ik hoop dat u er geen probleem mee heeft dat ze hier een paar uur per dag is. Zoals de zaken ervoor staan, zijn we haar zeer erkentelijk voor de hulp. Maar als u bezwaren heeft ...'

Ik onderdrukte een glimlach om de manier waarop hij verlekkerd de dubbele ll van Isabella uitsprak.

'Nu, zolang het tijdelijk is ... Isabella is een goed meisje. Intelligent en ijverig,' zei ik. 'Volkomen betrouwbaar. We kunnen het erg goed met elkaar vinden.'

'Zij zegt anders wel dat u een despoot bent.'

'Werkelijk?'

'Ze heeft in feite een bijnaam voor u: mister Hyde.'

'Wat is het toch een engeltje. Slaat u daar maar geen acht op. U weet hoe vrouwen zijn.'

'Ja, nou en of, dat weet ik,' antwoordde Sempere junior op een toon die me duidelijk maakte dat hij misschien veel dingen wist, maar van vrouwen niet het geringste benul had.

'Isabella zegt dat nu wel over mij, maar denkt u maar niet dat ze tegen mij haar mond houdt over u,' waagde ik.

Er verschoot iets in zijn gezicht. Ik liet mijn woorden langzaam door zijn pantser dringen. Met een gedienstig lachje overhandigde hij me een kop koffie en pakte het onderwerp toen weer op met een wending die zelfs in het simpelste libretto geen schijn van kans zou hebben gemaakt.

'Wat zou ze over mij nu kunnen zeggen?'

Ik liet hem een paar seconden bungelen.

‘Dat zou u wel willen weten, nietwaar?’ vroeg ik schalks en ik verborg mijn grijns achter het koffiekopje.

Sempere junior haalde zijn schouders op.

‘Ze zegt dat u een goed, ruimhartig mens bent, dat de mensen u alleen maar niet begrijpen omdat u wat verlegen bent en ze in u niets anders zien dan, en ik citeer haar letterlijk, “de figuur van een filmster met een fascinerende persoonlijkheid”.’

Sempere junior staarde me stomverbaasd aan.

‘Ik wil u niet voorliegen, vriend Sempere, maar ik ben blij dat u het onderwerp ter sprake brengt ... dagen geleden al wilde ik het met u bespreken, maar ik wist niet hoe ik moest beginnen.’

‘Wat bespreken?’

Ik keek hem recht in de ogen en zei wat zachter: ‘Onder ons gezegd en gezwegen, Isabella wil hier werken omdat ze u bewondert en, vrees ik, heimelijk verliefd op u is.’

Sempere staarde me aan als door de bliksem getroffen.

‘Maar een zuivere liefde, hoor. Voorzichtig. Een geestelijke liefde. Als een Dickens-heldin, om het nog wat duidelijker te maken. Geen frivoliteiten, geen kinderachtig gedoe. Isabella is weliswaar nog jong, maar al op-en-top vrouw. Dat zult u zeker gemerkt hebben ...’

‘Nu u het zegt ...’

‘En ik heb het niet alleen, als u mij die vrijpostigheid permitteert, over de prachtig gevormde welvingen, maar ook over haar innerlijke goedheid en schoonheid, die slechts wachten op het juiste moment om naar buiten te komen en een bofkont tot de gelukkigste man op aarde te maken.’

Sempere wist niet meer hoe hij het had.

‘En bovendien heeft ze verborgen talenten. Ze spreekt haar talen. Speelt piano als een engel. Heeft een hoofd voor cijfers als wijlen Isaac Newton. En ze kookt ook nog eens goddelijk. Kijk naar mij. Sinds zij voor me werkt, ben ik meer dan een paar kilo aangekomen. Heerlijkheden zoals ze niet in La Tour d’Argent ... U gaat me toch niet vertellen dat u zich dat niet gerealiseerd heeft?’

‘Nu ja, over koken heeft ze niets verteld ...’

‘Ik heb het over Amors pijlen.’

‘Wel, eh ...’

'Weet u wat het is? In feite is dat meisje, ook al doet ze alsof ze een woestelingetje is, bijna ziekelijk zachtmoedig en verlegen. Dat is de schuld van de nonnen, die die jonge meisjes regelrecht verdoven met al hun naailessen en helleverhalen. Lang leve het vrije onderwijs.'

'Ik zou gezworen hebben dat ze mij min of meer als een domoor beschouwt,' voerde Sempere aan.

'Daar heb je het. Het onomstotelijke bewijs. Mijn beste Sempere, als een vrouw u als een domoor behandelt, dan betekent het dat de hormonen door haar lijf gieren.'

'Bent u daar heel zeker van?'

'Zo zeker als de bank van Spanje. Gelooft u mij, met dit soort zaken ben ik bekend.'

'Dat zegt mijn vader ook. En wat moet ik nu doen?'

'Dat hangt ervan af. Weet ze u te bekoren?'

'Of ze me bekoort? Ik weet het niet. Hoe kan men weten of ...?'

'Heel eenvoudig. Als u zo eens naar haar gluurt, zou u dan het liefst toehappen?'

'Toehappen?'

'In haar achterste, bijvoorbeeld.'

'Meneer Martín!'

'Doet u niet zo preuts, we zijn kerels onder elkaar en het is bekend dat wij mannen de ontbrekende schakel zijn tussen de piraat en het zwijn. Bevalt ze u of niet?'

'Wel, Isabella is een bevallig meisje.'

'Wat nog meer?'

'Intelligent. Sympathiek. IJverig.'

'Ga door.'

'En een goede christin, geloof ik. Ik ben weliswaar geen praktiserend katholiek, maar ...'

'Praat u me er niet van. Isabella is roomser dan de paus. De nonnen, dat zei ik u immers al.'

'Maar toehappen was nog niet in me opgekomen, om u de waarheid te zeggen.'

'Tot ik het noemde.'

'Ik moet zeggen dat ik het als respectloos beschouw om zo over haar te praten, over iedere vrouw, en u zou zich ergens moeten schamen ...' protesteerde Sempere junior.

'Mea culpa.' Als teken van capitulatie hief ik mijn handen. 'Maar dat doet er niet toe ... eenieder drukt zijn devotie op zijn manier uit. Ik ben een lichtzinnig, oppervlakkig mens en vandaar mijn dierlijke benadering, maar u met uw *aurea gravitas* bent een man van mystieke, diepgaande gevoelens. Wat telt is dat Isabella u aanbidt en dat het gevoel wederzijds is.'

'Nu ja ...'

'Goed noch slecht. Het is zoals het is, Sempere. U bent een respectabel, verantwoordelijk mens. Als het om mij ging, enfin, wat zal ik zeggen ... maar u bent er de man niet naar om met de nobele, pure gevoelens van een ontluikende vrouw te spelen. Of vergis ik me?'

'Vermoedelijk niet.'

'Nu dan.'

'Nu dan?'

'Is het u nog niet duidelijk?'

'Nee.

'Het moment van hofmakerij is aangebroken.'

'Pardon?'

'Het hof maken of, in wetenschappelijke termen, flikflooien. Kijk, Sempere, om de een of andere merkwaardige reden hebben eeuwen van zogenaamde beschaving ons zo ver gebracht dat we ons niet meer zomaar ergens aan een vrouw kunnen opdringen of haar ten huwelijk kunnen vragen. Eerst moet haar het hof worden gemaakt.'

'Huwelijk? Bent u niet goed wijs?'

'Wat ik wil zeggen is dat u misschien – en in feite is dat uw eigen idee, alleen heeft u het zich nog niet gerealiseerd – vandaag of morgen of overmorgen, als uw knieën niet meer knikken en u er niet meer met open mond bij staat, Isabella na sluitingstijd zou kunnen uitnodigen voor koffie met gebak op een plezierige plek, en dan zult u beiden eindelijk zien dat u voor elkaar bestemd bent. Laten we zeggen Els Quatre Gats, waar ze altijd zo zuinig zijn met licht dat ze het zwakker draaien om stroom te sparen, wat in zulke gevallen bevorderlijk is. U bestelt voor het meisje een portie kwark met een flinke lepel honing, dat wekt de eetlust op, en dan schenkt u haar zo heel terloops een paar slokken van die *moscatel* in die een mens naar het hoofd stijgt, en terwijl u uw hand op haar knie legt, benevelt u haar met die breedsprakigheid die u zo goed verborgen houdt, sluwe vos.'

'Maar ik weet niets van haar, wat haar interesseert of ...'

'Ze interesseert zich voor dezelfde dingen als u. Boeken, literatuur, de geur van de schatten die u hier heeft, de beloftes uit de romances en avonturen van de driestuiverromans. Ze wil niet meer alleen zijn. En ze heeft er geen behoefte aan om diepgravend onderzoek te doen naar de reden dat deze slechte wereld geen cent waard is, als je die wereld ook met iemand kunt delen. De essentie is u bekend. En al doende leert en geniet u de rest.'

Sempere verzonk in gepeins en keek afwisselend naar zijn onaangeroerde kop koffie en naar mij. Ik kon mijn beursmakelaarsglimlach slechts met veel pijn en moeite op zijn plek houden.

'Ik weet niet of ik u moet bedanken of bij de politie moet aangeven,' zei hij ten slotte.

Op dat moment hoorden we de zware stappen van Sempere senior in de boekwinkel. Een paar seconden later verscheen zijn hoofd om de deur en keek hij ons met gefronste wenkbrauwen aan.

'Wat is dit nu? De winkel onbeheerd achterlaten en hier gezellig een koffiekransje houden? En als er een klant binnenkomt? Of een schaamteloze vlerk die iets achterover wil drukken?'

Sempere junior draaide zijn ogen weg.

'Wees niet bang, señor Sempere, boeken zijn de enige dingen op deze wereld die niet gestolen worden,' zei ik met een knipoog.

Een schalks glimlachje lichtte zijn gelaat op. Sempere junior maakte van het moment gebruik om aan mijn klauwen te ontsnappen en zich uit de voeten te maken naar de winkel. Zijn vader ging naast me zitten en snoof aan de kop koffie die zijn zoon niet had aangeroerd.

'Wat zegt de dokter over cafeïne en het hart?' vroeg ik.

'Die man vindt het zitvlak nog niet met een anatomieatlas, wat zal hij dan van het hart weten?'

'Vast en zeker meer dan u,' antwoordde ik en ik nam het kopje uit zijn handen.

‘Maar ik ben zo gezond als een vis, Martín.’

‘Een ezel bent u. Doet u mij een plezier en gaat u naar boven en het bed in.’

‘In bed liggen is alleen de moeite waard als een mens jong is en aangenaam gezelschap heeft.’

‘Als u gezelschap wilt, zoek ik dat voor u, señor Sempere, maar ik geloof niet dat dat de juiste omstandigheden zijn voor uw hart.’

‘Martín, op mijn leeftijd is erotiek gereduceerd tot het genieten van een drilpuddinkje en het kijken naar de halzen van weduwen. Degene die mij hier zorgen baart, is de erfgenaam. Enige vooruitgang op dat terrein?’

‘We zijn in de fase van mest en zaaigoed. We zullen moeten afwachten of het weer meewerkt en we iets te oogsten hebben. Binnen twee of drie dagen kan ik u een schatting geven met een betrouwbaarheid van zestig of zeventig procent.’

Sempere glimlachte tevreden.

‘Een meesterlijke zet om me Isabella te sturen als winkelbediende,’ zei hij. ‘Maar vindt u haar niet een beetje jong voor mijn zoon?’

‘Wie in mijn ogen een beetje jong is, is uw zoon zelf, om eerlijk te zijn. Of hij doet zijn slaapmuts af of Isabella eet hem in vijf minuten met huid en haar op. Gelukkig is ze uit het goede hout gesneden, anders ...’

‘Hoe kan ik u bedanken?’

‘Door naar boven te gaan en in bed te gaan liggen. Als u pikant gezelschap nodig heeft, neemt u maar *Lady Chatterley’s Lover* mee.’

‘U heeft gelijk. Don Lawrence stelt nooit teleur.’

‘Al zou hij het willen. Vooruit, naar bed met u.’

Sempere stond op. Elke beweging viel hem zwaar en hij ademde moeizaam en met een hese rochel waar je haren van overeind gingen staan. Ik nam hem bij de arm en voelde dat zijn huid koud was.

‘Niet schrikken, Martín. Dat is mijn stofwisseling, die is wat traag.’

‘Vandaag lijkt ze zo traag als *Oorlog en vrede*.’

‘Een tukje en ik ben weer als nieuw.’

Ik besloot hem te begeleiden naar de woning boven de boekhandel, om me ervan te vergewissen dat hij werkelijk onder de dekens kroop. We hadden een kwartier nodig om de horde van de trappen te nemen. Onderweg kwamen we een buurman tegen, een hartelijke schooldocent, don Anacleto genaamd, die lesgaf in taal en literatuur aan de jezuïetenschool in de calle Caspe, en die net thuiskwam.

'Hoe staat het leven er vandaag voor, vriend Sempere?'

'Steil, don Anacleto.'

Samen met de docent bracht ik Sempere, die praktisch om mijn nek hing, naar de eerste verdieping.

'Als u mij toestaat trek ik mij na een lange dag van strijd met die meute primaten die ik als leerlingen heb, in mijn dierbare huisje terug,' kondigde de docent aan. 'Ik kan u verzekeren, dit land zal binnen één generatie desintegreren. Als ratten zullen ze elkaar villen.'

Semperes blik gaf me te verstaan dat ik niet al te veel waarde moest hechten aan de woorden van don Anacleto.

'Een goede man,' mompelde hij, 'maar hij verdrinkt al in een glas water.'

Bij het betreden van de woning overviel me de herinnering aan die verre ochtend dat ik bloedend hiernaartoe was gekomen, het exemplaar van *Grote verwachtingen* in mijn hand, en hoe Sempere me in zijn armen naar boven had gedragen en een kop warme chocolade voor me had gemaakt terwijl we op de dokter wachtten. Hij had me kalmerende woorden toegefluisterd en met een lauwwarme doek en een mij tot dan toe onbekende tederheid het bloed weggewist. Destijds was hij een krachtige man geweest, in mijn ogen in alle opzichten een gigant, zonder wie ik die troosteloze jaren niet overleefd zou hebben. Nu was van die kracht weinig tot niets meer over. Ik ondersteunde hem terwijl hij in bed ging liggen en legde twee dekens over hem heen. Toen ging ik naast hem zitten en pakte zijn hand zonder te weten wat ik moest zeggen.

'Hoort u eens, als we hier allebei tranen met tuiten gaan huilen, dan is het beter dat u gaat,' zei hij.

'U zorgt goed voor uzelf, hoort u mij?'

'Met fluwelen handschoenen, wees maar niet bang.'

Ik knikte en liep naar de deur.

'Martín?'

Op de drempel draaide ik me om. Meneer Sempere keek me net zo bezorgd aan als op de ochtend dat ik een paar tanden en een groot deel van mijn onschuld had verloren. Ik vertrok, voordat hij me kon vragen wat er aan de hand was.

31

Wat Isabella van mij als schrijver om den brode als eerste had geleerd, was de kunst van het uitstellen. Iedere veteraan uit dit vak weet dat alles, van potloden slijpen tot dagdromen, belangrijker is dan simpelweg gaan zitten en het brein uitwringen. Deze fundamentele les had Isabella door osmose verinnerlijkt, want toen ik thuiskwam, vond ik haar niet aan haar bureau maar in de keuken, waar ze de laatste hand legde aan een gerecht dat rook en eruitzag alsof de bereiding ervan meerdere uren had gekost.

'Hebben we iets te vieren?' vroeg ik.

'Met het gezicht dat u trekt, niet per se.'

'Waar ruikt het naar?'

'*Canard confit* met peren uit de oven en chocoladesaus. Ik heb het recept in een van uw kookboeken gevonden.'

'Ik heb geen kookboeken.'

Ze stond op en legde een in leer gebonden boek met de titel *De 101 beste recepten uit de Franse keuken*, door Michel Aragon, op tafel.

'Dat dénkt u. Op de achterste rij van de boekenkasten heb ik van alles gevonden, inclusief een handboek over huwelijkse hygiëne door doctor Pérez-Aguado met buitengewoon suggestieve illustraties en zinnen als "Bij goddelijk decreet kent de vrouw geen vleeslijke lust en vindt zij haar geestelijke en gevoelsmatige verwezenlijking in de vervulling van de natuurlijke taken van moederschap en huishouden". Een waarlijke mijn van koning Salomon heeft u daar.'

‘Mag ik weten wat jij zocht op de achterste rij van de boekenkasten?’

‘Inspiratie. En die heb ik gevonden ook.’

‘Maar van het culinaire soort. We hadden afgesproken dat je elke dag zou schrijven, met of zonder inspiratie.’

‘Ik ben vastgelopen. En dat is uw schuld, omdat u me te veel taken geeft en mij bij uw intriges met de onbevlekte Sempere junior betrekt.’

‘Schep je er behagen in de man die reddeloos verliefd op je is, belachelijk te maken?’

‘Wat?’

‘Je hebt me wel gehoord. De jonge Sempere heeft me opgebiecht dat je hem van zijn slaap berooft. Letterlijk. Hij slaapt niet, eet niet, drinkt niet ... de arme ziel kan niet eens urineren omdat hij de hele dag aan jou moet denken.’

‘U fantaseert.’

‘Wie fantaseert is de arme Sempere. Je had hem moeten zien. Op een haar na had ik hem de kogel gegeven om hem van zijn pijn en ellende te verlossen.’

‘Maar die neemt me toch helemaal niet serieus,’ protesteerde Isabella.

‘Omdat hij niet weet hoe hij naar jou zijn hart moet openen en de woorden moet vinden om aan zijn gevoelens uitdrukking te geven. Wij mannen zijn zo. Rauw en primair.’

‘Hij was anders uitstekend van de tongriem gesneden toen hij me uitfoeterde omdat ik me had vergist bij het rangschikken van de *Nationale Episodes*-collectie. ’

‘Dat is niet hetzelfde. Administratieve formaliteiten zijn één ding, de taal van de passie is iets heel anders.’

‘Onzin.’

‘Er is niets onzinnigs aan de liefde, geachte assistente. Maar om van onderwerp te veranderen ... gaan we eten of niet?’

Isabella had de tafel gedekt alsof het een feestmaal betrof en een arsenaal aan borden, bestek en glazen uitgezet dat ik nog nooit had gezien.

‘Ik begrijp niet waarom u deze kostbaarheden niet gebruikt, terwijl u ze allemaal in huis heeft. Het zat in kisten in de kamer naast de bijkeuken,’ zei Isabella. ‘Typisch iets voor mannen.’

Ik pakte een mes op en bestudeerde het in het licht van de kaarsen die Isabella had neergezet. Het werd me duidelijk dat deze spullen Diego Marlasca hadden toebehoord en de eetlust verging me volledig.

'Is er iets?' vroeg Isabella.

Ik schudde mijn hoofd. Mijn assistente serveerde twee borden uit en keek me verwachtingsvol aan. Ik nam een eerste hap en knikte met een glimlachje.

'Heel goed,' zei ik.

'Een beetje taai, geloof ik. In het recept staat dat het op een klein vuur moest garen, maar bij uw fornuis is er of helemaal geen vlam of een die alles verzengt, daartussen is niets.'

'Het smaakt goed,' herhaalde ik en ik at zonder trek.

Isabella keek me tersluiks aan. We aten in stilte verder, het getik van bestek op borden vormde het enige geluid.

'Meende u dat serieus, dat van Sempere junior?'

Ik knikte zonder van mijn bord op te kijken.

'En wat heeft hij verder nog over me gezegd?'

'Hij heeft me gezegd dat je een klassieke schoonheid bent, intelligent, intens vrouwelijk – hij is nu eenmaal zo zoetsappig –, en hij voelt dat er tussen jullie een geestelijke band is.'

Isabella wierp me een vernietigende blik toe.

'Zweert u mij dat u dit niet uit uw duim zuigt,' zei ze.

Ik legde mijn rechterhand op het kookboek en hield mijn linkerhand op.

'Ik zweer het op *De 101 beste recepten uit de Franse keuken*,' verklaarde ik.

'Men zweert met de andere hand.'

Met de andere hand en een plechtige uitdrukking herhaalde ik de zin. Isabella snoof.

'Wat moet ik nu doen?'

'Ik weet het niet. Wat doen verliefden? Wandelen, dansen ...'

'Maar ik ben niet verliefd op die meneer.'

Ik at verder van mijn canard confit, zonder op haar dwingende blik te reageren. Na een poosje gaf Isabella een klap op de tafel.

'Wilt u me alstublieft het genoegen doen om me aan te kijken? Dit is allemaal uw schuld.'

Doodkalm legde ik mijn bestek neer, veegde met het servet mijn mond af en keek haar aan.

'Wat moet ik nu doen?' vroeg Isabella nogmaals.

'Dat hangt ervan af. Vind je Sempere wat of niet?'

Een wolk van twijfel trok over haar gezicht.

'Ik weet het niet. Om te beginnen is hij een beetje oud voor mij.'

'Hij is praktisch zo oud als ik. Hooguit een of twee jaar ouder. Misschien drie.'

'Of vier of vijf.'

Ik zuchtte.

'Hij is in de kracht van zijn leven. We hadden toch vastgesteld dat je van volwassen mannen hield?'

'Lach me niet uit.'

'Isabella, wie ben ik om je te vertellen wat je moet doen ...'

'Dát is een goeie, zeg.'

'Laat me uitpraten. Wat ik wil zeggen is dat dat iets is tussen Sempere junior en jou. Als je mijn raad vraagt, dan zou ik zeggen dat je hem een kans moet geven. Meer niet. Als hij een dezer dagen besluit om een eerste stap te zetten en hij nodigt je uit, laten we zeggen, voor koffie met een taartje, neem die uitnodiging dan aan. Misschien vermaken jullie je prima en eindigen jullie als vrienden, misschien ook niet. Maar ik geloof dat Sempere een goede man is, zijn interesse in jou is oprecht en ik zou durven beweren dat jij diep in je hart ook iets voor hem voelt, als je er goed over nadenkt.'

'U zit werkelijk vol obsessies.'

'Maar Sempere niet. Ik denk dat het gemeen zou zijn om de genegenheid en bewondering die hij voor je voelt niet te respecteren. En jij bent niet gemeen.'

'Dat is emotionele chantage.'

'Nee, dat is het leven.'

Isabella fulmineerde tegen me met enkel haar blik.

'Doet u mij tenminste het plezier af te eten,' beval ze.

Ik at mijn bord leeg, veegde het schoon met een stuk brood en liet een zucht van tevredenheid horen.

'Wat is er als dessert?'

Na de maaltijd liet ik Isabella in de loggia in haar twijfels en onrust gaarkoken en ging naar de studeerkamer boven in de toren, waar ik de foto van Diego Marlasca die Salvador mij had geleend, onder de lamp legde. Vervolgens wierp ik een blik op het kleine bastion van notitieblokken, losse papiertjes en vellen papier dat ik in de afgelopen maanden voor Monsieur had verzameld. De kilte van Diego Marlasca's bestek voelde ik nog aan mijn handen en ik kon me levendig voorstellen hoe hij daar had gezeten en van hetzelfde uitzicht over de daken van de Ribera had genoten. Ik pakte een willekeurig vel papier en begon te lezen. Weliswaar herkende ik de woorden en zinnen, omdat ik ze tenslotte zelf had geschreven, maar de verwarde geest die ze voedde, had minder met mij te doen dan ooit. Ik liet het papier op de vloer glijden en toen ik opkeek zag ik in de vensterruit mijn spiegelbeeld, een vreemdeling in de blauwe duisternis die over de stad lag. Het was me duidelijk dat ik die nacht niet in staat zou zijn ook maar een enkele samenhangende alinea voor Corelli te fabriceren. Ik knipte de bureaulamp uit en bleef in het schemerdonker zitten, luisterend naar het gekrabbel van de wind aan de ramen, en stelde me voor hoe de brandende Diego Marlasca zich in het waterbassin stortte, hoe de laatste luchtbelletjes uit zijn mond ontsnapten en het ijzige water zijn longen vulde.

Bij het krieken van de dag werd ik wakker met een pijnlijk lichaam dat in de leunstoel gevouwen zat. Bij het opstaan knarsten er een paar gewrichten in mijn lijf. Ik sleepte me naar het raam en deed het wijd open. De dakterrassen van de oude stad schitterden van de rijp en een purperkleurige hemel omving Barcelona. Toen de klokken van de Santa María del Mar luidden, vloog vanaf een duiventil een wolk zwarte vleugels op. Een bijtend koude wind bracht de geur van de kades en het roet van de wijkschoorstenen mee.

Ik liep naar beneden om koffie te maken. In de keuken wierp ik een blik in de voorraadkast en was verbluft. Sinds ik Isabella in huis had, leek mijn voorraadkast wel de kruidenierswinkel Quílez op de rambla de Cataluña. In de wirwar van exotische, door Isabella's vader geïmporteerde lekkernijen ontdekte ik een blikken trommel met Engelse koekjes met een laag chocolade en probeerde er eentje. Een halfuur later, toen de suiker en cafeïne door mijn aderen leken te pulseren en mijn brein zijn activiteit startte, kwam ik op de geniale gedachte mijn leven die dag nog wat gecompliceerder te maken, voor zover dat mogelijk was. Zodra alles openging, wilde ik de winkel met toverartikelen en goochelarij in de calle de la Princesa met een bezoekje vereren.

'Wat doet u op, op dit uur?'

Vanaf de drempel sloeg Isabella me gade, de stem van mijn geweten.

'Koekjes eten.'

Ze ging aan tafel zitten en schonk zichzelf een kop koffie in. Naar haar uiterlijk te oordelen, had ze geen oog dichtgedaan.

'Mijn vader zegt dat het het lievelingsmerk is van de koninginmoeder.'

'Geen wonder dat ze er zo potig uitziet.'

Isabella pakte een koekje en begon er met een afwezige blik aan te knabbelen.

'Heb je nagedacht over wat je gaat doen? Wat Sempere betreft, bedoel ik ...'

Isabella wierp me een venijnige blik toe.

'En u, wat gaat u vandaag doen? Niets goeds, dat is zeker.'

'Een paar boodschappen.'

'Ja.'

'Bedoel je "ja" of bedoel je "geloof je het zelf?"?'

Isabella zette haar kopje op tafel en wendde zich tot mij alsof ze met een verhoor bezig was.

'Waarom praat u nooit over wat u voor die man aan het schrijven bent, die Monsieur van u?'

'Onder andere omdat dat beter is voor jou.'

'Beter voor mij. Natuurlijk. Dom gansje dat ik ben. Trouwens, ik vergat u te zeggen dat uw vriend hier gisteren is langs geweest, de inspecteur.'

'Grandes? Was hij alleen?'

'Nee. Er waren twee knoerten van kleerkasten bij hem met koppen als buldoggen.'

De voorstelling van Marcos en Castelo voor mijn deur bezorgde me buikpijn.

'En wat wilde Grandes?'

'Dat zei hij niet.'
'Wat zei hij dan?'
'Hij vroeg aan mij wie ik was.'
'En wat heb je geantwoord?'
'Dat ik uw minnares was.'
'Heel fraai.'
'Een van die kleerkasten leek het anders erg grappig te vinden.'
Isabella pakte nog een koekje en verslond het in twee happen. Ze merkte dat ik haar verstolen opnam en hield acuut op met kauwen.
'O jee, wat heb ik gezegd?' vroeg ze en ze liet het kruimeltjes regenen.

32

Een vingerbreedte nevelig licht drong door de wolkendeken en lichtte karig de roodgeverfde gevel op van de winkel in toverartikelen aan de calle de la Princesa. Bewerkt hout omlijstte de etalage. Door de glazen deur waren in de donkere, met zwart fluweel uitgedoste ruimte vaag de contouren van het interieur te onderscheiden. Wie eenmaal binnen was, zag in de vitrines maskers en artefacten in victoriaanse stijl, gemerkte kaartspellen en nepdolken, toverboeken en flacons van geslepen glas die een regenboog aan Latijns geëtiketteerde tincturen bevatten en vermoedelijk in Albacete gebotteld waren. Achterin stond een lege toonbank. Het belletje van de entree kondigde mijn komst aan. Ik wachtte enkele seconden en bestudeerde dit curiositeitenkabinet. Toen ik in een spiegel, waarin alles werd gespiegeld behalve ikzelf, mijn gezicht zocht, zag ik vanuit mijn ooghoek een kleine gestalte door het gordijn van de achterkamer verschijnen.

'Een interessante truc, nietwaar?' zei een mannetje met het witte haar en de doordringende blik.

Ik knikte.

'Hoe werkt het?'

'Dat weet ik nog steeds niet. Hij is twee dagen geleden afgeleverd, gestuurd door een fabrikant van trucspiegels in Istanbul. De uitvinder noemt het "refractieomkering".'

'Het herinnert een mens eraan dat niets is wat het lijkt te zijn,' merkte ik op.

'Behalve magie. Waarmee kan ik u van dienst zijn, mijnheer?'

'Bent u de heer Damián Roures?'

Het mannetje knikte langzaam en zonder met zijn ogen te knipperen. Zijn lippen vormden zich tot een vrolijke grijns die, net als zijn spiegel, niet was wat hij voorgaf te zijn. Zijn blik was kil en waakzaam.

'Men heeft mij uw winkel aanbevolen.'

'Mag ik u vragen wie er zo aimabel is geweest?'

'Ricardo Salvador.'

De geveinsde vriendelijke glimlach verdween van zijn gezicht.

'Ik wist niet dat hij nog leefde. Ik heb hem in geen vijfentwintig jaar gezien.'

'En Irene Sabino?'

Roures zuchtte en schudde zijn hoofd. Hij liep om de toonbank heen naar de deur, hing het bordje 'gesloten' ervoor en sloot af.

'Wie bent u?'

'Mijn naam is David Martín. Ik probeer de omstandigheden op te helderen rondom de dood van de heer Diego Marlasca, die u gekend heeft, naar ik heb begrepen.'

'Voor zover ik weet, zijn die omstandigheden al jaren geleden opgehelderd. De heer Marlasca pleegde zelfmoord.'

'Ik heb iets anders begrepen.'

'Ik weet niet wat die politieman u verteld heeft. Wrok doet iets met het geheugen, meneer ... Martín. Salvador probeerde destijds al iedereen van een samenzwering te overtuigen, waarvoor hij geen enkel bewijs had. Iedereen wist dat hij het bed van weduwe Marlasca warm hield en zich als held wilde opwerpen. Zoals te verwachten viel, floten zijn superieuren hem terug en zetten hem uit het korps.'

'Hij denkt dat men heeft geprobeerd de waarheid te verdoezelen.'

Roures lachte.

'De waarheid ... laat me niet lachen. Wat men probeerde te verdoezelen is het schandaal. Het advocatenkantoor van Valera en Marlasca had zijn vingers in bijna alle pap die in deze stad gemaakt wordt. Niemand had er belang bij dat zo'n verhaal aan het licht kwam. Marlasca had zijn positie, werk en huwelijk opgegeven om zich in dat huis op te sluiten en daar god weet wat te doen. Iedereen met maar een greintje verstand kon zich voorstellen dat dat niet goed zou aflopen.'

'Wat u en uw Jaco er niet van weerhouden heeft om Marlasca's waan te verzilveren door hem zogenaamd de mogelijkheid te bieden om tijdens uw spiritistische seances met het hiernamaals in contact te treden ...'

'Ik heb hem nooit wat beloofd. Die seances waren puur vermaak. Dat wisten we allemaal. Probeert u mij niet de schuld van zijn dood in de schoenen te schuiven, want ik deed niets anders dan op eerlijke wijze mijn brood verdienen.'

'En uw partner Jaco?'

'Ik spreek slechts voor mijzelf. Wat Jaco mogelijkerwijs gedaan heeft, hoef ik niet te verantwoorden.'

'Dus hij hééft wat gedaan.'

'Wat wilt u horen? Dat hij er met dat geld vandoor is gegaan, waarvan Salvador met alle geweld beweerde dat het op een geheime rekening stond? Dat hij Marlasca heeft gedood en ons allemaal bedrogen heeft?'

'En was dat dan niet zo?'

Roures keek me lang aan.

'Ik weet het niet. Ik heb hem niet meer gezien sinds die dag dat Marlasca stierf. Ik heb Marlasca en de andere politiemensen al verteld wat ik weet. Ik heb er nooit over gelogen. Nooit. Als Jaco iets gedaan heeft, dan heb ik het nooit geweten of er deel aan gehad.'

'En wat kunt u mij vertellen over Irene Sabino?'

'Irene hield van Marlasca. Zij zou nooit iets beraamd hebben om hem schade te berokkenen.'

'Weet u wat er van haar geworden is? Leeft ze nog?'

'Ik geloof het wel. Ze hebben me verteld dat ze in een wasserij in de Raval werkt. Irene was een goede vrouw. Te goed. En nu is ze zo geëindigd. Zij geloofde in dat soort dingen met heel haar hart.'

'En Marlasca? Wat zocht hij in die wereld?'

'Marlasca was in iets verwikkeld, vraagt u mij niet wat. Niet in iets wat ik of Jaco hem had verkocht of had kunnen verkopen. Wat ik erover weet, heb ik een keer van Irene gehoord. Naar het schijnt had Marlasca iemand gevonden, iemand die ik niet kende, en gelooft u mij, ik kende en ken iedereen in deze branche. Diegene had hem beloofd dat als hij iets deed, ik weet niet wat, zijn zoon Ismael uit het rijk der doden zou terugkeren.'

'Heeft Irene ooit gezegd wie deze persoon was?'

'Ze heeft hem nooit gezien. Marlasca stond het niet toe. Maar ze wist dat hij bang was.'

'Bang waarvoor?'

Roures klakte met zijn tong.

'Marlasca geloofde dat hij verdoemd was.'

'Kunt u dat wat duidelijker uitleggen?'

'Ik heb het u al eerder gezegd. Hij was ziek. Hij was ervan overtuigd dat er iets in hem was gevaren.'

'Iets?'

'Een geest. Een parasiet. Ik weet niet. Ziet u, in dit beroep leert men veel mensen kennen die niet helemaal goed bij hun hoofd zijn. Ze maken een persoonlijke tragedie mee, verliezen een geliefde of een fortuin en vallen in een gat. Het brein is het fragielste orgaan van het lichaam. De heer Marlasca had ze niet allemaal meer op een rijtje en dat kon iedereen die vijf minuten met hem praatte, zien. Daarom kwam hij naar mij.'

'En u zei wat hij wilde horen.'

'Nee. Ik vertelde hem de waarheid.'

'Uw waarheid?'

'De enige die ik ken. Ik had het gevoel dat die man ernstig uit zijn evenwicht was geraakt en ik wilde geen misbruik van hem maken. Zoiets loopt nooit goed af. In deze handel is er een grens die je niet overschrijdt als je weet wat goed voor je is. Wie op zoek is naar vermaak of ontroering en de troost van het hiernamaals, wordt bediend en betaalt voor een verleende dienst. Maar wie komt omdat hij op het punt staat zijn verstand te verliezen, wordt naar huis gestuurd. Dit is spektakel als elk ander. Wat je wilt zijn kijkers, geen gekken.'

'Een voorbeeldige ethiek. Wat heeft u Marlasca dan verteld?'

'Ik heb hem gezegd dat dit allemaal zwendel was, een sprookje. Ik heb hem gezegd dat ik een oplichter ben die zijn brood verdient met het organiseren van spiritistische seances voor arme zielen die hun verwanten hebben verloren en het geloof nodig hebben dat geliefden, ouders en vrienden in de andere wereld op ze wachten. Ik heb hem gezegd dat er aan de andere kant niets is, slechts een grote leegte, dat deze wereld alles is wat we hebben. Ik heb hem gezegd dat hij de geesten moest vergeten en naar zijn familie moest terugkeren.'

'En hij geloofde u?'

'Klaarblijkelijk niet. Hij kwam niet meer naar de sessies, maar zocht elders hulp.'

'Waar?'

'Irene is opgegroeid in een van de hutten aan het strand van Bogatell, en hoewel ze als actrice en danseres aan de Paralelo beroemd was geworden, bleef ze tot dat oord behoren. Ze vertelde me dat ze Marlasca had meegenomen naar een vrouw die de Heks van de Somorrostro wordt genoemd en die hem moest beschermen tegen de persoon bij wie hij in de schuld stond.'

'Heeft Irene de naam van deze persoon genoemd?'

'Als ze dat al heeft gedaan, dan herinner ik me die niet meer. Ik zei u al, ze kwamen niet meer naar de seances.'

'Andreas Corelli?'

'Die naam heb ik nog nooit gehoord.'

'Waar kan ik Irene Sabino vinden?'

'Ik heb u alles verteld wat ik weet,' antwoordde Roures getergd.

'Een laatste vraag en dan ga ik.'

'Laat dat alstublieft waar zijn.'

'Herinnert u zich of u Marlasca ooit de naam *Lux Aeterna* heeft horen noemen?'

Roures fronste zijn voorhoofd en schudde zijn hoofd.

'Dank voor uw hulp.'

'Niets te danken. En komt u hier, indien mogelijk, niet meer terug.'

Ik knikte en op weg naar de deur voelde ik zijn wantrouwige blik in mijn rug.

'Wacht,' riep hij, al op de drempel naar de achterkamer.

Ik draaide me om. Het mannetje keek me besluiteloos aan.

'Ik meen me te herinneren dat *Lux Aeterna* de titel was van een soort religieus pamflet dat we weleens bij de seances in de calle Elisabets gebruikten. Het behoorde tot een verzameling soortgelijke boekjes, waarschijnlijk geleend uit de Bibliotheek van het Bijgeloof van het genootschap De Toekomst. Ik weet niet of u dat bedoelde?'

'Herinnert u zich nog waar het over ging?'

'Mijn partner Jaco kende het beter, hij was degene die de seances leidde. Maar voor zover ik weet was *Lux Aeterna* een gedicht over de dood en de zeven namen van de Zoon van de Morgen, de Drager van het Licht.'

'De Drager van het Licht?'

Roures glimlachte.

'Lucifer.'

33

Eenmaal op straat ging ik, omdat ik niet goed wist wat ik nu moest doen, weer naar huis. Ik naderde de ingang naar de calle Montcada toen ik hem zag. Inspecteur Víctor Grandes leunde tegen een muur, rookte een sigaret en stak glimlachend zijn hand op. Ik stak de straat over en liep op hem af.

'Ik wist niet dat u zich voor tovenarij interesseerde, Martín.'

'En ik niet dat u mij schaduwt, inspecteur.'

'Ik schaduw u niet. Maar u bent als mens lastig te lokaliseren en dus bedacht ik dat als de berg niet naar mij komt, ik naar de berg ga. Heeft u vijf minuten om iets te gaan drinken? Het Hoofdbureau van Politie inviteert.'

'In dat geval ... Heeft u vandaag geen chaperonnes?'

'Marcos en Castelo zijn op het hoofdbureau gebleven om administratie af te handelen, hoewel ze zeker hadden meegedaan als ik ze had verteld dat ik u ging opzoeken.'

We slenterden door de kloof van middeleeuwse paleizen naar El Xampanyet en gingen zitten aan een tafeltje achterin. Een kelner gewapend met een naar chloor stinkende doek keek ons vragend aan en Grandes bestelde twee bier en een portie manchego. Toen de bestelling werd gebracht, schoof hij het bordje naar me toe, een uitnodiging die ik afsloeg.

'Als ik zo vrij mag zijn? Op dit uur val ik altijd om van de honger.'

'*Bon appétit.*'

Grandes schrokte een stuk kaas naar binnen en likte met gesloten ogen zijn lippen.

'Heeft men u niet verteld dat ik gisteren bij u langs ben geweest?'

'Met enige vertraging heb ik de boodschap doorgekregen.'

'Begrijpelijk. Trouwens, een schatje, dat meisje. Hoe heet ze?'

'Isabella.'

'Een schaamteloos mens bent u ... zoals sommigen toch hun leven inrichten. Ik benijd u. Hoe oud is het snoepje?'

Ik wierp hem een venijnige blik toe. Hij glimlachte voldaan.

'Een vogeltje heeft me ingefluisterd dat u voor detective heeft gespeeld de laatste tijd. Laat u nog wel wat over voor ons als beroeps?'

'En hoe heet uw vogeltje?'

'Het is meer een lelijke, grote vogel. Een van mijn superieuren is goed bevriend met advocaat Valera.'

'Staat u ook op hun loonlijst?'

'Nog niet, mijn vriend. U kent me. Ik ben nog van de oude stempel. Eer en al dat soort flauwekul.'

'Spijtig.'

'En vertelt u mij eens, hoe is het met die arme Ricardo Salvador? Weet u dat ik die naam in geen twintig jaar gehoord heb? Iedereen nam aan dat hij dood was.'

'Een overhaaste diagnose.'

'Hoe is het met hem?'

'Eenzaam, verraden en vergeten.'

De inspecteur knikte langzaam.

'Het maakt dat een mens gaat denken aan de toekomst die dit beroep biedt, nietwaar?'

'Ik wed dat de zaken in uw geval anders zullen zijn, en er hoogstens nog twee jaar te gaan zijn tot uw promotie naar de top van het korps. Ik zie zo voor me dat u nog voor uw vijfenveertigste de grote man van het korps bent en tijdens de processie op Sacramentsdag de hand van bisschoppen en kapiteins-generaal kust.'

De sarcastische toon negerend, knikte Grandes kil.

'Over handkussen gesproken, heeft u het al gehoord van uw vriend Vidal?'

Grandes begon nooit een gesprek zonder een troef uit te spelen. Hij keek me grijnzend aan en genoot van mijn ongerustheid.

‘Heb ik wát gehoord?’ prevelde ik.

‘Ze zeggen dat zijn vrouw een paar avonden geleden heeft geprobeerd zelfmoord te plegen.’

‘Cristina?’

‘Ach, dat is waar, u kent haar ...’

Ik realiseerde me niet dat ik was opgestaan. Mijn handen trillen.

‘Weest u niet bang, mevrouw Vidal maakt het goed. Het was de schrik, meer niet. Naar het schijnt was ze uitgeschoten met de laudanum ... Gaat u weer zitten, Martín. Alstublieft.’

Ik ging zitten. Mijn maag balde zich samen tot een stekende knoop.

‘Wanneer is het gebeurd?’

‘Twee of drie dagen geleden.’

Het beeld van Cristina achter het raam van Villa Helius schoot door mijn hoofd, hoe ze haar hand had opgeheven, terwijl ik haar blik ontweek en haar de rug toekeerde.

‘Martín?’ vroeg de inspecteur en hij bewoog zijn hand voor mijn ogen alsof hij vreesde dat ik mijn verstand had verloren.

‘Wat?’

De inspecteur keek me met oprechte bezorgdheid aan.

‘Heeft u mij iets te vertellen? Ik weet wel dat u me niet gelooft, maar ik zou u graag helpen.’

‘Denkt u nog steeds dat ik Barrido en zijn compagnon om het leven heb gebracht?’

Grandes schudde zijn hoofd.

‘Ik niet, maar anderen zouden het graag geloven.’

‘Waarom gaat u dan mijn gangen na?’

‘Rustig maar. Ik ga uw gangen niet na, Martín. Dat heb ik nooit gedaan. De dag dat ik dat doe, zult u het merken. Vooralsnog observeer ik u. Omdat ik u sympathiek vind en ik me zorgen maak dat u zich in de nesten gaat werken. Waarom vertrouwt u mij niet en vertelt u mij wat er aan de hand is?’

Onze blikken troffen elkaar en een moment lang verkeerde ik in de verleiding om hem alles te vertellen. Ik had het gedaan, als ik had geweten wáár ik moest beginnen.

‘Er is niets aan de hand, inspecteur.’

Grandes knikte en keek me medelijdend aan, misschien was

het ook slechts teleurstelling. Hij dronk zijn glas leeg en legde een paar munten op de tafel. Toen gaf hij me een klopje op de schouder en stond op.

'Pas goed op uzelf, Martín. En kijk uit waar u loopt. Niet iedereen heeft dezelfde waardering voor u als ik.'

'Ik zal het ter harte nemen.'

Het was bijna middag toen ik huiswaarts keerde. Ik kon de woorden van de inspecteur maar niet uit mijn hoofd zetten. Langzaam beklom ik de traptreden, als woog zelfs mijn ziel te veel. Ik opende de voordeur met de angst door een praatgrage Isabella te worden ontvangen, maar het was overal stil. Ik liep door de gang naar de loggia en daar vond ik haar, slapend op de bank met een opengeslagen boek op de borst, een van mijn oude romans. Ik kon een glimlach niet onderdrukken. In deze herfstdagen was de temperatuur in huis merkbaar gedaald en ik was bang dat Isabella kou zou kunnen vatten. Soms zag ik haar met een wollen omslagdoek door het huis lopen. Ik ging naar haar kamer om hem te pakken en zachtjes over haar heen te vlijen. De deur stond op een kier en hoewel ik in mijn eigen huis was, had ik die slaapkamer niet meer betreden sinds Isabella bij mij was ingetrokken en ik voelde me wat beschroomd. Ik zag de omslagdoek opgevouwen over een stoel. De kamer rook naar Isabella's zoete citroengeur. Het bed was nog niet opgemaakt en omdat ik wist dat ik vele plaatsen in de achting van mijn assistente zou stijgen als ik een huishoudelijke taak op me nam, boog ik me voorover om het laken glad te strijken.

Ik zag iets ingeklemd tussen matras en bed: onder de zoom van het laken stak een hoekje van een envelop. Toen ik eraan trok, hield ik een met lint bij elkaar gebonden bundel van ongeveer twintig blauwe enveloppen in de hand. Een koude rilling trok door me heen. Ik haalde de knoop uit het lint en trok een van de enveloppen ertussenuit. Op de voorkant stonden mijn naam en adres, als afzender was slechts *Cristina* geschreven.

Met mijn rug naar de deur ging ik op bed zitten en bestudeerde de ene na de andere poststempel. De eerste dateerde van meer dan twee weken geleden, de laatste van drie dagen terug. Alle enveloppen waren geopend. Ik sloot mijn ogen en voelde hoe de brieven uit mijn handen gleden. Achter me hoorde ik Isabella's ademhaling.

'Vergeef me,' prevelde ze.

Ze kwam langzaam naderbij en knielde om de brieven een voor een op te rapen. Toen ze ze allemaal weer had gebundeld, overhandigde ze me de stapel met een gewonde blik in haar ogen.

'Ik deed het om u te beschermen,' zei ze.

Haar ogen vulden zich met tranen en ze legde een hand op mijn schouder.

'Vertrek,' zei ik.

Ik duwde haar weg en stond op. Isabella zonk kreunend op de grond, alsof er iets binnen in haar brandde.

'Vertrek uit dit huis.'

Ik verliet de woning zonder de moeite te nemen de voordeur achter me dicht te doen. Op straat bevond ik me in een wereld van gebouwen en gezichten die vreemd en ver leken. Ik begon doelloos te lopen, zonder de kou, de regen en de wind op te merken, die de stad als een vloek begonnen te geselen.

34

De tram stopte voor de ingang van Gaudí's Torre de Bellesguard, waar de stad aan de voet van de heuvel afstierf. Ik volgde het pad van gelig licht waarmee de lampen van de tram de regen doorboorden en liep naar de poorten van het kerkhof van San Gervasio. De muren verhieven zich op een vijftigtal meters afstand tot een marmeren fort, waar een wirwar van standbeelden boven uitstak in de kleur van de naderende storm. Bij de ingang stond een portiershuisje en erin zat een opzichter gehuld in een overjas. Hij warmde zijn handen bij een vuurpot. Toen hij me zag opduiken uit de regen, schrok hij. Hij monsterde me een paar seconden alvorens het deurtje open te doen.

'Ik zoek het graf van de familie Marlasca.'

'Binnen een halfuur wordt het donker. U kunt beter op een andere dag terugkomen.'

'Hoe eerder u me vertelt waar ik het kan vinden, hoe eerder ik weer ben vertrokken.'

De bewaker raadpleegde een lijst en wees me toen met een vinger de ligging op een plattegrond van het terrein aan de muur. Zonder hem te bedanken vertrok ik.

Het was niet moeilijk om het familiegraf in de citadel van tombes en mausolea te vinden. Het complex rustte op een marmeren voetstuk. Het modernistische pantheon was cirkelvormig, als een amfitheater. Twee brede trappen dienden als basis en voerden naar een zuilengalerij, met daarin een atrium dat geflankeerd werd door grafstenen. De galerij werd bekroond door een koepel, waarop zich een eveneens marmeren figuur verhief, mettertijd zwart geworden. Het gezicht was versluierd, maar wie het graf naderde, kreeg de indruk dat de bewaker van gene zijde het hoofd draaide en je met de ogen volgde. Ik beklom een van de trappen en bleef voor de galerij stilstaan om achter me te kijken. In de verte waren door de regen zwakjes de lichten van de stad te zien.

Ik betrad de galerij. In het centrum stond een biddend vrouwenbeeld, de armen smekend om een kruisbeeld geslagen. Haar gelaat was door slagen verminkt en iemand had de ogen en lippen zwart geverfd, wat haar iets wolfachtigs gaf. Het was niet het enige teken van schending van het mausoleum. De grafstenen vertoonden krassen en leken op sommige plekken gemarkeerd met een puntig voorwerp, op andere waren obscene tekeningen en woorden te zien, die in het halfduister nauwelijks te ontcijferen waren. Diego Marlasca's graf was helemaal achterin. Ik liep erheen en legde mijn hand op de steen. Toen haalde ik het portret van Marlasca dat Salvador me had gegeven tevoorschijn en bestudeerde het.

Op dat moment hoorde ik voetstappen achter me op de trap. Ik borg het portret weer op in mijn jaszak en draaide me om naar de ingang van de galerij. De voetstappen waren verstomd en slechts het geklater van de regen op het marmer was nog te horen. Langzaam liep ik naar de ingang en keek naar buiten. De figuur had me de rug toegekeerd en aanschouwde de stad in de verte. Het was een in het wit geklede vrouw die haar hoofd met een doek had bedekt. Langzaam wendde ze zich naar me toe en keek me aan. Ze glimlachte. Ondanks alle tijd die was verstreken, herkende ik haar onmiddellijk – Irene Sabino. Ik deed een stap naar haar toe en besefte toen pas dat er nog iemand was, achter me. Bij de slag in mijn nek flitste wit licht op. Ik zonk op mijn knieën en zakte een seconde later op het natte marmer in elkaar. In de regen tekende zich een donkere gestalte af. Irene knielde naast me neer. Ik voelde hoe ze haar hand om mijn hoofd legde en de plek van de klap betastte. Toen ze haar vingers terugtrok, waren ze in bloed gedrenkt. Ze streek ermee over mijn gezicht. Het laatste wat ik zag voor ik mijn bewustzijn verloor, was hoe Irene Sabino een scheermes opdiepte en langzaam uitklapte. Zilveren regendruppels gleden langst het lemmet, dat ze dichterbij bracht.

Ik opende mijn ogen bij de verblindende gloed van een olielamp en keek in het gezicht van de opzichter. Hij bekeek me volkomen uitdrukkingsloos. Ik probeerde met mijn ogen te knipperen, terwijl een vlammende pijnscheut vanuit mijn nek door mijn schedel schoot.

'Leeft u nog?' vroeg de bewaker, zo ongeïnteresseerd dat ik niet wist of de vraag op mij betrekking had of puur retorisch was.

'Ja,' kermde ik. 'Waagt u het niet om me in een gat te stoppen.'

De bewaker hielp me overeind te gaan zitten. Elke centimeter werd beantwoord met een pijnscheut in mijn hoofd.

'Wat is er gebeurd?'

'Dat zult u toch wel weten. Ik had al een uur geleden moeten sluiten, maar toen ik u niet zag, ben ik hiernaartoe gegaan om te kijken wat er aan de hand was en toen vond ik u hier terwijl u uw roes lag uit te slapen.'

'En de vrouw?'

'Welke vrouw?'

'Het waren er twee.'

'Twee vrouwen?'

Ik zuchtte en schudde mijn hoofd.

'Kunt u me helpen om op te staan?'

Met hulp van de bewaker lukte het me om overeind te komen. Toen bemerkte ik het schrijnende gevoel en zag dat mijn hemd openstond. Over mijn borst liepen meerdere oppervlakkige snijlijnen.

'Meneer, dat ziet er niet goed uit ...'

Ik knoopte mijn jas dicht en betastte mijn binnenzak. Marlasca's portret was verdwenen.

'Heeft u telefoon in de portiersloge?'

'Ja, in de zaal met het Turkse bad.'

'Kunt u me dan ten minste helpen om bij de Torre de Bellesguard te komen, zodat ik daar een taxi kan bestellen?'

De bewaker vloekte en hield me onder de oksels vast.

'Ik had u toch gezegd op een andere dag terug te komen.'

35

Het was een paar minuten voor middernacht toen ik eindelijk bij het huis met de toren aankwam. Zodra ik de deur opendeed, wist ik dat Isabella was vertrokken. Het geluid van mijn voetstappen in de gang had een andere echo. Ik deed geen moeite om het licht aan te doen, maar ging meteen in het halfdonker naar haar kamer en keek naar binnen. Ze had schoongemaakt en alles opgeruimd. Laken en dekens lagen pijnlijk precies opgevouwen op een stoel, de matras was kaal. Het rook er nog naar Isabella. Op de loggia zette ik me aan het bureau dat ze gebruikt had. Ze had de potloden geslepen en keurig netjes in een glas gezet. Op een dienblad lag een stapel witte velletjes. De set kroontjespennen die ik haar cadeau had gegeven, stond ernaast. Nog nooit was de woning me zo leeg voorgekomen.

In de badkamer trok ik mijn kleren uit en verzorgde mijn nek met een in alcohol gedrenkt kompres. De pijn was afgenomen tot een dof geklop en had iets weg van een monumentale kater. In de spiegel leken de sneden over mijn borst op met vulpen getrokken lijnen. Ze waren schoon en oppervlakkig, maar ze schrijnden flink. Ik maakte ze eveneens schoon met alcohol en vertrouwde erop dat ze niet zouden gaan ontsteken.

Ik kroop in bed en bedekte me tot mijn kin met twee of drie dekens. De enige delen van mijn lijf die geen pijn deden, waren door kou en regen verdoofd. Ik wachtte tot ik het warm kreeg en luisterde naar de koude stilte, de afwezigheid en leegte die de woning verstikten. Alvorens te vertrekken had Isabella de bundel brieven op mijn nachtkastje gelegd. Ik stak mijn hand uit en pakte een willekeurige envelop, twee weken geleden gedateerd.

Lieve David,
De dagen gaan voorbij en ik blijf je brieven schrijven, die je vermoedelijk niet wilt beantwoorden, als je ze al opent. Ik begin zo langzamerhand te denken dat ik ze slechts voor mezelf schrijf, om de eenzaamheid te verdrijven en een ogenblik lang te geloven dat je bij me bent. Elke dag vraag ik me af hoe het met je gaat, en wat je aan het doen bent.
Soms denk ik dat je uit Barcelona bent weggegaan om nooit meer terug te keren, en ik stel me jou voor op een plek omringd door vreemden, hoe je een nieuw leven begint waarvan ik nooit iets zal weten. Op andere momenten denk ik dat je me nog haat, dat je deze brieven vernietigt en me het liefst nooit had leren kennen. Ik kan het je niet kwalijk nemen. Merkwaardig, hoe gemakkelijk iemand, wanneer hij alleen is, aan een vel papier toevertrouwt wat hij nooit recht in het gezicht durft te zeggen.
Ik heb het niet makkelijk. Pedro had niet liever en begripvoller voor me kunnen zijn, maar zijn geduld irriteert me soms, en zijn wens om me gelukkig te maken bewerkstelligt slechts dat ik me des te ellendiger voel. Hij heeft me doen inzien dat mijn hart leeg is, dat ik niemands liefde verdien. Hij is bijna de hele dag bij mij, omdat hij me niet alleen wil laten.
Ik glimlach elke dag en deel het bed met hem. Wanneer hij vraagt of ik van hem houd, zeg ik ja, en wanneer ik de waarheid in zijn ogen lees, wil ik sterven. Hij verwijt het me nooit. Hij praat veel over je en mist je. Zozeer dat ik soms denk dat jij degene bent op deze wereld van wie hij het meest houdt. Ik zie hoe hij eenzaam ouder wordt, met het slechtst denkbare gezelschap: het mijne. Ik kan niet verlangen dat je míj vergeeft, maar als ik iets wens op deze wereld, dan is het dat je hém vergeeft. Ik ben het niet waard dat je hem je vriendschap en gezelschap ontzegt.
Gisteren heb ik nog eens een van je boeken uitgelezen. Pedro heeft ze allemaal en ik heb ze stuk voor stuk gelezen omdat het de enige mogelijkheid is je dicht bij me te voelen. Het was een treurig, vreemd verhaal – over twee kapotte, verlaten poppen in een rondreizend circus, die voor één nacht leven krijgen ingebla-

zen, wetend dat ze bij de dageraad zullen sterven. Terwijl ik het las, had ik het gevoel dat je over ons schreef.
Een paar weken geleden droomde ik dat ik je weer had gezien, dat we elkaar op straat waren tegengekomen en dat je je mij niet meer herinnerde. Je glimlachte naar me en vroeg hoe ik heette. Je wist niets van me. Je haatte me niet. Elke nacht, als Pedro naast me slaapt, sluit ik mijn ogen en smeek de hemel of de hel om dezelfde droom. Morgen, of misschien overmorgen, zal ik je weer schrijven om je te vertellen dat ik van je houd, ofschoon dat niets voor jou betekent.
Cristina

Ik liet de brief op de grond vallen, niet in staat er nog meer te lezen. Morgen is er weer een dag, hield ik mezelf voor. Erger dan vandaag kon het niet worden. De verrukkingen die de volgende dag voor me in petto had, kon ik niet bevroeden.

Ik moest ongeveer twee uur geslapen hebben toen ik midden in de nacht plotseling wakker werd. Iemand beukte op de voordeur. Enkele seconden bleef ik beduusd in de duisternis liggen, tastend naar de lichtschakelaar. Opnieuw gehamer op de deur. Ik maakte licht, sprong uit bed en liep naar de deur, waar ik het plaatje voor het spionnetje wegschoof. Drie gezichten in het schemerduister van de overloop. Inspecteur Grandes en achter hem Marcos en Castelo. Alle drie staarden ze strak naar het spionnetje. Ik haalde een paar keer diep adem en deed toen open.

'Goedenacht, Martín. Excuses voor het tijdstip.'

'Hoe laat is het?'

'Tijd om in beweging te komen, schurk,' gromde Marcos, wat Castelo een glimlachje ontlokte waarmee ik me had kunnen scheren.

Grandes wierp hun een afkeurende blik toe en zuchtte.

'Kort na drieën,' zei hij. 'Mag ik binnenkomen?'

Geërgerd knikte ik en maakte plaats. Hij gaf zijn mannen een teken buiten te wachten. Ze knikten knarsetandend en wierpen me vileine blikken toe. Ik smeet de deur voor hun neus dicht.

'U zou voorzichtiger moeten zijn met die twee,' zei Grandes, terwijl hij losjes door de gang marcheerde.

'Alstublieft, doet u alsof u thuis bent ...' zei ik.

Ik liep terug naar de slaapkamer en trok het eerste het beste aan wat ik tegenkwam, vuile kleren in een hoopje op een stoel. Toen ik weer de gang in liep, was er geen spoor van Grandes.

Ik vond hem in de loggia, waar hij door het venster naar de lage wolken staarde die over de daken kropen.

'En het snoepje?' vroeg hij.

'Thuis.'

Met een glimlach draaide Grandes zich om.

'Wijze man om haar geen volpension aan te bieden.' Hij wees op een stoel. 'Gaat u zitten.'

Ik liet me in de fauteuil vallen. Grandes bleef staan en keek me strak aan.

'Wat?' vroeg ik ten slotte.

'U ziet er slecht uit, Martín. Heeft u gevochten?'

'Ik ben gevallen.'

'Hm. Ik heb begrepen dat u vandaag de toverwinkel, eigendom van de heer Damián Roures in de calle de la Princesa, heeft bezocht.'

'U heeft me daar vanmiddag toch naar buiten zien komen – wat betekent dit alles?'

Grandes observeerde me kil.

'Pakt u een jas en een sjaal of wat dan ook. Het is koud. We gaan naar het politiebureau.'

'Waarvoor?'

'Doe wat ik zeg.'

Een auto van het hoofdbureau wachtte ons op in de paseo del Born. Marcos en Castelo schoven me zonder al te veel zachtzinnigheid achterin en propten zichzelf links en rechts van mij.

'Zit mijnheer comfortabel?' vroeg Castelo terwijl hij een elleboog in mijn ribben plantte.

De inspecteur ging voorin zitten naast de chauffeur. In de vijf minuten die het kostte om door een verlaten, in een okerkleurige mist liggende vía Layetana te rijden, deed geen van drieën zijn mond open. Toen we bij het hoofdbureau aankwamen, ging Grandes naar binnen zonder op ons te wachten. Marcos en Castelo grepen me ieder bij een arm alsof ze mijn botten wilden verpulveren en sleurden me door een labyrint van trappen, gangen en cellen naar een vensterloze ruimte waar het naar zweet en urine stonk. In het midden van de cel stonden een wormstekige houten tafel en twee sjofele stoelen. Een kaal peertje hing aan het plafond en midden in de vloer, waar de licht aflopende vloeroppervlakken samenkwamen, was een afvoerroostertje gemetseld. Het was er gruwelijk koud. Voor ik het in de gaten had, werd de deur achter me in het slot gegooid. Ik hoorde voetstappen zich verwijderen. Twaalf rondjes draaide ik in die kerker voordat ik me op een van de wankele stoelen liet vallen. In het daaropvolgende uur hoorde ik geen enkel ander geluid behalve mijn ademhaling, de knarsende stoel en het gedrup van water ergens in de verte.

Een eeuwigheid later klonk de echo van naderende voetstappen en kort daarop ging de deur open. Marcos keek met een grijns de cel in en hield de deur open voor Grandes, die zonder me een blik waardig te keuren naar binnen liep en op de stoel aan de andere kant van de tafel plaatsnam. Hij knikte naar Marcos, waarop deze de deur weer sloot, niet zonder me eerst met een knipoog een luchtkus toe te werpen. De inspecteur liet een goede dertig seconden voorbijgaan voordat hij zich verwaardigde me recht aan te kijken.

'Als u indruk op me wilde maken, is dat al gelukt, inspecteur.'

Grandes sloeg geen acht op mijn ironie en vestigde zijn blik op me alsof hij me nog nooit in zijn hele leven had gezien.

'Wat weet u van Damián Roures?' vroeg hij.

Ik haalde mijn schouders op.

'Niet veel. Dat hij de eigenaar is van een winkel in toverartikelen. Eigenlijk wist ik tot twee dagen geleden zelfs dat niet, tot Ricardo Salvador me over hem vertelde. Vandaag of gisteren – ik ben kwijt welke dag het is – heb ik hem bezocht omdat ik meer te weten wilde komen over de man die vóór mij in mijn huidige woning heeft gewoond. Salvador gaf aan dat Roures en de voormalige eigenaar ...'

'Marlasca.'

'Ja, Diego Marlasca. Zoals ik al zei, Salvador heeft me verteld dat Marlasca en Roures jaren geleden met elkaar van doen hadden gehad. Ik stelde hem wat vragen en hij antwoordde naar eer en geweten. Dat is eigenlijk alles.'

Grandes knikte herhaaldelijk.
'Dat is uw verhaal?'
'Ik weet het niet. Wat is het uwe? Laten we ze vergelijken, dan begrijp ik misschien eindelijk wat ik hier in godsnaam midden in de nacht doe en waarom ik in een naar stront stinkend hol zit te vernikkelen.'
'Kalm aan, vriend Martín.'
'Excuus, inspecteur, maar ik geloof dat u zich op zijn minst zou kunnen verwaardigen om me te vertellen waarom ik hier ben.'
'Dat zal ik u vertellen. Ongeveer drie uur geleden kwam een bewoner van het pand waarin meneer Roures' winkel is gevestigd laat thuis en zag dat de winkeldeur openstond en dat er licht brandde. Omdat hem dat verbaasde, is hij naar binnen gegaan en toen hij de eigenaar niet zag en deze op zijn geroep niet antwoordde, is hij de achterkamer binnen gegaan, waar hij hem vond, midden in een plas bloed, met ijzerdraad vastgebonden aan een stoel.'
Grandes liet een lange pauze vallen en doorboorde mij met zijn blik. Ik vermoedde dat er nog wat kwam. Voor de finale hield hij altijd een verrassende wending achter de hand.
'Dood?' vroeg ik.
Grandes knikte.
'Nogal. Iemand heeft zich vermaakt met het uitsteken van zijn ogen en het afsnijden van zijn tong met een schaar. De lijkschouwer schat dat hij een halfuur later in zijn eigen bloed is gestikt.'
Ik voelde dat ik geen lucht kreeg. Grandes wandelde rond in de ruimte. Toen bleef hij achter me staan en ik hoorde hem een sigaret opsteken.
'Hoe komt u aan die wond? Die ziet er vers uit.'
'Ik ben uitgegleden in de regen en ben op mijn achterhoofd gevallen.'
'Behandel me niet als een idioot, Martín. Dat is niet goed voor u. Heeft u liever dat ik u een tijdje alleen laat met Marcos en Castelo, zodat ze u wat manieren bijbrengen?
'Goed dan. Ik heb een klap gekregen.'
'Van wie?'

'Dat weet ik niet.'
'Dit gesprek begint me te vervelen, Martín.'
'Dan kunnen we elkaar de hand geven.'
Grandes ging weer tegenover me zitten en schonk me een verzoenend lachje.
'U denkt toch niet dat ik iets met de dood van die man te maken heb?'
'Nee, Martín, dat denk ik niet. Ik vermoed overigens wel dat u me niet de waarheid vertelt en dat de dood van die arme drommel op de een of andere manier met uw bezoek samenhangt. Net als die van Barrido en Escobillas.'
'Wat brengt u op die gedachte?'
'Noem het een ingeving.'
'Ik heb u verteld wat ik weet.'
'En ik heb u gezegd dat u me niet als een idioot moet behandelen, Martín. Marcos en Castelo wachten daarbuiten op de kans met u onder zes ogen te praten. Is dat wat u wilt?'
'Nee.'
'Helpt u me dan om u hier uit te halen en naar huis te sturen voordat uw lakens koud zijn.'
'Wat wilt u horen?'
'De waarheid, om maar iets te noemen.'
Vertwijfeld schoof ik de stoel naar achteren en stond op. De kou zat tot in mijn botten en ik had het gevoel dat mijn hoofd dadelijk uit elkaar zou knallen. Ik begon om de tafel te ijsberen en slingerde de inspecteur mijn woorden als stenen naar zijn hoofd.
'De waarheid? Ik zal u de waarheid zeggen. De waarheid is dat ik niet weet wat de waarheid is. Ik weet niet wat ik u moet vertellen. Ik weet niet waarom ik naar Roures en naar Salvador ging. Ik weet niet wat ik zoek, noch wat er met me gebeurt. Dát is de waarheid.'
Grandes sloeg me stoïcijns gade.
'Houd op met dat rondjes draaien en ga zitten. Ik word er duizelig van.'
'Geen zin in.'
'Martín, u vertelt me niets waar ik iets aan heb. Ik vraag u alleen mij te helpen zodat ik ú kan helpen.'

'U zou me niet kunnen helpen al zou u het willen.'

'Wie kan dat dan wel?'

Ik viel terug in de stoel.

'Ik weet het niet ...' mompelde ik.

Ik meende in zijn ogen een zweem van medelijden te zien, of misschien was het slechts vermoeidheid.

'Kijk, Martín. Laten we nog een keer helemaal opnieuw beginnen. We doen het op uw manier. Vertelt u mij een verhaal en begint u bij het allereerste begin.'

Ik keek hem zwijgend aan.

'Martín, denkt u nou niet dat ik mijn werk niet zal doen omdat ik u een geschikte vent vind.'

'Doe wat u doen moet. Roep Hans en Grietje als u wilt.'

Op dat moment merkte ik in zijn gezicht een vonk van ongerustheid op. Door de gang naderden voetstappen en iets zei me dat de inspecteur ze niet had verwacht. Een korte woordenwisseling was hoorbaar en Grandes liep nerveus naar de deur. Hij klopte drie keer, en Marcos, die op wacht stond, deed open. Een man in een kameelharen jas en een bijpassend pak trad de cel binnen, keek met afgrijzen op zijn gezicht om zich heen en glimlachte toen naar me met een oneindig vriendelijke glimlach, terwijl hij bedachtzaam zijn handschoenen uittrok. Tot mijn stomme verbazing herkende ik advocaat Valera.

'Gaat het goed met u, meneer Martín?' vroeg hij.

Ik knikte. De advocaat leidde de inspecteur naar een hoek, waar ik hen hoorde fluisteren. Grandes gesticuleerde met ingehouden woede. Valera bekeek hem koeltjes en schudde zijn hoofd. Het gesprek duurde ongeveer een minuut. Uiteindelijk snoof Grandes en liet zijn handen vallen.

'Pak uw sjaal, meneer Martín, we gaan,' gaf Valera aan. 'De inspecteur heeft verder geen vragen meer.'

Achter hem stond Grandes zich te verbijten en wierp een vernietigende blik op Marcos, die zijn schouders ophaalde. Valera, wiens vriendelijk-geroutineerde glimlach geen moment verslapte, nam me bij de arm en leidde me de kerker uit.

'Ik hoop dat de behandeling die u van deze agenten heeft ontvangen, correct was, meneer Martín.'

'J-ja,' stotterde ik.

'Een moment,' riep Grandes achter ons.

Valera bleef staan, beduidde me te zwijgen en draaide zich om.

'Mocht u verder nog vragen hebben aan de heer Martín, gelieve zich tot ons kantoor te wenden, waar men u gaarne behulpzaam zal zijn. Indien u niet over een belangrijkere rechtsgrond beschikt om meneer Martín in deze ruimte vast te houden, wensen we u voor nu een goede nacht en bedanken u voor uw vriendelijkheid, die ik uw meerderen niet zal nalaten te vermelden, met name hoofdinspecteur Salgado die, zoals u weet, een goede vriend van mij is.'

Sergeant Marcos maakte aanstalten naar ons toe te lopen, maar de inspecteur hield hem tegen. Ik wisselde een laatste blik met hem voordat Valera me opnieuw bij de arm nam en me meetrok.

'Niet blijven staan,' mompelde hij.

We liepen de lange, vaal verlichte gang door naar een trap die ons naar weer een andere lange gang leidde, om uiteindelijk bij een smalle deur uit te komen die toegang gaf tot de entree op de begane grond en de uitgang. Daar stond een Mercedes-Benz met draaiende motor op ons te wachten en een chauffeur die, zodra hij Valera zag, het portier voor ons openrukte. Ik stapte in. De auto beschikte over verwarming en de leren stoelen waren lauw. Valera ging naast mij zitten en gaf de chauffeur met een klopje op het glas tussen ons en zijn compartiment te kennen dat we konden vertrekken. Toen we ons op de middelste rijbaan bevonden, glimlachte hij naar me alsof er niets was gebeurd en wees op de nevel, die we tijdens onze rit als dicht struikgewas doorkliefden.

'Een onaangename nacht, nietwaar?' vroeg hij langs zijn neus weg.

'Waar gaan we heen?'

'Naar uw huis natuurlijk. Tenzij u liever naar een hotel gaat of ...'

'Nee, dat is goed.'

Langzaam daalde de auto de vía Layetana af. Valera staarde ongeïnteresseerd naar de verlaten straten.

'Waarom doet u dit?' vroeg ik ten slotte.

'Waarom denkt u? Ik vertegenwoordig u en uw belangen.'

'Zegt u tegen de chauffeur dat hij de auto stopt,' zei ik.

De chauffeur zocht Valera's blik in de achteruitkijkspiegel. Valera schudde zijn hoofd en gaf hem aan door te rijden.

'Zegt u geen domme dingen, meneer Martín. Het is laat, het is koud en ik begeleid u naar huis.'

'Ik ga liever te voet.'

'Weest u toch redelijk.'

'Wie heeft u gestuurd?'

Valera zuchtte en wreef zich in de ogen.

'U heeft goede vrienden, Martín. In het leven is het belangrijk goede vrienden te hebben en vooral te houden,' zei hij. 'Net zo belangrijk als te weten wanneer men koppig de verkeerde weg blijft volgen.'

'Dat zal toch niet toevallig de weg zijn die langs Huize Marlasca loopt, op nummer 13 van de avenida de Vallvidrera?'

Valera glimlachte geduldig, alsof hij vol genegenheid een ongezeglijk kind berispte.

'Meneer Martín, gelooft u mij, hoe verder u van deze hele geschiedenis wegblijft, des te beter het voor u is. Neemt u ten minste dit ene advies van mij aan.'

De chauffeur sloeg af bij de paseo Colón, om vervolgens via de calle Comercio bij de paseo del Born aan te komen. Voor de grote markt verdrongen zich reeds de karren met vlees en vis, ijs en specerijen. Vier jongens laadden terwijl we langsreden het opengesneden karkas van een kalf uit en lieten een spoor van bloed achter, dat duidelijk te ruiken was.

'Een charmante wijk vol pittoreske scènes, meneer Martín.'

De chauffeur stopte op de hoek van de calle Flassaders en stapte uit om het portier voor ons te openen. De advocaat stapte eveneens uit.

'Ik begeleid u tot de deur,' zei hij.

'Ze zullen nog denken dat we geliefden zijn.'

We liepen de donkere schacht van de steeg in naar mijn huis. Voor de deur gaf de advocaat me een professionele, beleefde hand.

'Dank u vriendelijk dat u me daar heeft weggehaald.'

'Míj hoeft u daarvoor niet te bedanken,' antwoordde Valera,

terwijl hij een envelop uit de binnenzak van zijn mantel haalde.

Ik herkende het engelenzegel in de lak zelfs in het schemerige licht van de lamp aan de muur boven onze hoofden. Valera reikte me de envelop aan en keerde na een laatste knikje terug naar de auto. Ik deed de benedendeur open en eenmaal in mijn woning liep ik linea recta door naar mijn studeerkamer, waar ik de envelop openmaakte en het opgevouwen vel papier met het kunstige handschrift van Monsieur eruit haalde.

Vriend Martín,
Ik hoop en wens dat dit bericht u in goede gezondheid en esprit bereikt. De omstandigheden vergen mijn korte aanwezigheid in de stad en het zou mij bijzonder verheugen in uw gezelschap te mogen verkeren op deze vrijdag om zeven uur in de avond in de biljartzaal van het Círculo Ecuestre om de voortgang van ons project te bespreken.
Tot dan groet ik u hartelijk,
Uw vriend,
Andreas Corelli

Ik vouwde het velletje weer op en stak het voorzichtig in de envelop. Toen streek ik een lucifer af, pakte de envelop bij een hoek en hield hem boven de vlam. Ik keek toe hoe hij brandde, tot de lak scharlakenrood op het bureau druppelde en mijn vingers onder de as zaten.

'Loop naar de hel,' fluisterde ik, terwijl de nacht me achter het glas donkerder voorkwam dan ooit tevoren.

36

In de studeerkamer wachtte ik in mijn stoel op een dageraad die niet kwam, tot de woede de overhand kreeg en ik het huis verliet, bereid om de waarschuwing van advocaat Valera in de wind te slaan. Buiten floot de snijdend koude wind die in wintertijd aan het aanbreken van de dag voorafgaat. Toen ik de paseo del Born overstak meende ik achter me voetstappen te horen. Ik draaide me om, maar zag enkel de marktlui die hun karren aflaadden, en ik vervolgde mijn weg. Aangekomen bij het plaza del Palacio ontwaarde ik in de nevel, die vanaf de haven naderbij kwam, de lichten van de eerste tram. Over de bovenleiding sproeiden blauwe vonken. Ik stapte in en ging voorin zitten. Het kaartje werd me overhandigd door dezelfde conducteur als de vorige keer. Een dozijn passagiers druppelde naar binnen, allemaal alleen. Korte tijd later zette de tram zich in beweging, terwijl zich aan de hemel tussen zwarte wolken een net van rossige haarvaatjes leek uit te breiden. Een dichter of wijze hoefde men niet te zijn om te weten dat het geen mooie dag zou worden.

Tegen de tijd dat we bij Sarrià aankwamen was de dag met een vaal licht aangebroken, waarin alles kleurloos leek. Ik liep omhoog door de eenzame straatjes van de wijk, in de richting van de bergflank. Af en toe meende ik opnieuw achter me voetstappen te horen, maar telkens als ik bleef staan en omkeek, was er geen levende ziel te bekennen. In het steegje dat naar Huize Marlasca voerde baande ik me een weg door het bladerdek dat ritselde onder mijn voeten. Langzaam stak ik de patio over en liep de treden op naar de voordeur, waar ik van opzij door de ramen tuurde. Ik liet de deurklopper drie keer vallen en deed een paar passen terug. Toen ik na een minuut geen antwoord kreeg, klopte ik nogmaals. In het huis stierf de echo van de slagen weg.

'Goedemorgen!' riep ik.

De bomen die het huis omgaven leken de klank van mijn stem in te slikken. Ik liep om het huis heen naar de tuin met het zwembad en vandaar naar de oranjerie. De ramen waren achter halfgesloten houten luiken verborgen, zodat niemand naar binnen kon kijken. Een van de ramen, meteen naast de glazen deur van de oranjerie, stond een stukje open. Door de ruit was de deurgrendel te zien en toen ik mijn arm door het open venster stak, kon ik hem terugschuiven. De deur gaf met een metalig geluid mee. Ik keek nog een keer om, verzekerde me ervan dat er niemand was en ging naar binnen.

Naarmate mijn ogen aan het schemerdonker wenden, herkende ik de contouren van de ruimte. Ik opende de luiken wat verder om meer licht binnen te laten. Door een waaier van stralen kwamen de voorwerpen nu duidelijk uit.

'Is daar iemand?' riep ik.

Mijn stem verdween in het huis als een munt in een bodemloze put. Ik liep naar de achterkant van de oranjerie, waar een boog van bewerkt hout toegang bood tot een donkere gang. Aan met fluweel bespannen wanden hingen schilderijen die nauwelijks zichtbaar waren. Het einde van de gang kwam uit op een grote, cirkelvormige salon met mozaïekvloeren en een wanddecoratie van gebrandschilderd glas, die een witte engelengestalte toonde met uitgestrekte arm en vingers van vuur. Een brede stenen trap rees in een spiraal langs de wanden omhoog. Aan de voet van de trap bleef ik staan en ik riep nogmaals: 'Hallo? Mevrouw Marlasca?'

De totale stilte van het huis verstikte de doffe echo van mijn woorden. Ik liep de trap op naar de eerste verdieping en stond stil op de overloop. Daarvandaan waren de salon en de engelengestalte goed te zien. Ik zag mijn voetafdrukken in de laag stof op de vloer. Afgezien van mijn eigen sporen ontdekte ik in het stof een soort railspoor, twee parallelle lijnen op een, twee of drie handbreedtes van elkaar en daartussen voetafdrukken. Grote voetafdrukken. Verward bekeek ik het spoor, tot me duidelijk werd wat het was: het spoor van een rolstoel en de voetstappen van iemand die hem geduwd had.

Ik meende achter me een geluid te horen en draaide me om. Een halfopen deur aan het einde van de gang bewoog zachtjes en ik voelde een koude tochtvlaag. Langzaam liep ik naar de deur en blikte ondertussen kort in de kamers aan weerszijden – slaapkamers, de meubels met witte lakens afgedekt. De gesloten ramen en de bedompte schemer deden vermoeden dat ze lange tijd niet gebruikt waren, met uitzondering van een wat grotere kamer, de ouderslaapkamer. Ik ging er binnen en rook de vreemde mengeling van parfum en ziekte, de geur die bejaarde mensen verspreiden. Waarschijnlijk was dit de kamer van de weduwe Marlasca, al duidde niets op haar aanwezigheid.

Het bed was keurig opgemaakt. Voor de sponde stond een commode met een rij ingelijste portretten. Zonder uitzondering stond op alle een jongen met blond haar en een vrolijk gezicht. Ismael Marlasca. Op sommige poseerde hij met zijn moeder of met andere kinderen. Nergens een foto met Diego Marlasca.

Opnieuw schrok ik van het geluid van een zachtjes klapperende deur in de gang, en ik verliet de slaapkamer met zijn foto's. De deur aan het einde van de gang bewoog nog steeds licht. Voor ik naar binnen ging, haalde ik diep adem en toen duwde ik hem open.

Alles was wit. De muren en het plafond waren vlekkeloos wit geschilderd. Witte, zijden gordijnen. Een klein, met witte lakens opgemaakt bed. Een wit kleed. Witte boekenplanken en kasten. Na het halfdonker in de rest van het huis werd ik door zo veel licht voor even verblind. De kamer leek rechtstreeks aan een sprookje ontleend. Op de planken speelgoed en sprookjesboeken, voor een kaptafel zat een levensgrote harlekijn naar zichzelf in de spiegel te kijken. Aan het plafond een mobiel van witte vogels. Op het eerste gezicht leek het de kamer van een verwend kind, Ismael Marlasca, maar hij had de beklemmende atmosfeer van een grafkamer.

Ik ging op het bed zitten. Pas toen merkte ik op dat er iets niet klopte. Het was die geur – de zoetige stank die in de lucht hing. Ik stond op, keek om me heen en liep een paar maal door de kamer zonder de oorzaak te kunnen vinden. Op een ladekast stond een porseleinen schotel met een zwarte kaars te midden van gesmolten wasdruppels. Ik draaide me om. De stank leek van het hoofdeinde van het bed te komen. Ik trok de lade van het nachtkastje open en vond een kruis dat in drie delen gebroken was. De stank was erger geworden. Toen zag ik hem – onder het bed. Ik knielde en haalde een tinnen doos tevoorschijn, zo een waar kinderen hun schatten in bewaren, en zette hem op het bed. De stank was nu veel sterker en doordringender. Ik negeerde de opkomende misselijkheid en klapte het deksel open. In de doos lag een witte duif, het hart met een naald doorboord. Ik week een stap terug, bedekte mond en neus met mijn hand en vluchtte de gang op. Vanuit de spiegel observeerden de ogen van de harlekijn me met zijn jakhalsachtige grijns. Ik rende naar de trap en stortte me naar beneden, naar de gang en de deur die ik vanuit de tuin geopend had. Een moment lang dacht ik dat ik me had vergist en het huis me niet wilde laten gaan, alsof het een wezen was dat vloeren en kamers op eigen kracht kon verplaatsen. Eindelijk kreeg ik de oranjerie in het oog en ik rende naar de deur. Pas toen ik met de grendel worstelde, hoorde ik de kwaadaardige lach achter me en ik wist dat ik niet alleen was. Ik draaide me om en zag een donker silhouet dat me aan het einde van de gang gadesloeg. Het had een glinsterend object in de hand. Een mes.

Het slot gaf mee en ik stootte de deur met zo'n kracht open dat ik languit op de marmeren tegels viel die het zwembad omringden. Mijn gezicht landde op amper een handbreedte afstand van het wateroppervlak, zodat de stank van rottend water in mijn neus drong. Ik staarde in de duisternis van de bodem van het bassin. Een kier zonlicht brak door de wolken en scheen in het water en over de bodem met zijn stukken verbrokkelde mozaiek. In een flits ontwaarde ik het beeld: de rolstoel, voorovergekiept en op de bodem gestrand. Het licht dwaalde verder naar het diepste gedeelte van het zwembad en daar zag ik haar. Tegen de zijwand leunde een lichaam, gehuld in een witte, golvende jurk. Aanvankelijk dacht ik dat het een pop was – de scharlakenrode lippen opgezwollen in het water, de ogen glinsterend als saffieren. Het rode haar wiegde langzaam in het bedorven water, de huid was blauw. De weduwe Marlasca. Toen trokken de wolken weer samen en werd het water opnieuw de troebele spiegel van even daarvoor, waarin ik slechts mijn gezicht en een schaduw kon zien, die nu achter me op de drempel van de oranjerie verscheen, het mes in de hand. Ik schoot omhoog en rende weg, door de tuin, tussen de bomen door, gezicht en handen openhalend aan het struikgewas, richting de ijzeren hekken en de straat. Ik bleef rennen en stond pas stil toen ik op de avenida de Vallvidrera was. Volledig buiten adem draaide ik me om en zag dat Huize Marlasca zich opnieuw aan het eind van het steegje aan het oog van de wereld had onttrokken.

37

Met dezelfde tram keerde ik terug naar huis, door een stad die in een ijzige, dor blad opwervelende wind met de minuut donkerder werd. Toen ik op het plaza del Palacio uitstapte, hoorde ik twee matrozen die van de kade kwamen praten over een storm die over zee naderde. Inderdaad balden zich aan de hemel steeds meer rode wolken samen, en verbreidden zich als bloed over de zee. In de straten rondom de paseo del Born ploeterden mensen om deuren en ramen vast te zetten, winkeliers sloten hun zaak voortijdig en de kinderen kwamen uit de huizen om met de armen wijd tegen de wind in te leunen en te lachen om het gedreun van donderslagen in de verte. De straatlantaarns flakkerden en bliksemflitsen hulden de gevels in wit licht. Ik haastte me naar het huis met de toren en stormde de trap op. Achter de muren hoorde ik het kabaal van de storm dichterbij komen.

In huis was het zo koud dat ik toen ik de gang in liep mijn adem kon zien. Ik liep regelrecht naar de kamer waar een oude kolenkachel stond die ik slechts vier of vijf keer had gebruikt en die ik nu met oude kranten aanmaakte. Hetzelfde deed ik met de haard in de loggia en ik ging op de vloer voor de vlammen zitten. Mijn handen trilden, ik wist niet of het van kou of van angst was. Terwijl ik wachtte tot ik weer warm was, aanschouwde ik het net van wit licht dat de bliksemflitsen aan de hemel tekenden.

De regen liet lang op zich wachten, stortte toen echter in woeste druppelgordijnen neer, die binnen enkele minuten alle licht verstikten, daken en stegen deden onderlopen, en muren en vensters geselden. Dankzij de kolenkachel en de open haard werd de woning langzaam warm, maar ik had het nog steeds koud. Ik liep naar de slaapkamer om dekens te halen waarin ik me kon wikkelen. Ik deed de kastdeuren open en begon in de onderste twee laden te woelen. Het foedraal was er nog, helemaal achterin gestopt. Ik legde het op bed en maakte het open.

Lange tijd keek ik naar de oude revolver van mijn vader, het enige van hem wat ik nog bezat. Met mijn wijsvinger streek ik over de trekker. Uit het munitievak in de dubbele bodem van het foedraal nam ik zes kogels en stak ze in de trommel. Toen legde ik het foedraal op het nachtkastje en ging met het wapen en een deken terug naar de loggia. Gehuld in de deken strekte ik me uit op de bank, de revolver op mijn borst, en gaf me over aan het gadeslaan van de storm achter de ruiten. Ik hoorde het geluid van de klok op de schoorsteenmantel en hoefde niet te kijken om te weten dat er tot mijn ontmoeting met Monsieur in de biljartzaal van het Círculo Ecuestre nog maar een halfuur te gaan was.

Ik sloot mijn ogen en stelde me voor hoe hij door de verlaten, ondergelopen straten van de stad liep, stelde me hem voor achter in zijn auto, zijn goudkleurige ogen glinsterend in de duisternis, terwijl de zilveren engel op de motorkap van zijn Rolls-Royce zich een weg baande door de storm. Ik stelde me hem onbeweeglijk als een standbeeld voor, ademhalend noch glimlachend, zonder enige uitdrukking. Vervolgens hoorde ik het brandende hout knetteren en de regen neerstromen achter de ramen, en ik sliep in met het wapen in mijn hand en de zekerheid dat ik niet naar onze afspraak zou gaan.

Kort na middernacht opende ik mijn ogen. Het vuur was bijna uit en de loggia was gedompeld in het dansende schemerlicht, dat zijn laatste gloed over de ruimte wierp. Het regende onverminderd door. De revolver had ik nog steeds in mijn handen, nu lauwwarm. Ik bleef nog even liggen, zonder met mijn ogen te knipperen. Ik wist dat er iemand voor de deur stond, nog voor ik het kloppen hoorde.

Ik gooide de deken van me af en ging overeind zitten. Opnieuw geklop. Knokkels op de voordeur. Met het wapen in de hand stond ik op en liep de gang in. Weer geklop. Ik deed een paar stappen naar de deur toe en bleef staan. Ik stelde me hem voor, hoe hij glimlachend op de overloop stond, hoe de engel op zijn revers in het donker oplichtte. Ik spande de haan. En weer werd er geklopt. Ik wilde het licht aandoen, maar de stroom was uitgevallen. Ik liep verder tot aan de deur. Het klepje voor het spionnetje opzijschuiven durfde ik niet. Onbeweeglijk bleef ik staan, bijna zonder adem te halen, en richtte het wapen op de deur.

'Ga weg,' riep ik met krachteloze stem.

Op dat moment hoorde ik aan de andere kant geween en ik liet de revolver zakken. Ik opende de deur en daar vond ik haar, in de duisternis, met doorweekte kleren en bevend van kou of angst. Haar huid voelde ijskoud. Toen ze me zag, zakte ze bijna in mijn armen in elkaar. Ik hield haar vast en drukte haar sprakeloos tegen me aan. Ze glimlachte mat naar me en toen ik mijn hand om haar wang legde, drukte ze er met gesloten ogen een kus op.

'Vergeef me,' fluisterde ze.

Cristina deed haar ogen weer open en keek me met een gewonde, gebroken blik aan, die me tot aan de hel achtervolgd zou hebben. Ik glimlachte naar haar.

'Welkom thuis.'

38

Bij het licht van een kaars kleedde ik haar uit. Bevrijdde haar van de met modderig water volgezogen schoenen, de doorweekte jurk en de kapotte kousen. Wreef haar lichaam en haren droog met een handdoek. Nog steeds beefde ze van de kou toen ik haar in bed legde en naast haar ging liggen, om haar te omarmen en warmte te geven. Zo bleven we lang liggen, zwijgend, en luisterden naar de regen. Na een tijd voelde ik hoe haar lichaam onder mijn handen ontdooide en ze begon diep te ademen. Ik dacht al dat ze in slaap was gevallen toen ik haar in het halfdonker hoorde zeggen: 'Je vriendin is bij me geweest.'

'Isabella.'

'Ze vertelde dat ze mijn brieven voor jou had verstopt, maar niet met kwade bedoelingen. Ze dacht dat het voor jouw bestwil was en misschien had ze gelijk.'

Ik boog me over haar heen en zocht haar ogen. Ik liefkoosde haar lippen en ze glimlachte zwak.

'Ik dacht dat je me was vergeten,' zei ze.

'Ik heb het geprobeerd.'

De vermoeidheid stond op haar gezicht te lezen. De maanden dat we elkaar niet hadden gezien, hadden lijnen in haar huid getekend en in haar blik lagen verslagenheid en leegte.

'We zijn niet jong meer,' zei ze, alsof ze mijn gedachten had gelezen.

'Zijn we dan ooit jong geweest, jij en ik?'

Ik trok de deken opzij en bekeek haar naakte lichaam op de witte lakens. Met mijn vingertoppen streelde ik heel licht haar hals en borsten, beroerde amper haar huid. Ik tekende cirkels op haar buik en trok de vorm van haar bekken na. Ik liet mijn vingers in de bijna doorzichtige haartjes tussen haar dijen spelen.

Cristina sloeg me gade met een treurige glimlach om haar lippen en halfgeloken ogen.

'Wat moeten we nu?' vroeg ze.

Ik boog me over haar heen en kuste haar op de lippen. Ze omhelsde me en zo bleven we liggen terwijl het kaarslicht langzaam uitging.

'We krijgen vast wel een goede ingeving,' prevelde ze.

Kort na de dageraad werd ik wakker, alleen in het bed. Vrezend dat Cristina er opnieuw in de nacht vandoor was gegaan, sprong ik op. Toen ik haar kleren op de stoel zag en haar schoenen eronder, haalde ik diep adem. Ik vond haar in de loggia, gehuld in een deken op de grond voor de haard, waarin een gloeiend stuk hout een rode vuurgloed afgaf. Ik ging naast haar zitten en kuste haar in de nek.

'Ik kon niet slapen,' zei ze, starend in het vuur.

'Waarom heb je me niet wakker gemaakt?'

'Ik durfde niet. Je zag eruit alsof je voor het eerst sinds maanden goed sliep. Dus toen heb ik je huis verkend.'

'En?'

'Dit huis lijkt wel door treurigheid behekst,' zei ze. 'Waarom steek je het niet in brand?'

'En waar gaan we dan wonen?'

'Wij?'

'Waarom niet?'

'Ik dacht dat je geen sprookjes meer schreef.'

'Het is als met fietsen. Als je het eenmaal geleerd hebt ...'

Cristina keek me een poosje zwijgend aan.

'Wat is er in de kamer achter in de gang?'

'Niets. Oude spullen.'

'Hij zit op slot.'

'Wil je hem zien?'

Ze schudde haar hoofd.

'Het is maar een huis, Cristina. Een hoop stenen en herinneringen. Verder niets.'

Cristina knikte weinig overtuigd.
'Waarom gaan we niet weg?' vroeg ze.
'Waarheen?'
'Ver weg.'
Ik moest onwillekeurig glimlachen, maar ze bleef ernstig.
'Hoe ver weg?' vroeg ik.
'Ergens heen waar niemand weet wie we zijn en waar het de mensen ook niets kan schelen.'
'Is dat wat je wilt?' vroeg ik.
'Jij niet?'
Ik aarzelde een moment.
'En Pedro?' Ik stikte bijna in die naam.
Ze liet de deken vallen die haar schouders bedekte en keek me uitdagend aan.
'Heb je zijn toestemming nodig om met mij naar bed te gaan?'
Ik beet op mijn tong. Cristina keek me met tranen in haar ogen aan.
'Het spijt me,' prevelde ze. 'Ik had het recht niet zo te spreken.'
Ik pakte de deken van de grond en wilde die over haar schouders leggen, maar ze draaide zich afwijzend weg.
'Pedro heeft me verlaten,' zei ze met gebroken stem. 'Hij is gisteren naar het Ritz gegaan, om te wachten, om er niet bij te hoeven zijn toen ik ging. Hij zei dat hij wist dat ik niet van hem hield, dat ik hem uit dankbaarheid of mededogen getrouwd had. Hij zei dat hij mijn mededogen niet wilde, dat elke dag die ik aan zijn zijde doorbracht met te doen alsof ik van hem hield, hem pijn deed. Hij zei dat hij altijd van mij zou houden, wat ik ook deed, en dat hij me daarom niet meer wilde zien.'
Haar handen trilden.
'Hij heeft met hart en ziel van me gehouden en het enige wat ik voor elkaar heb gekregen is hem ongelukkig maken,' fluisterde ze.
Ze sloot haar ogen en haar gezicht vertrok tot een masker van smart. Een ogenblik later liet ze een heftig gekreun ontsnappen en begon met beide vuisten in haar gezicht en op haar lichaam te slaan. Ik wierp me op haar en sloeg mijn armen om haar

heen, zodat ze zich niet meer kon bewegen. Ze worstelde en schreeuwde, maar ik drukte haar tegen de vloer en hield haar tegen. Langzaam gaf ze zich over, uitgeput, het gezicht met tranen overstroomd, de ogen rood. Zo bleven we bijna een halfuur liggen, totdat ik voelde dat haar lichaam ontspande. Ze verviel in een lange stilte. Ik dekte haar toe met de deken en omhelsde haar, mijn eigen tranen voor haar verbergend.

'We gaan weg, ver weg,' fluisterde ik haar in het oor zonder te weten of ze me horen of begrijpen kon. 'Ver weg, waar niemand weet wie we zijn en waar het de mensen niets kan schelen. Ik beloof het je.'

Cristina wendde haar hoofd naar mij en keek me aan. Haar uitdrukking was leeg, alsof iemand haar ziel met mokerslagen aan stukken had geslagen. Ik omarmde haar stevig en kuste haar op haar voorhoofd. Buiten klaterde nog steeds de regen en gevangen in dat bleekgrauwe ochtendlicht dacht ik voor het eerst: we gaan ten onder.

39

Nog diezelfde dag gaf ik het project voor Monsieur op. Terwijl Cristina sliep ging ik naar mijn studeerkamer en stopte de map met alle reeds geschreven pagina's, de aantekeningen en kladversies weg in een oude hutkoffer tegen de muur. In een eerste impuls had ik alles willen verbranden, maar daar had ik de moed niet voor. Mijn hele leven had ik de bladzijden die ik had geschreven als een deel van mijzelf ervaren. De meeste mensen brengen kinderen ter wereld, romanschrijvers boeken. We zijn ertoe veroordeeld ons hele leven in ze te stoppen, hoewel ze ons dat zelden in dank afnemen. We zijn ertoe veroordeeld op hun bladzijden te sterven, ja, soms zelfs toe te laten dat zij ons uiteindelijk het leven benemen. Van alle merkwaardige wezens van papier en inkt die ik op deze miserabele wereld had gezet, was de betaalde opdracht als tegenprestatie voor de beloftes van Monsieur de meest groteske. Er was niets op die pagina's wat iets anders verdiende dan het vuur en toch bleven ze bloed van mijn bloed en kon ik het niet opbrengen ze te vernietigen. Ik begroef ze helemaal onder in de hutkoffer en verliet met bezwaard gemoed de studeerkamer, bijna beschaamd over mijn lafheid en de troebele vadergevoelens die dat duistere manuscript in me opriep. Waarschijnlijk had Monsieur de ironie van de situatie wel kunnen waarderen. Bij mij riep het niets anders op dan walging.

Cristina sliep tot ver in de middag. Ik maakte van de gelegenheid gebruik om in een zuivelwinkel bij de markt wat melk, brood en kaas te kopen. Het was eindelijk opgehouden met regenen, maar de straten waren één grote plas en de vochtigheid in de lucht was voelbaar als een koud stof dat tot in je kleren en botten doordrong. In de zuivelwinkel, wachtend op mijn beurt, had ik het gevoel geobserveerd te worden. Toen ik weer op straat stond en de paseo del Born overstak, keek ik over mijn schouder en zag dat ik gevolgd werd door een knulletje van een jaar of vijf. Ik bleef staan en keek hem aan. Hij bleef eveneens staan en weerstond mijn blik.

'Je hoeft niet bang te zijn,' zei ik. 'Kom eens dichterbij.'

De jongen kwam dichterbij, maar stopte op een paar meter afstand. Zijn huid was bleek, bijna blauwachtig, alsof hij nog nooit zonlicht had gezien. Hij was in het zwart gekleed, droeg glanzende nieuwe lakschoenen en had donkere ogen met zulke grote pupillen dat het wit nauwelijks te zien was.

'Hoe heet je?' vroeg ik.

Het kind glimlachte en wees met een vinger naar mij. Ik wilde een stap naar hem toe doen, maar hij rende weg en verdween op de paseo del Born.

Weer thuis zag ik dat er een brief in de voordeur stak. Het rode lakzegel met de engel was nog lauw. Ik speurde naar beide zijden van de straat, maar zag niemand. Ik ging het portiek binnen en draaide het slot tweemaal om. Nog voor ik naar boven ging, scheurde ik de envelop open.

Goede vriend,
Ik betreur het bijzonder dat u niet naar onze afspraak van gisteravond heeft kunnen komen. Ik hoop dat alles goed met u is en dat er geen noodsituatie of tegenslag voor uw wegblijven verantwoordelijk is. Het spijt mij bij deze gelegenheid niet het genoegen van uw gezelschap te hebben mogen proeven, maar ik hoop en wens dat de kwestie die u verhinderde naar ons treffen te komen, zich spoedig en op een goede manier laat oplossen, en dat de omstandigheden voor onze ontmoeting de volgende keer gunstiger zullen zijn. Ik moet voor enkele dagen de stad uit, maar zodra ik terug ben, ontvangt u bericht van mij. In de hoop nieuws van u en uw voortgang met ons gemeenschappelijke project te horen, groet u zoals altijd hartelijk,
Uw vriend,
Andreas Corelli

Ik verfrommelde de brief in mijn vuist en stopte de prop in mijn zak. Behoedzaam betrad ik de woning en drukte de deur zachtjes in het slot. Ik nam een kijkje in de slaapkamer en zag dat Cristina nog sliep. Vervolgens liep ik naar de keuken om koffie en een kleine lunch te maken. Na enkele minuten hoorde ik Cristina's voetstappen. In een oude trui van mij die tot halverwege haar dijen reikte, stond ze op de drempel naar me te kijken. Haar haar zat in de war en haar ogen waren gezwollen. Op haar lippen en jukbeenderen waren donkere vlekken te zien, alsof ik haar vol in het gezicht had geslagen. Ze ontweek mijn blik.

'Het spijt me,' prevelde ze.

'Heb je trek?' vroeg ik.

Ik negeerde haar hoofdschudden, nodigde haar uit te gaan zitten en zette een kop koffie met veel melk en suiker en een stuk vers brood met kaas en wat ham voor haar neer. Ze maakte geen aanstalten om het bord aan te raken.

'Eén hap,' stelde ik voor.

Ze klungelde lusteloos met de kaas en glimlachte flauwtjes.

'Lekker,' zei ze.

'Als je het probeert, smaakt het nog beter.'

Zwijgend aten we. Cristina at tot mijn verbazing de helft van haar bord leeg. Toen verstopte ze haar gezicht achter de koffiekop en wierp een vluchtige blik op me.

'Als je wilt, ga ik vandaag nog,' zei ze ten slotte. 'Maak je geen zorgen, Pedro heeft me geld gegeven en ...'

'Ik wil dat je helemaal nergens heen gaat. Ik wil niet dat je ooit nog weggaat, hoor je me?'

'Ik ben geen goed gezelschap, David.'

'Dat maakt twee, jij en ik.'

'Meende je wat je zei? Over ver weggaan?'

Ik knikte.

'Mijn vader zei altijd dat het leven niemand een tweede kans geeft.'

'Het leven geeft alleen een tweede kans aan wie nooit een eerste heeft gekregen. Eigenlijk zijn het tweedehandskansen, waar iemand anders geen gebruik van heeft weten te maken, maar dat is nog altijd beter dan niets.'

Een zweem van een glimlach.
'Laten we gaan wandelen,' zei ze plotseling.
'Waar wil je heen?'
'Afscheid nemen van Barcelona.'

40

Tegen de avond brak de zon door het wolkendek heen dat de storm had achtergelaten. De natglanzende straten veranderden in spiegels waarin de hemel amberkleurig gereflecteerd werd, en waarover voorbijgangers hun weg gingen. We wandelden zwijgend naar het begin van de Ramblas, waar het standbeeld van Columbus uit de nevel oprees, bekeken de gevels en mensenmassa's alsof ze luchtspiegelingen waren, alsof de stad al verlaten en vergeten was. Toen het donker werd, liepen we naar Sempere & Zoons en posteerden ons in een portiek aan de overkant van de straat, waar niemand ons kon zien. De etalage van de oude boekhandel wierp een flauw schijnsel op het vochtig glimmende plaveisel. Binnen zagen we Isabella boven op een trap boeken ordenen op de bovenste plank, terwijl Sempere junior achter de toonbank deed alsof hij een kasboek controleerde en daarbij naar haar enkels gluurde. Señor Sempere, die oud en moe in een hoek zat, sloeg hen met een treurig lachje gade.

'Bijna al het goede in mijn leven heb ik op deze plek gevonden,' zei ik. 'Ik wil geen vaarwel zeggen.'

Toen we terugkeerden naar het huis met de toren, was het al donker. In de woning werden we ontvangen door de warmte van het vuur dat ik had laten branden. Cristina liep voor me uit door de gang en zonder een woord te zeggen kleedde ze zich uit, een spoor van kledingstukken achter zich latend. Ik ging naast haar op bed liggen, waar ze op me wachtte, en liet haar mijn handen leiden. Terwijl ik haar liefkoosde, spanden haar spieren zich onder haar huid. In haar ogen lag niets teders, slechts een grote drang en een vurig verlangen naar warmte. Ik leverde me over aan haar lichaam, stortte me hongerig op haar en voelde haar nagels in mijn huid. Ze kreunde van pijn en leven, alsof ze geen lucht kreeg. Ten slotte lieten we elkaar uitgeput en bezweet los. Cristina legde haar hoofd op mijn schouder en zocht toen mijn blik.

'Je vriendin heeft me verteld dat je in de problemen zit.'

'Isabella?'

'Ze maakt zich grote zorgen om je.'

'Isabella heeft nogal de neiging in een moederrol te kruipen.'

'Ik geloof niet dat dat het punt is.'

Ik ontweek haar blik.

'Ze vertelde me dat je aan een nieuw boek werkt, een opdracht voor een Franse uitgever die ze "Monsieur" noemt. Ze zegt dat hij je een fortuin betaalt, maar dat jij je schuldig voelt dat je dat geld hebt aangenomen. Ze zegt dat je bang bent voor die man, die Monsieur, en dat er aan de hele zaak een vreemd luchtje zit.'

Ik zuchtte geïrriteerd.

'Is er iets wat Isabella je níét heeft verteld?'

'Al het andere gaat slechts Isabella en mij aan,' pareerde ze met een knipoog. 'Heeft ze dan gelogen?'

'Ze heeft niet gelogen, ze heeft gespeculeerd.'

'En waar gaat het boek over?'

'Het is een verhaal voor kinderen.'

'Isabella verzekerde me al dat je dat zou zeggen.'

'Als Isabella je alle antwoorden al gegeven heeft, waarom stel je deze vragen dan?'

Cristina keek me ernstig aan.

'Voor jouw gemoedsrust, en die van Isabella: ik heb het boek opgegeven. *C'est fini*,' verzekerde ik haar.

'Sinds wanneer?'

'Sinds vanmorgen, toen jij nog sliep.'

Sceptisch fronste ze haar wenkbrauwen.

'En die man, Monsieur, weet dat?'

'Ik heb nog niet met hem gepraat. Maar vermoedelijk heeft hij een vermoeden. En zo niet, dan zal hij het zeer binnenkort weten.'

'Dus dan zul je hem het geld terug moeten geven?'

'Ik geloof niet dat geld hem ook maar in het minst interesseert.'

Cristina verviel in een lang stilzwijgen.

'Mag ik het lezen?' vroeg ze ten slotte.

'Nee.'

'Waarom niet?'

'Het is een kladversie, zonder kop of staart. Een verzameling gedachten en aantekeningen, losse fragmenten. Niets leesbaars. Het zou je vervelen.'

'Desalniettemin zou ik het graag lezen.'

'Waarom?'

'Omdat jij het geschreven hebt. Pedro zegt altijd dat je een schrijver pas werkelijk leert kennen door het inktspoor te volgen dat hij achterlaat. De mens die je denkt te zien is slechts een omhulsel, de waarheid verbergt zich altijd in de fantasie.'

'Dat zal hij wel op een ansichtkaart hebben gelezen.'

'Hij heeft het uit een van je boeken. Ik weet het omdat ik het ook heb gelezen.'

'Plagiaat maakt het niet minder onzinnig.'

'Ik vind dat er wel wat in zit.'

'Dan moet het wel kloppen.'

'Dus ik mag het lezen?'

'Nee.'

Die avond, tegenover elkaar aan de keukentafel, aten we wat er nog aan brood en kaas van de namiddag over was, en keken af en toe op. Cristina kauwde zonder trek en onderzocht elke hap brood bij het licht van de olielamp voor ze hem naar haar mond bracht.

'Er is een trein die morgenmiddag vanaf station Francia naar Parijs vertrekt,' zei ze. 'Is dat te snel?'

Ik kon het beeld van Andreas Corelli die de trap op liep en elk moment op de deur kon kloppen niet uit mijn hoofd zetten.

'Vermoedelijk niet.'

'Ik weet een hotelletje tegenover de Jardin du Luxembourg, dat kamers per maand verhuurt. Het is een beetje prijzig, maar ...'

Ik wilde liever niet vragen waarvan ze het hotel kende.

'Geld speelt geen rol, maar ik spreek geen Frans.'
'Ik wel.'
Ik sloeg mijn ogen neer.
'Kijk me aan, David.'
Onwillig keek ik op.
'Als je liever hebt dat ik ga ...'
Ik schudde heftig mijn hoofd. Ze pakte mijn hand en bracht hem naar haar lippen.
'Alles komt goed, je zult het zien,' zei ze. 'Het zal de eerste keer in mijn leven zijn dat alles goed komt.'
Ik keek haar aan, een gebroken vrouw in het schemerduister met tranen in haar ogen, en ik wenste niets vuriger dan haar te geven wat ze nooit had gehad.
Op de bank in de loggia gingen we onder een paar dekens liggen en staarden in de gloed van de haard. Terwijl ik haar haren streelde, sliep ik in met de gedachte dat dit de laatste nacht in dit huis zou zijn, de gevangenis van mijn jeugd. Ik droomde dat ik door de straten van een Barcelona vol klokken rende, waarvan de wijzers in tegenovergestelde richting draaiden. Stegen en straten bogen en kromden zich als tunnels met een eigen wil als ik ze passeerde, en vormden een levend labyrint dat met al mijn pogingen om verder te komen leek te spotten. Uiteindelijk lukte het me om onder een middagzon die als een roodgloeiende metalen bol aan de hemel brandde station Francia te bereiken, waar ik me naar het perron haastte. Daar gleed de trein net weg. Ik rende erachteraan, maar hij versnelde al spoedig, en hoewel ik alles gaf, kon ik hem slechts met mijn vingertoppen aanraken. Ik bleef rennen, tot ik buiten adem was en aan het einde van het perron in de leegte viel. De trein verdween in de verte, terwijl Cristina van achter het laatste raampje naar me keek.

Ik opende mijn ogen en wist meteen dat Cristina er niet was. Het vuur was tot een hoopje as gereduceerd waar bijna geen gloed meer in zat. Ik stond op en keek uit het raam. Het werd licht. Ik drukte mijn gezicht tegen de ruit, buiten zag ik in de vensters van de studeerkamer een flakkerend licht. Ik liep naar de wenteltrap die naar de toren leidde. Een koperkleurig schijnsel stroomde over de treden en ik beklom ze langzaam. Op de drempel naar de studeerkamer bleef ik staan. Cristina zat met haar rug naar me toe op de grond. De hutkoffer tegen de muur stond open. Ze had de map met het materiaal voor Monsieur in de hand en was bezig de knoop uit het lint te halen dat de map dichthield.

Toen ze mijn voetstappen hoorde, stopte ze.

'Wat doe je hier?' Ik probeerde de onrust uit mijn stem te weren.

Glimlachend draaide Cristina zich om.

'Rondsnuffelen.'

Ze volgde mijn blik naar de map in haar handen en trok een ondeugend gezicht.

'Wat zit hierin?'

'Niets. Notities. Aantekeningen. Niets interessants ...'

'Leugenaar. Ik wed dat dit het boek is dat je aan het schrijven was,' zei ze, terwijl ze verderging met de knoop te ontwarren. 'Ik wil het zo ontzettend graag lezen ...'

'Ik heb liever dat je dat niet doet,' zei ik zo ontspannen mogelijk.

Ze fronste haar wenkbrauwen. Ik maakte van het moment gebruik om voor haar neer te knielen en haar voorzichtig de map uit haar handen te trekken.

'Wat is er, David?'

'Niets, er is niets,' verzekerde ik haar met een domme grijns op mijn gezicht.

Ik knoopte het lint weer vast en legde de map terug in de hutkoffer.

'Doe je hem niet op slot?' vroeg Cristina.

Ik draaide me om en wilde me verontschuldigen, maar ze was al naar beneden verdwenen. Met een zucht deed ik het deksel van de hutkoffer dicht.

Ze was in de slaapkamer. Een moment lang keek ze me aan alsof ik een vreemde was. Ik bleef in de deuropening staan.

'Neem me niet kwalijk,' begon ik.

'Je hoeft je niet te verontschuldigen,' antwoordde ze. 'Ik moet mijn neus niet in andermans zaken steken.'

'Dat is het niet.'

Ze schonk me een ijzig glimlachje en maakte een achteloos handgebaar dat boekdelen sprak.

'Het doet er niet toe,' zei ze.

Ik knikte en slikte een tweede opmerking in voor een geschikter moment.

'De loketten van station Francia gaan al vroeg open,' zei ik. 'Ik denk dat ik erheen ga om op tijd te zijn en de kaartjes voor vanmiddag te kopen. Daarna ga ik naar de bank en neem geld op.'

Cristina knikte slechts.

'Heel goed.'

'Waarom pak je ondertussen niet een tas in met wat kleding? Ik ben over hooguit twee uur terug.'

Cristina glimlachte zwakjes.

'Ik zal er zijn.'

Ik liep naar haar toe en nam haar gezicht in mijn handen.

'Morgenavond zijn we in Parijs,' zei ik. Ik kuste haar op haar voorhoofd en vertrok.

41

De hal van station Francia lag voor me als een spiegel en reflecteerde de grote klok aan het plafond. De wijzers gaven vijf over halfacht aan, maar de loketten waren nog steeds gesloten. Een schoonmaker, gewapend met een mop en een overdreven manier van doen, poetste de vloer op tot hij glom, waarbij hij een copla floot en met een zekere zwierigheid zijn heupen wiegde, voor zover zijn kreupelheid dat toeliet. Omdat ik niets beters te doen had, bleef ik naar hem kijken. Het was een schriel mannetje dat eruitzag alsof de wereld hem zo had verkreukeld dat hij nog slechts zijn glimlach had – en het genoegen deze vloer schoon te houden als was het de Sixtijnse Kapel. Verder was er niemand in de hal te bekennen en uiteindelijk kreeg hij in de gaten dat hij bekeken werd. Toen zijn vijfde oversteek hem langs mijn uitkijkpost op een van de houten banken in de hal bracht, bleef de schoonmaker stilstaan, leunde met beide handen op de mop en keek me openlijk aan.

'Ze gaan nooit op de aangekondigde tijd open,' verklaarde hij met een handbeweging naar de loketten.

'Waarom staat er dan op dat bord dat ze om zeven uur opengaan?'

Het mannetje haalde zijn schouders op en zuchtte filosofisch. 'Tja, ze hebben ook een dienstregeling voor de treinen en in de vijftien jaar dat ik hier werk, heb ik er nog nooit één op tijd zien aankomen of vertrekken.'

Toen zette hij zijn grondige schoonmaakwerk voort en een kwartier later ging het loketluik open. Ik liep erheen en glimlachte naar de beambte.

'Ik dacht dat u om zeven uur zou openen,' zei ik.
'Zo staat het op het bord. Wat wilt u?'
'Twee eersteklaskaartjes naar Parijs met de middagtrein.'
'Voor vandaag?'
'Als dat niet te veel moeite is.'
Voor de uitgifte van de kaartjes had hij bijna een kwartier nodig. Toen hij het meesterwerk eindelijk had voltooid, wierp hij het lusteloos voor me neer.
'Om één uur. Perron 4. Komt u niet te laat.'
Ik betaalde en werd, omdat ik me niet acuut terugtrok, beloond met een vijandig achterdochtige blik.
'Anders nog iets?'
Glimlachend schudde ik mijn hoofd, wat hij te baat nam om het luikje voor mijn neus dicht te knallen. Ik liep naar de uitgang door de vlekkeloze, glimmende hal. De schoonmaker groette mij vanuit de verte met een '*Bon voyage*'.

Het hoofdkantoor van de Banco Hispano Colonial in de calle Fontanella deed denken aan een tempel. Een hoge zuilengalerij voerde naar een met standbeelden omzoomde hal, waarin helemaal achterin een altaarvormige rij loketten was geschikt. Aan beide zijden, bij wijze van kapelletjes en biechtstoelen, stonden eikenhouten tafels en majesteitelijke stoelen, waaraan een legertje smetteloos geklede employés met hartelijke, duurzame glimlachjes cliënten ontving. Ik haalde vierduizend francs contant van de rekening en kreeg instructies over hoe ik bij mijn fondsen kon komen in het Parijse filiaal van de bank, op de hoek van de rue de Rennes met de boulevard Raspail, in de buurt van het door Cristina genoemde hotel. Met dit kleine vermogen in mijn zak zei ik gedag, zonder acht te slaan op de waarschuwing van de gevolmachtigde hoe onverstandig het was om met een dergelijk bedrag in contanten over straat te gaan.

De zon verhief zich aan een hemel zo blauw als de kleur van het geluk en een schone bries bracht de geur van de zee mee. Ik liep haastig, alsof ik een enorme last van me had afgeworpen, en geloofde al dat de stad besloten had om me zonder rancune te laten gaan. Op de paseo del Born kocht ik voor Cristina witte rozen met een rood lint. De trap van het huis met de toren nam ik met twee treden tegelijk, met een glimlach om mijn lippen en de zekerheid dat dit de eerste dag was van een leven dat ik voor altijd verloren had gewaand. Toen ik de sleutel in het slot stak om de deur te openen, gaf hij mee – hij was open.

Ik duwde hem helemaal open en liep naar binnen. In de woning heerste volkomen stilte.

'Cristina?'

Ik legde de bloemen op het gangtafeltje en keek in de slaapkamer. Geen Cristina. Ook in de loggia geen teken van haar. Onder aan de trap naar de studeerkamer riep ik naar boven.

'Cristina?'

Alleen de echo van mijn stem gaf antwoord. Met een schouderophalen keek ik op de klok in een van de vitrines van de boekenkasten in de loggia. Bijna negen uur. Vermoedelijk was ze de deur uit gegaan om iets te kopen en had, verwend door haar leven in Pedralbes waar het de taak was van het personeel om deuren en sloten in de gaten te houden, de deur opengelaten. In de loggia ging ik op de bank liggen en wachtte. De stralende, pure winterzon scheen naar binnen en nodigde me uit me door hem te laten koesteren. Ik sloot mijn ogen en probeerde te bedenken wat ik mee zou nemen. Een half leven lang was ik door al deze dingen omringd geweest en nu, op het moment van afscheid, was ik niet in staat een korte lijst samen te stellen van de zaken die ik onontbeerlijk achtte. Zonder het te merken gleed ik met die sprankjes hoop in het warme zonlicht vredig in slaap.

Toen ik wakker werd en op de klok keek, was het halfeen 's middags. We hadden nog slechts een halfuur voor de trein zou vertrekken. Ik sprong op en liep naar de slaapkamer.

'Cristina?'

Deze keer doorzocht ik het hele huis, kamer voor kamer, tot ik bij de studeerkamer kwam. Er was niemand, maar ik meende een vreemde geur waar te nemen. Fosfor. Het licht van het venster ving een zwak net van blauwe rooksliertjes in de lucht. Op de vloer lagen twee afgebrande lucifers. Ik voelde een steek van ongerustheid, knielde voor de hutkoffer neer en klapte het deksel open. Opgelucht haalde ik adem – de map met het manuscript was er nog. Ik wilde de hutkoffer alweer dichtdoen, toen ik zag dat het rode lint uit de knoop was gehaald. Ik ging door de map, maar er leek niets te ontbreken. Ditmaal snoerde ik hem met een dubbele knoop dicht en legde hem terug. Ik deed het deksel toe en liep de trap af naar de woning. Daar ging ik op een stoel zitten in de loggia, mijn blik op de lange gang naar de voordeur gericht, en wachtte. De minuten kropen met grenzeloze wreedheid voorbij.

Langzaam drong het tot me door wat er was gebeurd en de wens te geloven en te vertrouwen veranderde in gal en bitterheid. Ik hoorde de klokken van de Santa María del Mar twee uur slaan. De trein naar Parijs was allang weggereden en Cristina was niet teruggekomen. Toen begreep ik dat ze was vertrokken, dat die korte, gemeenschappelijke uren slechts een illusie waren geweest. Door de ramen zag ik de stralende dag, nu niet meer in de kleur van het geluk, en ik stelde me voor hoe ze weer in Villa Helius was en haar heil zocht in de armen van Pedro Vidal. Ik voelde hoe de wrok langzaam mijn bloed vergiftigde, en lachte om mezelf en mijn absurde verwachtingen. Niet in staat een stap te zetten, keek ik toe hoe de stad in de schemering donkerder en donkerder werd en de schaduwen op de vloer van de loggia langer. Toen stond ik op en liep naar het raam. Ik deed het wijd open en keek naar buiten. Een loodrechte afgrond doemde voor me op. Diep genoeg om alle botten in mijn lijf te breken en ze in dolken te veranderen die mijn lichaam doorboorden en me lieten sterven in een bloedplas op de patio. Ik vroeg me af of de pijn zo verschrikkelijk zou zijn als ik me voorstelde, en of de kracht van de inslag mijn zintuigen zou verdoven en de dood snel zou intreden.

Toen hoorde ik slagen op de deur. Een, twee, drie. Aanhoudend geklop. Nog helemaal in beslag genomen door mijn gedachten, draaide ik me om. Opnieuw geklop. Er stond iemand beneden voor de deur. Mijn hart sloeg over en ik stormde de trap af, in de vaste overtuiging dat Cristina was teruggekomen, dat er onderweg iets was voorgevallen wat haar had opgehouden, dat mijn armoedige, verwerpelijke wantrouwen niet gerechtvaardigd was geweest, dat ondanks alles dit toch de eerste dag van het beloofde leven was. Ik rende naar de deur en rukte hem open. Daar stond ze, in het schemerduister, in het wit gekleed. Ik wilde haar omhelzen, maar toen zag ik haar gezicht vol tranen en besefte dat het Cristina niet was.

'David,' fluisterde Isabella met verstikte stem, 'señor Sempere is overleden.'

Derde akte
Het spel van de engel

1

Toen we bij de boekhandel aankwamen, was het al donker. Voor de deur van Sempere & Zoons hadden zich zo'n honderd mensen met kaarsen verzameld en een gouden lichtschijn doorbrak het blauw van de nacht. Sommigen weenden stilletjes, anderen keken elkaar woordloos aan. Ik herkende enkele gezichten, vrienden en klanten van Sempere, mensen aan wie hij boeken had geschonken of die hij aan het lezen had gekregen. Naarmate het bericht zich door de wijk verspreidde, verschenen er meer lezers en vrienden die niet konden geloven dat meneer Sempere er niet meer was.

In de boekhandel, waar licht brandde, omarmde don Gustavo Barceló een jongeman die amper op zijn benen kon blijven staan. Pas toen Isabella mijn hand drukte en me meetrok de boekhandel in, realiseerde ik me dat het Semperes zoon was. Barceló ontving me met een verslagen glimlach. De boekhandelaarszoon huilde in zijn armen en ik kon niet de moed opbrengen naar hem toe te gaan. Isabella legde een hand op zijn schouder. Sempere junior draaide zich om, zodat ik zijn door verdriet getekende gelaat kon zien. Ze leidde hem naar een stoel, waarin hij zich als een slappe pop liet vallen. Isabella knielde naast hem neer en omarmde hem. Nooit was ik zo trots op iemand geweest als ik op dat moment op Isabella was, niet langer een meisje, maar een vrouw, sterker en wijzer dan alle anderen.

Barceló kwam naar me toe en gaf me een bevende hand.

'Het is een paar uur geleden gebeurd,' legde hij met hese stem uit. 'Hij was alleen in de winkel en toen zijn zoon terugkwam ... Ze zeggen dat hij met iemand in een twistgesprek verwikkeld was ... Ik weet het ook niet. Het was zijn hart, zegt de dokter.'

Ik slikte.

'Waar is hij?' vroeg ik moeizaam.

Barceló gebaarde met zijn hoofd naar de deur van de achterkamer. Alvorens naar binnen te gaan haalde ik diep adem en balde mijn handen tot vuisten. Toen stapte ik door de deuropening en zag hem: hij lag op een tafel, de handen gekruist op de buik. Zijn huid was vaal en dun als papier en zijn gelaatstrekken leken ingevallen. Zijn ogen waren nog open. Ik kreeg geen lucht en het leek alsof ik een enorme stomp in mijn maag kreeg. Ik leunde op de tafel en haalde opnieuw diep adem. Toen boog ik me over hem heen en sloot zijn oogleden. Ik streelde zijn wang, die al koud was, en keek om me heen, aanschouwde die wereld van bladzijden en dromen die hij had geschapen. Ik stelde me voor dat hij nog leefde, te midden van zijn boeken en vrienden. Bij het horen van voetstappen achter me draaide ik me om en zag Barceló in gezelschap van twee mannen in het zwart met sombere gezichten, naar wier professie men niet hoefde te raden.

'Deze heren zijn van de begrafenisonderneming,' zei Barceló.

De twee ondersteunden deze uitleg met een professioneel ernstig knikje en traden dichterbij om het lichaam te onderzoeken. Een van hen, een lange, gebogen man, nam kort de maat en zei iets tegen zijn collega, die de aanwijzingen met een knikje in een opschrijfboekje noteerde.

'In principe is de begrafenis morgenmiddag, op het kerkhof van Pueblo Nuevo,' zei Barceló. 'Ik heb de regie maar meteen op me genomen, de zoon is gebroken, zoals u ziet. En hoe eerder zulke dingen ...'

'Dank u, don Gustavo.'

De boekhandelaar wierp een blik op zijn oude vriend en glimlachte met tranen in de ogen.

'En wat gaan we nu doen, nu de oude man ons alleen heeft gelaten?' zei hij.

'Ik weet het niet ...'

Een van de employés van de begrafenisonderneming schraapte discreet zijn keel om aan te geven dat hij iets wilde mededelen.

'Als u ermee instemt, halen mijn collega en ik nu de kist en ...'

'Doet u wat u moet doen,' onderbrak ik hem.
'Heeft u aangaande de laatste riten nog bepaalde wensen?'
Ik keek hem niet-begrijpend aan.
'Was de overledene gelovig?'
'De heer Sempere geloofde in boeken,' zei ik.
'Ik begrijp het.' Hij trok zich terug.
Ik keek Barceló aan, die zijn schouders ophaalde.
'Laat u maar, ik vraag het zijn zoon,' zei ik.
Ik ging terug naar het voorste gedeelte van de winkel. Isabella, die nog steeds naast de jonge Sempere geknield zat, wierp me een vragende blik toe, stond op en kwam naar me toe. Fluisterend legde ik haar het probleem uit.
'Señor Sempere was een goede vriend van de pastoor van hiernaast, van de Santa Anakerk. Er gaan geruchten dat de hoge omes van het aartsbisdom hem er al jaren uit willen gooien vanwege zijn rebellie en omdat hij altijd dwarsligt, maar hij is al zo oud dat ze liever wachten tot hij zijn laatste adem uitblaast, omdat ze in feite niet tegen hem op kunnen.'
'Dat is onze man,' zei ik.
'Ik zal met hem praten,' zei Isabella.
Ik wees naar Sempere junior.
'Hoe is het met hem?'
Isabella keek me in de ogen.
'En met u?'
'Goed,' loog ik. 'Wie blijft er bij hem vannacht?'
'Ik,' antwoordde ze zonder een moment te aarzelen.
Ik knikte en kuste haar op de wang alvorens weer naar de achterkamer te gaan. Barceló was bij zijn oude vriend gaan zitten, en terwijl de twee doodbidders verdere maten namen en naar pak en schoenen vroegen, schonk hij twee glazen cognac in en reikte me er een aan. Ik ging naast hem zitten.
'Op de gezondheid van vriend Sempere, die ons allemaal het lezen, zo niet het leven heeft bijgebracht,' zei hij.
We klonken hierop, dronken zwijgend en bleven daar zitten tot de mannen terugkeerden met de kist en de kleren waarin Sempere begraven moest worden.
'Met uw welnemen, daar zorgen wij voor,' stelde de meest gewieke van de twee voor. Ik knikte. Voor we weer naar het win-

kelgedeelte liepen, pakte ik het oude exemplaar van *Grote verwachtingen*, dat ik nooit meer had opgehaald, en drukte het hem in de handen.

'Voor de reis,' zei ik.

Na een kwartier kwamen de twee mannen met de kist uit de achterkamer en plaatsten die op een grote tafel midden in de winkel. Op straat had zich een grote menigte verzameld die in diepe stilte wachtte. Ik deed de deur open. Een voor een traden de vrienden van Sempere & Zoons de winkel binnen om de boekhandelaar te zien. Menigeen kon zijn tranen niet bedwingen en bij deze aanblik nam Isabella de zoon bij de hand en bracht hem naar de woning boven de winkel, waar hij altijd met zijn vader had geleefd. Barceló en ik hielden de oude Sempere gezelschap, terwijl de bezoekers aan hem voorbijtrokken om afscheid van hem te nemen. Enkelen, met wie hij zeer nauw bevriend was geweest, bleven. De dodenwake duurde de hele nacht. Barceló bleef tot vijf uur 's ochtends en zelf bleef ik tot Isabella bij het ochtendgloren naar beneden kwam en me naar huis stuurde, al was het maar om me om te kleden en op te frissen.

Ik keek naar de arme meneer Sempere en glimlachte. Ik kon niet geloven dat ik hem wanneer ik naar de winkel kwam nooit meer achter de toonbank zou aantreffen. Ik herinnerde me mijn eerste bezoek aan de boekhandel, toen ik nog een ventje was en de boekhandelaar me groot en sterk had geleken. Onverwoestbaar. De wijste man van de wereld.

'Gaat u naar huis, alstublieft,' fluisterde Isabella.

'Waarom?'

'Alstublieft ...'

Ze begeleidde me tot de deur en omhelsde me.

'Ik weet hoezeer u van hem hield en wat hij voor u heeft betekend,' zei ze.

Niemand weet dat, dacht ik. Niemand. Maar ik knikte en nadat ik haar op de wang had gekust, ging ik doelloos op weg, dwaalde door straten die me leger voorkwamen dan ooit, in de overtuiging dat als ik maar niet bleef staan, als ik maar steeds doorliep, ik niet zou merken dat de wereld zoals ik hem kende niet meer bestond.

2

De menigte had zich bij de poorten van de begraafplaats verzameld in afwachting van de koets. Niemand durfde zijn stem te verheffen. In de verte waren het geruis van de zee en het geratel van een goederentrein te horen, die onderweg was naar de fabriek achter het kerkhof. Het was koud en sneeuwvlokken dwarrelden in de wind. Kort na drieën sloeg de door zwarte paarden getrokken koets tussen cipressen en oude pakhuizen de avenida Icaria in. Semperes zoon en Isabella reden mee in de koets. Zes collega's uit het Barcelonese boekenvak, onder wie don Gustavo, hesen de kist op hun schouders en droegen hem het kerkhof op. Een zwijgende stoet mensen volgde hen tussen graven en pantheons door onder een laaghangend, als kwikzilver glinsterend wolkendek. Iemand merkte op dat Semperes zoon in één nacht vijftien jaar ouder leek te zijn geworden. Hij werd al 'señor Sempere' genoemd – nu was hij verantwoordelijk voor de boekhandel. De betoverde bazaar in de calle Santa Ana had al vier generaties lang nooit een andere naam gedragen en was altijd geleid door een 'señor Sempere'. Isabella ondersteunde hem en ik had de indruk dat hij zonder haar als een marionet zonder touwtjes in elkaar was gezakt.

De pastoor van de Santa Anakerk, een veteraan in de leeftijd van de gestorvene, wachtte bij het open graf met een sobere, onopvallende marmeren plaat. De zes boekhandelaars zetten de kist voor het graf neer. Barceló had me gezien en knikte me toe. Of het uit lafheid was of respect – ik gaf er de voorkeur aan enigszins op de achtergrond te blijven. Vanaf mijn plek kon ik op een dertigtal meters het graf van mijn vader zien. Zodra de congregatie zich om het graf had verzameld, keek de pastoor met een glimlach op.

'Bijna veertig jaar lang waren de heer Sempere en ik bevriend. In al die tijd hebben we slechts één keer over God en de mysteries van het leven gesproken. Bijna niemand weet het, maar vriend Sempere heeft geen kerk meer betreden sinds de dood van zijn vrouw Diana, aan wier zijde we hem vandaag zullen neerleggen, opdat ze voor altijd naast elkaar rusten. Misschien dat hij om deze reden bekendstond als atheïst, maar toch was hij een man van geloof. Hij geloofde in zijn vrienden, in de waarheid en in iets wat hij naam noch gezicht waagde te geven – dat was volgens hem het werk van ons, geestelijken. De heer Sempere geloofde dat wij allen deel zijn van iets hogers en dat onze herinneringen en verlangens bij het verlaten van deze wereld niet verloren gaan, maar zich mengen met de herinneringen en verlangens van hen die na ons komen. Hij vroeg zich af of wij God naar onze gelijkenis hadden geschapen of dat God ons had geschapen zonder goed te weten wat hij deed. Hij geloofde dat God, of wat ons hier ook had gebracht, tot leven kwam in onze handelingen, in onze woorden en zich manifesteerde in alles wat ons tot méér maakte dan simpele figuren van leem. De heer Sempere geloofde dat God ook voor een deel – of juist – leeft in boeken en daarom beschouwde hij het als zijn levenstaak ze met anderen te delen, ze te beschermen en zich ervan te vergewissen dat hun pagina's, net als onze herinneringen en verlangens, nooit verloren zouden gaan. Hij geloofde, en dat leerde hij mij ook, dat zolang er nog een enkel mens in staat was boeken te lezen en ze te ervaren, er op de wereld ook nog een deel van God of leven aanwezig zou zijn. Ik weet dat mijn vriend het niet prettig zou hebben gevonden dat we afscheid van hem nemen met gebeden en gezang. Voor hem was het voldoende te weten dat zijn vrienden, die vandaag zo talrijk naar zijn afscheid zijn gekomen, hem nooit zullen vergeten. Het lijdt voor mij geen twijfel dat de Heer, ook wanneer de oude Sempere daar niet op rekende, onze geliefde vriend aan Zijn zijde zal opnemen en dat hij eeuwig voortleeft in de harten van allen die hier vandaag zijn, van allen die op een goede dag dankzij hem de magie van boeken hebben ontdekt en van allen die op een dag, zelfs als ze hem niet hebben gekend, over de drempel van zijn kleine boekhandel zullen stappen, waar, zoals hij placht te zeggen, de geschiedenis pas begint. Rust in vrede, vriend Sempere, en geve God ons allen de mogelijkheid zijn nagedachtenis in ere te houden en dankbaar te zijn voor het voorrecht hem te hebben gekend.'

Een oneindige stilte breidde zich uit over het kerkhof nadat de pastoor zijn woorden had gesproken, met neergeslagen blik de kist had gezegend en enkele stappen terug had gedaan. Op een gebaar van de begrafenisondernemer kwamen de doodgravers naar voren, die de kist langzaam aan touwen naar beneden lieten zakken. Ik herinner me het geluid van de kist die de bodem raakte en het ingehouden gesnik onder de aanwezigen. Ik herinner me hoe ik daar stond, als aan de grond genageld, terwijl de doodgravers het graf met de grote marmeren plaat bedekten, waarop slechts het woord SEMPERE stond en waaronder sinds zesentwintig jaar zijn echtgenote Diana rustte.

Langzaam trok de congregatie zich terug en deelde zich in groepen op, niet wetend waarheen te gaan – niemand wilde werkelijk vertrekken en de arme señor Sempere alleen achterlaten. Barceló en Isabella namen de zoon tussen zich in en begeleidden hem. Ik bleef staan. Ik bleef staan tot iedereen zich verwijderd had en waagde het toen pas naar het graf van meneer Sempere toe te lopen, waar ik neerknielde en mijn hand op het marmer legde.

'Tot snel,' prevelde ik.

Ik hoorde hem dichterbij komen en wist dat hij het was vóór ik hem zag. Ik stond op en draaide me om. Met het treurigste glimlachje dat ik ooit had gezien, stak don Pedro Vidal me zijn hand toe.

'Geef je me geen hand?' vroeg hij.

Ik weigerde en enkele seconden later knikte Vidal gelaten en trok zijn hand terug.

'Wat doet u hier?' voer ik tegen hem uit.

'Sempere was ook mijn vriend,' antwoordde Vidal.

'Ja ja. Bent u alleen?'

Vidal keek me niet-begrijpend aan.

'Waar is ze?' vroeg ik.
'Wie?'
Ik liet een bittere lach ontsnappen. Barceló, die ons had gezien, kwam met een uitdrukking van consternatie op zijn gezicht aanlopen.
'Met welke belofte heeft u haar deze keer teruggekocht?'
Vidals blik verhardde zich.
'Je weet niet wat je zegt, David.'
Ik liep zo dicht op hem toe dat ik zijn adem in mijn gezicht voelde.
'Waar is ze?' drong ik aan.
'Ik weet het niet,' zei Vidal.
'Vanzelfsprekend.' Ik wendde me af en wilde naar de uitgang gaan, maar Vidal pakte me bij de arm en hield me tegen.
'David, wacht ...'
Voor ik in de gaten had wat ik deed, draaide ik me om en sloeg hem met alle kracht. Mijn vuist knalde in zijn gezicht en hij viel achterover. Ik zag bloed op mijn hand en hoorde iemand gehaast dichterbij komen. Twee armen hielden me tegen en trokken me van Vidal weg.
'In godsnaam, Martín ...' zei Barceló.
Hij knielde neer naast Vidal, uit wiens mond bloed liep. Barceló ondersteunde zijn hoofd en wierp me een woedende blik toe. Ik vluchtte weg. Onderweg kwam ik een paar rouwenden tegen die waren blijven staan om de schermutseling gade te slaan. Ik kon de moed niet opbrengen hen aan te kijken.

3

Dagenlang kwam ik het huis niet uit. Ik sliep op onmogelijke tijden en at nauwelijks. 's Nachts zat ik in de loggia bij het vuur te luisteren naar de stilte, in de hoop de voetstappen van Cristina te horen, die naar me terug zou keren zodra ze van meneer Semperes dood had gehoord, al was het slechts uit mededogen, dat zou voor mij intussen al voldoende zijn geweest. Een korte week na de dood van de boekhandelaar, toen me duidelijk was geworden dat ze niet zou terugkeren, ging ik weer naar de studeerkamer. Ik haalde het manuscript uit de hutkoffer en las het door, waarbij ik van elke zin en elke alinea genoot. Het lezen vervulde me met walging en schonk me tegelijkertijd een duister gevoel van bevrediging. Bij de gedachte aan de honderdduizend francs die me aanvankelijk een vermogen hadden geleken, zei ik glimlachend tegen mezelf dat die schoft me voor een fooi had gekocht. De ijdelheid drukte de bitterheid enigszins weg en de pijn sloot de deur naar het geweten. In een gebaar van hoogmoed herlas ik *Lux Aeterna*, het werk van mijn voorganger, Diego Marlasca, en wierp het toen in het haardvuur. Waar hij was mislukt, zou ik triomferen. Waar hij onderweg was verdwaald, zou ik de uitgang uit het labyrint vinden.

Op de zevende dag ging ik weer aan het werk. Ik wachtte tot het middernacht was en ging toen voor mijn schrijfmachine zitten, met een blanco vel papier in de oude Underwood en de zwarte stad achter de ramen. Woorden en beelden vloeiden uit mijn handen alsof ze daar in de gevangenis van mijn hart woedend op hadden gewacht. De pagina's stroomden uit me zonder maat en geweten, met geen enkel ander oogmerk dan zintuigen en gedachten te beheksen en te vergiftigen. Ik dacht allang niet meer aan Monsieur, zijn beloning of zijn eisen. Voor het eerst in mijn leven schreef ik voor mezelf en voor niemand anders. Ik schreef om de wereld in brand te steken en met hem te verbranden. Ik werkte elke nacht net zo lang door tot ik van uitputting omviel. Ik hamerde op de toetsen van de machine tot mijn vingers bloedden en de koorts mijn blik vertroebelde.

Op een ochtend in januari, toen ik alle besef van tijd al was kwijtgeraakt, hoorde ik dat er op de deur werd geklopt. Ik lag op bed, de blik dwalend over de oude foto waarop Cristina als klein meisje over een pier aan de hand van een vreemde wandelde, een zee van licht tegemoet. Dit beeld leek mij het enig goede dat ik nog had, de sleutel tot alle mysteries. Een paar minuten negeerde ik het kloppen, tot ik de stem herkende en me duidelijk werd dat de bezoekster niet zou opgeven.

'Doe nou eindelijk eens open, verdorie nog aan toe. Ik weet dat u daar bent en ik pieker er niet over om te vertrekken voor u heeft opengedaan, en als het nodig is trap ik hem in.'

Toen ik opendeed, week Isabella een stap terug en staarde me ontzet aan.

'Ik ben het maar, Isabella.'

Ze duwde me aan de kant en haastte zich regelrecht naar de loggia om de ramen wijd open te gooien. Toen liet ze het bad vollopen. Ze nam me bij de arm en trok me erheen. Daar beval ze me op de rand te gaan zitten, tilde mijn oogleden op en keek me hoofdschuddend in de ogen. Zonder een woord begon ze mijn hemd uit te trekken.

'Isabella, hier ben ik nu niet voor in de stemming.'

'Wat zijn dat voor snijwonden? Wat heeft u zichzelf in godsnaam aangedaan?'

'Het zijn een paar schrammen, meer niet.'

'Ik wil dat een dokter u onderzoekt.'

'Nee.'

'Waagt u het niet om me tegen te spreken,' antwoordde ze streng. 'U gaat nu in dat bad zitten en u wast zich met water en zeep en dan scheert u zich. Daarbij heeft u twee opties: u doet het zelf, of ík doe het. En denkt u maar niet dat ik me zou generen.'

Ik glimlachte.
'Nee, dat weet ik.'
'Doe wat ik u zeg. Ondertussen haal ik een dokter.'
Ik wilde nog iets te berde brengen, maar ze bracht me met een handbeweging tot zwijgen.
'Geen woord. Als u denkt dat u de enige bent die lijdt, dan vergist u zich. En als het u niets uitmaakt om als een hond te verrekken, heeft u dan in elk geval het fatsoen te bedenken dat het anderen wél uitmaakt, hoewel ik werkelijk niet weet waarom.'
'Isabella ...'
'Het water in. En gaarne broek en onderbroek uittrekken.'
'Ik weet hoe ik een bad moet nemen.'
'Dat zou je anders niet denken.'
Terwijl Isabella een dokter ging halen, boog ik voor haar bevelen en onderwierp mezelf aan een doop van koud water en zeep. Sinds de begrafenis had ik me niet meer geschoren en in de spiegel ontdekte ik dat ik eruitzag als een wolf. Mijn ogen waren bloeddoorlopen en mijn huid was ziekelijk bleek. Ik trok schone kleren aan en ging in de loggia zitten wachten. Na twintig minuten kwam Isabella terug in gezelschap van een dokter die ik weleens in de buurt meende te hebben gezien.
'Dit is de patiënt. Schenkt u geen aandacht aan wat hij zegt, hij is een leugenaar,' verkondigde Isabella plompverloren.
De dokter wierp een blik op me om de gradatie van mijn vijandigheid in te schatten.
'Doe wat u moet doen, dokter,' sommeerde ik hem. 'Alsof ik er niet ben.'
De man begon met het geraffineerde ritueel dat de basis vormt van de medische wetenschap – hij mat mijn bloeddruk, beluisterde me overal, onderzocht pupillen en keelholte, stelde mysterieuze vragen en keek sceptisch. Toen hij de snijwonden onderzocht die Irene Sabino met een scheermes op mijn borst had gemaakt, trok hij een wenkbrauw op en keek me aan.
'En dit hier?'
'Een lang verhaal, dokter.'
'Heeft u dat gedaan?'
Ik schudde mijn hoofd.

'Ik zal u een zalf geven, maar ik ben bang dat u er littekens aan over zult houden.'

'Ik geloof dat dat ook het idee was.'

De dokter zette zijn onderzoek voort. Ik schikte me zonder weerstand en liet mijn blik op Isabella rusten die vanaf de drempel gespannen toekeek. Nu pas besefte ik hoezeer ik haar had gemist en hoezeer ik haar gezelschap op prijs stelde.

'Wat een schrik,' zei ze op zacht verwijtende toon.

De dokter onderzocht mijn handen en fronste zijn wenkbrauwen toen hij mijn ontvelde vingertoppen zag. Binnensmonds mompelend verbond hij de ene vinger na de andere.

'Hoe lang heeft u al niet meer gegeten?'

Ik haalde mijn schouders op. Hij wisselde een blik met Isabella.

'Er is geen reden tot ongerustheid, maar ik zou u uiterlijk morgen in mijn praktijk willen onderzoeken.'

'Ik vrees dat dat niet zal gaan, dokter,' zei ik.

'Hij zal er zijn,' verzekerde Isabella.

'Ondertussen adviseer ik u iets warms tot u te nemen, eerst bouillon en dan wat vast voedsel, veel water, maar onder geen beding koffie en andere opwekkende middelen – en vooral heeft u rust nodig. Een beetje frisse lucht en zonlicht zullen u goeddoen, maar u moet zich niet inspannen. U vertoont het klassieke beeld van uitputting en dehydratatie en een beginnende bloedarmoede.'

Isabella zuchtte.

'Niets van belang,' zei ik.

De dokter keek me weinig overtuigd aan en stond op.

'Morgen in mijn praktijk, om vier uur. De instrumenten noch de omstandigheden zijn hier aanwezig om u grondig te kunnen onderzoeken.'

Hij klapte zijn koffertje dicht en nam met een beleefde groet afscheid. Isabella begeleidde hem naar de voordeur en ik hoorde hen op de overloop een paar minuten zachtjes praten. Ik kleedde me weer aan en wachtte in de loggia, het toonbeeld van de volgzame patiënt. De deur ging dicht en de voetstappen van de dokter verwijderden zich toen hij de trap af liep. Ik wist dat Isabella in de hal stond en even wachtte alvorens binnen te komen. Ik glimlachte naar haar.

'Ik ga iets te eten maken.'
'Ik heb geen trek.'
'Daar heb ik echt geen boodschap aan. U zúlt eten en dan gaan we de frisse buitenlucht in. Punt uit.'
Ze maakte bouillon die ik met enige zelfoverwinning samen met een stuk brood at en ik trok een vriendelijk gezicht, hoewel het me naar grind smaakte. Het lege bord hield ik Isabella onder de neus, die me tijdens het eten als een sergeant had bewaakt. Aansluitend nam ze me mee naar de slaapkamer, haalde een jas uit de kast, deed me handschoenen aan, sloeg een sjaal om mijn nek en duwde me naar de deur. Buiten floot een koude wind, maar de hemel straalde in het schijnsel van de ondergaande zon, die de straten in de kleur van barnsteen doopte. Isabella gaf me een arm en we begonnen onze wandeling.
'Alsof we verloofden zijn,' zei ik.
'Reuze grappig.'
We liepen naar het Parque de la Ciudadela en gingen de tuinen in die het grote schaduwpaviljoen omgaven. Voor de grote fontein gingen we op een bankje zitten.
'Dank je,' prevelde ik.
Isabella antwoordde niet.
'Ik heb je helemaal niet gevraagd hoe het met je gaat,' deed ik een schuchtere poging.
'Dat is niets nieuws.'
'Hoe gaat het met je?'
Ze haalde haar schouders op.
'Mijn ouders zijn verrukt dat ik terug ben. Ze zeggen dat u een zeer goede invloed op me heeft gehad. Ze moesten eens weten ... De waarheid is dat we elkaar werkelijk beter verdragen. Zo vaak zie ik ze trouwens niet – ik ben voortdurend in de boekhandel.'
'En Sempere? Kan hij omgaan met de dood van zijn vader?'
'Niet zo goed.'
'En jij, hoe red jij je met hem?'
'Hij is een goede man,' zei ze.
Ze zweeg lang, met neergeslagen ogen.
'Hij heeft me ten huwelijk gevraagd,' zei ze. 'Een paar dagen geleden, in Els Quatre Gats.'
Ik bestudeerde haar beheerste profiel, dat niets van de jeug-

dige onschuld bezat die ik in haar had willen zien en die er waarschijnlijk nooit was geweest.

'En?' vroeg ik eindelijk.

'Ik heb gezegd dat ik erover zou nadenken.'

'En, ga je het doen?'

Isabella staarde in de fontein.

'Hij zei dat hij een gezin wilde stichten, kinderen ... dat we in de woning boven de boekhandel zouden wonen en die draaiende zouden houden, ondanks de schulden die señor Sempere had.'

'Nou ja, je bent nog jong ...'

Ze hield haar hoofd schuin en keek me aan.

'Houd je van hem?'

Ze glimlachte oneindig treurig.

'Hoe moet ik dat weten? Ik geloof het wel, hoewel niet zo veel als hij denkt van mij te houden.'

'Soms, in een moeilijke situatie, kan een mens compassie met liefde verwarren,' zei ik.

'Maakt u zich om mij geen zorgen.'

'Ik vraag je alleen om jezelf wat tijd te geven.'

We keken elkaar aan, verbonden door een grenzeloze betrokkenheid die geen woorden behoefde, en ik omhelsde haar.

'Vrienden?'

'Tot de dood ons scheidt.'

4

Op de terugweg stopten we bij een kruidenierswinkel in de calle Comercio om melk en brood te kopen. Isabella zei dat ze haar vader zou vragen om een pakket delicatessen te laten bezorgen en dreigde dat ik het maar beter allemaal kon opeten als ik wist wat goed voor me was.

'Hoe gaat het in de boekhandel?' vroeg ik.

'De verkopen zijn gekelderd. Ik geloof dat de mensen het naar vinden om te komen, omdat ze zich de arme señor Sempere herinneren. Maar zoals de zaken er nu voor staan, ziet het er slecht uit.'

'Namelijk?'

'In het rood. In de weken dat ik daar werk, heb ik de balans doorgenomen en vastgesteld dat señor Sempere, God hebbe zijn ziel, wat dat betreft een ramp was. Hij heeft iedereen die het niet kon betalen, boeken gegeven. Of hij heeft ze uitgeleend en nooit teruggekregen. Hij heeft collecties opgekocht waarvan hij wist dat hij ze niet zou kunnen doorverkopen, omdat de bezitters ze dreigden te verbranden of weg te gooien. Met aalmoezen onderhield hij een kluit rijmelaars van het tweede garnituur die nog geen plek hadden om dood neer te vallen. Van de rest kunt u zich wel een voorstelling maken.'

'Schuldeisers in zicht?'

'Zo'n twee per dag, brieven en aanmaningen niet meegerekend. Het goede nieuws is dat het ons niet ontbreekt aan aanbiedingen.'

'Om te kopen?'

'Een stel worstenmakers uit Vic is zeer geïnteresseerd in de winkelruimte.'

‘En wat zegt Sempere junior?’

‘Dat een mens overal iets van kan maken. Realisme is niet zijn sterkste punt. Hij zegt dat we het zullen redden, dat ik vertrouwen moet hebben.’

‘En dat heb je niet?’

‘Ik heb vertrouwen in de rekenkunde en als ik met de cijfers bezig ben, zie ik de etalages binnen twee maanden tijd volliggen met *chorizos* en *butifarras blancas*.’

‘We vinden wel een oplossing.’

Isabella glimlachte.

‘Ik hoopte dat u dat zou zeggen. En over openstaande rekeningen gesproken: vertelt u mij alstublieft dat u niet meer voor Monsieur werkt.’

Ik toonde haar mijn geopende handen.

‘Ik ben weer een vrij auteur,’ zei ik.

Ze liep met me mee naar boven en toen ze gedag wilde zeggen, zag ik dat ze aarzelde.

‘Wat is er?’ vroeg ik.

‘Eigenlijk wilde ik het u niet zeggen, maar ... ik heb liever dat u het van mij hoort dan van iemand anders. Het gaat over señor Sempere.’

We liepen naar binnen en gingen in de loggia zitten bij het vuur, dat Isabella met een paar stukken hout nieuw leven inblies. De as van Marlasca’s *Lux Aeterna* was nog zichtbaar en mijn voormalige assistente wierp me een blik toe die ik had kunnen inlijsten.

‘Wat wilde je me vertellen over meneer Sempere?’

‘Ik weet het van don Anacleto, een van de buren van het pand. Hij vertelde me dat hij señor Sempere op de namiddag dat hij is gestorven met iemand in de winkel heeft zien discussiëren. Hij was op weg naar huis en zei dat ze tot op straat te horen waren.’

‘En met wie had hij die woordenwisseling?’

‘Met een vrouw. Ze was al wat ouder. Don Anacleto dacht niet dat hij haar ooit eerder in deze buurt had gezien, maar zei dat ze hem vaag bekend voorkwam. Met don Anacleto weet je het echter nooit ... Hij houdt nog meer van geklets dan van suikeramandelen.’

‘Heeft hij gehoord waarover ze van mening verschilden?’

‘Hij had de indruk dat het over u ging.’

‘Over mij?’

Isabella knikte.

‘Sempere junior was even de deur uit om een bestelling af te geven in de calle Canuda. Hij is niet langer dan tien of vijftien minuten weg geweest. Toen hij terugkwam, lag zijn vader achter de toonbank op de grond. Hij ademde nog, maar voelde al koud aan. Tegen de tijd dat de dokter arriveerde, was het te laat ...’

Ik had het gevoel dat de hemel op mijn hoofd was gevallen.

‘Ik had het u niet moeten zeggen,’ fluisterde Isabella.

‘Nee, nee, het is goed. Heeft don Anacleto verder nog iets over die vrouw gezegd?’

‘Alleen dat hij ze heftig hoorde discussiëren en dat het over een boek ging. Een boek dat zij wilde kopen en hij niet wilde verkopen.’

‘Maar wat heeft dat met mij te maken? Dat begrijp ik niet.’

‘Omdat het uw boek was natuurlijk. *De voetstappen van de hemel*. Het enige exemplaar dat señor Sempere in zijn privécollectie bewaarde en dat niet te koop was ...’

Een duister besef overspoelde me.

‘En het boek ...?’ begon ik.

‘... is er niet meer. Verdwenen,’ vulde ze aan. ‘Ik heb in het register gekeken, omdat señor Sempere daar alle boeken in optekende die hij verkocht, voorzien van datum en prijs, en dit stond er niet in.’

‘Is Sempere junior hiervan op de hoogte?’

‘Nee. Ik heb het verder aan niemand verteld. Ik probeer nog steeds te begrijpen wat er die namiddag in de boekwinkel is gebeurd. En waarom. Ik dacht dat u het misschien zou weten ...’

‘Die vrouw wilde het boek met alle geweld hebben en terwijl ze ruziemaakten heeft señor Sempere een hartaanval gekregen. Dát is wat er gebeurd is,’ zei ik. ‘En alles om dat vervloekte boek van mij.’

Ik voelde hoe mijn maag zich omdraaide.

‘Er is nog iets anders,’ zei Isabella.

‘Wat?’

‘Een paar dagen later kwam ik don Anacleto op de trap tegen

en toen zei hij dat hij weer wist waar hij die vrouw van kende. Op de dag dat hij haar zag was het muntje niet gevallen, maar nu meende hij haar jaren geleden in het theater te hebben gezien.'

'In het theater?'

Isabella knikte.

Lange tijd zei ik niets. Isabella bekeek me ongerust.

'Nu ben ik er niet gerust meer op dat ik u hier alleen kan laten. Ik had het u niet moeten vertellen.'

'Nee, echt, daar heb je goed aan gedaan. Het gaat wel goed met me. Eerlijk.'

Ze schudde haar hoofd.

'Vannacht blijf ik bij u.'

'En je reputatie?'

'Op het spel staat alleen de uwe. Ik ga even naar de winkel van mijn ouders om de boekhandel te bellen en Sempere junior in te lichten.'

'Dat is toch niet nodig, Isabella.'

'Nee, dat zou niet nodig zijn geweest als u had geaccepteerd dat we in de twintigste eeuw leven en in dit mausoleum een telefoonaansluiting had laten installeren. Binnen een kwartier ben ik terug. Geen gemaar.'

Toen Isabella vertrokken was, trof de zekerheid dat ik medeschuldig was aan de dood van mijn oude vriend me met volle kracht. Ik herinnerde me dat de oude boekhandelaar altijd had gezegd dat elk boek een ziel heeft, de ziel van degene die het heeft geschreven en van degene die het heeft gelezen en ervan heeft gedroomd. Toen begreep ik dat hij tot het laatste moment had gevochten om mij te beschermen en dat hij zich had opgeofferd om dat pak papier en inkt te redden waarvan hij geloofde dat ik mijn ziel erin had uitgeschreven. Isabella, zeulend met een tas vol heerlijkheden uit de winkel van haar ouders, had toen ze weer binnenkwam maar één blik nodig om te weten wat er in me omging.

'U kent die vrouw,' zei ze. 'De vrouw die señor Sempere heeft gedood ...'

'Ik geloof het wel. Irene Sabino.'

‘Is dat niet de vrouw op de oude foto’s die ik heb gevonden in de kamer op het eind van de gang? De actrice?’

Ik knikte.

‘Waarom zou zij dat boek willen hebben?’

‘Ik weet het niet.’

Later op de avond, nadat we een beetje hadden gegeten van de kostelijkheden van Can Gispert, gingen we in de grote leunstoel voor het vuur zitten. We pasten er samen in en Isabella leunde met haar hoofd tegen mijn schouder, terwijl we in het vuur staarden.

‘Laatst droomde ik dat ik een zoon had,’ zei ze. ‘Ik droomde dat hij me riep, maar dat ik hem niet kon horen en niet bij hem kon komen, omdat ik gevangenzat op een plek waar het heel koud was en waar ik me niet kon bewegen. Hij riep me en ik kon niet naar hem toe.’

‘Het was maar een droom,’ zei ik.

‘Het leek heel echt.’

‘Misschien zou je dat verhaal moeten opschrijven,’ zei ik voorzichtig.

Isabella schudde haar hoofd.

‘Ik heb er vaak over nagedacht. En ik heb besloten dat ik het leven liever leef dan dat ik het opschrijf. Vat u het niet verkeerd op.’

‘Het lijkt me een wijze beslissing.’

‘En u? Gaat u dat ook doen?’

‘Ik ben bang dat ik mijn leven tot op zekere hoogte al geleefd heb.’

‘En die vrouw? Cristina?’

Ik haalde diep adem.

‘Cristina is vertrokken. Ze is teruggekeerd naar haar echtgenoot. Nog een wijze beslissing.’

Isabella ging een stukje van me af zitten en keek me met gefronste wenkbrauwen aan.

‘Wat?’ vroeg ik.

‘Ik geloof dat u zich vergist.’

‘Waarin?’

‘Laatst kwam don Gustavo Barceló bij ons op bezoek en toen

hebben we het over u gehad. Hij zei dat hij de echtgenoot van Cristina had gezien, een zekere ...'

'Pedro Vidal.'

'Precies. En die had gezegd dat Cristina naar u was gegaan, dat hij haar sindsdien niet meer had gezien en al een maand of langer niets meer van haar had gehoord. Eigenlijk verraste het me dat ze niet hier bij u was, maar ik durfde er niet naar te vragen ...'

'Ben je er zeker van dat dat Barceló's woorden waren?'

Ze knikte.

'Wat heb ik nu weer gezegd?' riep ze toen gealarmeerd uit.

'Niets.'

'U verzwijgt iets voor me ...'

'Cristina is hier niet. Ze is hier niet meer geweest sinds de dood van señor Sempere.'

'Waar is ze dan?'

'Ik weet het niet.'

Langzaamaan viel het gesprek stil, we zaten opgekruld in de grote leunstoel bij het vuur en diep in de nacht viel Isabella in slaap. Ik legde een arm om haar heen en sloot mijn ogen. In gedachten probeerde ik een betekenis te ontdekken in alles wat ze verteld had. Toen het ochtendlicht over de ramen van de loggia streek, opende ik mijn ogen en zag dat Isabella al wakker was en naar me keek.

'Goedemorgen,' zei ik.

'Ik heb nagedacht,' begon ze.

'En?'

'Ik denk dat ik op het voorstel van señor Semperes zoon inga.'

'Weet je het zeker?'

'Nee,' lachte ze.

'Wat zullen je ouders zeggen?'

'Ze zullen vermoedelijk niet blij zijn, maar dat is vast van voorbijgaande aard. Natuurlijk zien ze me liever met een welvarende worstenhandelaar dan met een boekhandelaar, maar dat zullen ze moeten accepteren.'

'Het had erger kunnen zijn,' vond ik.

Isabella knikte.

'Ja. Het had ook een schrijver kunnen zijn.'

We keken elkaar lang aan, tot Isabella uit de leunstoel opstond. Ze pakte haar jas en knoopte hem met de rug naar me toe dicht.

'Ik moet gaan,' zei ze.

'Dank voor je gezelschap,' antwoordde ik.

'Laat haar niet ontsnappen en zoekt u haar,' zei Isabella. 'Zoek haar overal en zeg haar dat u van haar houdt, zelfs als het gelogen is. Wij vrouwen horen dat graag.'

Toen boog ze zich over me heen en beroerde met haar lippen licht de mijne. Met kracht drukte ze mijn hand en vertrok.

5

De rest van de week bracht ik door met heel Barcelona uit te kammen, op zoek naar iemand die Cristina de afgelopen maand had gezien. Ik bezocht de plaatsen waar ik met haar was geweest en volgde vergeefs Vidals lievelingsroute van chique cafés, restaurants en winkels. Aan iedereen die ik tegenkwam, liet ik een van de foto's uit Cristina's album zien en vroeg of ze haar recentelijk hadden gezien. Iemand herkende haar en herinnerde zich haar bij een gelegenheid in gezelschap van Vidal te hebben gezien. Een ander wist zich zelfs haar naam te herinneren. Maar geen mens had haar in weken gezien. Op de vierde dag van mijn zoektocht kreeg ik stilaan het vermoeden dat Cristina die ochtend dat ik de treinkaartjes was gaan kopen, het huis met de toren had verlaten met de bedoeling om van de aardbodem te verdwijnen.

Toen herinnerde ik me dat de familie Vidal in Hotel España in de calle Sant Pau, achter het Liceo, een permanente kamer had, voor het geval dat een familielid na een operavoorstelling niet meer naar Pedralbes wilde of kon terugrijden. Ik wist dat Vidal en zijn vader de kamer, althans in hun glorierijke jaren, hadden gebruikt om plezier te maken met señoritas en señoras wier aanwezigheid in de officiële residenties in Pedralbes tot onwenselijke geruchten zou hebben geleid – hetzij vanwege hun lage, hetzij vanwege hun voorname afkomst. Toen ik nog in het pension van doña Carmen woonde, had Vidal mij de kamer meer dan eens aangeboden, ingeval ik, zoals hij het uitdrukte, lust zou hebben een dame te ontkleden op een plek die geen angst aanjoeg. Ik geloofde weliswaar niet dat Cristina uitgerekend op die plek haar heil zou hebben gezocht, maar het was de laatste plek op mijn lijst, verder viel me niets meer in. Het schemerde al toen ik bij Hotel España aankwam en ik, me beroepend op mijn vriendschap met don Pedro, de bedrijfsleider wenste te spreken. Toen ik hem de foto van Cristina toonde, glimlachte hij hoffelijk, een cavalier van ijzige discretie, en vertelde me dat er weken geleden al 'andere' werknemers van de heer Vidal waren geweest om naar dezelfde persoon te vragen, aan wie hij hetzelfde antwoord had gegeven als nu aan mij. Deze señora had hij hier nog nooit gezien. Ik dankte hem voor zijn ijzige vriendelijkheid en liep verslagen terug naar de uitgang.

Ter hoogte van de glazen deur die toegang bood tot de eetzaal, meende ik vanuit mijn ooghoek een bekend profiel waar te nemen. Aan een van de tafels zat Monsieur, de enige gast in de hele zaal, snoepend van de suikerklontjes. Ik wilde in allerijl verdwijnen toen hij zich plotseling omdraaide en glimlachend zijn hand opstak. Ik verwenste mijn lot en groette terug. Monsieur maakte een gebaar dat ik me bij hem moest voegen. Onwillig stapte ik de eetzaal binnen.

'Welk een aangename verrassing u hier te treffen, goede vriend. Ik dacht net aan u,' zei Corelli.

Lusteloos gaf ik hem een hand.

'Ik meende dat u de stad uit was,' merkte ik op.

'Ik ben eerder teruggekomen dan voorzien. Mag ik u uitnodigen voor een versnapering?'

Ik sloeg het aanbod af, maar hij beduidde me bij hem aan tafel te gaan zitten en ik gehoorzaamde. Trouw aan zijn gebruikelijke stijl droeg hij een driedelig pak, deze keer van zwarte wol en met een roodzijden das. Als altijd was hij smetteloos gekleed, maar iets klopte er niet. Het kostte me een paar seconden om erachter te komen – de engel op zijn revers ontbrak. Hij volgde mijn blik en knikte.

'Helaas ben ik hem verloren,' verklaarde hij.

'Ik hoop dat hij niet heel waardevol was.'

'De waarde was van puur emotionele aard. Maar laten we over belangrijker dingen praten. Hoe gaat het met u, mijn vriend? Ik heb onze gesprekken zeer gemist, ondanks het feit dat we bij gelegenheid verschillende meningen waren toegedaan. Een goede gesprekspartner is moeilijk te vinden.'

'U overschat me, meneer Corelli.'

'Integendeel.'

Er ontstond een korte stilte, die vergezeld ging van zijn bodemloze blik. Het schoot door me heen dat ik veel liever had dat hij een van zijn gebruikelijke uiteenzettingen begon. Zodra hij zweeg, leek hij van uiterlijk te veranderen en de lucht om hem heen werd zwaarder.

'Logeert u hier?' vroeg ik om de stilte te doorbreken.

'Nee, ik woon nog steeds in het huis bij het Park Güell. Ik had hier vanmiddag met een vriend afgesproken, maar het ziet ernaar uit dat hij verlaat is. De onbetrouwbaarheid van sommige mensen is betreurenswaardig.'

'Ik vermoed dat er niet veel mensen zijn die u durven te laten zitten, meneer Corelli.'

Monsieur keek me in de ogen.

'Niet veel, nee. Nu ik erover nadenk, bent u eigenlijk de enige.'

Hij nam een suikerklontje en liet het in zijn kopje vallen. Een tweede en derde volgden. Hij proefde de koffie en deed er nog vier in. Een achtste klontje stak hij in zijn mond.

'Ik ben dol op suiker,' merkte hij op.

'Ik zie het.'

'U zegt niets over ons project, vriend Martín. Is er een probleem?'

Ik slikte.

'Het is bijna af,' zei ik.

Het gezicht van Monsieur lichtte op met een glimlach die ik liever ontweek.

'Dat is werkelijk groot nieuws. Wanneer kan ik het verwachten?'

'Over een paar weken. Ik wil het hier en daar wat bewerken. Maar dat is enkel nog het fijnslijpen.'

'Kunnen we een datum vastleggen?'

'Als u wilt ...'

'Wat vindt u van vrijdag de 23e van deze maand? Zou u een uitnodiging om te dineren aannemen, om het succes van onze onderneming te vieren?'

Vrijdag de 23e was over exact twee weken.
'Akkoord.'
'Afgesproken dan.'
Hij tilde zijn kopje koffie boordevol suiker op alsof hij een toost wilde uitbrengen en dronk het in één teug leeg.
'En u?' vroeg hij terloops. 'Wat brengt u hier?'
'Ik zoek iemand.'
'Iemand die ik ken?'
'Nee.'
'En heeft u gevonden wie u zocht?'
'Nee.'
Genietend van mijn zwijgzaamheid knikte Monsieur langzaam.
'Ik heb de indruk dat ik u hier tegen uw wil ophoud, mijn vriend.'
'Ik ben wat vermoeid, dat is alles.'
'Dan zal ik niet langer van uw tijd stelen. Soms vergeet ik dat mijn gezelschap, ook al geniet ik van het uwe, u wellicht niet in dezelfde mate aangenaam is.'
Ik glimlachte gedwee en maakte van de gelegenheid gebruik om op te staan. Ik zag mezelf in zijn pupillen gereflecteerd, een in een duistere schacht gevangen pop.
'Past u goed op zichzelf, Martín. Alstublieft.'
'Dat zal ik doen.'
Ik nam met een knikje afscheid, liep naar de uitgang en ik hoorde nog net hoe hij een suikerklontje in zijn mond stak en het tussen zijn tanden vermaalde.

Terwijl ik over de Ramblas liep zag ik dat de luifels van het Liceo verlicht waren en een lange rij auto's wachtte bij het trottoir, bewaakt door een klein regiment chauffeurs in livrei. De plakkaten kondigden *Così fan tutte* aan en ik vroeg me af of Vidal zich bij elkaar had geraapt om zijn burcht te verlaten en hiernaartoe te gaan. Ik bekeek de groep chauffeurs die zich op het centrale trottoir had gevormd nauwkeurig, kreeg al snel Pep in het oog en gebaarde dat ik hem wilde spreken.
'Wat doet u hier, meneer Martín?'
'Waar is ze? Cristina, mevrouw Vidal. Waar is ze?'

De arme Pep slikte.

'Ik weet het niet. Niemand weet het.'

Hij legde me uit dat Vidal al weken naar haar op zoek was en dat zijn vader, de patriarch van de clan, zelfs een aantal leden van het politiekorps op de loonlijst had gezet om haar op te sporen.

'Aanvankelijk dacht meneer dat ze bij u was ...'

'Heeft ze niet gebeld, of een brief gestuurd, zelfs geen telegram?'

'Nee, meneer Martín. Ik zweer het u. We zijn allemaal zeer bezorgd, en meneer, wel ... Zo heb ik hem nog nooit gezien, sinds ik hem ken. Vandaag is de eerste avond dat hij uitgaat sinds mejuffrouw, mevrouw, bedoel ik, is vertrokken ...'

'Herinner je je of Cristina iets heeft gezegd, wat dan ook, voor ze Villa Helius verliet?'

'Nu ja ...' Pep liet zijn stem tot een fluistering dalen. 'We hoorden dat ze een meningsverschil had met meneer en ik kon zien dat ze verdrietig was. Ze bracht veel tijd alleen door. Ze schreef brieven en bracht ze elke dag naar het postkantoor aan de paseo de la Reina Elisenda.'

'Heb je haar weleens onder vier ogen gesproken?'

'Op een dag, vlak voor ze verdween, vroeg meneer me haar met de auto naar de dokter te brengen.'

'Was ze ziek?'

'Ze kon niet slapen. Hij schreef haar laudanumdruppels voor.'

'Heeft ze onderweg iets gezegd?'

Pep haalde zijn schouders op.

'Ze vroeg naar u, of ik iets van u gehoord of gezien had.'

'Verder niets?'

'Ze zag er heel treurig uit. Ze begon te huilen en toen ik haar vroeg wat er scheelde, zei ze dat ze haar vader zo miste, meneer Manuel ...'

Toen begreep ik het eindelijk en ik vervloekte mezelf dat ik er niet eerder op was gekomen. Pep keek me verwonderd aan en vroeg waarom ik glimlachte.

'Weet u waar ze is?' vroeg hij.

'Ik denk het wel,' prevelde ik.

Op dat moment meende ik aan de andere kant van de straat een bekende stem te horen en een vertrouwde schaduw bij de ingang van het Liceo te zien. Vidal had nog niet de eerste akte volgehouden. Pep liep naar zijn meester toe en voor hij de tijd had om te zeggen dat ik me beter uit de voeten kon maken, was ik al ongemerkt verdwenen in de nacht.

6

Zelfs vanuit de verte zagen ze er onmiskenbaar uit als bodes van slecht nieuws: de gloed van brandende sigaretten in het blauw van de nacht, tegen de zwarte muur leunende silhouetten en de ademwolken van drie gestalten die de ingang naar het huis met de toren bewaakten. Inspecteur Víctor Grandes met zijn twee gerechtsdienaren Marcos en Castelo als ontvangstcomité. Het kostte me weinig moeite me voor te stellen dat ze inmiddels het lichaam van de weduwe op de bodem van het zwembad hadden gevonden en dat ik op de zwarte lijst weer enkele plekken was gestegen. Zodra ik hen in het vizier kreeg, bleef ik staan en versmolt met de schaduwen in de straat. Ik observeerde hen kort om me ervan te vergewissen dat ze mijn aanwezigheid op slechts vijftig meter afstand niet hadden opgemerkt. In het schijnsel van de lantaarn aan de gevel kon ik nauwkeurig Grandes' profiel onderscheiden. Langzaam trok ik me verder terug in de duisternis en verdween in de dichtstbijzijnde steeg en toen in de wirwar van passages en arcades van de Ribera.

Tien minuten later was ik bij station Francia. De loketten waren al gesloten, maar tussen de perrons onder het hoge gewelf van glas en staal stonden nog enkele treinen. Uit de dienstregeling begreep ik dat er, zoals ik al vreesde, tot de ochtend geen treinen meer vertrokken. Naar huis gaan en Grandes & co. tegen het lijf lopen durfde ik niet te riskeren – iets zei me dat mijn bezoek aan het hoofdbureau deze keer op basis van compleet pension zou zijn en dat zelfs advocaat Valera me er niet zo gemakkelijk uit zou kunnen halen als de vorige keer.

Ik besloot de nacht door te brengen in een miezerig hotel tegenover het beursgebouw aan het plaza del Palacio. Volgens de legende vegeteerden daar een stel levende lijken, speculanten wier hebzucht en beroerde rekenkundige kwaliteiten in hun gezicht waren geëxplodeerd. Ik koos die desolate plek, omdat zelfs Magere Hein me daar vermoedelijk niet zou zoeken. Ik schreef me in onder de naam Antonio Miranda en betaalde vooruit. De conciërge was een schepsel dat eruitzag als een soort weekdier en leek in zijn hol dat als receptie, handdoekhouder en souvenirwinkeltje diende, tot de vaste inventaris te behoren. Hij overhandigde me de sleutel, een stukje zeep van het merk El Cid Campeador dat naar bleekmiddel geurde en er gebruikt uitzag, en deelde me mede dat als ik vrouwelijk gezelschap bliefde, hij een vrouwtje met de bijnaam de Eenogige naar mijn kamer kon sturen zodra ze terug was van een visite.

'Daarna bent u weer als nieuw,' verzekerde hij me.

Ik wendde een beginnende spit voor en bedankte vriendelijk, wenste hem goedenacht en liep de trap op. De kamer zag eruit als een sarcofaag en had ook die afmetingen. Een snelle blik overtuigde me ervan dat ik liever gekleed op de brits ging liggen dan dat ik tussen de lakens kroop en met alles verbroederde wat daarin mogelijk vastzat. Ik dekte mezelf toe met een rafelige deken uit de kast, die weliswaar sterk rook, maar tenminste naar naftaline, deed het licht uit en probeerde me voor te stellen dat ik in de suite lag die iemand met honderdduizend francs op de bank zich kon veroorloven. Die nacht deed ik nauwelijks een oog dicht.

Tegen tien uur verliet ik het hotel en begaf me naar het station. Daar kocht ik een eersteklaskaartje, in de hoop in de trein wat van de slaap te kunnen inhalen die me in het hotel ontzegd was, en liep, aangezien ik nog twintig minuten had tot vertrek, naar de rij met openbare telefooncellen in de hal. Ik noemde de telefoniste het nummer dat Ricardo Salvador me had gegeven, van zijn onderburen.

'Zou ik alstublieft don Emilio kunnen spreken?'

'Spreekt u mee.'

'Mijn naam is David Martín. Ik ben een vriend van de heer

Ricardo Salvador. Hij zei dat ik hem in geval van nood op dit nummer kon bereiken.'

'Eens kijken ... heeft u een moment geduld, dan geven we hem een seintje.'

Ik keek op de stationsklok.

'Ja, ik wacht. Dank u.'

Meer dan drie minuten gingen voorbij voor ik het geluid van voetstappen hoorde en toen de stem van Ricardo Salvador.

'Martín? Gaat het goed met u?'

'Ja.'

'Godzijdank. Ik las in de krant het verhaal over Roures en maakte me grote zorgen. Waar bent u?'

'Meneer Salvador, ik heb nu niet veel tijd, ik moet de stad uit.'

'Weet u zeker dat alles goed met u is?'

'Ja. Luistert u alstublieft naar mij. De weduwe Marlasca is dood.'

'Alicia? Dood?'

Een lange stilte. Ik had de indruk dat ik Salvador hoorde snikken en verwenste mezelf het nieuws met zo weinig tact te hebben gebracht.

'Bent u daar nog?'

'Ja ...'

'Ik bel u om te waarschuwen dat u op uw hoede moet zijn. Irene Sabino leeft nog en achtervolgt me. Er is iemand bij haar. Ik denk dat het Jaco is.'

'Jaco Corbera?!'

'Ik weet niet zeker of hij het is. Ik denk dat ze weten dat ik hen op het spoor ben en ze proberen iedereen het zwijgen op te leggen die in de loop van de tijd met mij gesproken heeft. Ik vermoed dat u gelijk had ...'

'Maar waarom zou Jaco nu terugkomen?' vroeg Salvador. 'Dat is niet logisch.'

'Ik weet het niet. Ik moet nu gaan. Ik wilde u slechts waarschuwen.'

'Om mij hoeft u zich geen zorgen te maken. Als die schurk me komt opzoeken, ben ik er klaar voor. Ik wacht al vijfentwintig jaar.'

De stationschef kondigde met een fluitsignaal het vertrek van de trein aan.

'Vertrouw niemand, hoort u mij? Ik meld mij zodra ik terug ben in de stad.'

'Dank voor het bellen, Martín. Wees voorzichtig.'

7

Langzaam gleed de trein langs het perron, terwijl ik mijn heil zocht in een compartiment en neerplofte op mijn zitplaats. Ik gaf me over aan de lauwe warmte en het vriendelijke gewieg van de trein. We lieten het woud van fabrieken en schoorstenen steeds verder achter ons en ontsnapten aan het scharlakenrode licht boven de stad. Zachtjes ging de woestenij van depots en treinen op dode sporen over in een eindeloos gebied van velden en heuvels met oude huizen en torens, bossen en riviertjes. Uit nevelbanken doken woonwagens en gehuchten op. Stationnetjes trokken voorbij, in de verte tekenden zich kerken en hoeves af als luchtspiegelingen.

Op zeker moment sliep ik in en toen ik weer wakker werd, was het landschap volkomen veranderd. We reden door ruige valleien tussen hoge rotswanden, langs meren en beken en trokken door uitgestrekte wouden aan de voet van eindeloos lijkende bergwanden. Na een tijdje verwijdde de kluwen van bergen, bossen en in rots geboorde tunnels zich tot een grote, open vallei, waar kuddes wilde paarden over de sneeuw galoppeerden en in de verte dorpjes met stenen huizen te zien waren. Aan de andere kant verhieven zich de toppen van de Pyreneeën, waarvan de besneeuwde flanken amberkleurig gloeiden in de avondschemering. Voor ons verdrongen zich op een heuvel kleine en grote huizen. De conducteur stak zijn hoofd naar binnen en glimlachte naar me.

'Volgende station, Puigcerdà,' kondigde hij aan.

In een wolk van damp die het hele perron vulde, stond de trein stil. Ik stapte uit en zag mezelf omhuld door die naar elektriciteit ruikende nevel. Kort daarop hoorde ik het fluitsignaal van de stationschef, waarop de trein zich weer in beweging zette. Terwijl de wagons aan mij voorbijtrokken, doken om me heen langzaamaan de omtrekken van het station op als een fata morgana. Ik stond alleen op het perron. Een fijn gordijn van poedersneeuw viel oneindig traag uit de hemel. Door het wolkengewelf knipperde een rossige zon in het westen en veranderde de sneeuw in minuscule vonken. Ik liep naar het kantoor van de stationschef en klopte op de ruit. Hij keek op en opende de deur met een ongeïnteresseerde uitdrukking op zijn gezicht.

'Kunt u mij vertellen hoe ik bij Villa San Antonio kom?'

De stationschef trok een wenkbrauw op.

'Het sanatorium?'

'Ik geloof het wel.'

De stationschef zette het nadenkende gezicht op van iemand die afweegt hoe hij een vreemdeling de weg moet beschrijven. Toen, met behulp van een complete catalogus aan gebaren en uitdrukkingen, kwam hij met de volgende schets: 'U loopt door het dorp, over het kerkplein en dan tot aan het meer. Aan het meer komt u uit op een lange, door oude huizen omzoomde allee, die naar de paseo de la Rigolisa voert. Daar, op de hoek, staat een groot huis van drie verdiepingen met een heel grote tuin eromheen. Dat is het sanatorium.'

'En weet u een plek waar ik een kamer kan boeken?'

'Onderweg komt u langs het Hotel aan het Meer. Zegt u dat Sebas u heeft gestuurd.'

'Dank u.'

'Veel geluk ...'

In de zachtjes vallende sneeuw stapte ik door de verlaten straten, op zoek naar de kerktoren. Af en toe passeerde ik een enkele inwoner, die met een knikje groette en mij wantrouwig monsterde. Op het plein wezen een paar jongens die een kolenwagen aan het afladen waren me de weg naar het meer en een paar minuten later sloeg ik een straat in die langs een groot, witbevroren meer liep. Statige oude villa's met spitse torens lagen eromheen en een promenade met banken en bomen vormde een lint om de ijsvlakte, bespikkeld met vastgevroren roeibootjes. Ik liep naar de oever en keek uit over het bevroren water voor me. De ijslaag moest ongeveer een handbreedte dik zijn en glinsterde op sommige plekken als rookglas, zodat men zich het stromende zwarte water onder het pantser kon voorstellen.

Het Hotel aan het Meer was een donkerrood geschilderd huis van twee verdiepingen, direct aan het water. Alvorens ik mijn weg vervolgde, reserveerde ik er een kamer voor twee nachten die ik vooruitbetaalde. De portier liet me weten dat het hotel zo goed als leeg was, dus ik had de kamer voor het uitkiezen.

'Nr. 101 biedt bij de dageraad een spectaculair uitzicht over het meer,' zei hij. 'Maar als u uitzicht op het noorden prefereert, heb ik ...'

'Kiest u maar,' onderbrak ik hem, onverschillig voor de statige schoonheid van het landschap in de schemering.

'Nr. 101 dan. In het zomerseizoen is dat de lievelingskamer van pasgehuwde stelletjes.'

Hij overhandigde me de sleutels van de bruidssuite en deelde me de tijden mee voor het avondeten. Ik zei dat ik later terug zou zijn, en vroeg hem of het ver was naar Villa San Antonio. Hij zette hetzelfde gezicht op als de stationschef en schudde toen vriendelijk glimlachend zijn hoofd.

'Dat is hier zeer dichtbij, ongeveer tien minuten lopen. Als u de promenade aan het einde van deze straat in slaat, ziet u de villa vrijwel meteen liggen. Het kan niet missen.'

Tien minuten later stond ik voor de poort van een grote tuin, bedekt met ondergesneeuwd loof. Een eind verderop verhief zich Villa San Antonio als een sombere schildwacht, gehuld in het gouden licht van zijn vensters. Ik liep door de tuin, terwijl mijn hart me in de keel klopte en het zweet me ondanks de bijtende kou in de handen stond. Ik liep de trap op naar de hoofdingang. De grote hal was getegeld als een schaakbord en voerde naar een brede trap waarop ik een jonge verpleegster zag met een bevende grijsaard aan de hand, die tussen twee treden in voor eeuwig in dezelfde houding leek te blijven staan, alsof zijn hele leven was gevangen in dat ene moment.

‘Goedenavond,’ zei een stem rechts van mij.

Ze had zwarte, ernstige ogen, afgemeten gelaatstrekken zonder een zweem van sympathie en het nuchtere gezicht van iemand die geleerd heeft niets dan slechte berichten te verwachten. Ze moest een jaar of vijftig zijn en hoewel ze hetzelfde uniform droeg als de jonge verpleegster met de grijsaard, ademde alles aan haar autoriteit en rang.

‘Goedenavond. Ik zoek iemand met de naam Cristina Sagnier. Ik heb redenen om aan te nemen dat ze hier logeert ...’

Ze keek me aan zonder met haar ogen te knipperen.

‘Hier logeert niemand, mijnheer. Dit is hotel noch gasthuis.’

‘Mijn excuses. Ik heb net een lange reis gemaakt om deze persoon te bezoeken ...’

‘U hoeft zich niet te verontschuldigen,’ zei de verpleegster. ‘Mag ik vragen of u familie of verwant bent?’

‘Mijn naam is David Martín. Is Cristina Sagnier hier? Alstublieft ...’

Haar gezichtsuitdrukking werd zachter. Een zweem van een glimlach en een knikje volgden. Ik haalde diep adem.

‘Ik ben Teresa, de hoofdverpleegster van de avonddienst. Als u zo vriendelijk wilt zijn om mij te volgen, meneer Martín, dan vergezel ik u naar het kantoor van dokter Sanjuán.’

‘Hoe is het met mejuffrouw Sagnier? Kan ik haar zien?’

Weer dat minieme, ondoorgrondelijke glimlachje.

‘Hierlangs, alstublieft.’

De ruimte was een vensterloze rechthoek met blauwgeschilderde muren, waaraan twee plafondlampen een metalig licht verspreidden. De enige drie objecten in de kamer waren een kale tafel en twee stoelen. Het rook er naar desinfecteermiddel en het was er koud. De verpleegster had het een kantoor genoemd, maar na tien minuten eenzaam wachten op een van de stoelen zag ik er nog slechts een cel in. De deur was gesloten. Desondanks drongen stemmen door en af en toe klonk er aan de andere kant van de muur een schreeuw. Ik begon alle notie van tijd al te verliezen, toen de deur opengiing en een man van tussen de dertig en veertig binnenkwam. Hij droeg een witte jas en had een glimlach zo koud als de kamer. Dokter Sanjuán, veronderstelde ik. Hij liep om de tafel heen en nam plaats op de stoel tegenover me, legde zijn handen op de tafel en keek me een paar seconden met een vage nieuwsgierigheid aan, alvorens zijn mond open te doen.

'Ik realiseer me dat u net een lange reis achter de rug heeft en zeker moe zult zijn, maar ik zou graag willen weten waarom de heer Pedro Vidal hier niet is,' zei hij uiteindelijk.

'Hij was verhinderd.'

De arts keek me onbewogen aan en wachtte. Zijn blik was kil en hij leek me het type mens dat luistert, maar niet hoort.

'Kan ik haar zien?'

'U kunt niemand zien als u me niet eerst de waarheid vertelt en me uitlegt wat u hier zoekt.'

Ik knikte met een zucht. Ik had geen honderdvijftig kilometer gereisd om te liegen.

'Mijn naam is Martín, David Martín. Ik ben een vriend van Cristina Sagnier.'

'Hier noemen wij haar mevrouw Vidal.'

'Het maakt mij niet uit hoe u haar noemt. Ik wil haar zien. Nu.'

De arts zuchtte.

'Bent u de schrijver?'

Ongeduldig stond ik op.

'Wat is dit voor oord? Waarom kan ik haar niet zien?'

'Gaat u alstublieft zitten. Doet u mij dat plezier.'

Hij wees op de stoel en wachtte tot ik weer ging zitten.

'Mag ik vragen wanneer u haar voor het laatst heeft gezien of gesproken?'

'Dat zal iets meer dan een maand geleden zijn,' antwoordde ik. 'Waarom?'

'Weet u of iemand haar na u nog gezien of gesproken heeft?'

'Nee. Dat weet ik niet. Wat is hier aan de hand?'

De arts bracht zijn rechterhand naar zijn lippen en woog zijn woorden.

'Meneer Martín, ik vrees dat ik slecht nieuws heb.'

Ik voelde een knoop in mijn maag.

'Wat is er met haar gebeurd?'

De arts keek me zonder te antwoorden aan en voor het eerst meende ik in zijn blik een zweem van twijfel te zien.

'Ik weet het niet,' zei hij ten slotte.

We liepen door een korte gang, geflankeerd door metalen deuren. Dokter Sanjuán ging me voor met een sleutelbos in de hand. Bij het voorbijlopen meende ik achter de deuren gefluister te horen, onderdrukt gelach en gesnik. De kamer bevond zich aan het einde van de gang. De arts ontsloot de deur, bleef op de drempel staan en keek me uitdrukkingsloos aan.

'Vijftien minuten,' zei hij.

Ik ging naar binnen en hoorde de arts achter me de deur dichtdoen. Voor me lag een kamer met een hoog plafond en witte wanden, die zich spiegelden in een glimmende tegelvloer. Aan de ene kant stond achter een glasgordijn een leeg bed met metalen onderstel. Door een groot raam waren de besneeuwde tuin te zien, de bomen en een stukje verderop het meer. Pas toen ik een paar stappen de ruimte in deed, zag ik haar.

Ze zat in een stoel bij het raam, droeg een wit nachthemd en had het haar in een vlecht. Ik liep om de stoel heen en keek haar aan. Haar ogen staarden onbeweeglijk in de verte. Toen ik naast haar neerknielde, knipperde ze niet één keer met haar ogen. Ik legde mijn hand op de hare, maar geen spier in haar lichaam roerde zich. Op dat moment merkte ik de zwachtels om haar armen op, van pols tot elleboog, en de riemen waarmee ze aan de stoel geketend zat. Ik streelde haar wang en ving een traan op.

'Cristina,' fluisterde ik.

Haar blik bleef gevangen in het niets, ze nam me niet waar. Ik trok een stoel dichterbij en ging tegenover haar zitten.

'Ik ben het, David.'

Een kwartier lang bleven we zo zitten, in stilte, haar hand in de mijne, haar blik verloren en mijn vragen onbeantwoord. Op zeker moment hoorde ik de deur weer opengaan en voelde ik hoe iemand me zachtjes bij de arm pakte en omhoogtrok. Dokter Sanjuán. Willoos liet ik me naar de gang leiden. De arts sloot de deur en nam me mee terug naar het ijzige kantoor. Daar zakte ik op de stoel in elkaar en keek hem aan, niet in staat een woord uit te brengen.

'Wilt u een paar minuten alleen zijn?' vroeg hij.

Ik knikte. De arts verliet de kamer, waarbij hij de deur op een kier liet staan. Ik keek naar mijn bevende rechterhand en balde hem tot een vuist. Ik voelde nauwelijks meer de kou van de kamer en was me niet langer bewust van het geschreeuw en de stemmen die door de wanden drongen. Ik wist alleen dat ik geen adem kreeg en hier zo snel mogelijk weg moest.

8

Dokter Sanjuán vond me in de eetzaal van het Hotel aan het Meer bij het vuur met een onaangeroerd bord eten. Er was verder niemand, behalve een kamermeisje dat van de ene onbezette tafel naar de andere liep en met een doek het bestek oppoetste. Achter de ramen was de nacht ingetreden en de sneeuwvlokken vielen traag als blauwe glasstofjes. Met een glimlach kwam de arts naar mijn tafel.

'Ik vermoedde dat ik u zou treffen,' zei hij. 'Alle vreemdelingen eindigen hier. Ook ik heb hier mijn eerste nacht in het dorp doorgebracht toen ik tien jaar geleden arriveerde. Welke kamer hebben ze u gegeven?'

'Naar het heet de lievelingskamer van de pasgehuwden, met uitzicht over het meer.'

'Gelooft u dat maar niet. Dat zeggen ze van alle kamers.'

Buiten het terrein van het sanatorium en zonder witte jas maakte dokter Sanjuán een veel ontspannener, vriendelijker indruk.

'Zonder het uniform had ik u bijna niet herkend,' zei ik voorzichtig.

'De geneeskunde is als het leger. Zonder uniform is men niets. Hoe gaat het met u?'

'Goed. Ik heb ergere dagen gekend.'

'Hm. Ik ben u misgelopen, eerder, toen ik terugkwam naar kantoor om u op te halen.'

'Ik had frisse lucht nodig.'

'Dat begrijp ik. Maar eigenlijk hoopte ik dat u wat minder van uw stuk gebracht zou zijn.'

‘Waarom?’

‘Omdat ik u nodig heb. Beter gezegd, Cristina heeft u nodig.’

‘U moet mij wel een lafaard vinden,’ zei ik enigszins verlegen.

De arts schudde zijn hoofd.

‘Hoe lang is ze al zo?’

‘Weken. Praktisch sinds ze hier is gearriveerd. Gaandeweg is haar toestand verslechterd.’

‘Is ze zich bewust van waar ze is?’

De arts haalde zijn schouders op.

‘Dat is moeilijk te beoordelen.’

‘Wat is er met haar gebeurd?’

Sanjuán zuchtte.

‘Vier weken geleden vonden ze haar niet zo ver hiervandaan, op de dorpsbegraafplaats, waar ze op de grafsteen van haar vader lag. Ze was onderkoeld en verkeerde in een delirium. Ze is naar het sanatorium gebracht – iemand van de Guardia Civil herkende haar, omdat ze verleden jaar ettelijke maanden hier heeft doorgebracht toen ze haar vader bezocht. Veel mensen uit het dorp kenden haar. We hebben haar opgenomen en ze stond een paar dagen onder observatie. Ze had veel vocht verloren en had misschien al dagen niet meer geslapen. Soms was ze bij bewustzijn. Op zulke momenten praatte ze over u. Ze zei dat u groot gevaar liep. Ik moest zweren niemand in te lichten, haar echtgenoot noch iemand anders, tot ze dat zelf zou kunnen doen.’

‘Maar zelfs dan, waarom heeft u de heer Vidal niet gewaarschuwd over wat er is gebeurd?’

‘Dat zou ik gedaan hebben, maar ... u zult het absurd vinden.’

‘Wat?’

‘Ik was in de overtuiging dat ze op de vlucht was en vond het mijn plicht haar te helpen.’

‘Op de vlucht voor wie?’

‘Ik weet het niet zeker,’ zei hij met een ondefinieerbare uitdrukking op zijn gezicht.

‘Wat bent u mij precies aan het vertellen, dokter?’

‘Ik ben een eenvoudige arts. Er zijn dingen die ik niet begrijp.’

‘Wat voor dingen?’

Hij lachte nerveus.

‘Cristina gelooft dat iets, of iemand, in haar is gekropen en haar wil vernietigen.’

‘Wie?’

‘Ik weet alleen dat ze denkt dat het met u te maken heeft en dat het iemand of iets is waar ze bang van wordt. Daarom geloof ik dat niemand anders haar kan helpen. Daarom heb ik de heer Vidal niet ingelicht, zoals mijn plicht was geweest. Ik wist dat u vroeg of laat hier zou verschijnen.’

Hij keek me aan met een merkwaardige mengeling van mededogen en verbittering.

‘Ook ik acht haar hoog, meneer Martín. In de maanden die Cristina hier bij haar vader heeft doorgebracht ... zijn zij en ik uiteindelijk goede vrienden geworden. Vermoedelijk heeft ze u niets over mij verteld, en mogelijk had ze ook geen reden om dat te doen. Het was een zeer moeilijke tijd voor haar. Ze heeft me veel dingen toevertrouwd, net als ik haar, dingen die ik nooit aan iemand heb verteld. Ik heb haar zelfs ten huwelijk gevraagd – ik hoop dat u er begrip voor heeft dat ook wij artsen hier enigszins van de wereld zijn. Natuurlijk heeft ze me afgewezen. Ik weet ook niet waarom ik u dit alles vertel.’

‘Maar ze zal toch wel weer beter worden, dokter, nietwaar? Ze zal herstellen ...’

Hij wendde zijn blik af en keek met een triest lachje in het vuur.

‘Ik hoop het,’ antwoordde hij.

‘Ik wil haar meenemen.’

De arts trok zijn wenkbrauwen op.

‘Haar meenemen? Waarheen?’

‘Naar huis.’

‘Meneer Martín, staat u mij toe vrij met u te spreken. Afgezien van het feit dat u geen directe familie bent en al helemaal niet de echtgenoot van de patiënte – wat simpelweg een wettelijke voorwaarde is – verkeert Cristina niet in een staat om met wie dan ook waarheen dan ook te vertrekken.’

‘Gaat het hier dan beter met haar, opgesloten in dit oude huis, vastgebonden aan een stoel en onder de medicijnen? Vertelt u mij niet dat u haar weer ten huwelijk heeft gevraagd.'

Hij observeerde me nauwkeurig en negeerde mijn woorden, die hem overduidelijk hadden gekrenkt.

'Meneer Martín, het verheugt mij dat u hier bent omdat ik denk dat wij samen Cristina kunnen helpen. Ik denk dat ze er door uw aanwezigheid in zal slagen het oord te verlaten waarin ze zichzelf heeft teruggetrokken. En ik ben hiervan overtuigd omdat het enige wat ze de afgelopen twee weken heeft gezegd, uw naam is. Wat er ook met haar is gebeurd, het heeft met u te maken.'

Hij keek me aan alsof hij iets van mij verwachtte, iets wat het antwoord was op al zijn vragen.

'Ik dacht dat ze me had verlaten,' begon ik. 'We zouden op reis gaan, alles achterlaten. Ik was even de deur uit gegaan om treinkaartjes te kopen en een paar boodschappen te doen. Ik was hooguit anderhalf uur weg. Toen ik weer thuiskwam, was Cristina er niet meer.'

'Is er iets gebeurd voor u vertrok? Heeft u onenigheid gehad?'

Ik beet op mijn lippen.

'Ik zou het geen strijd willen noemen.'

'Hoe zou u het wel willen noemen?'

'Ik betrapte haar erop dat ze in de papieren neusde die met mijn werk te maken hebben en ik geloof dat ze gekrenkt was, omdat ze het gevoel had dat ik haar niet vertrouwde.'

'Was het belangrijk?'

'Nee. Een manuscript, een kladversie.'

'Mag ik vragen wat voor soort manuscript het was?'

Ik aarzelde.

'Een fabel.'

'Voor kinderen?'

'Laten we zeggen voor de hele familie.'

'Ik begrijp het.'

'Nee, ik geloof niet dat u het begrijpt. Er was geen onenigheid. Cristina raakte licht geïrriteerd omdat ik haar niet toestond het te bekijken, verder niets. Toen ik haar achterliet, was alles goed met haar, ze was spullen voor de reis aan het pakken. Dat manuscript is van geen enkel belang.'

De arts knikte, meer beleefd dan overtuigd.
'Zou het kunnen zijn dat iemand haar tijdens uw afwezigheid heeft opgezocht?'
'Niemand anders dan ik wist dat ze daar was.'
'Kunt u ook maar enig motief bedenken waarom ze het huis zou kunnen hebben verlaten voordat u terugkwam?'
'Nee. Waarom?'
'Het zijn enkel vragen, meneer Martín. Ik probeer op te helderen wat er gebeurd kan zijn tussen het moment dat u haar voor het laatst zag en haar verschijning hier.'
'Zei ze wie of wat in haar gevaren is?'
'Dat is bij wijze van spreken, meneer Martín. Er is niets in Cristina gevaren. Patiënten die iets verschrikkelijks hebben meegemaakt, geloven niet zelden dat ze de aanwezigheid van overleden familieleden of denkbeeldige personen voelen. Daar hoort vaak bij dat ze in zichzelf keren en de deuren naar de buitenwereld vergrendelen. Het is een gevoelsmatig antwoord, een manier om zich te verdedigen tegen gevoelens of emoties die ze niet kunnen aanvaarden. Dat hoeft u op dit moment niet te verontrusten. Wat telt en wat ons zal helpen is dat u de belangrijkste persoon voor haar bent. Op grond van dingen die zij mij destijds heeft verteld en op grond van wat ik de laatste weken zelf heb kunnen observeren, weet ik dat Cristina van u houdt, meneer Martín. Zij houdt van u zoals ze van niemand gehouden heeft en zoals ze nooit van mij zal houden. Daarom vraag ik u om u niet door angst of wrok te laten verblinden en mij te helpen – we willen beiden hetzelfde. We willen beiden dat Cristina deze plek weer kan verlaten.'
Ik knikte beschaamd.
'Mijn excuses als ik eerder ...'
Hij hief een hand op om me het zwijgen op te leggen, stond op en trok zijn jas aan. We gaven elkaar een hand.
'Ik verwacht u morgen,' zei hij.
'Dank u, dokter.'
'Ik dank u. Voor uw komst.'
Toen ik de volgende ochtend het hotel verliet kwam juist de zon op boven het bevroren meer. Een groepje kinderen speelde aan de oever en gooide stenen naar de romp van een in het ijs

vastgevroren bootje. Het was opgehouden met sneeuwen en in de verte zag ik witte bergen en grote wolken aan de hemel, die weggleden als reusachtige nevelburchten. Kort voor negen uur kwam ik aan bij het sanatorium Villa San Antonio. Dokter Sanjuán zat met Cristina in de tuin in de zon op me te wachten. Hij hield haar hand in de zijne, terwijl hij met haar sprak. Zij keek hem amper aan. Toen hij me zag aankomen, wenkte hij me. Hij had een stoel tegenover Cristina gezet. Ik ging zitten en keek haar aan. Onze blikken kruisten elkaar, zonder dat ze me zag.

'Cristina, kijk eens wie er gekomen is,' zei de arts.

Ik nam Cristina's hand en boog me dicht naar haar toe.

'Praat u met haar,' zei de arts.

Ik knikte, gegrepen door haar afwezige blik, maar vond geen woorden. De arts stond op en verdween in het huis nadat hij een verpleegster had opgedragen ons geen moment uit het oog te verliezen. Ik negeerde haar aanwezigheid en schoof mijn stoel dichter naar Cristina toe. Toen streek ik haar haar van het voorhoofd en ze glimlachte.

'Herinner je je wie ik ben?' vroeg ik.

Ik zag mezelf in haar ogen weerspiegeld, maar wist niet of ze me zag of mijn stem kon horen.

'De dokter zegt dat je snel zult herstellen en dat we dan weg kunnen. Waarheen je maar wilt. Ik ben van plan om het huis met de toren op te geven en dan gaan we weg, ver weg, zoals jij wilde. Waar niemand ons kent en waar het niemand iets kan schelen wie we zijn noch waar we vandaan komen.'

Haar handen staken in wollen handschoenen die de zwachtels om haar armen verborgen. Ze was magerder geworden en had diepe lijnen in haar gezicht, gebarsten lippen en doffe, levenloze ogen. Ik glimlachte naar haar en streelde haar wangen en voorhoofd, sprak onophoudelijk, vertelde hoezeer ik haar had gemist en dat ik haar overal had gezocht. Zo zaten we een paar uur, tot de arts terugkwam en haar samen met een verpleegster naar binnen bracht. Ik bleef zitten, aangezien ik niet wist waar ik heen moest, totdat dokter Sanjuán weer naar buiten kwam en naast me ging zitten.

'Ze heeft geen woord gezegd,' zei ik. 'Ik geloof dat ze zich niet eens heeft gerealiseerd dat ik hier ben ...'

'U vergist zich, mijn vriend. Dit is een langzaam proces, maar gelooft u mij, uw aanwezigheid helpt, heel erg zelfs.'

Ik accepteerde deze barmhartige aalmoes en armzalige leugen van de arts.

'Morgen proberen we het weer,' zei hij.

Het was nog niet eens twaalf uur.

'En wat doe ik tot morgen?' vroeg ik.

'U bent toch schrijver? Schrijf! Schrijf iets voor haar.'

9

Langs het meer wandelde ik terug naar het hotel. De portier legde me uit hoe ik de enige boekhandel van het dorp kon vinden. Ik kocht er papier en een vulpen die daar al sinds mensenheugenis moest hebben gelegen. Aldus gewapend sloot ik me op in mijn kamer, nadat ik een thermoskan met koffie had besteld. Ik schoof de tafel naar het raam en keek bijna een uur lang uit over het meer en de bergen in de verte, voor ik het eerste woord op papier zette. Ik herinnerde me de oude foto die Cristina me had gegeven, waarop ze als meisje over een houten steiger de zee in loopt. Het mysterie van de plek en de vreemdeling die haar vergezelde was altijd voor haar verborgen gebleven. Ik stelde mijzelf voor op die steiger, mijn voetstappen die me naar haar voerden, achter haar aan, en langzaam begonnen de woorden te vloeien en tekende het geraamte van een kleine geschiedenis zich af. Ik wist dat ik het verhaal zou schrijven dat Cristina zich niet kon herinneren: waarom ze als meisje aan de hand van een vreemde het glinsterende water tegemoettrad. Ik wilde het verhaal van deze herinnering schrijven, die er nooit een was geweest – de herinnering aan een gestolen leven.

De beelden en het licht die tussen de zinnen begonnen te verschijnen, brachten me weer terug naar het oude, duistere Barcelona, dat ons beiden gevormd had. Ik schreef tot de zon onderging en er geen druppel koffie meer in de kan zat. Het bevroren meer begon onder de blauwe maan te vonken en mijn ogen en handen deden pijn. Ik liet de vulpen vallen en schoof de vellen papier van me af. Toen de conciërge op de deur klopte om te vragen of ik naar beneden kwam voor het diner, hoorde ik hem niet. Ik was overmand door een diepe slaap, voor één keer dromend en gelovend dat woorden, zelfs de mijne, de kracht hadden om te genezen.

De volgende vier dagen verliepen alle op gelijke wijze. Ik werd wakker bij de opkomende zon en stapte het balkon op om te zien hoe de zon het meer aan mijn voeten rood kleurde. Tegen halfnegen was ik in het sanatorium en trof gewoonlijk dokter Sanjuán aan bij de entree, waar hij met een kop dampende koffie uitkeek over de tuin.

'Slaapt u nooit, dokter?' vroeg ik hem.

'Niet meer dan u,' antwoordde hij dan.

Rond negen uur begeleidde hij me naar Cristina's kamer, ontsloot de deur en liet ons alleen. Ze zat altijd in dezelfde stoel voor het raam. Ik trok een stoel dichterbij en pakte haar hand. Ze registreerde mijn aanwezigheid amper. Vervolgens begon ik haar de pagina's voor te lezen die ik de avond tevoren voor haar had geschreven. Elke dag begon ik weer van voren af aan. Soms onderbrak ik het voorlezen om naar haar te kijken en me door een zweem van een glimlach op haar lippen te laten verrassen. Ik bracht de hele dag met haar door, tot de arts tegen het vallen van de avond terugkwam en me vroeg te vertrekken. Dan sleepte ik me in de sneeuw door de verlaten straten naar het hotel, at iets en ging naar mijn kamer om verder te schrijven, tot de slaap me overmande. De dagen verloren hun namen.

Toen ik op de vijfde ochtend Cristina's kamer betrad, was de stoel waarin ik haar altijd aantrof leeg. Gealarmeerd keek ik om me heen en ontdekte haar ineengedoken in een hoek, de armen om haar knieën geslagen en met betraand gezicht. Bij mijn aanblik glimlachte ze en ik besefte dat ze me had herkend. Ik knielde naast haar neer en omarmde haar. Ik geloof niet ooit zo gelukkig te zijn geweest als tijdens die schamele seconden dat ik haar adem op mijn gezicht voelde en zag dat er een sprankje licht in haar ogen was teruggekeerd.

'Waar ben je geweest?' vroeg ze.

Die middag gaf dokter Sanjuán me toestemming om een uur met haar te gaan wandelen. We gingen zitten op een bank aan het meer. Ze vertelde me over een droom, over een klein meisje dat in een donkere, labyrintische stad leefde, met levende straten en huizen die zich voedden met de zielen van haar inwoners. In haar droom, net als in het verhaal dat ik haar de laatste dagen had voorgelezen, slaagde het meisje erin te ontsnappen en kwam ze bij een steiger die een oneindige zee in ging. Ze liep aan de hand van een vreemdeling zonder naam of gezicht, die haar had gered en haar nu vergezelde naar het einde van de uit planken bestaande weg, waar iemand op haar wachtte, iemand die ze nooit te zien kreeg, omdat haar droom, net als mijn verhaal, niet af was.

Vaag herinnerde Cristina zich Villa San Antonio en dokter Sanjuán. Blozend vertelde ze me dat ze meende dat hij haar vorige week ten huwelijk had gevraagd. In haar hoofd liepen tijd en ruimte door elkaar. Soms dacht ze dat haar vader in een van de kamers verbleef en dat zij hem bezocht. Een ogenblik later wist ze niet meer hoe ze hier was gekomen en soms vroeg ze zich zelfs dat niet af. Ze herinnerde zich dat ik treinkaartjes was gaan kopen en dan sprak ze over de morgen dat ze verdwenen was alsof het gisteren was geweest. Andere keren verwarde ze me met Vidal en vroeg me om vergiffenis. Soms werd haar gezicht door angst verduisterd en begon ze te beven.

'Hij komt,' zei ze. 'Ik moet gaan. Voordat hij jou ziet.'

Dan dompelde ze zich onder in een lang stilzwijgen en leek mijlenver verwijderd van mij en de wereld, alsof ze door iets naar een ver, onbereikbaar oord werd getrokken. Na een aantal dagen begon de onontkoombare zekerheid dat Cristina haar verstand had verloren, me ernstig parten te spelen. De hoop van het eerste ogenblik veranderde in verbittering en wanneer ik 's avonds terugkwam in mijn hotelcel, voelde ik soms hoe in mij de oude afgrond van duisternis en haat, die ik meende vergeten te hebben, zich voor mij opende. Dokter Sanjuán, die mij net zo geduldig en vasthoudend observeerde als zijn patiënten, had me op voorhand gewaarschuwd.

'Verlies de hoop niet, mijn vriend,' zei hij. 'We boeken grote vooruitgang. Heeft u toch vertrouwen.'

Ik knikte gehoorzaam en keerde dagelijks terug naar het sanatorium om met Cristina naar het meer te wandelen en deze gedroomde herinneringen aan te horen, die ze me tientallen keren had verteld, maar dagelijks opnieuw ontdekte. Elke dag vroeg ze me waar ik was geweest, waarom ik haar niet had opgehaald, waarom ik haar alleen had gelaten. Elke dag keek ze me aan vanuit haar onzichtbare kooi en vroeg me haar te omhelzen. Elke dag vroeg ze me bij het afscheid of ik van haar hield en altijd gaf ik hetzelfde antwoord.

'Ik zal altijd van je houden. Altijd.'

Op een nacht werd ik wakker van geklop op mijn kamerdeur. Het was drie uur. Beduusd strompelde ik naar de deur en stond oog in oog met een verpleegster van het sanatorium.

'Dokter Sanjuán heeft me gevraagd u te komen halen.'

Tien minuten later betrad ik Villa San Antonio. Het geschreeuw was al in de tuin te horen. Cristina had vanbinnen haar kamerdeur vergrendeld. Dokter Sanjuán, die eruitzag alsof hij een week niet had geslapen, probeerde samen met twee verplegers de deur te forceren. We konden Cristina binnen horen schreeuwen en op de muren bonken. Meubels werden omgegooid, spullen vernield.

'Wie is er binnen bij haar?' vroeg ik volkomen verstijfd van schrik.

'Niemand,' antwoordde de arts.

'Maar ze praat met iemand,' protesteerde ik.

'Ze is alleen.'

Een nachtwaker kwam in allerijl aanrennen met een lange metalen stang.

'Dit is alles wat ik heb gevonden.'

De arts knikte en de nachtwaker ramde de stang in de kier van de deur en begon te wrikken.

'Hoe heeft ze de deur vanbinnen kunnen afsluiten?' vroeg ik.

'Ik weet het niet ...'

Voor het eerst meende ik op het gezicht van de arts angst te lezen; hij ontweek mijn blik. Kort voordat de nachtwaker de deur openbrak, werd het binnen plotseling stil.

'Cristina?' riep de dokter.

Geen antwoord. Eindelijk gaf de deur mee en knalde met een klap naar binnen open. Ik liep achter de arts aan de kamer in.

Het was donker. Het raam stond open en een ijzige wind blies naar binnen. Tafel, stoelen en de leunstoel waren omvergeworpen, de wanden besmeurd, alsof ze met donkere verf beschreven waren. Bloed. Van Cristina geen spoor.

De verplegers renden naar het balkon en speurden de tuin af naar sporen in de sneeuw. De arts keek verwilderd om zich heen. Op dat moment hoorden we gelach uit de badkamer. Ik liep naar de deur en deed hem open. Cristina zat op de met scherven bezaaide vloer en leunde als een kapotte pop tegen het metalen bad. Haar handen en voeten bloedden, ze waren bezaaid met snijwonden. Langs de gebarsten spiegel, die ze met haar blote vuisten verbrijzeld had, liep een straaltje bloed. Ik legde mijn armen om haar heen en zocht haar blik. Ze glimlachte.

'Ik heb hem niet binnengelaten,' zei ze.

'Wie?'

'Hij wilde dat ik zou vergeten, maar ik heb hem niet binnengelaten,' herhaalde ze.

De arts knielde naast me neer en onderzocht de snijwonden waarmee Cristina's lichaam overdekt was.

'Alstublieft,' fluisterde hij en hij schoof me opzij. 'Niet nu.'

Een verpleger had ijlings een draagbaar gehaald. Ik hielp hen Cristina erop te tillen en hield haar hand vast terwijl ze naar een onderzoekskamer werd gebracht, waar dokter Sanjuán haar een kalmeringsmiddel toediende dat haar in luttele seconden van haar bewustzijn beroofde. Ik keek toe hoe haar ogen een lege spiegel werden en bleef bij haar, tot een verpleegster me bij de arm nam en me daar weghaalde. Midden in een halfdonkere gang die naar desinfecteermiddel rook bleef ik staan, mijn handen en kleding met bloed bevlekt. Ik leunde tegen de muur en liet me langzaam op de grond zakken.

Toen Cristina de volgende dag wakker werd, was ze met leren riemen vastgebonden aan het bed, opgesloten in een kamer zonder ramen, met enkel het licht van een gelig peertje aan het plafond. De rest van de nacht had ik in een stoel in de hoek doorgebracht om haar te observeren, en ik was mijn besef van tijd kwijt. Plotseling sperde ze van pijn haar ogen wijd open, toen ze de stekende wonden op haar armen voelde.

‘David?’ riep ze.
‘Ik ben hier,’ antwoordde ik.
Ik liep naar het bed en boog me over haar heen, zodat ze mijn gezicht kon zien en de bloedeloze glimlach die ik voor haar had ingestudeerd.
‘Ik kan me niet bewegen.’
‘Je bent met riemen vastgebonden. Het is voor je eigen bestwil. Zodra de dokter komt, maakt hij ze los.’
‘Maak jij ze los.’
‘Dat mag ik niet doen. Alleen de dokter kan ...’
‘Alsjeblieft,’ smeekte ze.
‘Cristina, het is beter als ...’
‘Alsjeblieft.’
In haar blik lagen angst en pijn, maar vooral een helderheid en een tegenwoordigheid van geest die ik in alle voorbije dagen niet in haar had gezien. Ze was weer zichzelf. Ik maakte de bovenste twee riemen los over armen en taille en streelde haar gezicht. Ze beefde.
‘Heb je het koud?’
Ze schudde haar hoofd.
‘Wil je dat ik de dokter waarschuw?’
Ze schudde opnieuw haar hoofd.
‘David, kijk me aan.’
Ik ging op de bedrand zitten en keek haar in de ogen.
‘Je moet het vernietigen,’ zei ze.
‘Ik begrijp je niet.’
‘Je moet het vernietigen.’
‘Wat?’
‘Het boek.’
‘Cristina, het is het beste dat ik de dokter waarschuw ...’
‘Nee. Luister naar me.’
Ze omklemde mijn hand.
‘De ochtend dat jij de treinkaartjes ging halen, herinner je je dat? Toen ben ik nog een keer naar je studeerkamer gegaan en ik heb de hutkoffer opengemaakt.’
Ik zuchtte.
‘Ik heb het manuscript gevonden en ben erin begonnen te lezen.’

'Het is maar een fabel, Cristina ...'

'Lieg niet tegen me. Ik heb het gelezen, David. In elk geval genoeg om te weten dat ik het moest vernietigen ...'

'Maak je daar nu niet druk om. Ik heb je gezegd dat ik het hele manuscript heb losgelaten.'

'Maar het heeft jou niet losgelaten. Ik heb geprobeerd het te verbranden ...'

Toen ik haar dat hoorde zeggen, liet ik even haar hand los – bij de herinnering aan de verbrande lucifers op de grond van de studeerkamer moest ik een kille woede onderdrukken.

'Je hebt geprobeerd het te verbranden?'

'Maar ik kon het niet,' fluisterde ze. 'Er was nog iemand in de woning.'

'Er was niemand in de woning, Cristina. Niemand.'

'Zodra ik de lucifer afstreek en bij het manuscript hield, hoorde ik hem achter me. Ik voelde een klap in mijn nek en viel.'

'Wie heeft je geslagen?'

'Alles was helemaal donker, alsof het daglicht zich had teruggetrokken en niet naar binnen kon. Ik draaide me om, maar alles was zo donker. Ik zag alleen zijn ogen. Ogen als van een wolf.'

'Cristina ...'

'Hij trok het manuscript uit mijn handen en legde het terug in de hutkoffer.'

'Cristina, het gaat niet goed met je. Laat me de dokter halen en ...'

'Je luistert niet naar me.'

Glimlachend kuste ik haar op het voorhoofd.

'Natuurlijk luister ik naar je. Maar er was verder niemand in de woning ...'

Ze sloot haar ogen, wendde haar gezicht af en kreunde, alsof mijn woorden dolkstoten waren in haar ingewanden.

'Ik ga de dokter halen ...'

Ik boog me over haar heen om haar weer te kussen. Toen liep ik, haar blik in mijn rug, naar de deur.

'Lafaard,' zei ze.

Toen ik met dokter Sanjuán terugkeerde naar haar kamer, had

Cristina net de laatste riem losgemaakt en wankelde in de richting van de deur, waarbij ze bloedige voetsporen op de witte tegels achterliet. Samen legden we haar weer op het bed en hielden haar daar vast. Ze schreeuwde en verweerde zich zo verbeten dat het me het bloed in de aderen deed stollen. Het lawaai alarmeerde het verplegend personeel. Een verpleger hielp ons haar in bedwang te houden, terwijl de arts haar weer vastsnoerde. Toen ze eenmaal was geïmmobiliseerd, keek hij me streng aan.

'Ik zal haar opnieuw een kalmeringsmiddel moeten toedienen. Blijft u hier en haalt u het niet in uw hoofd om haar weer los te maken.'

Een minuut lang bleef ik met haar alleen en probeerde haar te kalmeren, terwijl Cristina zich aan de riemen probeerde te ontworstelen. Ik pakte haar gezicht vast en probeerde haar blik te vangen.

'Cristina, alsjeblieft ...'

Ze spoog in mijn gezicht.

'Ga weg.'

De arts kwam terug vergezeld van een verpleegster. Ze droeg een metalen blad met een naald, verbandspullen en een glazen flacon met een gelige oplossing.

'Ga naar buiten,' beval hij mij.

Ik trok me terug tot in de deuropening. De verpleegster drukte Cristina tegen het bed en de arts injecteerde het kalmeringsmiddel in haar arm. Cristina gilde met gebroken stem. Ik bedekte mijn oren en liep de gang in.

Lafaard, zei ik tegen mezelf. Lafaard.

10

Aan de andere kant van het sanatorium Villa San Antonio liep een door bomen omzoomd pad langs een greppel het dorp uit. Op de ingelijste plattegrond in de eetzaal van het Hotel aan het Meer werd het zoetsappig aangeduid als de Promenade der Verliefden. Die namiddag waagde ik me na mijn bezoek aan het sanatorium op dit duistere pad, dat eerder aan eenzaamheid dan aan avontuurtjes deed denken. Nadat ik, zonder een levende ziel te zijn tegengekomen, zo lang had gelopen dat het hoekige silhouet van Villa San Antonio en de villa's om het meer nauwelijks meer dan kartonnen coulissen aan de horizon leken, ging ik op een bankje zitten en keek naar de zonsondergang aan het einde van de Cerdanyavallei. Op ongeveer tweehonderd meter afstand herkende ik de omtrek van een kleine, eenzame kapel op een besneeuwd veld. Ik stond op en liep erheen, zonder goed te weten waarom. Op slechts enkele meters ervandaan zag ik dat een deur ontbrak. De stenen muren waren zwartgeblakerd door de vlammen, die het gebouw gedeeltelijk hadden verslonden. Ik liep de treden op en deed een paar passen naar binnen. Uit de as verrezen de resten van verbrande banken en balken die vanaf het plafond waren neergestort. Struikgewas was naar binnen gewoekerd en had het voormalige altaar beklommen. Smalle stenen vensters filterden het licht van de schemering. Ik ging zitten op een overblijfsel van een bank voor het altaar en luisterde naar het fluiten van de wind door de kieren van het uitgebrande gewelf. Ik keek omhoog en wenste dat ik ook maar een zuchtje van het geloof van mijn oude vriend Sempere koesterde – zijn geloof in God of in boeken – zodat ik de hemel of de hel om een nieuwe kans kon smeken en Cristina hiervandaan kon halen.

'Alstublieft,' prevelde ik, mijn tranen verbijtend.

Ik glimlachte bitter, een verslagen man die een God, in wie hij nooit had geloofd, met armzalige smeekbedes aanriep. Ik keek om me heen, zag dit godshuis van puin en as, leegte en eenzaamheid, en plots wist ik dat ik nog diezelfde avond zou teruggaan om haar mee te nemen. Daarvoor waren geen wonderen of zegeningen nodig, slechts mijn vastberadenheid haar hier weg te halen en haar te ontrukken aan de handen van die vreesachtige, naar liefde snakkende arts, die van haar zijn Schone Slaapster wilde maken. Eerder nog zou ik Villa San Antonio in brand steken dan toestaan dat iemand haar met een vinger aanraakte. Ik zou haar meenemen naar huis om aan haar zijde te sterven. Haat en razernij zouden me de weg wijzen.

Ik verliet de oude kapel toen het volledig donker was, stak het zilverkleurige veld over dat gloeide in het maanlicht en keerde terug naar het door bomen omzoomde pad. In het donker volgde ik het spoor van de greppel tot ik de lichten van Villa San Antonio in de verte in het oog kreeg, evenals de citadel van torens en zolderramen om het meer. Toen ik bij het sanatorium was aangekomen, nam ik niet de moeite om op de bel te drukken naast de smeedijzeren toegangshekken, maar sprong over de muur en sloop in de duisternis van de tuin om het gebouw naar een van de achteringangen. Die zat op slot, maar ik aarzelde geen seconde en sloeg met mijn elleboog de ruit kapot om bij de deurklink te kunnen. Ik liep de gang in, hoorde stemmen en gemurmel en uit de keuken ving ik de geur op van bouillon. Ik liep de gang door tot aan de achterste kamer, waar de goede arts zijn sprookjesprinses Cristina voor eens en altijd in een limbus van narcotica en riemen had opgesloten.

Ik had verwacht dat de deur van de kamer vergrendeld was, maar de klink gaf onder mijn bevende hand mee. Ik duwde de deur open en liep de kamer in. Als eerste zag ik mijn eigen adem voor me in de lucht zweven, zo koud was het er. Vervolgens zag ik bloedige voetsporen op de witte tegelvloer. Het hoge raam naar de tuin stond wijd open, de gordijnen bolden op in de wind. Het bed was leeg. Ik kwam dichterbij en zag dat de riemen waarmee de arts en de verpleegsters Cristina hadden vastgebonden, keurig netjes waren doorgesneden, alsof ze van papier waren. Ik sprong de tuin in en zag in de sneeuw rode sporen oplichten tot aan de tuinmuur. Op de muur zat ook bloed. Ik klom erop en sprong aan de andere kant naar beneden. De onregelmatige voetsporen leidden naar het dorp. Ik herinner me dat ik begon te rennen.

Ik volgde de sporen tot aan het meer. De grote ijsvlakte schitterde in het licht van de volle maan. Toen zag ik haar. Ze hinkte langzaam over het bevroren meer, terwijl de bloedige voetsporen haar volgden. Haar nachtgewaad fladderde in de bries. Tegen de tijd dat ik de oever bereikte, was Cristina al een dertigtal meters het ijs op gelopen. Ik riep haar naam en ze bleef staan. Langzaam draaide ze zich om en ik zag haar glimlachen, terwijl zich onder haar voeten een web van scheurtjes vormde. Ik sprong het ijs op en hoorde het bevroren oppervlak onder mijn voeten kraken. Desondanks rende ik naar haar toe. Onbeweeglijk stond Cristina daar en zag me naderen. De scheurtjes onder haar voeten verwijdden zich tot een kluwen van zwarte aderen. Het ijs onder me gaf mee en ik viel plat op mijn buik.

'Ik hou van je,' hoorde ik haar zeggen.

Ik kroop naar haar toe, maar de scheuren in het ijs werden wijder en omcirkelden haar. Slechts enkele meters scheidden ons van elkaar toen ik het ijs onder haar hoorde breken. Een zwarte muil opende zich en verslond haar als een poel met teer. Zodra ze onder het oppervlak was verdwenen, voegden de ijsplaten zich weer en sloten de opening af. Door de stroming dreef haar lichaam onder de ijslaag een stukje mijn kant op. Ik slaagde erin om naar de plek te kruipen waar de val over haar was dichtgeklapt en beukte met alle kracht op het ijs in. Cristina, met open ogen en haar dat om haar heen golfde, keek naar me vanaf de andere kant van de doorschijnende laag. Ik hamerde op het ijs tot mijn handen kapot waren, volkomen vergeefs. Cristina verloor me geen moment uit het oog. Ze legde haar hand tegen het ijs en glimlachte. De laatste luchtbelletjes ontsnapten aan haar lippen en haar pupillen verwijdden zich nog één keer. Toen zonk ze langzaam en voor altijd weg in de zwartheid.

11

Ik keerde niet naar het hotel terug om mijn spullen op te halen. Verscholen tussen de bomen bij het meer zag ik hoe de arts en een paar leden van de Guardia Civil het hotel betraden en zich, zoals ik door het venster kon zien, met de portier onderhielden. Door donkere, verlaten straten sloop ik naar het station, gehuld in mist. In het licht van twee gaslantaarns waren de omtrekken te zien van een wachtende trein bij het perron, roodgekleurd door het brandende stopsignaal aan het einde van het perron. De locomotief stond stil, aan stangen en hefbomen hingen ijspegels als gelatinedruppels. De wagons waren donker, de ramen door ijsbloemen versluierd. In het kantoor van de stationschef brandde geen licht. Het duurde nog uren voor de trein zou vertrekken en het station was uitgestorven.

Ik liep naar een van de wagons en probeerde een deurtje te openen, maar dat zat op slot. Over de rails liep ik om de trein heen, klom op het platform tussen de twee achterste wagons en beproefde mijn geluk bij een van die deuren. Die was open. Ik glipte de wagon en de eerste de beste coupé in, die ik vergrendelde. Rillend van de kou liet ik me op een bankje vallen. Ik durfde mijn ogen niet te sluiten uit pure angst Cristina's blik voor mijn geestesoog te zien opdoemen. Minuten gleden voorbij, uren misschien. Op zeker moment vroeg ik me af waarom ik me eigenlijk schuilhield en waarom ik niets voelde.

Wachtend in deze leegte hoorde ik het duizendvoudige geknars van metaal en hout, krimpend van de kou. Ik tuurde in het donker naar de schaduwen achter de ramen, tot het licht van een lantaarn langs de wagonwanden streek en ik stemmen op het perron hoorde. Met mijn vingers wreef ik een kijkgaatje in het ijs op de ruit en zag de machinist en een stel werklui naar het voorste deel van de trein lopen. Op een tiental meters afstand stond de stationschef te praten met de twee leden van de Guardia Civil die ik eerder samen met de arts in het hotel had gezien. De machinist knikte en haalde een sleutelbos tevoorschijn, terwijl hij met de twee van de Guardia Civil naar de trein toe liep. Ik trok me weer terug in mijn coupé. Een paar seconden later hoorde ik het gerammel van sleutels en de klik van het wagondeurtje. Vanaf het einde van het gangpad naderden voetstappen. Ik schoof de grendel terug, zodat de deur niet langer op slot zat en strekte me onder een van de bankjes uit op de vloer, dicht tegen de wand aan gedrukt. De voetstappen kwamen dichterbij, de lichtcirkels van de lantaarns gleden blauwachtig over de ruitjes. Toen ze voor mijn coupé halt hielden, hield ik mijn adem in. De stemmen waren verstomd. Ik hoorde de deur opengaan en de laarzen stopten op enkele handbreedtes van mijn gezicht. De man van de Guardia Civil bleef een paar seconden staan, stampte toen weer naar buiten en sloot het deurtje. Zijn stappen verwijderden zich.

Onbeweeglijk bleef ik liggen. Een paar minuten later hoorde ik een geratel, en een vlaag warme lucht uit het verwarmingsrooster streek over mijn gezicht. Een uur later verlichtte het eerste licht van de dageraad de ramen. Ik kroop uit mijn schuilplaats tevoorschijn en keek naar buiten. Reizigers sleepten alleen of met zijn tweeën hun koffers en bundels over het perron. Het kabaal van de locomotief liet wanden en vloer vibreren. Enkele minuten later stapten de passagiers in en de conducteur knipte het licht aan. Ik ging weer op de bank bij het raam zitten en beantwoordde de groet van een van de reizigers die de coupé passeerde. Toen de grote stationsklok acht uur sloeg, zette de trein zich in beweging. Op dat moment pas sloot ik mijn ogen. In de verte hoorde ik de kerkklokken weergalmen, als de echo van een vloek.

De terugreis werd geplaagd door vertragingen en we kwamen pas in de middagschemering van die vrijdag, 23 januari, in Barcelona aan. De stad lag onder een scharlakenrode hemel, waarlangs een vlecht van zwarte rook trok. Het was warm, alsof de winter zich onverhoeds had teruggetrokken, en vuile, vochtige dampslierten stegen uit de rioleringen op. Onder mijn huisdeur vond ik een witte envelop met rood lakzegel, die ik niet eens opraapte – ik wist dat het een herinnering bevatte aan de ontmoeting met Monsieur, die ik vanavond in de oude villa bij Park Güell het manuscript moest overhandigen. In het donker liep ik de trap op en opende de voordeur. Het licht liet ik uit en ik liep regelrecht naar de studeerkamer. Staand bij het raam keek ik de ruimte rond in de helse schittering van de ontvlamde hemel. Ik stelde me haar voor zoals ze me had beschreven, hoe ze voor de hutkoffer knielde, die opendeed en de map met het manuscript eruit haalde, hoe ze de lucifers afstreek en de vlam bij het papier hield.

Er was nog iemand in de woning.

Ik liep naar de hutkoffer toe, maar bleef op enkele passen afstand staan, alsof ik me achter Cristina bevond en haar bespioneerde. Toen opende ik de hutkoffer. Het manuscript lag er nog en wachtte op me. Ik stak mijn hand uit en streek met mijn vingertoppen zachtjes over de map. En toen zag ik onder in de hutkoffer het zilver glinsteren, als een parel op de bodem van een vijver. Ik pakte het voorwerp op en bestudeerde het in het licht van de bloedrode hemel. De speld van de engel.

'Verdomde rotzak,' hoorde ik mezelf zeggen.

Ik haalde het foedraal met de oude revolver van mijn vader uit de kast en controleerde of hij geladen was. De resterende munitie bewaarde ik in mijn linkerjaszak, het in een doek gehulde wapen stak ik in de rechterjaszak. Alvorens de deur uit te gaan keek ik een ogenblik naar de vreemde die me vanuit de halspiegel aankeek. Ik glimlachte en terwijl de vrede van de haat in mijn aderen oplaaide liep ik de nacht in.

12

Het huis van Andreas Corelli verhief zich op de heuvel tegen een deken van donkerrode wolken. Erachter wiegde het schaduwwoud van Park Güell. De wind schudde aan de takken en de bladeren sisten in de duisternis als slangen. Ik monsterde de gevel. In het hele huis brandde niet één lamp, de luiken waren gesloten. Achter me hoorde ik de honden hijgen, die achter de parkmuren rondzwierven en elke stap van mij volgden. Ik haalde de revolver uit mijn jaszak en draaide me om naar het hek bij de ingang van het park, waar de silhouetten van de dieren te zien waren, vloeibare schaduwen die vanuit het duister op de loer lagen.

Kort liet ik driemaal de klopper vallen. Ik wachtte het antwoord niet af. Indien nodig had ik het slot aan flarden geschoten, maar de deur was niet vergrendeld. Ik draaide aan de bronzen deurklink tot de tong zich voldoende terugtrok en de zware eikenhouten deur langzaam naar binnen opendraaide. Voor me lag de lange gang. De stoflaag op de vloer glinsterde als fijn zand. Ik deed een paar stappen in de richting van de trap, die aan één kant van de hal de hoogte in voerde en in een spiraal van schaduwen verdween. Toen liep ik verder door de gang naar de salon. Tientallen blikken volgden me vanaf de ingelijste oude foto's aan de wanden. Het geluid van mijn voetstappen en adem uitgezonderd, was het muisstil. Aan het eind van de gang bleef ik staan. De helderheid van de nacht filterde messcherp door de luiken en wierp een rossig licht naar binnen. Ik hief mijn revolver, liep de salon in en wachtte tot mijn ogen aan de duisternis gewend waren. De meubels stonden er nog precies zo bij als in mijn herinnering, maar zelfs bij dit gebrekkige licht was te zien dat ze oud waren en overdekt met stof. Wrakken. De gordijnen waren gerafeld en de verf bladderde als schubben van de muren. Ik liep naar een van de hoge ramen om de luiken te openen en wat meer licht naar binnen te laten. Toen ik op slechts twee meter afstand van het balkon stond, merkte ik dat ik niet alleen was. Als versteend hield ik mijn pas in en draaide me toen tergend langzaam om.

De gestalte was duidelijk te zien, in de gebruikelijke fauteuil in de hoek. In het weinige licht dat door de luiken kierde, zag ik de glanzende schoenen en de omtrek van het pak. Het gezicht was volkomen verduisterd in de schaduw, maar ik wist dat hij me aankeek. En dat hij glimlachte. Ik hief de revolver op en richtte.

'Ik weet wat u gedaan heeft,' zei ik.

Corelli bewoog geen spier, zat daar onbeweeglijk als een spin. Ik deed een stap naar voren en richtte op zijn gezicht. In het donker meende ik een zucht te horen, even viel het rossige licht in zijn ogen, en ik wist zeker dat hij zich op me zou storten. Ik haalde de trekker over. De terugslag van het wapen sloeg door mijn onderarm als de klap van een hamer. Uit de loop steeg blauwe rook op. Een hand gleed van de armleuning en bungelde naar beneden, zodat zijn nagels de vloer beroerden. Ik schoot een tweede keer. De kogel boorde een rokend gat in zijn kleding. Ik hield de revolver nu met beide handen vast en op hem gericht en waagde het niet ook nog maar één stap te doen, terwijl ik naar die bewegingloze gestalte in de stoel staarde. Het heen-en-weergebungel van de arm kwam langzaam tot stilstand, het lichaam hing daar levenloos, de lange, gevijlde nagels als verankerd op het eikenhouten parket. Ik hoorde geen geluid en ik nam geen enkele beweging in het lichaam waar, dat toch net door twee kogels was getroffen, in het gezicht en in de borst. Ik liep achterwaarts terug naar het raam en schopte het met een voet open, zonder mijn blik van Corelli's stoel af te wenden. Nevelig licht baande zich een weg van de balustrade naar de hoek waar hij zat en belichtte lichaam en gezicht van Monsieur. Ik wilde slikken, maar mijn mond was volkomen droog. Het eerste schot had een gat tussen zijn ogen geboord, het tweede had een revers doorkliefd. Maar nergens was een druppel bloed te bekennen. In plaats daarvan viel er fijn, glanzend stof uit de kogelgaten, als van een zandloper, dat in de vouwen van zijn kleding rolde. De ogen glinsterden en de lippen waren bevroren tot een sarcastische grijns. Een pop.

Ik liet de revolver zakken, mijn handen trilden nog, en liep langzaam naar hem toe. Ik boog me over de groteske marionet en strekte een hand uit naar het gezicht. Heel even was ik bang dat de glazen ogen zouden gaan bewegen en de handen met de lange nagels zich om mijn keel zouden klemmen. Met mijn vingertoppen streek ik over een wang. Gelakt hout. Ik kon een bittere lach niet onderdrukken – van Monsieur had ik niet minder kunnen verwachten. Ik keek nog eens goed naar die spottende grijns en gaf de marionet een rotklap met de revolver, zodat die opzijzakte en op de vloer viel, waar ik er nog een keer een schop tegenaan gaf. Het houten geraamte raakte uit zijn voegen en armen en benen kwamen in een onmogelijke houding terecht. Ik liep een klein stukje naar achteren en keek om me heen. Toen ik het grote schilderij met de engel ontwaarde, rukte ik het met één beweging van de muur. Daarachter ontdekte ik de kelderdeur, die ik mij herinnerde van de nacht dat ik hier in slaap was gevallen. De deur was niet op slot. Ik tuurde in de donkere schacht naar beneden, liep naar de secretaire waarin Corelli bij onze eerste ontmoeting de honderdduizend francs had opgeborgen en woelde in de laden tot ik op een blikken doos stuitte met kaarsen en lucifers. Heel even aarzelde ik en ik vroeg me af of Monsieur ze daar wellicht had klaargelegd, zodat ik ze geheid zou vinden, evenals de pop. Met een brandende kaars liep ik door de salon naar de kelderdeur. Na een laatste blik op de vernielde pop begon ik de trap af te dalen, de kaars voor me in de linkerhand en de revolver stevig in de rechterhand. Op elke trede bleef ik staan om achterom te kijken. Toen ik in de kelder aankwam, hield ik de kaars zo ver mogelijk voor me uit en beschreef er een halve cirkel mee. Alles was er nog: de operatietafel, de gaslampen en het blad met chirurgische instrumenten. Alles vol stof en spinnenwebben. Maar er was nog iets. Tegen de muur leunden nog enkele gestalten, net zo onbeweeglijk als die van Monsieur. Ik zette de kaars op de operatietafel en liep naar de levenloze lichamen. In een van hen herkende ik de butler die ons een avond had bediend en in een andere de chauffeur die me na mijn ontmoeting met Corelli in de tuin naar huis had gereden. De andere gestalten kon ik niet identificeren. Een van hen leunde met de borst tegen de muur, het gezicht verborgen. Met de revolverloop draaide ik hem om en trof een seconde later mijn eigen blik. Ik voelde een huivering over mijn rug lopen. De pop stelde míj voor, maar had een half gezicht – de andere helft miste gelaatstrekken. Ik wilde het gezicht al met een flinke trap kapotslaan toen ik boven aan de trap de lach hoorde van een kind. Ik hield mijn adem in en hoorde een paar droge klikken. Ik rende naar boven en toen ik bij de salon aankwam, lag de pop van Monsieur niet meer op de vloer. Vanaf de plek waar ik hem in elkaar geschopt had achtergelaten, leidden voetsporen de gang in. Ik spande de haan en volgde ze. Op de drempel naar de gang bleef ik staan en hief het wapen. De sporen eindigden midden in de gang. Ik zocht in het halfdonker de verborgen gestalte van Monsieur, maar er was niets van hem te zien. Aan het einde van de gang stond nog steeds de deur open. Langzaam liep ik naar de plek waar de sporen ophielden. Het duurde even voor ik opmerkte dat de lege lijst die ik me herinnerde, nu gevuld was. Er hing een foto in die met hetzelfde toestel leek te zijn genomen als alle andere portretten van de macabere verzameling, een foto waarop Cristina te zien was, helemaal in het wit, afwezig in de lens starend. Ze was niet alleen. Twee armen omvatten haar en hielden haar op de been. De eigenaar van de armen glimlachte in de camera: Andreas Corelli.

13

Ik begaf mij heuvelafwaarts en sloeg de weg in naar de wijk Gracia, met zijn donkere wirwar van straten. Daar stuitte ik op een café waar talrijke gasten uit de buurt verhitte discussies voerden over politiek of voetbal – welk van de twee onderwerpen was niet zo eenvoudig vast te stellen. Ik baande me een weg door de menigte en bereikte de toog in een wolk van rook en lawaai, alwaar de kroegbaas me een vaag vijandige blik toewierp waarmee hij vermoedelijk alle vreemden placht te ontvangen, hetgeen in zijn geval iedere bewoner moest zijn die verder dan twee straten van zijn etablissement woonde.

'Ik moet dringend telefoneren,' zei ik.

'De telefoon is alleen voor klanten.'

'Geeft u mij maar een cognac. En de telefoon.'

De kroegbaas pakte een glas en wees naar een gang achter in het lokaal onder een bord waarop URINOIRS te lezen stond. Daar vond ik, recht tegenover de toiletten en te midden van een intense ammoniakstank en de herrie vanuit de gelagkamer, een soort telefoonhokje. Ik nam de hoorn van de haak en wachtte op verbinding. Kort daarop meldde zich een telefoniste van de telefoonmaatschappij.

'Ik wil graag een gesprek plaatsen met het advocatenkantoor van Valera, op nummer 442 aan de avenida Diagonal.'

Het kostte de telefoniste een paar minuten om het nummer te vinden en me door te verbinden. Ik wachtte met de hoorn in de ene hand, terwijl ik met de andere mijn linkeroor bedekte, tot de verbinding eindelijk bevestigd werd en vervolgens de stem van advocaat Valera's secretaresse te horen was.

'Het spijt me, maar advocaat Valera is op dit moment niet te bereiken.'

'Het is belangrijk. Zegt u hem dat mijn naam Martín is, David Martín. Het is een zaak van leven of dood.'

'Ik weet wie u bent, meneer Martín. Het spijt me, maar ik kan u niet met meneer Valera doorverbinden, omdat hij hier niet meer is. Het is erg laat en hij is al een tijdje geleden vertrokken.'

'Geeft u me dan zijn privéadres.'

'Die informatie mag ik u niet geven, meneer Martín. Ik betreur het ten zeerste. Als u wilt, kunt u hem morgenochtend bellen en ...'

Ik hing op en wachtte opnieuw op verbinding. Ditmaal gaf ik de telefoniste het nummer dat ik van Ricardo Salvador had gekregen. Zijn buurman beloofde de voormalige politieman meteen te gaan halen en na een minuut meldde hij zich.

'Martín? Is alles goed met u? Bent u in Barcelona?'

'Ik ben net aangekomen.'

'U moet heel voorzichtig zijn. De politie zoekt u. Ze zijn ook bij mij geweest en hebben me uitgehoord over u en Alicia Marlasca.'

'Víctor Grandes?'

'Ik geloof het wel. Hij kwam met twee kleerkasten die me helemaal niet bevielen. Ik heb de indruk dat hij u de dood van Roures en de weduwe Marlasca in de schoenen wil schuiven. Weest u maar liever heel erg voorzichtig – u wordt zeer zeker in de gaten gehouden. Als u wilt, kunt u hiernaartoe komen.'

'Dank u, meneer Salvador, ik zal erover nadenken. Ik wil u niet verder in de problemen brengen.'

'Wat u ook doet, weest u alert. Ik geloof dat u gelijk had: Jaco is terug. Ik weet niet waarom, maar hij is terug. Heeft u een plan?'

'Allereerst ga ik proberen advocaat Valera te vinden. Ik denk dat de uitgever voor wie Marlasca werkte de bron is van al dit onheil en ik denk ook dat Valera de enige is die de waarheid kent.'

'Wilt u dat ik met u meega?' vroeg Salvador na een pauze.

‘Dat zal niet nodig zijn. Ik bel u zodra ik met Valera heb gesproken.’

‘Zoals u wilt. Bent u gewapend?’

‘Ja.’

‘Het doet me deugd dat te horen.’

‘Meneer Salvador ... Roures had het over een vrouw in de Somorrostro, bij wie Marlasca om raad zou hebben gevraagd. Iemand die hij had leren kennen via Irene Sabino.’

‘De Heks van de Somorrostro.’

‘Wat weet u van haar?’

‘Niet veel. Ik geloof niet eens dat ze bestaat, net zomin als die uitgever. U moet zich druk maken over Jaco en de politie.’

‘Ik zal eraan denken.’

‘Belt u mij alstublieft als u iets weet, goed?’

‘Dat doe ik. Dank u.’

Ik hing op en wierp een paar munten op de toog voor de telefoontjes en het glas cognac, dat daar onaangeroerd was blijven staan.

Twintig minuten later stond ik voor nummer 442 van de avenida Diagonal en keek omhoog naar de verlichte vensters in het kantoor van Valera bovenin. De portiersloge was gesloten, maar ik bonkte op de deur tot de portier verscheen en met een niet al te vriendelijk gezicht op me af liep. Zodra hij de deur een eindje opendeed om me met ongezouten woorden weer weg te sturen, stootte ik hem open en liep meteen door naar de lift, geen acht slaand op zijn protesten. Hij wilde me bij mijn arm pakken, maar ik wierp hem zo’n giftige blik toe dat hij ervan afzag.

Toen Valera’s secretaresse opendeed, maakte de verbazing op haar gezicht al snel plaats voor angst en die werd groter toen ik een voet tussen de deur zette, zodat ze die niet voor mijn neus kon dichtslaan. Ongevraagd liep ik naar binnen.

‘Waarschuwt u de advocaat. Nu.’

Bleekjes keek ze me aan.

‘De heer Valera is niet ...’

Ik pakte haar bij de arm en duwde haar naar het kantoor van de advocaat. Het licht brandde, maar van Valera ontbrak elk spoor. De secretaresse snikte doodsbang en ik realiseerde me dat ik mijn vingers in haar arm had geboord. Ik liet haar los en ze week bevend een paar passen terug. Ik zuchtte en probeerde haar met een handbeweging gerust te stellen, hetgeen echter slechts tot gevolg had dat de revolver in mijn broeksband zichtbaar werd.

'Alstublieft, meneer Martín ... ik zweer u dat meneer Valera er niet is.'

'Ik geloof u toch. Bedaart u alstublieft een beetje. Ik wil alleen maar met hem praten. Meer niet.'

Ze knikte en ik glimlachte haar toe.

'Wees zo vriendelijk om de telefoon te pakken en hem thuis te bellen.'

De secretaresse nam de hoorn van de haak en fluisterde de telefoniste het nummer van de advocaat toe. Toen de verbinding tot stand was gebracht, reikte ze me de hoorn aan.

'Goedenavond,' zei ik.

'Martín, wat een ongelukkige verrassing,' zei Valera aan de andere kant van de lijn. 'Mag ik vragen wat u op dit uur van de avond in mijn kantoor doet, behalve mijn medewerkers de stuipen op het lijf jagen?'

'Mijn excuses voor de overlast, meneer de advocaat, maar ik moet dringend uw cliënt Andreas Corelli lokaliseren en u bent de enige die me daarbij kan helpen.'

Een lange stilte volgde.

'Ik vrees dat u zich vergist, Martín. Ik kan u niet helpen.'

'Ik had gehoopt dit op vriendschappelijke wijze te kunnen regelen, meneer Valera.'

'U begrijpt het niet, Martín. Ik ken meneer Corelli niet.'

'Pardon?'

'Ik heb hem nog nooit gezien noch met hem gepraat, en ik weet al helemaal niet waar hij zich bevindt.'

'Mag ik u eraan herinneren dat hij u ingeschakeld heeft om me uit het politiebureau te halen?'

'We hebben een paar weken geleden een brief en een cheque van hem gekregen waarin hij aangaf dat u zijn zakelijk partner was, dat inspecteur Grandes u achter de vodden zat en dat wij indien nodig uw verdediging op ons moesten nemen. Bij de brief zat een envelop die we u persoonlijk moesten overhandigen. Ik heb slechts de cheque geïnd en mijn contactpersonen bij het hoofdbureau verzocht me te waarschuwen als u daarheen gebracht zou worden. Zo geschiedde en, zoals u zich ongetwijfeld zult herinneren, ben ik mijn deel van de afspraak nagekomen en heb u uit het politiebureau gehaald door Grandes te bedreigen met een grote hoeveelheid narigheid als hij u een voet dwars zou zetten bij uw invrijheidstelling. Ik geloof niet dat u over onze diensten te klagen heeft.'

Ditmaal was ik degene die zweeg.

'Als u me niet gelooft, vraagt u dan aan mejuffrouw Margarita of ze u de brief laat zien,' voegde Valera toe.

'En hoe zit het met uw vader?' vroeg ik.

'Met mijn vader?'

'Uw vader en Marlasca hadden contact met Corelli. Hij moet iets geweten hebben ...'

'Ik verzeker u dat mijn vader nooit rechtstreeks contact met de bewuste meneer Corelli heeft gehad. Alle correspondentie met hem, als die er was, want in de archieven van het kantoor is daarvan niets te vinden, handelde wijlen meneer Marlasca hoogstpersoonlijk af. In feite, nu u het toch vraagt, kan ik u wel vertellen dat mijn vader zelfs is gaan twijfelen aan het bestaan van meneer Corelli, vooral tijdens de laatste maanden van Marlasca's leven, toen hij contacten had, om het zo maar eens te zeggen, met die vrouw.'

'Welke vrouw?'

'Het revuemeisje.'

'Irene Sabino?'

Ik hoorde hem geïrriteerd zuchten.

'Voor hij stierf liet meneer Marlasca een kapitaalfonds achter onder administratie en beheer van het kantoor. Daarvandaan moest een serie betalingen worden uitgevoerd naar een rekening op naam van een zekere Juan Corbera en María Antonia Sanahuja.'

Jaco en Irene Sabino, dacht ik.

'Om welk bedrag ging het?'

'Het was een deposito in vreemde valuta. Ik meen me te herinneren dat het om zo'n honderdduizend francs ging.'

'Heeft Marlasca ooit laten vallen waar hij dat geld vandaan had?'

'We zijn een advocatenkantoor, geen detectivebureau. Het kantoor beperkte zich ertoe de instructies te volgen zoals gestipuleerd door de heer Marlasca, niet ze in twijfel te trekken.'

'Heeft hij nog andere instructies nagelaten?'

'Niets bijzonders. Eenmalige betalingen aan derden die niets met het kantoor of de familie van doen hadden.'

'Herinnert u zich daar een van?'

'Mijn vader heeft zich persoonlijk om die gevallen bekommerd om te voorkomen dat de werknemers van het kantoor toegang hadden tot, laten we zeggen, compromitterende informatie.'

'En vond uw vader het niet vreemd dat zijn voormalige compagnon dat geld aan onbekenden wilde doen toekomen?'

'Natuurlijk vond hij dat merkwaardig. Maar hij vond zo veel merkwaardig.'

'Kunt u zich herinneren waar die betalingen naartoe werden overgemaakt?'

'Hoe moet ik me dat herinneren? Dat is minstens vijfentwintig jaar geleden.'

'Probeert u het alstublieft,' zei ik. 'Mejuffrouw Margarita zal u dankbaar zijn.'

De secretaresse wierp me een doodsbange blik toe, die ik beantwoordde met een knipoog.

'Haalt u het niet in uw hoofd om haar ook maar een haar te krenken,' dreigde Valera.

'En brengt u mij niet op domme ideeën,' onderbrak ik hem. 'Hoe is het met uw geheugen? Al wat opgefrist?'

'Ik kan de persoonlijke notitieboeken van mijn vader raadplegen.'

'En waar zijn die?'

'Hier, tussen zijn papieren. Maar dat gaat me een paar uur kosten ...'

Ik hing op en gaf Valera's secretaresse, die in tranen was uitgebarsten, een zakdoek en klopte haar op de schouder.

'Kom, mijn beste, huil nu maar niet, ik ga al. Ziet u nu dat ik alleen maar met hem wilde praten?'

Ze knikte benauwd, zonder haar ogen van de revolver af te wenden. Glimlachend knoopte ik mijn jas dicht.

‘Nog een laatste ding.’

Vrezend voor het ergste keek ze me aan.

‘Schrijft u zijn adres voor me op. En probeert u me niet op een dwaalspoor te brengen, want als u liegt, kom ik terug en ik verzeker u dat ik dan de voor mij zo kenmerkende vriendelijkheid bij de portier beneden afgeef.’

Voor ik vertrok vroeg ik mejuffrouw Margarita om de telefoonkabel te laten zien en sneed hem door, zodat ze niet in de verleiding kwam om Valera van mijn voorgenomen bezoek in kennis te stellen of ons kleine meningsverschil aan de politie te melden.

14

Advocaat Valera bewoonde een monumentaal pand op de hoek van de calle Girona en de calle Ausiàs March, dat eruitzag als een Normandisch slot. Vermoedelijk had hij die monstruositeit van zijn vader geërfd, evenals het kantoor. Elke steen bevatte het bloed en de adem van hele generaties Barcelonezen die er nooit over hadden durven dromen om ook maar een voet in zo'n paleis te zetten. Aan de portier vertelde ik dat señorita Margarita me had gestuurd met enkele documenten van kantoor en na een korte aarzeling liet hij me binnen. Onder zijn opmerkzame blik liep ik langzaam de brede trap op. De overloop van de eerste verdieping was ruimer dan de meeste woningen die ik me uit mijn kindertijd in de Ribera herinnerde, op nog geen steenworp afstand hiervandaan. De zware deurklopper was een bronzen vuist. Toen ik hem optilde merkte ik dat de deur openstond. Ik duwde hem zachtjes verder open en keek naar binnen. De hal kwam uit op een drie meter brede gang, waarvan de wanden met blauw fluweel waren bekleed. Ik sloot de deur achter me en tuurde naar het warme schemerduister aan het eind van de gang. Zachte klaviermuziek zweefde in de lucht, een elegant-melancholisch weeklagen – Granados.

'Meneer Valera?' riep ik. 'Ik ben het, Martín.'

Aangezien ik geen antwoord kreeg, waagde ik me, de treurige muziek volgend, tussen schilderijen en muurnissen met beeldjes van maagden en heiligen, langzaam de gang in. Door met gordijnen omlijste bogen kwam ik aan het eind van de gang, die toegang verleende tot een grote, zwakverlichte salon met van onder tot boven door boekenkasten bedekte muren. Achterin was een grote, halfgeopende deur te zien en daarachter het donkeroranje geflakker van een haardvuur.

'Meneer Valera?' riep ik opnieuw, nu iets luider.

In de lichtcirkel van het vuur tekende zich voor die deur een silhouet af. Twee glinsterende ogen bekeken me wantrouwig. Een hond die eruitzag als een Duitse herder, maar geheel wit, kwam langzaam naar me toe. Ik stond stil, knoopte behoedzaam mijn jas los en tastte naar de revolver. Het beest bleef voor me staan en keek me aan, liet toen een klagend gejank ontsnappen. Ik streelde zijn kop en hij likte mijn vingers. Ten slotte draaide hij zich om en liep naar de deur waarachter het vuur flakkerde. Op de drempel stond hij stil en keek weer naar me. Ik volgde hem.

Aan de andere kant van de deur was een leeskamer die werd gedomineerd door een grote open haard. Het vuur was de enige lichtbron en schaduwen dansten over wanden en plafond. In het midden stond een tafel met een grammofoon, waaruit kliviermuziek stroomde. Voor het vuur, met de rugleuning naar de deur, stond een grote leren fauteuil. De hond drentelde erheen en keek achterom naar mij. Toen ik dichterbij kwam, zag ik op de leuning een hand met een sigaret, waar een pluimpje blauwe rook vanaf kwam dat traag omhoogkringelde.

'Meneer Valera? Ik ben het, Martín. De deur stond open ...'

De hond ging voor de stoel liggen, zonder zijn ogen van mij af te houden. Langzaam liep ik om de fauteuil heen. Advocaat Valera zat in driedelig pak met open ogen en een zweem van een glimlach om zijn lippen voor het vuur. Hij hield een in leer gebonden schrift op zijn schoot. Ik ging tegenover hem staan en keek hem in de ogen. Hij knipperde niet. Toen zag ik de rode bloeddruppel die langzaam over zijn wang gleed. Ik knielde bij hem neer en pakte het schrift. De hond wierp me een desolate blik toe. Ik streelde opnieuw zijn kop.

'Het spijt me,' prevelde ik.

Het boek leek een soort dagboek te zijn met van data voorziene handgeschreven aantekeningen, gescheiden door korte lijnen. Valera had het opengeslagen in het midden. De eerste aantekening van de betreffende bladzijde stamde van 23 november 1904.

Bericht van zending (356-1/23-11-04), 7.500 peseta's, op rekening fonds D.M. Zending door Marcel (in persoon) naar adres zoals aangegeven door D.M. Steeg achter het oude kerkhof, beeldhouwatelier Sanabre en Zoons.

Ik herlas de aantekening een paar keer en probeerde de betekenis ervan te ontdekken. De genoemde steeg kende ik uit mijn tijd bij *De stem van de industrie*. Het was een ellendig steegje, begraven achter de muren van het kerkhof in Pueblo Nuevo, waar zich de werkplaatsen voor grafstenen en standbeelden bevonden en dat doodliep in een van de stroompjes die het strand van Bogatell en de zich tot de zee uitstrekkende huttencitadel van de Somorrostro doorkruisten. Om de een of andere reden had Marlasca de instructie achtergelaten een niet onaanzienlijke som gelds te betalen aan een van die werkplaatsen.

Op de pagina van die dag stond nog een aantekening die met Marlasca van doen had, namelijk het begin van de betalingen aan Jaco en Irene Sabino.

Bankoverschrijving van fonds D.M. naar rekening Banco Hispano Colonial (filiaal calle Fernando) nr. 008965-2564-1. Juan Corbera, María Antonia Sanahuja. Eerste maandelijkse termijn van 7.000 peseta's. Betaalprogramma vaststellen.

Ik bladerde verder. De meeste aantekeningen betroffen uitgaven en kleinere transacties die gerelateerd waren aan het kantoor. Ik moest veel pagina's met cryptische geheugensteuntjes doorwerken voor ik weer een nieuwe aantekening betreffende Marlasca vond. Opnieuw ging het om een betaling in contanten, gedaan door de genoemde Marcel, waarschijnlijk een van de loopjongens van het kantoor.

Bericht van verzending (379-1/29-12-04), 15.000 peseta's op rekening fonds D.M. Overhandiging door Marcel. Strand van Bogatell, bij spoorwegovergang, 9 uur. Contactpersoon zal zich identificeren.

De Heks van de Somorrostro, dacht ik. Na zijn dood had Diego Marlasca door middel van zijn partner beduidende geldbedragen laten verdelen. Dat weersprak Salvadors vermoeden dat Jaco met het geld was gevlucht. Marlasca had de betalingen persoonlijk verordonneerd en had het geld in een fonds gestort dat door het advocatenkantoor werd beheerd. De twee andere betalingen deden vermoeden dat Marlasca kort voor zijn dood contact had gehad met een grafsteenbeeldhouwer en met een onduidelijke figuur uit de Somorrostro, wat zijn neerslag had gevonden in het overgaan van een groot geldbedrag van de ene in de andere hand. Verwarder dan ooit klapte ik het schrift dicht.

Ik wilde juist gaan toen ik zag dat aan een van de wanden van de leeskamer op het granaatrode fluweel louter ingelijste foto's hingen. Ik liep erop af en herkende het strenge, imponerende gelaat van patriarch Valera, wiens olieverfschilderij nog steeds het kantoor van zijn zoon domineerde. Op de meeste afbeeldingen was de advocaat te zien in gezelschap van vooraanstaande mannen en patriciërs van de stad tijdens diverse sociale aangelegenheden. Men hoefde maar één blik te werpen op die portretten en het tableau de la troupe dat glimlachend met de oude advocaat poseerde, om te constateren dat het kantoor van Valera, Marlasca en Sentís een vitaal orgaan was in het functioneren van de stad Barcelona. Valera's zoon stond eveneens op een paar foto's, veel jonger, maar zonder twijfel herkenbaar, altijd op de achtergrond, altijd in de schaduw van zijn vader.

Ik voelde het voor ik het zag. Op een foto stonden vader en zoon Valera. Hij was genomen voor het gebouw op nummer 442 van de Diagonal. Naast hen stond een lange, gedistingeerde heer. Zijn gezicht dook ook op veel andere foto's van de verzameling op, altijd aan de zijde van Valera. Diego Marlasca. Ik concentreerde me op die troebele blik, het scherp gesneden, serene gezicht dat me aankeek vanaf die vijfentwintig jaar eerder genomen foto. Hij was niet één dag ouder geworden. Toen mijn naïviteit me duidelijk werd, glimlachte ik bitter. Dat gezicht was niet het gezicht op de foto die mijn vriend de ex-politieman me gegeven had.

De man die ik kende als Ricardo Salvador, was niemand minder dan Diego Marlasca.

15

Het trappenhuis was donker toen ik het paleis van de familie Valera verliet. Op de tast liep ik de hal door en toen ik de deur opendeed, wierpen de straatlantaarns een rechthoek van blauw licht naar binnen. Aan het einde ervan trof ik de blik van de portier. Met haastige tred liep ik weg in de richting van de calle Trafalgar. Daar vertrok de nachttram, dezelfde waarin ik mijn vader zo vaak had vergezeld naar zijn nachtdiensten bij *De stem van de industrie*, naar het kerkhof van Pueblo Nuevo.

De tram was zo goed als leeg en ik ging voorin zitten. Hoe dichter we bij Pueblo Nuevo kwamen, des te meer verstrengeld was de wirwar van donkere, met plassen bezaaide straten, versluierd door nevelslierten. De straten waren nauwelijks verlicht en de schijnwerpers van de tram lieten de contouren stuk voor stuk uitkomen als een fakkel in een tunnel. Ten slotte kreeg ik de poorten van de begraafplaats in het oog en tegen een eindeloze horizon van fabrieken en schoorstenen die de hemel rood en zwart kleurden, tekenden zich kruisen en standbeelden af. Een roedel uitgehongerde honden zwierf rond bij de twee grote engelen die het terrein van het kerkhof bewaakten. Een ogenblik staarden ze onbeweeglijk in de lichten van de tram, de ogen gloeiend als die van jakhalzen, om daarna in de schaduwen te verdwijnen.

Ik sprong uit de nog rijdende tram, die zich als een schip in de nevel steeds sneller verwijderde, en liep langs de muren van het kerkhof. Ik kon de honden die me in de duisternis volgden horen en ruiken, en ik versnelde mijn pas. Achter het kerkhof bleef ik op de hoek van de steeg staan en wierp een steen naar de dieren. Met een schel gejank verdwenen ze in de nacht. De steeg was slechts een nauwe doorgang tussen de muur en de eindeloze rij werkplaatsen. Op zo'n dertig meter afstand schommelde in het okerkleurige, stoffige licht het bord van Sanabre en Zoons. Ik liep naar de deur, een schamel traliewerkje met een ketting en een roestig hangslot. Met een schot knalde ik het kapot.

De echo van het schot werd opgeslokt door de wind die door de steeg zwiepte en de zilte geur van de brekende golven die de zee, op nauwelijks honderd meter hiervandaan, met zich meebracht. Ik stootte het traliewerk open, schoof het donkere gordijn opzij dat het binnenste verborg, zodat iets van het licht van de lantaarn door de ingang naar binnen kon vallen, en stapte de werkplaats van Sanabre en Zoons binnen. De diepe, smalle hal stond vol sculpturen die in het donker wel bevroren leken en waarvan de gezichten pas half af waren. Ik deed een paar stappen tussen de maagden en madonna's met kinderen in hun armen, witte dames met marmeren rozen in de hand en ten hemel geheven blik, en brokken steen waarin gezichten zich begonnen af te tekenen. Het steenstof was overal te ruiken. Behalve deze beeltenissen was er niemand. Net wilde ik me omdraaien en gaan toen ik hem zag, helemaal achter in de werkplaats. De hand stak uit boven een tableau van figuren dat met een doek was bedekt. Langzaam liep ik erheen en centimeter voor centimeter ontvouwde zich het silhouet voor mijn ogen. Ik bleef er recht voor staan en keek lang naar die grote engel van het licht, dezelfde die Monsieur op zijn revers had gedragen en die ik in de studeerkamer op de bodem van de hutkoffer had gevonden. De figuur moest zo'n tweeënhalve meter hoog zijn en ik herkende de gelaatstrekken en vooral de glimlach. Aan zijn voeten stond een grafsteen, waarin gegraveerd was:

DAVID MARTÍN
1900 – 1930

Ik glimlachte. Als ik mijn goede vriend Diego Marlasca iets niet kon ontzeggen was het gevoel voor humor en een voorliefde voor verrassingen. Het hoefde me nauwelijks te verwonderen dat hij in zijn ijver op de gebeurtenissen vooruit was gelopen en me een roerend afscheid had bereid. Ik knielde neer bij de steen en streek met mijn vingers over mijn naam. Toen hoorde ik achter me lichte, plechtstatige voetstappen. Ik draaide me om en zag een vertrouwd gezicht. Het kind droeg hetzelfde zwarte pak als enkele weken geleden toen hij me op de paseo del Born gevolgd was.

'Mevrouw kan u nu ontvangen,' zei hij.

Ik knikte en stond op. De jongen reikte me zijn hand.

'Weest u niet bang,' zei hij, terwijl hij me naar de uitgang voerde.

'Dat ben ik niet,' prevelde ik.

Het kind leidde me naar het einde van de steeg. Vanaf daar kon ik het strand onderscheiden, verborgen achter een rij vervallen pakhuizen en de resten van een op een dood spoor gerangeerde, met onkruid overwoekerde goederentrein. De wagons waren aangevreten door roest, de locomotief was gereduceerd tot een staketsel van ketels en stangen, rijp voor de sloop.

Aan de hemel verscheen de maan door de kieren van een loodgrijs wolkendek. Op zee kon men tussen de golven een paar vrachtboten ontwaren en voor het strand van Bogatell lag een kerkhof van oude vissersboten en kustvaarders, uitgespogen door woeste zeeën en vastgelopen in het zand. Aan de andere kant strekte zich, als een mantel van troep van de grote, donkere vesting van industriële duisternis, het huttenkamp van de Somorrostro uit. De golven braken op luttele meters van de eerste rij hutten van riet en hout. Over de daken van die misèrewijk, die als een eindeloze menselijke stortplaats de stad van de zee scheidde, kropen witte rookpluimen. De stank van verbrand afval hing in de lucht. We drongen de straten van die vergeten stad binnen, doorgangen tussen bouwsels uit gestolen bakstenen, klei en aangespoeld wrakhout. Onwetend van de wantrouwige blikken van de bewoners, leidde de jongen me steeds dieper de wijk in. Dagloners zonder werk, zigeuners verdreven uit andere, soortgelijke kampen op de heuvels van de Montjuïc of bij de massagraven van Can Tunis, ten dode opgeschreven kinderen en ouderen. Allemaal bekeken ze me met argwaan. We liepen langs vrouwen van onbestemde leeftijd, die bij de krotten op een vuurtje blikken water of voedsel opwarmden. Voor een wittig bouwsel bleven we staan. Een meisje met het gezicht van een oude vrouw en een door polio aangetast been zeulde voorbij met een emmer waarin iets grijzigs en slijmerigs wriemelde. Alen. De jongen wees op de deur.

'Hier is het,' zei hij.

Ik wierp een laatste blik op de hemel. De maan trok zich opnieuw terug achter de wolken en over zee naderde een sluier van duisternis.

Ik ging naar binnen.

16

Haar gezicht was getekend door herinneringen en haar ogen konden net zo goed tien als honderd jaar oud zijn. Ze zat bij een vuurtje en staarde met kinderlijke fascinatie naar de dans van de vlammen. Haar askleurige haar was in een vlecht bij elkaar gebonden, haar lichaam was slank en ascetisch, haar bewegingen waren kort en afgemeten. Ze was in het wit gekleed en droeg om haar hals geknoopt een zijden doek. Ze glimlachte warm naar me en bood me een stoel aan naast haar. Ik ging zitten. Een paar minuten bleven we in stilte zitten, luisterend naar het geknetter van het hout en het geruis van de zee. In haar aanwezigheid leek de tijd stil te staan en vreemd genoeg was de nachtmerrie die me hierheen had gevoerd, verdwenen. Langzaam werd de warmte voelbaar en smolt de kou die tot in mijn botten was doorgedrongen. Pas toen keek ze van de vlammen weg, pakte mijn hand en begon te praten.

'Mijn moeder heeft vijfenveertig jaar in dit huis gewoond. Toen was het nog geen huis, maar meer een hut van riet en wrakhout. Zelfs toen ze naam begon te maken en hier had kunnen weggaan, weigerde ze dat te doen. Ze zei altijd dat ze zou sterven op de dag dat ze de Somorrostro zou verlaten. Ze was hier geboren, bij de mensen van het strand, en hier bleef ze tot haar laatste snik. Er deden veel verhalen over haar de ronde, maar zeer weinigen kenden haar echt. Velen vreesden en haatten haar. Zelfs na haar dood. Ik vertel u dit allemaal omdat ik wil dat u weet dat ik niet degene ben die u zoekt. Degene die u zoekt, of denkt te zoeken, die door velen de Heks van de Somorrostro werd genoemd, was mijn moeder.'

In verwarring gebracht keek ik haar aan.

'Wanneer ...?'

'Mijn moeder stierf in 1905,' zei ze. 'Ze werd een paar meter hiervandaan om het leven gebracht, bij de vloedlijn, door een messteek in de keel.'

'Het spijt me. Ik dacht dat ...'

'Veel mensen geloven dat. De wens om te geloven kan zelfs sterker zijn dan de dood.'

'Wie heeft haar om het leven gebracht?'

'U weet wie.'

Ik talmde een moment met mijn antwoord.

'Diego Marlasca ...'

Ze knikte.

'Waarom?'

'Om haar het zwijgen op te leggen. Om haar spoor uit te wissen.'

'Ik begrijp het niet. Uw moeder had hem toch geholpen ... Hij gaf haar zelfs een grote som geld voor haar hulp.'

'Daarom wilde hij haar doden, zodat ze zijn geheim mee het graf in nam.'

Ze keek naar me, een halve glimlach om haar lippen, alsof mijn verwarring haar amuseerde en tegelijkertijd mededogen opriep.

'Mijn moeder was een heel gewone vrouw, meneer Martín. Ze was in armoede opgegroeid en haar enige kracht was de wil om te overleven. Ze heeft nooit leren lezen of schrijven, maar ze kon in het innerlijk van de mensen kijken. Ze voelde wat zij voelden, wat ze verborgen hielden en wat ze begeerden. Ze las het in hun blik, hun gezicht, hun stem, hun gang of hun gebaren. Ze wist van tevoren wat anderen zouden doen of laten. Daarom noemden velen haar een heks, omdat ze in staat was in hen te zien wat zij zelf weigerden te zien. Ze verdiende de kost met de verkoop van liefdes- en andere toverdrankjes, die ze bereidde met water uit de beek, kruiden en wat korrels suiker. Ze hielp verloren zielen daarin te geloven waarin ze wilden geloven. Toen ze naam kreeg, begonnen veel mensen van stand haar te bezoeken en haar om hulp te vragen. Rijken wilden nog rijker worden, machtigen nog machtiger, kleinzieligen wilden zich heilig voelen en heiligen wilden gestraft worden voor zonden waarvoor ze helaas de moed niet hadden gehad ze te begaan. Mijn moeder luisterde naar iedereen en nam hun munten aan. Met dat geld stuurde ze mij en mijn broers en zussen naar de scholen die ook de kinderen van haar klanten bezochten. Ze kocht voor ons een andere naam en een ander leven, ver weg van deze plek. Ze was een goed mens, meneer Martín, vergist u zich niet. Ze heeft nooit misbruik gemaakt van iemand noch iemand iets anders laten geloven dan wat hij of zij nodig had om te geloven. Het leven had haar geleerd dat wij mensen niet alleen lucht, maar ook grote en kleine leugens nodig hebben om te kunnen leven. Als wij in staat zouden zijn om gedurende één enkele dag, van zonsop- tot zonsondergang, de wereld en onszelf volledig onopgesmukt te zien, zouden we onszelf volgens haar van het leven beroven of ons verstand verliezen.'

'Maar ...'

'Als u hier bent gekomen om magie te vinden, spijt het mij u te moeten teleurstellen. Mijn moeder heeft me uitgelegd dat magie niet bestaat, dat er op de wereld niet meer goed of kwaad is dan wij ons, uit hebzucht of naïviteit, verbeelden. Soms zelfs uit gekte.'

'Dat is echter niet wat ze Diego Marlasca heeft verteld toen ze zijn geld aannam,' wierp ik tegen. 'Met zevenduizend peseta's kon men in die tijd beslist voor een paar jaar een goede naam en goede scholen kopen.'

'Voor Diego Marlasca was het belangrijk om te geloven. Mijn moeder hielp hem daarbij. Dat was alles.'

'Geloven in wat?'

'In zijn eigen redding. Hij was ervan overtuigd dat hij zichzelf en degenen die van hem hielden had verraden. Hij geloofde dat hij zijn leven op een slecht, verkeerd pad had gebracht. Volgens mijn moeder had hij dat met de meeste mensen gemeen die op enig moment in hun leven halt houden om in de spiegel te kijken. Het zijn altijd de laaghartigste schurken die zichzelf deugdzaam vinden en neerkijken op de rest van de wereld. Maar Diego Marlasca was een man die leefde naar eer en geweten, die niet tevreden was met wat hij zag. Daarom zocht hij mijn moeder op. Omdat hij alle hoop verloren had en waarschijnlijk ook zijn verstand.'

'Heeft Marlasca verteld wat hij had gedaan?'
'Hij zei dat hij zijn ziel aan een schaduw had uitgeleverd.'
'Een schaduw?'
'Dat waren zijn woorden. Een schaduw die hem volgde, die zijn gestalte had, zijn gezicht en zelfs zijn stem.'
'Wat betekende dat?'
'Schuld en berouw doen er niet toe. Het gaat om gevoelens en emoties, niet om ideeën.'
Het schoot door me heen dat zelfs Monsieur het niet treffender had kunnen uitleggen.
'En wat kon uw moeder voor hem doen?' vroeg ik.
'Niets meer dan hem troosten en hem helpen enigszins vrede te vinden. Diego Marlasca geloofde in magie en om die reden dacht mijn moeder dat ze hem ervan moest overtuigen dat de weg naar zijn redding via haar liep. Ze vertelde hem een oude visserslegende die zij als meisje had opgevangen tussen de hutten bij het strand: als een mens in het leven van de weg af raakt en merkt dat de dood een prijs op zijn ziel heeft gezet, moet hij een zuivere ziel vinden die zich voor hem opoffert – daarmee kan hij zijn zwarte hart vermommen en loopt de dood hem voorbij zonder hem te zien.'
'Een zuivere ziel?'
'Vrij van zonde.'
'En hoe werd dat uitgevoerd?'
'Niet zonder pijn natuurlijk.'
'Wat voor pijn?'
'Een bloedoffer. Zijn ziel in ruil voor een andere ziel. Dood in ruil voor leven.'
Een lange stilte volgde. De zee murmelde en de wind ruiste tussen de hutten.
'Irene zou haar ogen en hart hebben uitgerukt voor Marlasca. Hij was voor haar de enige reden om te leven. Ze hield blind van hem en geloofde net als hij dat zijn enige redding in magie lag. Aanvankelijk wilde ze zichzelf van het leven beroven, zich voor hem opofferen, maar mijn moeder wist haar daarvanaf te brengen. Ze zei haar wat ze al wel wist, dat haar ziel niet vrij van zonde was en dat haar offer daarom vergeefs zou zijn. Dat zei ze om haar te redden. Om beiden te redden.'

'Van wie?'

'Van zichzelf.'

'Maar ze beging een vergissing ...'

'Ook mijn moeder kon niet alles zien.'

'Wat deed Marlasca toen?'

'Mijn moeder heeft het me nooit willen vertellen, ze wilde mij en mijn broers en zussen buiten deze geschiedenis houden. Ze stuurde ons allemaal ver weg en verspreidde ons over verschillende internaten, zodat we vergaten waar we vandaan kwamen en wie we waren. Ze zei dat wij nu de verdoemden waren. Kort daarop is ze gestorven, helemaal alleen, al hoorden we dat pas lang daarna. Toen ze haar lichaam vonden durfde niemand het aan te raken en liet men het wegdragen door de zee. Niemand waagde het over haar dood te spreken, maar ik wist wie haar om het leven had gebracht en waarom. En nog steeds geloof ik dat mijn moeder wist dat ze spoedig zou sterven en door wiens hand. Ze wist het en hield het niet tegen omdat zij het uiteindelijk ook geloofde. Ze geloofde het omdat ze niet kon aanvaarden wat ze had gedaan. Ze geloofde dat als zij haar ziel zou offeren, zij de onze zou redden, de ziel van dit oord. Om die reden wilde ze hier niet vandaan vluchten, omdat volgens de oude legende de ziel die werd geofferd, altijd op de plek moest blijven waar het verraad gepleegd was, een zwachtel over de ogen van de dood, voor eeuwig gevangen.'

'En waar is de ziel die Diego Marlasca gered heeft?'

De vrouw glimlachte.

'Er zijn geen zielen en er is geen redding, meneer Martín. Dat zijn sprookjes, kolder. Het enige wat er rest, zijn as en herinneringen, en die zullen wel daar zijn waar Marlasca de misdaad heeft begaan die hij al die jaren verborgen heeft gehouden om het lot bij de neus te nemen.'

'Het huis met de toren ... Ik heb er bijna tien jaar gewoond en daar is niets.'

Ze glimlachte weer, keek me recht in de ogen en kuste me op de wang. Haar lippen waren ijzig als die van een lijk. Haar adem rook naar verwelkte bloemen.

'Misschien wist u niet waar u moest zoeken,' fluisterde ze in mijn oor. 'Misschien is die gevangen ziel wel de uwe.'

Toen knoopte ze de doek om haar hals los en een groot litteken werd zichtbaar. Ditmaal was haar lachje een boosaardige grijns en glinsterden haar ogen met een wreed, spottend licht.

'De zon zal spoedig opkomen. Ga nu het nog kan,' zei de Heks van de Somorrostro. Ze keerde me de rug toe en keek weer in het vuur.

In de deuropening verscheen de jongen met het zwarte pak en hij stak zijn hand naar me uit ten teken dat mijn tijd om was. Ik stond op en volgde hem. Toen ik me omdraaide, werd ik verrast door mijn reflectie in de spiegel aan de muur. Daarin was de gebogen, in lompen gehulde gestalte te zien van een oude vrouw bij het vuur. Haar duistere, bittere lach deed me uitgeleide.

17

Toen ik bij het huis met de toren aankwam, begon het licht te worden. Het slot van de benedendeur was kapot. Ik duwde hem open en ging de hal in. Er kwam damp van het vergrendelingsmechanisme aan de andere kant van de deur af die een intense stank verspreidde. Zuur. Langzaam liep ik de trap op, ervan overtuigd dat Marlasca me zou opwachten op de donkere overloop of me van beneden zou toelachen als ik me omdraaide. Boven zag ik dat ook het sleutelgat van de voordeur sporen van zuur vertoonde. Ik stak de sleutel erin en moest bijna twee minuten worstelen om het slot open te krijgen – het mechanisme was weliswaar beschadigd, maar was blijkbaar niet kapot te krijgen geweest. Ik trok de licht aangevreten sleutel er weer uit, duwde de deur open, die ik open liet staan, en liep de gang in zonder mijn jas uit te doen. Toen trok ik de revolver uit mijn jaszak en opende de trommel om de lege hulzen door nieuwe kogels te vervangen, zoals ik het mijn vader altijd had zien doen als hij bij het ochtendgloren thuiskwam.

'Salvador?' riep ik.

De echo van mijn stem weergalmde door het huis. Ik spande de haan. Toen liep ik verder door de gang tot de kamer aan het eind. De deur stond op een kier.

'Salvador?' riep ik nogmaals.

Ik richtte het wapen op de deur en schopte hem open. Binnen geen spoor van Marlasca, alleen de stapel kisten en tegen de wand opgestapelde oude spullen. Weer drong de stank mijn neus binnen, die door de muren gefilterd leek te worden. Ik liep naar de kast tegen de achterwand, zette de deuren wijd open en haalde de oude kleren van de knaapjes. De vochtig koude lucht uit het gat in de muur streek over mijn gezicht. Wat het ook was wat Marlasca had verborgen in dit huis, het bevond zich achter die muur.

Ik stak de revolver weer in mijn jaszak en trok mijn jas uit. Toen greep ik de rand aan de achterkant van de kast die tegen de muur stond, en trok hem uit alle macht naar voren. Met de eerste ruk won ik een paar centimeter zodat ik de kast beter kon vastpakken en ik trok opnieuw. De kast gaf een handbreedte mee. Nu kon ik hem verder wegtrekken tot de wand erachter zichtbaar werd en ik genoeg ruimte had om me in de ontstane kier te wurmen. Met mijn schouder kon ik nu kracht zetten en ik schoof de kast helemaal naar de aangrenzende wand. Heel even moest ik op adem komen, toen monsterde ik de muur. Die was in een okerkleur geverfd, anders dan de rest van de kamer. Onder de verf leek een soort kleiachtige mortel te zitten die niet was gladgestreken. Toen ik erop klopte, werd snel duidelijk dat het niet om een dragende muur ging en dat er iets was aan de andere kant van de muur. Ik drukte mijn hoofd ertegenaan en luisterde. Op dat moment hoorde ik geluid – voetstappen die door de gang dichterbij kwamen ... Zachtjes wendde ik me van de muur af en strekte mijn hand uit naar de jas over de stoel, om de revolver te pakken. Een schaduw viel over de drempel. Ik hield mijn adem in. Langzaam verscheen er een silhouet in de kamer.

'Inspecteur ...' mompelde ik.

Víctor Grandes glimlachte kil naar me. Ik stelde me voor hoe ze, verborgen in een andere portiek, uren op me hadden gewacht.

'Bent u aan het renoveren, Martín?'

'Ik schep orde.'

De inspecteur keek naar de stapel kleding en kisten en de verschoven kast en knikte enkel.

'Ik heb Marcos en Castelo gevraagd om beneden te wachten. Ik wilde aanbellen, maar aangezien u de deur open heeft laten staan, ben ik zo vrij geweest. Ik zei tegen mezelf: dat is beslist omdat vriend Martín me verwacht.'

'Wat kan ik voor u doen, inspecteur?'

'Mij begeleiden naar het bureau, als u zo vriendelijk wilt zijn.'

'Sta ik onder arrest?'

'Ik ben bang van wel. Maakt u het mij gemakkelijk of moeten we hardhandig worden?'

'Dat is niet nodig,' verzekerde ik hem.

'Daar ben ik u dankbaar voor.'

'Mag ik mijn jas pakken?' vroeg ik.

Grandes keek me een moment in de ogen. Toen greep hij de jas en hielp me erin. Ik voelde het gewicht van de revolver tegen mijn dijbeen. Voor we de kamer verlieten, wierp de inspecteur een laatste blik op de muur die tevoorschijn was gekomen. Toen gebaarde hij me de gang in te lopen. Marcos en Castelo waren naar de overloop gekomen en wachtten me met een triomfantelijke grijns op. Aan het einde van de gang stond ik even stil en keek over mijn schouder het huis in, dat zich in een schacht van schaduwen leek terug te trekken. Ik vroeg me af of ik het ooit zou terugzien. Castelo haalde een stel handboeien tevoorschijn, maar Grandes schudde zijn hoofd.

'Dat zal niet nodig zijn, nietwaar Martín?'

Ik schudde mijn hoofd. Grandes sloot de deur en duwde me zachtjes maar ferm naar de trap.

18

Ditmaal was er geen knaleffect noch een gruwelscenario noch klonken er echo's van vochtige, donkere kerkers. Daarentegen kwamen we in een ruime, lichte en hoge kamer die me deed denken aan het klaslokaal van een religieuze eliteschool, inclusief het kruisbeeld aan de muur. Hij lag op de eerste verdieping van het hoofdbureau en had brede ramen die uitzicht boden op de mensen en de trams beneden, die al aan hun ochtendlijke defilé door de vía Layetana waren begonnen. In het midden van de kamer stonden twee stoelen en een metalen tafel die minuscuul leken, zo moederziel alleen in zo veel kale ruimte. Grandes bracht me naar de tafel en stuurde Marcos en Castelo naar buiten. De twee namen de tijd om het bevel op te volgen. Hun woede was bijna tastbaar. Grandes wachtte tot ze waren vertrokken en ontspande zich.

'Ik dacht dat u me voor de leeuwen ging werpen,' zei ik.

'Gaat u zitten.'

Ik gehoorzaamde. Als het niet vanwege de blikken van Marcos en Castelo was geweest toen ze vertrokken, de metalen deur en de getraliede vensters, dan was niemand op het idee gekomen dat mijn situatie ernstig was. Dat dat wel zo was, kwam door de thermoskan met koffie en het pakje sigaretten dat Grandes op tafel legde, maar vooral door zijn beheerste, vriendelijke glimlach. Zijn zelfverzekerde glimlach. Deze keer was het de inspecteur menens.

Hij nam plaats tegenover me, opende een dossiermap en haalde er wat foto's uit die hij op tafel uitspreidde. Op de eerste stond advocaat Valera in de fauteuil van zijn leeszaal. Daarnaast lag een foto van het lichaam van Marlasca's weduwe, beter gezegd, wat er van over was, kort nadat men haar van de bodem van het zwembad aan de avenida de Vallvidrera had gevist. Het derde beeld toonde een mannetje met een doorgesneden keel dat op Damián Roures leek. De vierde foto was er een van Cristina Sagnier, overduidelijk genomen op haar huwelijksdag met Pedro Vidal. De laatste twee waren studioportretten van mijn voormalige uitgevers Barrido en Escobillas. Nadat hij de zes foto's netjes naast elkaar had gelegd, wierp Grandes me een ondoorgrondelijke blik toe en liet een paar minuten verstrijken zonder een woord te zeggen, om mijn reactie op die beelden, of het uitblijven daarvan, te bestuderen. Vervolgens schonk hij buitengewoon aandachtig twee koppen koffie in en schoof er een naar mij toe.

'Bovenal zou ik u de kans willen geven om me alles te vertellen, Martín. Op uw manier en zonder enige haast,' zei hij ten slotte.

'Dat heeft geen zin,' antwoordde ik. 'Het zal niets veranderen.'

'Heeft u liever een kruisverhoor met andere mogelijke betrokkenen? Met uw assistente bijvoorbeeld? Hoe heet ze ook alweer? Isabella?'

'Laat haar met rust. Zij weet van niets.'

'Overtuigt u mij maar.'

Ik keek naar de deur.

'Er is maar één manier om hieruit te komen, Martín,' zei de inspecteur en hij liet me een sleutel zien.

Weer voelde ik het gewicht van de revolver in mijn jaszak.

'Waar zal ik beginnen?'

'U bent de verteller. Ik vraag u slechts om mij de waarheid te vertellen.'

'Ik weet niet wat de waarheid is.'

'De waarheid is wat pijn doet.'

Ruim twee uur hield Víctor Grandes zijn kaken op elkaar. Hij luisterde aandachtig, knikte soms en noteerde af en toe een paar woorden in zijn opschrijfboekje. Aanvankelijk keek ik hem nog aan, maar al snel vergat ik zijn aanwezigheid en ontdekte dat ik het verhaal aan mezelf vertelde. De woorden lieten me terugkeren naar een tijd die ik vergeten waande, naar de nacht dat ze mijn vader vermoordden voor het gebouw van de krant. Ik herinnerde me mijn dagen bij *De stem van de industrie*, de jaren die ik slechts had overleefd dankzij mijn middernachtelijke verhalen en Andreas Corelli's eerste brief, waarin hij mij van grote verwachtingen kond deed. Ik vertelde van de eerste ontmoeting met Corelli bij het waterreservoir van het Parque de la Ciudadela en de dagen dat een spoedige dood mijn enige horizon was. Ik praatte over Cristina, Vidal en een geschiedenis waarvan het einde door iedereen voorzien had kunnen worden, behalve door mijzelf. Ik sprak over de twee boeken die ik had geschreven, een onder mijn eigen en een onder Vidals naam, over het verlies van die jammerlijke verwachtingen en over de avond waarop ik moest toezien dat mijn moeder het enige goede wat ik in het leven had gemaakt, in de afvalbak gooide. Ik zocht geen mededogen en begrip bij de inspecteur. Het was voldoende enkel en alleen te pogen een denkbeeldige landkaart van de gebeurtenissen te schetsen die me naar deze ruimte, naar dit punt van absolute leegte, hadden gevoerd. Ik keerde terug naar het huis bij het Park Güell en naar die avond dat Monsieur een bod had geformuleerd dat ik niet kon weigeren. Ik biechtte mijn eerste vermoedens op, mijn navorsingen naar de geschiedenis van het huis met de toren, de vreemde dood van Diego Marlasca en het net van bedrog waarin ik verstrikt was geraakt of dat ik had gezocht, om mijn ijdelheid, mijn hebzucht en de wens tot elke prijs te leven, te bevredigen. Te leven, om de geschiedenis te kunnen vertellen.

Ik liet niets achterwege. Niets behalve het belangrijkste, dat wat ik mezelf niet eens waagde te vertellen. In mijn relaas keerde ik terug naar het sanatorium Villa San Antonio om Cristina te zoeken, maar ik vond niets meer dan een spoor van voetstappen in de sneeuw. Misschien, als ik het telkens weer opnieuw vertelde, zou ik het zelf gaan geloven. Mijn verhaal eindigde op diezelfde ochtend, toen ik terugkeerde van de krotten van de Somorrostro, om te ontdekken dat Diego Marlasca had besloten dat het ontbrekende portret in het door inspecteur Grandes op tafel uitgespreide rijtje, het mijne moest zijn.

Toen ik mijn verhaal verteld had verviel ik in een lang stilzwijgen. In heel mijn leven had ik me nooit eerder zo moe gevoeld. Het liefst was ik gaan slapen om nooit meer te ontwaken. Grandes observeerde me vanaf de andere kant van de tafel. Ik had de indruk dat hij verward was, triest en boos, maar vooral radeloos.

'Zegt u toch iets,' zei ik.

Grandes zuchtte, stond toen op uit zijn stoel en liep naar het venster, zijn rug naar me toegekeerd. Ik zag mezelf de revolver uit mijn jas halen, hem een kogel door zijn nek jagen en met de sleutel uit zijn broekzak de kamer verlaten. Binnen een minuut kon ik op straat staan.

'De reden dat we praten is een telegram dat gisteren arriveerde aan het adres van de Guardia Civil in Puigcerdà, waarin staat dat Cristina Sagnier is verdwenen uit het sanatorium Villa San Antonio en dat u de hoofdverdachte bent. De geneesheer-directeur van het sanatorium verklaart dat u haar had willen meenemen, maar dat hij u het document voor ontslag uit de kliniek heeft geweigerd. Ik vertel u dit opdat u begrijpt waarom we hier zijn, in deze kamer, met koffie en sigaretten, en als oude vrienden zitten te praten. We zijn hier omdat de echtgenote van een van de rijkste mannen van Barcelona is verdwenen en u de enige bent die weet waar ze is. We zijn hier omdat de vader van uw vriend Pedro Vidal, een van de machtigste mannen van deze stad en naar het schijnt een oude bekende van u, zich voor deze zaak interesseert en mijn superieuren vriendelijk heeft gevraagd om deze informatie uit u los te peuteren voordat we u ook maar een haar krenken, en alle andere overwegingen voor later te bewaren. Als hij dat niet had gedaan en als ik er niet op had gestaan een kans te krijgen om de zaak op mijn manier op te helderen, dan zat u nu in de kerker van Campo de la Bota en zou u, in plaats van met mij te praten, een rechtstreeks onderhoud met Marcos en Castelo hebben. Die twee – voor uw informatie – zijn overigens van mening dat elke actie die niet begint met het verbrijzelen van uw knieën met een hamer, pure tijdverspilling is en het leven van mevrouw Vidal verder in gevaar brengt. Een mening die door mijn superieuren met elke minuut meer gedeeld wordt, omdat ze denken dat ik u uit vriendschap een zekere speelruimte verleen.'

Grandes draaide zich om en keek me met ingehouden woede aan.

'U heeft niet naar me geluisterd,' zei ik. 'U heeft geen woord gehoord van wat ik u heb verteld.'

'Ik heb u perfect gehoord, Martín. Ik heb gehoord hoe u, stervend en wanhopig, met een meer dan mysterieuze uitgever uit Parijs van wie niemand ooit heeft gehoord en die niemand ooit heeft gezien, een verdrag heeft gesloten om, in uw eigen woorden, een nieuwe religie uit te vinden in ruil voor honderdduizend francs, alleen maar om vervolgens te ontdekken dat u in werkelijkheid in een duister complot verstrikt bent geraakt, waarbij ook een advocaat betrokken is die vijfentwintig jaar geleden zijn eigen dood heeft gesimuleerd om aan een lot te ontkomen dat nu het uwe is, evenals zijn geliefde, een tweederangsrevuemeisje. Ik heb gehoord hoe dat lot u ertoe heeft gebracht een vervloekt huis te betrekken – een val waarin uw voorganger, Diego Marlasca, ook al was getrapt – waar het u duidelijk werd dat iemand u volgde en iedereen om het leven bracht die het geheim kon onthullen van een man die, te oordelen naar uw woorden, bijna net zo gek was als u. De man in de schaduw, die de identiteit van een voormalige politieman zou hebben aangenomen om te verhullen dat hij nog leeft, heeft met behulp van zijn geliefde een reeks misdaden begaan, ja, zelfs de dood van de heer Sempere bewerkstelligd, om vreemde motieven die zelfs ú niet kunt verklaren.'

'Irene Sabino doodde Sempere om een boek van hem te stelen. Een boek waarvan ze dacht dat het mijn ziel bevatte.'

Grandes sloeg zichzelf met de vlakke hand tegen het voorhoofd, alsof hij eindelijk de crux van de kwestie te pakken had.

'Natuurlijk. Wat ben ik dom. Dat verklaart alles. Net als het verhaal over dat vreselijke geheim dat een heks van het strand van Bogatell u heeft onthuld. De Heks van de Somorrostro. Zoiets bevalt me. Typerend voor u. Even kijken of ik het goed heb begrepen: deze Marlasca heeft een ziel gevangengenomen als vermomming van de zijne om zo aan een soort vloek te ontkomen. Zeg eerlijk, heeft u dat uit *De stad der verdoemden* gehaald of heeft u het net uit uw duim gezogen?'

'Ik heb niets uit mijn duim gezogen.'

'Verplaatst u zich eens in mijn positie en bedenkt u eens of u iéts zou geloven van wat u heeft verteld.'

'Vermoedelijk niet. Maar ik heb u alles verteld wat ik weet.'

'Natuurlijk. U heeft me concrete gegevens en bewijzen gegeven zodat ik de waarachtigheid van uw relaas kan vaststellen, van uw bezoek aan dokter Trías, uw bankrekening bij de Banco Hispano Colonial, uw eigen grafsteen die op u wacht in een werkplaats in Pueblo Nuevo, en zelfs de juridische verbinding tussen de man die u soms "Monsieur" noemt en het advocatenkantoor van Valera, naast vele andere details die getuigen van uw ervaring met het bedenken van detectiveverhalen. Het enige wat u me niet heeft verteld en wat ik, als ik zo vrij mag zijn, voor uw bestwil en de mijne hoopte te horen, is waar Cristina Sagnier is.'

Het werd me duidelijk dat alleen een leugen me op dat moment kon redden. Zodra ik de waarheid over Cristina uitsprak, zouden mijn uren geteld zijn.

'Ik weet niet waar ze is.'

'U liegt.'

'Ik zei u toch dat het geen zin zou hebben om u de waarheid te vertellen.'

'Behalve dan dat ik er als een idioot op sta, omdat ik u wil helpen.'

'Is dat wat u probeert te doen, inspecteur? Mij helpen?'

'Ja.'

'Trekt u dan alles na wat ik u verteld heb. Vind Marlasca en Irene Sabino.'

'Mijn superieuren hebben me vierentwintig uur met u gegeven. Als ik hun Cristina Sagnier niet gezond en wel, of ten minste levend, terugbreng, halen ze mij van de zaak af en geven hem aan Marcos en Castelo, die al tijden op een kans wachten om een streepje te halen. Die kans zullen ze niet onbenut laten.'

'Dan heeft u geen tijd meer te verliezen.'

Grandes snoof, maar knikte.

'Ik hoop dat u weet wat u doet, Martín.'

19

Het was ongeveer negen uur 's ochtends toen inspecteur Víctor Grandes me in deze ruimte achterliet met de thermoskan koud geworden koffie en zijn pakje sigaretten. Hij posteerde een van zijn mannen voor de deur en ik hoorde hoe hij hem inscherpte dat er onder geen enkele voorwaarde iemand naar binnen mocht. Vijf minuten na zijn vertrek werd er op de deur gehamerd en in het venstertje tekende zich het gezicht af van Marcos. Zijn woorden kon ik niet horen, maar wat ik van zijn lippen af las, liet geen ruimte voor twijfel: *Bereid je maar voor, ellendeling.*

De rest van de ochtend bracht ik zittend op de vensterbank door, waar ik de mensen aan de andere kant van de tralies gadesloeg, die zich vrij waanden, rookten, die genietend het ene suikerklontje na het andere tussen de lippen staken zoals ik het Monsieur meermaals had zien doen. Tegen de middag werd ik overmand door vermoeidheid of misschien was het slechts een laatste golf van wanhoop, en ik strekte me op de vloer uit, het gezicht naar de muur. Binnen een minuut sliep ik in. Toen ik wakker werd, was het donker in de kamer. Het was avond geworden en het okerkleurige licht van de lantaarns op de vía Layetana wierp schaduwen van auto's en trams op het plafond. Ik kwam overeind, voelde hoe de kou van de vloer in alle spieren van mijn lichaam was gekropen en liep naar de radiator in de hoek, die echter nog ijziger aanvoelde dan mijn handen.

Op dat moment hoorde ik achter mij de deur opengaan en ik draaide me om. Op de drempel stond de inspecteur en hij observeerde me. Op een signaal van hem knipte iemand het licht aan en sloot de deur. Het harde, metalige licht verblindde me een moment. Toen ik mijn ogen weer opendeed, zag ik een inspecteur die er bijna net zo beroerd uitzag als ik.

'Wilt u gebruikmaken van het toilet?'

'Nee. Gezien de omstandigheden heb ik besloten alvast te oefenen en in mijn broek te pissen, voor het geval u me naar de horrorkamer stuurt van de inquisiteurs Marcos en Castelo.'

'Ik ben blij dat u uw gevoel voor humor niet bent verloren. Dat zult u nodig hebben. Gaat u zitten.'

We namen opnieuw onze posities in van uren geleden en keken elkaar zwijgend aan.

'Ik heb de details van uw verhaal geverifieerd.'

'En?'

'Waar zal ik beginnen?'

'Ú bent de politieman.'

'Als eerste heb ik de praktijk van dokter Trías opgezocht, in de calle Muntaner. Dat was een korte aangelegenheid. Dokter Trías is twaalf jaar geleden overleden en de praktijk behoort sinds acht jaar toe aan een tandarts genaamd Bernat Llofriu die, onnodig te zeggen, nog nooit van u heeft gehoord.'

'Onmogelijk.'

'Wacht, het wordt alleen maar beter. Daarna ben ik naar het hoofdkantoor van de Banco Hispano Colonial gegaan. Indrukwekkend decor en een onberispelijke bediening. Ik had het liefst meteen een spaarrekening geopend. Daar heb ik kunnen achterhalen dat u bij hen nooit een rekening heeft gehad, dat men daar nog nooit heeft gehoord van iemand met de naam Andreas Corelli en dat er op dit moment geen cliënt is met een buitenlandse rekening met honderdduizend francs erop. Wilt u dat ik doorga?'

Ik perste mijn lippen op elkaar en knikte.

'Mijn volgende stop was het kantoor van de overleden advocaat Valera. Daar heb ik kunnen vaststellen dat u inderdaad een bankrekening heeft, echter niet bij de Hispano Colonial, maar bij de Banco de Sabadell. Vanaf deze rekening heeft u zes maanden geleden geld overgemaakt naar de rekening van de advocaten. Een som van tweeduizend peseta's.'

'Ik begrijp u niet.'

'Heel eenvoudig. U heeft Valera anoniem gecontracteerd of

dat dacht u althans. Banken hebben nu eenmaal een geheugen als een ijzeren pot en als ze ooit ook maar een cent hebben zien wegvliegen, vergeten ze dat nooit meer. Ik moet u bekennen dat ik er tegen die tijd aardigheid in begon te krijgen en besloot de werkplaats van Sanabre en Zoons met een bezoekje te vereren.'

'Zeg niet dat u de engel niet heeft gezien ...'

'Zeker, zeker, en of ik hem heb gezien. Indrukwekkend. Net als de persoonlijk door u ondertekende brief van drie maanden geleden waarmee u de opdracht heeft gegeven, en de rekening over de vooruitbetaling die de goede Sanabre bij zijn papieren had bewaard. Een bijzonder aimabel mens, trots op zijn werk. Hij heeft gezegd dat het zijn meesterwerk was, dat hij een goddelijke ingeving had gekregen.'

'Heeft u hem niet gevraagd naar het geld dat Marlasca hem vijfentwintig jaar geleden heeft betaald?'

'Dat heb ik gedaan. Hij had de rekeningen nog. Betalingen voor de instandhouding en renovatie van het familiegraf.'

'In het graf van Marlasca ligt iemand die niet Marlasca is.'

'Dat zegt u. Maar om grafschennis te plegen moet u mij wat solidere argumenten leveren. Maar staat u mij toe de recapitulatie van uw geschiedenis voort te zetten.'

Ik moest slikken.

'Toen ik daar toch was, ben ik ook maar meteen naar het strand van Bogatell gegaan, waar ik voor een real minstens tien personen heb gevonden die bereid waren me het verschrikkelijke geheim te onthullen van de Heks van de Somorrostro. Ik heb het u vanmorgen niet verteld om het drama van uw verhaal niet te verruïneren, maar in feite is het vrouwmens dat zich zo liet noemen, al jaren geleden gestorven. De oude vrouw die ik vanmorgen heb gezien, jaagt nog niet een kind angst aan en zit aan haar stoel gekluisterd. En een detail waar u verrukt van zult zijn: ze is stom.'

'Inspecteur ...'

'Ik ben nog niet klaar. U zult niet kunnen zeggen dat ik mijn werk niet serieus neem. Ik neem het zelfs zo serieus dat ik vervolgens naar de villa ben gegaan bij het Park Güell die u mij beschreven heeft. Die staat al minstens tien jaar leeg en ik moet u tot mijn spijt bekennen, er hangen geen foto's of schilderijen, nog niet één ansichtkaart. Kattenstront is het enige wat er is. Wat zegt u me daarvan?'

Ik antwoordde niet.

'Zeg eens, Martín, in mijn plaats ... wat had u in zo'n situatie gedaan?'

'Opgeven, neem ik aan.'

'Precies. Maar ik ben u niet en ik heb na deze profijtelijke ontdekkingsreis als een idioot besloten om uw advies te volgen en de beruchte Irene Sabino te zoeken.'

'Heeft u haar gevonden?'

'Een beetje krediet voor de politiemacht, Martín. Natuurlijk hebben we haar gevonden. Een compleet wrak in een miserabel pension in de Raval waar ze al jaren woont.'

'Heeft u met haar gepraat?'

Grandes knikte.

'Lang en breed.'

'En?'

'Ze heeft niet het flauwste idee wie u bent.'

'Heeft ze dat gezegd?'

'Onder andere.'

'Wat nog meer?'

'Ze heeft me verteld dat ze Diego Marlasca leerde kennen bij een door Roures georganiseerde seance in een woning aan de calle Elisabets, waar in 1903 het spiritistisch genootschap De Toekomst bij elkaar kwam. Ze heeft me verteld dat ze een man aantrof die in haar armen zijn toevlucht zocht, volkomen kapot door het verlies van zijn zoon en gevangen in een zinloos huwelijk. Ze heeft me verteld dat Marlasca een goede, maar getroebleerde man was, die geloofde dat er iets in hem was gevaren en die van zijn spoedige dood overtuigd was. Ze heeft me verteld dat hij geld in een fonds had gestort, zodat zij en de man die ze vanwege Marlasca had verlaten, Juan Corbera, alias Jaco, iets zouden krijgen als hij er niet meer was. Ze heeft me verteld dat Marlasca zichzelf van het leven heeft beroofd om een einde te maken aan de pijn die hem verscheurde. Ze heeft me verteld dat zij en Juan Corbera leefden van Marlasca's liefdadigheid tot het geld op was, en dat de man die u Jaco noemt, haar kort daarop heeft verlaten en dat haar ter ore is gekomen dat hij eenzaam en aan de drank is gestorven toen hij als nachtwaker in de fabriek Casaramona werkte. Ze heeft me verteld dat ze inderdaad Marlasca naar die vrouw heeft gebracht die de Heks van de Somorrostro werd genoemd, omdat ze geloofde dat zij hem kon troosten en hem kon doen geloven dat hij in het hiernamaals zijn zoon zou weerzien ... Wilt u dat ik doorga?'

Ik knoopte mijn hemd open en toonde hem de snijwonden die Irene Sabino in mijn borst had gekerfd, de avond dat zij en Marlasca me aanvielen op het kerkhof van San Gervasio.

'Een ster met zes punten. Laat me niet lachen, Martín. Die kunt u zelf gemaakt hebben. Dat zegt niets. Irene Sabino is slechts een arme vrouw die haar brood verdient met werken in een wasserij in de calle Cadena. Ze is geen heks.'

'En hoe zit het met Ricardo Salvador?'

'Ricardo Salvador is in 1906 uit het korps gezet, na twee jaar lang in de zaak van Diego Marlasca's dood te hebben gewroet, terwijl hij een buitenechtelijke relatie had met de weduwe. Het laatste wat men over hem heeft kunnen achterhalen, is dat hij heeft besloten zich in te schepen naar Zuid-Amerika om een nieuw leven te beginnen.'

Bij de grootsheid van dit bedrog kon ik niet anders dan in lachen uitbarsten.

'Beseft u het dan niet, inspecteur? Beseft u niet dat u in exact dezelfde valkuil stapt die Marlasca voor mij heeft gegraven?'

Grandes keek me vol mededogen aan.

'Degene die niet beseft wat er aan de hand is, bent u, Martín. De tijd tikt door en in plaats van me te vertellen wat u met Cristina Sagnier heeft gedaan, wilt u me met alle geweld overtuigen van een verhaal dat rechtstreeks ontleend lijkt aan *De stad der verdoemden*. Er is hier maar één valkuil: de valkuil die u voor zichzelf heeft gegraven. En met elke minuut die verstrijkt zonder dat u mij de waarheid zegt, wordt het voor mij moeilijker om u eruit te halen.'

Grandes bewoog een paar keer zijn hand voor mijn ogen, alsof hij zich ervan wilde vergewissen dat ik nog steeds kon zien.

'Nee? Niets? Zoals u wilt. Staat u mij toe u de rest te vertellen van wat deze dag te bieden had. Na mijn bezoek aan Irene Sabino was ik eerlijk gezegd moe en ben ik een poosje op het hoofdbureau geweest, alwaar ik nog tijd en zin vond om de Guardia Civil in Puigcerdà te bellen. Daar heeft men mij bevestigd dat men u de avond van Cristina's verdwijnen uit haar kamer zag komen, dat u nooit meer naar uw hotel bent teruggegaan om uw spullen te halen, en dat de geneesheer-directeur van het sanatorium vertelde dat u de leren riemen had doorgesneden waarmee de patiënt was vastgebonden. Toen heb ik een oude vriend van u gebeld, de heer Pedro Vidal, die zo vriendelijk was om naar het hoofdbureau te komen. De arme man is kapot. Hij heeft me verteld dat u hem, de laatste keer dat u elkaar trof, geslagen heeft. Is dat waar?'

Ik knikte.

'Weet dan dat hij u dat niet kwalijk neemt. Hij heeft mij feitelijk geprobeerd over te halen om u vrij te laten. Hij zegt dat er vast en zeker voor alles een verklaring is. Dat u een moeilijk leven heeft gehad, dat u door zijn toedoen uw vader heeft verloren en dat hij zich verantwoordelijk voelt. Het enige wat hij wil is zijn echtgenote terugvinden, hij heeft geen enkele behoefte aan represailles.'

'U heeft het hele verhaal aan Vidal verteld?'

'Ik had geen keus.'

Ik verborg mijn gezicht in mijn handen.

'En wat zei hij?' vroeg ik.

Grandes haalde zijn schouders op.

'Hij denkt dat u uw verstand heeft verloren. Dat u onschuldig moet zijn en dat hij niet wil dat u een haar gekrenkt wordt, of het nu waar is of niet. Zijn familie is een heel ander verhaal. Ik weet dat de vader van uw vriend, die u, zoals ik al zei, nu niet bepaald beschouwt als boezemvriend, in het geheim een premie heeft aangeboden aan Marcos en Castelo als ze u binnen twaalf uur een bekentenis weten te ontfutselen. Ze hebben hem verzekerd dat u na één enkele ochtend zelfs de verzen van het epische *Canigó* zou opzeggen.'

'En wat denkt u?'

'De waarheid? De waarheid is dat ik zou willen dat Pedro gelijk heeft, dat u uw verstand heeft verloren.'

Ik zei hem niet dat ik dat nu zelf ook begon te geloven. Ik keek hem aan en zag aan de uitdrukking op zijn gezicht dat er iets niet in de haak was.

'Wat heeft u me níét verteld?' vroeg ik.

'Ik zou zeggen dat ik u meer dan genoeg heb verteld,' riposteerde hij.

Grandes bekeek me aandachtig en liet toen een onderdrukt lachje horen.

'Vanochtend, toen u me vertelde dat op de avond van señor Semperes dood iemand in de boekhandel was gekomen en men Sempere en die persoon heeft kunnen horen discussiëren, ging u ervan uit dat die persoon een boek wilde kopen, een boek van u. Omdat meneer Sempere het niet van de hand wilde doen, kwam het tot een discussie en kreeg de boekhandelaar een hartaanval. Volgens u ging het min of meer om een uniek stuk waarvan nauwelijks nog exemplaren zijn. Hoe heette het boek?'

'*De voetstappen van de hemel*.'

'Precies. Het boek dat volgens uw vermoedens werd gestolen op de avond dat meneer Sempere stierf.'

Ik knikte. De inspecteur stak een sigaret op. Na een paar trekjes drukte hij hem weer uit.

'Dat is mijn dilemma, Martín. Aan de ene kant geloof ik dat u me een ongelooflijke berg onzin op de mouw heeft gespeld, omdat u mij voor een volslagen idioot houdt of omdat u – en ik weet niet wat erger is – er zelf in bent gaan geloven, nadat u deze verzinsels zo vaak verteld heeft. Alle feiten weerspreken uw verhaal en het eenvoudigst voor mij zou zijn mijn handen niet vuil te maken en u aan Marcos en Castelo over te dragen.'

'Maar ...'

'... maar, en het is één minuscuul maar, onbetekenend, een maar dat mijn collega's probleemloos van tafel zouden kunnen vegen, dat mij echter stoort als een vuiltje in mijn oog en dat me doet overwegen – en wat ik u nu zeg, is in tegenspraak met alles wat ik in de afgelopen twintig jaar in dit beroep heb geleerd – of dat wat u mij heeft verteld weliswaar niet de waarheid, maar ook niet pertinent gelogen is.'

'Ik kan u slechts vertellen wat ik me herinner, inspecteur. U kunt me geloven of niet. Het is een feit dat ik soms mezelf niet eens geloof. Maar het is wat ik me herinner.'

Grandes stond op en begon rondjes te lopen om de tafel.

'Vanmiddag, toen ik met María Antonia Sanahuja, of Irene Sabino, sprak in de kamer van het pension, heb ik haar gevraagd of ze wist wie u was. Ze zei van niet. Ik heb haar uitgelegd dat u in het huis met de toren woonde waar zij en Marlasca maanden hebben doorgebracht. Ik heb haar opnieuw gevraagd of ze zich u kon herinneren. Ze zei van niet. Iets later heb ik gezegd dat u het familiegraf van de Marlasca's had bezocht en dat u zeker wist haar daar gezien te hebben. Voor de derde keer ontkende ze dat ze u ooit gezien had. En ik geloofde haar. Ik geloofde haar tot ze zei – ik stond al praktisch op het punt om te vertrekken – dat ze het een beetje koud had en de kast opendeed om er een wollen omslagdoek uit te halen. Toen zag ik op het nachtkastje een boek. Het viel me op omdat het het enige boek was in de kamer. Ik maakte gebruik van dat ene moment dat zij me de rug toekeerde, en sloeg het open om de handgeschreven opdracht op de eerste bladzijde te lezen.'

'"Voor señor Sempere, de beste vriend die een boek zich wensen kan: u heeft voor mij de deuren naar de wereld geopend en me geleerd over de drempel te stappen"', citeerde ik uit mijn hoofd.

'"Getekend, David Martín"', completeerde Grandes.

Met zijn rug naar me toe bleef hij voor het venster staan.

'Over een halfuur komen ze u halen en word ik van deze zaak af gehaald,' zei hij. 'U komt onder de hoede van Marcos. Ik zal niets meer kunnen doen. Heeft u me nog iets te zeggen waarmee u het mij mogelijk maakt uw nek van het hakblok te halen?'

'Nee.'

'Pak dan die belachelijke revolver die u al uren in uw jaszak verborgen houdt – wel oppassen dat u zich niet in de voet schiet – en dreig ermee mij voor mijn kop te schieten als ik u niet de sleutel van deze deur geef.'

Ik keek naar de deur.

'In ruil daarvoor vraag ik u mij alleen te vertellen waar Cristina Sagnier is, als ze nog in leven is.'

Niet in staat een woord uit te brengen, keek ik naar de grond.

'Heeft u haar om het leven gebracht?'

Ik liet een lange stilte vallen.

‘Ik weet het niet.’

Grandes kwam naar me toe en gaf me de sleutel.

‘Verdwijn, Martín.’

Ik aarzelde even alvorens hem aan te pakken.

‘Neem niet de centrale trap. Als u de gang in loopt is er achter links een blauwe deur die alleen van binnenuit open kan en toegang geeft tot de brandtrap. De uitgang is in de steeg hierachter.’

‘Hoe kan ik u danken?’

‘U kunt beginnen met geen tijd te verliezen. U heeft ongeveer dertig minuten voordat de hele afdeling u op de hielen zit. Verspil ze niet,’ zei de inspecteur.

Met de sleutel liep ik naar de deur. Voor ik naar buiten stapte draaide ik me nog een keer kort om. Grandes was op tafel gaan zitten en keek me uitdrukkingsloos aan.

‘Die speld met die engel,’ zei hij.

‘Ja?’

‘Die zie ik al op uw revers sinds ik u ken,’ zei hij.

20

De straten van de Raval waren donkere tunnels, waarvan het zwart door de flakkerende lantaarns nauwelijks werd weggekrabd. Het kostte me iets meer dan de dertig minuten die inspecteur Grandes me gegeven had om te ontdekken dat er in de calle Cadena twee wasserijen waren. De ene, nauwelijks meer dan een gat achter een trappenopgang die glom van de stoom, had alleen kinderen in dienst, met paarsverkleurde handen en gelige ogen. De tweede, een smerig, naar loog stinkend hol, waarbij men zich slecht kon voorstellen dat ook maar iets daar schoon weer uit kwam, werd geleid door een stevige tante die bij het zien van een paar geldstukken onomwonden toegaf dat María Antonia Sanahuja daar zes middagen per week werkte.

'Wat heeft ze nu weer gedaan?' vroeg de matrone.

'Ze heeft geërfd. Vertelt u mij waar ik haar kan vinden en mogelijk zit er iets voor u bij.'

De matrone lachte, maar in haar ogen flitste hebzucht op.

'Voor zover ik weet woont ze in het pension Santa Lucía, in de calle Marqués de Barberá. Hoeveel heeft ze geërfd?'

Ik liet nog een paar muntstukken op de toonbank vallen en verdween uit dat weerzinwekkende hol zonder de moeite te nemen om te antwoorden.

Het pension waar Irene Sabino woonde verkommerde in een somber gebouw dat leek te zijn opgetrokken uit opgegraven botten en gestolen grafstenen. De plaatjes op de brievenbussen op de begane grond waren verroest en voor de eerste twee verdiepingen was geen enkele naam aangegeven. De derde verdieping herbergde een naai- en confectieatelier met de pompeuze naam La Textil Mediterránea. De vierde en hoogste verdieping werd in beslag genomen door pension Santa Lucía. In het halfduister liep een trap naar boven waar amper één persoon tegelijk op paste en de vochtige stank van rioolputten door de muren drong en door de verf heen vrat als een zuur. Ik liep de vier verdiepingen naar boven naar een hellende overloop waar een enkele deur op uitkwam. Ik bonkte met mijn vuist op de deur en na een poosje deed een lange, magere man open, die zo ontsnapt leek uit een nachtmerrie van El Greco.

'Ik zoek María Antonia Sanahuja,' zei ik.

'Bent u de dokter?' vroeg hij.

Ik duwde hem opzij en ging naar binnen. De woning werd gevormd door een ratjetoe van benauwde, donkere kamertjes links en rechts van een gang, en aan het einde ervan keek een venster uit op een lichtkoker. De stank van de leidingen was doordringend. De man die had opengedaan, blijkbaar een huurder, was op de drempel blijven staan en bekeek me ongerust.

'Welke kamer is van haar?' vroeg ik.

Hij keek me zwijgend en ondoorgrondelijk aan. Ik liet hem de revolver zien. Zonder zijn kalmte te verliezen wees hij op de laatste deur van de gang naast de lichtkoker. Die was op slot en ik begon uit alle macht aan de deurklink te rammelen. De overige bewoners waren nu ook tevoorschijn gekomen, een koor van vergeten zielen die al decennialang geen zonlicht gezien leken te hebben. Ik herinnerde mij de dagen van ellende in het pension van doña Carmen, dat mij nu als een dependance van het Ritz toescheen vergeleken met dit vagevuur, een van de talloze in de chaos die de Raval was.

'Gaat u alstublieft terug naar uw kamers,' zei ik.

Niemand leek me gehoord te hebben. Ik tilde mijn arm met het wapen op. Subiet schoten ze hun kamers in als verschrikte knaagdieren, behalve de Ridder van het Droevige Gelaat. Ik concentreerde me opnieuw op de deur.

'Ze heeft hem vanbinnen op slot gedaan,' legde de huurder uit. 'Ze zit daar al de hele middag.'

Onder de deur door drong een geur die me aan bittere amandelen deed denken. Ik bonkte een paar keer op de deur zonder antwoord te krijgen.

'De huisbazin heeft de moedersleutel,' bood de huurder aan. 'Als u wilt wachten ... ik geloof niet dat het nog lang duurt voor ze hier is.'

Als enige antwoord ging ik aan een kant van de gang staan en wierp me met alle kracht tegen de deur. Bij de tweede aanval gaf het slot mee. Zodra ik in de kamer stond, overviel me de zure, misselijkmakende stank.

'Mijn god,' prevelde de huurder achter me.

De oude ster van de Paralelo lag bleek en overdekt met zweet op een brits. Toen ze me zag, vertrokken haar zwarte lippen zich tot een glimlach. Haar handen omklemden een flacon gif die tot op de laatste druppel was leeggedronken. De stank van bloed en gal vulde de kamer. De huurder bedekte neus en mond met een hand en trok zich terug op de gang. Ik sloeg Irene Sabino gade, die zich in allerlei bochten wrong terwijl het gif haar vanbinnen wegvrat. De dood nam de tijd.

'Waar is Marlasca?'

Door de tranen van haar doodsstrijd keek ze me aan.

'Hij had me niet meer nodig,' zei ze. 'Hij heeft nooit van me gehouden.'

Haar stem was rauw en gebroken. Een droge hoestbui veroorzaakte een geluid in haar borst alsof er iets scheurde en een seconde later borrelde er een donkere vloeistof op uit haar mond. Irene Sabino keek naar me, zich vastklemmend aan haar laatste ademtocht. Ze pakte mijn hand en hield die krachtig vast.

'U bent vervloekt, net als hij.'

'Wat kan ik doen?'

Ze schudde langzaam haar hoofd. Een nieuwe hoestaanval deed haar borst sidderen. De adertjes in haar ogen sprongen en een web van bloedende lijntjes breidde zich naar de pupillen uit.

'Waar is Ricardo Salvador? Ligt hij in het graf van Marlasca, in het pantheon?'

Irene Sabino schudde haar hoofd. Een geluidloos woord vormde zich op haar lippen: Jaco.

'Waar is Salvador dan?'

'Hij weet waar u bent. Hij ziet u. Hij heeft het op u gemunt.'

Ik had de indruk dat ze begon te delireren. De druk van haar hand verloor aan kracht.

'Ik heb van hem gehouden,' zei ze. 'Hij was een goed mens. Een goed mens. Híj heeft hem veranderd. Hij was een goed mens ...'

Een vreselijk geluid van scheurend vlees kwam uit haar mond en haar lichaam spande zich in een spierkramp. Irene Sabino stierf met haar ogen gefixeerd op de mijne en nam voor altijd Diego Marlasca's geheim met zich mee. Nu was alleen ik nog over.

Ik bedekte haar gezicht met een laken en zuchtte. Op de drempel sloeg de huurder een kruis. Ik keek om me heen en probeerde iets te vinden wat me verder kon helpen, een aanwijzing voor mijn volgende stap. Irene Sabino had de laatste dagen van haar leven doorgebracht in een vensterloze cel van ongeveer twee bij vier meter. De metalen brits waarop haar lijk nu lag, een kast aan de muur ertegenover en een nachtkastje vormden al het meubilair. Onder het bed lag, naast een ondersteek en een hoedendoos, een koffer. Op het nachtkastje stonden een bord met broodkruimels en een karaf met water, en er lag een stapel ansichtkaarten, die bij nader inzien heiligenplaatjes bleken te zijn en rouwberichten. Ernaast lag iets in een witte doek gewikkeld wat eruitzag als een boek. Ik haalde het eruit en vond het exemplaar van *De voetstappen van de hemel* dat ik aan señor Sempere had opgedragen. Het medelijden dat in mij was gewekt door de doodsstrijd van deze vrouw verdween als sneeuw voor de zon. Die ongelukkige ziel had mijn goede vriend gedood om hem van dit vervloekte boek te beroven. Toen herinnerde ik me wat Sempere me de eerste keer dat ik zijn boekhandel betrad had gezegd: dat elk boek een ziel heeft, de ziel van degene die het heeft geschreven en van degene die het heeft gelezen en ervan heeft gedroomd. Sempere was gestorven omdat hij geloofde in die woorden en ik besefte dat Irene Sabino er op haar manier ook in had geloofd.

Ik las de opdracht nog een keer. Op de zevende bladzijde vond ik de eerste markering – een roodbruine tekening die over de woorden was gesmeerd en een zespuntige ster voorstelde, zoals ze die weken geleden met een mes in mijn borst had gekerfd. Ik begreep dat het symbool met bloed was gemaakt. Ik bladerde verder en stuitte op meer tekeningen. Lippen. Een hand. Ogen. Sempere had zijn leven gegeven voor de sjofele, belachelijke tovenarij van een kermisklant.

Ik borg het boek op in de binnenzak van mijn jas en knielde naast het bed, trok de koffer onder het bed vandaan en kiepte de inhoud over de vloer. Enkel kleren en oude schoenen. Vervolgens opende ik de hoedendoos en vond een leren etui met daarin het scheermes waarmee Irene Sabino me had bewerkt. Plotseling viel er een schaduw over de vloer en ik draaide me bruusk om, de revolver in de aanslag. De lange, magere huurder keek me enigszins beduusd aan.

'Ik geloof dat u gezelschap krijgt,' zei hij zonder omhaal.

Ik liep de gang in naar de entree. Terwijl ik in het trappenhuis naar beneden tuurde, hoorde ik zware voetstappen naar boven komen. Twee verdiepingen lager verscheen een omhoogkijkend gezicht in het trapgat en mijn blik trof die van Marcos. Het gezicht verdween en de voetstappen versnelden. Hij was niet alleen. Ik sloot de deur en leunde ertegenaan, probeerde te denken. Mijn handlanger observeerde me, kalm maar vol verwachting.

'Is er nog een andere uitgang?' vroeg ik.

Hij schudde zijn hoofd.

'En het dak?'

Hij wees op de deur die ik zojuist had dichtgedaan. Meteen daarna voelde ik hoe Marcos en Castelo zich ertegenaan wierpen. Ik liep achterwaarts de gang door, het wapen op de deur gericht.

'Voor het geval dat, ga ik nu maar naar mijn kamer,' zei de huurder. 'Het was mij een genoegen.'

'Het genoegen was geheel aan mijn kant.'

Ik staarde naar de deur, die heftig schudde in zijn sponningen. Om de scharnieren en het slot begon het oude hout al te kieren. Ik liep naar het einde van de gang en opende het raam dat uitkwam op de lichtkoker. Een verticale tunnel van ongeveer één bij anderhalve meter zonk de schaduw in. Zo'n drie meter boven het raam was de rand van het dak te zien. Aan de tegenoverliggende muur van de luchtkoker was een afvoerpijp bevestigd met verroeste ringen. De etterende vochtigheid had de muur zwart gespikkeld. Nog steeds de slagen achter me. Toen ik achteromkeek, stelde ik vast dat de deur praktisch uit zijn voegen hing. Mij restten hooguit een paar seconden. Ik had geen alternatief, klom door het raam, en sprong.

Het lukte me de afvoerpijp stevig vast te pakken en één voet op een van de ringen te zetten. Ik strekte mijn hand uit en greep de pijp verder naar boven vast, maar omdat ik er met kracht aan trok, verkruimelde een stuk pijp van ongeveer één meter onder mijn handen en tuimelde de diepte in van de lichtkoker. Bijna was ik ook naar beneden gestort, maar ik kon me nog net aan het stuk metaal vastklemmen waarmee de ring in de muur was verankerd. Nu was de pijp waarop ik mijn hoop had gevestigd om op het dak te kunnen klimmen, volledig buiten mijn bereik. Er waren twee mogelijkheden: terug naar de gang, waar elk moment Marcos en Castelo zouden binnendringen, of afdalen in die zwarte schacht. Ik hoorde de deur met kracht tegen de muur in de woning slaan en liet me langzaam langs de afvoerpijp zakken, waarbij ik me zo goed en zo kwaad als het ging vasthield aan de pijp en een fors deel van mijn linkerhand ontvelde. Het was me gelukt al anderhalve meter af te dalen, toen de silhouetten van beide politiemannen zich aftekenden tegen het licht boven me. Marcos' gezicht keek als eerste de schacht in. Hij grijnsde en ik vroeg me af of hij zonder verdere plichtplegingen op me zou schieten. Castelo verscheen naast hem.

'Blijf daar. Ik ga naar de woning hieronder,' beval Marcos.

Castelo knikte zonder me een seconde uit het oog te verliezen. Ze wilden me levend, in elk geval voor een paar uur. Ik hoorde Marcos' voetstappen wegrennen. Nog even en ik zou hem een krappe meter onder me uit het raam zien leunen. Een blik naar beneden toonde me dat uit de vensters van de eerste twee verdiepingen licht kwam, terwijl het venster op de derde verdieping donker was. Langzaam liet ik me verder naar beneden glijden, tot mijn voet steun vond op de volgende ring. Voor mij lagen het donkere raam van de derde verdieping en een lege gang, en aan het eind ervan kon ik Marcos op de deur horen bonzen. Op dat uur was het naaiatelier al gesloten en er was niemand meer aanwezig. De slagen op de deur verstomden en ik begreep dat Marcos naar de tweede verdieping was afgedaald. Ik keek naar boven, waar Castelo me nog steeds gadesloeg, zich bij voorbaat al verkneukelend.

'Niet vallen hoor, als we je te pakken hebben, maken we eerst nog een beetje lol.'

Ik hoorde stemmen op de tweede verdieping – men had opengedaan voor Marcos. Zonder verder nadenken lanceerde ik mezelf met alle kracht die ik kon verzamelen tegen het raam van de derde verdieping. Gezicht en nek met de jasmouwen beschermend, stortte ik door het venster en landde in een zee van scherven. Moeizaam krabbelde ik overeind en in het halfdonker zag ik hoe zich over mijn linkermouw een donkere vlek uitbreidde. Een scherf, scherp als een dolk, stak boven mijn elleboog uit mijn arm. Toen ik hem eruit trok, maakte de kou plaats voor een steekvlam van pijn die me op de knieën dwong. In deze houding zag ik dat Castelo me door de lichtkoker was gevolgd en me gadesloeg vanaf de plek waar ik was gesprongen. Nog voor ik mijn wapen kon trekken, sprong hij ook. Zijn handen klemden zich om het kozijn van de kapotte ruit en in een reflex begon ik met al mijn kracht en al mijn gewicht op het kozijn te hameren. Met een droge knak braken zijn vingerkootjes, zodat hij het uitkermde van de pijn. Ik trok mijn revolver en mikte op zijn gezicht, maar hij had al gemerkt dat zijn handen van het kozijn gleden. Een blik van doodsangst, toen buitelde hij de schacht in, waarbij hij tegen de muren klapte en een spoor van bloed achterliet in de lichtvlekken die door de ramen van de onderste verdiepingen in de schacht werden gevormd.

Ik sleepte me door de gang naar de deur. De wond aan mijn arm klopte heftig en ik voelde dat ik ook op mijn benen meerdere snijwonden had. Ik wankelde verder. Links en rechts doemden in het halfduister ruimtes op met naaimachines, garenklossen en grote rollen stof op tafels. Toen ik de deur bereikte, legde ik een hand op de klink. Een tiende van een seconde later voelde ik hoe hij onder mijn vingers draaide. Ik liet los. Aan de andere kant stond Marcos, die probeerde de deur open te krijgen. Ik trok me een paar passen terug. Een enorme dreun deed de deur schudden en in een wolk van vonken en blauwe rook vloog een deel van het slot de lucht in. Marcos probeerde het kapot te schieten. Ik vluchtte de dichtstbijzijnde kamer in, die vol stond met arm- en beenloze figuren – tegen elkaar aan leunende etalagepoppen. Ik gleed tussen de torsen door die glommen in het schemerlicht. Toen een tweede schot. De deur knalde open. Het gelige, in kruitdamp gevangen licht van de overloop viel de woning in. Marcos' lichaam tekende zich als een scherpe schaduw af in het licht. Zijn zware voetstappen weerklonken door de gang. Achter de poppen verborgen, drukte ik me tegen de wand, de revolver in mijn trillende handen.

'Martín, kom tevoorschijn,' zei Marcos kalm, terwijl hij langzaam verder liep. 'Ik zal u niets doen. Ik heb bevel van Grandes om u naar het politiebureau te brengen. We hebben die kerel gevonden, Marlasca. Hij heeft alles opgebiecht. U gaat vrijuit. Begaat u nu geen domheden. Kom tevoorschijn en we praten erover op het hoofdbureau.'

Ik zag hem de deur passeren.

'Martín, luistert u naar me. Grandes is onderweg. We kunnen dit alles ophelderen zonder de zaken verder te compliceren.'

Ik spande de haan. Marcos' voetstappen hielden in. Een zacht slepend geluid over de vloer. Hij stond aan de andere kant van de muur en wist heel goed dat ik me in deze kamer bevond, zonder een andere uitweg dan langs hem. Ik zag zijn silhouet door de deuropening glijden en versmelten met de duisternis in de kamer, zodat slechts de glans van zijn ogen getuigde van zijn aanwezigheid. Hij was nog een krappe vier meter van me verwijderd. Ik liet me tegen de muur op mijn knieën zakken. Achter de etalagepoppen verschenen de benen van Marcos.

'Ik weet dat u hier bent, Martín. Laat u die spelletjes maar achterwege.'

Hij stond stil, onbeweeglijk. Ik zag hem knielen en het bloedspoor betasten dat ik had achtergelaten. Hij bracht een vinger naar zijn lippen. Ik stelde me zijn grijns voor.

'U verliest veel bloed, Martín. U heeft een dokter nodig. Kom tevoorschijn en ik breng u naar een hospitaal.'

Ik bleef stil. Marcos bleef voor een tafel stilstaan en greep naar een glinsterend object tussen stofflarden. Een grote schaar.

'Dan moet u het zelf weten, Martín.'

Ik hoorde hoe hij de schaar liet klakken bij het openen en sluiten. Een pijnscheut voer door mijn arm en ik moest me op mijn lippen bijten om het niet uit te kermen. Marcos draaide zijn gezicht in de richting van de plek waar ik me bevond.

'Over bloed gesproken, het zal u deugd doen te weten dat we uw hoertje hebben, onze Isabella, en dat we, voordat we met u beginnen, onze tijd zullen nemen met haar ...'

Ik hief mijn wapen en richtte op zijn gezicht. De glinstering van het metaal verried me. Marcos wierp zich op me, knalde daarbij de poppen omver en ontsnapte aan het schot. Ik voelde zijn gewicht boven op me en zijn adem in mijn gezicht. Een centimeter naast mijn linkeroog klapte krachtig de schaar dicht. Uit alle kracht beukte ik mijn voorhoofd tegen zijn gezicht en hij viel opzij. Ik tilde het wapen op en richtte opnieuw op zijn gezicht. Met gespleten lippen richtte Marcos zich op en staarde me aan.

'Daar heb je de ballen niet voor,' gromde hij.

Hij legde zijn hand op de loop en grijnsde. Ik haalde de trekker over. De kogel schoot zijn hand aan flarden en gooide zijn arm naar achteren als na een mokerslag. Hij viel ruggelings op de vloer en hield zijn verminkte hand vast, terwijl zijn door kruit verschroeide gezicht zich tot een pijngrimas vertrok en hij geluidloos kermde. Ik stond op en liet hem daar liggen, leegbloedend in een plas van zijn eigen urine.

21

Met mijn laatste krachten sleepte ik me door de stegen van de Raval naar de Paralelo, waar voor het Apollotheater een rij taxi's wachtte. Ik glipte in de eerste de beste. Bij het horen van het portier draaide de chauffeur zich om en toen hij mij zag, trok hij een grimas waaruit bleek dat hij mij liever kwijt dan rijk was. Geen acht slaand op zijn weerstand, liet ik me op de achterbank vallen.

'U gaat daarachter toch niet dood, hoop ik?'

'Hoe sneller u me op de plaats van bestemming brengt, des te sneller bent u van me af.'

De chauffeur vloekte binnensmonds en zette de motor aan.

'En waar wilt u heen?'

Ik weet het niet, dacht ik.

'Begint u maar vast te rijden, ik vertel het u zo.'

'Rijden in welke richting?'

'Pedralbes.'

Twintig minuten later ontwaarde ik de lichten van Villa Helius op de heuvel. Ik gaf de chauffeur, die al niet meer geloofde me ooit nog kwijt te raken, een teken. Hij zette me voor de deur af en vergat bijna geld te vragen voor de rit. Ik sleepte me naar de voordeur en belde aan. Toen liet ik me op de treden zakken en leunde met mijn hoofd tegen de muur. Ik hoorde voetstappen dichterbij komen en op zeker moment had ik de indruk dat de deur geopend werd en een stem mijn naam zei. Ik voelde een hand op mijn voorhoofd en meende Vidals ogen te herkennen.

‘Vergeeft u mij, don Pedro,’ zei ik smekend. ‘Ik wist niet waar ik naartoe moest ...’

Hij riep iets en kort daarna voelde ik handen die me bij benen en armen optilden.

Toen ik mijn ogen weer opendeed, lag ik in don Pedro’s slaapkamer, in hetzelfde bed dat hij had gedeeld met Cristina gedurende de schaarse maanden van hun huwelijk. Ik zuchtte. Vidal keek naar me vanaf het voeteneinde.

‘Nu niet praten,’ zei hij. ‘De dokter is onderweg.’

‘Gelooft u ze niet, don Pedro,’ kermde ik. ‘U moet ze niet geloven.’

Vidal knikte met opeengeklemde kaken.

‘Natuurlijk niet.’

Hij pakte een deken en dekte me toe.

‘Ik ga naar beneden om de dokter op te wachten,’ zei hij. ‘Rust wat.’

Na een poosje hoorde ik voetstappen en stemmen de slaapkamer binnen komen. Ik voelde dat mijn kleren werden uitgetrokken en zag talloze snijwonden, die mijn lichaam bedekten als bloederige klimop. Ik voelde hoe pincetten glassplinters met huid en vlees uit de wonden plukten. Ik voelde de warmte van het desinfecteermiddel en de naaldsteken, waarmee de dokter wonden hechtte. Er was geen pijn meer, amper nog vermoeidheid. Toen ik eenmaal was ingezwachteld, gehecht en opgelapt als een kapotte pop, dekten de dokter en Vidal me toe en vlijden mijn hoofd op het zachtste, donzigste kussen van mijn leven. Ik opende mijn ogen en zag het gezicht van de dokter, een aristocratische heer met een geruststellende glimlach.

‘U heeft geluk gehad, jongeman,’ zei hij terwijl hij tegelijkertijd een naald in mijn arm boorde.

‘Wat is dat?’ mompelde ik.

Naast het gezicht van de dokter dook dat van Vidal op.

‘Het zal je helpen om te slapen.’

Een wolk van kou breidde zich uit in mijn arm, die verder trok naar mijn borst. Ik viel in een zwartfluwelen poel, terwijl Vidal en de dokter me vanuit de hoogte observeerden. De wereld sloot zich tot een lichtdruppel, die in mijn handen vervluchtigde. Ik dook onder in een warme, eindeloze, chemische vrede, waarvan ik het liefst nooit meer afscheid had genomen.

Ik herinner me een wereld van zwart water onder het ijs. Maanlicht streek langs het bevroren gewelf boven me en viel uiteen in duizend korrelige stralenbundels, die zich wiegden op de stroom waarin ik werd meegesleurd. De witte doek waardoor ze werd omhuld, golfde traag om haar heen, het silhouet van haar lichaam zichtbaar in het tegenlicht. Cristina stak haar hand naar mij uit en ik vocht tegen die koude, stroperige stroom. Toen onze vingers slechts enkele millimeters van elkaar verwijderd waren, ontvouwde een donkere wolk zijn vleugels achter haar en ving haar als in een explosie. Zwarte lichttentakels omvatten haar armen, keel en gezicht en trokken haar met kracht de duisternis in.

22

Ik ontwaakte toen ik Víctor Grandes mijn naam hoorde noemen. Ik schoot omhoog, zonder te weten waar ik me bevond – als het al ergens gelijkenis mee vertoonde, leek het op de suite van een luxehotel. De zweepslagen van pijn van de tientallen snijwonden op mijn lijf haalden me terug naar de realiteit. Ik bevond me in Vidals slaapkamer in Villa Helius. Tussen de halfgesloten luiken was het licht van de namiddag te zien. In de haard brandde een vuur en het was warm. De stemmen kwamen van de begane grond. Pedro Vidal en Víctor Grandes.

Ik negeerde mijn schrijnende en stekende huid en sprong uit bed. Mijn met bloed besmeurde kleren lagen op een stoel. Ik zocht naar mijn jas. De revolver zat nog in de jaszak. Ik spande de haan, verliet de kamer en volgde het spoor van de stemmen naar de trap. Strak tegen de muur gedrukt sloop ik een paar treden naar beneden.

'Het spijt mij bijzonder van uw mannen, inspecteur,' hoorde ik Vidal zeggen. 'U kunt er zeker van zijn dat zodra David contact met mij zoekt of ik iets over zijn verblijfplaats hoor, ik het u onmiddellijk zal laten weten.'

'Ik waardeer uw hulp, meneer Vidal. Het spijt mij u onder deze omstandigheden te moeten lastigvallen, maar de situatie is buitengewoon ernstig.'

'Dat is mij duidelijk. Dank voor uw bezoek.'

Stemmen in de richting van de hal en het geluid van de voordeur. Voetstappen die wegstierven in de tuin. Vidals zware ademhaling beneden bij de trap. Ik liep nog een paar treden naar beneden en zag dat hij met zijn voorhoofd tegen de deur leunde. Toen hij me hoorde, draaide hij zich om. Hij zei geen woord, keek slechts naar de revolver in mijn hand. Ik legde hem op het tafeltje aan de voet van de trap.

'Kom, we zullen eens kijken of we iets van schone kleding voor je kunnen vinden,' zei hij.

Ik volgde hem naar een immense kleedkamer. Alle exquise pakken die ik me herinnerde uit Vidals gloriejaren bevonden zich hier, evenals dozijnen stropdassen, schoenen en manchetknopen in roodfluwelen etuis.

'Dit is allemaal uit de tijd dat ik jong was. Het zal je goed staan.'

Vidal maakte een keus voor mij. Hij reikte me een hemd aan dat waarschijnlijk meer kostte dan een lapje grond, een in Londen op maat gemaakt driedelig pak en Italiaanse schoenen die niet hadden misstaan in de garderobe van Monsieur. Zwijgend kleedde ik me aan, terwijl Vidal me peinzend gadesloeg.

'Een tikje wijd in de schouders, maar je zult het ermee moeten doen.' Hij gaf me twee manchetknopen met saffieren.

'Wat heeft de inspecteur u verteld?'

'Alles.'

'En wat geloofde u ervan?'

'Is het van belang wat ik geloof?'

'Voor mij wel.'

Vidal ging op een bankje zitten voor een wand die geheel bedekt was met spiegels.

'Hij zegt dat jij weet waar Cristina is,' zei hij.

Ik knikte.

'Leeft ze nog?'

Ik keek hem in de ogen en knikte heel, heel langzaam. Vidal glimlachte zwakjes en ontweek mijn blik. Toen begon hij te huilen, met een kreun die opwelde uit zijn diepste binnenste. Ik ging naast hem zitten en omhelsde hem.

'Vergeeft u mij, don Pedro, vergeeft u mij ...'

Toen de zon verder aan de horizon begon te zakken, wierp don Pedro mijn oude kleren in het vuur. Alvorens de jas over te geven aan de vlammen, haalde hij het exemplaar van *De voetstappen van de hemel* eruit en reikte het me aan.

‘Van de twee boeken die je vorig jaar hebt geschreven, is dit het goede,’ zei hij.

Ik keek hoe hij mijn brandende kleren in het vuur verschoof.

‘Wanneer kreeg u het in de gaten?’

Vidal haalde zijn schouders op.

‘Zelfs een ijdele domkop kun je niet altijd voor de gek houden, David.’

Ik wist niet zeker of er wrok in zijn stem lag, of slechts droefenis.

‘Ik heb het gedaan omdat ik dacht dat ik u ermee zou helpen, don Pedro.’

‘Dat weet ik toch.’

Hij glimlachte zonder enige bitterheid.

‘Vergeeft u mij,’ prevelde ik.

‘Het is beter als je de stad verlaat. Bij de pier van San Sebastián ligt een vrachtschip aangemeerd dat om middernacht het anker licht. Alles is geregeld. Vraag naar kapitein Olmo, hij verwacht je. Neem een van de auto’s uit de garage. Je kunt hem op de pier achterlaten, Pep haalt hem morgen weer op. Praat met niemand. Ga niet terug naar je huis. En je zult geld nodig hebben.’

‘Geld heb ik genoeg,’ loog ik.

‘Geld heeft een mens nooit genoeg. Als je in Marseille van boord gaat, begeleidt Olmo je naar een bank die je vijftigduizend francs zal uitbetalen.’

‘Don Pedro ...’

‘Luister naar me. De twee mannen die je gedood hebt, zoals Grandes zegt ...’

‘Marcos en Castelo. Ik geloof dat ze voor uw vader werkten, don Pedro.’

Vidal schudde zijn hoofd.

‘Mijn vader noch zijn advocaten doen ooit zaken met het middenkader, David. Hoe denk je dat die twee wisten waar ze je konden vinden, een halfuur na je vlucht uit het politiebureau?’

Koude, transparante zekerheid trof me als een mokerslag.

‘Via mijn grote vriend, inspecteur Víctor Grandes.’

Vidal knikte.

'Juist. Grandes heeft je alleen maar laten gaan omdat hij geen vuile handen wilde maken. Zodra je daar weg was, zaten zijn twee mannen je op de hielen. Het zou een dood in telegramstijl zijn geweest – "verdachte van moord slaat op de vlucht en komt om bij poging arrestatie te ontlopen".'

'Zoals in vroeger tijden bij de afdeling kort nieuws,' zei ik.

'Sommige dingen veranderen nooit, David. Dat zou jij beter moeten weten dan wie ook.'

Hij opende een kast en gaf me een nog ongedragen nieuwe jas. Ik stopte het boek in de binnenzak. Vidal glimlachte naar me.

'Voor één keer in mijn leven zie ik je goedgekleed.'

'Het stond u beter, don Pedro.'

'Uiteraard.'

'Don Pedro, er zijn veel dingen die ...'

'Dat is nu niet belangrijk meer, David. Je bent me geen enkele verklaring schuldig.'

'Ik ben u veel meer schuldig dan een verklaring ...'

'Vertel me dan over haar.'

Vidals vertwijfelde blik smeekte me om leugens. We gingen in de salon zitten bij de grote vensters die over de stad uitkeken en ik loog met heel mijn ziel tegen hem. Ik zei dat Cristina onder de naam madame Vidal een kleine zolderverdieping had gehuurd in de rue de Soufflot en me verteld had dat ze elke avond bij de fonteinen van de Jardin du Luxembourg op me zou wachten. Ik zei dat ze vaak over hem sprak en hem nooit zou vergeten, en hoeveel jaren ik ook aan haar zijde zou doorbrengen, ik wist dat ik nooit de leegte zou kunnen vullen die hij had achtergelaten. Don Pedro knikte, de blik verloren in het oneindige.

'Je moet me beloven dat je voor haar zult zorgen, David. Dat je haar nooit in de steek zult laten. Dat je bij haar blijft, wat er ook gebeurt.'

'Ik beloof het u, don Pedro.'

In het schemerlicht van de vallende avond zag ik in hem nog slechts een oude, verslagen man, ziek van herinneringen en berouw, een man die nooit had geloofd, maar wie nu slechts de balsem van de goedgelovigheid restte.

'Ik was graag een betere vriend voor je geweest, David.'

'U bent de beste van alle vrienden geweest, don Pedro. U bent veel meer geweest dan dat.'

Vidal strekte zijn arm uit en pakte mijn hand. Hij beefde.

'Grandes heeft me over die man verteld die jij soms met "Monsieur" aanduidt ... Hij zegt dat je hem iets verschuldigd bent en dat je gelooft dat je alleen je schuld kunt vereffenen door hem een zuivere ziel als offer te brengen ...'

'Allemaal onzin, don Pedro. Besteedt u er geen aandacht aan.'

'Met een bevlekte, vermoeide ziel als de mijne ben je niet gediend zeker, of wel?'

'Ik ken geen zuiverder ziel dan de uwe, don Pedro.'

Hij glimlachte.

'Als ik met je vader kon ruilen, dan deed ik het, David.'

'Ik weet het.'

Hij stond op en keek hoe de duisternis op de stad neerdaalde.

'Je moet gaan,' zei hij. 'Loop naar de garage en neem een auto. Welke je maar wilt. Ik ga kijken of ik contanten in huis heb.'

Ik knikte, pakte de jas en verliet het huis. In de garage van Villa Helius stonden automobielen die glommen als koninklijke koetsen. Ik koos een kleine, discrete: een zwarte Hispano-Suiza die niet vaker dan twee of drie keer gebruikt leek te zijn en nog nieuw rook. Ik ging achter het stuur zitten, startte de motor en reed de garage uit om op de binnenhof te wachten. Toen don Pedro na een minuut niet verscheen, stapte ik uit en liet de motor draaien. Ik ging terug het huis in om afscheid van hem te nemen en hem te vertellen dat hij zich geen zorgen moest maken om het geld, ik zou het wel redden. In de hal herinnerde ik me het wapen dat ik op het tafeltje had gelegd. Maar toen ik het wilde pakken, was het verdwenen.

'Don Pedro?'

De deur naar de salon stond op een kier. Ik keek naar binnen en zag hem midden in de kamer. Hij bracht de revolver van mijn vader naar zijn borst en richtte de loop op zijn hart. Ik rende naar hem toe, maar de explosie van het schot verstikte mijn schreeuw. Het wapen viel uit zijn hand. Zijn lichaam neigde opzij en zonk langzaam naar de vloer, een scharlakenrode vlek achterlatend op het marmer. Ik viel naast hem op mijn knieën en hield hem in mijn armen. Het schot had een rokend gat in zijn kleding geboord, waaruit dik, donker bloed golfde. Don Pedro keek me recht in de ogen, terwijl zijn glimlach werd gevuld met bloed en zijn lichaam ophield met beven en zich overgaf, omgeven door een geur van kruit en smart.

23

Ik liep terug naar de auto en stapte in, mijn bloedbevlekte handen aan het stuur. Ik kon nauwelijks ademhalen. Na een minuut drukte ik de handrem naar beneden. De schemering had de hemel boven de flakkerende lichten van de stad rood geverfd. Ik liet Villa Helius achter me en reed de straat uit naar beneden. Bij de avenida Pearson stopte ik en keek in de achteruitkijkspiegel. Vanuit een verstopt steegje kwam een auto gereden, die ongeveer vijftig meter achter me bleef staan. De koplampen brandden niet. Víctor Grandes.

Ik reed verder door de avenida Pearson, voorbij de grote smeedijzeren draak die de hoofdingang van Finca Güell bewaakte. De auto van inspecteur Grandes volgde op ongeveer honderd meter afstand. Bij de Diagonal aangekomen sloeg ik links af in de richting van het centrum van de stad. Er was weinig verkeer en Grandes kon me zonder problemen volgen, tot ik rechts afsloeg in de hoop hem in de nauwe straten van Les Corts af te schudden. Tegen die tijd had hij al in de gaten dat zijn aanwezigheid geen geheim meer was en hij had de koplampen ontstoken en slechtte de afstand. Twintig minuten lang draaiden we door een knoop van stegen en trams. Ik glipte tussen omnibussen en karren door, met Grandes' koplampen telkens weer achter me, onontkoombaar. Na een poosje verhief zich voor ons de heuvel van de Montjuïc. Het grote paleis van de Wereldtentoonstelling en de resten van de overige paviljoens waren net twee weken eerder gesloten, maar in de nevel van de schemering leken ze nu al ruïnes van een grote, vergeten beschaving. Ik stuurde de brede straat in naar boven, naar de magische fonteinen van de Tentoonstelling met hun choreografieën van water en licht, en gaf gas. Hoe hoger we kwamen op de weg die om de heuvel liep en naar het stadion slingerde, des te meer won Grandes terrein, tot ik in de achteruitkijkspiegel duidelijk zijn gezicht kon herkennen. Een ogenblik was ik in de verleiding om de weg naar het fort boven op de heuvel te nemen, maar als er één plek was zonder ontsnappingsmogelijkheden, dan was het deze. Mijn enige hoop was het te redden naar de andere kant van de heuvel, de kant die uitkeek over zee, en op een van de havenpieren te verdwijnen. Daarvoor had ik een zekere voorsprong nodig. Grandes zat nu ongeveer vijftien meter achter me. Voor me doemden de grote balustrades van Miramar op met hun weidse uitzicht over de stad. Ik trapte vol op de rem, zodat Grandes met een klap tegen de Hispano-Suiza aan knalde. De botsing schoof ons beiden in de vonkenregen bijna twintig meter verder. Ik haalde mijn voet van de rem en reed een stukje door. Terwijl Grandes poogde de controle over zijn auto te herwinnen, zette ik de mijne in zijn achteruit en drukte het gaspedaal diep in. Tegen de tijd dat Grandes besefte wat ik deed, was het te laat. Dankzij een van de meest exclusieve merken kon ik hem aanvallen met alle macht van een carrosserie en een motor die beduidend robuuster waren dan de zijne. De kracht van de botsing schudde hem in zijn auto door elkaar en ik kon zien hoe zijn hoofd tegen de voorruit sloeg en die compleet versplinterde. Witte damp steeg op van onder de motorkap en de koplampen hadden de geest gegeven. Ik zette hem weer in zijn eerste versnelling en gaf gas. Grandes bleef achter en ik stuurde op de uitkijktoren van Miramar aan. Al snel merkte ik dat bij de botsing de achterbumper tegen een van de wielen was gedrukt, hetgeen voor veel frictie zorgde. De stank van verbrand rubber drong in mijn neus. Twintig meter verderop klapte de band, de auto begon te slingeren en bleef in een zwarte rookwolk staan. Ik stapte uit en keek naar de plek waar Grandes' auto was achtergebleven. De inspecteur kroop uit de auto en kwam langzaam overeind. Ik keek om me heen. Het eindstation van de kabelbaan die de haven vanaf de Montjuïc tot de toren van San Sebastián overspande, lag zo'n vijftig meter hiervandaan. Ik kon de omtrekken zien van de aan hun kabels hangende gondels, die geluidloos door de scharlakenrode schemering gleden, en rende erheen.

Een van de kabelbaanemployés wilde juist de deuren van het gebouw sluiten toen hij me in volle vaart zag aankomen. Hij hield de deur voor me open en gebaarde naar binnen

'Laatste traject van de dag,' waarschuwde hij. 'U kunt zich maar beter haasten.'

De kassa stond op het punt te sluiten toen ik het laatste kaartje van de dag kocht en me ijlings bij een vierkoppig groepje voegde dat bij de gondel wachtte. Ik sloeg geen acht op hun kledij, tot de employé het deurtje opendeed en hen met veel strijkages naar binnen nodigde. Priesters.

'De kabelbaan werd ter gelegenheid van de Wereldtentoonstelling geconstrueerd en is uitgerust met de nieuwste technologie. De veiligheid wordt op elk moment gewaarborgd. Zodra de reis begint, blijft deze veiligheidsdeur, die alleen vanbuiten geopend kan worden, vergrendeld, om ongelukken of, God verhoede, zelfmoordpogingen te voorkomen. Uiteraard bestaat er bij u, Eminenties, geen gevaar dat ...'

'Jongeman,' onderbrak ik hem, 'zou u iets meer vaart kunnen maken met het ceremonieel? Het wordt al donker.'

De employé wierp me een vijandige blik toe. Een van de priesters merkte de bloedvlekken op mijn handen op en sloeg een kruis. De employé ging verder met zijn hoogdravende betoog.

'U zult op zo'n zestig meter hoogte boven de havenwateren door de hemel van Barcelona glijden en genieten van de meest spectaculaire uitzichten over de hele stad, tot op heden slechts binnen het bereik geweest van zwaluwen, meeuwen en andere schepselen die God met een gevederd gestel heeft uitgerust. De reis heeft een tijdsduur van tien minuten en we zullen twee keer stoppen – de eerste keer in de centrale toren van de haven, of, zoals ik hem graag noem, de Eiffeltoren van Barcelona, ook wel de toren van San Jaime geheten. De tweede en laatste stop zal zijn in de toren van San Sebastián. Zonder verder dralen wens ik Uwe Eminenties een plezierige oversteek en ik herhaal de wens van de firma, dat we hopen op een spoedig weerzien en u mogen begroeten aan boord van de havenkabelbaan van Barcelona.'

Ik was de eerste die in de gondel stapte. Toen de vier priesters langs hem liepen, hield de employé zijn hand op in de hoop op een fooi, die hij niet kreeg. Met zichtbare teleurstelling sloeg hij het deurtje dicht, draaide zich om en wilde de starthendel overhalen. Buiten wachtte inspecteur Víctor Grandes op hem, danig gehavend maar glimlachend, zijn legitimatie in de hand. De employé deed het deurtje voor hem weer open en met een knikje naar de priesters en een knipoog naar mij stapte Grandes naar binnen. Seconden later gleden we de leegte in.

De gondel zweefde weg van het station in de richting van de bergrand. De priesters hadden zich allemaal aan één kant verzameld, duidelijk bereid om van de avondlijke uitzichten over de stad te genieten en het troebele zaakje dat Grandes en mij hier had samengebracht, te negeren. De inspecteur kwam langzaam mijn kant op en liet me het wapen in zijn hand zien. Grote, rode wolken dreven boven de havenwateren. De gondel dook onder in een wolk en even leek het alsof we in een meer van vuur waren gedoken.

'Bent u weleens eerder hierboven geweest?' vroeg Grandes.

Ik knikte.

'Mijn dochter vindt het geweldig. Eén keer per maand vraagt ze me haar mee te nemen voor een reisje heen en terug. Wel wat prijzig, maar het is de moeite waard.'

'Met wat de oude Vidal u betaalt om mij uit te leveren, kunt u uw dochter ongetwijfeld elke dag meenemen, als u dat zou willen. Puur uit nieuwsgierigheid: wat voor prijs heeft hij op mijn hoofd gezet?'

Grandes glimlachte. De gondel dook op uit de scharlakenrode wolk en we zweefden boven het havenbekken, de lichten van de stad uitgestrooid over het donkere water.

'Vijftienduizend peseta's.' Hij klopte op een witte envelop die uit zijn jaszak stak.

'Ik veronderstel dat ik me vereerd zou moeten voelen. Er zijn er die doden voor een grijpstuiver. Is het verraad aan uw twee mannen bij de prijs inbegrepen?'

'Mag ik u eraan herinneren dat u de enige bent die hier mensen gedood heeft?'

Ondertussen waren de vier priesters de betovering van het duizelingwekkende zweeftochtje over de stad vergeten en sloegen ons geconsterneerd gade. Grandes wierp hun een snelle blik toe.

'Als het niet te veel gevraagd is, zou ik het buitengewoon waarderen als Uwe Eminenties zich uit de voeten maken wanneer we de eerste stop bereiken, zodat wij in alle rust onze wereldse zaken kunnen afhandelen.'

Voor ons verhief de toren in het havenbekken zich als een koepelgewelf van staal en kabels dat afstamde van een mechanische kathedraal. De gondel gleed de koepel van de toren binnen en kwam naast het platform tot stilstand. Toen het deurtje openging, maakten de priesters zich vliegensvlug uit de voeten. Grandes dirigeerde me met het wapen naar achteren. Een van de priesters wierp me bij het uitstappen een bezorgde blik toe.

'Maakt u zich geen zorgen, jongeman, we zullen de politie waarschuwen,' zei hij voordat het deurtje weer dichtging.

'Dat moet u beslist doen,' antwoordde Grandes.

De gondel verliet de toren en begon aan het laatste stuk van de oversteek. Grandes ging bij het raam staan en aanschouwde de stad, een luchtspiegeling van lichten en nevels, kathedralen en paleizen, stegen en brede lanen, ingebed in een labyrint van schaduwen.

'De stad der verdoemden,' zei Grandes. 'Hoe verder weg, hoe mooier.'

'Is dat mijn epitaaf?'

'Ik ga u niet doden, Martín. Ik dood geen mensen. U gaat mij dat plezier doen. Mij en uzelf. En u weet dat ik gelijk heb.'

Zonder verdere plichtplegingen vuurde hij drie schoten af op het vergrendelingsmechanisme van het deurtje en trapte het open. Het fladderde in de lucht en een vochtige wind stroomde de gondel in.

'U zult niets voelen, Martín, gelooft u mij. De klap duurt nog geen tiende van een seconde. En daarna, vrede.'

Ik keek naar het geopende deurtje. Aan mijn voeten gaapte een afgrond van zo'n zestig meter. Ik keek naar de toren van San Sebastián, waarvan we nog enkele minuten verwijderd waren. Grandes las mijn gedachten.

‘Binnen een paar minuten is alles voorbij, Martín. Eigenlijk zou u me dankbaar moeten zijn.’

‘Gelooft u werkelijk dat ik al die mensen om het leven heb gebracht, inspecteur?’

Grandes hief zijn revolver en richtte hem op mijn hart.

‘Ik weet het niet en het interesseert me ook niet.’

‘Ik dacht dat we vrienden waren.’

Grandes glimlachte en schudde zijn hoofd.

‘U heeft geen vrienden, Martín.’

Ik hoorde het lawaai van het schot en voelde een inslag in mijn borst, alsof een sloophamer tegen mijn ribben was geramd. Ik kreeg geen lucht meer en viel achterover, een pijnscheut vlamde door mijn lichaam als benzine die in lichterlaaie staat. Grandes had me bij mijn voeten gepakt en sleurde me naar het deurtje. Aan de andere kant verscheen tussen wolkensluiers de top van de toren van San Sebastián. Grandes stapte over me heen, knielde achter me en duwde me bij mijn schouders naar het deurtje. Ik voelde de vochtige wind om mijn benen. De inspecteur gaf me nog een duw, zodat mijn heupen uit de gondel hingen. De ruk van de zwaartekracht was acuut.

Net toen ik begon te vallen, strekte ik mijn armen uit naar de politieman en begroef mijn vingers in zijn nek. Door mijn lichaamsgewicht zat hij vastgepind in de opening. Ik duwde met al mijn kracht, drukte zijn luchtpijp in en perste zijn halsslagader samen. Met één hand probeerde hij zich uit mijn wurggreep te bevrijden, met de andere tastte hij naar het wapen. Eindelijk vonden zijn vingers de trekker. De kogel schampte mijn slaap en raakte de deurrand, maar suisde terug de gondel in, dwars door zijn handpalm. Ik zette mijn nagels in zijn hals en voelde dat de huid meegaf. Grandes kermde het uit. Met alle kracht die ik nog in me had, trok ik me aan hem op om meer dan de helft van mijn lichaam weer in de gondel te krijgen. Toen ik me eenmaal aan de metalen wandjes kon vastgrijpen, liet ik Grandes los en wierp me naar een kant.

Ik bevoelde mijn borst en vond het gat van het schot dat de inspecteur had gelost. Ik knoopte mijn jas open en trok *De voetstappen van de hemel* eruit. De kogel was door de voorste band gegaan, dwars door de bijna vierhonderd pagina’s en stak als een zilveren vingertop uit de achterste band. Naast mij kronkelde Grandes op de vloer, wanhopig zijn keel vastgrijpend. Zijn gezicht was donkerpaars aangelopen en de aderen op voorhoofd en slapen pulseerden als hoogspanningskabels. Hij wierp me een smekende blik toe. Een web van gebarsten adertjes breidde zich uit in zijn ogen en ik begreep dat ik met mijn handen zijn luchtpijp had verbrijzeld en dat hij reddeloos stikte.

Ik keek toe hoe hij in een pijnlijke doodsstrijd op de vloer lag te schudden en trok de witte envelop uit zijn jaszak. Ik telde vijftienduizend peseta's – de prijs voor mijn leven – en borg de envelop op. Grandes sleepte zichzelf over de vloer naar het wapen. Ik stond op en schopte het bij hem vandaan. Smekend om genade greep hij mijn enkel.

'Waar is Marlasca?' vroeg ik.

Zijn keel stootte een dof gekreun uit. Ik keek hem strak aan en besefte dat hij lachte. De gondel was de toren van San Sebastián al binnengegleden toen ik hem door de deuropening duwde en zag hoe zijn lichaam bijna zeventig meter naar beneden stortte door een wirwar van staven, kabels, tandwielen en stangen, die hem in stukken reten tijdens zijn val.

24

Het huis met de toren was in duisternis gehuld. Op de tast liep ik de stenen traptreden op naar de overloop en vond de deur op een kier. Ik duwde hem open en bleef op de drempel staan om de schaduwen in de lange gang te verkennen. Een paar passen en opnieuw bleef ik staan, onbeweeglijk, afwachtend. Aan de wand tastte ik naar het lichtknopje, dat ik vier keer omdraaide, zonder resultaat. Behoedzaam legde ik de drie meter af tot aan de eerste deur rechts, die toegang gaf tot de keuken. Ik herinnerde me dat ik in een van de keukenkasten een olielamp bewaarde, die ik ook daadwerkelijk vond, tussen ongeopende blikken koffie uit Can Gispert. Ik zette de lamp op tafel en stak hem aan. De muren werden in zwak amberkleurig licht gedoopt. Met de lamp liep ik de gang weer in.

Langzaam kwam ik vooruit, het flakkerende licht in de hoogte houdend, en elk moment verwachtte ik iets of iemand uit een van de deuren links en rechts te zien stappen. Ik wist dat ik niet alleen was. Ik kon het ruiken. Een zure stank van razernij en haat hing in de lucht. Aan de andere kant van de gang stopte ik voor de deur van de laatste kamer. Het schijnsel van de lamp wierp een zachte gloed over de weggeschoven kast en de kleren die op een hoop op de grond lagen – nog precies zoals ik ze had achtergelaten toen Grandes was gekomen om me te arresteren, twee nachten geleden. Ik liep verder, naar de voet van de wenteltrap, en beklom voorzichtig de trap naar de studeerkamer, elke twee of drie treden over mijn schouder kijkend. Door de ramen filterde het vale schijnsel van de maan naar binnen. Vlug liep ik door de kamer naar de hutkoffer tegen de wand en klapte het deksel open. De map met het manuscript voor Monsieur was verdwenen.

Op weg naar de trap zag ik, toen ik langs mijn bureau liep, dat de toetsen van mijn oude schrijfmachine waren vernield – alsof iemand er met zijn vuisten op had ingeramd. Behoedzaam daalde ik de trap weer af. Terug in de gang stak ik mijn hoofd om de deuropening naar de loggia. Zelfs in het halfdonker kon ik zien dat al mijn boeken op de grond waren gegooid en dat het leer van de leunstoelen aan flarden hing. Ik draaide me om en staarde naar de twintig meter lange gang die mij van de voordeur scheidde. In het schaarse licht van de olielamp waren slechts halve contouren te onderscheiden, waarachter schaduwen golfden als zwart water.

Ik herinnerde me dat ik de voordeur had opengelaten toen ik naar binnen was gegaan. Nu was hij dicht. Ik liep nog een paar meter verder, maar toen ik weer langs de achterste kamer kwam, stond ik abrupt stil. Eerder had ik het niet gezien omdat de deur naar links openging en ik niet aandachtig genoeg naar binnen had gekeken, maar nu zag ik het heel goed. Een witte duif met uitgespreide vleugels was als een kruis op de deur gespijkerd. Verse bloeddruppels gleden over het hout.

Ik liep de kamer in. Achter de deur was niemand. De kast stond nog steeds tegen de zijmuur. De vochtig koude lucht die uit het gat in de muur kwam vulde de ruimte. Ik zette de lamp op de grond en begon met mijn vingernagels te krabben aan de zachtgeworden mortel om het gat en voelde dat die onder mijn handen uit elkaar viel. In de la van een tafeltje in de hoek vond ik een oude briefopener waarmee ik in de mortel begon te wroeten. Het gips liet gemakkelijk los, de laag was hooguit drie centimeter dik. Aan de andere kant stootte ik op hout.

Een deur.

Met de briefopener brak ik het gips aan de randen weg, tot de deur zich langzaam begon af te tekenen in de muur. Inmiddels was ik de op de loer liggende aanwezigheid, in de schaduwen die de woning vergiftigde, volkomen vergeten. De deur had geen klink, alleen een verroest slot dat met het gips verkleefd was na jaren van vochtigheid. Ik boorde mijn briefopener erin en wroette vergeefs. Vervolgens begon ik tegen de deur aan te schoppen, tot het gips om het slot stukje bij beetje meegaf en uit elkaar viel. Eindelijk had ik het zo ver vrijgemaakt dat een simpele duw voldoende was om de deur open te drukken.

Een golf van rottende lucht walmde naar buiten en zette zich onmiddellijk vast in mijn kleren en huid. Ik nam de lamp en liep naar binnen. De ruimte was een rechthoek van ongeveer vijf of zes meter diep. De muren waren vol tekeningen en inscripties die met de vingers leken te zijn aangebracht. De lijnen waren roodbruin en donker – opgedroogd bloed. De vloer was bezaaid met wat ik aanvankelijk voor stof hield, maar wat in het lamplicht resten van botjes bleken te zijn. Dierenbotten, uiteengevallen in een zee van as. Aan het plafond hingen aan zwarte snoeren talloze objecten. Ik herkende religieuze figuren, beeltenissen van heiligen en maagden met een verbrand gelaat en uitgerukte ogen, met prikkeldraad omwikkelde kruisen, en resten van tinnen speelgoed en poppen met glazen ogen. De gestalte bevond zich achter in de kamer en was bijna niet te zien.

Een naar de hoek gekeerde stoel. Daarop een in het zwart geklede persoon. Een man. De handen waren op de rug vastgebonden met handboeien. Dik ijzerdraad klemde armen en benen aan de stoelpoten. Een kou, zoals ik die tot dat moment niet had gekend, golfde door me heen.

'Salvador?' bracht ik uit.

Langzaam liep ik op hem af. De man roerde zich niet. Op een pas afstand bleef ik staan en strekte aarzelend een hand naar hem uit. Mijn vingers beroerden zijn haar en schouder. Toen ik het lichaam wilde draaien, voelde ik dat er onder mijn vingers iets meegaf. Het volgende moment hoorde ik een heel licht ruisen en het lijk viel in stof uit elkaar, dat over zijn kleding en de knopen van ijzerdraad heen stroomde en toen in een donkere wolk opsteeg, om tussen de muren van de gevangenis te blijven hangen, waarin Salvador jarenlang verborgen had gezeten. Ik bekeek de stofsluier op mijn handen, bracht ze naar mijn gezicht en streek de resten van Ricardo Salvadors ziel over mijn huid uit. Toen ik mijn ogen opendeed zag ik Diego Marlasca, zijn gevangenbewaarder, wachtend op de drempel van de cel met in zijn handen het manuscript voor Monsieur en vuurspuwende ogen.

'Ik heb het gelezen terwijl ik op u wachtte, Martín,' zei Marlasca. 'Een meesterwerk. Corelli zal me weten te belonen als ik het hem uit uw naam overhandig. Ik erken dat ik nooit in staat ben geweest het raadsel op te lossen, ik ben nooit verder gekomen. Het doet me deugd vast te stellen dat hij een opvolger met meer talent heeft weten te vinden.'

'Ga opzij.'

'Het spijt me, Martín. Gelooft u mij dat het me spijt. Ik ben u gaan waarderen.' Hij haalde iets uit zijn broekzak wat eruitzag als een ivoren handvat. 'Maar ik kan u niet laten gaan. Het is tijd dat u de plek van de arme Salvador inneemt.'

Hij drukte op een knop in het handvat en in het halfdonker flitste een dubbelsnijdend mes op.

Met een woedende schreeuw wierp hij zich op me. Het lemmet haalde mijn wang open en had mijn linkeroog uitgestoken als ik me niet opzij had gegooid. Ik viel ruggelings op de met botjes en stof bedekte vloer. Marlasca greep het mes met beide handen vast en liet zich op me vallen, al zijn gewicht op het lemmet plaatsend. De punt bleef op een paar centimeter van mijn borst steken, terwijl ik met mijn rechterhand Marlasca bij de keel greep.

Hij draaide zijn gezicht om me in mijn pols te bijten en ik gaf hem met mijn linkerhand een dreun in zijn gezicht. Hij reageerde amper. De razernij die hem dreef, oversteeg verstand en pijn, en het was me duidelijk dat hij me niet levend uit die cel zou laten ontsnappen. Hij viel me aan met een kracht die bovenmenselijk leek. Ik voelde de punt van het mes door mijn huid dringen. Opnieuw sloeg ik met alle kracht toe. Mijn vuist knalde op zijn gezicht en brak zijn neusbeen. Zijn bloed liep over mijn knokkels. Hij schreeuwde weer, zij het niet van pijn, en boorde het mes een centimeter diep in mijn vlees. Een stekend gloeien voer door mijn borst. Opnieuw viel ik aan, zocht met mijn vingers zijn oogholtes, maar hij hief zijn kin en ik kon mijn nagels slechts in zijn wangen klauwen. Ditmaal voelde ik zijn tanden op mijn vingers.

Ik ramde een vuist in zijn mond en sloeg daarmee zijn lippen en enkele tanden kapot. Hij jankte en aarzelde een fractie van een seconde. Ik stootte hem opzij, zodat hij op de vloer viel, het gezicht een van pijn trillend, bloedig masker. Ik schoof van hem weg en bad in stilte dat hij niet meer zou opstaan. Maar meteen daarop sleepte hij zich naar het mes en begon zich op te richten.

Met het mes in de hand en een oorverdovend gekrijs stortte hij zich op me. Deze keer verraste hij me niet. Ik reikte naar het hengsel van de olielamp en zwaaide de lamp naar hem met al mijn kracht. De lamp spatte in zijn gezicht uit elkaar en de olie liep over zijn ogen, lippen, keel en borst, en vatte subiet vlam. In een paar seconden breidde het vuur zich uit over zijn hele lijf. Zijn haar verbrandde onmiddellijk. Door de vlammen heen, die zijn wimpers verzengden, zag ik zijn blik vol haat. Ik pakte het manuscript en liep weg. Marlasca hield nog steeds het mes in zijn hand en toen hij probeerde me te volgen, deze vervloekte kamer uit, struikelde hij over de stapel oude kleren, die daarop ook meteen vlam vatte. Het vuur sprong over naar de kast en de opgestapelde meubels. Ik vluchtte de gang in en zag hem alweer met uitgespreide armen achter me aan wankelen. Ik rende naar de deur, maar voor ik naar buiten stapte, draaide ik me nog een keer om en keek toe hoe Diego Marlasca, terwijl hij woest op de wanden in beukte, die onmiddellijk begonnen te branden, door de vlammen verteerd werd. Het vuur breidde zich uit naar de boeken die over de hele loggia gesmeten lagen en bereikte de gordijnen. Als slangen kronkelden de vlammen langs deur- en raamkozijnen naar het plafond, en kropen over de trappen naar de studeerkamer. Ten slotte zag ik hoe de vervloekte man achter in de gang op zijn knieën zonk, beroofd van de vergeefse hoop van zijn waan, zijn lichaam gereduceerd tot een menselijke fakkel door een vlammenzee die onontkoombaar door het huis met de toren golfde. Ik deed de voordeur open en rende de trap af.

Op straat hadden zich enkele buurtbewoners verzameld toen ze de eerste steekvlammen uit de ramen van de toren hadden zien slaan. Niemand lette op mij toen ik wegglipte. Kort daarop hoorde ik de ruiten van de studeerkamer knappen, ik draaide me om en zag hoe het razende vuur de draakvormige windroos greep. Tegen een zee van buurtbewoners in lopend die met opgeheven blik toesnelden, hun ogen in vuur en vlam in het schijnsel van de brandstapel die zich tegen een zwarte hemel verhief, verdween ik naar de paseo del Born.

25

Die avond ging ik voor de laatste keer terug naar de boekhandel van Sempere & Zoons. Voor de deur hing het bordje GESLOTEN, maar toen ik dichterbij kwam, zag ik dat er nog licht brandde en dat Isabella achter de toonbank stond, alleen, verdiept in een dik kasboek dat, naar de uitdrukking op haar gezicht te oordelen, het einde betekende van de oude boekhandel. Toen ik haar zo op een potlood zag kauwen en zich met de wijsvinger haar neus zag krabben, wist ik dat die plek, zolang zij daar was, nooit zou verdwijnen. Haar aanwezigheid zou hem redden, zoals zij mij had gered. Ik durfde dat beeld vast te houden en bleef glimlachend naar haar staan kijken, zonder dat ze mijn aanwezigheid opmerkte. Plotseling keek ze op, alsof ze mijn gedachten had geraden, en zag me. Ik stak mijn hand op en zag dat haar ogen zich vulden met tranen. Ze klapte het boek dicht en stoof achter de toonbank vandaan om open te doen. Ze staarde me aan alsof ze niet echt kon geloven dat ik daar stond.

'Die man zei dat u was gevlucht ... dat we u nooit meer zouden zien.'

Vermoedelijk had Grandes haar een bezoekje gebracht.

'Ik wil dat u weet dat ik er geen woord van geloofde,' ging ze verder. 'Ik haal meteen ...'

'Ik heb niet veel tijd, Isabella.'

Verslagen keek ze me aan.

'U gaat weg, hè?'

Ik knikte. Isabella slikte moeizaam.

'Ik heb u toch gezegd dat ik niet van afscheid nemen houd.'

'Ik nog veel minder. Ik ben ook niet gekomen om afscheid te nemen, ik ben gekomen om een paar dingen terug te brengen, die niet van mij zijn.'

Ik haalde het exemplaar van *De voetstappen van de hemel* tevoorschijn en reikte het haar aan.

'Dit had nooit de vitrine met señor Semperes persoonlijke collectie mogen verlaten.'

Toen Isabella de kogel zag die nog in de band vastzat, keek ze me sprakeloos aan. Ik haalde de witte envelop met de vijftienduizend peseta's tevoorschijn, waarmee de oude Vidal mijn dood had geprobeerd te kopen, en legde hem op de toonbank.

'En dit is voor alle boeken die señor Sempere me in de loop der jaren heeft geschonken.'

Isabella opende de envelop en telde beduusd het geld.

'Ik weet niet of ik dat kan aannemen ...'

'Beschouw het als een voortijdig huwelijkscadeau.'

'En ik had nog steeds de hoop dat u me op een goede dag naar het altaar zou leiden, al was het maar als getuige.'

'Ik had niets liever gedaan.'

'Maar u moet weg.'

'Ja.'

'Voor altijd.'

'Voor een tijd.'

'En als ik met u meega?'

Ik kuste haar op haar voorhoofd en omhelsde haar.

'Waar ik ook ga, jij bent altijd bij me, Isabella. Altijd.'

'Ik peins er niet over u te missen.'

'Dat weet ik toch.'

'Kan ik u ten minste vergezellen naar de trein of waarheen dan ook?'

Ik aarzelde te lang om die laatste minuten in haar gezelschap te weigeren.

'Om er zeker van te zijn dat u ook werkelijk gaat en dat ik voor altijd van u bevrijd ben,' voegde ze eraan toe.

'Afgesproken.'

Bedaard wandelden we gearmd over de Ramblas in de richting van de haven. Toen we bij de calle Arc del Teatre waren aangekomen, sloegen we het donkere steegje in dat zich een weg baande door de Raval.

'Isabella, wat je vanavond zult zien mag je aan niemand vertellen.'

'Zelfs niet aan mijn Sempere junior?'

Ik zuchtte.

'Natuurlijk wel. Hem kun je alles vertellen. Voor hem hebben we bijna geen geheimen.'

Toen hij de deur opende, glimlachte Isaac naar ons en deed een stapje opzij.

'Het werd hoog tijd dat we eens een bezoekje van niveau kregen,' zei hij met een buiging naar Isabella. 'Ik voel intuïtief aan dat u voor gids wilt spelen, nietwaar, Martín?'

'Als u het niet erg vindt ...'

Isaac schudde zijn hoofd en gaf me een hand.

'Veel geluk,' zei hij.

Hij liet me met Isabella alleen en trok zich terug in de schaduwen. Mijn voormalige assistente en flamboyante, kersverse bedrijfsleider van Sempere & Zoons bekeek alles met een mengeling van verbazing en wantrouwen.

'Wat is dit voor oord?' vroeg ze.

Ik nam haar bij de hand en voerde haar langzaam naar de grote zaal, waar zich de ingang bevond.

'Welkom in het Kerkhof der Vergeten Boeken, Isabella.'

Isabella keek omhoog naar de glaskoepel en verloor zich in de onmogelijke aanblik van witte lichtstralen die dit Babel doorboorden met zijn tunnels, stegen en bruggen, voerend naar het hart van de boekenkathedraal.

'Dit oord is een mysterie. Een sanctuarium. Elk boek dat je ziet, elke band, heeft een ziel. De ziel van degene die het heeft geschreven en van degene die het heeft gelezen en ervan heeft gedroomd. Telkens als een boek in andere handen overgaat, telkens als iemand zijn blik over de bladzijden laat glijden, groeit zijn geest en wordt sterker. De boeken die niemand zich meer herinnert, die mettertijd verloren zijn gegaan, leven op deze plek voor altijd voort en wachten erop in handen van een nieuwe lezer te geraken, een nieuwe ziel ...'

Even later liet ik Isabella achter bij de ingang van het labyrint en begaf me alleen in de tunnels met het vervloekte manuscript. Ik had niet de moed gehad het te vernietigen en vertrouwde erop dat mijn voetstappen me naar de juiste plek zouden leiden om het voor eeuwig te begraven. Honderdduizenden hoeken sloeg ik om, tot ik me verdwaald waande. In de zekerheid dezelfde weg al tien keer te hebben afgelegd, bevond ik mij onverwachts bij de ingang van de kleine ruimte, waar ik mijn eigen reflectie had gezien in de spiegel waarin de blik van de man in het zwart altijd aanwezig was. Tussen twee zwarte lederbanden vond ik een gat en ik schoof er zonder verder nadenken de map van Andreas Corelli diep in weg. Ik wilde alweer gaan, maar draaide me nog één keer om en liep terug naar de kast. Ik trok de band naast het manuscript eruit en sloeg hem open. Een paar regels waren voldoende om weer dat duistere lachje achter me te horen. Ik zette het boek terug op zijn plek en pakte op goed geluk een ander, waar ik snel doorheen bladerde. Toen nog een en nog een, tot ik tientallen banden in deze ruimte bekeken had en moest vaststellen dat ze in verschillende nuances allemaal dezelfde woorden bevatten, dat dezelfde beelden ze vertroebelden en dat dezelfde fabel zich erin herhaalde als een pas de deux in een oneindige spiegelgalerij. *Lux Aeterna.*

Toen ik het labyrint verliet vond ik Isabella zittend op een paar treetjes met het door haar uitgekozen boek in de hand. Ik ging naast haar zitten en ze leunde met haar hoofd tegen mijn schouder.

'Dank dat u me hier mee naartoe heeft genomen,' zei ze.

Het werd mij duidelijk dat ik dit oord nooit meer zou terugzien, dat ik ertoe veroordeeld was om erover te dromen en de herinnering eraan in mijn geheugen te griffen en me gelukkig te prijzen dat ik door zijn gangen had kunnen dwalen en zijn geheimen had mogen beroeren. Een moment lang sloot ik mijn ogen en grifte het beeld voor eeuwig in mijn geheugen. Daarna pakte ik Isabella's hand, zonder om te kijken, en ging met haar naar de uitgang. Het Kerkhof der Vergeten Boeken liet ik voor altijd achter.

Isabella vergezelde me naar de pier waar het schip wachtte dat me ver weg zou voeren van deze stad en alles wat ik had gekend.

'Hoe zei u dat de kapitein heette?' vroeg Isabella.

'Charon.'

'Helemaal niet grappig.'

Ik omhelsde haar een laatste keer en keek haar in de ogen. Onderweg hadden we afgesproken dat er geen afscheidsscène, geen plechtige woorden of beloftes zouden zijn. Toen de klokken van de Santa María del Mar middernacht sloegen, ging ik aan boord. Kapitein Olmo heette me welkom en bood aan me naar mijn hut te begeleiden. Ik wilde liever nog wachten. De bemanning gooide de trossen los en langzaam kwam de romp los van de kade. Ik posteerde me op het achterdek en keek toe hoe de stad in een vloed van lichtjes achterbleef. Isabella bleef onbeweeglijk staan, haar ogen strak op de mijne gericht, tot de pier zich verloor in de duisternis en Barcelona als een grote fata morgana in het zwarte water zonk. Een voor een doofden de lichten van de stad in de verte uit en ik merkte dat ik al was begonnen me te herinneren.

Epiloog
1945

Vijftien lange jaren zijn voorbijgegaan sinds die nacht dat ik de stad der verdoemden voor altijd ontvluchtte. Lange tijd leidde ik een afwezig bestaan als rondtrekkende vreemdeling. Ik heb honderd namen gehad en evenzovele beroepen – geen ervan mijn eigen.

Ik verdween in oneindige steden en gehuchten waar niemand meer verleden of toekomst bezat. Op geen enkele plek bleef ik langer dan nodig. Eerder vroeger dan later vluchtte ik opnieuw, onaangekondigd, en liet twee of drie oude boeken en wat tweedehandskleding achter in droefgeestige kamertjes waar de tijd geen genade kende en de herinnering brandde. Mijn geheugen werd gestempeld door onzekerheid. De jaren hebben me geleerd te leven in het lichaam van een vreemde die niet wist of hij de misdaden had begaan die hij nog op zijn handen kon ruiken, of inderdaad zijn verstand had verloren en verdoemd was om te dwalen over een wereld in brand, die hij had verzonnen in ruil voor een paar munten en de belofte dat hij een loopje kon nemen met de dood, die hem nu als de lieflijkste aller beloningen toescheen. Vaak heb ik me afgevraagd of de kogel die inspecteur Grandes op mij afvuurde, niet de bladzijden van dat boek, maar mijn hart had doorboord en of ik toch degene was die was gestorven in die aan de hemel zwevende gondel.

In mijn pelgrimsjaren heb ik gezien hoe het inferno, beloofd op de bladzijden die ik had geschreven voor Monsieur, op mijn weg tot leven kwam. Duizend keer ben ik gevlucht voor mijn eigen schaduw, altijd achteromkijkend, altijd in de verwachting hem om de hoek te zien verschijnen, aan de andere kant van de straat of aan het voeteneinde van mijn bed tijdens de eindeloze uren voor de dageraad. Nooit stond ik toe dat iemand me lang genoeg kende om me te vragen waarom ik niet ouder werd, waarom er zich geen lijnen aftekenden in mijn gezicht, waarom mijn spiegelbeeld hetzelfde bleef als in de nacht dat ik Isabella achterliet op de kade van Barcelona – ik ben geen minuut ouder geworden.

Er was een tijd dat ik geloofde dat ik alle schuilplaatsen van de wereld had opgebruikt. De angst, het leven en sterven met louter herinneringen hadden me zo moe gemaakt dat ik bleef staan op de plek waar de aarde ophield en de zee begon, die net als ik elke dag precies als de vorige ontwaakt, en waar ik me, uitgeput, liet vallen.

Vandaag is het een jaar geleden dat ik op deze plek ben aangekomen en mijn naam en beroep heb teruggevonden. Ik heb deze oude hut op het strand gekocht, nauwelijks meer dan een schuur, die ik deel met de boeken van de voormalige eigenaar en een oude schrijfmachine, waarvan ik graag wil geloven dat het dezelfde zou kunnen zijn als waarop ik de honderden pagina's schreef die mogelijk niemand zich meer herinnert – ik zal het nooit weten. Vanuit mijn raam zie ik een kleine houten steiger de zee in lopen en aangemeerd aan het einde ervan een kleine boot, die bij het huis hoort en waarmee ik af en toe naar het rif roei, naar het punt waarop de kust bijna uit het zicht verdwijnt.

Ik had niet meer geschreven tot ik hier kwam. Toen ik de eerste keer een vel papier in de machine draaide en mijn handen op de toetsen zette, vreesde ik dat ik niet in staat zou zijn tot één enkele regel tekst. De eerste pagina's van dit verhaal schreef ik tijdens mijn eerste nacht in de hut op het strand. Ik schreef tot de dageraad, zoals ik jaren geleden placht te doen, zonder in eerste instantie te weten voor wie. Overdag wandelde ik langs het strand of ging op de steiger voor de hut zitten – een paar planken tussen hemel en zee – om de stapels oude kranten te lezen die ik in een van de kasten had gevonden. Op de pagina's stonden oorlogsverhalen, verhalen over een wereld in vlammen zoals ik die voor Monsieur had verzonnen.

Zo kwam het dat ik meende, toen ik al die verslagen over de oorlog in Spanje en daarna in Europa en de wereld las, dat ik niets meer te verliezen had en slechts wenste te weten of het Isabella goed ging en zij mij zich nog herinnerde. Of misschien wilde ik alleen maar weten of ze nog leefde. Ik schreef een brief aan de oude boekhandel Sempere & Zoons in de calle Santa Ana in Barcelona, die zeker pas na weken of maanden op zijn bestemming zou aankomen. Als afzender tekende ik met Mr Rochester, gelovend dat als Isabella de brief in handen kreeg, ze zou weten om wie het ging. As ze het wilde, kon ze hem ongeopend laten en mij voor altijd vergeten.

Maandenlang schreef ik verder aan deze geschiedenis. Ik zag het gezicht van mijn vader weer voor me en liep opnieuw op de redactie van *De stem van de industrie*, waar ik ervan droomde op een dag de grote Pedro Vidal naar de kroon te steken. En opnieuw zag ik Cristina Sagnier voor de eerste keer en betrad ik het huis met de toren om me in de waanzin onder te dompelen waaraan Diego Marlasca ten onder was gegaan. Ik schreef onafgebroken tot de dageraad en voelde me voor de eerste keer sinds mijn vlucht uit de stad weer levend.

De brief kwam op een dag in juni. De postbode had hem onder mijn deur door geschoven toen ik nog sliep. Hij was gericht aan Mr Rochester en de afzender vermeldde simpelweg 'Boekhandel Sempere & Zoons, Barcelona'. Een paar minuten lang ijsbeerde ik door de hut zonder de brief te durven openen. Ten slotte verliet ik de hut en ging aan zee zitten om hem te lezen. De envelop bevatte een opgevouwen velletje en een tweede, kleinere envelop. De tweede envelop, al enigszins gedateerd, vermeldde slechts mijn naam, David, in een handschrift dat ik ondanks al die jaren dat ik het uit het oog verloren was, meteen herkende.

In de brief vertelde Sempere junior me dat Isabella en hij, na diverse stormachtige en onderbroken verlovingsjaren, in het huwelijk waren getreden op 18 januari 1935 in de kerk van Santa Ana. Tegen alle verwachtingen in werd de ceremonie geleid door de negentigjarige priester die de grafrede had uitgesproken bij de begrafenis van señor Sempere en die, ondanks alle pogingen van het bisdom, weigerde te sterven en de dingen nog steeds op zijn manier deed. Een jaar later, luttele dagen voor het uitbreken van de burgeroorlog, had Isabella het leven geschonken aan een jongetje, dat ze de naam Daniel gaven. De vreselijke oorlogsjaren brachten vele ontberingen en kort na het einde van de strijd, in de zwarte, vervloekte vrede die hemel en aarde voor altijd vergiftigde, kreeg Isabella cholera en stierf in de woning boven de boekhandel in de armen van haar echtgenoot. Ze hadden haar op de Montjuïc op de dag van Daniels vierde verjaardag begraven, in de regen die twee dagen en twee nachten aanhield, en toen de kleine aan zijn vader had gevraagd of de hemel huilde, had zijn stem gefaald.

De envelop die aan mij gericht was, bevatte een brief die Isabella me in haar laatste levensdagen geschreven had. Ze had haar man laten zweren dat hij hem zou sturen als hij ooit mijn verblijfplaats te weten kwam.

Lieve David,
Soms lijkt het alsof ik jaren geleden aan deze brief begonnen ben, maar ik nog steeds niet in staat ben hem af te maken. Er is veel tijd verstreken sinds ik u voor het laatst zag, veel vreselijks en ellendigs is gebeurd, en toch gaat er geen dag voorbij dat ik niet aan u denk en me niet afvraag waar u bent, of u vrede gevonden heeft, of u aan het schrijven bent, of u een oude brombeer geworden bent, of u verliefd bent, en of u zich ons herinnert, de kleine boekhandel Sempere & Zoons en de slechtste assistente die u ooit heeft gehad.
Ik vrees dat u bent weggegaan zonder me te hebben leren schrijven en ik weet niet wáár ik moet beginnen met in woorden te vangen wat ik u allemaal zou willen vertellen. U moet weten dat ik gelukkig ben geweest, dat ik dankzij u een man heb gevonden van wie ik houd, die van mij houdt, en dat we samen een zoon hebben gekregen, Daniel, die ik altijd over u vertel en die mijn leven een zin heeft gegeven die geen boek ter wereld ook maar in de verste verte kan beschrijven.
Niemand weet het, maar nog steeds ga ik soms terug naar die pier vanwaar ik u voorgoed zag vertrekken, en dan zit ik er een poosje, alleen, te wachten, als geloofde ik dat u terug zou keren. Als u dat deed, dan zou u vaststellen dat ondanks alles wat er is

gebeurd, de boekhandel er nog steeds is, dat het stuk grond waar het huis met de toren stond, zoals voorheen braak ligt, dat alle leugens die over u werden verteld in vergetelheid zijn geraakt, en dat er in deze straten zo veel mensen rondlopen met een bloedbevlekte ziel dat ze zich niet eens meer iets dúrven te herinneren. En wanneer ze dat toch doen, liegen ze tegen zichzelf omdat ze hun eigen reflectie in de spiegel niet kunnen verdragen. In de boekhandel verkopen we nog steeds uw boeken, maar onder de toonbank, omdat ze immoreel zijn verklaard, en er zijn meer mensen in het land die boeken willen vernietigen en verbranden dan mensen die ze willen lezen. Het zijn slechte tijden en dikwijls geloof ik dat er nog slechtere zullen aanbreken.

Mijn echtgenoot en de artsen denken dat ze me in het ootje kunnen nemen, maar ik weet dat me nog maar weinig tijd rest. Ik weet dat ik spoedig zal sterven en dat ik er niet meer zal zijn als u deze brief ontvangt. Daarom wilde ik u schrijven, opdat u weet dat ik niet bang ben en dat mijn enige zorg is dat ik mijn goede man, die me het leven heeft gegeven, en mijn Daniel alleen achterlaat in een wereld die elke dag, zo lijkt het, meer is zoals u zei dat hij was en niet zoals ik wilde geloven dat hij kon zijn.

Ik wilde u schrijven opdat u weet dat ik ondanks alles geleefd heb en dankbaar ben voor de tijd die ik hier heb mogen zijn, dankbaar u gekend te hebben en uw vriendin te zijn geweest. Ik wilde u schrijven omdat ik het fijn zou vinden dat u zich mij herinnert en op een dag, als u iemand heeft zoals ik mijn kleine Daniel heb, diegene over mij vertelt en mij in uw woorden voor altijd laat voortleven.

In liefde,

Isabella

Enkele dagen nadat ik deze brief had ontvangen werd ik me gewaar dat ik niet alleen was op het strand. Ik voelde zijn aanwezigheid in de ochtendbries, maar ik wilde en kon niet meer vluchten.

Op een avond, toen ik bij het raam was gaan zitten om te schrijven en wachtte tot de zon aan de horizon onderging, hoorde ik de voetstappen op de houten planken van de steiger en zag hem.

Monsieur, geheel in het wit gekleed, wandelde langzaam over

de steiger en had een zeven- of achtjarig meisje bij de hand. Ik herkende het beeld ogenblikkelijk, de oude foto die Cristina haar leven lang had gekoesterd zonder te weten waar hij vandaan kwam. Ze naderden het einde van de steiger en hij knielde naast het meisje. Beiden keken toe hoe de zon goudgloeiend over de eindeloze oceaan uitvloeide. Ik liep de hut uit en betrad de steiger. Toen ik het einde naderde, draaide Monsieur zich om en glimlachte naar me. In zijn gezicht was dreiging noch wrok te zien, slechts een zweem melancholie.

'Ik heb u gemist, goede vriend,' zei hij. 'Ik heb onze conversaties gemist, zelfs onze kleine twisten ...'

'Bent u gekomen om rekeningen te vereffenen?'

Hij glimlachte en schudde bedachtzaam zijn hoofd.

'We maken allemaal vergissingen, Martín. Ik als eerste. Ik heb u beroofd van datgene waar u het meest van hield. Dat deed ik niet om u te kwetsen. Ik deed het uit angst. Angst dat zij mij van u kon wegnemen, van u en uw werk, ons werk. Dat was een vergissing. Ik heb enige tijd nodig gehad om het in te zien, maar als ik íéts heb, is het tijd.'

Ik observeerde hem nauwkeurig. Monsieur was, net als ik, geen dag ouder geworden.

'Waarom bent u dan gekomen?'

Hij haalde zijn schouders op.

'Ik ben gekomen om afscheid van u te nemen.'

Hij richtte zijn blik op het meisje aan zijn hand, dat me nieuwsgierig aankeek.

'Hoe heet je?' vroeg ik.

'Ze heet Cristina,' zei Monsieur.

Ik keek haar in de ogen en ze knikte. Als versteend stond ik daar. De gelaatstrekken kon ik slechts vermoeden, maar de blik was onmiskenbaar.

'Cristina, zeg mijn vriend David eens goedendag. Vanaf nu woon je bij hem.'

Ik wisselde een blik met Monsieur, maar zei niets. Het meisje stak haar hand naar me uit, alsof ze de beweging honderden keren had geoefend, en glimlachte verlegen. Ik hurkte naast haar neer en schudde hem.

'Hallo,' fluisterde ze.

'Heel goed, Cristina,' zei Monsieur goedkeurend. 'En wat nog meer?'

Het meisje knikte, alsof ze het zich plotseling herinnerde.

'Ze hebben me gezegd dat u een schepper bent van verhalen en sprookjes.'

'De beste,' voegde Monsieur eraan toe.

'Gaat u er een voor mij maken?'

Ik aarzelde even. Ongerust keek het meisje naar Monsieur.

'Martín?' mompelde hij.

'Natuurlijk,' zei ik eindelijk. 'Ik maak alle verhalen voor je die je maar wilt.'

Ze glimlachte en kuste me op de wang.

'Cristina, waarom loop je niet naar het strand en wacht je daar terwijl ik afscheid neem van mijn vriend?' vroeg Monsieur.

Ze knikte en liep langzaam weg, bij elke pas keek ze glimlachend om. Naast mij fluisterde de stem van Monsieur zijn eeuwige vloek.

'Ik heb besloten u terug te geven waar u het meest van heeft gehouden en wat ik u heb ontnomen. Ik heb besloten dat u voor één keer in mijn schoenen zult staan en zult voelen wat ik voel, dat u geen dag ouder wordt en Cristina ziet opgroeien, dat u opnieuw verliefd wordt op haar, dat zij naast u ouder wordt en u haar op een dag in uw armen ziet sterven. Dat is mijn zegen en mijn wraak.'

Ik sloot mijn ogen en schudde mijn hoofd.

'Dat is onmogelijk. Ze zal nooit dezelfde persoon zijn.'

'Dat hangt uitsluitend van u af, Martín. Ik overhandig u een onbeschreven blad. Dit verhaal behoort mij niet langer toe.'

Ik hoorde zijn voetstappen wegsterven en toen ik mijn ogen weer opendeed, was hij er niet meer. Aan het begin van de steiger stond Cristina, die me met een open blik aankeek. Ik glimlachte naar haar en ze kwam aarzelend dichterbij.

'Waar is meneer Corelli?' vroeg ze.

'Hij is vertrokken.'

Ze keek om zich heen, het oneindige strand was in beide richtingen verlaten.

'Voor altijd?'

'Voor altijd.'

Cristina lachte en ging naast me zitten.

'Ik heb gedroomd dat we vrienden zijn,' zei ze.

Ik keek haar aan en knikte.

'Dat zijn we ook. We zijn altijd vrienden geweest.'

Ze lachte opnieuw en pakte mijn hand. Ik wees naar de zee, waarin de zon wegzonk, en Cristina keek ernaar met tranen in haar ogen.

'Zal ik het me ooit herinneren?' vroeg ze.

'Ooit.'

Ik wist toen dat ik elke minuut die ons gegeven zou zijn, zou gebruiken om haar gelukkig te maken, om de pijn die ik haar had toegebracht te helen en haar te geven wat ik haar nooit had weten te geven. Deze pagina's zullen onze herinnering zijn, tot ze in mijn armen haar laatste ademtocht uitblaast en ik haar vergezel de zee in, waar de golven breken, om voor altijd met haar onder te gaan en eindelijk naar een oord te vluchten waar hemel noch hel ons ooit zal vinden.